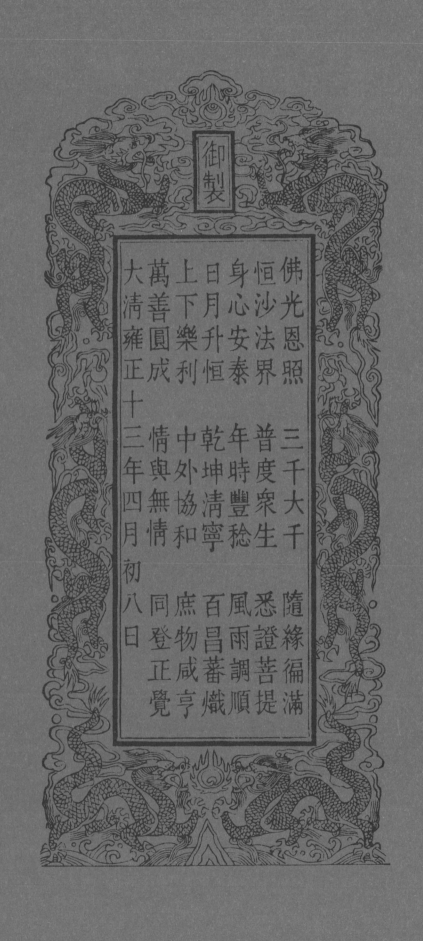

御製

佛光恩照　三千大千　隨緣徧滿
恒沙法界　普度衆生　悉證菩提
身心安泰　年時豐稔　風雨調順
日月升恒　乾坤清寧　百昌蕃熾
上下樂利　中外協和　庶物咸亨
萬善圓成　情與無情　同登正覺

大清雍正十三年四月初八日

第一五四册　此土著述（四四）

佛說阿彌陀經疏鈔

明古杭雲棲寺沙門　袾宏　述

清刻龍藏佛說法變相圖

佛說阿彌陀經

姚秦三藏法師鳩摩羅什譯

如是我聞一時佛在舍衛國祇樹給孤獨園與大比丘僧千二百五十人俱皆是大阿羅漢衆所知識長老舍利弗摩訶目揵連摩訶迦葉摩訶迦旃延摩訶俱絺羅離婆多周利槃陀伽難陀阿難陀羅睺羅憍梵波提賓頭盧頗羅墮迦留陀夷摩訶劫賓那薄拘羅阿㝹樓駄如是等諸大弟子并諸菩薩摩訶薩文殊師利法王子阿逸多菩薩乾陀訶提菩薩常精進菩薩與如是等諸大菩薩及釋提桓因等無量諸天大衆俱爾時佛告長老舍利弗從是西方過十萬億佛土有世界名曰極樂其土有佛號阿彌陀今現在說法舍利弗彼土何故名爲極樂其國衆生無有衆苦

但受諸樂故名極樂又舍利弗極樂國土七重欄楯七重羅網七重行樹皆是四寶周帀圍繞是故彼國名爲極樂又舍利弗極樂國土有七寶池八功德水充滿其中池底純以金沙布地四邊階道金銀琉璃玻瓈合成上有樓閣亦以金銀琉璃玻瓈硨磲赤珠瑪瑙而嚴飾之池中蓮華大如車輪青色青光黄色黄光赤色赤光白色白光微妙香潔舍利弗極樂國土成就如是功德莊嚴又舍利弗彼佛國土常作天樂黄金爲地晝夜六時雨天曼陀羅華其土衆生常以清旦各以衣裓盛衆妙華供養他方十萬億佛即以食時還到本國飯食經行舍利弗極樂國土成就如是功德莊嚴復次舍利弗彼國常有種種奇妙雜色之鳥白鶴孔雀鸚鵡舍利迦陵頻伽共命之鳥是諸衆鳥晝夜六時出和雅音其音演暢五根五力七菩提分八聖道分如是等法其土衆生聞是音已皆悉念佛念法念僧舍利弗汝勿謂此鳥實是罪報所生所以者何彼佛國土無三惡道舍利弗其佛國土尚無惡道之名何況有實是諸衆鳥皆是阿彌陀佛欲令法音宣流變化所作舍利弗彼佛國土微風吹動諸寶行樹及寶羅網出微妙音譬如百千種樂同時俱作聞是音者自然皆生念佛念法念僧之心舍利弗其佛國土成就如是功德莊嚴舍利弗於汝意云何彼佛何故號阿彌陀舍利弗彼佛光明無量照十方國無所障礙是故號爲阿彌陀又舍利弗彼佛壽命及其人民無量無邊阿僧祇劫故名阿彌陀舍利弗阿彌陀佛成佛已來

於今十劫又舍利弗彼佛有無量無邊聲聞弟子皆阿羅漢非是筭數之所能知諸菩薩衆亦復如是舍利弗彼佛國土成就如是功德莊嚴又舍利弗極樂國土衆生生者皆是阿鞞䟦致其中多有一生補處其數甚多非是筭數所能知之但可以無量無邊阿僧祇說舍利弗衆生聞者應當發願願生彼國所以者何得與如是諸上善人俱會一處舍利弗不可以少善根福德因緣得生彼國舍利弗若有善男子善女人聞說阿彌陀佛執持名號若一日若二日若三日若四日若五日若六日若七日一心不亂其人臨命終時阿彌陀佛與諸聖衆現在其前是人終時心不顛倒即得往生阿彌陀佛極樂國土舍利弗我見是利故說此言若有衆生聞是說者應當發願生彼國土舍利弗如我今者讚歎阿彌陀佛不可思議功德之利東方亦有阿閦鞞佛須彌相佛大須彌佛須彌光佛妙音佛如是等恒河沙數諸佛各於其國出廣長舌相徧覆三千大千世界說誠實言汝等衆生當信是稱讚不可思議功德一切諸佛所護念經舍利弗南方世界有日月燈佛名聞光佛大𦦨肩佛須彌燈佛無量精進佛如是等恒河沙數諸佛各於其國出廣長舌相徧覆三千大千世界說誠實言汝等衆生當信是稱讚不可思議功德一切諸佛所護念經舍利弗西方世界有無量壽佛無量相佛無量幢佛大光佛大明佛寳相佛淨光佛如是等恒河沙數諸佛各於其國出廣長舌相徧覆三千大千世界說誠實言汝等衆生當信是

稱讚不可思議功德一切諸佛所護念經舍利弗北方世界有燄肩佛最勝音佛難沮佛日生佛網明佛如是等恒河沙數諸佛各於其國出廣長舌相徧覆三千大千世界說誠實言汝等衆生當信是稱讚不可思議功德一切諸佛所護念經舍利弗下方世界有師子佛名聞佛名光佛達磨佛法幢佛持法佛如是等恒河沙數諸佛各於其國出廣長舌相徧覆三千大千世界說誠實言汝等衆生當信是稱讚不可思議功德一切諸佛所護念經舍利弗上方世界有梵音佛宿王佛香上佛香光佛大燄肩佛雜色寶華嚴身佛娑羅樹王佛寶華德佛見一切義佛如須彌山佛如是等恒河沙數諸佛各於其國出廣長舌相徧覆三千大千世界說誠實言汝等衆生當信是稱讚不可思議功德一切諸佛所護念經舍利弗於汝意云何何故名爲一切諸佛所護念經舍利弗若有善男子善女人聞是經受持者及聞諸佛名者是諸善男子善女人皆爲一切諸佛之所護念皆得不退轉於阿耨多羅三藐三菩提是故舍利弗汝等皆當信受我語及諸佛所說舍利弗若有人已發願今發願當發願欲生阿彌陀佛國者是諸人等皆得不退轉於阿耨多羅三藐三菩提於彼國土若已生若今生若當生是故舍利弗諸善男子善女人若有信者應當發願生彼國土舍利弗如我今者稱讚諸佛不可思議功德彼諸佛等亦稱讚我不可思議功德而作是言釋迦牟尼佛能爲甚難希有之事能於娑婆國土五濁惡世劫濁見濁

煩惱濁衆生濁命濁中得阿耨多羅三藐三菩提爲諸衆生說是一切世間難信之法舍利弗當知我於五濁惡世行此難事得阿耨多羅三藐三菩提爲一切世間說此難信之法是爲甚難佛說此經已舍利弗及諸比丘一切世間天人阿修羅等聞佛所說歡喜信受作禮而去

佛說阿彌陀經

拔一切業障根本得生淨土陀羅尼

曩謨阿彌跢婆夜哆他伽哆夜哆地夜他阿彌唎都婆毘阿彌唎哆悉眈婆毘阿彌唎哆毘迦蘭帝阿彌唎哆毘迦蘭哆伽彌膩伽伽那枳多迦隸娑婆訶

佛說阿彌陀經疏鈔卷第一

明古杭雲棲寺沙門　袾宏　述

此經疏鈔大文分三初通序大意二開章釋文三結釋咒意爲順諸經序正流通三分亦順淨業信行願故

○初通序大意五　初明性二讚經三感時四述意五請加

○初明性

靈明洞徹湛寂常恒非濁非清無背無向大哉眞體不可得而思議者其唯自性歟

通序經意大文分五自初明性乃至五請加今初明性此經蓋全彰自性又諸經皆不離自性故首標也靈者靈覺明者明顯日月雖明不得稱靈今惟至明之中神解不測明不足以盡之故曰靈明徹者通也洞者徹之極也日月雖徧不照覆盆是徹而未徹今此靈明輝天地透金石四維上下曾無障礙蓋洞然之徹靡所不徹非對隔說通之徹云洞徹也湛者不染寂者不搖大地雖寂不得稱湛今惟至寂之中瑩淨無滓寂不足以盡之故曰湛寂恒者久也常者恒之極也大地雖堅難逃壞劫是恒而未恒今此湛寂推之無始引之無終亙古亙今曾無變易蓋常然之恒無恒不恒非對暫說久之恒云常恒也非濁者云有則不受一塵非清者云無則不捨一法無背者縱之則無所從去無向者迎之則無所從來言即此靈明湛寂者不可以清濁向背求也舉清濁向背意該善惡聖凡有無生滅增減一異等大哉二句讚辭大

者當體得名具徧常二義以横滿十方竪極三際更無有法可與爲比非對小言大之大也眞者不妄以三界虚僞唯此眞實所謂非幻不滅不可破壞故云眞也體者盡萬法不出一心之體體該相用總而名之曰眞體也不可思議者如上明而復寂寂而復明清濁不形向背莫得則心言路絕無容思議者矣不可思者所謂法無相想思則亂生經云汝暫舉心塵勞先起是也又法無相想思亦徒勞經云是法非思量分别之所能及是也故曰心欲緣而慮亡也不可議者所謂理圓言偏言生理喪經云凡有言説皆成戲論是也又理圓言偏言不能盡經云一一身具無量口一一口出無量音如善天女窮劫而説終莫能盡是也故曰口欲談而詞喪也又此經原名不可思議故用此四字總讚前文蓋是至理之極名也末句結歸言如是不可思議者當是何物惟自性乃爾言性有二兼無情分中謂之法性獨有情分中謂之佛性今云自性且指佛性而言也性而曰自法爾如然非作得故是我自己非屬他故此之自性蓋有多名亦名本心亦名本覺亦名眞知亦名眞識亦名眞如種種無盡統而言之即當人靈知靈覺本具之一心也今明不可思議者惟此心耳更無餘物有此不思議體與心同也若就當經初句即無量光洞徹無礙故二句即無量壽常恒不變故三四句即靈心絕待光壽交融一切功德皆無量故五句總讚即經云如

我稱讚阿彌陀佛不可思議功德末句結歸言阿彌陀佛全體是當人自性也又初句明無不照即用大二句靜無不舍即相大三四句迥絶二邊即體大五句總讚所謂即三即一雙泯雙存辭喪慮亡不可思議末句亦結歸自性也又初句言照即般若德二句言寂即解脱德三四句言寂照不二即法身德五句總讚末句結歸例上可知又以四法界會之則清濁向背是事法界靈明湛寂是理法界靈明湛寂而不變隨緣清濁向背而隨緣不變是理事無礙法界不可思議是事事無礙法界以此經分攝於圓亦得少分事事無礙故末言自性亦是結屬四法界歸一心也

○二讚經二　初總讚二別讚

○初總讚

澄濁而清返背而向越三祇於一念齊諸聖於片言至哉妙用亦不可得而思議者其惟佛說阿彌陀經歟

上言靈明湛寂之體本無清濁向背畢竟平等惟是一心今謂約生滅門以不如實知眞如法一故不覺心起而有其念則無明所覆失本流末渾亂眞體故名曰濁如澄泥沙復使淨潔斯之謂清即指轉五濁而成清泰也無明所引棄覺逐塵違遠眞體故名曰背返其去路復使歸還斯之謂向即指背娑婆而向極樂也然此且就衆生一期從迷得悟而言似有澄之返之之迹而於自性實無得失亦無增損是故時濁時清水非易性忽背忽向人無二身所

謂修證即不無汚染即不得也三祇者三阿僧祇劫也僧祇解見後文言三者以釋迦成道從古釋迦至尸棄歷七萬五千佛從尸棄至燃燈歷七萬六千佛從燃燈至毘婆尸歷七萬七千佛云三祇也備經多劫遠之又遠而今不越一念疾超生死一念者即能念阿彌陀佛之一念也諸聖者佛及菩薩也自凡望聖隔之又隔而今不出片言直登不退片言者即所念阿彌陀佛之片言也至哉二句讚辭至極也至極而無以加也妙者即上四句總明妙義用者力用也夫垢心難淨混若黃河妄想難收逸如奔馬歷恒沙無數量之劫輪轉未休攻三藏十二部之文覺路彌遠而能使濁者清背者向一念頓超片言即證力用之妙何可思議用從體相而出故止言妙用也末句結歸言如是妙用當是何經惟佛說阿彌陀經足以當之或問小乘且置只如諸大乘經廣如山積云何妙用偏讚此經答修多羅中雖具有此義未有如此經之明且簡者故夫稱性而談正直而說非不圓頓而澄濁返背方便未彰其餘法門或浩博而難持或幽深而罔措今但片言名號便入一心既得往生直至成佛即方便而成圓頓神功勝力不歸此經將誰歸乎又前是性德今是修德前是自性清淨今是離垢清淨乃至性淨障盡等互融不二如教中說

○二別讚四　初先出說經所以二統論淨土功德三特示持名爲要四廣顯持

名所被

○初先出説經所以

故我世尊乍説三乘終歸一實等須珍賜更錫殊恩

承上此經具有如是不可思議功德故佛説此經良有以也乍者暫也暫時之説非究竟也三乘者乘本無三權説有三謂聲聞緣覺菩薩也終者對乍而言實者對權而言言世尊始成正覺演大華嚴大教難投隨衆生根説三乘法後乃會權歸實悉與大車故曰等須珍賜此如來一代時教之大致也而於其中復出念佛一門不論大根小根但念佛者即得往生亦不待根熟方乃會之歸實但往生者即得不退喻如不次之擢廕序之官恩出非常名殊恩也又殊恩復含二義一者念佛是恩中之殊二者持名念佛又殊恩中之殊也

○二統論淨土功德

指四十八之願門開一十六之觀法願願歸乎普度觀觀宗乎妙心

上讚淨土法門之勝今於淨土先出餘經然後較量此經更爲殊勝願門觀法具在二經言從初願以至願終無非盡攝衆生同生淨土自初觀以至觀末悉是空假中道圓極一心繇此一心出生大願而成正覺即以本願還度衆生而歸一心淨土法門二經大較意蓋如此

○三特示持名爲要二　初較論要約二　究明利益

○初較論要約

又以願門廣大貴在知先觀法深玄尤應守約知先則務生彼國守約則惟事持名舉其名兮兼衆德而俱備專乎持也統百行以無遺

即前大本觀經較而論之知持名尤爲要約也廣大者以四十八願併包幽顯統括聖凡廣大恢宏茫無畔岸入之必有蹊漸故貴知先傳曰知所先後則近道矣深玄者以門分十六事匪一端而復妙觀精微初心靡及操之必得其要故應守約軻氏曰守約而施博者善道也云何知先蹊生彼國近事如來如是大願庶可希冀但得見彌陀何愁不開悟故以求願往生爲先務之急也云何守約良以觀雖十六言佛便周佛雖至極惟心即是今聞佛名一心執持可謂至簡至易功不繁施而萬法惟心心清淨故何事不辦剎那運想依正宛然舉念欲生便登彼國是則難成之觀不習而成故以持名念佛所守尤爲要約也天如謂大聖悲憐直勸專持名號是也舉名者佛有無量德今但四字名號足以該之以彌陀即是全體一心心包衆德常樂我淨本覺始覺眞如佛性菩提涅槃百千萬名皆此一名攝無不盡專持者衆生學佛亦有無量行法今但持名一法足以該之以持名即是持此一心心該百行四諦六度乃至八萬四千恒沙微塵一切行門攝無不盡故名守約

○二究明利益三　初因成二果證三總結

○初因成

從兹而萬慮咸休究極乎一心不亂

不念佛前念念塵勞所謂一剎那間九百生滅生住異滅分劑頭數無量無邊天眼莫覷名萬慮也此萬慮者甲滅則乙生俄去則倏返百計除之終莫能得今以持名之力正念纔舉雜想自除喻如師子出窟百獸潛蹤杲日照霜千林失白名咸休也故永明謂有人數息覺觀不休念佛稱名即破覺觀此其驗也休之又休窮其源本故云究極至於一心不亂是爲成就念佛三昧

○二果證

乃知匪離跬步寶池湧四色之華不出戶庭金地遶七重之樹處處彌陀説法時時蓮蘂化生珍禽與㽦鳥偕音瓊院共茆堂並彩

既得一心不亂始知蓮華行樹種種莊嚴並非心外何必耳聽金言方是彌陀説法娑婆印壞始名淨土文成者哉然則珍禽㽦鳥瓊院茆堂何劣何優何淨何穢故曰西方在目前也

○三總結

蓋繇念空眞念生入無生念佛即是念心生彼不離生此心佛衆生一體中流兩岸不居故謂自性彌陀唯心淨土

承上殊因妙果正繇念佛至於一心則念極而空無念之念謂之眞念又念體本空念實無念名眞念也生無生者達生體不可得則生而不生不生而生是名以念佛心入無生忍如後教起中辯故知終日念

佛終日念心熾然往生寂然無往矣心佛衆生者經云心佛及衆生是三無差別蓋心即是佛佛即是生諸佛心内衆生念衆生心中諸佛也故云一體中流兩岸者娑婆喻此極樂喻彼始焉厭苦欣樂旣焉苦樂雙亡終焉亦不住於非苦非樂所謂二邊不著中道不安也自性彌陀唯心淨土意蓋如是是則禪宗淨土殊塗同歸以不離自心即是佛故即是禪故彼執禪而謗淨土是謗自本心也是謗佛也是自謗其禪也亦弗思而已矣

○四廣顯持名所被

此則理之一心全歸上智亦復通乎事相曲爲鈍根

理事一心詳見後文今謂自性唯心正指經中理一心不亂言耳上智乃克承當鈍根未能領荷故此一心不專主理而亦通事以事一心人皆可行所謂夫婦之愚不肖而與知與能者也如天普蓋似地普擎大造之中無棄物故

○三感時三　初總嘆二別嘆三結嘆

○初總嘆

奈何守愚之輩著事而理無聞小慧之流執理而事遂廢著事而迷理類蒙童讀古聖之書執理而遺事比貧士獲豪家之券

上言佛慈雙被智愚今言衆生不體佛意有善教無善學故可嘆也守愚者愚而甘愚小慧者慧而不慧良以事依理起理得事彰事理交資不可偏廢著此執彼厥弊等耳蒙童喻全愚昏稚未開僅能讀文了

不解義所謂終日念佛不知佛念者也貧士喻小慧昔有窘人路獲遺劵見其所載田園宮室金帛米粟種種數目大喜過望自云巨富不知數他人寳於巳何涉所謂雖知即佛即心判然心不是佛者也是故約理則無可念約事則無可念巾 吾固念之以念即無念故理事雙修即本智而求佛智夫然後謂之大智也

○二別嘆

然著事而念能相繼不虛入品之功執理而心實未明反受落空之禍

上文雙揭二病今於二病別舉其尤謂著事而信心不切固無足論假使專持名號念念相繼無有間斷雖或不明諦理巳能成就淨身品位縱卑徃生必矣所謂士人作榜尾登科亦不悪但恐榜上無名耳安得以守愚病之乃至執理而心實了明亦不必論假使騁馳狂慧躭著頑虛於自本心曾未開悟而輕談淨土蔑視徃生爲害非細所謂豁達空撥因果莽莽蕩蕩招殃禍者也問何故不咎鈍人反抑利者答利者恃才高舉常謂遠勝鈍人今爲此說使知畫虎弗就反落一籌冀彼知非囘心念佛非曰抑之實惜之耳

○三結歎

遂使垂手徒勤倚門空望上孤佛化下負巳靈今生以及多生一誤而成百誤甘心苦趣束手死門無救無歸可悲可痛

垂手者古云嫂溺援之以手倚門者王孫賈母云汝朝出而不還則吾倚門而望今

謂衆生没於苦趣佛援之如垂手深淵衆生背覺合塵佛念之如倚門望子援之雖殷念之雖切深沉不起遠逝無還是孤佛化也下負者凡厥有心定當作佛故佛教持名欲人念我自心成我自佛而漠然不信寧不負已靈乎今生多生者生生墮落無有窮已也一誤百誤者此生蹉過多劫難逢也入苦趣似蠅蛆飫於厠中赴死門類牛羊就乎屠肆莫爲救拔無可歸憑豈不哀哉

三原已釋經

○四述意三　初愧已不德二明已所尚

○初愧已不德

袾宏末法下凡窮䧟晚學罔通玄理素鄙空談畫餅何益饑腸燕石難誣賈目

上明念佛獲如是益不念佛招如是損故述已意惟崇念佛今初先以鈍根自量也末法則生之不時下凡則報之不勝窮䧟則見之不廣晚學則智之不深事且未能況復知理明所言不足取信於人也素鄙者自知淺劣愧鄙空談所謂恥其言而過其行也畫餅可知喻空談也燕石者似玉而非玉者也賈胡者西域賈人善别寶者也昔有得燕石者自謂瑜瑾驕眩俗目冀得重售以示賈胡曰石也大慚而返喻依稀見道彷佛不真明眼人前堪作一笑

○二明已所尚

祇承先勑篤奉斯經望樂國爲家鄉仰慈尊如怙恃

旣揣鈍根事必師古祇者敬也世主玉音

法王金口均名曰勅篤奉者奉之至也樂
國言家鄉者寂滅淨土乃當人安身立命
處而捨離故里飄泊他鄉遊子伶仃唯有
思歸一念而已慈尊言怙恃者父曰吾怙
母曰吾恃佛以大慈大悲接引衆生是懷
我以聖胎飼我以法乳即今內外身心莫
不荷其恩力而得成立劬勞之德昊天罔
極而乃叛棄本生顛鈴異姓惟應懷慕終
身左右無方定省不違而已
○三原已釋經
仍以心懷兼利道貴弘通慨古疏尠見其全
惟數解僅行於世辭雖切而太簡理微露而
不彰不極論其宏功儔發起乎眞信頓忘膚
見既竭心思總收部類五經直據文殊一行
而復會歸玄旨則分入雜華貫穿諸門則博

綜羣典無一不消歸自己有願皆回向菩提
展此精誠乞求加被
未能自利先能利人者菩薩發心故不忍
獨善其身心懷兼利也兼利之道弘法爲
先而此經註疏今多泯沒稽古無繇雖一
二僅存畧舉大端未暢厥旨宏功者即不
可思議功德也不知此經具有如是功德
則疑而不信信亦不眞疏鈔之作不容已
也膚見者肌膚在表所入不深喻淺見也
淺見奚能測佛深義而以救世心殷頓忘
其陋也心思者心之官則思堯舜之聖尚
竭心思我何人斯庸可忽也部類者專談
極樂大本等五經也文殊者文殊般若經
專稱名字一行三昧也雜華者以華嚴性
海爲宗明教非權淺也羣典者引諸經論

以證明言非臆見也詳如義理部類二門及後經文中辯消歸自己者明不專事相究其歸著悉皆消化融會歸於我之本性良繇世出世間無一法出於心外淨土所有依報正報一一皆是本覺妙明譬之瓶環釵釧器器唯金溪澗江河流流入海無不從此法界流無不還歸此法界也回向菩提者凡所修爲咸願往生是名回向而向無他向回向西方者回向自性也末二句躡前起後欲興善事必仗佛加菩薩且然況復凡品精者無二誠者不虚古謂精誠之極鬼神與通而況三寶大慈憫念衆生猶如赤子但有利於衆生精誠求之寧不加被

○五請加

歸命娑婆説法主西方接引大慈尊不可思議佛護經舍利文殊諸聖者二土六方徧塵刹過去見在及當來無盡三寶咸證知惟願慈悲攝受我我今妄以穢土見蠡測如來清淨心仰承三寶大威神加被凡愚成勝智使我言言符佛意流通遐邇益含靈見聞隨喜悉往生同證寂光無上果

歸命如波羅蜜倒倒語法也歸義有二一者歸投義言世人至重者身命舉身命而歸依誠敬之至無二心也二者歸元義舉身命而歸依即是總攝六根還歸一心也娑婆言釋迦西方言彌陀先釋迦者教所繇興也孺子封侯尚不背本凡夫入聖豈得辜恩古有臨終焚香先供養釋迦者正此意也説法主者説法度生一土之中無

二佛故接引者衆生念佛佛垂接引喻如行路弱者接而濟之迷者引而導之也復有二義見生接引則資其道心臨終接引則攝其神識大慈尊者如母憶子名之曰慈慈無以加名之曰大尊即主義交互言之亦可釋迦此土之尊彌陀彼土之主也兼二如來是謂佛寶不可思議佛護念經此經原名也是謂法寶舍利文殊等聞經衆也是謂僧寶稱之爲寶畧有六義一希有義二離垢義三勢力義四莊嚴義五最勝義六不改義具如要集中說推而極之極樂娑婆二土四維上下十方以至微塵佛刹則徧一切處過現未來則徧一切時於中三寶横該竪徹無窮盡也又三寶者復分事理有別有同如後文辯今是內外自他悉歸命也古云佛滅度後凡諸弟子所有著述皆歸三寶良繇聖境高玄佛言微妙而欲以凡夫毫末之智罔自評量是乃用蠡測海恃管窺天漫自疲勞所得幾何故必歸命三寶冥希加被威神者如經言佛力不可思議法力不可思議賢聖力不可思議仗三寶力能使愚衷忽成勝智凡口所述冥通聖心也遐邇者兼處與時處則繇一隅以至周徧十方時則繇刹那以至盡未來際皆名自邇及遐也含靈者揀非木石謂一切有情也見聞隨喜者但於此經目覽耳聽以至暫爾隨順生歡喜者皆植善根同生彼國也寂光者如來真淨土生彼國已見佛聞法悟無生忍得自本心寂照不二名常寂光無上果者佛證

圓滿大覺超越二乘及諸菩薩此果之上更無過者名無上果是證佛一切種智也經云皆得不退轉於阿耨多羅三藐三菩提則知但得往生畢竟成佛故云同證寂光無上果也乞求加被意蓋如此以上通序一經大意竟

佛說阿彌陀經疏鈔卷第一

音釋

絺音鴟 甍音糯 欄音闌縱曰欄 楯音盾橫曰楯 閦音初 沮音疽 膩音碲 瑩音榮玉色之光潔也 擢音濁扳舉也 帡音崩幄也 飫音淤饜飽也 陬音鄒聚居也 眩音衒惑也亂也 尠音鮮少也 蠡音里蚌屬

佛說阿彌陀經疏鈔卷第二

明古杭雲棲寺沙門　袾宏　述

○二開章釋文二　初畧標二詳釋

○初畧標

將釋此經總啓十門一教起所因二藏教等攝三義理深廣四所被階品五能詮體性六宗趣旨歸七部類差別八譯釋誦持九總釋名題十別解文義

此例華嚴疏旨畧爲十門前八義門後二正釋又此與天台五重玄義大同小異蓋開之成十束之成五稍有詳畧云爾

○二詳釋十　初教起所因至十別解文義

○初教起所因二　初總二別

○初總

先明總者謂如來唯爲一大事因緣出現於世則一代時教總其大意唯欲衆生開示悟入佛之知見今此經者直指衆生以念佛心入佛知見故

大事因緣者引法華經文彼經以如來出世本欲度諸衆生悉皆成佛不得已故權說三乘後至機熟會三歸一方酬本意故知華嚴以後法華以前雖有種種法門淺深不一無非爲此大事因緣除此一大事外更無二事今但一心持名即得不退此乃直指凡夫自心究竟成佛若能諦信何須徧歷三乘久經多劫不越一念頓證菩提豈非大事

○二別

別則專就此經復有十義一大悲憫念末法爲作津梁故二特於無量法門出勝方便故

三激揚生死凡夫令起忻猒故四化導二乘執空不修淨土故五勉進初心菩薩親近如來故六盡攝利鈍諸根悉皆度脫故七護持多障行人不遭墮落故八的指即有念心得入無念故九巧示因於往生實悟無生故十復明徑路修行徑中之徑故

釋見下文而生起有序喻如鉤鎖初以衆生迷溺爲作津梁二所以能爲津梁者爲有最勝方便故三何名最勝方便以能直度凡夫故四豈獨凡夫亦度二乘聖人故五豈獨二乘亦度菩薩故六豈獨人中亦普度一切衆生故七豈獨平處度生偏度障難故八雖云度生如是廣大實不離衆生一念得入無念故九既即念得無念亦即生得無生故十通該前九知此持名念佛徑中之徑故又緐是徑中之徑乃能津梁末法故則後先次第終始循環故云鉤鎖

初大悲憫念末法爲作津梁者佛成道時已當濁世況今末法正入鬬爭轉展淩夷後之又後皆賴此經神力救拔餘生豈非至極悲心預垂濟度

已當濁世者人壽二萬歲時即入劫濁釋迦出時人壽百歲久經濁世已爲可憫正入鬬爭者前五百年解脫堅固漸次五百禪定多聞而及塔寺今當鬬爭堅固之時更爲可憫後之又後者乃至法滅倍更可憫故佛說此經畧而計之大悲有三一者佛在世時憐此五濁說難信法是爲第一重大悲憫念衆生二者佛滅度後福慧日

淺罪障益深故説此經咸令未來雖不見佛佛滅法存但有信者速超生死是爲第二重大悲憫念衆生三者如大本言佛滅久遠當來之世經道滅盡獨留此經住世度生最後方滅則知滔天之際尚作慈航大夜方沉猶稱法炬是爲第三重大悲憫念衆生也譬之慈父憂念後昆心無盡故置爲生計能使遠裔殘支至於家破身貧猶堪資藉故曰至極悲心預垂濟度

二特於無量法門出勝方便者入道多門本無揀擇險夷曲直難易攸分則無量門中念佛一門最爲方便畧陳有四一不值佛世得常見佛方便二不斷惑業得出輪迴方便三不修餘行得波羅蜜方便四不經多劫得疾解脱方便

法門者道體幽玄從門始入爲門不同故云無量權巧接引令得入門名爲方便而言勝者方便中方便也即觀經所謂異也多門者或謂門門可以入道何必念佛往生而有易有難不妨無揀擇中而説揀擇險者崎嶇難行曲者紆迴難到喻餘門也夷坦則易行喻念佛人皆可爲直捷則易到喻念佛速超生死如韋提希亦徧觀十方世界而惟願生極樂也得常見佛者起信論既示眞如三昧及二門止觀竟復云有初學是法其心怯弱以娑婆不常值佛懼謂信心難就如來有勝方便攝護信心謂專意念佛即生佛土常見於佛如修多羅説專念西方極樂世界阿彌陀佛即得往生終無有退此經則七日一心佛現在

前是也故知靈山已過龍華未來無佛世中而得見佛是名最勝第一方便得出輪迴者繇惑起業繇業感報往來六道輪轉無窮依餘法修直至惑盡始得出離而託質世間升沉未保唯玆念佛帶惑往生以己念力及佛攝受大神力故一生彼國即超三界不受輪轉經云衆生生者皆是阿鞞跋致是也是爲最勝第二方便得波羅蜜者諸菩薩衆有恒沙劫中修六度萬行未能滿足而今一心念佛萬緣自捨即布施波羅蜜一心念佛諸惡自止即持戒波羅蜜一心念佛心自柔軟即忍辱波羅蜜一心念佛永不退墮即精進波羅蜜一心念佛餘想不生即禪定波羅蜜一心念佛正念分明即般若波羅蜜推而極之不出一心萬行具足如大本法藏願云若我成佛國中有情不獲神通自在波羅蜜多不取正覺是爲第三最勝方便得疾解脫者智論云有諸菩薩自念謗大般若墮惡道中歷無量劫雖修餘行不能滅罪後遇知識教念阿彌陀佛乃得滅障超生淨土又十住斷結經云是時座中有四億衆自知死此生彼牽連不斷欲爲之源樂生無欲國土佛言西方去此無數國土有佛名無量壽其土清淨無滛怒癡蓮華化生不繇父母汝當生彼故大本云菩薩欲令衆生速疾安住無上菩提者應當起精進力聽此法門是知蟻山風水遲疾天殊古謂欲得一生取辦便於是法留心是名最勝第四方便

三激揚生死凡夫令起忻厭者以諸衆生沉迷自性甘受輪迴曠劫至今曾無省勵故示苦樂兩土爰開折攝二門激之揚之俾忻俾厭勝心既發淨業斯成

若據平等法門非垢非淨則忻厭無地折攝何施但今生死凡夫迷心逐境備歷輪迴頭出頭沒甘心忍受曾無一念省發奮勵求願出離而復遮其忻厭欲令直悟自心是猶田蛙井鮒不與之水而反責以沖霄秖益沉淪於事何濟於是無苦樂中示苦示樂苦以折伏樂以攝受折則激其頑迷而令起厭離攝則揚其懈怠而俾生忻樂然後久在泥塗始嫌汚穢乍聞淨妙浚起願求此大火聚彼清涼池炎燒衆生不得不避此而趨彼矣方便度生法自應爾生彼國已見佛聞法得無生忍方悟此心本來平等

四化導二乘執空不修淨土者良以乍得我空即生躭滯聞說淨佛國土教化衆生心不喜樂故令回小向大發意往生

乍得我空者小乘但悟蘊中無我不知蘊亦是空執境爲有唯欲避境趨寂故聞淨土化生心不喜樂如諸聲聞不見舍那神力不與菩薩大會以本不讃說十方佛刹清淨功德故古謂小乘無他佛之說大教有刹海之談斯名獨善之流亦號鈍阿羅漢是以教令回斷滅心修淨土行乃知諸佛菩薩悲智行願如是廣大如是無盡心不礙境境不礙心一切諸法本性自空終日度生終日無度而单修禪定不願往生

是爲大失矣

五勉進初心菩薩親近如來者初發心菩薩大心雖建勝忍未成所謂弱羽止可纏枝嬰兒猶應傍母入正定聚親彼世尊方得忍證無生終成佛果乘大願筏苦海度生如智論中說且夫六心墮落塵劫聲聞魚子菴羅足爲明鏡故知念佛菩薩之父生育法身乃至十地始終不離念佛何得初心自足不願往生

智論云具縛凡夫有大悲心欲生惡世救苦衆生無有是處何以故煩惱強故未得忍力心隨境轉聲色所縛自墮三途焉能救彼假令得生人中聖道難得以施戒福力或作王臣富貴自在縱遇知識不肯信從荒迷放逸廣作衆罪繇此墮落又喻二人救溺直入水救彼此俱溺有方便者往取船筏乘之救接皆得免難新發意菩薩亦復如是要須近佛得無生忍已方能苦海救度衆生如得船者又云譬如嬰兒離母或墮坑井或渴乳死又如弱羽秪可依樹纏枝翅翮成就方能飛空自在無礙凡夫無力唯應專念阿彌陀佛使成三昧臨終正念決定往生見佛得忍還來三界救度衆生正定聚者揀異邪定不定以凡夫邪外已定初心進退未定今生安養無論高下皆不退轉故聚者會也即文中諸上善人之會今謂入此聚中見佛聞法故六心墮落者身子發菩薩心已證別教六住因逢乞眼遂退大心沉淪五道塵劫聲聞者有於大通佛世發心皆因退大塵點劫

來墮聲聞位故經云魚子菴羅華菩薩初發心三事因中多及其結果少引此以明初心菩薩猶宜親近如來得所依歸終無退轉故菩薩父者華嚴十一經威光童子覩如來相獲十種益首云得念佛三昧名無邊海藏門疏謂以念佛三昧菩薩之父故首明之良繇菩薩以方便爲父念佛即眞涉事是方便故又念佛成佛是親種故十地始終者十地文中從初至末地地皆云一切所作不離念佛又云遠行地菩薩雖知一切國土猶如虛空而能以清淨妙行莊嚴佛土如來不思議境界經云菩薩了知諸佛及一切法皆唯心量得隨順忍或入初地捨身速生妙喜世界極樂淨佛土中故龍樹以初地往生摩差末以得忍往生至如文殊普賢等諸大菩薩發願往生莫可勝數況初心乎永明謂欲託質蓮臺永離胎藏生極樂等諸佛國土遊戲神通者皆能了達自心無不化往天如謂汝若悟心則淨土往生萬牛不能挽矣然則初心菩薩雖曰了明去佛尚遠正爾求生不可後也

六盡攝利鈍諸根悉皆度脱者諸餘法門高之則下機絶分卑之則不被上根是以華嚴如盲螢光增結唯此一法上下兼收可謂萬病愈於阿伽千器成於巨冶豈不慈門廣大普度無遺

如盲者如來於逝多林中演大華嚴彼時上德聲聞身子目連等如盲如聾杜視絶聽乃至積行菩薩猶云曝腮明高之則道

大機小故增結者淨名經云有二比丘犯根本戒發露求懺優波離爲依律定罪疑心不釋淨名言汝毋以常法擾亂其心重增此二比丘罪永嘉擬之螢光謂不能開其迷暗而反增益之也明畢之則機深教淺故他若不淨錯施爐鞴數息不利塚人彼此爲門亦復各異而淺深小大勢不兼宜唯此念佛法門三輩九品悉皆度脫徹上則三心圓發直入無生徹下則十念成功亦生彼國所謂不離一法巧被諸根豪傑無下抑之羞庸愚有仰攀之益蓋無機不收有情皆攝者也阿伽陀者西域藥名能以一藥總治諸疾喻但持佛名五欲三毒無量煩惱乃至偏乘外道一切見病悉斷除故巨治者一治之中陶鑄萬物各成其器喻但持佛名隨彼根行九品往生皆不退故廣大者周易乾曰大生坤曰廣生今無所不度喻如天覆地載並育兼容至慈無擇名普門也

七護持多障行人不遭墮落者末世修行多諸障難一虧正見即陷羣邪彼佛願力威神加被行人大光明中不遭魔事能爲護念直至道場故知澤圖辟恠寶鏡遁妖正念分明無能嬈者

多諸障難者行人於禪觀中擊發陰魔如楞嚴開五十種皆云不作聖心名善境界若作聖解即受羣邪故知正見稍虧邪魔遂熾無益更損求升反沉繇此淺根怖道不學今念佛者以佛大願攝受大力匡持威莫敢干神不可測雖有魔事行將自消

又經云念佛之人有四十里光明燭身魔不能犯以阿彌陀佛及十方佛常護念故從今發心直至道場自始至終吉無不利良繇正念分明縱魔來者易識易遣非比躭靜着空中無主宰逢魔不覺遂至入心者也澤圖寶鏡者以此二喻明非但佛力即是自已念力也有神獸名白澤能人言辨萬物之情諸邪望影而避故曰家有白澤之圖必無如是妖怪又山精野魅能變形種種誑惑於人而不能變鏡中之形喻念佛者正念現前智照精朗一切天魔心魔不得便故

八的指即有念心得入無念者心本無念念起即乖而衆生無始以來妄想慣習未易卒遣今教念佛是乃以毒攻毒用兵止兵病愈寇平則捨病體更無自身即寇盜原吾赤子起信論云心體離念而起念念佛豈不反擾其心佛藏經云無覺無觀名爲念佛無想無語是名念佛而起念念佛豈不反背於佛今謂滅諸覺觀實相念佛理則誠然但以心雖離念而無明染心念念相續如七年之病久亂之民故曰慣習茲欲勉強過捺立使空寂而止動歸止止更彌動縱麤念暫息細念猶存便謂相應錯謬非小旣居凡地未能絶慮忘緣何不即緣慮而作修進故以念還攻於念念一佛名換彼百千萬億之雜念也而妄從眞起波逐水生即念即空居然本體非於念外別得菩提故云萬法虛僞唯是一心了悟自心觸目菩提矣喻如病體瘳時便名健體亂民

定後即是良民去念而求心是醫必滅身而療病將必屠國而安民也豈理也哉九巧示因於往生實悟無生者七地僅名現相八地乃得無生而亟欲滅生以求無生彌求彌遠今以求生淨土乃悟無生入有得空即凡成聖可謂通玄秘訣換骨神丹

僅名現相者華嚴地地皆曰無生而正得乃歸八地其七地云淨無量身口意得無生法忍光明疏謂無生法忍八地所得今茲七地於彼法忍明相現前未爲眞得如觀經疏以無生即屬初住意畧同此乃至八地離一切心意識分别始名眞得無生法忍也故知無生聖且難之況凡輩乎彌遠者厭生爲患亟欲滅生以歸於無而滅非眞滅秪益劬勞終成輪轉如牛壞車古有明喻今專念佛發願往生生彼國已華開見佛識自本心本自不生生亦何礙所謂熾然求生而不乖於無生之理終日生而未嘗生者乃所以爲眞無生也有生而悟無生故云入有得空生屬凡夫而因生無生故云即凡成聖就路還家潛超密度難思難議故云通玄倏爾轉移如平地升仙白衣驟貴故云換骨搭秘訣而耕空言棄神丹而服狂藥豈不大可哀哉

十復明徑路修行徑中之徑者此有二義一者餘門學道萬里迢遥念佛往生古稱徑路而念佛一法復有多門今此持名是爲徑路之中徑而又徑鶴冲鵬舉驥驟龍飛不疾不行而速而至徑中徑矣

二義者一是較量於多種淨業二是揀别

於本部大本故云徑路之徑路也徑路者路小而捷名徑小喻念佛爲力之簡易捷喻念佛成功之迅速善導大師偈云唯有徑路修行但念阿彌陀佛是也故云餘門學道名竪出三界念佛往生名横出三界如蟲在竹竪則歷節難通横則一時透脱餘門之比念佛則念佛爲速矣念佛復有多門者如後文中所開實相念佛四種乃至萬行回向等實相之佛雖云本具而衆生障重解悟者希下此數門觀像則像去還無因成間斷觀想則心麁境細妙觀難成萬行則所作繁多重處偏墜唯此持名一法簡要直捷但能繼念便得往生古人謂既得見彌陀何愁不開悟則不期實相而實相契焉故念佛爲修行徑路而持名

又念佛中之徑路也鶴冲已過凡禽爭如鵬舉驥騄雖超羣馬未及龍飛皆上喻念佛下喻持名念佛也不疾不行者易繫詞曰易無思也無爲也寂然不動感而遂通天下之故非天下之至神其孰能與於此唯神也不疾而速不行而至意謂疾而後速行而後至者物之常也蓍卦之體寂無思爲而有感即通是不疾而速不行而至妙萬物而謂之神也引此以明諸門念佛雖同曰往生而爲力稍難爲時稍久是須行須疾乃至乃速也今則不稽歲月不假作爲七日一心即生彼國何其神妙一至是也故普賢行願品鈔云大藏中數百餘本或經或論説修彼因然皆勤積乃得往生今但稱名便登不退豈非徑而復徑者

哉

二者無量壽經廣陳依正備載修持今此經者崇簡去繁舉約該博更無他說单指持名但得一心便生彼國可謂愈簡愈約愈妙愈玄徑中徑矣

無量壽經詳見部類譯釋二門以對今經世稱大本蓋部同而廣畧異也彼爲樂廣者說此爲樂畧者說然辭簡而理益明事約而功倍勝如大本廣談諸福而此經謂但持名號即爲多福多善大本猶分三輩而此經謂但生彼國俱得不退菩提是則不獨爲種種念佛門中之要又於本部中轉更爲要可謂妙中之妙玄中之玄徑而復徑者矣

如上別中十義復以前九爲通後一爲別兼前總義爲此經教起之所因故

通者通明淨土諸經皆同此因故別者別明此經專重持名以持名爲因故總者即前總明一切諸經皆一大事以爲因故言佛說此經爲教衆生念佛爲教衆生持名念佛爲教衆生持名念佛而入佛知見以了此一心大事而已合之爲此經教起之所因也

○二藏教等攝二　初藏攝二教攝三分攝

○初藏攝

已知佛說此經有如是因未知此經藏教分中各何攝屬言藏有二一三藏二二藏且初三藏者一修多羅藏二毘柰耶藏三阿毘達磨藏今此經者是修多羅攝諸經亦有互相

攝者今非彼故

梵語修多羅此云契經名爲經藏解見後釋題中毘柰耶此云調伏即律藏阿毘達磨此云對法即論藏上二俱有多義非急不引修多羅攝者此經在經律論三藏中屬經藏故互攝者如華嚴則經攝而兼律論以十藏等品顯戒律問明等品顯論議故梵網則律攝而兼經以心地品之上廣談菩薩階位故餘可例知此經不兼戒律亦無論議自始至終專説念佛求生淨土故云今非彼也

二藏者一菩薩藏二聲聞藏今此經者菩薩藏攝亦有互攝今非彼故

菩薩聲聞詳見後釋文中藏分二者以經有大乘小乘故二藏分攝若約人有三乘亦合分三以緣覺人多不藉教攝歸聲聞故止二藏今菩薩藏攝者此經演説大乘如依正莊嚴信願往生等皆自利利他菩薩淨佛國土教化衆生之道故互攝者如華嚴菩薩藏攝亦通聲聞以能包含無量乘故今經二乘種不生故云非彼或問何得文中彼佛有聲聞弟子答此暫有終無至下釋文中當辯又問厭苦趣樂似專自利何名菩薩答求生淨土正爲見佛聞法得無生忍已還來此世救苦衆生是菩薩行非聲聞道如天台十疑論中説

○二教攝

教者依賢首判教分五謂小始終頓圓今此經者頓教所攝亦復兼通前後二教

五教者一小乘教所説唯是人空縱少説

法空亦不明顯以依六識三毒建立染淨根本未盡法源故二大乘始教繇第二時但明於空第三時定說三乘不許定性闡提成佛未盡大乘至極之說故名爲始有成佛有不成佛復名分教所說則廣談法相少及法性其所云性亦是相數以依生滅八識建立生死及涅槃因諸義類故三大乘終教繇出中道妙有定性闡提皆當作佛方盡大乘至極之說故名爲終稱實理故復名實教所說則多談法性少及法相其所云相亦會歸性以依如來藏八識隨緣成立諸義類故四頓教總不說法相唯說眞性一念不生即名爲佛無漸次故五圓教統該前四圓滿具足所說唯是無盡法界性海圓融緣起無礙相即相入帝網重重主伴交參無盡無盡故以上詳如華嚴玄中恐煩不敘言頓教攝者如後義理中辯亦通前後者通前終教以一切衆生念佛定當成佛即定性闡提皆作佛故通後圓教者亦義理中辯

○三分攝

分者十二分教如修多羅祇夜等今此經者修多羅優陀那二分攝故

分者分齊以一代時教別其分齊各有所屬也祇夜此云重頌優陀那此云無問自說十二部恐煩不敘言二分攝者一修多羅攝以是契經故二優陀那攝以不待請問自告身子故

○三義理深廣三　初攝頓二分圓三旁通

○初攝頓

已知此經攝於頓教少分屬圓未知所具義理當復云何先明此經攝於頓者蓋謂持名即生疾超速證無迂曲故正屬於頓

正屬頓義者以博地凡夫欲登聖地其事甚難其道甚遠今但持名即得往生既往生已即得不退可謂彈指圓成一生取辦如將寶位直授凡庸不歷階級非漸教迂迴屈曲之比故屬頓義

或難頓教一念不生即名爲佛五法三自性皆空八識二無我俱遣今持名念佛是爲有念云何名頓答以一心不亂正謂無念若有念者不名一心但得一心何法不寂

五法者謂一名二相三妄想四正智五如如三自性者名相是妄計性妄想是緣起性正智如如是圓成性八識者賴耶末那及眼等六合之成八二無我者人無我法無我以上亦皆入五法中詳見入楞伽諸經悉空悉遣所謂佛身無爲不墮諸數一念不生即名爲佛者頓教之旨也今言念佛則所稱佛號屬名所對佛身屬相憶念彼佛屬妄想縱使淨念相繼入三摩地亦屬正智如如而復分別是佛屬識情能念所念屬人法尚未遣有我況無我亦遣耶彼教所空所遣此皆有之以其有念故難非頓正謂無念者良繇一心不亂則不以有心念不以無心念不以亦有亦無心念不以非有非無心念離此四句更有何念雖名念佛蓋無念之念也念而無念是名一心如是之心心無其心強名曰一尚無

一相安求所謂五者三者八者二者然則一心不亂不異一念不生焉得非頓

○二分圓

分屬圓教者圓之爲義謂四法界中前三通於諸教後一獨擅乎圓今此經者圓全攝此此分攝圓得圓少分分屬圓故

四法界者一事法界二理法界三事理無礙法界此三諸教所有四事事無礙法界唯華嚴一經有之名爲別教一乘以事理無礙同頓同終事事無礙不同彼二揀乎同教一乘故名爲別非藏通別圓之別也今謂分攝乎圓者以華嚴全圓今得少分畧說有十一華嚴器界塵毛形無形物皆悉演出妙法言音此則水鳥樹林咸宣根力覺道諸法門故二華嚴一微塵中具足十方法界無盡莊嚴此則如大本云於寶樹中見十方佛刹猶如鏡像故三華嚴不動寂塲徧周法界故云體相如本無差別無等無量悉周徧此則如大本云阿彌陀佛常在西方而亦徧十方故四華嚴翰樂王樹若有見者眼得清淨乃至耳鼻六根無不清淨衆生見佛亦復如是以見圓覺佛聞普門法神力乃爾此則阿彌陀佛道塲寶樹見者聞者六根清淨故五華嚴八難超十地之階此則地獄鬼畜但念佛者悉徃生故六華嚴一即一切故如來能於一身現不可說佛刹微塵數頭一一頭出爾所舌一一舌出爾所音聲乃至文字句義充滿法界此則如大本云彼國無量寶華一一華中出三十六億那由他百千光

明一一光明出三十六億那由他百千佛普為十方說一切法故七華嚴舍那釋迦雙垂兩相此則如觀經云阿彌陀佛現六十萬億那由他恒河沙由旬之身而又見丈六之身於池水上故八華嚴以盧舍那佛為教主此則如清涼云阿彌陀佛即本師盧舍那故九華嚴名大不思議淨名諸經名小不思議此則亦名不可思議功德故十華嚴為教即凡夫心便成諸佛不動智此則不越稱名佛現前故是則齊等淨名諸經同為華嚴流類圓教全攝此經此經分攝圓教以少分義故名分圓也

○三旁通二　初觀經二諸經

○初觀經

先明通觀經者有言十六觀門名為定善執持名號名為散善今為通之於中有二一總二別先明總者彼經妙觀宗乎一心此經一心正符彼意一心作觀一心稱名何得同歸一心揚彼抑此詳如淨覺疏中說

旁通者不別頓圓但取諸大乘經義理相通以十六觀是淨土專經故先舉也定散者孤山判十六觀為定善此經持名為散善今謂一心不亂有事有理即事一心已非全散何況理一正符彼意者彼經三觀即空即假即中超乎次第是為一心今經執持名號一心不亂則能持所持了不可得是名空觀正當空時能所歷然是名假觀非假非空常空常假不可思議是名中觀良以单提聖號直下一心有何次第正三觀圓修之義也是則彼經以心觀為宗

此經以心念爲宗觀即念也念即觀也兩經所說既同一心何獨此經抑之爲散故此法門名念佛三昧亦名一行三昧亦名諸佛現前三昧亦名般若三昧亦名普等三昧三昧之言定也既通多種三昧何得爲散大要觀想若非一心觀亦成散持名若得一心持即成定不在觀想持名而在一心與不一心也如淨覺疏者疏云智者大師於觀經以三種淨業屬散十六妙觀屬定未聞以持名爲散也孤山判此經爲散善予不韙彼說且普門品疏釋一心稱名有事有理存念觀音無有間斷名事一心若達此心四性不生與空慧相應名理一心普門無不亂二字智者尚作空慧釋之今云一心不亂何得貶爲散善愚按智者入滅唱三寶名章安臨終亦稱彌陀及二大士彼師資自行如斯必不散判稱名於是益信

次明別者或謂此經但聞佛名或謂此經佛是劣應或謂此經華局車輪或謂此經五逆不生或謂此經止屬下品不知二經實一義故不知此經尤獨要故

但名者或謂觀經教想彼佛相好此經但持四字空名則不見佛身故名散善然經云阿彌陀佛與諸聖衆現在其前既佛現則寧無相好況與衆則主伴齊彰蓋彼以作觀見佛此以持名見佛爲因不同見佛則一劣應者或謂觀經言佛身高六十萬億那由他恒河沙由旬此經不說疑是劣應故名散善然大本云爾時阿彌陀佛放

大光明普照一切世界阿難見佛容體巍巍如黄金山高出一切諸世界上則觀經所説猶一世界今言一切世界則更爲高大何得言劣又大本言阿彌陀佛道場寶樹純以衆寶自然合成則非木菩提樹下之身何得言劣又觀經言彼佛或現丈六八尺或現大身滿虚空中則隨機所見大小無定故古謂即劣即勝生法不二而況今經不出大小何得定指爲劣華局車輪者或謂觀經華大十二由旬此經車輪華局於小故名散善不知車輪之義大小無定大本車輪大至百千由旬何止十二詳如後文中辯五逆不生者或謂觀經言五逆得生大本唯除五逆則濟度功狹故名散善不知唯除五逆下有誹謗正法四字

五逆而兼謗法乃在所除雖具五逆不謗法者未必不生也良繇謗則不信不信不生故所謂疑則華不開是也觀經不言謗法如兼謗者亦不生也又觀經下下品五逆文中謂其人十聲稱名遂得往生則觀想未成唯資十念五逆之生正稱名得生耳況大本云地獄鬼畜生亦生我刹中墮地獄者非五逆人而何止屬下品者或謂觀經下之三品初言智者教令合掌叉手稱南無阿彌陀佛三言善友教云汝若不能念彼佛者應稱名號則持名往生似唯下品不知持有事理理復淺深今下生者僅是事善若成理觀則與彼經三觀圓修㝠契不二何慮品位之不高也況下品文中乃指惡人愚人非謂善人智人持名亦

居下品也故知二經其義一也獨要者畧有三意一者觀經所明佛身雖云即報即法而那由恒沙不無數計生身尊特猶待辯疑此經但曰光明無量壽命無量則不屬諸數直指法身獨要一也二者十六妙門雖云即觀即心而先日次水次地次樹次座方入佛觀則不無次第猶覺繁長此經不修餘業单事持名倏爾一心便得佛現獨要二也三者上三品生乃能遊歷十方承事諸佛中下二品皆無此文今持名往生便得供佛諸方食時還國獨要三也聞說一義尚恐生疑更聞獨要必致深駭故云難信之法又云不可思議功德經也

○二諸經

復明通諸經者與諸大乘經意義相通如淨名法華等旁通如是乃知此經義理所該深邃廣遠不應視同淺近自取愆尤

淨名法華等者此一心持名得生彼國即隨其心淨則佛土淨是淨名義又此一心持名即以深心念佛乃至獨入他家一心念佛乞食無侶一心念佛一稱南無佛皆已成佛道是法華義等者畧舉餘經如文殊所云一行三昧大品所云若人散心念佛乃至畢苦其福不盡是般若義如經三七日稽首十方諸佛名字是圓覺義如五百長者子稱七佛名遂得見金色之身成阿羅漢是觀佛三昧義如菩薩六念念佛第一又云繫念思惟因緣力故得斷煩惱是涅槃義如佛告父王汝今當念西方極樂世界阿彌陀佛常勤精進當得佛道又

云十心向徃命終必生彼佛國土是寶積義至如華嚴圓義相通已見前文念佛之義不可勝舉如上且就一經大旨而言泛論經義則維摩丈室容八萬四千師子之座今此淨土十方徃生猶如雨點皆生七寶池中曾無窄隘即淨名義如來神力品釋迦與十方諸佛同出廣長舌相乃至梵天爲讚歎法華故今此六方讚歎亦復如是即法華義畧舉少分通諸大乘餘不繁敘又起信因緣分疏明信位初心有四種機以禮懺滅罪被初機以修習止觀被中機以求生淨土被上機初謂業障衆生中謂凡夫二乘則知淨土是大乘菩薩所修矣義理所該總結上文慫尤者輕毀此經即輕毀大乘獲罪無量故

佛說阿彌陀經疏鈔卷第二

音釋

崎 卯奇切險也 嶇 豈俱切山路不平貌 勵 力制切勉力也 蛙 烏瓜切蝦蟆屬 鮒 符遇切魚名 翮 下革切羽莖也 韛 蒲邁切韋囊所以吹火也 遁 杜困切逃也 瘳 丑鳩切病瘉也又音聊 踶 烏蹄切是也

佛說阿彌陀經疏鈔卷第三

明古杭雲棲寺沙門　袾宏　述

○四所被階品二　初料簡二總收

○初料簡

已知此經文略義豐言近旨遠未委被何根器有何階等先明料簡前三非器謂無信者無願者無行者反是皆器

先明根器有是有非次別階等有勝有劣欲令捨非從是棄劣取勝也信謂信生佛不二衆生念佛定得往生究竟成佛故如經所云汝等皆當信受我語是也願謂信非徒信如子憶母瞻依向慕必欲往生故如經所云應當發願生彼國土是也行謂願非虛願常行精進念念相續無有間斷故如經所云執持名號一心不亂是也此之三事號爲資糧資糧不充罔克前進又復此三如鼎三足或俱無或具一缺二或具二缺一皆不可也又以喻明譬之五穀其無信者不信即種是穀栽培此種定得成穀者也信而無願者雖知佳種無心求穀者也願而無行者雖望得穀不事耕耨者也俱無互缺准上可知此三者皆羸劣破漏之器不堪承受甘露法味故名非器又復世人雖行衆善於彼佛土無信行願亦名非器雖有諸過於彼佛土有信行願亦名爲器反是皆器如下所明

於是器中輩之品之成三成九九之又九三之又三又細分之復應無量如二部中說次明階等也輩者大本三輩品者觀經九品故曰三九三輩之中復三輩之則成九

輩九品之中復九品之則成八十一品輩之無窮品之不已則成百千萬億輩品故曰復應無量所以然者均名念佛同一往生而修有事理功有勤惰隨因感果地位自別故涅槃説十二因緣曾無二法而下智觀者得聲聞菩提中智觀者得緣覺菩提上智觀者得菩薩菩提上上智觀者得佛菩提是則諸天共器食有精麤三獸同河渡分深淺焉可誣也倘其自負利根聞説念佛若將浼焉寧知輩品天淵存乎其人而已終不念佛鈍置汝也好奇負勝之士幸平氣而思之

○二總收

總收者但持佛名必生彼國則或高或下或聖或凡乃至或信或疑或讚或毁知有彼佛便成善根多劫多生俱蒙解脱高下者以上品即登彼岸下品猶勝天宫則品位雖殊皆得不退故聖凡者以具縛凡夫但得往生即與諸大菩薩俱會一處則終當成聖故此專舉其順者下言信疑讚毁則兼違順無不獲益也問信讚應爾云何疑毁亦曰善根答常不輕授記諸人皆當作佛人疑不信乃至打罵因墮地獄從地獄出終得成道豈非打罵從疑而生疑從知生知從聞生聞知有佛然後生疑曾未聞知疑從何發因聞知故佛之一字已藴識田投種土中雨露忽滋終有生日彼毁佛者義亦如是故曰但知有佛皆成善根畢竟解脱不聞不知則不成種

○五能詮體性四　初隨相二唯識三歸

性四無礙

○初隨相

已知此經被機普徧未知能詮何爲體性依古展轉十門推本約之成四先明隨相於中復二一謂聲名句文二謂所詮義以文與義皆屬相故

十門展轉詳見華嚴玄談圭峯復於中約而束之遂爲四門初聲名句文者據大小乘教或以聲爲教體或以名句文身而爲教體今依清涼大師通收四者以聲爲教主名者次第行列詮法自性句者次第安布詮法差別文者次第聯合上二所依此名句文三者屈曲爲聲上詮表唯聲則不能詮義唯名句文則無自體兼此四事是謂教體以假實體用兼資也二所詮義者此聲名句文若無所詮之義則同乎籥韻殊無意況若徒義無文妙理憑何而得顯示良以文隨於義義隨於文文義相資乃成教體故今此經從如是我聞至作禮而退是聲名句文體而其中所說依正二報信願往生等是所詮義也以是二者交相隨故而爲教體

又若據法所顯義則無非佛事如香飯光明等當知法法皆爲教體

法能顯義則法法自彰不俟文字如華嚴雲臺寶網毛孔光明皆能説法淨名云有佛世界以香飯而作佛事有佛世界以光明而作佛事乃至一色一香一擧一動無有一法而非佛事等今此經者水鳥樹林咸宣妙法則隨擧一法皆成教體

○二唯識

唯識者此文此義皆識所變而有本影四句

四句者一唯本無影即小乘教不知教法皆唯識現謂如來實有說法故二亦本亦影即始教以佛自宣說若文若義皆從妙觀察智淨識所現名本質教聞者識上所變文義名影像教諸佛衆生互爲增上故三唯影無本即終教以離衆生心更無有佛唯大悲大智爲增上緣令彼根熟衆生心中現佛說法是故佛教全是衆生心中影像四非本非影即頓教非唯心外無佛衆生心中影像亦空以性本絕言即不教之教所謂尊者無說我乃無聞說聽皆無唯識而已是以識爲教體也今此經者且約終頓二教則衆生心樂出離自於心中見佛爲說極樂依正信願往生而實無說無聽故識爲教體

○三歸性

歸性者前以所變之萬境攝歸能變之八識今以所現之八識復攝歸能現之一心則性爲教體

一心者即眞如自體也從此眞如流出教法故會相歸性則所謂重頌如授記如十二分教一切皆如以上展轉推尋眞實之理極至於此譬之物不離夢夢不離人圓覺疏云生法本無一切唯識識如幻夢但是一心則以自心爲教體也今此經者依正信願等法若文若義究極皆歸一心眞如故古德云諸大乘經皆以一實相印爲經教體此經一心不亂即是實相即是眞

如則合前二種會歸一心而爲教體

○四無礙

無礙者心境理事本自交徹境及事者是名隨相心者唯識理者歸性俱交徹故交徹者以一心原有眞如生滅二門眞如即是生滅故理不礙事境心生滅即是眞如故事境心不礙理今此經者心即是土則一念無爲而不妨池樓鳥樹昭布森列衆生信樂隨願往生土即是心則七寶莊嚴而不妨全體空寂不立一塵實無衆生生彼國者則心境理事互相融攝而爲教體也

○六宗趣旨歸三　初總陳二異解三正意

○初總陳

已知此經能詮之體如是該羅未審所宗當在何者夫語之所尚曰宗宗之所歸曰趣而有通別通論佛教因緣爲宗別則依古十門自我法俱有至圓融具德後後前前次第深淺是故諸經各有宗趣

尚者崇也聖人立教一部語言何所崇尚所崇尚者名之曰宗歸者至也立此爲宗爲求何事究所歸至名之曰趣因緣者揀異無因邪因一代時教不出因緣如所謂因緣故生滅因緣故即空因緣故即假因緣故即中佛教所宗因緣攝盡故云通也十門者第一我法俱有宗内執有我外執有法名爲附佛法外道第二法有我無宗則異外道𨻶是從前至後𨻶淺入深乃至第十圓融具德十門分別詳具華嚴立談

若約之爲五不出有空法相法性圓融今此經者宗乎法性以淨土依正信願等皆歸一心一心不亂即法性故

○二異解

今明此經古有多解有謂信願爲宗有謂超過三界二種清淨爲宗令諸衆生得不退轉爲趣

信願爲宗者諸解多同以經中屢言若有信者應當發願生彼國土故二種清淨者論言極樂世界依正二報清淨莊嚴非三界所及故以爲宗而要其所歸爲令衆生生彼清淨極樂國土生彼國已即不退轉以此爲趣

○三正意二

○初總舉

初總舉二別明

此經宗乎法性於法性中復分總別總而合之謂是依正清淨信願往生以爲宗趣

取前二説兼合言之總爲宗趣以前説不該依正後説未詳信願故須兼合始得無遺良繇依正信願兼備交資而得往生皆不出自心故其總爲宗趣者如華嚴例彼經亦兼衆説總因果緣起理實法界以爲宗趣故若欲分之上句爲宗下句爲趣義亦自明若欲加之彼經加不思議今經亦爾

○二別明

又別明之則成五對一教義二事理三境行四行寂五寂用以爲宗趣

一教義一對者以教爲宗令達義爲趣言崇尚此念佛往生之教其意云何正欲曉

會經中所說阿彌陀佛正報依報清淨莊嚴信之願之則生彼國教中有如是義是其趣也不徒爲語言文字而已二事理一對者以事爲宗令顯理爲趣承上一經言教俱約所詮之義而義中復有事理言崇尚此依正信願等事其意云何正欲顯發事中所具至理是其趣也不徒爲事緣之迹而已三境行一對者以境爲宗令起行爲趣境即是所觀之理對能觀之智故名爲境言崇尚此理其意云何既知彌陀自性淨土唯心正欲即此以爲眞境而起觀行執持名號一心不亂是其趣也不徒爲曉達此理而已四行寂一對者以行爲宗令至寂爲趣言崇尚此念佛觀行其意云何良繇心雖本寂多生習染觸境生心若不修觀行縱令強抑妄心終非定慧平等今依正觀執持名號至於一心則復還空寂之體是其趣也不徒爲有作妄計而已五寂用一對者以寂爲宗令發用爲趣言崇尚此寂其意云何良繇妄想執着無繇解脫妄盡心一則淨極光通喻如塵盡鏡明無像不現所謂既生彼國得無生忍已還入生死以無數方便大作佛事度脫衆生妙用恒沙是其趣也不徒爲沉空滯寂而已如是十門展轉生起以爲宗趣

○七部類差别三　初明部二明類三非部非類

○初明部

已知此經宗趣沖深未審當部等類爲有幾種初先明部者部有二種一謂大本二謂此

經

部者以是總歸一部而有詳略詳爲大本略爲此經大本有六一名無量平等清淨覺經後漢支婁迦讖譯二名無量壽經曹魏康僧愷譯三名阿彌陀經與今經同名吳支謙譯四名無量壽莊嚴經宋法賢譯五出寶積第十八經名無量壽如來會元魏菩提流志譯六名佛說大阿彌陀經宋龍舒居士王日休者總取前之四譯參而會之唯除寶積彼所未及然上五譯互有異同漢吳二譯四十八願止存其半爲二十四其餘文中大同小異王氏所會較之五譯簡易明顯流通今世利益甚大但其不繇梵本唯酌華文未順譯法若以梵本重翻而成六譯即無議矣故彼不言譯而言較正也又其中去取舊文亦有未盡如三輩往生魏譯皆曰發菩提心而王氏唯中輩發菩提心下曰不發上竟不言則高下失次且文中多善根全在發菩提心而三輩不同同一發心正往生要旨乃反畧之故云未盡然今疏鈔所引義則兼收五譯語則多就王文以王本世所通行人習見故餘五間取而槩以大本標之故上六種皆名大本今此經者名爲小本文有繁簡義無勝劣判屬同部

○二明類

二明類者自有三種一觀經二鼓音王經三後出阿彌陀偈經

類者不同其部而同其類如從昆弟雖不同父而同其祖亦名比肩相爲等夷故曰

同類觀經者觀無量壽佛經具談十六妙門一心三觀詳本疏鈔鼓音王經者佛在瞻波大城伽伽靈池與比丘百人說中云若有四衆受持阿彌陀佛名號臨命終時佛與聖衆接引往生等後出偈經者始終唯偈是伽陀部中云發願喻諸佛誓二十四章願止存半與漢吳二譯同而四十八願自古及今傳揚已久二十四者或梵本缺畧未可知也或問鼓音亦說持名云何不與今經同部答以有咒故彼經雖說持名重持咒故

○三非部非類

三明非部類者帶說淨土如華嚴法華及起信等又非部類而中說專持名號如文殊般若

帶說者諸同部同類之外復有諸經雖不專談淨土其中帶及勸讚往生也華嚴如行願品既明十大願王而末言以此十願導歸極樂是也法華如云誦斯經者命終當生阿彌陀佛極樂世界是也起信如前教起中所明是也等者如觀佛三昧十住斷結諸經帶說淨土層疊非一詳如後釋文中雜引文殊般若詳後執持名號文中

誦四明持五結勸

○八譯釋誦持五　初明譯二明釋三明

○初明譯

已知此經爲部爲類詳畧同別未委譯自何時凡有幾譯以至註釋闡揚讀誦受持有何靈驗初明譯者有二一名佛說阿彌陀經即今經姚秦三藏法師鳩摩羅什譯

姚秦者周有嬴秦南北朝有符秦姚秦今言姚者揀非餘秦也三藏者通經律論兼善華梵故法師者佛法所屬演揚誨衆爲表範故鳩摩羅什者梵語具云鳩摩羅耆婆什上五字此云童壽什者深善此方文字之什華梵合舉稱羅什也譯者易也易梵成華也周禮掌四方之語各有其官北方曰譯今經自西來而言譯者漢之北官兼善西語摩騰始至遂稱爲譯今仍之也按本傳師中天竺國人父名鳩摩羅琰家世相國棄榮出遊龜茲王以妹妻之生師師生而神靈七歲隨母入寺見鐵鉢試取加頂俄念此鉢甚重我何能舉即不勝重遂悟萬法惟心博學强記人莫能及以冲年高德故云童壽既通三藏東遊龜茲王設金獅子座處之符堅據秦將事西討適太史奏異星現於西域分野當有大德智人入輔中國堅云朕聞龜茲有羅什者得非此耶遣將呂光臨發謂曰朕非貪地用兵聞羅什深解法相爲後學宗若克龜茲即宜馳驛送什及破龜茲載什以歸中道聞堅已爲姚萇所害遂止不返什師因不至秦後萇亦聞師名要請而光不允萇亡子興復請亦不允因遣兵伐光光姪降秦方得迎師入關奉爲國師師閱舊經義多紕僻不與梵本相應乃集沙門肇叡等八百餘人新譯經論三百九十餘卷並暢神源發揮幽致師未終少日集衆謂曰願所宣譯傳之後世咸共流通今於衆前發誠實誓若所傳無謬當使焚身之後舌不焦

爛以弘始十一年八月二十日卒於長安闍維薪滅形盡舌根儼然今此經者譯於什師而舌根不壞與諸佛出廣長舌讃歎此經合而觀之佛語不虚於是益信

二名稱讃淨土佛攝受經唐三藏法師玄奘譯二經聯比小異大同時所宗尚皆弘秦本

玄奘法師者唐洛州緱氏人姓陳氏少罹患難隨兄長𨌺法師出家於淨住寺年十一誦維摩法華卓然自立不偶時流年二十一講心論不窺文相涌注不窮時號神人貞觀三年往西域取經備經險難歷百五十國遂至舍衛取經六百餘部貞觀十九年還京於玉華臺翻譯經論總一千三百三十卷既卧疾見大白蓮華及佛相右脇累足而逝兩月色貌如生先是西行之日撫靈巖寺松而作誓言吾西去汝西長吾東歸汝東向師去松西長至於數丈一日忽東迴門弟子喜曰師歸矣已而果然時號摩頂松云按師誓言自要不爽如是眞語實語亦什師舌根不壞諸佛舌相廣長意也所譯此經焉可不信聯比者先後重譯也小異大同者梵音稍别及語有繁簡如恒河殑伽六方十方之類而大意一無相乖也皆弘者法華三譯秦本盛行此經二譯亦復如是

○二明釋

次明釋此經者論則有天親菩薩無量壽經論解則有慈恩通賛海東疏孤山疏乃至大佑略解等

天親菩薩者常入日光定昇兜率天宫内

院親覲慈氏造無量壽經優婆提舍優婆提舍者此云分別義慈恩法師者諱窺基姓尉遲氏敬德猶子也奘師度之出家學通大小造疏計可百卷釋彌勒下生經筆鋒得舍利二七粒復示西方要義有彌陀經通賛一卷海東法師者諱元曉其疏此經大率依論爲主孤山圓法師者十疏流通此疏居一義淵淨覺越溪等歷代諸師種種解釋率多散沒至元大佑師者乃有略解今唯海東越溪大佑所解僅存而已世遠人亡經殘教弛遂令如是廣大深遠法門不得人人曉了寧不悲夫

若夫遠承佛旨弘闡秘宗爲論爲文爲集爲録爲傳爲偈爲賦爲詩交讚互揚其麗不億莫不叮嚀懇告感慨悲歌普勸迷流同歸覺路一曾過目可弗銘心

上文專指註釋此經今謂其餘讚詠淨土所有言辭不可勝紀爲論如十疑寶王等爲文如龍舒無盡等爲集如決疑指歸等爲録如淨土自信等爲傳如淨土畧傳等爲偈如徑路修行等爲賦如神棲安養等爲詩如諸家懷淨土等告而曰懇眞誠之語冀其信受而奉行也歌而曰悲凄楚之辭或能感發而興起也麗數也不億者億不足以盡之言多也此皆淨土聖賢千言萬語不厭繁重直欲生死海中盡挈衆生於彼岸而後已我等應當啣恩報德鏤骨銘心展轉流通遞相勸導如其置而不覽覽而不信不曰愚蒙之訓則曰寄寓之談獨且柰之何哉

○三明誦

次明誦此經者如舌根不壞天樂西迎方解究而往生未終卷而坐脫歸如入定終覩白蓮銀臺而易金臺麗樂而來細樂

舌根不壞者智論云有比丘誦彌陀經命欲終時語弟子言阿彌陀佛與諸大衆俱來迎我後從火化舌根不灰色相自若天樂西迎者宋唐世良誦彌陀經十萬遍一日謂家人曰佛來迎我言已作禮坐逝其夜有利行人在道味山上夢西方異光旛華繽紛音樂嘹喨空中聲云唐世良已生淨土解究往生者宋上虞民馮珉少事遊獵見巨蛇持矟將往刺之時蛇在巖下欲噬黄犢珉推巖石壓之至死蛇屢爲祟珉修懺念佛經年蛇不能害一日請同社淨侶誦彌陀經合掌而化未終坐脫者晉智仙法師號眞教住白蓮寺十三年西向十念十二時不暫廢一夕微疾命觀堂行人誦彌陀經未終卷安然坐脫歸如入定者宋釋處謙精修淨土一夕誦彌陀經畢稱讚淨土告衆曰吾以無生而生淨土如入禪定奄然而化終覩白蓮者宋嘉禾郡鍾嫗日誦彌陀經十徧念佛不輟一日語其子曰見白蓮華無數衆聖迎我遂端坐聳身化去銀臺金臺者懷玉禪師台州人布衣一食常坐不卧精進念佛誦彌陀經三十萬徧一日見西方聖衆多若恒沙一擎銀臺從窻而入玉曰吾一生精進誓取金臺何爲得此銀臺遂隱玉感激倍復精進三七日後見佛滿空中乃謂弟子曰金臺

來迎吾生淨土矣說偈含笑而逝郡守段公異之作詩讚美有枝低只爲望金臺之句云麤樂細樂者元子華禪師大曆九年於潤州觀音寺誦彌陀經六月忽得疾夜聞香氣樂音空中告曰麤樂巳過細樂續來君當往生良乆念佛而化異香連日不散

又若書寫則化被蒼生講演則祥符白鶴

書寫者唐善導大師凡得䞋施用寫彌陀經十萬卷勸人受持亦有讀誦至十萬徧者五十萬徧者僧俗歸仰至有感極焚身供養得念佛三昧者不可勝紀講演者宋沈三郎晚歲回心念佛因病請僧講彌陀經易衣而終縮膝欲起二子局於名教以易麤爲難曳其脛直之將入殮忽舉首出衣被瞿然而坐舉家大驚二子急前扶衛乃以肘節捶之子曰助父坐脫耳竟坐逝荼毗有白鶴二十九隻飛鳴雲表乆之西去

現前感應則寶地遙觀尅取往生則涅槃非比如斯感應屢見古今

寶地遙觀者唐大行禪師初修普賢懺後入大藏隨手取卷得彌陀經日夜誦味至三七日覩琉璃地上佛及二大士現前僖宗聞其事詔入內庭賜號常精進菩薩後琉璃地復見即日命終異香經旬肉身不壞涅槃非比者梁道珍法師講涅槃經天監中憩錫廬山慕遠公淨業禪坐中忽見海上數百人乘寶舫前邁師問何之答曰往極樂國因求附載報云法師雖善講涅

槃經亦大不可思議然未誦彌陀經豈得同往師遂廢講念佛誦彌陀經及二萬徧將終四七日前夜四鼓見西方銀臺來至空中皎如白日聲云法師當乘此臺往生時衆咸聞天樂異香數日香猶未散其夜峯頂寺僧遥見谷口火炬數十明燎徹夜次日乃知師逝如上所錄皆修因證果此感彼應疉見層出自古及今未及枚舉

○四明持

若持名者或一念而飛一光或一聲而出一佛或響彌林谷或音徹宮闈或六時繫念而依正盈空或十字標心而聖賢入會洎乎昭代續有名流

此正明執持名號也淨業諸賢多不繁載姑舉昭灼世人耳目者一二以爲激勸飛光者唐善導大師人問念佛得生淨土否答曰如汝所念遂汝所願於是導乃自念阿彌陀佛一聲則有一光從其口出十聲至百光亦如之光明滿室帝聞其事勑所居爲光明寺後登柳樹端坐而化出佛者少康法師在烏龍山建淨土道場勸人念佛衆見師念佛一聲口出一佛至於十念十佛次出猶若連珠臨終之日口旋異光數道奄然而逝響彌者唐道綽禪師平居爲衆講無量壽經將二百徧人各掐珠口稱佛號或時散席聲播林谷音徹者唐法照於并州五會念佛感代宗皇帝宮中聞念佛聲遣使遥尋見師勸化之盛遂詔入宮宮人念佛亦及五會號五會法師六時者晉慧遠法師居廬山製蓮華漏六時念

佛澄心繫想後十九年七月晦夕於般若臺方從定起見阿彌陀佛身徧虛空圓光之中無量化佛及菩薩衆水流光明演說妙法佛言我以本願力故來安慰汝汝七日後當生我國至期端坐而逝十字者宋長蘆宗賾禪師禪理洞悟宗說兼通而遠遵蘆阜之規建蓮華勝會其法日念阿彌陀佛或千聲萬聲各於日下以十字記之一夕夢一男子烏巾白衣風貌清美謂賾曰欲入公彌陀會乞書一名賾問公何名曰普慧又云家兄普賢亦乞登名言訖遂隱賾覺而語諸尊宿皆云華嚴離世間品有二菩薩名乃知聖賢幽贊以二大士書於録首昭代者令代也如西齋空谷天奇毒峯等皆近世高僧篤信精修匹休前古相續不絶稍詳往生集中葢千萬中紀其一二而已

至於感護則宿寃得度惡鬼不侵靈應則瞽目重明俘囚脫難

寃度者唐邵彪鎮江人爲諸生時夢至一公府主者問汝知所以不第否彪對不知因使人引彪前行見大鑊中有蛤蜊作人語呼彪名彪怖遂念阿彌陀佛蛤蜊變黃雀飛去彪後及第官至安撫使鬼却者佛世有一國鄰於羅剎羅剎食人無度王約自今國中家以一人次第送與勿得枉殺有奉佛家止生一子次第充行父母哀號囑令至心念佛以佛威力鬼不得近明晨往視見子尚在將之而還自是羅剎之患遂息目明者宋崇氏女雙瞽念佛三年精

勤不替雙目重明如故難脱者元末張士誠攻湖州江浙丞相與戰擒四十人囚檻送戮夜宿西湖烏窠寺大猷謀禪師徐步廊下囚見師神觀閒雅持誦不輟因求救援師教令至心念南無救苦救難阿彌陀佛中有三人信受其語念不絕口天曉發囚易枷鎖至三人刑具不足惟縶以繩既而審鞫知良民被虜者遂得釋

又復惡人則善和十念地獄現而化佛空迎畜生則鴝鵒稱名形骸掩而蓮華地發何況身無重慝報在最靈信願薰修寧成虛棄

惡人者唐張善和屠牛爲業臨終見群牛索命於是大怖喚其妻云速延僧爲我念佛僧至諭云經中說臨終惡相現者至心念佛即得往生和云地獄至急取香爐來即以右手擎火左手拈香面西專切念佛未滿十聲自言佛來迎我即化去畜生者宋黃巖正等寺觀公畜鴝鵒常念佛不絕一日立化籠上觀葬之已而土上出紫蓮華一朶尋土中則華從舌端而發靈芝照律師爲之讚有立亡籠閉渾閑事化紫蓮華也太奇之句如上持名所舉自飛光出佛至此亦千萬中紀一而已慝者惡之匿於心者也最靈者人爲萬物之靈也末復結言惡人念佛尚得往生何況惡未必如善和畜生念佛尚得往生何況靈而號爲人類以此比況知必生也信願薰修所作唐捐無有是處

○五結勸

是以一音始唱千佛同賡三學高僧九流名

德若幽若顯若聖若凡如萬水無不朝東似羣星悉皆拱北方之捷徑號曰普門豈虛語哉決志求生無容擬議者矣

此總結淨土法門一切衆生所皈依也唱者導也賡者續也始唱者釋迦開示西方衆生始知淨業是引而導之也同賡者六方讚歎詳如經文中說是續而和之也三學者謂禪教律三宗也禪如永明以宗門柱石而上上品生圓照以獨秉單傳而標名蓮境教如僧叡弘輔什師而蓮華出榻四明中興台教而西向坐亡律如靈芝生弘毘尼而死生安養清照大闡律學而說偈西歸若廣舉者不可勝數九流者謂儒道農工醫卜等也儒如文潞公德業滿朝而結十萬同生之緣蘇長公文行絕世而有西方公據之說道如葛濟之捨仙學而回心淨業鸞法師焚仙經而專修觀經乃至子章之業岐黃而念佛張銓之荷耒耜而稱名幽如冥君敬禮羅刹休心聖如文殊求生普賢願往況顯與凡不待論矣朝東者會極義拱北者宗本義喻淨土爲真際所詣勢必向往非强之使然也捷徑普門解見前文重言結之明不虛也決志者大本云設有大火充滿三千大千世界要當過此生彼國土則決定其志無退怯也擬議者易曰擬之而後言議之而後動今謂不須擬議昔人有言卜以決疑不疑何卜念佛往生但諦信不疑而已何復擬議爲哉

佛說阿彌陀經疏鈔卷第三

音釋

紕音批壞也　弛音始　鏤音漏雕刻也　噬音誓齧也　犢音讀牛子也　鞫音菊推窮罪也　嫗依據切於去聲　脛形定切脚脛也　闈音爲宮中相通小門　鴝音渠　鵒音育鴝鵒卽八哥

佛説阿彌陀經疏鈔卷第四

明古杭雲棲寺沙門　袾宏　述

○九總釋名題二　初題義二譯人

○初題義

如上八門敘義已知一經大旨今欲釋文先明總題使有綱領故次之以總釋名題

佛説阿彌陀經

△疏題義有四初能説佛二正明説三所説佛四結説名言此土釋迦牟尼佛説彼土阿彌陀佛依正莊嚴信願往生之經也統括大意次乃離釋

鈔統括者先且略表全文使血脈貫通意義具足次乃一一離而釋之題止佛名而言依正等者觀經言佛便周今舉佛名攝無不盡故

△疏次離釋也佛者梵語具云佛陀此云覺者備三覺故又云智者無不知故又佛者十號之一又佛地明十義佛天台明六卽佛華嚴明十身佛故佛者天中天聖中聖凡单言佛者卽本師釋迦牟尼也

鈔梵者淨也對華名梵文質之謂也具者具足梵語當云佛陀不言陀者省文也譯以震旦之言則云覺者對迷者得名也三覺者自覺異凡夫覺他異二乘覺滿異菩薩三覺俱圓故曰自他覺滿之者又離心名自覺離色名覺他俱離名覺滿亦三覺義又云智者智卽覺義無不知者智論云知一切衆生數非數常非常等是智無不知所謂得一切種智是也卽覺滿義也十號者萬德世尊舉莫能盡略而言之如來

至佛共有十號十號之中佛當其一具茲十德世出世間之所宗主故名世尊十義者具二智斷二障覺二諦得自他二利如夢覺華開二喻合之爲十義也六卽者始乎理卽終乎究竟蓋始則全覺全迷中則覺而未盡末乃無所不覺今稱佛者指究竟也十身者一正覺佛至十隨樂佛詳具離世間品此十身佛唯華嚴有之然約其大要不出覺滿之義故曰十身初滿正覺始成名圓滿佛也天中天者天有四一世間天諸國王是二生天欲色無色諸天是三淨天四果支佛是四義天十住菩薩是佛並超之是天而又天也聖中聖者聲聞緣覺菩薩入聖域而未優惟佛居極果是聖而又聖也卽釋迦者過去未來須標其佛釋迦見坐道場一土之中無二佛故喻如前朝帝主須稱國號當今天子直曰至尊亦以一國之中無二主故是知單言佛者卽悉達所成賢劫第四佛也

△【疏】說者悅也悅所懷故四辯宣演故十二部等至四悉檀皆是說義

【鈔】悅所懷者本願度生得機而說所懷暢悅如大本世尊欲說此經先且諸根悅豫顏色異常況今持名念佛得機而說悅可知矣四辯者曰義曰法曰詞曰樂說也四皆無礙名之曰說中論云諸佛依二諦爲衆生說法詞無礙智以世智差別說樂說無礙智以第一義智善巧說不言義法者後後兼於前前詞及樂說攝義法故十二部等指所說也悉檀者合華梵云徧施以

世界爲人對治第一義四門作歡喜生善滅惡入道四益十二部經一切諸法隨宜而説無量方便要歸作世界等四説使人得歡喜等四益而已鑒機授法其文繁廣略舉不悉

△疏佛説者説揀五人故

鈔五人者一佛二菩薩三天四仙五化人此五皆能説經今顯此經是至聖立言金口親出不同菩薩在因天屬凡類仙雜外道化人非真也如天子詔不同百官宰相諸王等語也

△疏阿彌陀者是標顯彼佛梵語阿此云無梵語彌陀此云量言佛功德不可窮盡故云無量如經壽命光明是無量中姑舉二事攝餘功德也

鈔無量者有二義一者衆多無有數量二者廣大無有限量復有二義一者十大數中之無量二者更無窮盡之無量姑舉二事者以無量不止壽命光明也詳如後文中辯

△疏經者梵語修多羅此云契經有通別二義契復二義經復多義經雖多義不出貫攝常法四義

鈔通別者佛所説教總名修多羅是之謂通析之則經名修多羅律名毘奈耶論名阿毘曇是之謂别契復二義者一者契理則合道之言二者契機則逗根之教今略契字但名曰經者省文也經復多義者華嚴疏引雜心五義謂一出生二顯示三涌泉四繩墨五結鬘佛地二義謂一貫穿二

攝持此方四義謂一常二法三逕四典故云多義不出四義者指貫攝常法四字也良以經字西域正翻爲線線有貫持義貫則貫穿所説之理持則攝持所化之生此二足該出生五義而此方經典亦名曰經經是線義此方不貴線故直取經字而加以契古稱最爲允當又常者古今不易法者近遠同尊常則乆而行之有共繇義卽名爲逕法則軌而正之有定據義卽名爲典亦二足該四則彼方貫攝此方常法合而言之四字之中盡經義矣

△疏又經復有通別二義經之一字是爲通名佛說阿彌陀五字是爲別名如教行理通別亦爾此三卽配三德圓融具足如天台所稱聞首題名功德無量若配三大則佛是體大無量壽是相大無量光是用大如教中説

鈔教行理者本理立教依教修行從行顯理諸經皆具教行理三故名爲通專指此經則佛說是教執持名號是行阿彌陀是理局此異餘故名爲別配三德者理卽法身教卽般若行卽解脫又理通行教法身卽般若解脫乃至行通理教教通理行舉一卽三例上可知體相用者體者總體言佛便周故佛爲體相者體中所具之相體無盡相亦無盡故無量壽爲相用者體中所發之用體無不照用亦無不照故無量光爲用若通若別等亦如上例

△疏諸經立名皆以人法喻或單或複此經單人人復有二兩土果人故實則三皆融

通故

鈔单複者如大方廣佛華嚴經具足人法喻三大方便佛報恩經人法無喻妙法蓮華經法喻無人菩薩瓔珞經人喻無法大般若經单法無人喻梵網經单喻無人法今此經者单人無法喻他皆例此兩土果人者菩薩在因如來在果故佛號果人今是此方之佛説彼方佛故融通者舉一即三故如今經雖屬单人而法從人説喻以人舉言偏義圓通融交徹理固然也

△疏此經本名稱讃不可思議功德一切諸佛所護念經今名是什師改定自有二義一者佛攝無盡義故二者彼佛人所樂聞故

鈔攝義無盡者如前云言佛便周則一切功德皆從佛出佛即不思議故又彌陀萬德洪名十方三世一切衆生之所喜樂上至諸佛讃嘆下至鬼畜歸依正謂不思議功德故

△疏云疏鈔者疏以釋經鈔以釋疏冀易曉也

鈔疏者古云條陳也又記注也今謂經義得此條陳而不隱晦記注而不遺忘也鈔者古云略取也又寫録也略取則條陳之切要寫録即記注之顯明冀望也經難明疏通之疏難明鈔出之望人人曉了經義也

△疏稱理則自性覺是佛義自性覺無量是阿彌陀義自性本始二覺是兩土果人義自性覺體偏照是説經義後皆例此

【鈔】稱理者以卽事卽理所謂總該萬有卽是一心則依報正報何非自性又卽理者事依理成如淨名云隨其心淨則佛土淨今經言一心不亂卽自性彌陀惟心淨土爲一經大旨也寔理而談云稱理也覺是總義覺體之中廣大悉備無窮無盡是爲別義本始有二約先後則彌陀古佛此佛新成是彼本此始卽自性本來是佛爲本無明所覆今方破惑證智爲始也約因果則此佛教令往生乃得見阿彌陀佛是此本彼始卽自性本有成佛之智爲本依本智而求佛智乃得成佛爲始也本始互融常覺不昧輝天鑑地耀古騰今常說如是經百千萬億座問疏鈔此經正爲發揮持名功德普勸諸人求生彼土也何乃一一消歸自性翻成極則之談依然淨土是心奚必捨此願彼答此正雙破二根雙破二惑如前序中所明良以鈍根者守事相而自足觀此使知事有理存毋滯事而迷理利根者崇理性而着空觀此使知理在事中毋越事而求理又此經本爲託彼名號顯我自心與十六觀經同意則欲悟心者正應念佛求生又菩薩猶宜近佛如前教起中說則已悟心者亦正應念佛求生何足疑也又維摩經云雖知諸佛國及與衆生空而常修淨土教化於衆生故患不悟自心耳悟心則無一法出於心外卽心卽境卽境卽心往生淨土願見彌陀不礙唯心何妨自性又問昔人謂華嚴極教可得皆約觀行明諸法門方等而下何得亦約

觀行古德答云諸了義不了義教皆是了義以唯一心故據此則圓機對教何教不圓理心涉事何事不理

○二譯人

姚秦三藏法師鳩摩羅什譯

△疏姚秦標代三藏顯德羅什出名譯之一字結成能翻人也

鈔出處始末備前玆不重錄古稱什師七佛以來譯經師也猶是略舉且以七佛爲言耳夫毘婆至於釋迦首尾止經二劫而彌陀成佛十劫則莊嚴劫前更上九劫所歷已幾萬佛既六方諸佛靡不讚嘆此經則萬佛以來亦必皆說此經亦必皆有譯者而經稱母佛者曰世世佛生我爲其母子佛者曰世世佛出我爲其子以是例之什師譯經何啻七佛而此經流通久遠於是益信

△疏稱理則自性融通隱隱是華梵翻譯義

鈔郎梵可以成華則顯非客外方華未嘗不梵則客在顯邉當暗中有明當明中有暗互相掩映涉入重重妙體融通不一不異

○十别解文義三　初序分二正宗分三流通分

○初序分二　初五句證二列衆證

○初五句證

如是我聞一時佛在舍衛國祇樹給孤獨園

△疏别解文義者已知一題總意未審經中自始至終爲何等文闡何等義今乃章分句解俾文字般若達乎實相以有盡之言

略彰無盡故於中分三令屬序分序者叙也又緒也未入正文先叙列此經之端緒也有證信發起二序今唯證信凡證信者皆以六種成就令順文便均其繁簡且分爲二先明五句後明列衆合之成六兹復例前統括大意次乃離釋言如是之法我從佛聞彼一時釋迦牟尼佛在舍衛國之祇園也葢是佛示阿難故如是我聞有三義一斷疑故二息諍故三揀邪故

鈔文字般若謂般若無言賴言而顯故佛以文字説經今還以文字解釋然文字性空即是實相故三種般若相爲融通不礙文字也略彰者言不盡意故云略也六種成就分合二科者例如五蘊六根或合色開心或合心開色隨其所宜無定法也佛示者智論云佛涅槃時示阿難言一切經初皆云如是我聞一時佛在某國某地葢是遵佛遺勅故斷疑者阿難結集時衆起三疑一疑佛重起二疑阿難成佛三疑他方佛來今曰如是我聞三疑頓釋息諍者曰我聞則非臆見自作故揀邪者曰如是則異外道阿憂故如佛地論云如是之法我昔曾聞意避增減異分過失亦息諍義也

△疏如是者信成就也如智論中説又二字復爲二義有多種解若以宗揀定約當宗則一心不亂曰如唯此無非曰是

鈔智論云佛法大海信爲能入信者言是事如是不信者言是事不如是肇公曰如是者信順之辭也故世人允可亦曰如是

復二義者又離如是二字各釋也多解者有以聖人說法但顯於如唯如爲是如劉虯所說有以如者當理之言是者無非之稱如生公所說有以如來順機爲應名如衆生無非爲感名是如融公所說有以實相之理始終不異名如如理而說名是如天台所說有以如爲真空是爲妙有敵破外道斷常二見如清凉折衷諸家所說餘說尚多恐繁不引以上各有意義小異大同並無相礙以宗揀定者如是二義隨宗以定今此經宗乎一心良由執持名號一心不亂一心則非生非滅無去無來湛然常住故名曰如又此一心四過離百非絕故名曰是異此所明不得稱是

△疏我聞者聞成就也我者自我聞者親聞自我親聞非私淑故非讀古故

鈔自我親聞者自揀非已親揀非面蓋是已躬面受之說也私淑者孟子云予未得爲孔子徒也予私淑諸人也釋曰以孟子非親見孔子乃受業孔子之後人而私其道以善其身者也讀古者齊桓公讀書於堂上輪人以爲所讀者古人之糟粕耳釋曰以桓公非面對古人古人已往爲徒讀其遺言者也今阿難躬逢至聖非私淑也合上自我阿難耳聆至教非讀古也合上親聞自我親聞今以告衆便應信受更復何說

△疏聖人無我今何稱我智論有三一隨世間故二破邪見故三不着無我故以是三者不礙說我又法身真我亦得稱我

鈔此下復分我聞爲二離釋同前一云隨世間者謂世法中説我非第一義中説我隨順世間而説無有實體則不乖於第一義也二云破邪見者謂邪我慢我名字我世俗人具前二我學道人具後二我聖人唯最後我順俗稱我但是名字實無邪慢故無過咎三不着無我者諸聖人知一切法空實相無我而不着空不着無我又瑜伽有四義大畧同此第三義言若定無我誰爲修學人則生怖故不着無我又觀經疏云無我則無聞無聞則化道絕爲傳化不絕假名説我法身真我者約本而言阿難亦通法身我也以無我法中有真我卽法身我如涅槃常樂我淨之我何礙於無我

△疏聞者耳根發識廢別從總故云我聞大乘中三始教無聞終教聞而不聞頓教無聞不聞約當宗則傳法聖人以我無我不二之真我根境非一異之妙耳聞娑婆極樂無障礙之法門也

鈔廢別從總者以不云耳聞而云我聞良由我則統收諸根識等以總該別故云我聞始教等者若云我既無我聞亦無聞是大乘初門始教意也若云從緣故空不壞假名卽不聞而聞聞而不聞終教意也若云能所雙寂無聞不聞離念頓顯頓教意也我無我者生而不生不生而生卽法身故根境者聞説阿彌陀佛能聞所聞非一異故娑婆極樂者所謂娑婆依正全處極樂之自心故以此經分攝於圓應歸法性

故

△疏或疑佛成道久阿難方始出家何得俱言我聞古謂有四義故曰聞無礙又阿難有三或聞不聞亦無礙故

鈔疑者佛成道已歷年二十阿難出家又十年方命為侍者雖親侍佛而三十年前佛所說經何得俱稱我聞古荅四義者一展轉聞如報恩經言阿難所不聞經從諸比丘邊聞或諸天子說如涅槃經乃弘廣菩薩之所流通故二者佛重說如報恩經言阿難因佛命為侍者乃求三願其三所未聞經請佛重說故三者阿難自通如金剛華經言阿難得法性覺自在三昧所未聞經自能憶持涅槃亦云若在若不在自然能解了故四者清凉折衷上三言阿難乃大權菩薩影響弘傳如不思議境界經言舍利目連乃至阿難等皆大權菩薩現聲聞身何滯於迹言不聞也三阿難者一名歡喜結聲聞藏二名喜賢結緣覺藏三名喜海結菩薩藏則阿難以大神力隨機示教是知一代時教此阿難不聞者彼阿難聞之又何聞與不聞而為礙也

△疏一時者時成就也師資相合當時說聽事畢即名一時以說聽無定故不言某年月日者十方時分不一兩土正朔不同故約當宗則即說聽頃心境泯凡聖會依正融一多等此諸二法皆一之時名一時也

鈔說聽無定者或說者得陀羅尼一剎那頃一字之中說一切法門或聽者得淨耳根於一剎那聞一字時於餘一切悉無障

礙或說者時少聽者時多或說者時多聽者時少說者神力延促隨宜聽者根器利鈍不一古謂三乘凡聖所見佛身報化年歲短長成佛久近各各不同故今止取佛及弟子師資機感相遇之頃說聽事畢故名一時也十方時分者以十方徧於橫竪竪則該乎天上四天一日人壽五旬橫則徧乎四洲贍部三更俱盧日午不可定也兩土正朔者歲首之日名爲正朔震旦五天不相統屬周正建子夏正建寅彼時震旦屬周而佛在舍衛舍衛建寅乃用夏正則五天正月震旦三月五天二月震旦四月也亦不可定故止言一時也心境者一心不亂無能念所念故凡聖者與諸上善人同會一處故依正者佛及水鳥樹林同說妙法故一多者一佛說經六方齊讚故如上種種二法皆成一味卽以此時爲一時也

△疏佛者主成就也佛義解見前文以是一期衆生所共宗故名之曰主又六種成就中最爲主故

鈔共宗者佛出世爲一期一期之中六凡三聖一切衆生同所宗主如萬姓百辟歸一人故六成就中主者望前則際主之會成時聆主之語成聞受主之教成信望後則主之所居成處主之所化成衆是六種共成而歸重於佛亦言佛便周意也

△疏在舍衛國祇樹給孤獨園者處成就也

在者天台謂在卽住意別之有四曰天住梵住聖住佛住隨宜佛住乃至天住實則

佛身無在無不在

鈔在即住者大品論明佛在某所已而言暫在久住總成在意今謂無論久暫但就當時說經之處即名爲在如天子所至即名行在也四住者佛攝衆生隨宜而住或現天住謂六欲天因即以施戒善心住或現梵住謂初禪至非想因即以四無量心住或現聖住謂三乘因即以三三昧住或現佛住即以首楞嚴百八三昧力無畏不共住上三隨他意住後一隨自意住問佛何以天住答屈至尊在至劣處爲度生故也無在無不在者體寂寥故無在體圓通故無不在華嚴云佛身非至非不至何以故虛空無身故如來亦爾徧一切法徧一切衆生國土非至非不至即此意也然則佛在舍衛以就劣機故名天住如實而論即舍衛名梵住聖住佛住亦何不可

△疏舍衛梵語亦云室羅筏悉底華言聞物以德名故一云聞者以人名故

鈔德者以國豐四德一者塵德五塵之境多美麗故一者財德七寶珍奇無弗有故三者聖德三藏聖法皆具足故四者解脫德人多解脫不染欲故以是譽動五天名聞物也以人名者多賢人故國以人爲重故

△疏祇樹給孤獨園者梵語祇陀亦云逝多言祇者省文也此云戰勝給孤表德即須達多園者梵語僧伽藍摩此云衆園安衆僧故蓋祇陀施樹給孤買園兼二爲名故云祇樹給孤獨園也

鈔戰勝者波斯匿王太子生時王與外國交戰得勝喜而立名須達多者梵語此云樂施勝軍王大臣也喜樂行施遂成令名給孤獨者幼而無父曰孤老而無子曰獨今但無倚無養卽名孤獨偏言孤獨者孔恩周急岐政先煢非不普慈有緩急故衆居曰園者林蔭清幽學道之人應棲止故施樹買園者涅槃經説須達長者本舍衛人初未知佛爲娉婦故入王舍城因珊檀那見佛生信請歸舍衛佛令身子選衆居處得祇陀園長者問價太子戲答金布地滿卽當賣與長者布金太子感歎遂與易地地所有樹并以施佛因立精舍長者太子交相發心成此美事故雙標也

△疏若喻當經教理各有所表如法華華嚴釋例

鈔喻當經者如舍衛國國之勝表此淨土法門廣大宏遠法之最上故卽慈恩言王舍城城之勝城勝餘城表法華法勝餘法故下皆例此祇樹樹之勝表淨土蔭蓋衆生永離熱惱故給孤園園之勝表淨土安隱衆生恒受諸樂故祇陀太子種之勝表淨土生者畢竟成佛紹隆佛種故須達長者人之勝表淨土生者入正定聚俱上善人故如華嚴種種表法以顯一心皆此意也

△疏稱理則自性洞徹十方是阿難聞佛義自性不離當處是佛在祇園義

鈔心聞洞十方則慶喜現今方結集眞佛屋裏坐則釋迦原不住西乾反聞自聞反

佛自佛當知祇園一會儼然未散豈獨靈山

○二列衆證三　初聲聞衆二菩薩衆三人天衆

○初聲聞衆　初明類數二表位德三出名號

○初明類數

與大比丘僧千二百五十人俱

△疏自此而下至諸天大衆俱衆成就也與者共義大者揀小具有三義謂大多勝異餘比丘故佛地亦具三義比丘梵語此云有三一乞士二怖魔三破惡僧者梵語具云僧伽不言伽者省文也此云衆和合千二百五十人者三迦葉目連舍利五人弟子共合成故上明類屬聲聞下明數有若干也俱者合上共義

鈔共義者天台以七一釋共謂處一時一心一戒一道一見一解脱一也佛與大衆共居祇園是經正意廣之如上揀小者明非初心比丘即下所稱長老等是也大多勝者天王大人所共敬仰非小德也名大内典外籍無不博通非寡解也名多超出九十六種之上非劣器也名勝皆小乘中極也佛地三義者一最極利根波羅蜜多種性故名爲大二皆得無學果位故名爲大三皆得小果已趣大菩提故名爲大則通大乘言也比丘三者一乞士謂乞食乞法乞食則離四邪命合四正命無事經營不勤畜積萬緣頓息一志清修僧宜以此活命故曰乞食資身也乞法則叅師訪友

懇苦翹誠詢求妙法期成聖果故曰乞法資心也二怖魔者若人發心出家魔王聞之生大怖畏以魔樂生死出家離欲趣向無生魔失黨與生怖畏故三破惡者能破煩惱九十八使悉皆斷絕故或加淨戒淨命則成五義今三義者以乞食攝淨命以破惡攝淨戒故也衆和合者四人以上多至無量悉皆同一羯磨不相違諍如水乳合名和合衆三迦葉者一優樓頻螺於火龍窟有五百弟子二伽耶於象頭山有三百弟子三那提於希連河有二百弟子後皆歸佛故有千衆目連舍利者二人共有一百五十弟子亦來歸佛成千二百五十人也一說度耶舍等五十人及陳如等五人共成此數

△疏獨舉千二百五十人者以常隨故

鈔常隨者謂佛出世間所度羅漢比丘甚多無量何獨舉此以此千二百五十人者最先歸佛又常不離佛直至佛滅故獨舉也其他散在四方雖千里面談而據迹成文常法應爾如仲尼之門賢達之士蓋三千焉而獨舉七十子者以久在泗濱相依陳蔡亦常隨故

○二表位德

皆是大阿羅漢衆所知識

△疏上句表位下句表德大者揀餘小聲聞故梵語阿羅漢此有三義一應供二殺賊三無生即前乞士怖魔破惡果也知識者聞名欽德曰知覩形敬奉曰識一云見形為知見心為識一云知即是識亦可衆中

知識爲衆導故

鈔揀餘者初果至四果皆聲聞位今曰大阿羅漢者表是四果聲聞也應供者凡夫無德前三果有德而未大未名應供今梵行已立超出三界應受人天供養故俱舍云供養阿羅漢得現在福報是人天植福之良田受施無慚故曰應供始焉持鉢期福衆生今已證道理應受供云乞士果也然佛亦名應供羅漢局於人天佛則人天聲聞緣覺菩薩所應供也殺賊者煩惱劫功德財傷智慧命前三果見惑雖斷思惑尚存今斷思惑七十二品俱盡如亂流悉殄天下太平故曰殺賊始焉以惡爲敵今惡已滅云破惡果也無生者凡夫生死無量初果七返生死二果一生欲界三果不來欲界猶生色界今生緣已盡不受後有故曰無生始焉願出生死令魔起怖今證無生云怖魔果也聞名覩形者是親疎一對知者耳聞則思慕願見識者目擊則奉事不違也見形見心者是淺深一對知者則面對光儀識者則神交意地也如一僧覲佛其一道亡佛以亡者爲先見我即見心之謂也知即識者猶言相知相識也德高望重名滿天下人人知之人人識之故曰衆所知識也一說舉衆之中比爲多知多識人天眼目云衆導也今人稱善知識亦具二義一者對惡而言以我所知識有善有惡今是善之知識故二者此人有了然之知卓然之識人所不及是知識之善故

△疏稱理則自性無漏是羅漢義自性無迷是知識義

鈔心源本寂則諸漏全空心體本明則羣迷安在法華謂是真阿羅漢起信號曰真實識知彼沉空爲寂作念而知者名字羅漢虛妄知識也是故邪見與正見一體衆妙與衆禍同門息心達本源庶幾可以爲沙門矣

○三出名號二　初衆名一總結

○初衆名

長老舍利弗摩訶目犍連摩訶迦葉摩訶迦旃延摩訶俱絺羅離婆多周利槃陀伽難陀阿難陀羅睺羅憍梵波提賓頭盧頗羅墮迦留陀夷摩訶劫賓那薄拘羅阿㝹樓駄

△疏長老者德長臘老又德臘具一亦通稱長老貫下十六尊宿

鈔臘者出家一歲名一臘周歲之中惟一臘故亦云一夏意正同也通稱者上云德臘俱尊此謂獨德冠衆單臘先入亦得名爲長老如毘婆沙論法性上座生年上座之類是也又唐譯具壽則雙備德臘魏譯慧命則專就德言雖曰二可通稱尤必以德爲重今經所列盖有有德而無臘者未有有臘而無德者也貫下者長老之稱不獨舍利弗乃至阿㝹樓駄皆名長老皆上首弟子也

△疏舍利弗者梵語舍利此云鶖鷺梵語弗此云子故云鶖子亦云身子亦云珠子更有多號恐繁不引諸弟子中智慧第一稱第一者姑顯一德語云君子不器况復羅

漢

鈔 鶖子者其母身形端正眼淨如鶖鷺連母得名云是鶖鷺之子也身子卽身端意珠子卽眼淨意更有多號非今所急故不繁引下皆例此智慧者在母胎時已能令母辯勝其舅八歲登座十六大國議論無雙七日之内徧達佛法故云智慧第一姑顯一德者明非身子之外諸阿羅漢皆爲劣慧亦非身子止具智慧餘則不兼葢是各舉一德以表法門無量又以引諸偏好耳如經言舍利弗晏坐目連欲起其定竭盡神力不能動其衣之一帶常言目連神通第一孰知舍利弗神通乃至是乎君子不器者孔子語如舟不可陸車不可水是器也君子具足多能不滯一器豈得謂顏閔無文游夏缺行君子尚爾況超凡入聖三明皎然六通清徹漏盡阿羅漢耶故曰姑顯一德也

△疏 首舉舍利弗以此經惟智所解故

鈔 經中謂佛爲衆生說此難信之法難信則惟智慧深遠者始信不疑是以首舉或難般若心經獨告身子則知身子之智在乎解空不在淨土意色卽是空空卽是色獨不曰淨土卽空空卽淨土乎若撥淨土則非真空不解真空則非正智身子之智必不如是

疏 摩訶目犍連者摩訶此云大目犍連此云采菽氏一云萊菔神通第一

鈔 目犍連姓也名拘律陀拘律陀者樹名禱樹神而生因以爲名其族衆多故別以

大神通者如佛昇忉利毒龍障佛諸比丘請降龍佛皆不許目連化身大小龍懼遂服又如外道移山制之不動一城釋種舉之梵天及止車燒堂等故云神通第一

△疏摩訶迦葉者此云大龜氏一云飲光頭陀第一

鈔大龜者先世學道有靈龜負圖而出因以爲姓名畢鉢羅亦樹也稱大以別同名如三迦葉等飲光者由宿生爲治金師與一女人同以金嚴佛像遂感世世身如金色金色晃耀吞乎餘色名飲光也頭陀者梵語此云抖擻或云淘汰有十二行謂一阿蘭若二常乞食乃至十二但三衣以斯苦行掃除塵累澄淨身心也迦葉年老不捨頭陀佛憫其衰勸令休息迦葉頭陀如故佛乃深讚有頭陀行我法久存故云頭陀第一

△疏摩訶迦旃延姓也此云文飾一云不定一云扇繩一云離有無等南天竺婆羅門族也論議第一

鈔文飾者文采修飾也凡人論議心雖曉了此理若直遂而不文汗漫而不飾則辭不達意非善於論議者也不定者縱横善巧是善論議意扇繩者子繫母故又破熱彈曲爲扇繩不墮斷常發揮中道爲離有無也如外道問人死不還知無他世謂人死受苦應當回還甘受不還故無他世答言如世罪人被駐牢獄寧得歸否又問天何亦不歸答言墮廁得出肯再入否如是種種妙説諸義增一阿含讚云善分別義

敷演教道故曰論議第一
△疏摩訶拘絺羅者此云大膝舍利弗舅答問第一
鈔大膝者從狀得名舅者與身子母是姊弟故往論勝姊姊懷身子機辯迅發弟不能及發憤遊學誓不剪爪讀十八種經答問者由精勤故得四辯才觸問能答故云答問第一
△疏離婆多者此云星宿一云室宿無倒亂第一
鈔星宿者從星乞子而生因以爲名室宿者室爲二十八宿中第十三宿或禱此星故無倒亂者心正故不顛倒心定故不散亂故云無倒亂第一
△疏周利槃陀伽者此云繼道一云大路邊僅持半偈得悟證果
鈔繼道者其母孕時還家於中路誕子繼續於途路之間故云繼道大路者母生二子皆於路邊言大以別小也半偈者出家愚暗久無所解兄先入道怪其無知遣使歸俗倚佛寺門嗟嘆流涕佛憐而録之使誦掃箒每日誦之記一忘一久之忽悟垢淨惑除得阿羅漢
△疏難陀者此云善歡喜放牛難陀也
鈔放牛難陀者難陀有三阿難陀孫陀羅難陀兼此爲三以放牛別餘二故
△疏阿難陀者此云慶喜又云無染佛之從弟多聞第一就當經則阿難與眾同聞淨土之教而獨以總持力憶念不忘成結集也

鈔慶喜者佛成道日誕生王及臣民既聞太子成佛又聞宮中誕子雙美二難一時畢具舉國忻慶因以立名又見其相者聞其聲者覩其威儀者無不歡喜故無染者隨佛入天宮龍宮心無樂著亦其事也佛從弟者佛淨飯王子阿難白飯王子二王昆季故多聞者阿難侍佛二十五年佛所説法不忌一字涅槃稱阿難多聞士又迦葉讚曰佛法大海水流入阿難心是也同聞獨憶者正表强記超乎等夷也故曰多聞第一

△疏羅睺羅者此云覆障或云執日密行第一

鈔覆障者本阿修羅名能以手障日月故名覆障亦曰執日障有二義一云佛爲所障不卽出家以未有子父王不許出家後以指腹懷妊方遂本志則佛被其障也一云六年在胎以宿生曾塞鼠穴之六日今報六年則已自被障也密行者經云羅睺羅密行惟我能知之惟佛能知則菩薩聲聞皆所不知況凡夫乎積行而人不知故曰密行第一

△疏憍梵波提者此云牛呞受天供養第一

鈔牛呞者過去世中輕弄沙門今報牛呞又五百世曾爲牛故牛雖不食恒事虛哨餘報未盡故稱此名天供者馬麥之報彼獨於天上尸利沙園受供又凡夫覩形不知觀德多輕之者恐人譏笑遭愆常居天上諸天敬奉故云受天供養第一

疏賓頭盧頗羅墮上三字此云不動名也

下三字此云利根姓也

鈔先名後姓者其族凡十八稱名在先別其餘也柰耶律云樹提長者以旃檀鉢置剎頂上號於衆云神力能取者卽與尊者現通取鉢佛呵責已勅令不得入滅留身久住應末世供爲大福田也

△疏迦留陀夷此云黑光

鈔黑光者顔容麤黑故又黑色光耀異常黑故夜行乞食人見驚駭佛禁夜行由此制也

△疏摩訶劫賓那者此云房宿知星宿第一

鈔房宿者二十八宿中第四宿也父母禱此星而生子一云初出家時將欲詣佛中路值雨寄食陶舍俄有比丘來共宿止彼比丘者卽佛化現聞法得道則房宿者以於陶家房舍而旅宿故亦一義也知星宿者不假璣衡通曉天象故云知星宿第一

△疏薄拘羅者此云善容壽命第一

鈔善容者顔貌端正故壽命者壽年百有六十故云壽命第一由昔持不殺戒九十一劫壽不中天又昔曾施一病僧訶梨勒果感五不死初生現異母以爲怪置之鏊盤不死復置釜中不死復置水中巨魚吞之魚爲人獲刀破子現一無所損火不能炮湯不能煮水不能淹魚不能噬刀不能割名五不死又閒靜少欲收攝六根滅度之後塔猶却貝故常樂閒居不處衆中亦稱第一

△疏阿㝹樓駄者一名阿那律陀此云無貧亦云無滅亦云如意天眼第一

鈔無貧者昔於饑世曾以稷飯施辟支佛九十一劫資用充足至今不滅所求如意故有無貧等三譯天眼第一者出家喜眠佛說法時昏睡不覺佛乃呵責比之螺蛤發憤精進經七晝夜眼不交睫失其雙目佛教修習樂見照明金剛三昧遂得天眼觀大千界如覩掌果故云天眼第一

○二總結

如是等諸大弟子

△疏如是者結上等者例餘大者收前大義弟子者學在師後曰弟解從師生曰子如斯勝會可謂難弟難兄善作善述

鈔結上例餘者前結十六尊者後例千二百人也收前大義者此大弟子即前大比丘大阿羅漢以一大字攝前二也學在師後者先覺後覺如兄先弟後故解從師生者啓發育養而成法器所謂從佛口生當紹佛種如父母生子故難弟難兄者古稱元方難爲兄季方難爲弟言兄豪弟俊無可優劣今不取彼意略喻佛爲兄諸阿羅漢爲弟二俱難得故善作善述者古稱文王以王季爲父父作於前以武王爲子子述於後今亦不取彼意略喻佛爲父諸阿羅漢爲子師資道協故

△疏稱理則自性王數融通是佛與弟子俱義

鈔台教云心王如來心數弟子今釋謂王者八識也此八識者善惡輪轉由之主宰如王御臣如師率弟子故數者五十一心所也此五十一一則恒依心起三則與心

相應三則係屬於心其於八識如臣向君如弟子奉師故又智覺云十大聲聞皆是自心十善法數毘曇偈云欲想更樂慧念思及解脱作意於境界三摩提以痛是知大迦葉者心欲數以志存出要善欲心發捨世惡欲故富樓那者心想數以想則分别辯才無礙故迦旃延者更樂數以問答往復更相涉入論議不窮故乃至慧舍利弗念優波離思羅睺羅解脱善吉作意那律三摩目連痛阿難等痛者受也領納意也王必具數數必歸王此二相扶而取開悟若王若數不出自心但得一心王數俱盡

佛說阿彌陀經疏鈔卷第四

音釋

冀音記欲也　臆音益胷臆　虬音求龍無角者　聆音陵聽也　煢音瓊煢煢不止貌　駐音注　哨七肖切

佛說阿彌陀經疏鈔卷第五

明古杭雲棲寺沙門　袾宏　述

○二菩薩衆三　初明類二列名三總結

○初明類

并諸菩薩摩訶薩

疏并者承前言佛說此經不但聲聞與會大士亦所同聞也菩薩者梵語具云菩提薩埵今舉二字省文也此云覺有情覺情復有三義又勇猛求義摩訶薩者此云大道心衆生以具四種大故又法華六大佛地三大不出四故菩薩摩訶薩猶云菩薩中大菩薩也揀非諸小菩薩故

鈔不但聲聞者言小乘大乘一切賢聖共聞此經毋謂淨土爲菩薩所不屑也覺有情者同佛所證之謂覺無明未盡之謂情也復有三義者一悲智所緣義言覺是所修佛道情是所化衆生上以智求下以悲度也二能所合目義言覺是所求之果有情是能求之人以己之心悟佛之理也三利生爲急義言廣覺一切有情所謂未能自度先能度人是也勇猛求者聲聞趨寂自安名爲懈怠大士尅志菩提所謂大强精進勇猛也大有四義者清涼疏謂一者願大求大菩提故二者行大二利成就故三者時大經三無數劫故四者德大具足一乘諸功德故法華六大者信大法解大義發大心趨大果修大行證大道而信解發三第一願大中攝趨者第三時大中攝修者第二行大中攝證者第四德大中攝佛地三大者一數大二德大三業大德大

可知數即顚意業即行意故云不出四意也揀非小者如文殊彌勒等皆是等地位中菩薩非初心五品信住行向故

△疏稱理則自性眞妄融是菩薩義

鈔眞不變而隨緣是之謂覺有情妄成事而體空是之謂有情覺眞妄不立唯是一心成此大道心號曰摩訶薩

○二列名

文殊師利法王子阿逸多菩薩乾陀訶提菩薩常精進菩薩

△疏文殊師利者此云妙首亦云妙吉祥亦云妙德法王子者佛爲法王菩薩入法正位名法王子又首舉文殊者例前舍利弗義

鈔文殊師利亦云曼殊室利言妙首等者准華嚴宗表三法門曰信行智妙首者信也信爲萬行萬德之頭首故妙吉祥者行也佛地經言一切世間親近供養讚嘆名妙吉祥又眞諦云於怨親中平等利益不爲損惱名妙吉祥又生時有十種瑞一光明滿室乃至十象生六牙名妙吉祥是即解之行故妙德者智也經云諸佛之母釋迦之師豈非妙德是即行之解故入法正位者如來據中道第一義而菩薩入於此地是謂紹隆佛種當繼佛位如大君體元居正所生王子今在東宫當紹王位名法王子又名佛子其意亦爾凡菩薩皆法王子獨稱文殊者荆溪云於王子中德推文殊又諸經文殊常爲一切菩薩上首故例舍利弗者身子智慧第一文殊大智獨尊

如前所明此經惟智方能信受故又分別而論則身子權智文殊實智權智明有生淨土實智明無生淨土鈍根則從權入實利根則權實雙融若推本而論不思議境界經云復有百千萬億菩薩現聲聞形亦來在坐其名曰舍利弗等則文殊身子同一甚深智慧益知此經非淺智所能信矣

△疏阿逸多者此云無能勝即彌勒菩薩也

鈔彌勒此云慈氏姓也阿逸多名也具足當云慈無能勝以在母胎中即有慈心故以名族又過去生中遇大慈如來願同此號即得慈心三昧又昔爲婆羅門號一切智於八千歲修習慈行又弗沙佛時與釋迦如來同發菩提心常習慈定又思益經云衆生見者即得慈心三昧又悲華經云發願於刀兵劫中擁護衆生是即慈隆即世悲臻後劫至極之慈超出凡小故無能勝

△疏又彌勒既聞此經龍華必說此經當知此經流通無盡

鈔問何知必爾答法華稱古佛放光爲說此經今佛放光知必說此則佛佛說法華也而此經者度生最急諸佛共讚既爲諸佛共讚必爲諸佛共說龍華之會必說此經何疑之有

△疏乾陀訶提此云不休息

鈔不休息者行諸梵行歷恒沙劫然後授記經此多劫曾不休息故

△疏常精進者二義一者天台云見法性常住行無作正勤故二者寶積經云此菩薩

爲一衆生經無量劫隨逐不捨猶不受化曾無一念棄捨之心乃精進之至極也

【鈔】二義者一是自利未生善增長已生善保持未生惡預防已生惡速滅名四正勤而言見性無作則了知法性本非善非惡雖云修善不修而修雖云去惡不去而去所謂一念不生是眞精進故二是利他爲多衆生猶未爲難今曰爲一衆生少時爲一衆生猶未爲難今曰無量劫多劫而易可化度亦未爲難今曰猶不受化而不棄捨不棄捨猶未爲難今曰無一念棄捨如是精進更無退墮故名曰常又不休息必常精進常精進必不休息此二菩薩亦名殊而德一者也

○三總結

與如是等諸大菩薩

△【疏】結上例餘同前就當經則表信行願三成淨土因故

【鈔】同前者結上文殊彌勒等例餘則普賢觀音一切菩薩也信行願者妙首表信求生淨土信爲最先經云若有信者是也精進表願行精者不雜進者不退不雜者經云一心不亂不退者經云不退轉菩提是也不休息者即不退義又彌勒慈行乾陀梵行觀經云慈心不殺具諸戒行是也成淨土因則列諸菩薩非無因故

△【疏】稱理則自性無不照是文殊智義自性無不容是彌勒慈義自性無窮無盡是不休息常精進義餘可類知

【鈔】類知者自性廣大是普賢義自性圓通

是觀音義等如上隨舉一門以標名字若各具者即名字互通故謂心即名也如是解者即於正觀心中見一切菩薩也今見凡夫不見菩薩者以失正觀故故曰菩薩清涼月常遊畢竟空衆生心垢淨菩提影現中

○三人天衆

及釋提桓因等無量諸天大衆俱

△疏及者承前言淨土法門不但諸聖與會一切凡衆皆同聞故釋提桓因此云能天主曰等又曰無量者盡一切諸天故曰大衆者盡一切衆生故俱者通結并諸菩薩以下文也

鈔上并菩薩是小大一對今及諸天大衆是聖凡一對聖凡共聞此經毋謂淨土爲凡夫所不能也釋提桓因者具云釋迦提婆因提釋迦者此云能提婆因提者此云天主詳有五種名恐繁不叙迦葉佛滅時一女人發心修塔三十二人佐之今主忉利統四方三十二天又阿含云本爲人時行於頓施堪能作主故曰天主等者等三十二以及其餘也無量者又增詞以盡則槩欲色無色諸天也天有多義或名晝以晝長故或名無愁惱以常樂故或名燈明以無黑闇故大衆者謂天而下人及修羅盡六道一切衆生也一云兼前菩薩聲聞同名大衆通結者上言與大比丘衆俱今此俱者言亦與諸菩薩諸天大衆俱也或難無色則無耳無身鬼獄則極幽極苦何容與會而聞此經然無色者無麤色非無

細色也佛涅槃時無色天人淚下如雨則身至耳聞亦復何礙地獄餓鬼重者或隔不通輕者未可例判又佛光所觸地獄天子得證頓圓然則佛説此經光照十方安知鬼獄不得聞也

△疏稱理則自性徹上徹下是羅漢菩薩諸天大衆俱義

鈔是法平等無有高下上而徹乎諸聖也上亦與之俱下而徹乎六凡也下亦與之俱良以四諦十二因緣四等六度五戒十善萬行紛然乃至八萬四千諸塵勞門唯是一心真實性中無差别故龍蛇混雜凡聖交叅此間佛法住持本來如是

○二正宗分 四

二正示願行令知修證三交引佛言令斷疑惑四互彰難事令切感發

○初詳陳依正令生信樂 二　初對機二示法

○初對機

爾時佛告長老舍利弗

△疏此下文屬正宗以前是序引後是流通唯此爲一經所宗之正義也爾時者當彼六種成就時也佛告者經無發起佛自説故良繇此經救世最急不俟請故

鈔凡言爾時必上有緣起故云當彼時也佛自説者諸經皆有通别二序通則證信别則發起如法華則白毫放光啓一乘之教維摩則毘耶示疾開不二之談圓覺金剛以及諸經多因有問在先然後佛爲宣演今經不然故無發起救世最急者末世

衆生根鈍障深解脫禪定甚難可得佛以大悲出此一門橫截生死急救衆生唯恐不及故不待請譬如有人卒患惡殤命在呼吸比有良方依之修製延緩日時藥未及成命已先殞現有成藥入口即活有仁心者即應速與尚何俟其禮聘慇懃然後投劑佛救衆生意亦如是

△疏問諸經無論只如本教二經皆有發起今經何獨不然答意彌切故亦是不發起之發起故

鈔本教二經者十六觀經與此經大本皆專說淨土故稱本教觀經則韋提傷子惡逆厭濁求淨而曰我願生清淨世界不樂此閻浮提濁惡世也是以闍王母子爲發起故大本則世尊一日容顏異常阿難問言我從侍佛未曾獲覩威容有如今日豈非念過去諸佛或念未來諸佛故致然耶佛言善哉阿難有諸天教汝來問汝自問耶汝所問者勝布施一四天下聲聞緣覺諸天人民乃至蜎蝡經於累劫尚百千萬倍不可以及所以者何諸天人民乃至蜎蝡皆因汝問而得度脫是以如來顏容爲發起故今難諸經發起且置勿論只如二經是淨土本教皆有發起此經不異二經何以獨無故爲此通言佛說二經雖亦大悲心切特示往生然而觀法精微願門廣大如前序中說未若此經但事持名即生彼國尤爲要而又要故佛意於斯亦復切而又切爲諸衆生作不請友也不發之發者現前衆生樂著生死不求出離自能發

起佛之大悲説此經故

△疏獨告舍利弗者例前唯智所信故又一告一切告故又淨覺云合四悉故

鈔例前者即首舉身子意以甚深智慧洞察於淨穢之機融通於事理之際方能信受不疑如般若會上首舉須菩提者以般若談空須菩提解空第一故也一切告者告身子一人即是告見前一切聲聞菩薩人天大衆及未來一切諸衆生也四悉者一身子乃左面弟子經多居首法應爾故是世界悉檀二身子智慧第一衆所宗仰彼信淨土衆亦信之是爲人悉檀三爲不信淨土者自鄙不如轉其邪執是對治悉檀四爲令習小法者效其向大求生淨土究竟成佛是第一義悉檀

△疏又不獨智爲能信佛果成就皆繇智故

鈔華嚴二十二經云一切諸佛莊嚴清淨莫不皆以一切智故則知阿彌陀佛亦以此智成就淨土功德而諸衆生修淨土者以智生信則爲正信以智發願則爲弘願以智起行則爲妙行乃至成佛恒必繇之葢通因徹果成始成終之要道也豈獨爲信解之門而已哉

△疏稱理則自性自然智是佛自告舍利弗義

鈔無緣而照弗慮而知妙性天然不從他得是故揵椎未動啓請無人熾然説無問歟

○二示法 二　初總標二別釋

○初總標 二　初標土顯依二標主顯正

○初標土顯依

從是西方過十萬億佛土有世界名曰極樂

△疏土是所依名依報佛是能依名正報今先舉依也是者指此界言從此娑婆世界向西而去名過佛土者一大千界名一佛土過如是佛土至十萬億言去此方遠之遠也非壇經十萬八千之土也若據事據理亦未爲遠世以時言界以處言極樂者梵語須摩提此云安樂亦云安養亦云清泰亦云妙意名雖小殊皆極樂義然土有多種四土之中今此極樂是同居土而亦通前三土又受用法性變化三土亦同此意又十種土亦同此意又佛雖無土爲化衆生不妨説土

鈔依報者身藉土居故名所依隨所作業依有勝劣故名爲報言從是娑婆者娑婆極樂在華藏中二土相望今云過者從此西向横亘而過也一大千者三千大千世界也至下六方中辨十萬億者從此過西之程以億計之當有十萬謂過一佛土十佛土乃至億佛土又從一億佛土十億佛土乃至十萬億佛土故曰遠之遠也然億有四種十萬百萬千萬萬萬皆得名億今之所指未可知也壇經十萬八千者訛指今西域也亦詳辯下六方中言未爲遠者自有二義一者據事法華明東方世界之多而以抹土點塵計之則十萬億者特至少耳華嚴一世界種娑婆之外圍繞十三刹塵世界今極樂止過十萬億土何足爲遠二者據理則所謂十萬億者對凡夫生

純心量言耳淨業若成臨終在定之心即淨土受生之心也又謂分明在目前是也亦何嘗遠時謂過現未來處謂四維上下单時单處世界不成合時與處名世界也極樂譯有多名而極之爲言顯至極之樂非人天一切諸樂之比故特標也四土者一曰常寂光土經云毘盧遮那徧一切處其佛住處名常寂光是極果人所居二曰實報莊嚴土行真實法感殊勝報七寶莊嚴具淨妙五塵故亦云無障礙土以色心不二毛刹相容故是法身大士所居三曰方便有餘土斷四住惑屬方便道無明未盡名曰有餘是三乘聖人所居四曰凡聖同居土是四聖六凡之所共居四土雖勝劣不同亦可各分淨穢今極樂國既曰菩薩聲聞諸天人民是與娑婆均名同居而此方則土石荆棘四趣紜紜彼國則八德七珍人天濟濟是同居淨也亦通前三者隨其機異所見亦異有於同居見寂光土有於同居見實報土有於同居見方便土有於同居但見本土如法華云我此土安隱天人常充滿像法決疑經云今日坐中無央數衆或見此處山林地土砂礫或見七寶或見是諸佛行處或見即是不思議諸佛境界皆隨機異見耳三土同上者一法性土即是寂光二受用土復分自他同乎實報三變化土同前三四方便同居則極樂者雖當變化亦可受用及法性也十種土者棗栢所分十種權實雖極樂是權非實然是且據權實對待分別言耳若論

隨機權實無定所以者何彼云彌陀佛土爲一分取相凡夫未信法空實理以專憶念其心分淨得生淨土是權非實則知就取相者非就入理者若理一心即權即實故云無定又上四土亦法爾具足不可但執寂光若證寂光於下三土隨心寄託自不撥無未證寂光撥無下三則無復所居之土錯之甚矣故不信他方有金色世界楞嚴所深呵也佛無土者十四科淨土鈔云八地以上求脱色累照體獨立神無方所用土何爲況復諸佛佛實無土而言有者以衆生解微惑重故以福樂引之行善蓋聖人接物之近迹耳故曰不妨說土

△疏偏指西方者定趣向故西方偏指極樂者如後文無苦有樂及往生經中說

鈔恐有難言十方世界皆有淨土何爲獨示西方教生彼國良繇道以多岐亡羊射以專注中鵠心無二用功戒雜施上都儀云歸命三寶要指方立相住心取境以凡夫繫心尚乃不得況離相耶若夫徧供十方諸佛還國猶在食時是生西方以後事所謂見卵而求時夜何太早計乎又問然則華嚴何以普禮剎塵如來答華嚴一即是多多即是一若知此義或普或偏常異常同無足疑也無苦有樂詳見後文又隨願往生經言佛國無量專求極樂者何一以因勝十念爲因即得往生故二以緣勝四十八願普度衆生故

△疏問觀經云極樂不遠今言十萬億土二經遠近何以不同答以是即遠之近即近

之遠故若依佛地則淨土遠近不可思議

鈔去此不遠者觀經云爾時佛告韋提希言汝今知否阿彌陀佛去此不遠今謂即遠即近者良以去此不遠是明過十萬億之極樂去此不遠也過十萬億是明去此不遠之極樂過十萬億也心包法界何近而非遠法界唯心何遠而非近交互言之固無礙也不可思議者佛地論云如是淨土超過三界所行之處爲與三界同一處所爲各別耶答云有説在淨居天有説在西方等然亦周圓無際徧法界故不可説言離三界處即三界處但隨菩薩所宜現者或在淨居或西方等則知極樂淨土超出常情非方不方無在不在未可槩以同居而爲定論

△疏稱理則自性堅固清淨是西方義自性離障絶非是過十萬義自性横該竪徹是世界義

鈔堅固者西屬金體有堅固義即自性眞常不易萬古如如故清淨者復有二義西當肅氣有澄清義即自性諸妄本空體露金風故西當白色有潔淨義即自性諸染不生本來一色故離障絶非者自性本無煩惱如十苦十惡十纒十使等並超越之有遠過義是知堅淨爲西方盡西矣豈必專標日落迥絶爲過無弗過矣誰能更計途程横亘十方竪窮三際非近非遠絶中絶邊則從是過不可説不可説微塵佛土無世界不名極樂何但有世界名爲極樂也

○二標主顯正

其土有佛號阿彌陀今現在説法

△【疏】其者承上土必有人指能依之人曰佛佛必有號出本佛之號曰阿彌陀三世皆有佛揀過未之佛曰現在佛佛皆度生指度生之軌曰説法現在説法如大本及大雲中説

【鈔】大本云彼佛非過去非現在非未來但以酬其志願見在西方其世界名曰極樂佛號阿彌陀大雲者大方等大雲經云爾時世尊熈怡微笑從其面門出無量光大雲密藏菩薩問故佛言西方世界有國名安樂佛號無量壽見在説法告一菩薩言娑婆世界釋迦牟尼佛今説大雲經汝可往聽今彼菩薩將來至此則正當釋迦説法時彌陀亦在彼説法故知非過非未現在説法

△【疏】凡言現在復有二義如釋迦彌陀均名現在而小不同

【鈔】小不同者釋迦賢劫四佛是名現在而雙林示滅相好難親徒仰嘉名僅存像教阿彌陀佛則今日今時正於彼國現在説法是釋迦現在之過去彌陀現在之現在也古人云佛在世時我沉淪今得人身佛滅度懊惱自身多業障不見如來金色身感慕傷嗟一至於此今釋迦雖滅彌陀現存但得往生便能親灸而不信不願徒爲無益之悲亦惑矣

△【疏】又此現在且據釋迦當時而言實則徹於前後亦復後後無盡皆名現在

鈔前後者釋迦未出世前彌陀亦現在説法釋迦既滅度後彌陀亦現在説法乃至今日猶云現在後後無盡者以釋迦説法止於四十九年迦葉而上彌勒而下縱年數多亦有限量未若彌陀説法至爲夂遠諸佛莫及是故不唯今日猶名現在後後無盡皆可名爲現在説法也問彌陀之後次補觀音安得無盡答彌陀住世幾劫觀音補之曾有數否彼觀音尚云住無央數劫無央數劫不可復計劫不可復計劫乃授勢至則彌陀可知矣豈非亦是有盡之無盡耶況勢至之補觀音亦無般涅洹時雖云勢至實彌陀説法無異也謂之後後無盡夫奚不可

△疏又此現在且據釋迦對彼而言實則彌陀現在即釋迦現在

鈔智覺云總持教中説三十七佛皆毘盧遮那一佛所現謂遮那内心證自受用成於五智自當中央法界清淨智次從四智流出四方四如來其妙觀察智流出西方極樂世界無量壽如來則一佛而雙現二土也故清涼云即本師也

△疏然諸佛説法多種不同今是依正皆説詳如此經及大本觀經中説

鈔多種者如言説瞻視乃至香飯等故極樂世界不但金口説法依正悉爾如大本云阿彌陀佛爲諸菩薩聲聞諸天世人廣宣大教敷演妙法莫不欣然悦適心得解悟各有所得及云東方恒河沙數諸佛各遣無量菩薩聲聞至阿彌陀佛所聽説妙

法四維上下亦復如是是正報說法此經水鳥樹林演暢妙法及大本觀經如後文中詳引是依報說法又大本云彼國蓮華出無量光光中出無量佛一一諸佛皆說妙法是依正俱時說也

△疏有謂說法是應身報身有謂三身齊說各隨機見

鈔應身說者有云法身一向不說報身具說不說應身定說則彼佛說法當是應身然亦無報如大本高出一切世間之身觀經六十萬億那由恒沙由旬之身則豈定丈六然經云報化非眞佛亦非說法者何得定言法身不說當是隨機所見自不同耳

△疏所惜者萬里百城爲參知識梯山航海云禮道場豈可萬德如來現在說法漠然不顧甘墮城東是則名爲可憐憫者

鈔萬里者僧問大隨劫火洞然未審這個壞不壞答云壞僧曰恁麼則隨他去也答云隨他去僧疑不決徃還萬里廣參知識始得大悟百城者善財南遊百一十城參五十三善知識引此以況阿彌陀佛是最上知識也梯山航海如峨嵋普陀等引此以況西方極樂世界是最勝道場也然古之跋涉葢爲親炙聖賢今日奔馳秖是遥瞻影像而且備經險阻不憚劬勞何得現在慈尊捨之不徃城東老母與佛同生而不見佛非此之流耶過未之佛勢所難逢現在空過故可憐憫

△疏稱理則自性體自靈知是其土有佛義

自性即今顯現是見在説法義

鈔終朝侍佛側不見金容竟日坐法筵罔聞妙道遂使魔王混於佛殿邪法亂乎真宗但能返照心源佛法一時雙足

佛説阿彌陀經疏鈔卷第五

音釋

瘍（音羊瘡瘍也）殞（音允歿也）趍（音池走也奔也）梯（天黎切木階也）

佛說阿彌陀經疏鈔卷第六

明古杭雲棲寺沙門　袾宏　述

○二別釋 二　初依報二正報

○初依報 二　初總名極樂二別示莊嚴

○初總名極樂

舍利弗彼土何故名爲極樂其國衆生無有衆苦但受諸樂故名極樂

△疏先釋依者順上文故亦令衆生生忻樂故苦者逼惱之義爲四諦首衆苦者諸經論開有三苦八苦十苦百一十苦又約二種生死則變易亦苦況其餘者以苦事非一故曰衆苦也諸樂者如經所陳二種清淨莊嚴亦以樂事非一故曰諸樂也極樂者以諸國苦樂有其四種有苦多樂少者有苦樂相半者有苦少樂多者有無苦純樂者今當第四故

鈔四諦者苦集滅道苦居最先知苦乃斷集修道證滅也三苦者一苦苦謂受有漏身已名爲苦更加種種逼惱則苦而復苦也是爲欲界苦二壞苦謂當樂壞時不勝憂惱也是爲色界苦三行苦此苦處中即不苦不樂念念遷流也是爲無色界苦又欲界具三色兼後二無色唯行爲三苦也而彼國離欲清淨則無苦苦依正常然則無壞苦超過三界則無行苦八苦者生居胎獄老厭龍鍾病受痛疴死悲分散愛則欲合偏離寃則欲逃偏遇求則欲得偏失乃至五陰熾盛總成上七名八苦也而彼國蓮華化生則無生苦寒暑不遷則無老苦身離分段則無病苦壽命無量則無死

苦無父母妻子則無愛别離苦諸上善人同會一處則無寃憎會苦所欲自至則無求不得苦觀照空寂則無五陰盛苦十苦者菩薩藏經謂一生苦二老苦乃至十生死流轉苦百一十苦者瑜伽論一無差别流轉苦二欲苦癡苦乃至五十五苦次九種苦於九種中又次第疊開成五十五合之爲百一十苦今彼國皆無也然約之不出三苦八苦攝種種苦二種生死者謂分段變易分段者四大所成有分齊段落如上八苦中説變易則二乘菩薩雖離分段未免四相遷流因移果易亦名爲苦彼國蓮華化生一生不退何慮二種苦也大本云彼國不聞苦名何況實苦故云無有衆苦二種清淨者論明一者器世間清淨二者衆生世間清淨即依正二報功德莊嚴如下文中及大本觀經詳辯問淨名云一切衆生即寂滅相不復更滅則一切國土即極樂相何更有樂今開苦樂似違彼經答賢首大師釋彼經意謂是但以迷倒妄見生死名在此岸悟生死空本來圓寂即名彼岸今謂亦以迷倒妄見五濁名住娑婆悟五濁空本來清淨即名極樂國土常淨衆生自迷迷多悟寡示苦示樂不容已也

△疏苦樂相對正以彼此二土較量勝劣令生忻厭如難易十種等

鈔相對者以此極苦對彼極樂一勝一劣天壤較然忻厭自生取捨自定十種者慈雲懺主開此土彼土難易十種今以苦樂

對之一者此土有不常值佛苦彼土無之而但有華開見佛常得親近之樂二者此土有不聞説法苦彼土無之而但有水鳥樹林皆宣妙法之樂三者無惡友牽纏苦而有諸上善人俱會一處之樂四者無羣魔惱亂苦而有諸佛護念遠離魔事之樂五者無輪廻不息苦而有横截生死永脱輪廻之樂六者無難免三塗苦而有惡道永離名且不聞之樂七者無塵緣障道苦而有受用自然不俟經營之樂八者無壽命短促苦而有壽與佛同更無限量之樂九者無修行退失苦而有入正定聚永無退轉之樂十者無塵劫難成苦而有一生行滿所作得辦之樂等者如安國鈔開爲二十四樂羣疑論廣爲三十益皆舉樂明苦舉益明損大意同前兹不繁載

△疏四土苦樂略如天台教中説

鈔所謂見思輕重同居苦樂體析巧拙方便苦樂次第一心實報苦樂分證究竟寂光苦樂文繁不敘

△疏問菩薩捐棄五欲雖輪王不以爲樂憫念衆生雖地獄肯代其苦何得捨苦衆生自取樂土荅智者十疑論中詳明又更有取捨多説不可不辯

鈔論云菩薩未得無生法忍不能度生喻如破舟拯溺自他俱陷求生淨土得無生忍已還來此世救苦衆生乃克有濟故初心菩薩必先捨此苦處生彼樂處據此則捨苦者正欲拔衆生之苦取樂者正欲與衆生以樂也自利利他是菩薩道豈二乘

獨善之可儔乎又多說者圭峰釋圓覺種種取捨皆是輪廻謂如捨此娑婆取彼淨土而大梅亦云捨垢取淨是生死業故今辯云此等語言非不極致但得旨則號醍醐失意則成毒藥畫令而行何但捨娑婆垢取極樂淨爲取捨也縱謂我土惟心而捨境取心亦取捨也縱謂我無取捨而捨此有取捨取彼無取捨亦取捨也亦輪廻生死業也寧知理無分限事有差殊理隨事變則無取捨處取捨宛然事得理融則正取捨時了無取捨故菩薩雖知一切法平等不二而示苦樂境開取捨門權實雙行理事無礙斯論且置今汝自審果能糟糠臭腐以爲飲食不異膏粱否廁溷坑穽以爲牀榻不異華堂否木皮草葉以爲衣服不異羅綺否虎兕熊羆以爲伴侶不異父毋兄弟否冬坐水雪不異繒纊否夏暴烈日不異涼風否乃至地獄中鐵燒舂磨不異入第三禪否異類中行不異遊戲否如其不然宛爾凡夫何得妄以大聖人過量境界而爲己有取快一時流害無盡應聞此語生大悔恨起大覺悟涕淚悲泣求生淨土故茗水評圭峰疏謂忻厭取捨雖謂迷眞起妄亦能順教成功但知全修即性則忻厭本空況安養一門諸佛共讚往來法界彌顯唯心託彼勝緣速證寶覺實生物歸棲之正路乃聖人汲引之妙權也

△疏稱理則自性無染是無有衆苦義自性常淨是但受諸樂義

鈔染是苦義淨是樂義自性無染常淨是

無苦常樂也華嚴六地觀察無明以無明至六入是行苦觸受是苦苦餘是壞苦我今此心無無明乃至無老死等成無苦義無此十二支即眞解脫成受樂義經云無上菩提覺法樂無上涅槃寂靜樂皆樂義也以上且順經文苦樂對待如實而說染既不立淨亦何存淨穢雙忘苦樂平等如斯之樂乃所以爲極樂也聖解還成魔境佛見早墮鐵圍是故我觀極樂實無可樂若有可樂與苦何別

○二別示莊嚴四　初欄網行樹二池閣蓮華三天樂雨花四化禽風樹

○初欄網行樹二　初詳陳二總結

○初詳陳

又舍利弗極樂國土七重欄楯七重羅網七重行樹皆是四寶周帀圍繞

△疏此正明樂事也欄楯圍於樹外羅網覆於樹上重重相間其數有七也四寶者七寶前四也周帀者偏滿圍繞者迴護言重重皆四寶所嚴飾也

鈔欄楯者橫曰欄直曰楯此方花木亦作欄楯一防物損二示美觀彼土雖牛羊絶牧玩好無心而萬行功德之所莊嚴任運成就也羅網義同此行樹者次第成行無錯亂也七重者一重欄網圍覆一重行樹故曰重重相間也三事雖此方亦有而質唯木石彼純以寶也七寶前四者金銀琉璃玻瓈也周帀圍繞者如瑞相經云無量寶網皆以金縷珍珠百千雜寶莊嚴較飾周帀四面垂以寶鈴光色華耀羅覆樹林

大本云其網柔軟如兜羅綿則非世寶必待雕琢矯揉而爲嚴飾也欄楯寶飾例此可知大本云諸寶崖上有無數旃檀香樹吉祥果樹行行相値莖莖相望枝枝相准葉葉相向花花相順果果相當如是行列數百千重是名爲行又云七寶諸樹徧滿世界所謂金根金莖枝葉花果亦皆以金則名一寶金根銀莖枝葉花果亦分金銀則名二寶如是三寶四寶其寶間錯轉展增多乃至七寶又云諸佛淨國殊勝莊嚴於寶樹中悉皆出現猶如明鏡觀經云七寶行樹一一樹高八千由旬一一花葉作異寶色琉璃色中出金色光玻璃色中出紅色光等又云妙眞珠網彌覆樹上一一樹有七重網一一網間有五百億妙華宮

殿如梵王宮諸天童子自然在中又云一一樹葉縱廣正等二十五由旬其葉千色有衆妙華作閻浮檀金色如旋火輪宛轉葉間涌出諸果如帝釋瓶有大光明化成幢幡無量寶蓋是寶蓋中映現三千大千世界一切佛事亦於中現又大本云佛講堂阿羅漢舍宅各各内七寶池外七寶樹數千百重據此則三經詳略爲别此但言七重彼言數千百重此但言羅網彼言羅網之中出天宫殿此但言行樹彼言行樹之中現大千界又此言四寶彼言七寶蓋今經略示彼經詳陳以簡攝繁取文省故文雖不足義實無欠如靈芝云七重欄楯凡佛菩薩住處皆然非謂一國只七重也則知數百千重者多種七重積而成之七

七相重重重無盡也餘可例見

△疏又皆言七者表七覺支七聖財等

鈔七覺見後七聖財者一信二戒三聞四捨五慧六慚七媿前五如寶後二如人善守財故

△疏又大本言阿彌陀佛道場樹高十六億由旬四布枝葉八億由旬樹本隆起五千由旬一切衆寶自然合成復再衆寶以爲瓔珞復有寶網羅覆其上據此則行樹之外別有佛道場樹今文省便即行樹中攝又論中功德草亦樹中攝大本其樹有香亦寶中攝

鈔道場樹即菩提樹如釋迦佛亦坐樹下而成正覺是也十六億由旬者王氏大本云一千六百由旬夫行樹尚及八千佛樹何得反劣今所引寶積本也即行樹攝者以道場樹亦復根莖枝葉華果行行相次故行樹足以攝之也功德草者論云寶性功德草柔軟左右旋觸者生勝樂過迦旃隣陀今不言者以木攝草故樹香者大本法藏願云我作佛時國中華樹俱以無量雜寶百千種香而共合成其香普熏十方世界衆生聞者皆修佛行今不言者異寶必有奇香以寶攝香故

○二總結

是故彼國名爲極樂

△疏結前例後

鈔結前者躡此欄網行樹清淨莊嚴所以珍域別於泥沙瓊樹異於荆棘無一切苦有一切樂名極樂也例後者後文功德莊

嚴下雖無名爲極樂之句義則有之此中名爲極樂下雖無功德莊嚴之句義亦有之文互見也

△疏稱理則自性萬德縱横是欄楯義自性包羅法界是寶網義自性長養衆善是行樹義

鈔縱横者六度萬行不離自性如自性本無慳貪是名布施以施爲縱施無染心則横成戒度施無傲心則横成忍度施無倦心則横成進度禪定智慧亦復如是餘之五度例上可知衆妙畢具是即美觀諸妄不干是即防損包羅者自性彌滿清淨包法界故長養衆善者如華嚴離世間品云菩薩妙法樹生於直心地信種慈悲根智慧以爲身方便爲枝幹五度爲繁密定葉神通華一切智爲果又淨名佛道品云無漏法林樹覺意淨妙華解脱智慧果皆根本於心地而發生無盡者也奈之何欄楯毁而斧斤入羅網頹而蔭覆疏尚枯瘁其根枝況發榮於華果然而覺林如故道種非遥何不猛興滋培重加整飾便見庭前栢樹檻外藥欄行行般若眞如面面菩提佛性

○二池閣蓮華四　初池水二階閣三蓮華四總結

○初池水

又舍利弗極樂國土有七寶池八功德水充滿其中池底純以金沙布地

△疏又者承上不但陸地莊嚴有如是欄網行樹池水莊嚴亦復勝妙無比也七寶池

者七寶所成池中之水亦七寶故

【鈔】七寶所成者揀異此方土石所成故大本云内外左右有諸浴池或十由旬或二十三十乃至百千由旬猶如大海一寶二寶乃至七寶所共合成又云若彼佛池其方倍此皆七寶成今經不言佛池總攝池中故水亦寶者觀經云一一池水七寶所成其寶柔軟從如意珠王生分十四支作七寶妙色黄金爲渠又云其摩尼水流注華間尋樹上下今止言寶池不言水亦寶成及流注上下總攝水中故水本就下從下上流此方所無故如下生經云兜率陀天有水遊梁棟間即其類也

△【疏】八功德者唐譯云一澄淨二清冷三甘美四輕輭五潤澤六安和七除饑渴八長養諸根具八種功德利益衆生也觀經疏開八德與此小異池底金沙者金沙爲底無泥滓也

【鈔】一澄淨者謂澄渟潔淨離汚濁故二清冷者謂清湛凉冷無煩熱故三甘美者謂甘旨美妙具至味故四輕輭者謂輕揚柔軟可上下故五潤澤者謂津潤滑澤不枯澀故六安和者謂安靜和緩絶迅汎故七除饑渴者謂水僅止渴今兼療饑有勝力故八長養諸根者謂增長養育身心内外故觀疏八德者一輕二清三冷四軟五美六不臭七飲時調適八飲已無患與上大同小異此合輕軟彼分爲二此無不臭彼缺潤澤及與安和然義則互見以澄淨清冷必無臭惡既輕且軟豈不安和略少潤

澤故云小異又彼配六入此則澄淨色入甘美味入至云長養諸根則耳鼻身意皆攝之矣又大本云大河之下金沙布地有諸天香世無能喻隨水散馥雜水流芳皆香入之證也下文說法是聲入與法入證也問甘美輕軟除饑長根此方所無則誠然矣凡水悉皆清冷悉皆潤澤何彼水以二獨稱功德答此水雖亦清冷逢日則炎遇火則沸彼縱劫火臨之清冷自如終不炎沸故此水雖亦潤澤日曬則乾火逼則涸彼縱劫火臨之潤澤自如終不乾涸故金沙者觀經云眞金爲渠渠下皆雜色金剛而爲底沙大本云純一寶池底沙亦以一寶黃金池者白銀底沙水晶池者琉璃底沙二寶爲池底沙亦二乃至七寶亦復如是今止金沙文省便故

△疏又大本敘寶池水畢復開三種殊勝妙用一水能隨意二水能說法三浴畢進業

鈔隨意者大本云諸上善人入七寶池澡雪身體意欲令水沒足水即沒足欲令至膝水即至膝欲令至腰至腋至頸及灌其身悉如其意欲令還復水即還復調和冷暖無不順適開神悅體滌蕩情慮清明澄潔淨若無形是水本無心能隨人心意所欲也說法者大本云微瀾洄流轉相灌注不遲不疾安詳徐逝波揚無量自然妙聲或聞佛聲或聞法聲或聞僧聲寂靜聲空無我聲大慈悲聲波羅蜜聲十力無畏不共法聲諸通慧聲無所作聲不起滅聲無生忍聲乃至甘露灌頂衆妙法聲稱其所

欲無不聞者發清淨心成熟諸根永不退於無上菩提是水本無情善能説諸妙法也浴畢進業者大本云既皆浴已或各坐於蓮華之上又云有在地講經者誦經者自説經者授經者聽經者念經者思道者坐禪一心者經行者有在虛空中講經者乃至坐禪經行者各隨其質而有所得未得四果者因得四果未得不退轉地菩薩得不退轉是水不但以可浴爲功又能利益於既浴之後也以上三種殊勝皆攝寶池德水中故又後出經偈云但有河水流音響如説經是也

△疏稱理則自性汪洋沖融是寶池義自性悉備一切功德是德水義

鈔汪洋沖融者汪深貌自性深玄無盡如池底故洋廣貌自性廣遠無際如池量故沖融者中和貌自性非眞非俗純粹至善如池純以寶成故備諸功德者自性無染即澄淨德自性無煩即清涼德自性無惡即甘美德自性無我即輕輭德自性無竭即潤澤德自性無暴即安和德自性無乏即除饑渴德自性出生一切萬善即長養德又自性順萬物而無情上行則入聖流聖無所增下行則入凡流凡無所減不變隨緣周徧法界所謂流注華間及諸梁棟者也永明云水有十德同眞性故意正如是定水湛然滿浴此無垢人無垢亦無淨是名八功德

○二階閣

四邊階道金銀琉璃玻瓈合成上有樓閣亦

以金銀琉璃玻瓈硨磲赤珠瑪瑙而嚴飾之

△疏四邊者中爲池水周圍四邊爲階道也金者梵語蘇伐羅銀者梵語阿路巴琉璃者此云青色寶玻瓈者此云水玉硨磲者此云大貝赤珠者梵語鉢摩羅伽瑪瑙者梵語鉢摩羅伽隸以斯七寶莊嚴較飾也

鈔階道者離地曰階坦途曰道樓閣者重屋曰樓岑樓曰閣如觀經言黄金地上一一寶中五百色光其光如華成光明臺樓閣千萬百寶合成大本云阿彌陀佛講堂精舍宫殿樓閣皆以七寶勝於此界第六天上天帝所居百千萬倍菩薩所居亦復如是諸天及人宫宇樓閣稱其形色高下大小或以一寶二寶至無量寶又佛地論云且説七寶其實淨土無量妙寶故知曰四寶者文省便也又華嚴入法界品云危樓迴帶閣道傍出棟宇相承窓闥交暎階墀軒檻種種滿足一切皆以妙寶莊嚴即斯義也又大本云是諸樓閣有隨意高大浮於空中若雲氣者有不能隨意高大止在地上者以求道時德有厚薄所致又云樓觀欄楯瓔珞覆上皆作五音又觀經云樓閣兩邊各有華幢無量樂器以爲莊嚴八種清風鼓此樂器演説苦空無常無我之音以是推之則此止言樓閣不分佛及菩薩天人亦不分在空在地亦不言樂音演法悉文省也金者四義一色無變二體無垢三轉作無我四能令人富銀四義同而功稍劣琉璃青色是其正譯又名不遠者不遠山名山出此寶以近波羅柰城故

水玉者今水晶也硨磲言大貝者貝爲海中介蟲大者名寶一云非梵語以其似車之渠渠者輞也赤珠者佛地論云赤蟲所出有天赤珠名因陀羅非世所有大論眞珠或出魚腹或出蛇腦或出蚌胎或生竹中則色非定赤故以前譯爲正瑪瑙者或云丹丘之野鬼血所化一云如馬腦故莊嚴者有整齊義較飾者有文彩義以斯嚴飾則如前或以一寶二寶乃至七寶之類是也又此七寶姑取名同此方實則不類如天金天銀已非人世所有何況彼土

△疏又七寶者常喻取貴重義如梵網中說

鈔貴重者梵網經菩薩心地品言棄捨大乘經律不學而學外道二乘邪見等者如捨七寶反取瓦礫對瓦礫言故知寶者取貴重義正明二土淨穢不同令忻厭故問堯處茅茨箕諫象玉世間王臣且崇素樸淨土菩薩何貴寶嚴答此有二義一者上智之士知心淨則土自淨正勝則依必强理固有然心實無着喻如舜在畎畒躬荷犂鋤一承堯禪警蹕晃旒不期自辦舜何樂焉故曰有天下而不與也二者曲爲鈍根凡夫須示苦樂令生忻厭先以欲鉤牽後令入佛智喻如正厄饑寒之國忽聞飽暖之鄉方況幽暗之崖乍覩光明之境豈不身心踴躍舍故卽新但得徃生終成解脫方便接引當如是耳

△疏稱理則自性平直是階道義自性高邃是樓閣義自性具足功德法財是七寶義

鈔平直者自性解脫自在離諸垢汙曠闊

坦夷無有偏陂是名階道高邃者自性迥超塵境觀照不遺囊括虛空廣博無盡是名樓閣功德法財者自性常而不遷淨而不染我而隨緣不礙樂而富有不虧是名金銀自性內外明徹無障無礙是名琉璃自性本體潔白離過絕非是名硨磲自性光明熾然是明赤珠自性堅實不易是名瑪瑙衆美畢具資成法身是名嚴飾也且善財徧歷重城傳參羣彥最後於彌勒樓閣彈指而登今但持名不涉迴塗便居妙境其如終日寶階行自稱迷路漢可謂倚門彈指不知身在玉樓中者也惜哉

○三蓮華

池中蓮華大如車輪青色青光黃色黃光赤色赤光白色白光微妙香潔

△【疏】上言池外今表池中蓮華梵語芬陀利亦云優鉢羅亦云鉢特摩亦云拘勿頭

【鈔】梵語芬陀利此云白蓮華未開名屈摩羅將落名迦摩羅處中正開名芬陀利優鉢羅者青蓮華也鉢特摩者紅蓮華也拘勿頭者黃蓮華也

△【疏】車輪者言其形也大小無定婆沙等說種種不同各隨機見

【鈔】車輪大小者婆沙論云輪王千輻金輪周圓十五里華嚴鈔云金輪大一由旬觀經云一一池中有六十億七寶蓮華團圓正等十二由旬大本云池中蓮華或一由旬乃至百由旬千由旬而人世車輪大不逾丈不可以此而爲定准又云衆寶蓮華周徧世界一一寶華有無量百千億葉按

經別蓮華勝劣三種十葉百葉千葉今曰無量百千億葉葉既無量則華之大亦無量矣又如來藏經云爾時世尊於旃檀重閣正坐道場而現神變有千葉蓮華大如車輪華中化佛各放無數百千光明故知車輪不可思議寧得局以人世常所御車而爲限量隨機者以或小或大懸其因地念佛功有勝劣機感自致耳乃有以華如車輪抑此經爲散善蓋未考於輪義

△疏大如車輪且喻形體以輪喻德亦有多義

鈔形體者輪體圓圓有蓮象也多義者又輪有轉義此蓮華者托孕衆生易凡成聖即轉義故又輪有輾義此蓮華者不染汚濁破除煩惱即輾義故又輪有飛行義聖王金輪一日之中遶四天下此蓮華者徧至十方接彼念佛衆生歸於極樂即飛行義故餘不煩舉

△疏青黃赤白言其色也不惟舉色而言光者此土蓮華有色無光故但舉四色者省文也

鈔四色解見前疏光者從色而發如珠瑩潔則能發光彼土蓮華至爲清淨故有光也大本云青色青光白色白光玄黃朱紫之色其光亦然煒燁煥爛明耀日月一一華中出三十六百千億光一一光中出三十六百千億佛一一諸佛又放百千光明普爲十方衆生說微妙法據此則青白玄黃朱紫已成六色而佛地論復云七寶故知四色其文省故其實蓮華具無量色具

無量光也又不言説法者亦文省故

△疏微妙香潔言其德也舉四德者亦文省故

鈔四德者離垢是蓮華正義推廣其義略説爲四一言微者復有四義二同二别一者根潛池底不可窺視是爲幽微二者不生高原陸地與繁華麗蕋而爭姸艷是爲隱微三者觀經言一一葉上有八萬四千脉猶如天畫是爲細微四者七寶所成珍奇粹美是爲精微前二通於此方後二彼國獨擅故二同二别二言妙者復有十二義四同八别一者方華即果不待華落是爲因果同時妙二者染而不染不染而染是爲垢淨雙非妙三者一華徧圍於子外衆子羅列於華中是爲總别齊彰妙四者晝則開敷夜則還合是爲隱顯隨宜妙五者巨蓮在中而有百千萬億蓮華以爲眷屬是爲主伴相恭妙六者上中下品各三成九九九無量隨其宿修不相錯謬是爲勝劣分明妙七者大一由旬乃至百千萬億由旬是爲小大無定妙八者不以春生不以秋瘁亘古常新是爲寒暑不遷妙九者朱紫玄黄或復純白雜色雜光亦復如是是爲彩素交輝妙十者生於彼國而能從空來至此土迎取當生是爲動静一源妙十一者諸佛菩薩結跏其中念佛衆生托質其内是爲凡聖兼成妙十二者此方念佛華即標名勤惰纔分榮枯頓異是爲感應寘符妙前四後八同别可知三言香者此方彼國相較勝劣亦有二義一者此

方則出汚泥中宜爲所溷而清馨澹然是爲穢中香二者彼國則如大本言光色既異香氣亦異芬芳馥郁不可勝言故青蓮華香白蓮華香誦斯偈者尚致口出蓮華之香超一切香香無與比是爲香中香則知此方之香巳勝餘華彼國乃勝而又勝者也四言潔者此彼勝劣亦有二義一者此方則出汚泥中宜爲所染而瑩然清淨是爲垢中潔二者彼國則根自金沙異濁土故生從德水異常流故質成妙寶異凡卉故超一切潔潔無與比是爲潔中潔勝而又勝例上可知以上從其切近畧表四德若廣演之亦應無量問有謂下品下生生鐵蓮華其說然否答未見佛說如上所明色不止四有七寶華則知金蓮華者黄色所攝玻璃硨磲及與銀蓮白色所攝赤珠瑪瑙紅色所攝乃至琉璃亦黄色攝推而廣之帝青蓮華青色所攝如眞珠等亦白色攝以是參合應無鐵蓮鐵於五金金所賤故鐵於七寶寶所無故九品下生猶勝天宮天宮皆以寶成不聞有鐵況在西方何得有此

△疏又蓮華者往生彼國托質之所念佛之人特宜知此

鈔托質者未證無生生必有托六趣衆生則中陰之身自求父母往生善士則一彈指頃蓮華化生下文一心不亂即得往生阿彌陀佛極樂國土即是生此蓮華中也是蓮華者乃卸凡殼之玄宫安慧命之神宅往詣之國號曰蓮邦同修之友號曰蓮

社約禪誦之期號曰蓮漏定趨向之極號曰蓮宗重其事也修淨土者若禮佛時當想已身在蓮華中作禮佛在蓮華中受我禮敬若念佛時當想已身在蓮華中結跏趺坐佛在蓮華中接引於我然後一心持名昔有二僧作蓮華開合想遂得往生況復加之一心持名而不生者問此經不兼色像令胡乃爾答有專主故兼亦無礙如菩薩徧行六度時以施爲專主餘非不修但隨力隨分令念佛亦然專主於觀想者少時持名專主於持名者少時觀想亦隨力隨分之意也所謂不兼色像者葢恐一心執持名號又一心觀想色像不唯心無二用而兩事雙行輕重不分俱無成就耳苟明於正助之義則一心持名以爲其正少時之助助亦歸正如火益薪復有何礙

△疏稱理則自性清淨光明是蓮華義

鈔清淨表色自性纖塵不立故光明表光自性萬法朗然故佛地論云如是假實之色皆不離佛淨心即此淨心能顯假實之色故經云青色青光黃色黃光等是光色不二寂照雙融也又自性寂是華合義自性照是華開義自性具足一切善法是微妙香潔義然則不離塵境未洛寶池常在蓮華中經行及坐卧

○四總結

舍利弗極樂國土成就如是功德莊嚴

△疏如上欄網行樹池閣蓮華種種莊嚴皆是阿彌陀佛因中所發大願及願後所修大行無量功德之所成就也如華嚴中願

行亦同此意

鈔願以起行行以實願菩薩因地莫不皆然行滿願遂名爲成就因中者爲法藏比丘時也言願者所發四十八願也有願云我作佛時生我刹者皆於七寶水池蓮華化生又願云我作佛時我刹中自地以上至於虚空皆有宫殿樓閣池流華樹悉以無量衆寶百千種香而共合成又云若我成佛周徧國中諸莊嚴具無有衆生能總演説是爲大願言行者大本云法藏比丘於世自在王佛所攝取二十一億佛刹清淨之行如彼修持又云法藏比丘發四十八願已住眞實慧勇猛精進阿僧祇劫修菩薩行護身口意修行六度了空無相無作以行教化致無量衆生發菩提心是謂大行言功德者即此行願名爲功德大本云如是積功累德無量千萬億劫功德圓備方得成就斯願而入佛位華嚴願行者華藏世界品云此華藏莊嚴世界海是毘盧遮那往昔微塵數佛所修微塵數大願之所嚴淨又下云普賢智地行悉成一切莊嚴從此出例法藏願行亦猶是也

△疏又功德者無漏性功德也復有勝劣今是勝功德故

鈔無漏功德者初祖以營修世福爲有漏之因不名功德又云功德在法身中則此之大行大願皆自性無漏功德非事上人天小果有漏之因也勝劣者聲聞菩薩乃至於佛皆有功德小大懸殊今是彼佛因地修無量願行之所成就崇功至德不可

思議故云勝也

△疏問金剛般若謂莊嚴佛土者實非莊嚴是名莊嚴今乃廣陳依正云何二經意義相背答性相不殊所宗異故

鈔性相不殊者全性起相全相歸性性相本非二物而當經各有所宗彼經以無相爲宗故唯明第一義相不取形相實則清淨心中身土自現喻如磨鏡塵盡像生其專言性者蓋即相之性非棄相而取性也今經以勸生淨土爲宗故於極樂依正種種莊嚴反覆開明令起忻慕實則相本自空唯心唯識其廣陳相者蓋即性之相非離性而言相也爲門各别究竟是同故知二經義不相背

△疏問諸天宫殿園苑亦以寶嚴與此何别答麁妙異故

鈔麁妙者如世珠玉雖均名寶而質有麁妙價有重輕故諸天自下而上依正莊嚴從麁漸妙勝劣迥殊何況極樂超越三界寧不寶嚴之中獨爲最勝經云輪王亦有三十二相而不及佛即此意也

△疏又此功德雖佛力成就亦兼繇衆生以心淨土淨故

鈔兼繇衆生者維摩經云直心是菩薩淨土菩薩成佛時不諂衆生來生其國深心是菩薩淨土菩薩成佛時具足功德衆生來生其國乃至萬行悉亦如是是以此方念佛彼土蓮成則極樂種種清淨莊嚴雖彼佛爲菩薩時之所成就而謂勤修淨業衆生共與成就亦可也故曰隨其心淨則

佛土淨

△疏稱理則自性能生萬法是莊嚴義

鈔六祖云何期自性能生萬法華嚴經云一切寶鈴網解一切法如幻心所生一切寶樓閣無着善根無生善根所生乃至衣蓋幢座等莫不皆然又云此華藏莊嚴世界海中若山河乃至樹林塵毛等處一一皆是稱眞如法界具無邊德是故當知淨土唯心更無外境

佛說阿彌陀經疏鈔卷第六

音釋

溷音慁濁也廁也　纊苦謗切音曠　瘁與悴同　腋音亦　瀾音闌波也

洞音同遠也　煒音委盛赤也光明也　燁音葉明盛也

佛説阿彌陀經疏鈔卷第七

明古杭雲棲寺沙門　袾宏　述

○三天樂雨華四　初天樂二金地三雨華四總結

○初天樂

又舍利弗彼佛國土常作天樂

△疏上叙寶池此談金地之上華樂交輝也天樂者異世樂故常作者無間歇故

鈔異世樂者大本云第一四天王天及諸天人百千香華百千音樂以供養佛及諸菩薩聲聞之衆於是第二忉利天王欲界諸天以至第七梵天一切諸天香華音樂轉相倍勝又云亦有自然萬種伎樂無非法音清暢嘹喨微妙明雅一切音聲所不能及觀經云無量諸天作天伎樂又有樂器懸處虚空如天寶幢不鼓自鳴以是天人所作之樂非人間所有故云異世樂也無間歇者世樂須人有作有輟天樂自鳴故云常作也今人念佛臨終之日天樂迎空正唯淨土常作天樂故

△疏稱理則自性萬德和融是天樂義

鈔自性如實空則不立一塵如實不空則交羅萬德調和而克諧不悖蝸液而一味無乖忍進相與低昂則塤鳴箎奏止觀雙成定慧則玉振金聲慈悲則哀矣不傷喜捨則樂而不泆如斯天樂非唯不鼓兼復無聲羽寂宮沉響天震地

○二金地

黄金爲地

△疏此躡前起後謂極樂世界上則樂作於

天下則金嚴其地而居此黄金地上不獨耳聞天樂亦且眼見天華也黄金者謂琉璃地上間以黄金然亦衆寶無定

鈔間以黄金者如觀經云見琉璃地内外映徹下有金剛七寶金幢擎琉璃地其幢八稜百寶所成一一寶珠放千光明一一光明八萬四千色映琉璃地如億千日琉璃地上以黄金繩雜厠間錯界以七寶分齊分明據此則地本琉璃而黄金者又地面之莊嚴也大本云彼刹自然七寶體性温柔相間爲地或純一寶光色晃耀超越十方恢廓曠蕩不可窮盡地皆平正無有須彌及諸山海坑坎井谷幽暗之所據此則亦可專以黄金爲地良繇彼國廣大非止一隅黄金琉璃且以一寶二寶言之衆寶爲之當亦無盡

△疏稱理則自性眞如平等是金地義

鈔眞如則無雜無穢無變無遷歷萬劫而常新平等則不增不減不高不下爲千聖所共履毘舍如來謂當平心地則世界平如舍利弗心有高下乃見丘陵坑坎是也是故人人行處是黄金何待如來以足指按地

○三雨華三　初天雨妙華二持以供佛三供已自適

○初天雨妙華

晝夜六時雨天曼陀羅華

△疏言此黄金地上常雨天華也彼無須彌日月而言六時者以華鳥爲候也廬山蓮漏葢倣此意

【鈔】此土日月旋環遶須彌而分晝夜如贍部正當須彌之南晝則始東洲半經乎南洲終西洲半夜則始西洲半經乎北洲終東洲半配十二支六時成晝六時成夜爲一日也彼國既無須彌又無日月常明不昏晝夜無辨唯以華開鳥鳴而爲晝華合鳥棲而爲夜也然日月有無諸本不同漢譯云日月處空吳譯仍漢王氏復云處空而不運轉曹魏不言有無元魏及宋直云無有若和會之當是日月雖存以佛及聖衆光明掩映與無同耳而以理揆之無者爲正何者忉利而上尚不假日月爲明何況極樂或漢譯日月上缺無有二字未可知也高明更詳之蓮漏者遠祖於廬山集衆念佛刻木爲蓮具十二葉引流泉入池每度一時水激一葉晝夜六時禪誦不輟與會諸賢往生甚衆今人六時淨業本於遠祖遠祖本此

△【疏】曼陀羅天華名也此云適意又云白華天雨者讚嘆道德如空生帝釋事

【鈔】白華者天華多種如曼殊沙則云赤華今止白華文省便也亦可西方屬金取白業義適意者天華妙好適悅人意也大本云一切諸天皆賷天上百千華香來供彼佛及諸菩薩聲聞之衆是也讚歎者世人行善諸天歡喜何況彼國如來菩薩賢聖上善之所集會讚歎雨華理固應爾如空生帝釋者須菩提宴坐帝釋散華須菩提問空中散華當是何人答曰我乃天帝以尊者善說般若故是知淨土往生之衆一

心不亂則諸念不生萬法空寂即是善說般若感動諸天又何疑哉

△疏又華有二種一者天華二者樹華今是天華以天攝樹故

鈔天華者從天而下義如前釋樹華者大本云四方自然風起出五百音聲吹諸樹華華生異香隨風四散散諸菩薩聲聞大衆華墮地者積厚四寸極自明麗芳香無比及至小萎自然亂風吹去是彼土亦雨樹華故曰以天攝樹

△疏稱理則自性開覺是華義

鈔自性在迷如華尚蕋自性忽悟如華正開又妙色煥爛不繪而成妙香馥郁不行而至華雨自空不種而生不採而下自性神靈通達亦復如是

○二持以供佛

其土衆生常以清旦各以衣裓盛衆妙華供養他方十萬億佛即以食時還到本國

△疏此言天所雨華衆生持取供佛也衆生者除佛而言也清旦者六時之一也衣裓者盛華之器也供畢還國猶在食時以神足故

鈔除佛者唯佛一人獨稱大覺菩薩而下以至往生彼國初心凡夫皆名衆生也以生佛相對故六時之一者清旦於晝時爲最先以旦供佛表至敬也又旦是夜氣清明之際清旦供佛取心淨也彼國衆生雖晝夜一心固無清濁而未登佛地猶有無明觸事涉緣不無少動亦以平旦號清明心亦可隨順此方言清旦也常者日日恒

然不疲厭故各者人人皆然無勤惰故盛華器者眞諦謂衣裓爲外國盛華之器或言衣襟亦以襟盛華也他方自本國而他方也不言本國者文省也十萬億佛一佛一大千土言廣遠也食時者晨齋時也清旦至於晨齋爲時至少以至少時供至多佛明其速也如大本言諸大菩薩承佛威神一食之頃徧至十方無量世界供養諸佛華香伎樂衣蓋幢幡無數供具若欲獻華則於空中化成華蓋周四十里乃至六百八百里各隨大小停於空中勢皆下向以成供養復以妙音歌歎佛德聽受經法既供養已忽然輕舉還到本國猶爲未食之前據此則有種種諸供養具又化華成蓋又供畢聽法今止言以華供養皆文省也神足者如大本法藏願云我作佛時我刹中人皆得神足如一念頃過百千萬億那由他世界又願云即得宿命又云天眼又云天耳又云他心則生彼國者六通自在不止飛行今不言者亦文省也

△疏按此神足住位行位菩薩所有如華嚴中說

鈔華嚴經云八住菩薩一刹那頃遊行無數世界又十行頌云佛刹無邊無有數無量諸佛在其中菩薩於彼悉現前親近供養生尊重則今之神足豈易及哉問此於三種意生身當屬何等答楞伽三種分屬聲聞菩薩大聖則生彼國者隨其所修各有所證如九品例

△疏稱理則自性自嚴是盛華供養義自性

自徧是十萬億佛義自性自空是食時還義自性自住是本國義

［鈔］自嚴者心本具含萬德還以萬德嚴心德無所德嚴無所嚴是眞供養思益經云誰能供養佛通達無生者寶雨經云如理思惟即是供養如來是也自徧者以心徧一切處即是一一承事無空過者故維摩經言無前無後一時供養自空者心體本空空無來往是故以食時還聊對此方跂涉耳實則不越刹那還國已竟自住者心源湛寂常住不遷是當人故鄉田地安身立命處金剛經還至本處即此經還到本國也此之謂務本

○三供已自適

飯食經行

△［疏］承上食時故次言食經行者循環不斷義返已而食食已而行彷徉自適也

［鈔］飯食者大本云諸往生者其飯食時銀鉢金鉢種種寶鉢隨意現前百味飲食充滿其中酸鹹甘淡各如所願不餘不缺不以美故過量而食食已自消而無遺滓或見色聞香意以爲食自然飽適無所味着身心輕利食畢化去時至復現循環者如經貫緯（絡繹）連綿往來無已也食已而行一以調身使無凝滯一以調心使不放逸也彷徉者優遊自得意世人食已非奔走塵務則增長睡眠彼國飯食經行解脱之風逍遥之狀可想見也

△［疏］唯言飯食不及衣等唯言經行不及坐等亦文省故

鈔衣者大本法藏願云我作佛時我刹中人所欲衣服隨念即至不假裁縫擣染浣濯又復有無量上妙衣服寶冠環釧耳璫瓔珞華鬘帶鎖諸寶莊嚴百千妙色自然在身又云復有無量如意妙香塗香末香其香普熏彼佛國界故不言衣以食攝衣及一切資生之具故不及坐者教開四種三昧一曰常行二曰常坐三曰半行半坐四曰非行非坐就此文中則唯第一然二部中皆言往生者坐蓮華中般舟三昧則復言立當知以行攝坐及四威儀故

△疏稱理則自性常定是飯食義自性常慧是經行義

鈔禪悅爲食故定有食義智能運轉故慧有行義如論頌云愛樂佛法味禪三昧爲食又佛地論淨土中諸佛菩薩能說能受大乘法味又正體智受眞如味能住持身命使不斷壞長養萬法故名爲食又阿含唯識等說出世五食一禪悅二願三念四解脫五法喜謂禪定資神輕安適悅即爲食義願力持法法身增長即爲食義念力明記聖道現前即爲食義解脫除障居然資益即爲食義法喜內充極喜樂故即爲食義今止言定者舉一兼四禪定之中無不攝故維摩經云未發大乘意食此食者至發意乃消已發意者得無生忍已乃消得忍者至一生補處乃消華嚴具足優婆夷云一生所繫菩薩食我食者皆於菩提樹下成等正覺皆自性眞如無盡之理而爲食也經行者持世經云如來行處是無

行處無行處者眞慧也故知拈匙放箸口口不離舉足動身步步踏着何得埋頭喫飯空過一生翫水觀山徒勞萬里

○四總結

舍利弗極樂國土成就如是功德莊嚴

△疏結上天樂天華等種種莊嚴皆本佛願行功德所成就也

鈔願者如大本法藏願云我作佛時自地以上皆無量雜寶百千種香而共合成又願云我作佛時十方無央數世界諸天人民聞我名號然燈散華又願云我作佛時剎中菩薩以香華等種種供具欲往他方世界供養諸佛一食之頃即可徧至又願云我作佛時我剎中人欲食之時寶鉢之中百味飲食化現在前食已自去今來成佛一一所願皆悉成就行者如大本云法藏比丘既發願已天雨妙華而散其上又云或爲比丘或爲天王或爲輪王或爲大臣恒往佛所承事供養又云手中常出衣服飲食幢旛寶蓋一切音樂今來成佛如上天樂天華等報自合成就

○四化禽風樹三　初化禽演法二風樹演法三總結二嚴

○初化禽演法二　初正示法音二釋無惡道

○初正示法音二　初宣音二獲益

○初宣音

復次舍利弗彼國常有種種奇妙雜色之鳥白鶴孔雀鸚鵡舍利迦陵頻伽共命之鳥是諸衆鳥晝夜六時出和雅音其音演暢五根

五力七菩提分八聖道分如是等法

△疏上言諸天獻瑞此言禽樹成音又上言供養之勝今言聞法之勝也種種言非一奇妙言異常雜色言美觀白鶴等者多種中舉一二也白鶴孔雀鸚鵡常見可知舍利解現前文迦陵頻伽此云妙音共命一云命命如是種種悉皆奇妙非凡鳥比

鈔奇妙者形殊衆鳥名奇音能說法名妙白鶴者此土鶴有四種玄黃蒼白以白爲勝然鶴雖白自無純白非眞白鶴也孔雀鸚鵡皆此土所貴故獨舉也頻伽此云妙音未出殼時已有音聲超衆鳥故正法念處經云此鳥音聲若人若天緊那羅等無能及者唯除如來故云妙音共命亦云命命亦云生生梵語耆婆耆婆迦二首一身報同識異謂是釋迦調達宿因又雪山有二頭鳥一曰迦婁嗏一曰優波迦婁嗏是也彷佛如二頭之蛇九頭之鳥千頭之魚今刻繪作人身二首恐非也上文數鳥四通震旦二局西乾在此土者已稱珍異若在彼國形體色音轉更奇妙今姑取名同而實則異例如欄綱行樹等皆以寶成非人世所有也舉一二者多不悉陳如觀經中有鳬鴈及鴛鴦等今以少攝多亦文省也

△疏然此土諸鳥唯鸚鵡解作人言而亦僅稱學語彼國則晝夜出音且和且雅爲能演暢根力覺道一切道品非漫鳴也

鈔僅稱學語者謂但依人語未能知義記曰鸚鵡能言不離飛鳥猩猩能言不離禽

獸則人道未通何況佛法鸚鵡且然餘可知矣和雅者和與暴對如鴟鴞等是名暴音雅與俗對如鶖鶿等是名俗音優柔平中無有麁厲能令聽者躁心自釋是名和音正大謹嚴無有邪靡能令聽者欲心自平是名雅音繇之瑟尚鈌於和鄭之聲大背於雅鳥兼二美是黃鍾大吕所不及也演者張而廣之義無盡故暢者敷而達之意無滯故如是演暢根力覺道三十有七諸道品也道品者以是入道之品類故

△疏然此三十七品屬小乘法實通大乘隨其心行如諸經論中説

鈔通大乘者瑜伽四十四云大乘菩提分乃有多種三十七品是其中别義通於大小智論云三十七品無所不攝即無量道品亦在其中淨名云道品是道場又云道品是法身因攝大乘云道品是菩薩寶炬陀羅尼涅槃云若人能觀八正道即見佛性名得醍醐皆約大説隨心行者如涅槃云智有二種一者中智二者上智觀諸陰苦是名中智分别諸陰有無量相非聲聞緣覺所知是名上智則知道品是一觀智大小固無定也

△疏五根者一信二進三念四定五慧能生聖道故名爲根又如俱舍具三義故

鈔根有二義一者能持義持其所已得而自分不失也二者生後義生其所未得而勝進上求也言信根者謂於諦理深忍樂欲是名信根此一爲總餘四承上進根者既信此理勤求不息是名爲進念根者既

求此理念茲在茲明記不忘是名爲念定根者既念此理繫緣一境相應不散是名爲定慧根者既定心在道復正觀分明決擇是非是名爲慧能生聖道者以此五法調治其心譬如陰陽和適一切種子皆得發生故俱舍三義者俱舍論明最勝自在光顯爲根最勝者根體勝故自在者根用勝故光顯者體用雙彰故於中開二十二根有信等五根故

△疏五力者即前五根增長具有大力故名爲力

鈔力有二義一者不爲他伏二者又能伏他如瑜伽論此五力者能於後後所證出世間法生深勝解難制伏故又具大威勢摧伏一切諸魔軍故信力者深信諦理轉更增長能遮疑惑不爲動揺能拒邪外不爲迷亂能破煩惱不爲侵害故一總餘承如上根例進力者進根增長能破身心種種懈怠成辦出世種種事業故念力者念根增長能破邪念成就一切出世正念故定力者定根增長能破一切諸雜亂想發起事理諸禪定故慧力者慧根增長能破一切邪外等見能斷一切偏小等執故

△疏七菩提分者即七覺支亦繇前根力得此慧用謂一念二擇法三精進四喜五猗六定七捨一云一擇法二精進三喜四除五捨六定七念今依後釋

鈔覺支者覺即菩提支即是分謂分分隨宜而用也繇前者瑜伽云諸已證入正位者如實覺慧用此爲支故知根力既固後

須覺慧合宜則用依後釋者以天台所釋意明顯故又華嚴疏亦以擇法爲自體餘分爲分故一擇法者觀諸法時善能覺了揀别眞僞故二精進者修道法時善能覺了不謬行於無益苦行故三喜者心得法喜時善能覺了不隨顛倒之法而生喜故四除者除諸見煩惱時善能覺了斷絶虚僞不損眞正善根故五捨者捨所見念着之境時善能覺了取捨虚僞永不追憶故六定者發諸禪定時善能覺了諸禪虚假不生見愛故七念者修出世道時善能覺了常使定慧均平若心沉没當念用擇進喜三支察而起之若心浮動當念用除捨定三支攝而伏之念念調和使中適故

△疏八聖道者亦名八正道蘇前擇法故入正道謂一正見二正思惟三正語四正業五正命六正精進七正念八正定

鈔一正見者雜集云若覺支時所得眞覺以慧安立諦理分明無有錯謬故二正思惟者見此理時無漏心相應思惟籌量爲令增長入涅槃故三正語者不惟心無邪思以無漏智攝口四業住四善語故四正業者以無漏智除身三種一切邪業住清淨身業故五正命者以無漏智通除三業中五種邪命故六正精進者以無漏智應勤行精進趨涅槃道故七正念者以無漏智於應念正道法及助道法心不動失故八正定者以無漏智相應正住於理決定不移故皆言正者以不依偏邪名正能至涅槃名道若華嚴離世間品則八正俱善

薩道正見者遠離一切諸邪見故正思惟者捨妄分別心隨順一切智故乃至正定者善入菩薩不思議解脱門於一三昧中出入諸三昧故釋云據此文證豈不深玄以例推之七覺根力三十七品皆隨衆生因地所修機見不同證大證小各有所得△疏言如是等法者等四念處四正勤四如意足成三十七品及等餘一切法故

鈔三十七品上惟二十有五故等以攝之四念處者所謂觀身不淨觀受是苦觀心無常觀法無我而云念處者以不淨是觀身者所當念之處所也苦無常等亦復如是四正勤者解見前文以生善滅惡不懈弛故名之爲勤勤所當勤合於理故名正勤也四如意者亦名四神足所謂欲如意足心如意足勤如意足慧如意足良繇念處正勤以來精進增多定心稍弱修此四種定力攝心則智定均等能斷結使所願皆遂名如意足也合此七類則爲三十七品婆沙智論皆以喻顯念處如種子正勤如栽植神足如抽芽五根如生根五力如莖葉覺支如開華聖道如結果故名道樹餘一切法者如四心六度無量法門等

△疏問何不先叙念等而首舉根答以重信故又上三科至此始有根力故

鈔據七類次第聞法先當念持次即勤修勤故攝心調柔柔故成根根增成力乃七覺分別八道正行今重信者此經以信爲主而根力二俱首信信持餘四是道之元德之母也如五位之中信亦居初十信之

中信亦居初十一善法信亦居初故上三科者從念處正勤如意修爲至此方得根力堅固能使前所得法無有退失故又後當得法畢竟能得亦繇乎信故首舉也

△疏稱理則自性變化是衆鳥義自性出生一切法門是根力覺道義

鈔下文言彼佛變化所作今謂妙色雅音全體是自心顯現何得高推聖境又心地含諸種則五根等全體是自心培植何得向外馳求故先德謂信心堅固湛若虛空即五根力覺心不起即七覺支直了心性邪正不干即八正道故云海生萬物無物不海心生萬法無法不心

○二獲益

其土衆生聞是音已皆悉念佛念法念僧

△疏聞音無益則同世音秖取娛樂今念三寶正明益也三寶者略有三相一住持相二別相三同相可尊貴故名之曰寶

鈔住持相者雕鑄塑畫名爲佛寶黄卷赤軸名爲法寶比丘五衆和合無爭名爲僧寶即世間三寶也別相者略有三義一者三寶自別二者三寶大小乘別三者三寶名相各別括其大意則常身尊特示現不同名爲佛寶教行理果爲門不同名爲法寶三賢十聖四果四向緣覺獨覺階位不同名爲僧寶即出世間三寶也同相者若約五教則一者立事就義門二者會事歸理門三者理事融顯門四者絶相理實門五者融通不礙門雖前淺後深而同歸一原括其大意則性體靈覺照了諸法名爲

佛寶恒沙性德皆可軌持名爲法寶性相不二冥合無違名爲僧寶即出世間最上三寶也尊貴者佛兩足尊法離欲尊僧衆中尊依之修行則出三界世間珍重無與爲伍故名爲寶通書亦云至尊者道至貴者德況三寶道德之極豈不稱寶

△疏聞念三寶自有四義一者鳥音之中讚三寶故二者説法有方善入人故三者晝夜無間孰耳根故四者鳥尚解説激勝心故

鈔讚三寶者雖上根力覺道種種諸法爲品不同約而言之皆三寶攝演暢此法時或明含靈本具覺性衆生聞者得自本心乃知有佛或明性具種種諸相衆生聞者解入深義乃知有法或明性相和合不二衆生聞者事理無礙乃知有僧故念三寶善入人者雖談妙法不善爲辭聞則扞格今惟和雅之音優柔調適理義悅心聽者生喜故念三寶孰耳根者雖善説法一暴十寒心則懈廢今唯六時相續習聽飫聞浹髓淪肌熏陶成性故念三寶激勝心者鳥能説法人胡不如慚耻一生精進自發故念三寶

△疏稱理則自性眞心一體是佛法僧義

鈔如上同相所陳則知唯一眞心更無別體心體本自覺照即佛寶心體本自性離即法寶心體本自不二即僧寶故曰自歸依佛自歸依法自歸依僧但令歸自不説歸他念念還歸自心是名眞念三寶

○二釋無惡道

舍利弗汝勿謂此鳥實是罪報所生所以者何彼佛國土無三惡道舍利弗其佛國土尚無惡道之名何況有實是諸衆鳥皆是阿彌陀佛欲令法音宣流變化所作

△疏恐疑淨土何因而有畜生不符法藏本願故明彼國實無惡道以彼佛欲令法徧人耳神力變化非眞畜生故又不同天鳥能説法故

鈔何因者愚癡暗蔽以爲之因生畜生趣慳貪嫉妬以爲之因生餓鬼趣十惡五逆以爲之因生地獄趣名三惡道以六道中天爲最善人道次之修羅介乎善惡之中故獨此三最名爲惡夫因於淨心生於淨土何繇淨土而有惡道如其有者是雜穢處不異娑婆何名極樂故有疑也本願者大本法藏願云我作佛時刹中無餓鬼畜生以至蜎蝡又願云我刹中人皆不聞不善之名何況有實不得是願終不作佛云何佛道已成頓違宿願故明彼國原無惡道非唯目所未覩亦復耳所不聞良繇耳之所聞唯是諸佛如來萬德洪名菩薩聲聞及諸天善人種種嘉號曾無三惡名字歷耳根故變化所作者復自難言既無畜生今白鶴孔雀等何所從來而在彼國乃出其繇是佛化作非眞實有如觀經云如意珠王湧出金色微妙光明化爲百寶色鳥是也法音宣流者宣則宣布自上徧下猶如王言流則流通自近及遠猶如逝水佛欲法音普周無間故不獨以人説法使彼鳥音皆説妙法無處無時而不聞聽此

則大神通力之所變化豈同愚暗爲因而感報畜生之真鳥耶然此變化自有二義一者如佛遣化人說種種法二者性具諸法依性起修果上自能色心互融依正不二皆悉說法是則鳥音演暢法爾自然非佛有心特爲變作也不同天鳥者正法念處經云諸天遊樂池中鳧鴈等皆出音聲宣揚偈頌開示五欲畢竟無常不可躭玩諸天聞已有涕淚者此則實鳥繇在世時口說妙法不務真修報作諸鳥處於天宮以其宿習猶能說法非如淨土佛所變化故不同也

△疏問法藏偈云地獄鬼畜生皆生我剎中何言彼無惡道答偈意自明不俟疑辯女人生者義亦如是

鈔偈意自明者法藏比丘願後說偈先云地獄鬼畜生皆生我剎中次即云一切來生者修習清淨行如佛金色身妙相悉圓滿則知必於娑婆已植淨緣故得往生既生彼國失本惡道皆成上善相好如佛尚何地獄鬼畜舊日之形體耶女生亦然者論謂女及根缺俱不生彼故援上例亦繇女人宿修淨行一生彼國具丈夫相無復女形矣今繪九品猶存女人謬也當是娑婆念佛時相不可謂是極樂得生時相也抑或表其因地以明一切皆得往生耳達者審之

△疏稱理則自性本無貪瞋癡等是無三惡道義自性本具如幻法門是變化所作義

鈔若據不二門中貪瞋癡即戒定慧則善

道惡道悉皆如幻幻無自性唯是一心一心不生萬法俱息

○二風樹演法

舍利弗彼佛國土微風吹動諸寶行樹及寶羅網出微妙音譬如百千種樂同時俱作聞是音者自然皆生念佛念法念僧之心

△疏前言行樹羅網今言此諸樹網因風出音如上鳥鳴化導衆生利益無盡也風曰微者風之美也音曰微妙者音之美也微妙即和雅意百千種樂者以少況多讚其至美極人天樂所不能及其音亦宣根力覺道種種道品不言者文省也又大本云微風觸身今不言者亦文省也

鈔微風爲美者此土颶風吹動則出傾湫倒峽可戰懼聲猛風吹動則出撼屋拔木可厭惡聲乃至毘嵐風吹動則出摧山碎嶽壞諸世界無可避聲即令明庶清明等風雖亦稱美止是披拂山林生長百物而已彼國之風似有似無非寒非熱輕細醇和不可云喻觀經云八種清風清即微意況彼行樹及諸羅網皆是七寶被以微風互相敲扣自然而出微妙音聲如百千樂同時並作則六律交暢八音克諧和之極也雅之至也彼風樹既非絲竹誰爲宮商而能與百千種樂同此洋洋誠謂希有人天莫及者如大本言世間帝王之樂百千萬種不如忉利天宮一音之美忉利天宮百千種樂不如夜摩天宮一音之美展轉諸天乃至不如極樂國中風吹樹林出妙音聲之美是超出人天也亦宣道品者以

經中但稱妙音其實意含説法若非法音何能使人憶念三寶故大本云微風徐動吹諸寶樹或作音樂或作法音是其證也以前例後皆文省故言觸身者大本云彼國一切有情爲風吹身安和適悦猶如比丘得滅盡定則亦不説法之説法也

△疏又此寶樹等三種寶中今是最勝能作佛事故

鈔智論言寶有三種一人寶者輪王之寶能雨諸物二天寶者諸天之寶能隨使令三佛寶者能於十方而作佛事今能説法是爲寶中最勝出過人天故

△疏又佛道樹説法今不言者亦文省故例前池水皆説法故又華嚴般若等皆有此義

鈔道樹者大本言佛道場樹衆寶莊嚴寶綱覆上微風徐動出無量妙法音聲徧諸佛刹衆生聞者得深法忍住不退轉以至成就無上菩提今不言者如前疏引攝行樹中謂行樹尚能説法佛樹寧獨不然故曰文省又例推之如前止説寶池疏引二部經文則寶水流衍皆説妙法故又例推之如大本言其道場樹衆生見者無其眼病聞其香者亦無鼻病食其果者舌亦無病樹光照者身亦無病觀想樹者心得清淨無復貪瞋煩惱之病又云見此樹者得三法忍則知樹色香味皆亦演暢根力覺道如是等法衆生聞者咸念三寶又例推之彼國金沙彼國階道彼國樓閣彼國蓮華天樂天華衣裓食器一切諸物皆亦演

暢根力覺道如是等法衆生聞者咸念三寶如華嚴香雲臺網皆出頌言又忉利天鼓演莫則之眞詮雷音寶林說無生之妙偈又大般若云淨土樹林等内外物中常有微風衝擊發微妙音說一切法皆無自性等同此義也

△疏善會之者此土有情無情亦皆說法如聞鶯擊竹等況復淨土

鈔善會者謂不以境爲境而會境即心則物物頭頭皆祖師意今姑舉二事也聞鶯者一僧因疑法華云諸法從本來常自寂滅相久叅未悟忽聞鶯聲遂得大徹頌云諸法從本來常自寂滅相春到百花香黃鶯啼柳上擊竹者香嚴以不會父母未生前句發憤住山一日治地次拋石擊竹鏗然有聲忽爾大悟作頌有一擊忘所知更不假修持動容揚古路不墮悄然機等語如是則簷前鵲噪野外松聲一蚊一蠅一草一葉莫不演揚妙法鼓發道心況清淨佛土乎問教中聖說法聖默然二不偏廢今水鳥樹林演法無已則有動無靜答大本云其欲聞者輙獨聞之其不欲聞者輙獨不聞也則寂用隨心即動即靜

△疏稱理則自性理智交融是風樹義

鈔理含萬法如樹智周法界如風智與理冥理隨智顯然而風樹各不相知理智原無二本百千種樂不是風作不是樹作仁者心作

○三總結二嚴

舍利弗其佛國土成就如是功德莊嚴

△疏結上化禽風樹二種莊嚴皆彼佛因地願行功德所成就也又變化功德大乘功德等四種成就如論中説前後功德繁不各係條下

鈔願所成者大本法藏願云我作佛時我刹中人隨其志願所欲聞者自然得聞故鳥樹皆成妙法音也行所成者大本願後修行如云常以和顏愛語饒益衆生是以得成風吹林樹皆出妙音故如云於佛法僧信重恭敬是以得成衆生聞者咸念三寶故變化功德者如論頌云種種雜色鳥各各出雅音聞者念三寶忘相入一心是也大乘功德者如論頌云大乘善根界等無譏嫌名女人及根缺二乘種不生是也等者等虛空及性也前後如是功德莊嚴下不各係論頌以今頌一缺化作二缺惡道故特明之言衆鳥出音若非佛作焉能聽者忘相一心也不云惡道以人中尚無女人聖中尚無小聖况復有惡道也前後明顯可知故不繁係又正報二功德在如是莊嚴條外故亦不係

△疏稱理則自性般若周徧法界是鳥樹説法義

鈔首楞嚴鈔云若能轉物即同如來以心外無物物即是心但心離分别即是正智般若周徧法界無有障礙是故西方水鳥樹林悉皆説法今不見鳥樹説法以未離念故起信云離念相者等虛空界是故虛空界中普皆説法

○二正報二 初化主二化伴

○初化主 二 初徵名二顯德

○初徵名

舍利弗於汝意云何彼佛何故號阿彌陀

△疏上明依報之勝而依從正生故次明正報於意云何審其解否也已知彼佛號阿彌陀未知其義以彼佛乃一經正主故須審問

鈔正主者報有依正佛居其正故正有主伴佛爲其主故義須審者以彌陀萬德之號其義深廣應爲開闡使人曉了生向慕故

△疏稱理則自性正思惟是於意云何義

鈔籌量名意世人起於意識念念逐外籌量是邪思惟也旋其意識扣已而叅思之又思思盡還源思無所思全身即壽即光何論彼佛此佛

○二顯德 二 初名含多義二道成遠劫

○初名含多義 二 初光明無量二壽命無量

○初光明無量

舍利弗彼佛光明無量照十方國無所障礙是故號爲阿彌陀

△疏無量已如前釋然未知無量得名之故今謂是光明壽命二皆無量也光明者有二一者智光二者身光復有二義一者常光二者放光又光所因復有二義一是萬德所成二是本願所致

鈔先釋光明也智光身光者如盧舍那此云光明徧照自受用身照真法界是名智光他受用身徧照大衆是名身光又涅槃

云琉璃光菩薩放身光明文殊言光明者名爲智慧則事理圓融身智不二也常光放光者常所顯光無放不放如圓光一尋等是也放光者或於眉間或於頂上或口或齒或臍或足之類是也今言光者正意在常而亦兼放及與身智如大本言爾時阿彌陀佛從其面門放無量光又云我以智慧光廣照無央界故萬德所成者華嚴賢首品開四十四門光明各出其因或歸三寶或發四弘三學六度之所成就一一結云是故得成此光明又般若經佛言我於一切法無所執故得常光一尋則知今佛光明非一德所致也本願所致者大本法藏願云我作佛時頂中光明勝於日月百千萬億倍又願云願我作佛時光明照無央數天下幽冥之處皆當大明諸天人民以及蜎蝡見我光明莫不慈心作善來生我國又願前偈云能使無量剎光明悉照耀故今成佛得如所願

△疏無量者言所照之廣也十方者不同他經照一方故無障礙者不同日光猶有礙故

鈔不同他經者如法華東照則不說餘方萬八千則不該餘國義各有取故今則四維上下一切國土無不照故不同日光者日雖有光修羅掩之則礙鐵圍兩間則礙覆盆之下則礙又閻浮明則單越礙瞿耶明則弗于礙今則徹山透壁通幽達冥無能遮障使光隱沒無能隔礙使光斷絕故如大本云彼佛光明最爲遠著諸佛光明

所不能及十方諸佛頂中光明有照一里者二里者如是漸遠有照二百萬里者有照一世界者二世界者如是漸遠有照二百萬世界者唯阿彌陀佛光明照千萬世界無有窮盡故號無量光佛無邊光佛無礙光佛乃至超日月光佛皆光明無量義也觀經云彼佛圓光如百億三千大千世界又云彼佛有八萬四千相一一相有八萬四千隨形好一一好有八萬四千光明徧照十方念佛衆生攝取不捨又大本言阿難頭腦著地稱佛名號禮未起際佛放大光明徧十方上下皆光明無量義也或難日猶有礙世所共知佛光無礙當有何據答須達老女不願見佛避入深閨佛光所及垣壁俱徹内外四方恒與佛對即無礙之徵也

○二壽命無量

又舍利弗彼佛壽命及其人民無量無邊阿僧祇劫故名阿彌陀

△疏光明無量是無量之一義今言壽命亦無量也佛壽有三法壽報壽應壽如法華及觀經疏中説然佛壽無量隨機所見今之無量亦可即無量之無量

鈔壽命者壽之所歷有短有長今當減劫壽僅百年彼增劫時亦止八萬縱輪王天帝諸佛住世亦有限量唯彼佛壽命至爲久遠不局常數云無量也三壽者法華壽量品疏云壽者受也若法身眞如不隔諸法故名爲受若報身境智相應故名爲受若應身一期報得百年不斷故名爲受法

身以如理爲命報身以智慧爲命應身以因緣爲命觀經疏云示同生滅有始有終者應身壽也一得永得有始有終者報身壽也非壽非不壽無始無終者法身壽也又謂彼佛壽命實有期限人天莫數是有量之無量也越溪解云此經雖云無量乃是三十二相常所見身非觀經勝應尊特之身亦同上意今謂隨機所見者此經佛身無定前義理中巳辯況經文但言阿彌陀佛現在其前未曾指定現何等身越溪安得判屬三十二相必謂劣應則劣機自見非此經專以劣應而被劣機也大本法藏願云我作佛時假令十方衆生皆作緣覺聲聞皆坐禪一心欲計我年壽幾千億萬劫無能知者豈亦常所見身之無量乎是故入滅雙林或見靈山未散舍那千丈或見丈六金身佛本不移機自異故則謂彼佛壽命即無量之無量亦何不可

△疏及其人民者巧用倒語故言人民者佛如王故阿僧祇此云無數倍之名無量無邊人壽有二一佛本願力故二自功德力故

鈔倒語者正語當云佛及人民壽命無量如波羅蜜云彼岸到當是到彼岸耳以意會之無以辭害佛如王者彼國雖無君臣父子然佛爲法王有君主義生彼國者依佛學佛有人民義非如此土版籍所統實編氓也僧祇者入十大數之首從百洛又倍倍積累而生又僧祇僧祇爲一無量無量無量爲一無邊今合言者自有二義一

是實明其數以僧祇計之有無量無邊僧祇也二是極讃其多無復邊量無復窮盡之僧祇也佛力者大本法藏願云我作佛時我刹中人壽命皆無央數劫無有能計其數者是承佛願力有此壽故自力者一心念佛心清淨故蓮華化生清虛之身不同質礙肉身有老病死是自精進力有此壽故

△疏問云此無量亦可即無量之無量者還有謐否答例如華嚴中説

鈔上引觀疏云此無量是有量之無量而言亦可即無量之無量者以今文正似華嚴故彼經十回向文云無量阿僧祇釋云此非數中之一但是無數之言若定是數便當局限今經亦云無量無邊阿僧祇二經文勢意極相類故言彼佛壽命亦可即是更無限量之無量也問華嚴壽量品謂娑婆世界一劫爲極樂世界一晝夜極樂世界一劫爲袈裟幢世界一晝夜展轉劫日相對乃至百萬阿僧祇世界極於勝蓮華則極樂僅勝娑婆劣後殊甚安得爲更無限量之無量乎答彼鈔釋云三身既融三壽無礙即長能短即短恒長無長無短長短存焉一一圓融言思斯絶其義自明不勞更辯

△疏又壽命光明者約而言之少攝多故二部名題止曰無量壽者約之又約體攝用故若具説者依報正報悉皆無量

鈔約言者佛具萬德今止舉壽命光明者如華嚴八地言身相無量智慧無量方便

無量光明無量清淨音聲無量等則知舉二事者以少攝多也體攝用者或難既光壽雙舉云何大本及觀經題皆止云無量壽不言光者復是何義良以一真如心無去無來亘古亘今其壽無量其光亦爾金體金光不相離故起信云心性不起即是大智慧光明周徧法界不起壽也智慧光也言壽則光在其中故單舉也依正無量者自佛一身所有功德及如下文聲聞菩薩乃至前之欄綱行樹等種種莊嚴悉無量故

△疏稱理則自性常照是光明義自性常寂是壽命義自性寂照不二是阿彌陀義

鈔靈明洞徹光絕涯涘湛寂常恒壽何籌筭常恒而復洞徹故即壽而光洞徹而亦常恒故即光而壽如是則阿彌陀佛雖過十萬億刹之外而實於此娑婆世界衆生心中結跏趺坐儼然不動何乃佩長生之訣枉自殤亡負果日之明翻成黒暗心本是佛自昧自心佛本是心自迷自佛

○二道成遠劫

舍利弗阿彌陀佛成佛以來於今十劫

△疏已知彼佛得名之義未審彼佛成佛至今經幾何時劫者具云劫波此云時分十劫者一云大劫一云小劫今謂明遠應是大劫又十大劫亦是一期赴機之説究極而言成佛以來亦應無量如法華中説

鈔一大劫者成住壞空各二十小劫八十劫終方成大劫云十大劫是八百小劫也經意爲明成佛久遠而曰小劫未見其遠

今依唐譯云十大劫亦應無量者如法華中衆疑世尊成佛未久云何曠劫菩薩是所教化佛言我實成佛以來無量無邉劫則彌陀成佛其可量乎

△疏若考阿彌陀佛成佛以前因地不但法藏一因有多種因如諸經中説

鈔法藏因者大本云定光佛前五十三佛名世自在王法藏時爲國王捨位出家發四十八願今阿彌陀佛是法藏所成之佛也多種因者一法華經大通智勝如來時十六王子出家淨修梵行求無上菩提佛滅度後常樂説是妙法華經後悉成佛第九王子於西方成佛彼王子者今阿彌陀佛是二悲華經云無量劫前有轉輪王名無諍念供養寶藏如來時王發願願成佛時國中種種清淨莊嚴佛與授記過恒河沙劫西方世界作佛國名安樂彼國王者今阿彌陀佛是三大乘方等總持經云無垢燄稱起王如來時有淨命比丘總持諸經十四億部隨衆生願樂廣爲説法彼比丘者今阿彌陀佛是四賢劫經云雲雷吼如來時有王子名淨福報衆音供養彼佛彼王子者今阿彌陀佛是五彼經又云金龍決光佛時有法師名無限量寶音行力弘經法彼法師者今阿彌陀佛是六觀佛三昧第九經云空王佛時有四比丘煩惱覆心空中教令觀佛遂得念佛三昧彼第三比丘今阿彌陀佛是七如幻三摩地無量印法門經云獅子遊戲金光如來時有國王名勝威尊重供養彼佛修禪定行彼

國王者今阿彌陀佛是八一向出生菩薩經云阿彌陀佛昔爲太子聞此微妙法門奉持精進七千歲中脅不至席不念愛欲財寶不問他事常獨處止意不傾動復教化八千億萬那由他人得不退轉彼太子者今阿彌陀佛是以上略舉數端若其多劫多因亦應無量

△疏稱理則自性本來成佛是十劫義

鈔華嚴舉十是表無盡即今自性成佛以來何止威音那邊更那邊塵沙劫又塵沙劫也若定執十劫昔人道猶是王老師兒孫

佛說阿彌陀經疏鈔卷第七

音釋

篪音池樂器也　鑄音註鎔金入範　浹音接浹洽潤澤周徧也　颶音具海中大風也

佛說阿彌陀經疏鈔卷第八

明古杭雲棲寺沙門　袾宏　述

○二化伴 二　初見在二往生

○初見在 二　初聲聞二菩薩三總結

○初聲聞

又舍利弗彼佛有無量無邊聲聞弟子皆阿羅漢非是筭數之所能知

△疏主必有伴先聲聞次菩薩明皆賢聖之侶也今初聲聞聲聞者聞四諦聲敎而得證果阿羅漢者

揀非前三也不言緣覺攝聲聞中故非筭數者甚言其多也

鈔聞四諦者世尊爲憍陳如等五人轉苦集滅道法輪初示二勸至三則證諸漏已盡成阿羅漢因聞聲敎以得開明故名聲聞聲聞之號通前三果今四果也緣覺攝者緣覺觀十二因緣而得開悟雖十二支而束之不出四諦雖有利生之心而亦未廣故攝聲聞中也筭數者世間筭數盡於九章佛說筭數如阿僧祇品則非世人心力所計今云筭數通世出世間而言也以其多多無盡超出筭數之外雖洛閎一行無所施其巧者也上言無量無邊十大數中當其二三是有筭數而今言非是筭數所知故知無量乃讚歎極多之語未可以常數泥也如大本云假使比丘滿億那由他百千數量皆如目連神通欲共計筭彼佛初會聲聞盡其神力百分中不能知一乃至鄔波尼殺曇分亦不能知一又云佛告阿難假使有人出一身毛碎爲微塵以

一一塵投海出水毛塵水多海中水多阿
難答言毛塵出水不及半合海水無量佛
言彼佛刹中聲聞弟子有知數者如毛塵
水數未盡者如海中水
△疏論言二乘不生今言聲聞者以慣習小
不久證大終無小故如觀疏説若據變化
小亦無礙
鈔終無小者觀經疏謂習小之人本不得
生繇彼臨終發大乘心亦乃得生以慣習
小纔聞苦空無常等法順其先習遂證小
果而向大之心已成況得近佛自當不久
證大安在其爲聲聞乎是則經舉聲聞以
暫有故論明二乘不生者以終無故小亦
無礙者淨土尚容衆鳥聲聞豈不鳥如鳥
既變化所成聲聞寧獨實有縱使彼國久

有聲聞亦復何礙
○二菩薩
諸菩薩衆亦復如是
△疏承上不獨小乘諸大乘菩薩無不生故
亦復者亦無量無邊不可筭數也又復具
無量無邊功德如大本中説
鈔菩薩者自初心以至地盡前如教起中
辯後如補處文中所引甚多無量何可數
計功德者大本佛讃彼國菩薩種種功德
爲二十三喻一堅固不動如須彌山二智
慧明了如明日月三廣大如海出功德寶
故四熾盛如火燒煩惱薪故五忍辱如地
一切平等故六清淨如水洗諸塵垢故乃
至二十三如慈氏觀等法界故末復結云
今爲汝等舉要言之若廣説者一劫不盡

則知菩薩之數無量無邊菩薩功德亦無量無邊也

△疏 如華嚴云如來所都諸清淨衆於中止住正同此義

鈔 華嚴二十五經云一切諸佛國土莊嚴如來所都不可思議同行宿緣諸清淨衆於中止住未來世中當成正覺如來所都即阿彌陀佛極樂國土清淨衆者即諸菩薩未來成佛即下文一生補處

△疏 稱理則自性即空即假是佛有聲聞菩薩義

鈔 性空則一眞凝寂性假則萬用恒沙凝寂則杳莫邉涯恒沙則廣無際限曾何筭數可得評量者哉是則賢聖三乘共宗一佛眞俗二諦同出一心一心了然福足慧足

○三總結

舍利弗彼佛國土成就如是功德莊嚴

△疏 結上聲聞菩薩弟子莊嚴皆彼佛宿因願行功德之所成就也論云如來淨華聚正覺華得生是也

鈔 願者大本法藏願云我作佛時刹中菩薩神通智慧辯才相好威神悉皆如佛令來成佛得遂所願也行者大本言爾時法藏教化衆生修行六度廣行教化致無量衆生發菩提心行令成就有斯莊嚴也淨華聚者如淨名經七種淨華一者戒淨三業淨故二者心淨煩惱結漏盡故三者見淨見法眞性不起妄想故四者度疑淨見深疑斷故五者分别道淨是道宜行非道

宜捨故六者行斷知見淨所行所斷通達故七者涅槃淨以無學故海東謂論頌聲聞今謂亦可兼通菩薩如道品亦通大小乘故自欄綱行樹至此依正共五番莊嚴極樂之義略盡於是下文衆生生者及補處等亦正報中攝

○二往生二　初大衆二上首

○初大衆

又舍利弗極樂國土衆生生者皆是阿鞞跋致

△疏承上不獨見在彼國無非賢聖但有生者悉皆不退也衆生者統攝一切阿鞞跋致者此云不退轉地如大本及論所明復有多種因緣故得不退如十疑五種通讃十勝羣疑三十益等

鈔生皆不退者恐疑彼國固多賢聖然是久修上士其新生者未必不退故言不論聖凡但往生者即不退轉以決其志也大本所明者如云生彼國者處仁遷義不妄動作終無淫怒之心愚癡之態又云生彼國者皆悉具足三十二相諸根明利乃至成佛不受惡趣又論頌云人天不動衆清淨智海生不動即不退也良繇念佛之力得依如來智海含潤而生有進無退故五種者十疑論云有五因緣故得不退一者彌陀大悲願力攝持故不退今釋謂如大本法藏願云我作佛時聞我名號皈依精進即得第一忍第二忍第三忍於諸佛法永不退轉譬如涉海得乘巨航不沉溺故二者佛光常照故菩提心增進不退今釋

謂如大本言見佛光明而生慈心又念佛之人佛放光明攝受此人譬如日月照燭闇途不墮坑塹故三者水鳥樹林風聲樂響皆説苦空聞者常起念佛法僧之心故不退今釋謂如此經及二部中説譬之亡者聞鐘磬聲增其正念故四者純諸菩薩以爲勝友外無魔邪内無煩惱故不退今釋謂如此經言諸上善人同會一處譬之置子莊嶽不後楚語故五者壽命永劫與佛齊等故不退今釋謂如經言佛及人民壽命無邊譬之涉萬里途假以時日終至寶所故十勝三十益大約同此恐繁不引

△疏又不退三義大乘不退已得不退未得不退例如彌勒問經説

鈔大乘不退者往生彼國趨入大乘更不退轉復作二乘故已得不退者但生彼國凡所已得更不退轉喪失本有故未得不退者但生彼國凡所未得更不退轉阻其前進故又彌勒問經云自分堅固名不退勝進不壞名不轉今以大乘已得未得三義參之則前二同乎自分後一同乎勝進也

△疏又同名不退而有淺深如起信妙宗及慈照所説等

鈔起信論云生彼國者常見佛故終得不退疏明不退有三位一者信行未備未得不退以無退緣名不退二者信位滿入十住得少分法身名不退三者賢位滿入初地以去證徧滿法身名不退又妙宗鈔云不退有三若破見思名位不退則永不失

超生之位伏斷塵沙名行不退則永不失
菩薩之行若破無明名念不退則永不失
中道正念又慈照宗主四土圖說以未斷
煩惱生同居土為願不退破見思生方便
土為行不退破塵沙分破無明生實報土
為智不退破三惑盡生寂光土爲位不退
則不退名同而淺深自別如九品義

△疏又四教不退非今經義

鈔四教各明不退謂藏教別相念不退通
教性地不退別教七住不退圓教七信不
退則知自此以前進退未定今念佛者但
生彼國雖惡人畜生即得不退豈不勝妙
直揵異乎諸教

△疏稱理則自性常住是不退轉義

鈔譬如虛空自古及今不曾退轉縱欲退
轉退至何所

○二上首

其中多有一生補處其數甚多非是筭數所
能知之但可以無量無邊阿僧祇說

△疏承上言生彼國者豈惟不退復有補處
菩薩不可勝紀深勸求生也補處者止此
一生次補佛位即等覺菩薩也

鈔深勸求生者生皆不退已超餘國復多
補處可謂超越殊勝極其至也止此一生
者此上修行捨身受身千生萬生未有窮
已乃至證三果者猶尚有生阿羅漢地方
斷後有雖斷後有不得成佛今此唯餘一
生次即補佛前如護明後如慈氏菩薩之
極位也又大本云生彼國者皆具三十二
相究竟深入妙法要義皆當一生遂補佛

處據此則如儲君暫在東宮必紹南面非餘百官轉展陞進止是位極人臣之比也此等菩薩咸皆往生薄劣西方不揣甚矣

△疏問彼處觀音次當補佛次乃勢至勢至之後不聞補者今言補處甚多何日當補又補處者菩薩地盡住等覺位如星中月何得甚多而在彼國答補處不必定補彌陀之處十方世界無盡諸佛涅槃無盡補處菩薩亦無盡住彼國中而待補處奚爲不可又諸佛尚如微塵無有窮盡況復菩薩其數甚多無足疑也如大本中説

鈔大本云佛告彌勒此世界中有七百二十億菩薩生彼一一已曾供養無央數佛如彌勒者諸小菩薩不可勝紀他方世界第一光遠照佛所有八十億菩薩皆當往生第二寶藏佛所有九十億第三無量音佛所有二百二十億展轉至十四佛刹以及無量佛刹往生者不可復計但説佛名窮劫不盡況其菩薩當往生者言如彌勒則甚多補處益可爲證

△疏如上依正二報或經文中有本願中無或本願中有經文中無互見無礙

鈔若據慕佛發願滿願成佛則彼方種種所有皆彼佛願願所成悉應契合今明互爲有無者以文雖小殊而意則具足也又如法藏願云我作佛時刹中諸天人民一切萬物皆嚴淨光麗形色殊特窮微極妙無能稱量者雖得天眼不能辨其名數觀此則正報依報攝無不盡不可拘文而限義也

△疏稱理則自性決定成佛是一生補處義

鈔圭峯云今知心是佛心定當作佛然而本來成佛非作得故則但見始覺新來不知本覺固有可謂補則決定補成則實不成

○二正示願行令知修證四　初發願二　起行三感果四結勸

○初發願二　初勸發願心二出其所以

○初勸發願心

舍利弗衆生聞者應當發願願生彼國

△疏上陳依正二報今言衆生得聞此者應當發起大願願生彼國是爲第一重勸後乃反覆申明

鈔第一重勸者經中反復勸聞勸信勸願約有四重今當最初是聞依正莊嚴勝妙功德之說而發願也二言聞是說者是聞一心持名決定往生之說而發願也三言聞是經者是聞持名佛護不退菩提之說而信受也不言願者信受即願故四言若有信者是總結聞已深信信有願者無一不生之說而發願也聞聞轉深願願倍切語雖反覆義不雷重憫物情深誨人不倦

△疏又聞攝信義願攝行義三事資糧悉備於此

鈔聞然後信匪聞則信自何生願然後行無願則行何繇起下文信行此爲本原信行願三淨土資糧充足無欠

△疏又願之爲力不可思議彼佛淨土亦繇願故臨終往生惟仗願故三界因果悉隨願故諸大菩薩皆願生故

【鈔】彼佛淨土者法藏以因中四十八願今成佛道廣度衆生則如來無盡功德皆從願生故云不可思議臨終往生者行願品言是人臨命終時一切諸根悉皆敗壞以致親屬威勢象馬珍寶等悉皆散滅惟有願王不相捨離一切時中引導其前一刹那間即得往生極樂世界故云不可思議三界因果者願受天樂則貧母上生願作冥王則獄神治鬼種種隨願莫爲而爲故云不可思議菩薩願生者普賢頌云願我臨欲命終時盡除一切諸障礙面見彼佛阿彌陀即得往生安樂刹乃至願蒙授記廣利衆生等至如文殊發願往生所說之偈亦云願我命終時滅除諸障礙面見彌陀佛往生安樂刹與普賢若合符節他如天親龍樹等多難悉陳故云不可思議

△【疏】稱理則自性還歸本體是願生彼國義

【鈔】若知本體不離當處則非生彼國乃生此國耳雖云十萬億程何曾咫尺動步故謂不勞彈指到西方也如其眞如不守自性五道隨緣則是窮子旅泊他鄉應歸故里

○二出其所以

所以者何得與如是諸上善人俱會一處

△【疏】此攝前徵起何故教人發願生彼以彼國是諸上善人同會之處得生彼國則入如是勝會故當求生

【鈔】徵有二義一者娑婆亦是佛邦何必遠離故國二者十方無盡佛刹若爲偏向西方故徵其繇今融而答之復有三義一者

或有國土人畜鬼獄之所共居未必皆人故二者或有國土雖純人所居未必皆善故三者或有國土雖純善人所居未必皆上善故今曰諸上善人則不獨爲人中之善亦復善中之善也如上所列聲聞菩薩乃至補處此等諸上善人今得往生即與俱會一處所謂觀音勢至把手共行文殊普賢親爲勝友喻如登龍與瀛世所希故是以大士求登蓮録況復凡夫卜居猶擇里仁矧云學道如斯勝會可勿願歟

△疏問生極樂者其類不一何得概稱上善答以皆得不退轉故

鈔類不一者謂有聖有凡有大有小上中下品分位秩然乃略其中下概曰上善故爲此難今明衆生生者皆是阿鞞跋致則究竟皆成無上正覺是佛境界故無別也

△疏稱理則自性萬善同歸是同會一處義

鈔百川會於一海衆景會於一空諸上善人不會此之一處而將奚會

○二起行二　初揀餘行　二示正行

○初揀餘行

舍利弗不可以少善根福德因緣得生彼國

△疏承上言凡羣易就善聚難親何況最上善人之會豈可以少善少福而得生也於中靈芝以善根爲正行屬之持名以福德爲助行屬之淨業三福海東則總以多善多福爲正行云是發菩提心以少善少福爲助行云是執持名號二義相違今雙爲和會謂欲生彼國須多善多福今持名乃善中之善福中之福正所謂發菩提心而

爲生彼國之大因緣也

鈔相違者一以持名屬正一以持名屬助二說矛盾而此經大旨正重持名若持名爲助行則下文聞說阿彌陀佛執持名號義云何通助行持名斷無此理又靈芝以觀經三福配此福德則第三福發菩提心乃成助行與海東菩提心爲正行二亦矛盾而觀經以三福爲淨業正因則助行菩提亦無此理今雙爲和會者還以持名爲正行復以持名爲發菩提心則雙取兩家而和會其義也善根者觀經則如上第三福發菩提心大本則三輩往生皆言發菩提心據此則發凡夫心是謂無善根發聲聞心不發菩提心者是謂少善根也福德者觀經則孝養父母等大本則修諸功德等據此則施戒等乃至立寺造像禪誦苦行一切福業捨置不作是謂無福德但作此福種人天小果有漏之因是謂少福德也善中善者自有五義以具智論五菩提心故一發心菩提謂於無量生死中發大菩提心也而持名正於凡夫生死心中起大覺故二伏心菩提謂斷諸煩惱降伏其心也而持名則正念纔彰煩惱自滅故三明心菩提謂了達諸法實相也而持名正即此一心明了一切諸法實相故四出到菩提謂得無生忍出三界到薩婆若也而持名即得一二三忍揵超生死趣一切智故五無上菩提謂坐道場成最正覺也而持名則得不退轉地直至成佛故又海東疏引菩薩心地品云諸菩薩初發心能攝

一切菩提分法殊勝善根瑜伽第三十七云菩薩所集善根以純一淨妙信心回向無上菩提梁攝第十云所作善根悉以回向無上菩提則皆以菩提爲善根而今經持名正回向無上菩提之善根也以阿彌陀佛即無上菩提故是則善中之善名多善也福中福者亦有二義一者彌陀乃萬德名號一名纔舉萬德齊圓不期於福福已備故二者以持念力自然諸惡不作衆善奉行以之修福福易集故是則福中之福名多福也

△疏因緣者清涼以親能發起爲因假之助發爲緣今此復有二義一者善根爲因福德爲緣二者善福各有因緣

鈔善因福緣者菩提善根入道正因如諸經言不發正覺菩提之心雖行六度萬行經恒沙劫終不成佛故知萬善之所根本是之謂因然須一切福德助成菩提以福濟慧以事實理輔翼入道是之謂緣各有因緣者善根福德其所繇來從何發心均名曰因而善根發起必有種種善緣爲助福德發起必有種種福緣爲助是各有其緣也

△疏問何故觀經發菩提心在第三福答以福有事理不專事故

鈔觀經三福一者孝養父母奉事師長慈心不殺修十善業二者受持三歸具足衆戒不犯威儀三者發菩提心深信因果讀誦大乘勸進行者難謂云何發菩提心而與上之二者同名曰福今明福有事理此

菩提心是般若中如虛空不可思量之福非達磨所斥人天有漏之福也故前二福猶共凡小此獨擅大乘耳然今疏不以配福而屬之善根者何良以善之與福別之則二總之則一別而言之則菩提心偏屬善根總而言之則菩提心亦可云福觀經總舉言福無礙問寶積大本云欲見無量壽佛者應發無上菩提心復當專念彼國積集善根則菩提善根似爲二事今何直以善根屬菩提心答彼但言善根此乃云多善根多之一字非菩提心何以當此

△疏問即持名爲多善根福德此經之外別有證據否答歷歷可證如大悲大品等說

鈔證善根者大悲經云一稱佛名以是善根入涅槃界不可窮盡又云我滅度後北天竺國有比丘名祈婆伽修習無量最勝善根已而命終生於西方過百千億世界無量壽佛國以後成佛號無垢光如來又大莊嚴經論佛世一老人來求出家舍利弗等諸大弟子俱不肯度以觀彼多劫無善根故佛自度之即證道果因告大衆此人無量劫前爲採薪人猛虎逼極大怖上樹稱南無佛以是善根遇我得度華嚴第十回向云願憶念無量無邊世界去來現在一切諸佛而次云以此念佛善根凡此皆持名爲多善根之明證也證福德者大品般若經云若人散心念佛亦得離苦其福不盡況定意念稱揚諸佛功德經云若有得聞無量壽如來名者一心信樂持諷誦念此人當得無量之福永離三途命終

之後往生彼刹智論云譬如有人扐生墮地即能日行千里滿一千歲七寶奉佛不如有人於後惡世一聲稱念阿彌陀佛其福勝彼增一阿含經云四事供養閻浮提一切衆生若有稱佛名號如聲乳頃功德過上不可思議凡此皆持名爲多福德之明證也又寶積十九經云時一比丘聞佛讃揚不動如來佛刹功德心生貪着而念生彼佛言不以愛戀之心遂得往生惟有植諸善本修諸梵行得生彼刹善本即善根梵行即福德此又雙顯持名爲多善多福之明證也諸經交讃可弗信受

△疏問此土单修圓頓不願往生者寧可謂之少善根耶答圓頓行人雖悟一心尚餘後有正宜求生彼國親近彌陀喆老青公皎然覆轍若其自負圓人不願往生當知亦是善根薄故如華嚴中說

鈔後有者後陰也即來生也圓人見地雖與佛齊然而麁細無明猶未盡除恒沙性德猶未悉備有惑潤生寧無後有既存後有則有生方不離六道除彼已登實報餘或未免人天而天上多欲人間雜苦墮落者衆解脱者希不生淨土而將焉往喆老青公俱稱有悟而喆老後身躭戀富貴青公後身多歷苦憂皆繇不慕往生自失善利致使淹滞多生曠菩提路豈非善根涼薄乃致如斯言華嚴者入法界品云遮那會上諸大聲聞不見佛者以善根不同故本不修習見佛自在善根故故知執持名號願見彌陀誠多善根大善根最勝善根

不可思議善根也

△疏稱理則自性出生一切法是善根義自性富有一切法是福德義

鈔何期自性能生萬法何期自性本自具足

○二示正行

舍利弗若有善男子善女人聞説阿彌陀佛執持名號若一日若二日若三日若四日若五日若六日若七日一心不亂

△疏承上多善多福乃生彼國而善根難植福德難修況復云多累劫劬勞莫之能辦如寶積十心華嚴十願等今有一法直捷簡易即爲多善多福故顯持名功德殊勝

鈔善根難植者如前身子發大乘心因婆羅門乞眼退失等福德難修者如涅槃三十四經云五品心修十善謂下中上上中上上各十善而成五十始修終修方成百福則福之不易修明矣寶積十心者一於衆生起大慈無損害心二於衆生起大悲無逼惱心三於佛法不惜身命樂守護心乃至十於諸佛捨離諸相起隨念心具此十心徃生淨土華嚴十願者一者禮敬諸佛乃至十普皆迴向亦以此十生彼國土以上皆菩薩廣大智行非可易植易修今持名功德就使十心未備十願未齊淨業一成便生彼國既得徃生此心此願自然成就豈非多善根福德乎不經迂曲是謂直捷無諸煩瑣是謂簡易直捷而深造簡易而廣獲諸餘法門之所不及是謂殊勝

△疏善男子女人者善有二義一是宿生善

因一是令生善類男女者通指緇素利鈍及六道一切有緣衆生也

【鈔】宿生善因者大本云世間人民前世爲善乃得聞阿彌陀佛名號功德一聞佛名慈心喜悅志意清淨毛髮聳然淚即出者或宿世曾行佛道或他方佛所菩薩固非凡人則信心念佛者皆宿修善本者也今生善類者如華嚴云寧在諸惡趣恒得聞佛名不欲生善道暫時不聞佛夫不以人天爲善而以得聞佛名爲善則信心念佛者皆善人之儔類也緇素利鈍者淨土法門一切收攝如大本云其上輩者捨家離俗而作沙門亦有不捨家離俗者即出家五衆在家二衆也但念佛者俱得往生是通緇素又蓮分九品上該盛德菩薩下及悠悠凡夫乃至惡人等但念佛者亦得往生是通利鈍又鬼畜地獄雌雄牝牡亦可均名男女但念佛者俱得往生是通一切衆生也往生集中稽古驗今頗載一二願詳覽焉

△【疏】次文有三謂彌陀名號是標念境執持一心是明念法一日七日是尅念期

【鈔】非境則法無所施非法則境爲虛立非期則雖境勝法強懈怠因循功不速建三事具故能令淨業決定成就

△【疏】標念境者彼佛萬德成就淨土攝生故以阿彌陀佛四字洪名爲所念之境依之修行有所詣故

【鈔】極樂依正言佛便周佛功德海亦言名便周故以四字名號爲境依於此境而加

執持然後向往有地詣至也謂至於彼國也或謂心外無境觀心即足何以境爲不知心境一如亦復互發先德謂有三昧直觀三道顯本性佛有三昧兼持咒有三昧兼誦經有三昧兼念佛等今標念境即是兼念佛三昧皆助顯本性之佛也或直顯或助顯其致一也況初學凡夫障染濃厚全資勝境發我妙心實爲修行要術不可忽也

△疏明念法者謂既聞聖號要在執持執者聞斯受之勇猛果決不搖奪故持者受斯守之常永貞固不遺忘故

鈔執持分釋如上單言持則攝執總之爲專念不忘意也又持復有數種一者明持謂出聲稱念二者默持謂無聲密念三者半明半默持謂微動唇舌念咒家名金剛持是也又或記數持或不記數持具如密教中說隨便皆可而各分事理憶念無間是謂事持體究無間是謂理持下當詳辯以是爲因後一心不亂亦有事理其不解此意者以念佛是被鈍根叅禪乃能悟道初機聞此莫能自決不知體究念佛與前代尊宿教人舉話頭下疑情意極相似故謂叅禪不須別舉話頭只消向一句阿彌陀佛上着到妙哉言乎

△疏又執持即歸命義

鈔歸命者梵語南無解見前序若不委身歸命焉能一心執持故義同也歸復二義亦如前序中說一者歸投義執持名號一心往向即事一心二者歸元義執持名號

還歸一心即理一心也

△疏以上境法二中復有三義一者聞説佛名是爲聞慧二者執受在懷是爲思慧三者持守不忘是爲修慧

鈔聞慧者阿彌陀佛雖有無量功德而此功德非聞不知非説不聞故華嚴云得無生慧先賴多聞又云佛法無人説雖慧不能了或聞經論之所宣揚或聞知識之所開示一歷耳根永爲道種是之謂聞而言慧者聞即是慧對木石説頑不聞故對愚人説聞不飡采如不聞故故曰聞慧思慧者既入乎耳須存乎心諦審諦觀是何法門是何義理是之謂思而言慧者思即是慧禽畜雖聞不解思故愚人雖聞入耳出口不憶想故故曰思慧修慧者既深思之宜力行之是之謂修而言慧者修即是慧狂人雖思敝精役神不實踐故問此指三慧有何證據答佛地論云菩薩履三妙慧淨土往還釋云以聞思修得入淨土故知念佛必有三慧

△疏復有三義聞説佛名心不疑貳是之謂信信已而執心起樂欲是之謂願願已而持心勤精進是之謂行

鈔信願行下文中當辯

△疏名號者阿彌陀佛四字洪名不兼色像等如文殊般若及毘婆沙論中説以色像等攝名中故

鈔不兼色像等者正明此經專主執持名號也文殊般若經云佛告文殊欲入一行三昧者應處空閑捨諸亂意不取相貌繫

心一佛專稱名字隨彼方所端身正向能於一佛念念相續即是念中能見過去未來現在諸佛念一佛功德與念無量佛功德無二阿難所聞佛法猶住量數若得一行三昧諸經法門一一分別皆悉了知晝夜宣説智慧辯才終不斷絶阿難多聞辯才百千等分不及其一龍樹毘婆沙論云佛法有無量門如世間道有難有易易行疾至應當念佛稱其名號阿彌陀佛本願如是攝名中者二義一者名必有相故二者名相皆不離一心故則一舉佛名正報依報攝無不盡何疑色像

△疏令人聞佛不肯執持者約有四障四障破除方能執持乃至一心故

鈔障者遮也以此四種遮障念心不肯執持故須破除四障者一謂即心是佛何必捨己念彼不知即佛是心不妨念佛故良繇即心是佛豈不即佛是心但執念心不許念佛則心佛是二即義不成是以念佛念心兩不礙故二謂何不徧念諸佛而唯念一佛不知心專志一乃成三昧故良繇衆生智淺繁則不勝故用智不分者神凝役心多岐者功喪如普廣大士問佛十方俱有佛土何以獨讃西方佛言閻浮提人心多雜亂令其專心一境乃得往生以諸佛同一法性身念一佛即念一切佛故三謂佛佛可念何不隨念一佛而必念阿彌陀佛不知彼佛與諸衆生偏有因緣故良繇彼佛名號人所樂稱就令惡人有時不覺失聲念佛乃至人逢善事不覺念佛歡

喜讚歎人逢惡事及與苦難不覺念佛傷悲痛切機感因緣莫或使之而自然故四謂何不念佛功德智慧相好光明而但念名號不知持名於末法中最逗機故不思議故逗機者文殊般若經云衆生愚鈍觀不能解但令念聲相續自得往生不思議者如前所明一行三昧則不但逗乎鈍機神用不測故如遺教經言心者制之一處無事不辦今制心佛號而至一心何可思議

△疏尅念期者一日至七日是所尅定之期要也七日者世出世間重其事者恒以七故七日稱佛免地獄故又七日之期復有二義各分利鈍又多則大本十日聲王十日大集七七日般舟九十日等少則大本

一日觀經十念等言日者以經天道晦明之周故

鈔期要者若據如來得菩提實不係於日則非日非劫焉有七日若據菩薩修行動經塵劫則無窮無盡何止七日今立期要者以末法衆生修諸功德精進恒難廢弛恒易應須尅限乃發勝心也七爲世重者如禮懺曰七夜持咒曰七徧此經欄楯行樹曰七重乃至國家祀祖曰七廟教民曰七年竭誠曰七日齋戒之類是也免地獄者經律異相云有王害父七日當墮地獄一尊者教其稱南無佛王便一心稱佛七日不懈命終至地獄門稱南無佛徧獄罪人皆得解脱利鈍者有謂利根一日鈍或至七今謂利鈍二根各一至七利根者性

敏捷故一日功成即得一心便無所亂其稍鈍者或二或三乃至七日方得純一亦有利根經於七日端然一心終不少亂其稍鈍者僅六僅五乃至一日或便散亂是故各有利鈍不應偏屬十日者大本云齋戒清淨一心常念十晝夜不絶者命終必生我刹又鼓音王經云若受持彼佛名號堅固其心憶念不忘十日十夜除捨散亂必得見彼阿彌陀佛七七日者大集經云若人專念一方佛或行或坐至七七日現身見佛即得往生九十日者般舟三昧經云若人自誓九十日中常行常立一心繫念於三昧中得見阿彌陀佛又文殊般若云九十日中端坐西向專念於佛即成三昧一日者大本法藏願云一心繫念於我雖止一晝夜不絶必生我刹十念者觀經下下品云其人若逼不遑念佛十聲稱佛等則知一日至七隨日多少皆往生期顧力行何如耳晦明一周者從子至午乃自晦而明從午至子乃自明而晦是爲天道一晝夜夫心固剎那生滅況晝夜乎於此一心所謂二六時中念念無間者也

△疏又此七日不必定是臨終七日以平時有如是定力者必生彼國

鈔平時者恐人執七日之文謂必一日至七而便命終方名七日故言或臨終或平時但有一日或七日之定力者皆得往生也所謂閒時辦忙時用後至命終因果相符必生彼國

△疏一心不亂言執持之極也是爲一經要

旨

鈔心者揀口誦而心不念也一者揀心雖念而念不一也不亂者揀念雖一而有時乎不一也一心不亂淨業之能事畢矣

△疏釋此四字先總明大意次乃詳陳事理

大意謂一往是正反語正語一心反語不亂

鈔一則不亂亂則不一有其一心無其亂心故云正反如言純一不雜精一無二之類是也華嚴十回向第四文云所謂不亂回向一心回向釋云一心者專注正境也不亂者不生妄念也專注不妄即正反意

△疏次明事理者如來一語事理雙備故同名一心有事有理如大本云一心繫念正所謂一心不亂也而事理各別初事一心者如前憶念念念相續無有二念信力成就名事一心屬定門攝未有慧故

鈔前執持中以憶念體究略分二種憶念者聞佛名號常憶常念以心緣歷字字分明前句後句相續不斷行住坐卧唯此一念無第二念不爲貪嗔煩惱諸念之所雜亂如成具光明定意經所謂空閒寂寞而一其心在衆煩惱而一其心乃至褒訕利失善惡等處皆一其心者是也事上即得理上未徹惟得信力未見道故名事一心也言定者以伏妄故無慧者以未能破妄故

△疏理一心者如前體究獲自本心故名一心於中復二一者了知能念所念更非二物唯一心故二者非有非無非亦有亦無

非非有非無離於四句唯一心故此純理觀不專事相觀力成就名理一心屬慧門攝兼得定故

【鈔】體究者聞佛名號不惟憶念即念反觀體察究審鞫其根源體究之極於自本心忽然契合中二義者初即如智不二能念心外無有佛爲我所念是智外無如所念佛外無有心能念於佛是如外無智非如非智故惟一心二即寂照難思若言其有則能念之心本體自空所念之佛了不可得若言其無則能念之心靈靈不昧所念之佛歷歷分明若言亦有亦無則有念無念俱泯若言非有非無則有念無念俱存非有則常寂非無則常照非雙亦非雙非則不寂不照而照而寂言思路絶無可名狀故惟一心斯則能所情消有無見盡清淨本然之體更有何法而爲雜亂以見諦故名理一心也言慧者能照妄故兼定者照妄本空妄自伏故又照能破妄不但伏故

△【疏】又敎分四種念佛從淺至深此居最始雖後後深於前前實前前徹於後後以理一心即實相故

【鈔】四種如前序中說一稱名二觀像三觀想四實相稱名者即今經觀像者謂設立尊像注目觀瞻如法華云起立合掌一心觀佛即觀相好光明現在之佛也若優塡王以旃檀作世尊像即觀泥木金銅鑄造之佛也故云觀像觀想者謂以我心目想彼如來即觀佛三昧經十六觀經所說是

也實相者即念自性天真之佛無生滅有空能所等相亦復離言説相離名字相離心緣相是名實相所謂我欲見極樂世界阿彌陀佛隨意即見是也此之四者雖同名念佛前淺後深持名雖在初門其實意含無盡事一心則淺理一心則深即事即理則即淺即深故曰徹前徹後所以者何理一心者一心即是實相則最初即是最後故問豈得稱名便成實相答實相云者非必滅除諸相蓋即相而無相也經云治世語言皆與實相不相違背云何萬德洪名不及治世一語一稱南無佛皆已成佛道何況今名理一心也又觀經第九觀佛相好疏直謂觀佛法身相好既即法身名號何非實相

△疏又理一心正文殊一行三昧及華嚴一行念佛一時念佛又如起信明真如法身及諸經中説

鈔文殊一行者以般若智專持佛名詳見前文華嚴一行者德雲比丘示念佛法門疏云一行三昧觀其法身以如爲境無境非佛又修念佛三昧多約漸修謂先化身次報身次法身今則一時而修不歷次第一行不二行一時不二時故曰即理一心也起信真如者論云若觀彼佛真如法身常勤修習畢竟得生住正定故又摩訶般若經云菩薩念佛不以色念乃至不以四智十八不共法念何以故是諸法自性空故自性空則無所念無所念是爲念佛又觀佛三昧海經佛示阿難云住念佛者心

印不壞釋曰諦了自心名爲觀佛不爲境亂名爲三昧一體不移名爲心印等又舍利弗陀羅尼經云唯修一心念佛皆理一心義也

△疏又雖云一心實則觀經三心起信三心論三心乃至華嚴十心寶積十心無不具故又淨名八法亦一心故德雲二十一念佛門亦不出此理一心故

鈔觀經三心者一者至誠心二者深心三者回向發願心與起信三心名殊理一良以至誠心者即起信直心正念真如而此一心不亂更無虛妄更無遷流隨順真如故深心者即起信樂集一切善根而此一心不亂萬善同歸故回向發願者即起信度盡一切衆生而此一心不亂頓融物我故論明三心一清淨心而此一心垢無不盡故二安清淨心而此一心理無不具故三樂清淨心而此一心慈無不攝故與上二種三心正相配合也華嚴十心者菩薩十念藏具明十種念佛一寂靜念二清淨念乃至十無障礙念今一心則不動是寂靜念一心則不染是清淨念一心則司乎法界是無障礙念寶積十心者解見前文前謂十心難具今謂心既一矣慈悲喜捨百千種心何所不具淨名八法者菩薩成就八法行無瘡疣生於淨土而第八結云恒以一心求諸功德今既一心百千種法何所不具德雲念佛門者華嚴入法界品德雲比丘告善財言我得憶念一切諸佛境界智慧光明普見法門而復開二十一

門起於智光普照終於住虛空今謂心外無境界心外無智照心外無虛空故不出一心悉皆具足邪先經云諸善之中獨有一心最爲第一一其心者諸善隨之正此意也

△疏又此一心即作是二義故

鈔觀經云心想佛時是心作佛是心是佛今謂此經一心持名繇此一心終當作佛從因至果名之曰作即此一心全體是佛非因非果名之曰是

△疏又此一心即定中之定故

鈔定中定者以定散判之修餘少善福者散善也一心不亂者定善也又以一心而分定散事一心者定善中之散善也理一心者定善中之定善也

△疏又此一心即菩薩念佛三昧故

鈔或疑佛說菩薩念佛三昧經其間並無信願往生等語惟言正念諸法實相是名念佛似與此經意義相戾今謂彼專主理此兼理事理一心者念而無念即實相也蓋彼以無念正入此以有念巧入作用稍別究竟不殊是故同名念佛三昧

△疏又此一心即達磨直指之禪故

鈔尋常說禪者諱淨土今謂達磨說禪直指靈知之自性也此理一心正靈知自性故門庭施設不同而所證無兩心也善哉中峯之言曰禪者淨土之禪淨土者禪之淨土也有味乎言之也或謂直指之禪不立文字今持名號若爲會同不知傳法以四句之偈印心以四卷之經較之四字名

號文更繁矣蓋非以斷滅文字爲不立也不即文字不離文字達者契之

△疏又此一心當知心王心所無不一故

鈔王所解見前文此之八者及五十一紛然不齊雜然競起而言無不一者良繇王所雖多遡流窮源不出一心今念佛人初以耳識聞彼佛名次以意識專注憶念以專念故總攝六根眼鼻舌身如是六識皆悉不行念之不已念極而忘所謂恒審思量者其思寂焉忘之不已忘極而化所謂真妄和合者其妄消焉則七識八識亦悉不行主既不存從者焉附其五十一又何論也當爾之時巨浪微波咸成止水濃雲薄霧盡作澄空唯是一心更無餘法故云無不一也

△疏故知至心念阿彌陀佛一聲滅八十億劫生死重罪良繇正指理一心故如法華三昧中説

鈔人有疑言罪既多劫業重障深久勤懺摩漸積功德庶可消亡而念佛一聲滅多劫罪因微果巨固所不信今謂至心者即一心也若事一心雖能滅罪爲力稍踈罪將復現多多之念止可滅少少之愆此之至心正屬理一一心既朗積妄頓空喻如千年闇室豈以一燈闇不速滅故一稱南無佛皆已成佛道不獨妙法蓮華有之法華三昧觀經云十方衆生一稱南無佛者皆當作佛惟一大乘無有二三一切諸法一相一門所謂無生無滅畢竟空相習如是觀五欲自斷五蓋自除五根增長即得

禪定釋曰一稱成佛者歸命一心無不成佛以離自心一相一門外更無有法可作皈依畢竟空寂如是觀者五欲自斷乃至六度萬行悉皆成就如上所說非理一心而何又佛名經云一聞佛名滅無量劫生死之罪一聞則不待稱念無量則不止八十億劫因彌約而果彌廣非理一心安得致此但患心之不一何慮罪之不滅

△疏故知古人知見不普之論乃至定心專心之辨良繇且就事之一心非理一故

鈔知見不普者華嚴論云一乘大道非樂生淨土菩薩境界以情存淨穢知見不普今謂此指僅得事一心者若得理一則妙悟一心有何淨穢然雖知平等法界無生可度而常修淨土敎化衆生正所謂一乘大道也知見之普孰過於是又普賢菩薩爲華嚴長子非一乘境界乎而欲面見彌陀往生安樂謂之情存淨穢可乎定心專心者永明謂九品上下不出二心一者定心如修定習觀上品上生二者專心如但念名號得成末品今謂既云但念但之一字正唯得事未得理故

△疏故知古云愚人求淨業者非唯不指理之一心亦復不指事一心故

鈔古德謂有叅禪不靈遽變前因朝暮掐數珠求淨業又云念幾聲佛欲免閻老子手中鐵棒乃愚人所爲執此語者遂生疑謗不知此爲叅禪志不歸一輙自改途者說非呵淨業故但言愚人朝暮掐數珠求淨業不言愚人朝暮一心不亂求淨業也

觀經云但聞佛及二菩薩名能滅無量生死之罪何況憶念憶念者且指事一心也則知事一已非愚人何況理一

△疏故知修淨業人復業餘行非唯不知理一尚未能持事一心故

鈔念念念佛更無雜念是名一心一心念佛又一心修餘種種法門是二心也夫無雜念者止得事之一心今且未能何況理一故念佛者守志不二勿因三昧難成而輒改修餘行先儒有言不可以仁之難熟而甘爲他道之有成此之謂也

△疏又此四字若離合釋之則相即故名一心相非故名不亂

鈔相即者即空即假即中則如前所明此能念所念即有而無即無而有二邊叵得中亦不存三德渾然不可分別是名一心相非者假非是空空非是假中非假空則能念所念雙亡成般若德能念所念雙立成解脫德俱存俱泯顯乎中道成法身德三德歷然不可混雜是名不亂

△疏又此一心不亂亦分五教今不叙者以正指頓圓故

鈔亦分五教者以蓮分九品則小大淺深自有差等如小教以緣心造業而感前境爲一心始教以阿賴耶識所變爲一心終教以識境如夢唯如來藏爲一心頓教以染淨俱泯爲一心圓教以總該萬有即是一心而佛說此經本爲下凡衆生但念佛名徑登不退直至成佛正屬頓圓又二乘種不生故略前三不復分五天台四教例

此

△疏又此事理二持起信中具有此意

鈔論云專念阿彌陀佛即得往生者此雙含事理而言也次云若念彼佛眞如法身又云雖念亦無能念可念皆指理一心也

△疏又此事理二持即顯密二意

鈔四字名號全皆梵語但念不忘與持咒同是名曰密且念且參觀心究理是名曰顯爲門少異歸元則同顯密圓通事理無礙

△疏又此事理二持雖上詳分勝劣有專事者有專理者機亦互通不必疑阻

鈔此恐僅能事念者自疑理性不明所爲無益故言事得通理以決其疑大勢至圓通章云不假方便自得心開空谷云不參念佛是誰直爾純一念去亦有悟日是也又恐唯勤理念者自疑稱佛名少或致落空故言理得通事以決其疑念念理一是念念彌陀也其爲稱名不亦大乎是故攝心體心兩種念佛事理互通本不二故

△疏又此事理二持或漸進或頓入亦隨機不定

鈔漸進者根稍鈍人先勤事持後漸究理若根性大利徑就理持故名頓入作用大殊及其成功一也

△疏又一心不亂下有本加專持名號二十一字今所不用以文義不安故仍依古本不加而以即是多善福之意言外補入斯爲允當

鈔文義不安者上文已有執持名號四字

不可更着專持名號一句上下重復不成文義舊傳此二十一字是襄陽石刻當知是前人解經之語襄本訛入正文混書不別耳善文義者當自見得

△疏稱理則自性非憶非忘是執持義非今非昨是七日義非一非多是一心義非定非亂是不亂義

鈔本無生滅何有憶忘體絕去來誰成今昨一亦不爲一多尚奚存定且無定形亂將安寄如斯會得終日念佛終日念心終日念心終日無念即心即佛非佛非心是則名爲真念佛者

佛說阿彌陀經疏鈔卷第八

音釋

閎音橫巷門也　瀛音盈大海也　聳音竦高也驚也

佛說阿彌陀經疏鈔卷第九

明古杭雲棲寺沙門　袾宏　述

〇三感果二　初佛現我前二我往佛處

〇初佛現我前

其人臨命終時阿彌陀佛與諸聖衆現在其前

△〔疏〕其人指持名者承上但能一心不亂命終之時佛必現前也以自力佛力感應道交故如二部經及諸經中說

〔鈔〕自力者凡人命終前有將謝後有未生平生善惡自然現前如十惡五逆地獄現前慳貪嫉妬餓鬼現前乃至五戒十善人天現前今專念佛一心不亂則淨念成就清淨心中寧不佛現前乎楞嚴云憶佛念佛現前當來必定見佛是也佛力者大本法藏願云我作佛時十方無央數世界諸天人民有發菩提心修諸功德願生我刹臨壽終時我與大衆現其人前三輩往生中又云其人命欲終時佛與聖衆悉來迎致觀經九品或言阿彌陀佛至行者前或云至其人所皆現前意也言諸經者稱揚諸佛功德經云若有得聞無量壽如來名者一心信樂其人命終阿彌陀佛與諸比丘住其人前魔不能壞彼正覺心又鼓音王經云若有四衆能正受持彼佛名號臨命終時阿彌陀佛即與大衆住其人前令其得見又華嚴四十六經云如來有十種佛事一者若有衆生專心憶念則現其前等所謂念佛衆生攝取不捨是也若依般若則自力復二一者念力二者本有佛性

力兼以佛攝取力乃成三力本有如舟船念佛如帆楫佛攝取如便風三事周圓必登彼岸矣

△疏佛及聖衆者佛兼報化聖衆兼菩薩聲聞等

鈔兼報化者觀經明佛先言六十萬億後開丈六次言下品化佛來迎則知九品所見不一攝論亦云登地方見報身轉展細妙今但言佛不分報化以一攝多故兼菩薩聲聞者如觀經上品上生云佛與觀音勢至無數化佛百千比丘聲聞大衆無量諸天現其人前而亦有佛不來迎菩薩來者今從多分

△疏問臨終佛現亦有魔否答古謂無魔脫或有之責在辨識

鈔無魔者單修禪定或起陰魔如楞嚴止觀諸經論中辨之甚悉今謂念佛者佛威神力佛本願力大光明中必無魔事然亦有宿障深厚或不善用心容有魔起固未可定須預辨識如經論說行人見佛辨之有二一不與修多羅合者是爲魔事二不與本所修合者是爲魔事所以然者以單修禪人本所修因唯心無境故外有佛現悉置不論以果不協因故今念佛人一生憶佛臨終見佛因果相符何得槩爲魔事若或未能了決但如前辨別察識而已問既曰非魔當是真佛而古謂佛無去來云何有佛現在其前答感應道交不妨不來而來無見而見故永明謂如幻非實則心佛兩忘而不無幻相則不壞心佛又云法

身眞佛本無生滅從眞起化接引迷根此乃如來本願功德令彼有緣衆生專心想念能於自心見佛來迎不是諸佛實遣化身而來迎接則佛身湛然常寂衆生見有去來如鏡中形非内非外如夢中事不有不無又經云應以佛身得度者即現佛身而爲説法亦此意也是故水清則月自來心淨則佛自現所謂感應道交難思議也

△疏故知臨終設像助念文載聖經法傳西域不應疑阻

鈔華嚴十五經頌云見有臨終勸念佛又示尊像令瞻敬俾於佛所深歸仰是故得成此光明疏云西域法有欲捨命者令面西於前安一立像像亦面西以旛頂掛像手指令病人手捉旛脚作隨佛往生想兼與燒香鳴磬助稱佛名非直亡者得生佛前亦終成見佛光也若神遊大方去留無礙者置之言外不爾勉旃斯行如上則特爲設像以助往生何況一心不亂感佛現前乃慮爲魔自生疑阻

△疏稱理則自性妄窮眞露是臨終佛現義

鈔妄心未盡幽幽綿綿是爲命根未斷惑斷執空情消見謝人亡家破烟滅灰飛命終之謂也諸妄盡除不眞何待求佛不現前不可得也然而佛慈無限豈必臨終是故時時示時人時人自不識

○二我往佛處

是人終時心不顛倒即得往生阿彌陀佛極樂國土

△疏上言臨者是將欲命終今言終時正暖

盡識去心不顛倒者以一心不亂故不顛倒以不顛倒故不生他處即得者言其速也

【鈔】顛倒者繇其平日隨順妄想不修正念心多散亂如前所謂將捨煖觸一生所作俱時現前心神惶怖動止揮霍應入地獄者刀山劍樹視作園林應墮畜生者馬腹驢胎認爲堂宇就令作善合生人天未免憎愛父母乃至小聖初心猶不能正知出入皆所謂顛倒也乘此顛倒三界七趣隨業受生今既一心不亂則内凝正念外感佛迎捨此報身徑生彼國如佛言隨其心淨則佛土淨又言一切國土唯想所持淨想成就必得往生固無疑也他處者有三一者娑婆世界二者餘佛國土三者彼國邊地今皆揀之速者不經中陰不隔時日觀經所謂如彈指頃生極樂國也又智者云臨終在定之心即是淨土動念則往生淨土時所云在定者今心不顛倒是所云動念者後願生彼國是

△【疏】大本云其身體非世人之身體亦非天上人之身體也皆積衆善之德自然虛無之體蓮華中化生亦無乳養之者

【鈔】積善者即是善根福德成就之身非以欲愛爲因四大爲體故不繇胎獄託質華池也亦無乳養者明自然增長非如北洲猶待指端出乳而爲養也

△【疏】其往生者繇上一心不亂作三九因更細分之亦應無量

【鈔】三九者大本三輩觀經九品也以一心

分事理事理亦復各分勝劣後得往生如其本因而爲品位也三輩者如大本謂上輩者發菩提心專念阿彌陀佛修諸功德願生彼國命欲終時佛與聖衆現其人前便於七寶池内蓮華化生住不退轉智慧勇猛神通自在所居七寶宮宇在虛空中去佛爲近是名上輩生者配前則雙得事理一心者也中輩者不能大修功德而亦發菩提心專念囘向命終生彼功德智慧次於上輩是名中輩生者配前則得事有餘得理不足者也下輩生者不能作諸功德而亦發菩提心一向專念乃至十念生彼宮宇惟在於地又次中輩是名下輩生者配前則僅得乎事未得乎理者也九品者觀經所云上之三品有生彼即得百千陀羅尼門者有經一小劫得無生忍者有經三小劫得百法明門住歡喜地者配前則雙得事理一心而有深淺故成三品例上輩也中之三品有生彼國即得阿羅漢者有生彼半劫得阿羅漢者有生彼一劫得阿羅漢者配前則事盈理歉亦以深淺故成三品例中輩也下之三品有往生彼國經十小劫得入初地者有經於六劫蓮華乃開發無上道心者有十二大劫發菩提心者配前則有事無理亦以深淺故成三品例下輩也細分者如前階品中分之又分則百千萬億無盡輩品皆以事理所得深淺而爲次第也

△疏 如觀經以上品上生爲得無生忍天台判屬初地而華嚴明無生忍自有淺深則

上上品中信有多品況復餘品

【鈔】淺深者八地淨忍分中疏云無生忍畧有二種一約法二約行約法則諸無起作之理皆曰無生慧心安此故名爲忍約行則報行純熟智𡨋於理無相無功曠若虛空湛如渟海心識妄惑寂然不起方曰無生前說猶通諸地後唯八地所專餘如前序中辨故知無生忍位自有淺深則上上品中從一地以至八地已容多品餘可知矣故細分之亦應無量

△【疏】又三輩九品二經相配諸說稍異如輔正所解融之

【鈔】觀經疏云此經九品爲令識位高下即大本三輩也孤山謂大本三輩上齊觀經六品以三輩純明善行不及惡人也靈芝判三輩止對上品故云諸說稍異草庵輔正解曰天台以九品同三輩者乃約位次相同不約行因而言則孤山靈芝皆不違天台所以然者以天台但約位次則輩品正同二師唯約行因則止齊中上各有所據取義不同故不違也尅實而論則煩惱不異菩提始惡何妨終善惡人既已成善豈不賢聖同科三輩九品正相配合又何疑焉

△【疏】又華嚴明念佛者數與心等即是三輩九品隨因不同義

【鈔】數心等者華嚴二十三經離垢幢菩薩偈云以佛爲境界專念而不捨此人得見佛其數與心等釋云數與心等者謂隨念隨現隨念有二一隨念多少佛亦如之如

念佛一聲有一化佛從口中出等二隨念淺深佛應稱之如臨終見佛有勝有劣等多少淺深即輩品分別也此人得見佛者即阿彌陀佛現在其前也專念者即一心不亂也

△疏又志眼二種淨業亦三輩九品義

鈔志眼法師云往生一門有二淨業一曰正觀默照本心也二曰助行偹修萬善也二事俱得則了達四淨土矣如止得事善者近生同居遠作三七因耳故知淨土正究理菩薩所登境界而兼容悠悠衆生耳又云圓機體道是最上淨業苟加願以導之即預優品愚樸之輩但稱佛發願者亦生觀淨土一門則聖人無棄物也按所云正觀通乎上中所云助行通乎中下又法師此論極善觀者毋忽

△疏有言九品八從蓮生以第一品云金剛臺故今叅合經論仍以九品皆屬蓮生

鈔八從蓮生者據觀經上品上生文云自見其身乘金剛臺獨無蓮華二字故言下之八品乃從蓮生然經論所明歷歷皆說生西方者俱從蓮生大本法藏願云無央數世界諸天人民以至蜎蠕生我剎者皆於七寶池内蓮花中化生言皆則槩舉九品矣又云他方諸大菩薩欲見阿彌陀佛者徑於彼國七寶池内蓮華化生言大菩薩則必非中下矣又云其上輩者命欲終時佛與聖衆悉來迎致即於七寶池内蓮華化生言上輩即正對上品矣並無最上不蓮之意又法華云聞此經典如說修行

命終即往極樂世界阿彌陀佛大菩薩圍繞住處生蓮華中得菩薩神通無生法忍夫得無生忍非上上品乎又行願品普賢菩薩以十大願王導歸極樂而曰彼佛衆會咸清淨我時於勝蓮華生夫普賢往生非上上品乎又寶積明十心回向後得蓮華化生夫十心菩薩非上上品乎以是參考確有明證問果爾則上上文中何以曰金剛臺不曰蓮花荅文互有無不足泥故何以知之上品中生亦曰乘紫金臺又將曰七從蓮生乎況中品之下亦但云此人命終譬如壯士屈伸臂頃即生西方極樂世界文中並無蓮華二字又將曰六從蓮生乎夫既以不蓮爲勝則中下劣品何以不蓮又中品之上獨曰蓮華臺其金剛臺紫金臺之類乎其蓮華之類乎錯雜不倫進退無據灼知文互缺而義必周也愚意各有蓮華華各有臺臺各不同而金剛爲臺之最勝耳如懷玉銀臺初來金臺繼至可驗也且臺之義二一者基臺之臺則臺在華下如世刻像下作寶臺臺上安華華上安佛是也二者房臺之臺則臺在華內如法華玄義以蓮表十如至如是報文云譬如蓮實圍繞房臺又云實依於臺實者蓮子子藏臺中則世所謂蓮房是也又華嚴十地蓮華文云琉璃爲莖栴檀爲臺瑪瑙爲鬚閻浮檀金爲葉並稱莖臺鬚葉而涅槃亦云譬如莖葉鬚臺合爲蓮華此所謂臺皆房臺也即法華甄叔迦寶以爲其臺之意也觀是則知觀經華座觀中先言

作蓮華想次云釋迦毘楞伽寶以爲其臺則華内之臺也又云一一金色處處變化或作金剛臺或作珍網等則華下之臺也故上品中生先言紫金臺次云足下亦有七寶蓮華則紫金臺在華下明矣華必有臺臺必有華言金剛臺不言華與言華不言臺文前後互顯耳但上上品一生蓮中即時華開即時見佛即時證道其餘則華開漸晚見佛漸遲證道漸遠以是分别知上上獨勝非爲無蓮也若以無蓮爲勝有蓮爲劣是薄蓮也何取於蓮邦而華座觀明佛坐蓮華則佛亦劣矣理云何通問極樂九品入從蓮生四明何爲有是言乎答四明只説入從蓮生未説不蓮爲是何品以中下品亦無蓮華故若果上上不蓮當必有説而乃徒開其端不竟其説者何也或此入字傳寫之誤安知不是極樂九品必從蓮生俟高明更辨之

△疏問下品之外復有胎生爲實有否答表信力不堅故實無胎生

鈔非胎生者大本云佛告彌勒若有衆生修諸功德願生彼刹不了佛智志意猶豫臨命終時方悔已過以是生彼纔入邊地見七寶城即便止住於蓮華生亦有自然快樂如忉利天惟於城中經五百歲不得見佛不聞經法以此爲苦故名胎生非實胎育如人間也又云如刹帝利其子犯法幽之内宫處以華觀層樓綺殿好飾奇珍寶帳金床服御所資悉皆豊備而以閻浮金鎖繫其兩足不得自在即胎生喻也又

云若識其本罪深自悔責求離本處即得往詣無量壽佛所又菩薩處胎經云西方去此閻浮提十二億那由他有懈慢界國土七寶其樂無比發意欲生彌陀佛國而染着於此不能前進亦疑城邊地類也如是皆繇信不切故

△疏問既云七日彼臨終十念特俄頃耳何得往生答正以一心故如智論中說又自力他力如那先中說

鈔智論云臨死少許時心何能勝終身行力答曰雖時頃少心力猛利是最後心名爲大心當知即是一心不亂故那先經云王問那先人生造惡臨終念佛得生佛國我不信是語那先答言如持大石置於船上因得不没人雖本惡因念佛故不墮泥犂而得往生亦復如是則已之心力佛之願力交相成也

△疏問既云往生昔人又謂生則決定生去則實不去是乃有生無往今曰往生二義相戾答以生於自心故不往而往名爲往生如華嚴解脫長者說

鈔華嚴重重法界不出一心楞嚴十方虛空皆汝心內是知極樂之生生乎自心心無界限則無西無東去至何所狀其易識而淨脫舊而新離一得一似有所往名之爲往豈曰從此向彼如世間經城過邑之往耶解脫所說者入法界品解脫長者言彼諸如來不來至此我不往彼若欲願見安樂世界阿彌陀佛隨意即見既云隨意則不越一念而生彼國故知狀其得生名

之往生實無所往不往而往不妨說往究極而言非但無往亦復無生不生而生不妨說生

△疏問兜率内院昔人亦願往生今何偏示極樂答因難易故境勝劣故主師資故又問勝蓮華世界甚超極樂何以不往答樂邦在近不應求遠故

鈔問意蓋謂彌勒亦現在說法内院亦清淨莊嚴而不求生當是何故答有三義一因難易者凡生内院必智斷功德堪與聖流非若極樂但求生者淨念成就即克如願無論惑業昔奘師謂内院易生良以兜率之離人世可計由旬極樂之去娑婆歷多佛刹彼論地不論因今論因不論地義各有取然極而論之奘師爲當時一類之機此經乃萬世常行之道耳二境勝劣者内院不越三界之中極樂出過三界之外極樂疑城尚無女人内院外生便有五欲故曰下生猶勝天宫也三主師資者彌陀圓萬德之果已證如來彌勒稱補處之尊猶居等覺經云其中多有一生補處則彌勒方與觀音勢至同侍導師之側曰師資也故見彌陀即見彌勒見彌勒未必見彌陀也又古德有云先生西方後生龍華亦大有理偏求極樂不亦宜乎勝蓮華者詳見前壽命文中今謂華嚴較論國土娑婆之後即云極樂遠之又遠至百萬阿僧祇世界方曰勝蓮則極樂者隣邦勝蓮者遐域也喻如越饑吴稔舉足即吴捨吴不往而遠慕燕秦惑亦甚矣

△疏問見有一生念佛臨終未必往生何也答良由一生念佛未是一心念佛故

鈔悠悠之徒一生念佛所謂雖不懈怠亦不精進未能一心故不得生若果真實用心而未純一雖今世不生亦植生因必於來世成就三昧而得生彼如梵網云不得戒而得增益受戒宗門謂才出頭來一聞千悟者是也慎毋藉口曰某某念佛徒勞無功遂謗聖教爲不足信

△疏稱理則自性無形是不顛倒義自性無垢是生極樂義

鈔六祖云吾有一物無頭無尾無背無面是則求於正相尚不可得將以何物而名顛倒般若心經云是諸法空相不垢不淨是則求於淨相尚不可得將指何處而號娑婆不顛倒處全身坐極樂蓮臺顛倒纔生應念住娑婆國土即心即土即土即心西方去此不遠

○四結勸

舍利弗我見是利故説此言若有衆生聞是説者應當發願生彼國土

△疏是利者指上見佛往生此言者見斯大利故説此一心持名之言也不願往者則孤佛説是爲第二重勸

鈔無利益語佛所不談持名即得往生於諸衆生有大利益故佛説也良由已得往生是名自利生彼國已聞法得道還能廣度無量衆生是名利他具斯二利故言大利第二勸者初言衆生聞者止是得聞彼國莊嚴勝妙故起願樂未委如何得生今

出其由言一心持名佛來接引遂得生彼則願當益切故云二勸

△疏 又言利者反顯不願往生之害示欣厭也

鈔 此土修行多劫升沉不能解脱今以稱名往生遂登不退較其利害明若指掌利即諸樂害即衆苦故當欣厭

△疏 又我説者正明無問自説故

鈔 見斯大利急爲指陳恐諸衆生遲遲失利故不俟請問也

△疏 稱理則自性具足是利義

鈔 試觀自性欠少何事靈知體上彌陀聖衆終日現前常寂光中極樂淨邦無時不往奈何佛見是利衆生若盲佛説是利衆生若聾雖是勞他金口宣揚須是一回親見始得

○三文引佛言令斷疑惑二 初明佛同讚二釋經應讚

○初明佛同讚二 初本佛讚二他佛讚

○初本佛讚

舍利弗如我今者讚歎阿彌陀佛不可思議功德之利

△疏 承上不獨我見是利而説此言亦十方諸佛同見是利而説此言也讚者稱讚嘆者感嘆不可思議者上言我見是利今極言其利非尋常之利也文有三轉一非無益故云利二非但事福之利故云功德之利三非但功德之利故云不可思議功德之利也以是讚嘆非偶然故

鈔 稱讚者稱揚讚美彼佛廣大功德令人

歸信也感嘆者感激嘆息此法人天希有歷劫難逢令人悲喜喜者喜其得聞悲者悲其聞之晚也不可思議是此經原名義見前序經名不可思議者正以阿彌陀佛有此不可思議大功德也文有三轉者利中多含展轉深廣初事福之利者修事相福世間因故是名小利二功德之利者出世間因故是名大利三不可思議功德者出世間上上因故是名大利中大利益功德雖勝事福於中復分勝劣有可思議有不可思議今是不可思議之功德也故大利中復稱大利

△疏不可思議如聲王中說彼安樂世界所有佛法不可思議神通現化不可思議若能信如是事當知是人不可思議所得業報亦不可思議又依正因果四俱不可思議

鈔此分爲四一是施法廣大功德謂無量壽無量光三寶道品種種等二是神化周徧功德謂水鳥樹林咸宣妙法衣食服用受用自然衆生皆具相好神變等三是信受宿根功德謂難信之法能信受者宿修無量善根等四是果報難勝功德謂即得往生即得入上善會即得不退轉地畢竟成佛等皆超越常情故云不可思議如金剛般若云是經義不可思議果報亦不可思議是也依正因果者依謂同居即寂光正謂應身即法身因謂七日功成果謂一生不退亦復超越常情故俱不可思議也昔英法師於東都講華嚴經四十徧因入

綽禪師淨業道塲深入三昧嘆曰自恨多年空尋文疏勞身心耳何期念佛不可思議

△疏稱理則自性離心言相是不可思議功德義

鈔起信論云是心從本以來離心緣相離言説相是故舉心即錯動念即乖滯句者迷承言者喪然則當如之何縱饒緘口忘機依然墮落無記是之謂不可思議

○二他佛讚六　初東方二南方三西方四北方五下方六上方

○初東方三　初列名顯廣二現相表真三發言勸信

○初列名顯廣

東方亦有阿閦鞞佛須彌相佛大須彌佛須彌光佛妙音佛如是等恒河沙數諸佛

△疏引諸佛讚者見此淨土法門乃千佛萬佛無量諸佛異口同音之所讚歎當諦信勿疑也唐譯具有十方今缺四隅者文省也先東方者舉方常法亦以東表智故

鈔十方者奘師譯有四隅則成十方今止六者以正攝隅故文省也舉方常法者經中凡舉十方每先東爲首東者於時爲春萬物生長有智慧義以智者萬法之先導故首舉東方即舍利文殊首衆意也

△疏舉六方者釋迦處中故

鈔既言上下四方中央何獨不舉葢釋迦處娑婆世界以本所居爲中前之後之左之右之仰之俯之成六方也

△疏阿閦鞞者此云不動法身不動故一云

不爲二邊之所動故

鈔 法身者不生不滅無去無來妙覺地無所增無明地無所減湛然常住如如不動故二邊者有無也有不能使之着相無不能使之落空不斷不常二不動故問東屬春生於卦爲震震者動也云何佛號不動答以是即動即靜應萬變而常寂故云不動華嚴以東方爲不動智正此意也

△疏 須彌相者佛相無盡如須彌故

鈔 須彌此云妙高衆寶所成曰妙迥出羣山曰高佛之相好百福所成無不具足是之謂妙人天二乗及諸菩薩相好皆莫能及是之謂高

△疏 大須彌者佛德高廣如大須彌故一云佛名大於須彌如維摩中說

鈔 須彌高廣超於七金以對七金名之爲大佛德高廣無以爲比如大須彌也佛名者維摩經云名稱高遠踰於須彌則謂大過於須彌也

△疏 須彌光者佛光廣照猶如須彌映蔽衆山故

鈔 光有二義一者須彌寶成寶能發光如佛淨極光通故二者須彌體大光明亦大如佛光明無量故

△疏 妙音者法音圓妙說法稱機故

鈔 圓妙者如維摩經云佛以一音演說法衆生隨類各得解又云於衆言音微妙第一

△疏 如是等者多難悉舉且舉五佛以等攝之恒河亦云殑伽河沙者喻多也

【鈔】恒河在西域無熱池側香山頂上有無熱惱池流出四河恒河在南廣四十里沙逐水流至爲微細佛近彼河説法故凡言多常取爲喻明東方多佛如恒河中所有沙數也若據法華一塵一劫之喻則恒河者猶爲至少今舉恒沙意實無盡故大本云無量無數不可思議無有等等無邊世界諸佛如來皆共讚歎阿彌陀佛所有功德則恒沙未足以盡之也

△【疏】以上佛名靈芝云相傳不釋亦有釋者或取因或取果或性或相或悲智行願等亦無礙故

【鈔】不釋者以佛具萬德不可以一德稱故亦有釋者以佛德融通無盡亦可以一攝萬偏舉一德即備衆德故故舉因則該果海舉果則徹因源無有智而不悲悲而不智無有行非願起願不行成如堯仁舜孝禹儉湯寬亦互具故

△【疏】稱理則自性智慧不可盡是東方恒沙佛義

【鈔】東方義見前解有形之物可盡智慧不可盡外求智慧可盡自性智慧不可盡曰恒沙者亦少分喻耳所以道盡思共度量不能測佛智

○二現相表眞

各於其國出廣長舌相徧覆三千大千世界

△【疏】其國者本所住國各於其國者見佛佛皆然也左右爲廣前後爲長三千大千詳如俱舍中説覆大千者極言舌相之廣長也以多劫口業清淨故若詳其由如華嚴

中説言此以明佛語爲必可信令斷疑也

【鈔】俱舍論頌云四大洲日月須彌盧欲天梵世各一千名爲小千界此小千千倍説名爲中千此千倍大千皆同一成壞今釋謂四大部洲二輪日月一須彌山從下地獄至六欲天從欲天至梵天齊此色天名一世界一一數之積而至千名曰小千又以小千爲一一一數之積而至千名曰中千又以中千爲一一一數之積而至千名曰大千以三次言千曰三千大千其實一大千也一大千世界即經中一佛土也彼阿閦佛乃至恒沙諸佛各各主此大千世界今謂諸佛各於本界出廣長舌覆其界内無不徧也口業清淨者謂不爲妄言綺語惡口兩舌常爲眞實語正直語柔軟語和合語而言多劫者經云凡夫舌過鼻尖表三世不妄語佛乃無量劫來曾無妄語久積功德感斯勝相也詳其由者華嚴離世間品云菩薩有十種舌所謂開示演説無盡衆生行舌開示演説無盡法門舌讚嘆諸佛無盡功德舌乃至降伏一切諸魔外道除滅生死煩惱令至涅槃舌是爲十菩薩成就此法得如來徧覆國土無上舌則不止一因故言詳也必可信者凡夫舌相不過三寸古謂掉三寸舌則毁譽抑揚循其私意容未可信佛具如是廣長之舌寧有妄乎其所讚嘆更疑不信無有是處

△【疏】又行位菩薩尚有廣長舌相更過於此今猶略説

【鈔】菩薩舌相者華嚴十行位菩薩成就十

無盡藏其說法時以廣長舌出妙音聲充滿十方一切世界言十方一切則不止一大千而已菩薩且然何況如來今且各就本國故云略說其實佛讚淨土徧十方一切世界也

疏慈恩云佛之舌相證小則覆面門以至髮際令覆大千證大事也又云菩薩得覆面舌相故其言無二悉眞實故則覆面之舌已無妄語況覆大千乎

鈔舌相小大者以佛得色身三昧六根自在證小證大各隨其意言大事者法華云佛爲一大事因緣故出現於世謂令衆生皆入佛乘故今讚淨土現此舌相則知淨土法門是爲大事同法華也苟非大事則所謂割雞焉用牛刀也又菩薩覆面者舉劣況勝勸信之至也

△疏又十方者且就橫說若竪說者通乎三際無不讚嘆

鈔以力例世則前乎迦葉乃至過去無量諸佛後乎彌勒乃至未來無量諸佛必其廣長舌相亦徧覆三際也諸佛相同則心同智同願同既六方讚嘆此經知三世諸佛亦必讚嘆此經如六方也所謂無間說者是也

△疏稱理則自性周法界是廣長舌義

鈔古謂溪聲即是廣長舌然則廣長舌相不獨諸佛有之衆生有之即萬象皆有之是故情與無情融成一舌舌即法界法界即舌說徧覆時已成雙檝

○三發言勸信

説誠實言汝等衆生當信是稱讚不可思議功德一切諸佛所護念經

△疏誠實明必可信以是廣長舌端出誠實語謂此稱讚不可思議功德一切諸佛所護念經汝當諦信莫懷疑也信義詳後

鈔必可信者以誠則真懇無僞實則審諦不虚所謂師子吼無畏説千聖復起不能易萬世守之則爲楷者也稱讚不可思議功德連下十六字此經原名也唐譯止言稱讚淨土佛攝受經欲文省便以不可思議功德攝淨土中故此不可思議上文讚佛令乃讚經其義一也故不重釋護念者念佛之人佛力保護令其安隱無諸障難故佛心憶念令其精進無有退墮故觀經云念佛衆生攝取不捨又經云念佛之人阿彌陀佛常住其頂又十種利益云念佛之人阿彌陀佛常放光明攝受此人此本師護念而十方諸佛同此護念當知念佛佛念感應自然不可誣也

△疏又八地始蒙佛護故知往生地位非淺

鈔八地佛護者華嚴謂八地菩薩常爲如來之所護念今此頓超勝地故曰非淺

△疏諸佛告諸衆生古有二説一謂轉引一謂同時今兼用之

鈔轉引者慈恩謂六方諸佛告本國中之語釋迦轉引以證巳言靈芝謂是釋迦説此經時六方諸佛同時讚嘆今兼用者以此廣大最要法門諸佛平時必所常讚而正當釋迦説此經時十方諸佛齊讚亦復何礙彌顯此經乃普眼法門徧乎法界一

説一切説也

△疏稱理則自性不變是誠實義自性不離是護念義

鈔純眞絶妄萬劫如然言誠實者孰過於是即今一視一聽一言一動莫不與俱亘古亘今常護常念行住坐卧不離這箇何得誠言不信護我偏遠可謂自誑自欺自逃自逝

〇一南方三　初列名顯廣二現相表眞三發言勸信

〇初列名顯廣

舍利弗南方世界有日月燈佛名聞光佛大燄肩佛須彌燈佛無量精進佛如是等恒河沙數諸佛

△疏日月燈者大智無盡故

鈔大智無盡者日照晝月照夜燈照日月之所不及普徧繼續更無窮盡佛之大智横亘十方豎通三際亦猶是也又日光破暗有般若義名一切智月以清涼照夜有解脱義名道種智燈繼日月通乎晝夜不住二邊是中道第一義諦有法身義名一切種智

△疏名聞光者名稱普聞如光遠照

鈔實大聲宏故有名稱普徧聞於十方無量世界如日光照無所不被

△疏大燄肩者肩表二智燄喻照耀

鈔二智者權智照事實智照理事理炳然雙照不昧如兩肩發燄故又此二智荷擔一切佛法有肩義故

△疏須彌燈者須彌爲燈照四天下佛光廣

照亦如是故

△疏須彌爲燈者如云須彌爲筆須彌爲椎等極言燈量之廣大也須彌在中光照四部佛以中道大智照諸衆生如須彌燈也然維摩經言須彌燈王佛身長八萬四千由旬而究其國土乃東方過三十六恒河沙世界今在南方以佛同名者衆故

△疏無量精進者精進解見序分但彼言常此言無量

鈔無量二義一者時無量即是常義二者事無量自利利他智行無邊故

△疏稱理則自性光明不可盡是南方恒沙佛義

鈔南方爲離離爲火火内暗而外明是寂而常照也眞知不昧靈燄何窮華嚴光明覺品言如來光明過一世界十世界乃至不可説世界皆是自己心光覺照一切不從外得故曰我見燈明佛本光瑞如此

○二現相表眞

各於其國出廣長舌相徧覆三千大千世界

○三發言勸信

説誠實言汝等衆生當信是稱讚不可思議功德一切諸佛所護念經

○三西方 三　初列名顯廣　二現相表眞　三發言勸信

○初列名顯廣

舍利弗西方世界有無量壽佛無量相佛無量幢佛大光佛大明佛寶相佛淨光佛如是等恒河沙數諸佛

△疏無量壽因與本佛同名古有二説亦俱

有理

鈔二說者靈芝謂諸佛同名甚多決非法藏所成之佛以是本佛不應自讚故慈恩謂設若自讚理亦無妨以導引衆生令生勝意故今雙取二說謂據大本過無邊佛刹同名釋迦牟尼者不可勝數又觀音師觀音如來等則無量壽之名何止一佛百千萬億不可窮盡若據佛分邊事焉得以凡常例之將無自讚毀他犯菩薩十重戒耶我爲法王於法自在縱横予奪權實雙彰苟有利於衆生亦何施而不可天上天下唯吾獨尊可得云自讚否前之一說恐人不知諸佛數如微塵拘執一偏故後之一說恐人泥於不應自讚昧佛神用故二說兼成理固無礙

△疏無量相者相好無盡故

鈔相好者或三十二相或八萬四千相或微塵相德福無量相亦無量也昔誌公現十一面觀音相僧繇不能舉筆況佛相乎

△疏無量幢者功德高顯喻之如幢極其高顯名無量也又無量者廣多義

鈔幢者旛屬又云旗屬刊定記幢有七義約之成五一高顯義喻佛位極尊故二建立義喻佛悲智建立衆生及菩提故三歸向義喻佛爲衆生所宗仰故四摧殄義降伏一切諸魔軍故五滅怖義如帝釋告諸天衆汝與修羅戰時設有恐怖當念我七寶幢其怖即滅喻佛得無所畏衆生念佛即離恐怖故今唯取高顯一義攝餘義也廣多者其幢多而無量如經言幢旛寶蓋

徧滿虛空佛豎無量妙義指示衆生亦復如是

△疏大光者光輝廣被故

鈔光指化他之用諸天人亦有身光不假日月二乘小果因地菩薩皆有光明比佛爲小佛光暎蔽一切故云大也

△疏大明者謂佛以大智破諸惑盡故

鈔破諸惑盡者一切智破見思惑盡道種智破塵沙惑盡一切種智破無明惑盡杲日當空無所不照云大明也雖前似覺他此似自覺各舉一德義實互具如上總說

中辯

△疏寶相者相好殊特如寶尊貴故

鈔相好如寶者佛有無量相姑舉一二目相如經言八萬四千清淨寶目毫相如經言琉璃筒胸相如經言紫磨金肉髻相如經言甄叔迦皆所謂寶相也

△疏淨光者佛德清淨發光明故又其光清淨名淨光故

鈔清淨發光者有染之智不發妙光佛德至淨出大光明譬如鏡體清淨能鑒形故其光清淨者譬如野燒亦有光明比之日月不名淨故

△疏稱理則自性清淨不可盡是西方恒沙佛義

鈔西方義見前解良以眞如自體湛若虛空絶點純清曾何涯際纖塵乍起佛滅多時心垢頓除古佛隨現

〇二現相表眞

各於其國出廣長舌相徧覆三千大千世界

○三發言勸信

說誠實言汝等衆生當信是稱讚不可思議功德一切諸佛所護念經

○四北方 三 初列名顯廣二現相表真

○初列名顯廣

三發言勸信

舍利弗北方世界有燄肩佛最勝音佛難沮佛日生佛網明佛如是等恒河沙數諸佛

△【疏】燄肩者解見前文

【鈔】前有大字義無優劣

△【疏】最勝音者佛音極好一切音聲無能及故

【鈔】佛有八音一極好音二柔軟音乃至八不竭音今據極好以釋最勝亦可八音兼備故名最勝則一切天人聲聞菩薩所不能及也

△【疏】難沮者佛德堅密不可壞故

【鈔】沮者水名佛證法身已得金剛不壞之體更無餘惑煩惱橫流莫能衝蕩故曰難沮昔人謂吳其沼乎難沮者猶言不可沼也又沮阻通用止遏也

△【疏】日生者佛光出現如日初升也兼二利說

【鈔】二利者一者自利衆生本覺覆在無明如大夜中日光不現破惑顯智始覺朗照如日東生故二者利他華嚴二十三經云譬如日天子不以生盲不見故隱而不現不以乾闥婆城阿修羅手閻浮提樹崇岩邃谷塵霧烟雲等物覆障故隱而不現不以時節改變故隱而不現喻佛始成正覺

説法利生慧光普照如日東生故

△【疏】網明者智如寶網徧照衆生故

【鈔】網者即梵網千珠千珠交暎光明洞徹如佛智徧覆衆生無所不照故又種種法門互相融徹覺羣迷故

△【疏】稱理則自性含攝不可盡是北方恒沙佛義

【鈔】北方爲冬冬主藏萬物之所成終而所成始也今則百千法門同歸方寸無邊德用總在心源覔之則無相無形出之則無窮無盡本來具足不假他求是故衆生心即名如來藏

○二現相表真

各於其國出廣長舌相徧覆三千大千世界

○三發言勸信

説誠實言汝等衆生當信是稱讃不可思議功德一切諸佛所護念經

○五下方三　初列名顯廣二現相表真三發言勸信

○初列名顯廣

舍利弗下方世界有師子佛名聞佛名光佛達磨佛法幢佛持法佛如是等恒河沙數諸佛

△【疏】師子者如師子伏羣獸故

【鈔】師子二義一者師子衆獸中王遊行無畏如佛凡聖獨尊出入三界自在無礙故二者師子一吼百獸畏懼如佛説法天魔外道皆信服故又無五種怖具四無畏皆師子義

△【疏】名聞者釋義同前

鈔前名聞光今無光字名聞者德光者喻雖無其喻不異其德

△疏名光者名如日光無所不被亦可並稱以名顯光熾故

鈔如光義同上名顯者如阿彌陀佛名稱普聞十方三世無不瞻念故光熾者如阿彌陀佛光明普照十方三世無所障礙故

△疏達磨者此云法亦兼二利

鈔法者軌持義以法軌持己德成己法身以法軌持他身令諸衆生皆證法身故

△疏法幢者法如幢故

鈔法如幢者佛法高顯人天仰之爲宗邪外望之而伏詳如前文無量幢義

△疏持法者二義一者執中名持二者執守名持

鈔執中者不墮有邊不墮無邊善持中道妙法故執守者持此妙法流通三世使不斷絶故

△疏稱理則自性測之彌深不可盡是下方恒沙佛義

鈔文殊取鉢遇垂右手過下方四十二恒河沙世界今謂更過下方不可説恒河沙世界求於自性譬如持竿探海欲窮其底終不可得

○二現相表眞

各於其國出廣長舌相徧覆三千大千世界

○三發言勸信

説誠實言汝等衆生當信是稱讃不可思議功德一切諸佛所護念經

○六上方三　初列名顯廣二現相表眞

三發言勸信

○初列名顯廣

舍利弗上方世界有梵音佛宿王佛香上佛香光佛大燄肩佛雜色寶華嚴身佛娑羅樹王佛寶華德佛見一切義佛如須彌山佛如是等恒河沙數諸佛

△疏梵音者佛音清淨無雜染故

鈔無雜染者餘乘說法是爲雜染而不清淨今佛唯以一乘法化導諸羣生所謂純一不雜具足清白梵行之相故名梵音

△疏宿王者一云月爲宿王一云即宿中王如北辰故二義皆得

鈔月爲宿王所謂萬點星光不如孤月月非星類喻佛爲大覺覺非迷類勝一切故即宿中王者語云譬如北辰居其所而衆星拱之言北辰宿類而出乎其類喻佛即衆生出乎衆生以生所歸依故皆得者一以星月對顯稱王一就星中獨勝稱王今言佛在異類異類中王佛在同類同類中王故皆得也

△疏香上者佛聖中聖如香中香最上無比故

鈔香中香者如栴檀香云此香六銖價值三千大千世界又云此香一焚四十里外無不聞者是香之最上者也佛證五分法身之香其香普熏無量世界一切人天修羅外道二乘之香無能及者故曰香上

△疏香光者其香發光如斷智二德故

鈔斷德者香能辟惡有滅穢義諸惡淨盡名之爲香智德者光能破暗有智慧義靈

明廣照名之爲光又常香止被鼻根香中發光兼被眼根踰聲聞止能滅惡有體無用佛滅諸惡能具諸善具足斷智如香光也

△疏大𣯶肩者釋義同前

鈔𣯶肩之名屢出正縣佛同名號無量無邊故

△疏雜色寶華嚴身者萬行因華莊嚴法身故

鈔萬行莊嚴者雖證法身若無萬行名素法身佛稱一切種智故須四等六度種種行門無不備集積功累德助顯法身如萬種寶華莊嚴色身也以法身本具恒沙性德故

△疏娑羅樹王者娑羅此云堅固亦云最勝德不變易三界獨尊如樹王故

鈔堅固者此樹歲寒不凋斧斤不損有堅固義如佛證法身惑不能撓境不能動故最勝者此樹高大一切林木無能及者如佛超三界衆聖中尊故具斯二德名樹王也

△疏寶華德者佛德如寶華故

鈔前云嚴身嚴有因義今但言華以華喻德佛之萬德貴重華美如寶華也一云常樂我淨佛之四德常如寶華無彫落故樂如寶華悦人意故我如寶華無待外故淨如寶華體瑩潔故富有萬德貴重華美可例知矣

△疏見一切義者諸法之義無不知故

鈔一切者世出世間諸法無量則義無量

有知近義不知遠義者有知偏義不知圓義者有知總義不知別義者有知實義不知權義者佛無不見如悉達太子名一切義成即此意也

△【疏】如須彌山者須彌爲衆山之王佛德超絕如須彌故

【鈔】前言須彌相故指相好今無相字專就德言合萬德而交羅如須彌以寶成稱妙中天下而獨立如須彌以最上稱高須彌王於衆山如來王於三界其義一也

△【疏】稱理則自性仰之彌高不可盡是上方恒沙佛義

【鈔】顏淵嘆道曰仰之彌高今借用之言靈心卓越體絕攀緣仰之彌勤高之益甚昔淨名過上方四十二恒河沙世界而取香飯今謂更過上方不可說恒河沙世界求於自性譬如接竹點天欲至其巔終不可得

○二現相表真

各於其國出廣長舌相徧覆三千大千世界

○三發言勸信

說誠實言汝等衆生當信是稱讚不可思議功德一切諸佛所護念經

△【疏】以上六方佛讚亦是阿彌陀佛本願力故

【鈔】本願者大本法藏願云我作佛時名聞十方無央數世界諸佛各於大衆之中稱我功德及與國土等故今成佛如其所願

△【疏】有執楞嚴謂觀音耳根此方教體勢至念佛不與圓通云何今日普教念佛以此

爲疑者正繇不達六方佛讚故

鈔疑者謂念佛法門既不逗此方之機又不入圓通之選既居此方何必念佛今觀六方諸佛皆讚此經則知耳根者偏逗此方之機念佛則普逗十方世界之機也大本云十方衆生稱我名號必生我國是也耳根者偏逗人類之機念佛則普逗六道衆生之機也大本云地獄鬼畜生亦生我刹中是也然則耳根不攝念佛念佛能攝耳根是故耳根者此方釋迦如來所讚念佛者十方恒沙如來所讚今從多讚故也且今普天之下緇素男女自然念佛如前文所明逗機之廣又何疑哉試設一喻如此國中有百千邑於中士子分習五經或有一邑士多習詩或有一邑士多習禮所稱多習據本邑故如其衆會諸經通較合國則習之最多莫尚於易今此耳根如詩禮故今此念佛如周易故

△疏問既六方諸佛共讚西方云何六祖不隨佛讚反似斥無其故安在答此有四意一爲門不同故二似毀實讚故三不爲初機故四記録有訛故

鈔六祖壇經云東方人造惡念佛求生西方西方人造惡念佛求生何國又云愚人願東願西後人執此遂疑六祖說無西方故爲此辯初爲門不同者復有二義一者且據理事二門六祖所說是以理奪事門若以事奪理門則佛事門中不捨一法安得撥無淨土二者晉宋而下競以禪觀相高直指單傳之意幾於晦塞於時達磨始

唱諸祖繼興惟欲大明此道而此道無佛無衆生今西方者正開示衆生趣向佛故此道舉心即錯動念即乖今西方者正教人起心念佛故此道心境俱寂今西方者正以佛國爲境發心求生故是雖理無二致而門庭施設不同隨時逐機法自應爾假使纔弘直指復讃西方則直指之意終無繇明矣故六祖與淨土諸師易地則皆然也二似毁實讃者六祖東西之說秪是勸人要須實心爲善空願無益何曾說無西方喻如孔子生於東魯今有人言齊人造惡慕孔子求居魯邦魯人造惡慕孔子求居何國葢謂爲善是眞學仲尼何曾說無東魯六祖此言正經中必以多善根得生彼國之謂也惡得云毁三不爲初機者六祖自云吾戒定慧接最上乘人今初心下凡以秋毫世智藐視西方妄談般若非徒無益而又害之故壇經者愼勿示之初機苟投非器便落狂魔誠可嘆惜四記録有訛者壇經又言西方去此十萬八千里是錯以五天竺等爲極樂也五天震旦同爲娑婆穢土何須分別願東願西而極樂自去此娑婆十萬億土葢壇經皆學人記録寧保無訛不然則借此之西域以喻彼之西方耳古謂盡信書不如無書者此也況西方千佛所讃今乃疑千佛之言信一祖之語佛尚不足信況於祖乎明智者當爲世人決疑起信在在處處弘讃流通即是代諸佛出廣長舌即是報佛深恩如其違背聖言故爲魔說其爲罪也何可言盡

今以喻明於此有人日出萬言以謗萬佛積滿千歲是人罪業無量無邊而復有人出一惡言撥無淨土阻人念佛是人罪業過於前人百千萬倍乃至無筭何以故微塵諸佛讃嘆西方惟欲人人成佛汝獨生謗即是徧謗微塵如來陷害衆生常沉苦海不得成佛故罪如是其慎辭哉

△疏稱理則自性徧照是六方佛讃義

鈔靈光獨耀逈絶中邊眞照無私何分彼此故得一多無礙主伴交成無礙則千差雖偶而非殊交成則萬法不期而自會然則六方不離於咫尺諸佛悉現於毫端今者此經當在何處

佛説阿彌陀經疏鈔卷第九

音釋

楫 音接 短櫂

誣 微夫切音無 詐也謗也

殄 徒典切田上聲 絶也盡也滅也

衝 音充 當也向也 突也通也道也

佛說阿彌陀經疏鈔卷第十

明古杭雲棲寺沙門　袾宏　述

○一釋經應讚二　初徵名二釋義

○初徵名

舍利弗於汝意云何何故名爲一切諸佛所護念經

△疏名必有義彰闡其義方克奉行無所疑故

鈔題十六字但徵下之八字者以不可思議釋迦所讚其義已明他方佛讚增此八字故徵其義云何佛護云何佛念以前教當信是經今謂義明然後信固也

○二釋義三　初聞持二利益三勉信

○初聞持

舍利弗若有善男子善女人聞是經受持者及聞諸佛名者

△疏聞是經者牒上依正信願持名往生等聞受持即前三慧三資糧故

鈔聞即聞慧受即思慧持即修慧聞即信義受即願義持即行義詳見前釋

△疏聞諸佛名牒上六方諸佛名也聞經受持聞佛名者亦應受持故

鈔問此經聞阿彌陀佛名號爲往生因何兼諸佛答彌陀功德爲恒沙諸佛之所共讚則聞諸佛名知諸佛讚信受此經倍復親切故雙舉也華嚴第六回向云復於佛所得聞佛名轉更值遇無數諸佛即聞此經又聞諸佛名之意也

△疏大本云多有菩薩欲聞此經而不得聞又經云寧於地獄得聞佛名則知聞此經

聞諸佛名大非易事

鈔菩薩欲聞而不得則二乘凡夫可知矣大本偈云若不往昔修福慧於此正法不能聞已曾欽奉諸如來故有因縁聞此義地獄聞佛者華嚴偈云寧受地獄苦得聞諸佛名不願生天中而不聞佛名故知此經及與佛名不易聞也今得聞之可弗信受

△疏稱理則自性自軌是聞此經義自性自覺是聞諸佛名義

鈔自軌自持則尊者不說我乃無聞是眞般若自覺自照則無名無字無體無相是名如來斯則世間難信之妙法不聞而歷歷分明恒沙諸佛之洪名絕聽而轟轟在耳可謂所未聞經信之不疑承事諸佛無空過者

○二利益

是諸善男子善女人皆爲一切諸佛之所護念皆得不退轉於阿耨多羅三藐三菩提

△疏諸佛護念故得不退菩提不退義見前釋

鈔上徵云何護念今出其繇謂持經及佛名者諸佛護之念之令不退也又唐譯必爲十方十殑伽沙諸佛之所攝受則非惟不止六方亦不止一恒沙而已

△疏阿者此云無耨多羅此云上三藐此云正等三菩提此云正覺言無上正等正覺也

鈔究竟極果對下而言名之無上正觀眞諦對邪而言名之曰正等觀俗諦對偏而

言名之曰等亦名曰徧覺者靈明自心正覺者兼上正等二義言此覺者是無上正等之正覺也良以蠢動含靈皆有佛性則菩提者佛與衆生本來無二無明所覆遂成迷妄是則邪覺不名爲正聲聞辟支止破見思雖得菩提其道未中是則偏覺不名爲等一切菩薩已盡塵沙未盡無明雖得正等菩提佛地猶遠不名無上惟佛一人妄盡覺滿如望夜月更無有覺過於此者名無上正等覺也今但持佛名蒙佛護念於如是覺即不退轉言直至道場終不再墮三有中止化城決定成佛也大本法藏願云聞我名已於阿耨多羅三藐三菩提有退轉者不取正覺又云繇於此法不聽聞故有一億菩薩退轉於阿耨多羅三藐三菩提

△疏前云阿鞞跋致正此不退菩提義也而生前生後意稍差別

鈔阿鞞跋致云不退者正言於無上菩提不退轉耳然前云生彼國者皆得不退此言聞經聞佛皆得不退則不待往生彼國而未生以前即已成就菩提善根不可破壞況復生彼而有退轉復有二義一者見生不退如上所明二者縱其少壽多障不克往生而乘此自執持力佛護念力必於來生菩提善根亦不喪失畢竟得生彼佛國土如昔人謂今生既下此等般若種子縱未明了纔出頭來管取於般若中現成受用正此謂也

△疏稱理則自性常覺是不退菩提義

鈔靈靈獨照了了常知不減不增無得無失菩提即我我即菩提尚無有進云何有退

○三勉信三 初因聞信受二隨願得生三總結信願

○初因聞信受

是故舍利弗汝等皆當信受我語及諸佛所說

△疏皆當信受是爲第三重勸有判此處即屬流通今仍屬正宗以承上文正勉信受令往生故前文二皆勸願今復勸信

鈔第三勸者上言聞是說者止是持名得生未委退與不退今言不但得生必於無上菩提永不退轉如是則願當益切故云三勸未屬流通者以信願往生是一經要領下文重重勸信勸願判屬正宗於義爲當汝等者正指身子以及現前大衆兼未來一切諸衆生等良以一佛親宣即當諦信諸佛同讚更復何疑信行願三不可一缺故前文勸願今復勸信復勸者前六方中已勸當信是經今復明言當信我語良以不願繇於不信不信則起行無繇故佛於此經重重勸信如大本言不信佛語者乃惡道中來餘殃未盡愚癡不信未當解脫又法藏願云至心信樂欲生我刹十念必生惟除五逆誹謗正法謗正法者不信之謂也又文殊般若經如前所引末亦云惟除不信又華嚴謂信爲道元功德母而復累言不置豈徒然哉清涼大師云高齋大行和尚宗崇念佛以四字教詔謂信憶

二字不離於心稱敬二字不離於口往生淨土要須有信千信即千生萬信即萬生信佛名字諸佛即救諸佛即護心常憶佛口常稱佛身常敬佛始名深信任意早晚終無再住閻浮之法此策發信心最爲切要也

△疏信者不疑之謂受者信已而領納不忘之謂信而不受猶弗信也

鈔信而不受譬如有人餽以異寶雖知是寶深信無疑然拒之不納信亦何益故曰猶弗信也

△疏又信即心淨如唯識說

鈔成唯識論云信者謂於實德深忍樂欲心淨爲性何言心淨以心勝故如水清珠能清濁水又諸染法各自有相唯有不信自相渾濁復能渾濁餘心心所如極穢物自穢穢他信正翻彼故淨爲相今修淨土主乎心淨信爲急務明亦甚矣

△疏稱理則自性本來是佛是信受義

鈔華嚴十信全以果佛爲自信心良繇佛即是心故衆生心中念念常有佛成正覺作如是信祇園妙旨千佛玄談一時受畢

○二隨願得生

舍利弗若有人已發願今發願當發願欲生阿彌陀佛國者是諸人等皆得不退轉於阿耨多羅三藐三菩提於彼國土若已生若今生若當生

△疏上言信受今言信已生願也已願今願當願過現未三時也舉三時者明有願者無一不生也

鈔已願已生則今佛說經之前已有人求生彼國而得生故今願今生則佛正住世時也當願當生則聞經已後至於今日後之後也先言不退菩提後云往生者明發願者見世之中已順覺路況既得往生乎無一不生者見往生者甚多無量也問生者既多無量今何偶一見之答十方世界衆如微塵其往生者何限子見娑婆不見塵刹故又問生者既多無量彼土何以容之答滄溟納百川而不溢明鏡含萬象而有餘況淨土乎即心是土即土是心以心歸心何弗容也

△疏稱理則自性非去來今是已生今生當生義

鈔萬年一念何古非今一念萬年何今不古則念念遊行樂國時時禮覲慈尊誰非往生者過去心不可得現在心不可得未來心不可得既無其心誰是往生者無生而生是名已生今生當生

○三總結信願

是故舍利弗諸善男子善女人若有信者應當發願生彼國土

△疏上言有願必生則因果歷然秖恐不信與信而不願耳故總結信願言不信則已若有信者應當願往是爲第四重勸

鈔第四勸者從初而再皆明發願求生至於三中復明願從信起如上三重止是勸說應當發願未顯發願功德今言過未現在但有願者無一不生方知願力如是廣大焉可不信焉可不願故云四勸故云總

結智者云火車相現尚得往生戒定熏修功不唐捐矣信之至也永明云劫石可磨我願無易矣願之至也

△疏稱理則自性如智冥契是信願雙成義

鈔鈍然眞實而不虛者自性如也是之謂信熾然出生而無盡者自性智也是之謂願如冥乎智智契乎如智外無如如外無智文殊信首具足一心普賢願王不離當念

○四互彰難事令切感發三　初已讚諸佛二諸佛讚已三總結難事

○初已讚諸佛

舍利弗如我今者稱讚諸佛不可思議功德

△疏唐譯但云如我今者稱揚讚嘆無量壽佛此言稱讚諸佛古崖云以彌陀諸佛同一法身故

鈔同一法身者如華嚴頌云十方諸如來同共一法身一身一智慧力無畏亦然則彌陀即諸佛諸佛即彌陀故不曰彌陀而曰諸佛蓋該彌陀在諸佛中下言諸佛亦彌陀與諸佛同讚釋迦也

△疏唐譯以彌陀該諸佛今經以諸佛該彌陀若二說兼具於文更順而義亦足

鈔具二說者應云如我今者稱讚阿彌陀佛及與諸佛不可思議功德則經文既順而同一法身之義亦在其中文義雙美當知什師本有此意文省便故奘師後譯特爲單舉者欲人於二經善會其意而不泥其文也又諸佛彌陀相即是亦不可思議

○二諸佛讚已二　初得道難二說法難

○初得道難

彼諸佛等亦稱讚我不可思議功德而作是言釋迦牟尼佛能爲甚難希有之事能於娑婆國土五濁惡世劫濁見濁煩惱濁衆生濁命濁中得阿耨多羅三藐三菩提

△疏佛佛互讚表此淨土法門決應信受故

鈔佛佛互讚者以此念佛求生淨土縱一佛獨讚已當信受不疑而今不但釋迦讚於祇園諸佛讚於六方又此佛彼佛遞互讚嘆豈非超生脫死最要法門是以再四叮嚀多方誨誘恩踰慈母仁過旻天粉骨碎身難足爲報

△疏彼諸佛等即彌陀與六方諸佛也釋迦此云能仁牟尼此云寂默

鈔能仁寂默自有二義一者對待說則能者善權方便曲就機宜仁者至德洪恩普霑萬類是大悲利物也寂則澄然不動頓息萬緣默則漠爾忘言永離戲論是大智冥理也二者圓融說以悲即智故終日度生無生可度動一靜也以智即悲故不起一念常度衆生靜一動也故知偏舉二字乃至一言佛之全德攝無不盡

△疏甚難希有總下二難具此二難故言功德不可思議也

鈔言二難者於五濁得菩提是爲一難又於五濁說此淨土法門是爲二難并此二種是爲最上難行之事惟佛行之希有罕見之事唯佛有之又難行能行猶未希有甚難行者而能行之此誠駕古軼今超賢越聖天上天下卓然獨擅而無與等埒者

也故云希有

△疏娑婆此云堪忍一云忍界即釋迦世尊所主大千世界也五濁者以五事交擾渾濁眞性故名惡世無五濁者名善世也

鈔堪忍者以此中衆生堪能忍受三毒煩惱輪廻生死不厭離故忍界者如來於中獨證自誓三昧故又劫初梵王名忍故五濁交擾者性本淵澄繇劫等五起諸塵滓如楞嚴云譬之清水投以沙土土失留礙水亡清潔汨然渾濁故世者遷流不已之謂則此世之前此世之後當有無五濁之善世今云惡世據釋迦見世言也

△疏劫者梵語具云劫波此云時分劫濁者無別體以有四濁得名衆濁交湊即其相也

鈔劫濁者一大劫中成住壞空二十小劫轆轤增減人壽增至八萬歲時增之極也乃百年減一減至二萬即入劫濁無別體者繇下四濁當此劫中因以得名此之劫分衆濁交湊昏亂駁雜故云濁也反顯極樂國中阿彌陀佛見在說法清淨之時非劫濁故今日我等何爲安處劫濁之世而不求生彼國乎下四倣此故智者云他方淨土無三毒等則名五清正此意也

△疏見濁者五利使爲體開之則六十二等諸見熾盛即其相也

鈔五利使者一身見謂執我我所而起我身之見二邊見謂執斷執常失乎中道而起邊傍之見三戒取謂非因計因修諸苦行而起取著我能持戒之見四見取執麁

為勝擔麻棄金而起自負所見之見五邪見為撥無因果墮豁達空而起邪外不正之見此五者能令衆生趣入生死故名為使而幾微迅疾為害非細對五鈍言故名利使開之則六十二者以斷常二見為本而色等五陰各具四句三世迭之則成六十加本斷常成六十二此之諸見猶如羅網猶如稠林纏縛屈曲不可出離渾亂眞性故云濁也反顯極樂國中人具正見非見濁故

△疏煩惱濁者五鈍使為體廣之乃至為十為百八為八萬四千及恒河沙等三災感召即其相也

鈔五鈍使者一貪謂遇順情境起於愛著不能捨離故二嗔謂遇違情境起於恚恨不能容忍故三癡謂於非違非順境起於愚暗不能覺察故四慢謂於一切衆生起驕傲心上陵下忽不能恭遜故五疑謂於諸善法起猜貳心欲進欲退不能決定故此五者亦能使人趣入生死故名曰使較前稍為重滯故名鈍使廣之者謂合五利為十煩惱又分之為九十八加十纏成百八煩惱又細推之則八萬四千乃至恒沙多多無量勞煩我心不得安隱熱惱我心不得清涼又喧煩之法逼亂心神使眞明不朗故名煩惱三災感召者貪感饑饉嗔感刀兵癡感疾疫乃至水火風之大難皆以類從故名濁也反顯極樂國中人悉智慧非煩惱濁故

△疏衆生濁者一云阿含三義為體又云攬

五陰見慢果報爲體惡名穢稱即其相也

鈔三義者阿含經云一者劫初光音下生二者攬衆陰而生三者處處受生故云衆生五陰即色受等見者横計主宰爲見我慢者俱生主宰爲慢我果報者前所作因今受果報亦上受生義也惡名穢稱者生佛相對衆生之名下劣鄙陋輪廻六道備受諸苦故云濁也反顯極樂國中諸上善人同會一處非衆生濁故

△疏命濁者以色心連持爲體催年減壽即其相也

鈔連持者依業所引第八識種外色内心互相連屬即息煖識三相持不散是爲命根一不連持命根即斷故以爲體催年減壽者當此減劫不滿百年而復泡沫風燈刹那不住尤爲短促故云濁也反顯極樂國中人民壽命同佛無量非命濁故

△疏此之五濁且據果言若楞嚴所云或配三細六麄或配五陰義亦不異

鈔配三細等者以劫濁配業相謂無明初起性遂渾濁故次以見濁配轉相現相次以煩惱濁配智相續執取計名字相次以衆生濁配造業相次以命濁配業繫苦相配五陰者以劫濁配色陰謂空見不分妄見空而兩無其實性爲渾濁故次以見濁配受陰次以煩惱濁配想陰次以衆生濁配行陰次以命濁配識陰言不異者前一說心無初相則超劫濁乃至無業繫苦則超命濁是斷無明等名五濁得菩提也後一說色陰破則超劫濁乃至識陰破則超

命濁是破五陰等名五濁得菩提也爲說少殊而義則大同也

△【疏】觀經云濁惡不善五苦所逼今不言五苦者文省也

【鈔】五苦者疏云五道之苦或五痛五燒五惡等詳具大本茲不繁録以濁必有苦舉濁該苦故曰文省

△【疏】此五濁處能自立者亦已鮮矣得成正覺寧不難乎是爲第一重難事明自利功德不可思議

【鈔】自立者五濁惡世人生其中外則時勢之所逼惱内則惑障之所縈纏況乎身屬四生命存呼吸是以欲潔偏污求昇反墜能於此中分別善惡持戒修福自立於人天之位者鮮矣能於此中深懼無常修四諦十二因緣自立於聲聞緣覺之位者抑又鮮矣乃於此中永斷無明高超三界而得於無上正等菩提是則同居火宅獨馭寶車共溺愛河卓登彼岸豈非忍人所不能忍行人所不能行此之謂難此之謂自利功德不可思議也

△【疏】稱理則自性始覺冥乎本覺是我讚諸佛義本覺冥乎始覺是諸佛讚我義自性寂而常照照而常寂是釋迦牟尼義自性染而不染不染而染是五濁菩提義

【鈔】因該果海果徹因源則始本不二用不離體體不離用則寂照同時不染而染難可了知是菩提沉埋五濁染而不染難可了知是五濁獨露菩提故知此佛彼佛同歸寂照之自心煩惱菩提不出悟迷之一

念本師即我我即菩提及得菩提實無所得

○一說法難

爲諸衆生說是一切世間難信之法

△疏前是人中難事今是難事中之難事也良繇淨土法門一切世間之所難信佛於惡世得道復於惡世說此法以度衆生又難中難也是爲第二重難事明利他功德不可思議

鈔言難信者略舉有十今居穢土習久心安乍聞彼國清淨莊嚴疑無此事難信一也縱信彼國又疑十方佛剎皆可往生何必定生極樂難信二也縱信當生又疑娑婆之去極樂十萬億剎云何極遠而得往彼難信三也縱信不遠又疑博地凡夫罪障深重云何遽得往生彼國難信四也縱信得生又疑生此淨土必有奇妙法門多種功行云何但持名號遂得往生難信五也縱信持名又疑持此名號必須多歷年劫乃克成就云何一日七日便得生彼難信六也縱信七日得生又疑七趣受生不離胎卵濕化云何彼國悉是蓮華化生難信七也縱信蓮生又疑初心入道多涉退緣云何一生彼國便得不退難信八也縱信不退又疑此是接引鈍機衆生上智利根不必生彼難信九也縱信利根亦生又疑他經或說有佛或說無佛或有淨土或無淨土狐疑不決難信十也故難信而曰一切世間是不但惡道難信而人天猶或疑之不但愚迷難信而賢智猶或疑之不

特初機難信而久修猶或疑之不特凡夫難信而二乘猶或疑之故曰一切世間難信之法今於此世演說此法是猶入躶形之國宣示威儀對生盲之人指陳黑白此之謂難此之謂利他功德不可思議也

△疏又法華金剛皆云難信與此同意

鈔法華云欲令衆生皆得聞知一切世間難信之法又云此經難聞信受亦難金剛般若云聞說此經心即狂亂狐疑不信而以不驚不怖不畏爲希有不驚等即能信也今經難信同於二經奚可輕也

△疏問既云難信則說爲强聒何以說爲答終以佛說有信者故

鈔因說有信者此之妙法若如來曾不開宣則萬古永同長夜終無有人念佛求生故嘆其難信者見不信者之自棄能信者之有緣令一切衆生悲傷絕分而欣幸得聞故今之信淨土者皆因佛說而發起也雖今不信一歷耳根永爲道種故

△疏稱理則自性不可湊泊是難信法義

鈔當知自性不可以有心求不可以無心得不可以語言造不可以寂默通離四句絕百非空裏栽華波心踏月無汝措手足處是故靈山上德終成敗北之蹤漢地金剛始有滅南之想能信是法豈不難哉

○三總結難事

舍利弗當知我於五濁惡世行此難事得阿耨多羅三藐三菩提爲一切世間說此難信之法是爲甚難

△疏述諸佛語重爲申明見此二難古佛不

虛爲讚辭今佛非濫膺美譽實語實行兩相符合萬代衆生當諦信而勿疑感恩而無已者也可謂反覆叮嚀婆心太切矣

【鈔】得道之難其難有二一謂善世得道未足爲難今於惡世二謂惡世得道而得小果猶未爲難今得無上菩提是以難也說法之難其難亦二一謂善世說法未足爲難今於惡世二謂惡世說法而說其易信者猶未爲難今說難信之法是以難也略爲四喻第一喻者譬如有人身入大海復乘破舟復遇逆風復衝巨浪復值羅刹魚王毒龍危在頃刻而能於中安隱得渡是之謂難不但自渡併渡諸人置之彼岸是難中難大海破舟逆風巨浪及羅刹等此喻五濁自渡喻得道渡人喻說法也第二喻者譬如有人身罹重病復處風露復乏飲食復遭跌蹼復值庸醫誤進藥餌危在頃刻而能於中調理痊安是之謂難不但自療併餘病者皆使平復是難中難第三喻者譬如有人身在囹圄復膺楚撻復繫枷杻復染疾疫復被監押將臨誅戮危在頃刻而能於中忽然解脱是之謂難不但自脱併諸罪人悉得免離是難中難第四喻者譬如有人身墮井中復遇毒蛇復困荆棘復淹寒水復值惡人抛擲土石危在頃刻而能於中騰躍而出是之謂難不但自出併餘同墮俱時上升是難中難五濁等喻義說同上此之四喻略喻釋迦二種難事明淺易曉使知如來不憚劬勞備歷艱苦爲我等故行難中難一至於此聞斯

難者皆應喜悲交集感極呼號聲震三千大千世界勇猛精進思報佛恩欲報佛恩不越二事一者自利二者利人自利者於此惡世力行此道因得往生亦云爲難利人者於此惡世復勸諸人共行此道同得往生是則亦云難中難也

△疏又法華極讚説經之難亦同此意

鈔法華極讚者謂盡説餘經手擲須彌足動大千皆未爲難能於惡世説法華經是則爲難今經難説亦復如是

△疏復有二義前難反顯極樂得道爲易後難反顯極樂説法爲易

鈔得道易者婆沙論謂念佛往生乘佛願力爲易行道五濁惡世艱於修進爲難行道故説法易者彼國諸上善人慧深障淺志意調柔風樹鳥音悉資解悟非比此土剛强難伏故舉難顯易正示極樂決宜求也

△疏稱理則自性心境雙融是行此二難義

鈔心逐境生心體本寂則無所得者名得菩提境隨心現境體自空則無法可説是名説法心外無境境外無心自覺覺他覺行圓滿

○三流通分二　初重舉聽衆二明悉奉行

○初重舉聽衆

佛説此經已舍利弗及諸比丘一切世間天人阿修羅等

△疏法必流通以佛説法爲普度衆生故復列衆者經初明衆聽法經終明衆受法也

獨舉身子者以當機故不言菩薩者攝比丘中故阿修羅者此云非天等者等八部六道也

【鈔】流通者光明疏云流者下澍通者不壅又圭峰云都無人傳則不流流者不住傳之遇障則不通通者不塞普度者流通十方以及三世非僅爲一處一時之衆生也當機者以難信之法唯智能信故始終首舉舍利弗也攝比丘中者菩薩雖不常隨如來然與諸比丘同爲賢聖等侶故又菩薩眞俗雙融隨類應機亦可世間中攝故一切世間所該者衆而獨舉天人阿修羅者以明修此法門善道衆生比之餘道爲居多故非天者修羅富樂同天無天行故詳有四種玆不繁舉前列衆中無其名者攝於天人及大衆故問修羅至爲兇頑何能執持聖號答鬼畜尚解歸依修羅豈不信受不聞世主妙嚴品諸修羅等各得解脫門乎今處人倫邈然無信者良可怪也

△【疏】稱理則自性究竟圓滿是佛說經已義自性周徧含容是一切世間義

【鈔】究竟則首尾圓照無欠無餘周徧則凡聖該羅千足萬足如是經者未呼身子已畢全文又何待妙首白槌雙林撫尺然後名爲說法竟也是故升堂入室大衆無增皷寂鐘沉人天不減

○二明悉奉行

聞佛所說歡喜信受作禮而去

△【疏】歡喜者慶所聞故信受者領所聞故作禮者重所聞故去者聞已則退而修持也

亦前三資糧及三慧也

鈔慶所聞者多劫飄零正以未聞此法今知持名往生可謂沉痾枕席忽遇神方久客他鄉乍聞家信忻幸不勝故云慶也領所聞者信之不疑受之弗失如奉王勑如遵父命故云領也重所聞者中心感激五體翹勤如蒙至極之恩拜謝無已故云重也修持者古人進而聞道於師退而修道於已非如今人入耳出口也三資糧者如上聞而信即信資信而受即願資受而去即行資也三慧者聞即聞慧歡喜信受者即思慧去而修持者即修慧也

△疏又此歡喜亦具清淨三義如觀疏中說

鈔三義者觀經疏謂一能說人清淨二所說法清淨三依法得果清淨具此三義故歡喜今持名往生乃佛所說佛是一切智人非四人等也則人清淨遇如是人寧不歡喜持名往生即證三昧是圓頓教非權法也則法清淨聞如是法寧不歡喜持名往生即不退轉直至成佛非小果也則果清淨證如是果寧不歡喜

△疏又此歡喜亦通深淺各隨所得

鈔深淺者如華嚴初地名歡喜地文中具二十歡喜一當得十句如所謂念諸佛故生歡喜念諸法故生歡喜等今聞此經者自慶我亦當來得如阿彌陀佛我亦當來得阿彌陀佛如是妙法也二現得十句所謂轉離一切世間境界故生歡喜親近一切佛故生歡喜等今聞此經者現得轉離娑婆五濁境界現得往生淨土親近彌陀

及諸佛也此歡喜屬地位中而初行亦名歡喜初住文中亦云獲無邊歡喜等故云深淺若淺之又淺之則隨其分量亦得法喜之樂而已

△疏又結歸信受者從始至終信爲根本故

鈔始終者首標如是乃信順之辭今復末言信受則知因信生願因願起行從初發心次得往生究竟成佛皆資信力故云始終信爲根本

△疏大本結經備陳衆生獲益龍天降祥今不言者文省也

鈔大本云佛説此經已無量衆生發無上正覺心萬二千那由他人得法眼淨二十二億諸天人民得阿那含果八十萬比丘漏盡意解四十億菩薩得不退轉三千大千世界六種震動大光普照十方國土百千音樂自然而作無量妙華紛紛而降乃至阿迦膩吒天皆作種種微妙供養又云二十五億衆生得不退忍四萬億那由他衆生於無上菩提未曾發意今始初發種諸善根願生極樂世界皆當往生各於異方次第成佛同名妙音八萬億那由他衆生得受記法忍

△疏又大本囑累持經功德今持此經亦當如是

鈔大本佛告彌勒今此法門付囑於汝於大衆中爲他開示當令書寫執持於此經中生導師想又云無量億諸菩薩皆悉求此微妙法門勿違佛教而棄捨之當令汝等淪没長夜備衆危苦是故我今爲大囑

纍今經不言皆文省故

△疏又大本及法滅經皆言法滅之日獨留此經故知此經總持末法如華嚴論中說

鈔大本云當來之世經道滅盡我以慈悲特留此經百歲衆生得遇無不得度若有衆生於此經典書寫供養受持誦讀爲人演說臨命終時佛與聖衆現其人前經須臾間即生彼刹法滅經云爾時首楞嚴經先滅以次諸經悉皆滅盡獨留無量壽經度諸衆生華嚴論云正法滅時以總持持餘尊法爲教理流轉之因今謂諸經悉滅此經獨存念佛一門廣度羣品則諸經已滅而不滅即是以一存餘流轉無盡正總持之謂也一切衆生應當尊重恭敬信受奉行經所在處如佛見在問獨留此經此經蓋指大本答前不云乎文有繁簡義無勝劣詳言之則大本略言之則今經耳非有二也

△疏稱理則自性無惱是歡喜信受義自性無住是作禮而去義

鈔煩惱本寂歡喜亦空則苦土誰非樂土來實無來去亦何去則往生畢竟無生以此無生生彼國土非生彼土實生乎自心也然後無問自說世尊免付空談獨任當機身子不孤重託是眞歡喜是眞信受是名眞法作禮如來若其外極樂九蓮之土別說唯心捨彌陀萬德之名另求自性可謂當渡而問津對燈而覓火者矣

〇三結釋咒意

拔一切業障根本得生淨土陀羅尼

△疏釋咒意者以咒附經經得咒而彌顯以經先咒咒得經而愈靈交相爲用應結釋也此咒詳見不思議神力傳持此咒者滅罪往生故以拔業障生淨土爲名陀羅尼者此云總持也

鈔業障者凡障有三一煩惱障二業障三報障今言業障則中攝前後煩惱者業之因報者業之果也業必有因業必招果故攝二障除障貴除其本如根絶不生芽芽不生則枝葉華果悉不生故今此咒持之則煩惱不起是拔業障根本也如傳言日夜各持三七徧滅五逆謗法等罪是也得生淨土者輪迴娑婆皆繇業障業障既空穢土種滅隨願往生故得生阿彌陀佛極樂國土總持者總統攝持更無遺失即咒之別名也傳名不思議神力者即經名不思議功德也持咒持名即得往生故同名不思議

宋元嘉天竺三藏求那跋陀羅譯

△疏宋者南北朝國名元嘉者年號天竺者西域國名求那跋陀羅此云功德賢

鈔宋言南北者時方南北分王宋王江南謂劉宋也元嘉者文帝元嘉末年也天竺一云身毒有五天竺皆西域也跋陀博通三藏尤專大乘號摩訶衍神異非一備載傳記恐繁不叙一本陀下無羅字或疑是求那跋摩以二師同時故未審何所譯也

咒曰

南無阿彌多婆夜一哆他伽多夜二哆地夜他三阿彌利都婆毘四阿彌利哆五悉眈婆

毘六阿彌唎哆七毘迦蘭帝八阿彌利哆九毘迦蘭多十伽彌膩十一伽伽那十二枳多迦利十三娑婆訶十四

若有善男子善女人能誦此咒者阿彌陀佛常住其頂日夜擁護無令怨家而得其便現世常得安隱臨命終時任運往生

△【疏】諸本句讀稍異今依古本神咒不翻不必強釋

【鈔】諸本不同者如南無阿彌多婆夜一本作南無阿彌多婆夜多以次句多字連屬上句故云稍異今不必若究是非但依一本至心誦持自成利益又有謂南無阿彌多婆夜此云皈命無量壽多他伽多夜即多他阿伽度此云如來哆地夜他新譯云他的也撻舊云怛經他經音迭即地夜二合也此云即說咒曰自後方是密語然神咒從古不翻略有五意一如王密旨勿妄宣傳但宜欽奉故二或一語廣含多義如僂陀婆故三或此方所無如閻浮提故四或順古文如阿耨菩提故五或尊重非唐言可對如般若故一云亦可強翻既謂之強曷若已之

△【疏】經咒相聯正顯密圓通義

【鈔】詳陳彼國依正莊嚴信行願門如經所明是之謂顯遵佛秘勑但持此咒即得往生是之謂密顯者顯此密也密者密此顯也兼持則雙美畢具單舉亦交攝不遺故曰圓通

△【疏】雖云交攝而專持名號猶勝持咒亦勝餘咒亦勝一切諸餘功德

鈔偏讚持名也一勝本咒者以咒云誦三十萬徧則見阿彌陀佛而持名則一日一心即佛現前故又咒云晝夜六時各誦三七徧能滅五逆等罪而持名則至心念佛一聲即滅八十億劫生死重罪故二勝餘咒者專持名號即大神咒大明咒無上咒無等等咒以十念便得往生一生便得不退威靈不測斯名大神餘可例知故問準提功德至廣至大如何但持佛名而能勝彼答準提因地菩薩彌陀果位如來持準提旣有神功念彌陀寧無妙應是故經云持六十二億恒河沙菩薩名號不如一稱觀世音菩薩其福正等又云持無量無數觀世音菩薩名號不如一稱地藏菩薩其福正等況如來乎三亦勝諸餘功德者六度萬行法門無量而專持名號則種種功德攝無不盡以不出一心故如前文中廣説願淨業弟子專其信不二其心如經云設有一法過於涅槃亦所不顧禪宗知識有教人但持話頭一切不作故知原業餘門者尚當改修念佛何況原念佛人乃變其所守而復他尚心懷二路志不歸一云何三昧而得成就直至無常空無所獲罔思已過反起謗言嗚呼謬哉

△疏稱理則自性空是拔業障義自性有是陀羅尼義自性不有不空是生淨土義

鈔覓心了不可得一切業障誰爲根本即心無所不具一切功德何弗總持當總持而不立纖塵有是即空之有無根本而出生萬法空是即有之空即有則不空即空

則不有不空不有惟是一心不越一心是名淨土

佛說阿彌陀經疏鈔卷第十

音釋

轟音薨衆車之聲　蠢尺允切春上聲　旻音民秋日旻天　軼音迭也又過也　埒音劣　轆轤上音六下音盧井上汲水木　貳音二不一也副也　馭音遇使馬也

紫柏尊者全集

明憨山德清閱

清刻龍藏佛說法變相圖

紫柏大師集序

莊生曰卜梁倚有聖人之才無其道吾有聖人之道無其才夫聖人矣又何才與道之別曰苟非其人道不虛行才者人也予嘗披歷代祖圖於少室其人無不魁傑有奇表心竊異之既而遇紫柏大師見其旋尺之面合圍之腰坐若熊蹲行如象步士大夫得晉接者不言而意已消學徒瞻依者未施棒喝而魂慮已慴與向所見圖中諸宿若或睹之蓋真其人哉神廟戊子己丑間大師駐錫吾地與先正陸莊簡公先師馮具區先生深談不二因築精舍舍於楞嚴廢址時灌莽極目而大師說法如雲如雨東南淨信聞風趨向施物填委無何杞梓丹青峩峩暉煥不啻還舊觀而已大師偕高足開公創列規條期爲百世

之守江以南海以北諸刹不啻累百而稱清規楚楚遵蹈不踰尺寸者必首楞嚴也大師涉濤江禮育王躋雪棧瞻峨嵋躡氷崟朝五頂足跡徧天下而後之京輦以弘法故示滅圜扉所被顯晦大小鈍敏諸機益廣而語言亦益散落其所說法觸著信口所録以示人拈著信手絶組紕躧綫之迹而波瀾横溢起没自在呑天沃日之勢日澎湃於方幅之楮也近代未見其儔求之於古妙喜幻住庶或近之金沙于潤甫大夫赤心白行混俗而扶大教宛古淨名龐緼之流其於大師叅領最深契誼最篤遇所攄摭輙録藏之迨乎歸寂聞有手筆落人家者不遠千里必力致之二十年餘裒然成大帙矣近則謹書精刻以寵同學既而又幡然曰大師生平所棲託注念無如楞嚴所發弘願無如方册法藏爲第一事剞劂之役近在雙徑去楞嚴不五六舍是録宜歸楞嚴俾模印以行稍取其直以資刻藏於大師寂光土中必所欣也且弘法維人楞嚴主者白法師爲大師克家之子興廢舉墜靡不殫力是録宜并入荷法擔中乃以今上崇禎辛未嘉平月昇板於堂白法師受之馳告於予予曰大夫之意良矣嘗試與子屑一片檀請大師影堂相對繙閲告語之意必有浮於紙墨之上者言識可味人誠可追也是以吾貴其合且也大師之言行則於法得其綱骨大師之願滿令佛菩薩之言盡行則於法徹其源底不可謂非佛日崦嵫時努力魯陽之戈也師與吾輩其必勉之無負大夫

無負大夫

就李竹嬾居士李日華沐手撰書

紫柏老人集序

匡山逸叟憨山釋德清著

太虛寥廓長風鼓而萬竅怒號殊音衆響皆一氣之所宣又奚可以大小精麄謂靈根之有間哉惟吾佛以不思議智流出一切音聲陀羅尼故世諦語言皆悉顯示第一義諦若夫塵說刹說熾然說即水流風動皆演圓音況宇泰定而照羣情觸境而發無思而應若谷響者乎是以從上諸祖證無師自然智者即揚眉瞬目怒罵譏訶莫不直示西來大意又豈可以識情語言而擬議其形容哉故達磨西來不立文字而曹溪則有壇經及二派五宗雖直指向上然皆曲爲今時或上堂入室示衆舉揚機如雷電凡出一語必輯爲錄大槩聊爾門頭若大慧中峯至我明楚石皆其類也蓋借語傳心因言見道言其所絕言耳今去楚石二百餘年有達觀禪師出當禪宗已墜之時蹶起而力振之得無師智秉金剛心其荷負法門之志如李陵之血戰縱張空拳猶揮駐日雖未犂庭掃穴而一念孤忠與齧雪吞氊者未可以死生優劣議也真末法一大雄猛丈夫哉然師賦性不與世情和合至老見客未效一顉手雖未踞華座竪鎚拂然足跡所至半天下無論宰官居士望影歸心見形折節者不可億計以自性宗通故隨機之談如千鈞弩發應弦而倒無非指示西來的意稱性衝口曾無刻意爲文也一唾便休弟子輩筆而藏之者什一師初往來於金沙曲阿之間與于王賀氏諸君子大有夙緣所聞最多如庵居士于公執侍甚謹得片

言如寶隻字不遺凡隨師杖屨者必捜而得之師每至匡盧必主於江州孝廉邢君來慈長松館多有所說師化後併屬弟子仲蘩潤甫結集成帙予久沉瘴海適爲師了末後因緣之雙徑先過金沙之東禪二公以予與師爲法門深契故出其稿稽首請校而梓之予三讀其言喟然而歎曰嗟乎末法降心力拔生死之根如一人與萬人敵者予獨見師其人也觀其發强剛毅勇猛之氣往往獨露於毫端如巨靈揮斤真所謂與煩惱魔欲魔死魔共戰竟能超越死生如脫敝屣可謂戰勝有功者也故其所吐豈可以文字語言音聲色相求之者耶佛說欲爲生死根師凡所舉必三致意痛處劄錐直欲勦絕命根即此可當金鎞矣又何庸夫門庭施設哉昔覺範禪師妙悟超絕語工典則其所著述自目之曰文字禪故予題之曰紫柏老人集蓋非墮於俗數也觀者當具金剛正眼視之於言外則思過半矣時天啓元年歲在辛酉春王上元日書於匡山五乳峯下木石菴中

紫柏大師集跋

自法席久塵祖燈無焰求其擔荷大法振揚宗風摧情魔于百戰枯識海于千流我明自楚石以後紫柏大師一人而已大師洞徹自心皎皎孤映語言文字從心光中自然溢出一經拈指本妙見前至其慈悲熱腸淋漓痛切無非欲學人積劫無明當下氷銷究此一大事因緣耳噫初祖不立文字直指人心大師不離文字亦指人心其揆一也烺嘗見侍者握管旁立大師銜口而出侍者奮腕疾書猶苦不給一紙既盈復易一紙如泉噴地琅琅不停自非見地圓明了無凝滯曷至此乎噫有文字有未始有文字學者繇文字悟未始有文字則妙膳上味人人充滿如但作文字會也何異指餅說飽豈療枵虛雖然凡心未鎔聖解難窺即請于大師日用着眼集中拈出毘舍浮佛一頌謂包括大藏透徹禪源持此凡十五寒暑而精虔不休自云每觸逆順愛憎之境必以此頌爲前茅覆軍殺將亦不知其幾矣噫了徹如師而猶堅銳猛決若此此所以孤風絕侶佛意祖髓在在逢源也即晚寄園中洒然夷適死生利害如撼空虛照用之妙前齊古德矣夫人人本有心光不知照用以致墜失而大師慈憐迫切代爲指授片語單詞皆拭垢還光之助於此逗得消息方是紫柏兒孫至利根男子畧沾涓滴立見風湧雲蒸騰驤變化超然默契迥絕意言即一部語録無隻字可得矣亦菴先生數載討論獨任流布使紫柏心光如日華月彩注射千古先生之光豈不交映互攝融成一片

平

弟子賀烺熏沐拜書

紫柏尊者全集卷第一

明 憨 山 德 清 閱

法語

釋迦文佛以文設教故文殊師利以文字三昧輔釋迦文而用揀擇之權於楞嚴會上進退二十五聖獨選擇觀音當機無有敢議其私者觀世音雖彌陀輔佐亦以聞思修入近乎文字三昧故釋迦文佛亦退三十二億恒河沙菩薩獨進觀世音豈非此方真教體清淨在音聞歟若文字三昧不以音聞爲體是猶花不以春爲神豈真花也哉蓋文字根於音聞音聞根於覺觀覺觀又根於無覺無觀者佛意欲一切衆生因有分別心入文字三昧因文字三昧入音聞之機因音聞之機入無覺無觀無覺無觀既入則最初有分別心至此不名有分別而名無覺無觀矣夫無覺無觀者所謂正因佛性也正因佛性既變而爲情苟不以了因契之則正因終不能會也了因雖能契正因若微緣因熏發之則了因亦不能終自發也緣因即文字三昧之異名也了因即音聞之機之異名也學者苟能觸類而長之則文殊文字三昧與觀音音聞三昧皆不在文殊觀音與釋迦文佛在我日用而已故老龐曰日用事無別惟吾自偶諧神通并妙用運水及搬柴柴水即老龐文字三昧也神通即老龐音聞之機也惟吾自偶諧即老龐了因契會正因佛性者也即此觀之凡佛弟子不通文字般若即不得觀照般若不通觀照般若必不能契會實相般若實相般若即正因佛性也觀照般若即了因佛性

也文字般若即緣因佛性也今天下學佛者必欲排去文字一超直入如來地志則高矣吾恐畫餅不能充饑也且文字佛語也觀照佛心也由佛語而達佛心此從凡而至聖者也由佛心而達佛語則聖人出無量義定放眉間白毫相光而爲文字之海使一切衆生得沾海點皆得入流亡所以至空覺極圓寂滅現前而後已若然者即語言文字如春之花或者必欲棄花覓春非愚即狂也有志于入流亡所者當深思我釋迦文以文設教所以然之意如其明之即文字語言可也離文字語言可也如其未明即文字與離文字皆不可也非即非離亦不可也

師曰娑婆世界與十方衆生世界皆根于空空復根于心故經曰空生大覺中如海一漚發有漏微塵國皆依空所生第衆生膠固於根塵之習久積成堅卒不易破故諸佛菩薩先以空藥治其堅有之病世之不知佛菩薩心者於經論中見其熾然談空遂謂佛以空爲道膀其門曰空門殊不知衆生有病若愈則佛菩薩之空藥亦無所施空藥既無所施又以妙藥治其空病然衆生膠固根塵之習雖賴空藥而治空病一生苟微佛菩薩之妙藥則空病之害害尤不細世以佛門爲空門者豈真知佛心哉或以曹溪本來無一物何處惹塵埃之語橫計於心便謂我本來無一物又有何塵埃可染請自審察我既本來無一物人舉手揖我我隨喜人以手戟我我隨怒現前喜怒又何物乎如此物不能直下爆破則礙膺長劫有在敢謂橫計者本來無一

物即曹溪之本來無一物乎佛菩薩說法如良醫用藥如良將用兵藥與兵豈有常哉但察病人與敵人情之所在何如耳苟得其所在之情則藥與兵如庖丁之解牛矣故世以佛門爲空門及掠曹溪本來無一物爲自已本來無一物者皆刀折而牛未解者也佛菩薩知衆生迷心而有空迷空而有身心迷身心而有前塵前塵即世界之屬身心即衆生之類然世界與衆生離空則無有根空離覺心則亦無根故佛菩薩教衆生始以解空終以悟心心悟則空與世界衆生皆不可得所謂大覺心者譬如浮雲相盡不待舉目而明月在前矣浮雲則空有之譬明月乃喻固有之常光耳或進曰由塵而達根由身心而達空由空而達心乞師指其甲只今心在何處師笑曰汝若無心設此問端又是何物進者罔措師曰將心問心指心不知心是汝錯是梅西錯曰是學人錯曰汝若果知自錯則汝行裏坐裏饑裏寒裏境緣順逆是非裏能不忘此錯則空生大覺中如海一漚發有漏微塵國皆依空所生汝有日自知在不惟衆生國土與虛空皆在汝心即大覺心離汝心亦不可得進者稽首而退

夫理性之通也情性之塞也然理與情而屬心統之故曰心統性情即此觀之心乃獨處於性情之間者也故心悟則情可化而爲理心迷則理變而爲情矣若夫心之前者則謂之性性能應物則謂之心應物而無累則謂之理應物而有累者始謂之情也故曰無我而通者理也有我而塞者情也而通塞之勢

自然不得不相反者也如曰性相近也習相遠也相近則不遠復之謂也相遠則不知復之謂也不遠復根於心之悟也不知復根於心之迷也故通塞遠近悟迷初皆無常者也心悟則無塞而不通心迷則無近而不遠也嗚呼心果何物乎能使人爲聖人又能使人爲衆人聖人與衆人亦皆無常者也顧我善用心不善用心何如耳心之爲物不可以内外求不可以有無測内求不免計心於身内外求則不免計心於身外有求則不免計心於聲色形骸無求則不免計心於寂滅虛空如是求悟心者皆不善求者也故曰離心意識參若然者若攀緣心不歇則情根終不枯情根不枯則心意識終不能離心意識不能離則神不凝神不凝則不一不一則不能獨立不能獨立則有外有外則有待有待則物我亢然故觸不可意事不免勃然而怒遇可意事不覺欣然而喜喜怒交戰寤寤無停要而言之不過總爲心意識搬弄壞了也故真參學者寒不知寒饑不知饑勞逸相忘形如枯木心如死灰方此之時知得心意識無坐地處如是積久一旦根塵逈脱常光現前至此則心之内外有無非内外有無皆憑我説雖説黄皆自然與修多羅合所謂閉門造車出門合轍是也古德有云不是死中發活一番終是藥汞銀觸火必飛去矣又曰不是一番寒徹骨怎得梅花撲鼻香此皆親證實悟之樣子也年來禪學與道學之徒初不知心是何物便潑口談禪孟浪講學一涉危疑便喪膽亡魂被境風吹壞了娘生鼻孔作不得

一些主宰實不如三家村裏一丁不識不知但種田博飯吃人也

龍樹乃九地菩薩其破四性則曰諸法不自生亦不從他生不共不無因是故說無生如嗜欲淺而天機深者一聞而能思思而能精精而遺聞聞遺所脫所脫則能消能所既蕩雖處於境緣順逆之中應而無累則多生種子現行日損一日損之又損終至於無損忽然契同由是觀之則前之所謂根塵既消者與夫忽然契同者果一耶二耶一則前不是後二則舍前無後而學者不媿推四性之不精反疑龍樹之偈無驗譬病重而不耐服藥見病不去遂大怒而罵藥無驗也夫治身病必以神農爲藥師治心病亦必以龍樹爲藥師舍神農本草雖華陀扁鵲不能治身病而學者欲治心病不以龍樹破四性之偈治之欲其病愈亦未之有焉此偈予初聞而駭既而疑因痛思不已用之境緣順逆之際多敗績敗愈多戰愈力自是敢戰而拚死予始勝噫要知盤中飧粒粒皆辛苦若是種田人聞此必淚墮後生小子理惑心浮不知慚媿業必不消病難坐愈加以聞誨生不受善之心廿作護短之金湯嗚呼哀哉我知龍樹復生耳提面命不遭病者之唾罵無有是處

夫利刀出匣光芒耀日削鐵如泥凡梓楠松柏經其斫削必皆成器此善用刀者也有等癡人刀雖快利惟用割泥泥無所成器刀刃日損此不善用刀者也譬如衆生心性本妙不以定慧觀照惟縱攀緣奔塵莫返流浪生死幻苦愈深了無出期此豈善用心者哉如

利根上智以心性之光照破根境兩俱無性定慧功成即塵勞而得解脫即情識而達智光如是用刀得非剖金削玉凡所成器堅完不壞滿盛甘露徧洒一切凡沾滴許熱惱清涼得無量百千三昧皆非外來以心性本有故也故曰善用其心八萬四千煩惱即八萬四千三昧不善用其心八萬四千三昧即八萬四千煩惱嗟乎刀本無二善用則無割不成不善用者刀曰就損

夫光有真妄真則照萬古而無待妄則粘六塵而發光故曰離暗離明無有見體離動離靜無有聽質通塞離而恬變喪則嗅與嘗如糞中香氷中火合離離生滅滅覺之與分別則有名而無實矣然塵之與根必相資而有相資而無故因境生心謂之粘妄發光不因境生而孤明圓照始謂之無待之光無待則内外之情空有待則内外之情封情空性復情生性迷故物能轉物者物爲入路之資所以情不煩遣而空也老龐曰我見石頭始得目前萬境俱融又曰日用事無別惟吾自偶諧蓋此老以了知爲火燒空根塵有待廓而無待全全則無外無外則更無纖塵爲我障礙者也曹溪聞客讀金剛經一聞應無所住而生其心即根塵解脫而靈光圓此謂之見道未明道也故曰尊其所知則高明行其所知則光大比來學道失宗見道與明道多混談而不清甚且不免認情爲性所以長沙岑大悲哀而說偈曰學道之人不識真只爲從前認識神無量劫來生死本癡人喚作本來人此實爲天下認情爲性者頂門針也夫夫

乃男子之稱有男子之稱而無男子之實所謂假男子而實婦人也如曹溪初本賣柴貧漢一聞金剛經便直下無疑此真奇男子也夾山回頭舩子命斷則子疑父而父不得不翻舩矣光甫汝既發心持金剛經於憎愛榮辱交加之際若不能以曹溪所悟者痛治現行則有待之情終難復性性不復則三塗一報五千劫乃光甫所當憂者光甫勉之示光甫

漢大傅疏廣上疏乞骸骨帝賜黃金二十斤太子贈五十斤廣歸里中日令家供具設酒食請族人故舊賓客相娛樂歲餘金將盡廣子孫勸立產業廣曰吾豈老誖不念子孫哉顧自有舊田廬令子孫勤力其中足以供衣食今復增益之以爲贏餘但教子孫怠惰耳況賢而多財則損其志愚而多財則益其過且夫富者衆之怨也吾既無以教化子孫不欲益其過而生怨於是族人說服又龐德公釋耕於隴上而妻子耘於前荊州刺史劉表指而問曰先生苦居畎畆而不肯受祿後世何以遺於子孫乎德公曰世人皆遺之以危我獨遺之以安雖所遺不同未爲無所遺也表嘆息而去二翁皆世諦之賢者其所見高明如此吾曹爲出家兒不乞食自活而貪人供養橫受非禮究其咎之所自不過圖穿現成衣吃現成飯耳夫惡勞好逸人之常情衣不天降飯不地涌一衣一食皆必出自勞勤人勞勤而我安享之計欲久享而無患者無有是處蘓仲翁本漢廷老臣賜金而不敢獨享與族人共之即其子孫亦不得有吾曹既處四民之外乞食以資殘喘則外四民其誰

爲我檀施哉檀施雖士農工商之不同然寸絲粒米皆出於勞勤也其勞勤而得之而歡然惠我者爲欲求懺其罪與增其利益耳倘我有僧之名無僧之實必不能自利利他他生異世須改頭換面爲畜生身酬其惠施始得如閻羅老子許汝滑稽輭頑瞞得他過則天堂地獄五福六極之說皆妄語也如來聖人豈爲此妄語誑衆生耶且飲食男女人之大欲於此四者之中果然立得脚跟定何必避城市居山林乎此就上一等僧說蓋其佛知見已開佛悲願已發故也如此種僧豈有供養之而不能雪罪與增利益哉若佛知見雖未大開悲願雖未大發但能誦佛之言稍解其義依解修行此種謂之中等僧如但誦佛言不能解義惟恐玷法門勉強守戒此種謂之下等僧此三種僧雖淺深不同皆非有名無實者若人恭敬供養必罪消福長夫復何疑外此三者皆髡民非僧也汝向來雖祝髮而於僧之實曾反思無愧否僧實有愧則外侮之來實自取之故老人特舉西漢蕭仲翁東漢龐德公兼上中下三種僧說以示汝汝當剗其心忘其形痛哭讀二三十過則後來做好僧從今日始示隆東華嚴寺了凡

予讀東坡觀音贊乃知東坡非迂儒所能彷佛也東坡以爲一身之微八難萃聚何異一絲懸九鼎乎方此之時身不待忘而自忘身忘而世獨不忘無有是處身世忘則根與塵齊喪而無偶根塵無偶識自成智智照靈源所忘流入向所謂火坑刀山猛獸毒藥一切衆苦至此皆我入流之師也故入流不難了

痛不痛爲難果當痛之際痛究此痛果生於根耶外塵則無根果生於塵耶外根則無塵外塵則無根根乃塵家之根根豈我有哉外根則無塵塵乃根家之塵與根無二無二則一一則無外無外則無待至此喚甚麽作痛若了不徹覺有絲毫之痛豈真無待哉但衆生於此不徹了便與無待血脉斷絕無待血脉斷絕則有待血脉自續矣有待血脉既續横見心外有法此非衆生以二故一身受衆苦乎苦極光回直照無待無待則無我況有物耶物我忘而照不枯則靈源妙湛偏洒焦枯枯沾甘露槁而秀茂此非若能真不二即是觀世音耶

死生回環愛憎爲根故我無心則夢中天地人物不煩遣而自空空待天地人物而名我無心時雖空亦無地也人爲萬物靈不知此而他知則靈者昧焉所以寒暑迭遷古今代謝榮榮辱辱死死生生皆能劫我也如靈不昧則僞心空僞心空則彼劫我者豈待我建旗鼓然後逃哉人而知此則千窮萬變我應之而不勞矣

夫饑而食寒而衣此人之常情也一旦辟穀而服水苟非有大於生死者吾欲求而得之得之則死生雖烈而不能禍福於我如是則水可服也如食雖辟水雖服而情根不枯忍饑妄想則服水不若吃飯爲愈耳吾聞服水之源源於智積菩薩菩薩以衆生不得道者昏散累之服水則饑饑則不能睡不能睡則醒多而睡少也醒多而睡少心持半偈志專神凝而妄想不生妄想不生則身心之執受

終將無地矣故曰月在上方諸品靜心持半偈萬緣空緣空則我無偶我既無偶緣豈獨有偶哉噫至此則固有常光寧待生心而現前乎潙山曰靈光獨耀迥脫根塵體露真常不拘文字文字根塵也即此觀之辟食服水初若細事而收功之大如未見獨者難與言也示服水齋

佛言凡三寶之地辦造飲食供養佛法僧之所謂之香積厨故辦造飲食者三德不解六味不辨兼自己身口意三業不淨則辦食之所不名香積厨謂之穢積厨矣何謂三德清淨柔軟如法是何謂六味淡鹹辛酸甘苦是蓋奉佛供僧之食若不精潔葷穢不揀便失清淨德若不精細甘和稍有粗澁便失柔軟德若不隨時措辦制造得宜忽畧縱情兼未供流涎便失如法德又三德若無六味調和亦不成就蓋淡味爲諸味之體鹹味其性潤能滋於肌膚故味之調者必以鹽爲首辛味其性熱能暖臟腑之寒故味之辣者爲辛酸味其性涼能解諸味之毒故味之酢者爲酸甘味其性和能和脾胃故味甜者爲甘苦味其性冷能解腑臟之熱故味嗇者爲苦汝等即三德六味諦審觀察了知德之所以然與味之所以然之說加以無我無人無衆生無壽者之心率領六根四肢勤勇善巧辦造飲食奉佛供僧此人功德假使以滿虛空七寶布施無量劫不生疲厭慳恡之心與相較量其功德亦萬不及一何以故三德無闕六味無失此等飲食若觸佛鼻若入僧口如嗅旃檀如飲甘露五內調和百毛暢悅身適心安

顯資色力冥資心力色力得資則身康健心力得資則神無擾身康健則進道有資神無擾則觀智易成凡飲食不如法則身多病心多擾身心既病且擾而能精進開悟者無有是處即此觀之修行人之性命實繫於廚中人之手故廚中人三德不辨六味不精謂之牛頭阿旁殺人無算如三德辨六味精更以無我無人無衆生無壽者之心率領六根四肢如法辦造飲食奉佛供僧者謂之大慈悲菩薩故曰三千諸佛皆出在廚中又爲常住慳悋不尊賢敬貴當來得餓鬼報爲常住破費不察來處艱難當來得貧乏報又辦造飲食六根不謹九竅放肆四肢不淨當來得糞蛆臭蟲報如上所述皆如來所言若聞若見當生慚媿導而行之愚癡必破般若必開衆罪必消萬福必集現在身心安隱當來得無上道登菩薩位佛言無誑廚中佛子當體佛心出苦有分在　示廚

夫清淨本然則無方所云何忽生之後山河世界列焉自是則有方所矣方有東西南北之名有名則必有實故西方屬兌東方屬震北方屬坎南方屬離華嚴善財童子遍參知識何故略三方而獨詢南方得非南方離卦在耶蓋離中虛虛則明明則文故曰離乃文明之象也夫文字語言必本於音聲音聲又本於自心之虛靈華嚴四十二字字字包含義理無盡誠以字本於聲聲本於心心乃我固有之虛靈也且此四十二字攝四十二位法身大士因諸大士皆處南方故善財不憚百城烟水境風逆順誓於百尺竿頭更進百

步者蓋欲歷盡諸大士門庭故也嗚呼諸大士門庭豈易歷哉苟不能以理折情則死生禍福之關誠不易破即首楞嚴五十五位真菩提路自初信以至等覺金剛道後於四十二品無明重重歷煅無明煅盡而妙覺始圓亦不出以理折情四字良以理無我情有我善造道者能以無我折有我則有我日消而無我日光光則明明則虛虛則靈靈則通既通而靈則我曹求無上道之能事畢矣故善財餘方不詢而獨詢南方者蓋離心之譬也亦心外無法故也既知心外無法則目前萬境頓融萬境融而謂我獨存者則此我何異龜之毛兎之角哉藏子如薦此始知問南非問南也乃問離也非問離也實問心也噫心不見心豈可以心問心耶悟則勿問疑則別參

予讀長沙岑禪師偈始知認識神爲佛性以虛空爲家鄉者不獨近世有之而季唐時已有之矣蓋此輩但知日用昭昭靈靈之識神便爲佛性殊不知唯見性者識神即佛性也而未見性者佛性即識神也即此觀之識神與佛性固非兩物若未見性則識神是識神佛性是佛性斷不可儱侗而混説也如混説之則聖凡不分悟迷不辨聖凡不分而白衣有妄坐龍牀之罪悟迷不辨則衆生邪正不明是故佛祖門中教有性相宗有照用或信性而不信相終陷斷坑或信相而不信性必墮常穽或信照而不信用則情根難拔枉逞口解故溈山訶仰山曰寂子汝莫口解脱或信用而不信照則狂魔入心滅裂因果欺視

死生以爲知解絶無毫釐之用要在行得一分是一分徒誇知解于死生關頭終靠他一點不得殊不知徒誇知解而不能行固是病若全無知解而滅裂横行則其病更大故長沙老漢哀愍是輩而説此偈偈曰學道之人不識真只爲從前認識神無量刧來生死本癡人喚作本來人

蘇子瞻曰君子與小人之心皆正君子與小人之皆皆邪然君子能以理養心故心行而腎從之小人不能以理養心故腎行而心從之心行而腎從之此邪從正也腎行而心從之此正從邪也邪從正則情消而理漸明正從邪則理昧而情漸流情消而理明則心將復于性也理昧而情流則心漸累於物也心將復於性則坤復乾有日矣心漸累於物則坤終不能復乾矣蓋乾即理也坤即情也心之爲物以理養之則終復性不以理養之則漸將流於情矣情如水故以墜爲性理如火故以燄爲性墜則必墮於汚暗燄則必升於高明故汚暗是腎之氣分高明是心之氣分心常近於理腎常近於情惟性也處於理情之間苟以正學之水澆灌之則靈苗日茂不幸以邪學之水澆灌之則稊稗日長靈苗心之譬也稊稗腎之喻也昔人有言曰取將坎位中心實點化離宫腹内陰從此變成乾健體潛藏飛躍盡由心此詩意謂性變而爲情乾變而爲離坤變而爲坎矣則乾之一陽陷於坤之二陰坤之一陰處乎乾之二陽離心之象也坎腎之象也至人知其如此故窮理盡性則坎之一陽可得復而爲乾也離之一

陰亦當還其坤也予以理觀之則坎離既濟之說乾坤反覆之機本自了然何必疑滯而道家者流或以鉛汞名之至於龍虎梨棗嬰兒姹女種種名之者不過勸人於此道苟有志者自然不厭其名相瑣瑣困而求之困近忘忘則馳求心自歇馳求心既歇或於真人謦欬之間一聞千悟則知性既可變而爲情情獨不可變而爲性乎情既可變而爲性則凡人而求爲真人亦非分外事也自是情習漸除道心愈固情習既除則離中之一陰將還坤矣道心愈固則坎内之一陽終復乾也純陰消盡純陽復全則能入水不溺入火不焚金石可以直度虛空可以遊行故曰從此變成乾健體潜藏飛躍盡由心雖然此雖易知實難行者也蓋衆生情習純熟如油入麪苟非至明至勇者欲麪之出油不亦難哉

夫世界實有則終不可碎微塵實有則終不可合今則合微塵而爲世界碎世界而爲微塵卷舒無常而合碎不昧無常則多一情盡不昧則合碎機存情盡則理有而塗窮機存則情枯而事顯是故大地雖堅觀等輕雲一身固愛了如聚沫形遺則神全神全則念息念息則心有而無生形遺則身虛而有用無生則靈而無我有用則無我而靈夫近取諸身可謂親矣遠取諸物可謂踈矣故衣食親於房室房室親於田畝田畝親於衆有之地今迦文老人呼須菩提而問之曰碎大千世界而爲微塵可爲多乎須菩提聞末知本以爲塵雖有多碎之名初無多碎之實蓋外世界則無微塵故以世界觀微塵塵本無塵以

微塵觀世界世本無世鳴呼世界於我可謂疎矣一身於我可謂親矣苟能因疎而悟親則飲食男女之欲豈待宰割身心竭力排遣然後清淨無累耶雖然衆生自無始以來計四大假合之軀必爲我有計四蘊合轃之心亦必我有執着不化堅如大地如油入麪欲其視堅成脆觀有即無而天機淺者固不易也如徐無鬼一見武侯便能轉其常情故使武侯燬然五欲之中無量熱惱頓化清凉此非我忘而物遺神合而形解者孰能至於此然不若點疎而悟親方省傷鋒犯手之端即此觀之天機深淺則悟有先後故見過而訟輸於顏氏又知人者智自知者明顏氏非自知之明則過亦不易見非力行之勇則過亦不易訟吾與二三子多生有般若之縁適有此聚秋風既高行色搖搖此别之後志各堅牢自度度人泛舟驚濤一呼而上誰非傑豪三呼不應我涕沾袍念其同體無損秋毫背本逐末竛竮悴憔（示弟子）

夫知發則覺全知立則覺隱隱則昧昧則無往而非障也至於色之障眼聲之障耳香臭之障鼻味之障舌觸之障身法之障心所以根塵汨然常濁而不清矣嗚呼我之靈臺本來空清以種種障之自是空者不空清者不清空者不空則於無色處横謂有色無濁處横謂有濁無身處横謂有身無心處横謂有心身心備則死生好惡不召而至焉此何以故以知立覺隱故也夫知也者已發而昧中者也覺也者發而中節而不昧中者也昧中則不和不和則何往而非率情也情有私而

性無我故率性則何往而非靈古德曰無我而靈者性也既曰無我而靈所謂色聲香味觸法眼耳鼻舌身意此十二者果有障乎果無障乎有障則有我有我則不靈所以根根塵塵皆成我障唯見性者了知性外無心心外無法以故種種凡爲我障者不煩觀空而後空澄濁而後清所謂本來空清者如雲廓天布未始不昭然者也覺慈來前吾語汝若果能覺則無往而不慈矣慈則視物之生即我之生不覺則我生非物生物生非我生抗然兩立兩立則分別起分別起則好惡不期私而私矣私則謂我生可貴物生可賤戕物之心莫知其然而生焉此心果慈乎果不慈乎汝若知此則覺自全知自廢覺全則無不照知廢則無不公公則自然無我無我而行慈此所謂覺慈也覺慈勉之示覺慈

夫衆人之與聖人初非兩人也聖人人也衆人亦人也然聖人則無往而非率性衆人則無往而非率情率性則惺寂雙流率情則昏散齊驅惺寂雙流則根塵空而不廢能所之用昏散齊驅則根塵障而昧一真之體故我永嘉大師於無門之中開此十門門雖次第理實一條譬之珠雖有數線本一條故心通理達者門無不歷雖淺深不同然其究竟不越乎理即也天台智者大師有六即之科一理即二名字即三觀行即四相似即五分真即六究竟即此六即精而明之則楞嚴五十五位真菩提路不煩偏探而其要領在我矣覺皮來前吾語汝汝當諦聽此集乃永嘉祖師心髓也始由讀讀而誦誦而持持而精精

則一一則獨立獨立則物我平等古今一條矣嘻人爲萬物之靈不此精而他精非愚則狂也覺皮勉之示覺皮持永嘉集

夫般若有三種所謂文字般若觀照般若實相般若是也又此三般若名三佛性緣因佛性了因佛性正因佛性是也嗟乎娑婆教體貴在音聞有音聲然後有文字有文字然後有緣因佛性有緣因佛性然後能熏發我固有之光固有光開始能了知正因佛性在諸佛不加多在衆生不加少如是了知諦印於心然後於境緣逆順之衝榮辱交加之際以此印光印破諸境根塵脫而常光現然後持此常光普照一切自利利他願輪無盡則菩薩能事畢矣即此觀之娑婆界中苟無文字般若則觀照般若無有開發觀照般若既不開發則將何物了知正因般若所以金剛般若波羅蜜經五千餘言字字放光句句日月又若明燈日月照不及處燈能繼焉是故若人能持金剛般若經者終必見性如曹溪六祖本是賣柴窮漢一聞金剛般若經應無所住而生其心便即開悟又正因佛性如木中之火了因佛性如火發而能燒木者緣因佛性如鑽燧木木雖有火不因鑽燧烟終不生烟既不生安能發火火既不發將何燒木木若不燒終難復土故木也者欲升而不能終升之物也然微土則無木木因土生火發而木化元還於土此木之終也噫性變而爲情猶土生木也情熏而復性猶木還土也覺聲知此痛持此經至千萬遍持熟情消情消雲盡則性天廓布豈待覺聲瞠眼然後始見者

哉覺聲勉之（示覺聲持金剛經）
眼前世界若果實有則真如未隨緣時世界衆生初皆本無以初本無故終亦無有初始與終既皆無有必謂現前獨有此情也非理也譬如熱時炎日未出與日没皆無此炎必謂是水計以止渴此鹿之癡也鹿若不癡安肯奔逐衆生不癡安肯分別故法喻同觀兩頭既無中間豈有理如函蓋合現在何分別分別既不生光消影亦滅逆觀分別時能所夢中雪開眼日在窓夢雪不可得量及所量空根塵初不惡此理也非情也（示開先）

師曰自一精明分成六和合則眼等與六塵和合從無始以來我不能須臾離者也蓋開眼與醒中色塵和合合眼與夢中色塵和合故也即此觀之則六根與六塵和合若醒若夢塵塵相受自無始以來至於今日無有刹那頃而不和合者明矣又眼根與色塵和合之見謂之有待之見眼根不與色塵和合之見謂之無待之見有待之見必緣明而有明滅則不能見無待之見則不因明而有處暗室中不異白日也故楞嚴經曰緣見因明暗成無見不明自發則諸暗相永不能昏本朝琦楚石禪師閲楞嚴經至此遂大悟根與塵初不相到但衆生横計未消於無明暗中横見明暗耳教中謂之非量非比量現量也此横見以非量用之者以第六識不能檢名審實精義入神從由塵發知之知知奔前境故被好醜所轉如此知苟能了好醜明暗之影因根有相則明暗之影亦初本無性既了明暗之影初本無性則由塵發知之知豈獨有

性哉行者於日用中能作是觀察以理折情此方謂之比量也如是觀察久漸成熟熟則見思爆落則行者始入相似位矣此相似位在藏通二教皆是佛位非菩薩羅漢位也在圓教但名相似位耳别教即七住位行者至此位則眼可以觀聲耳可以聞色鼻舌與身皆可以互用矣若然者則眼耳鼻舌身五根照境時若第六識未起則五根之精如鏡之光好醜雖明了無分别也此無分别者謂之現量故永明曰初居圓成現量之中浮塵未起後落明了意根之地外狀潛形浮塵與意根皆指第六識而言也又非量者恣情横見不能以理折情之謂比量者行者能於緣因佛性之海檢名審實實審則義精義精則理通理通則情不能昧我得比擬而用之至此謂之有心觀察秉理折情故以比量目之比量即無塵智也無塵智熟方得相似無心未得真無心也此理稍明教觀者皆能了了不待老漢雌黄饒舌雖然如是老漢此段熱腸自有大闡提知在又緣見因明之見雖謂之有待之見能以由塵發知因根有相互奪而痛觀之觀之有入則所不待忘而所未嘗有累於見精也但行者此觀不熟情屈其理理不能信所以智通之信不開故不能出依通之信恒被情屈也如善觀之則知明暗自相陵奪本與見精了無交涉故永嘉曰一切數句非數句與我靈覺何交涉老漢則曰一切明暗非明暗與我見精何交涉於楞嚴會上佛勅羅睺羅擊鐘驗常亦此理也蓋聞精初不因鐘聲生而生亦不因鐘聲滅而滅聲塵

動靜自相陵奪亦與聞精初無交涉也第慶喜計現前能推窮分別之心未破於見精聞精卒不能了了故佛特勅羅睺羅擊鐘佛意欲借聲塵動靜起滅令阿難即動靜起滅處會無動靜起滅者如香嚴見潙山時潙山曰聞汝一問則能十答我問汝父母未生前試道一句看香嚴屢答皆不能湊潙山之機乃乞潙山代答一語潙山曰我道得是我之三昧與汝有何交涉於是香嚴盡棄所學涕泣而行且曰我終身作箇長行粥飯僧罷了及住菴糞除瓦礫適聞擊竹聲則所知頓忘洞契自心於是向潙山大展而禮曰當時和尚若為我說破安有今日嚴有偈曰一擊忘所知更不假修持動容揚古路不墮悄然機意如香嚴者所謂從緣薦得永無退失者也由是而觀則香嚴之所知即慶喜能推窮尋逐之心耳此心即由塵發知之知此知不忘則智通之信終不能入智通之信既不能入饒汝談玄說妙辯齊佛祖不通依通之信而已又由塵發知之知乃香嚴未見潙山之時能所心也此能所心雖潙山號稱大善知識卒不能使其忘之須待嚴聞擊竹聲自忘始得故此事決不可以情求者也蓋情求不出乎根塵妄想如能了達根塵無性則由塵之知亦自可忘也又香嚴謂之自誠而明若依教理折情治習而有所入謂之自明而誠昔有祖師問僧曰隔壁聞釵釧聲即是破戒汝作麼持戒僧曰好箇入路此僧得入與香嚴之入果同耶果異耶同則釵釧聲不是擊竹聲異則釵釧聲固不是擊竹聲然卒無有二也

行者於此辨得雌雄則一精明分成六和合六和合復成一精明揑聚放開任汝施爲若辨不得古人有一頌汝輩再咬嚼去果然咬嚼得破再來見老漢未晚也頌曰不汝還者復是誰殘紅留在釣魚磯日斜風定無人掃燕子啣將水際飛示開先

紫柏尊者全集卷第一

音釋

刲堅溪切雞平聲 劂居月切音厥曲刀也 欬丘蓋切慨逆氣 燧徐醉切音遂火燧也

紫柏尊者全集卷第二

明　憨　山　德　清　閱

夫聖凡雖多途要而言之總不出乎四諦也諦謂審實不謬故聖人言苦必苦言集必集言道必道言滅必滅又四諦有生滅四諦有無生四諦有無量四諦有無作四諦故聲聞四諦與緣覺四諦皆苦集在前滅道在後蓋聲聞緣覺志在二乘惟獨善其身無有兼善之願故也惟無量四諦與無作四諦雖別圓固殊而並有兼善之願故謂之弘誓即此觀之聲聞與緣覺有諦而無誓明矣故曰有誓名大乘闕誓名二乘何謂無量四諦以空假中三觀歷別而修先以空觀破見思惑次以假觀破塵沙惑末後以中觀破根本無明見思破則獲般若德塵沙破則獲解脫德根本無明破則獲法身德此三德者天然之性德也在凡不少在聖不多故曰性相近也自性變而爲情則粗順之門開矣粗順之門開則近者習遠矣習遠而不返則淪墜受苦無休歇矣故曰習相遠也於是先覺者憂之務使遠者習近即於粗順門中始開逆門逆也者蓋泝而上之之謂也上而底極所謂聖人與衆人無多少者我得全之矣我全而人不全聖人則又不忍故乘其全徧遊於萬化之中開物成務俾未識全者皆得其全故逆門之後有妙順焉然妙順惟別教菩薩與圓教菩薩有之聲聞與緣覺則有逆而無妙順矣蓋其闕四弘誓不發同體之悲故也何謂同體之悲謂我逆於粗順之中受無量苦於無量苦中苦極思本思本則近覺近覺則易熏發

是時也先覺者知我可熏發矣遂量我何因緣而可熏發即以何因緣而熏發之如箭鋒相值啐啄同時巧力不得預莫知然而自符契之噫此非撿名審實精義入神者則能熏所熏安得能所忘而無思契同哉雖然伍員勾踐復粗順之讐恥並能焦身苦思二十餘年而遂其欲令我等於出世法中求無上道出無量苦果能焦身苦思千日之勤則我所欲者必遂而無疑也何以故蓋伍員與勾踐率情啚事於性非近所以須苦久而遂其欲也我等志在復性求出情之法動繼性之善於性有孝子之道焉所以千日之功可博彼二十餘年之苦功耳此乃自然之理必然之勢我復何疑茲以四弘誓後出四諦之精粗與叙三德二順一逆之槩者恐汝等發心不辨藏通別圓淺深之教則發心無主主宗也微宗則歸宿無本要知宗本大藏中有天台四教儀約有萬字若求而得之必誓讀而成誦誦而稍通其大意則四教淺深發心宗本又在我而不在書也

馬忘繩與規矩而中繩與規矩者馬終不敗馬如未忘繩與規矩而馳馬未有不敗者也故足忘屨始適腰忘帶始適未始不適者忘而適始適即此觀之身忘則心用周心忘則未始不周者周萬物而未嘗勞也以其未嘗勞而能勞萬物不勞於萬物耳故曰惟忘忘而忘無所忘者惟未窮而知變者能之

鄂州沙門明秀所節徑山節要果明白精到然其所作偈曰動靜參機要安排路更差今離情見處別有好生涯予不知情見果是何

物而欲離之耶殊不知擬欲離情見者是情見耶非情見耶是情見次離即初離非情見離次離無非情見之情見噫節要果精到矣寧知節要精到處乃是徑山茶飯非秀公之飲食也秀公速道速道如道不來非秀公節徑山乃徑山節秀公耳

緣生無生之旨稍通於文字般若者率皆能言之殊不知知緣生無生特畫餅充饑耳曷能刦生死賊哉惟知而能行行而能戰戰而能勝勝則證之矣嗚呼證而不能忘則大用不彰大用不彰則帶果行因之妙與夫普賢常然之行幾乎息矣予以是知明道易而用道難決非虛語吾曹當勉之

性如水情如氷氷有質礙而水融通融通則本無能所質礙則根塵亢然此義有知有覺知則意雖了然觸事仍迷覺則觸事會理情塵自空迷則情之累也覺則性之契也累則二契則一二則有待一則無生無生乃性之常也有待乃性之變也常則無我而靈變則有情而昧故昧中之知知不勝昧所以道不敵習靈則習不勝覺所以不假修持而坐進菩提反是雖舍身命等如恒沙祇增有爲業耳良以覺近現量知近比量是以覺之與知成功殊也

所中有能所則不成能中有所能亦不成以所中無能能即是所能中無所所即是能此蓋能所不相遇故也如相遇則能與所兩俱不成矣兩俱不成非是佛法性昧智故兩俱成就智雖不昧性斷血脉亦非佛法如不斷血脉而智又不昧惟親證者然後知耳

夫眼夢色耳夢聲鼻夢香舌夢味身夢觸意夢法而一身之微六根皆夢脫無有覺之者則一夢永夢矣於是我大悲菩薩教之以眼觀音以耳聽色以鼻嘗味以舌嗅香以身攀緣以意覺觸是以六夢忽醒覆盆頓曉也即此觀之以順流用六根則六塵皆夢媒以逆流用六根則六塵皆覺雷如二十五圓通以六根六塵六識與夫地水火風空見識迭互爲雷震驚夢者邇來世道交喪以雷爲夢以夢爲雷莫知孰爲覺者孰爲夢者既夢覺不辦不至於玉石俱焚不止也夫道學雖弊勝俗學多矣禪學雖弊勝道學多矣今有以道學爲名利之淵藪互而排之以禪學爲逋逃之淵藪亦互而排之殊不知風俗無常以道學之風鼓之則成道學之俗以禪學之風鼓之亦成禪學之俗道學與禪學之俗成自然高明者日多而汚暗者日少即或假道學禪學以爲汚暗者有之此亦嘉禾中稊稗耳必禾多而稗少也若惡少稗而欲盡去多禾豈仁人之用心哉道學禪學

我大覺老人於靈山會上說妙法蓮華經總二十八品雖鋪張重疊法喻兼明不過即粗會妙而已至於較六根功德之優劣又粲然若日星如眼鼻身三根惟八百功德耳舌意三根則千二百功德也據實言之舌根較之鼻身功德亦惟八百然其數演妙法則功高諸根矣所以如來加之四百功德者蓋賞之也倘不能說法而妄言綺語不真語不實語兩舌惡罵則其罪罰亦過諸根也故曰君子居其室一言善則千里應之一言不善亦千

里應之又曰言語福禍之階也榮辱之主敢不慎乎又眼耳兩根皆離中取境鼻舌身三根合中取境意根但司前五根落謝影子耳五塵實境並前五識所司也然楞嚴會上如來勅文殊選圓通之根彼二十四聖並揀而不取獨取耳根正當堪忍之機所以長觀音而後諸聖蓋因緣時節也豈諸聖果有慚德哉昔有禪師問僧曰聞隔壁墮釵釧聲即爲破戒子作麽持戒對曰好箇入路禪師曰汝向後可爲千五百善知識粥飯主去在若然則普賢菩薩心聞洞十方又豈有媿於此僧耶蓋當此方之機普賢不若觀世音餘方則觀世音又不若普賢之當機未可知也良以聖人說法如投夜光之珠於金盤之中而其橫斜宛轉衝突自在雖聖如迦文亦不自知也雖然更有一問心聞洞十方時爲方在心外故能聞耶爲方在心內故能聞耶在外能聞在內能聞以理推之皆無是處惟親聞而實証者所知也故窮理盡性之學舍我如來則六根優劣事圓理徹孰能究之乎小子何幸入如來家培無上種稍不思報佛深恩非夫矣子其痛勉之示洞聞

長風游太虛萬竅競怒號衆人聞以耳菩薩用眼觀是聲果有常圓通門難開嗟乎聲來耳邊來時孰主耳往聲處能聞何物往來究之根塵之性有則能所難遣無則枯若槁木兩路既窮中豈孤立故曰智入三世而無來往此本光之常也識涉三世此本光之變也本光變而根塵封癡癡衆生睡夢濃黃昏禮佛誰擊磬聲入耳中空不空空則無聞不空

障聞響重為説圓通聲既如是色不異香味觸法玄乎哉知之一字衆妙門知見立知禍大矣率情率性霄壤隔相逢幾人辨端的兩者從來一而二用處在人悟與迷悟則喜怒唯率性率性能通天下情情通開物而成務譬如一指間屈信不能率性而率情迷中倍人可憐生以已通人分别起逆順關頭多愛憎故曰至道無難唯嫌揀擇但莫愛憎洞然明白又曰率性之謂道率情之謂倒噫聖人豈無情哉唯其通而不昧情而無累情故無所不達無累故初無愛憎所以一切大菩薩饑饉之歲身化為魚米肉山疾疫世身化為一切藥草此情耶非情耶無情則同木石有情則不異衆生故能以眼聞聲者聖人也以耳聞聲者衆人也仲尼六十而耳順説者以為聲入心通道人常病之夫何故耳順則聲無順逆皆率性之媒率性則無我無我則無内外内外既無則出入者其誰乎噫不出不入畫眉混沌況出出入入哉覺情覺情覺則性明無分憎與愛觸處本光靈自覺更覺他相逢蓋始傾目擊不存存别後更惺惺

毘舍浮佛此言自在覺蓋此佛於身與心皆覺了解脱故身解脱則無生死之礙心解脱則無煩惱之礙解脱即自在義也而一切衆生不能覺了身之與心所以不能解脱生死煩惱之礙若能覺破身心執受衆生與佛無殊若不能覺破身心執受即諸佛亦安得自在哉且道如何覺破身當細細觀察我身之皮肉筋骨凡堅之類初從何有我身之涕唾津溢血尿凡濕之類初從何有我身之温暖

凡熱之類初從何有我身之四肢百骸八萬四千毛孔運而無滯血脉周流能運能動者初從何有身觀既熟次當觀心我現前分別之心因他而有耶因自而有耶因他而有未觸境時愛憎不起因自而有若無境觸心無愛憎於自於他反復推究謂因他生謂因自生以理折之自他之情枯極無地自他之情既枯將何物共而生心耶共而生心之情既枯豈無因而能生心耶若無因能生何火中無水石不生草鹽中無淡兎何無角龜何無毛耶龍樹曰諸法不自生亦不從他生不共不無因是故說無生龍樹之偈又毘浮佛偈之註脚也（釋毘舍浮佛偈）

吾嘗靜而思之天下未始有吉凶也吉凶之生生於毀譽耳故毀我者則人凶而我吉譽我者則人吉而我凶又毀譽生於好惡好惡又生於未始好惡者吾故曰天下未始有吉凶也雖然吾嘗以未始有好惡者觀天下之吉凶皆龜毛兎角也若以吉凶觀未始有吉凶者則未始有吉凶者無往而非吉凶也若然者吉凶初無所從顧我所觀何如耳故箭穿石虎魚躍氷河苟不以未始有吉凶者感氷與石則氷魚與石虎豈能隨我而變之哉如君子不宿怒於心正此道也但衆人昧理而縱情始乃物我亢然耳且凡好惡不能自生必因前境而生既因前境而生則我現前之好惡本前境之好惡與我初無有涉也譬無親疎之人我心坦然或親疎忽至則我好惡之情油然而生不能自禁矣謂此情我心固有因境牵而始彰則我真心生尚不有安

得有我有我則有待有待則可說心與境相牵而生此情謂我心無生而能生此情者得非無因生乎自生他生共生以理折之俱不能生況無因生乎昔人有言曰暫時不在即同死人蓋言理昧而情馳也曹溪亦曰若真修道人不見世間過吾以是知見世間有過者則我心未忘所以物敢待我如我無心則物亦隨無心而化矣豈煩重加排遣然後消哉汝曹能以此觀觀逆順境緣則境緣真吾大師也敢忤逆大師乎 示弟子

夫衆生事若有常則佛事亦有常衆生事既無常所以佛事亦無常也如衆生有饑饉之病佛則以香飯爲藥或衆生犯寒凍之病佛則以絮裘爲藥衆生有以黑暗爲病佛則以光明爲藥故衆生犯病無量而佛施藥亦無量耳如靈山會上佛放眉間白毫相光照東方萬八千土玄沙備公亡僧偈則曰萬里神光腦後相臨濟則曰汝等諸人赤肉團上各各有一無位真人於六根門頭放大光明由是觀之則此光出沒初無常處法華云佛放眉間白毫相光照東方萬八千土則此光似有常處矣何者光照東方而餘方不照故也雖然光照東方而不照餘方者非不照餘方也蓋如來之意舉一方而欲九方反也或謂臨濟無位真人光無常所玄沙法華光有前後予應之曰經既舉一方而九方反則眉間之光未始不圓照十方也眉間之光予謂之前光腦後之光予謂之後光乃予妄生穿鑿非佛祖之光有前後也但佛祖之意衆生苟從一光而入則圓照十方之光明未始異也

如大海一滴之濕未嘗異海之味如一塵入正受諸塵三昧起況一方從光入而諸方不爲三昧乎子故曰衆生事無常佛事亦無常衆生病不一佛藥亦不一曉禪人倘從此入則東光之名豈但一方而已哉禪人勉之示東光

夫達磨之始來也一槩斥相泯心不立文字義學窠臼徹底翻空彼義稍精而信力深者競大駭之遂誣祖爲妖僧百計欲害之祖經六毒忍死而得可祖即順世而西歸矣夫義未精信力深必以佛語爲堘根一旦聞斥相泯心不立文字之聲刺然入其耳則其驚駭而誣祖此自然之情也若義精而已得受用者則以爲我祖何來之晚耶亦理之自然也若夫少疑而老信以至朝入暮出者比又矮人觀場隨聲悲歡者復何怪哉然相果應斥心果當泯文字果宜屏黜者如是則心外有法矣予聞得心者有言曰若人識得心大地無寸土即此觀之則心之與相及語言文字果有乎哉果無乎哉蓋鼻祖意在奪情而不奪法也情奪而法存是法即鼻祖所傳之心也是故凡夫計諸法爲有二乘計諸法爲無外道計諸法亦有亦無非有非無皆情也非理也於是真常光中四謗之坑設矣倘不得祖東來彼張目而墮坑者豈少哉初祖果以心相語言文字必屏黜而後得心則楞伽跋陀羅寶經祖何未嘗釋卷且咨以此經授可大師可授璨璨授信信授忍忍授曹溪大鑒鑒復精而深之其偈曰大圓鏡智性清淨平等性智心無病妙觀察智見非功成所作智

同圓鏡五八六七果因轉但轉名言無實性若於轉處不留情繁興永處那伽定蓋楞伽以八識二無我五法三自性轉識成智爲宗彼不達此義者以爲得心之後再無一事矣殊不知道可頓悟情須漸除而鼻祖所傳之心道也楞伽所謂轉識成智之法治情之具也倘聞道而不治情此果真聞道者乎此必魔外也我如來法中無有是事所以知鼻祖憂深慮遠既傳其心矣復寄授此經爲治情之具故自甘退屈之溺我慢貢高之刺不待扶植而强力拔而除也予初亦不達法相以爲達磨西來一字無豈有轉八識成四智之落索耶及閱六祖壇經知有此偈卒不大解存注久之則轉識成智之柄在予而不在曹溪也蓋識雖有八能檢名審義義精而入神

入神以致用者皆第六識之事也即七識雖號因中轉亦坐轉非行轉也豈五八獨坐轉耶所謂行轉者權在六識以此識三量俱通心所總攝故也又轉識成智轉心所而不轉心王如八識心所有五前五識具三十四心所第七識但十八心所耳獨第六識五十一心所備統而無遺也所以轉識之柄必在此識故此識熾然分別我我所法即緣生之前茅也熾然分別無我我所法即入無生之利器也又轉識成智根稍利者於逆境不難轉惟觸順境則受境轉而不能措手脚矣或根鈍者於逆境初不易轉如能拚命挨久轉得後觸順境轉之不難也若大利根人於逆順境緣如湯潑雪無往而不自得耳老龐曰日用事無别惟吾自偶諧頭頭非取舍處處勿

張乖此便是大利根樣子也邇來黑白之徒器識浮淺成羣逐隊噇飽飯褁暖衣以爲佛法雖有宗教之别不過如來與祖師發明衆生本有而已忽有人把住拶曰君本有果發明未發明耶即怒曰這箇魔王偏解無事生事則達磨所傳之心及楞伽治情之具予知其必曰此亦駕空鑿虛耳我窺破久矣又何煩勘我哉果如是而五家綱宗之說彼聞而不信不亦宜乎

四微合而地大成三微合而水大成二微合而火大成一微立而風大成四大合而世界成故得般若菩薩能碎世界而爲微塵復能合微塵而爲世界若屈伸一指了無異同之見異同之見不生則何往而非入法界之門故曰一念不生全體現六根纔動被雲遮由是而觀則異同之見是六根纔動之機非一念不生全體境界也但凡夫不了世界初本微塵合成及碎世界而爲微塵又不了微塵初本世界碎成所以見世界便生一合相執見微塵便生多散相執於法界門終不能入如見世界而不生一合相執見微塵而不生多散相執則迎賓待客俯仰周旋喫飯穿衣屙屎放尿無往而非法界也若法界入法界法界見法界法界示法界法界悟法界總是名有多一而實無多一也如實有多一則多多一一者豈能多一哉

若人有三皈而無五戒則因正而福不全有五戒而無三皈則有人天之福而無出世之因故異類有聞法之流人天有不信之黨惟三皈五戒全有者乃感人天身而諦信正法

又有半皈半戒者所以有半疑半信之流此四者謂之四料簡凡皈依佛教者若未明四料簡此等衆生凡種福慧之因決不正當今汝等既各發心皈依佛法僧三寶及受根本五戒此非細故乃千生萬刦邪正之關頭偏圓之根本故不可不嚴審精察

堪忍衆生之機苟不以聞思修三慧熏發之則其佛知見終不能開矣或謂德山臨濟之徒未聞其以聞思修三慧使人開佛知見也若其所用棒如雨點喝如雷霆使當機者於一念不生未入陰界之地神而明之而已若必以三慧熏發之而當機然後開佛知見者恐三慧於未入陰界之初無地可着耳此乃知其終而不知其始者也昔汾陽昭禪師有問鳥窠之侍者何以見鳥窠吹布毛而即大悟耶昭以偈應之曰侍者初心發勝緣尋師訪友爲衆禪鳥窠知是根機熟吹毛當下得心安如以汾陽此偈觀之則此侍者於多刦之中不以百千諸佛所籍聞思修三慧熏發之久未必一吹布毛而狂心頓歇也且久則熟熟則化於將化之時乘其化而發之譬如箭鋒相值豈巧力之所能預哉夫巧力不能預之地不惟聞思修無所着處即雲門乾屎橛與圓通死猫頭亦無着處也予故曰彼知其終而未知其始者也如知之則不疑臨濟德山之棒喝與夫聞思修三慧有所相懸者也又聞而不思亦有開佛知見者此神而明之者也非思而明之也蓋思而明之屬比量聞而明之屬現量又現量之聞非心聞也乃神聞耳然初心有神聞而明之者乃百千萬

人中亦不多得也惟以三慧熏發之者則百千萬中多多愈善也故法華曰若人稱六十二億恒河沙菩薩名號不若稱觀世音菩薩一人之名號謂是故也又達耳謂之聞注心謂之思思明而能力行之謂之修予願吾曹聞而能思聞則有終也思而能修修而能入則二者皆有終矣反是則聞思修三慧雖我觀世音菩薩終日夜逐一耳提面命亦何益之有哉如以臨濟德山之大機大用混我聞思修三慧此所謂自不能始而責人於終者也此非狂而喪心豈有如是之妄人乎

若以身受戒身乃四大成四大有歸復則受戒者誰若以心受戒心乃四蘊成三陰本受來受從前塵有前塵達本空則受曾無得受既不可得彼三成兎角諦推心受戒如石女生子若以合而受身心既不立將何爲物合吾以是知以身心受戒者不得戒本戒本不得終難永持何以故非性戒故性戒須貴悟明非藉相受汝既受吾戒吾戒即性戒性戒爲諸戒中王大經論中廣明斯旨梵網經中亦貴明此但季世比丘皆爲魔氣所熏痛諱舉此吾雖不敏以力任是事常以此獲謗流俗逆思達磨六毒南岳思八九毒況余小子以道以德較彼二祖何啻天淵敢不肖歸自已乎

聖人以爲書不盡言言不盡意故設象以寓其意使學者玩象積久智訖情枯意得而象忘則書與言不能盡者我得之矣一得永得千古無疑死生迭更是非交錯而我所得者光潔堅固了無污染損壞也所謂象者如龍

象乾馬象坤如大鵬象止觀如童男童女表眞諦如長者優婆夷表俗諦故表即象也象即表也象則託物寓意表則借事顯理故意得則無象非意理顯則無事非理無象非意我不欲忘象而象自忘無事非理我無心會理而理自冥象忘則意難獨存理冥豈事能礙者乎夫事不能礙理則觀精而止深觀精而止深則意不存而象無待無待則無外所以天地雖大萬物雖衆虛空雖無邊畔然皆不能逃我無外之用者也是故我欲天地萬物作虛空我欲虛空作天地萬物譬如一指屈信我欲信即信我欲屈即屈我欲不屈不信即不屈不信我欲即信即屈即屈即信而信屈不相遇信屈即不相遇至於千變萬化卷虛空入萬物粉萬物爲虛空如己指屈信初無難也而衆人執虛空無形執天地萬物有形所以有形者不能作無形無形者不能作有形苟能於無形有形之執以觀精察察此執情爲從自生爲從他生若謂自生則非他不自若謂他生則非自不他非他不自則自無自體非自不他則他無他體自他之體各各觀察察精理開理開情釋情釋執空執空心淨心淨用圓所以我欲有形則虛空受役我欲無形則有形奉命惟其所以然之說始因觀而入止終則即止而用觀因觀而入止功在玩象而得意即止用觀功在意忘而象無待故也故學者有志於道則止之與觀苟不精研玩象則意不得意不得則象不忘象不忘則意在意在則止不深止不深則不能即萬化而寂寥此意甚遠非身心可到惟

即身心而忘身心者似可彷彿（示學者精研止觀）

夫衆生執受皆本無常但隨所觀時復現行故以八萬四千毛孔觀一身則一身執受直下爆落以一身觀八萬四千毛孔則八萬四千毛孔執受亦當處銷融此就正報而觀也若以衆多微塵觀三千大千世界則三千大千世界執受亦爆落無存以三千大千世界觀衆多微塵則衆多微塵執受亦銷融無得此就依報而觀也若以法界緣起而觀依正二報則依正二報皆稱法界性而交徹冲虚所謂依正執受與夫根本無明皆即大智大則無外智則常靈無外則無我常靈則隨宜故毗盧遮那如來順本垂教爲三塗衆生而說人天乘爲人天而說聲聞乘爲聲聞而說緣覺乘爲緣覺而說菩薩乘菩薩乘性本無生智願無盡然非無所依者也唯華嚴大經直轉根本法輪凡有所依倚者皆圓攝頓融總入法界令其徹底無依動寂任智不落情量即於生死煩惱海中稱性治染染盡淨除聖凡坐斷文殊爲牛普賢作馬大行常然事事無礙而後已此名佛知見此名最上乘此名塗毒鼓此名金剛子耳其聲則命根立斷吞入腹直至毗盧而屙出即此觀之善觀依正二報者則執受皆智而不善觀者則本智皆執受耳予讀天關山人棗栢論約語及山人題約語後語乃知山人以天台匡廬竹林方廣譬毗盧境界以人間世譬衆生境界山人以爲毗盧境界與衆生境界初無常規苟達緣起無性則染淨無非智光以此智光洞照法界則法界初亦無性豈但緣起無性而

已然達緣起無性則入事不成就三昧達法界無性則入理不成就三昧唯圓達二性無性則事理不成就三昧如月在秋水春在花枝豈待眼孔定動然後見哉賢哉山人其知此者乎請天關山人粟柏論

凡見心外有法者皆謂之外塵邪執如聞佛說法不悟佛意亦外塵邪執也況餘聲色乎然凡夫發菩提心初不以外塵邪執爲弄引則意言之境無由得入意言之境不入則唯識與法界皆無入路矣又凡夫被外塵所轉了不知塵本無體自心所變反執塵爲實有塵復生心則徧計熾然心復生塵則意言境起菩薩了知一切境界意言變起意言無體不出唯識唯識無體不出法界故以法界觀唯識唯識即法界也以唯識觀意言意言即唯識也以意言觀外塵邪執外塵邪執即意言也所以能轉物不爲物轉耳如博陵王問牛頭融曰境緣色發時不言緣色起云何得知緣乃欲息其起博陵以謂意言之境緣前五塵起不言我緣前塵起前塵亦不言我能發意言之境不言即不知也謂有知則能言無知則不能言故能所皆無知無知則無我無我即無自性也能所既皆無自性則境與色孰爲能緣孰爲所緣此非緣生即無生乎緣生既即無生又教誰知緣必欲令其息耶故牛頭即躡博陵意緒答曰境色初發時此即緣生也色境二性空此即無生也本無知緣者心量與知同能所本皆無生教誰知緣既無知緣者則心與量與知皆無生也蓋不照本則能所擬然照本則根塵寂滅故曰照

本發非發爾時起自息抱暗生覺緣心時緣不逐謂覺因暗生覺生暗謝暗謝覺湛心無所緣所緣既無湛亦無寄未生前本無色心養育惟廓然無念凡色心養育想受皆言念生生實無生故曰起發未曾起是時不惟衆生無地佛亦難治此蓋以理折情融事爲理也

飄風不終朝驟雨不終日飄風驟雨天地爲之尚不能保其終且久况天地之下者乎然天地之道未窮而容變故萬物雖處乎變化之域而萬物不知也如一歲之道冬未窮而變春春未窮而變夏夏未窮而變秋秋未窮而變冬冬終也終窮也昔人有海日生殘夜江春入舊年之句此亦未窮而知變者也如一身之道生未窮而變少少未窮而變壯壯未窮而變老老未窮而知死知死則死不能窮我矣死不能窮我則生豈能悅我哉夫死既不能窮生亦不能悅而我以生死爲舟航遊於禍福之海適當飄風驟雨之驚是能驚衆人耳焉能驚我乎夫三皇以道化天下道未窮而變德五帝以德治天下德未窮而變仁義三王以仁義治天下而不知變故窮於仁義也仁義窮則五伯乘其隙而以智力刼天下有不可言者矣是故有身有家國者不知此則身不能修家不能齊國不能治也然未窮而知變者其惟聖人乎

夫幽明之故鬼神之説死生之道皆變後事也而世人輒懵然如滇粤之民談合元殿裡事至於鬼神尤深疑之顧第弗究心耳誠由鬼神以究極於性情由性情以究極於魂魄

夫既究極於魂魄知以理治情之爲魂恣情滅性而成魄則幽明死生一切瞭然矣雖然死生本乎有身幽明鬼神本乎有心衆人惟昧其本故莫烈於死生亦安焉玩之以苦爲樂是以大覺老人哀而拯之教以四大推身四蘊推心推之既久身窮心了則身本無身心本無心無身之身則大苦永超無心之心則靡幽不燭古龍勝於此又特地一槌其偈曰若使先有生後有老死者不老死有生生不有老死誠如其言則是窮身四合之後見心四蘊之先猶若環輪孰爲終始其於毘舍浮佛可謂各夢同牀而所謂幽明鬼神死生皆作廣長舌相矣今此偈總二十八字前半偈中有箇入頭便能於好惡交加之際是非逆順之塲心心無間痛念無生無生習熟緣生漸踈易粗爲精身心不能籠罩合下見大自在覺矣

夫雲有聚散水有昇沉日月交遷時序代謝好惡相湊興廢相禪千態萬狀變化無端究其所以然之說則彼種種奇特變幻神智莫測者不異夢中所見推夢之所自則由晝想所成推晝想之所自則耳目無待聲色無根所謂當處出生隨處滅盡聖人豈欺我哉乃衆人聞生則喜聞死則悲又有失常者聞死則喜聞生則悲是皆蔽於情未達於理故也至人設教難以書同遠本忘情則千途一致余讀龍勝大士死生偈頓見周易原始反終之旨偈曰若使先有生後有老死者不老死有生生不有老死若使有老死而後有生者是則爲無因不生有老死偈旨皎如日星不

待窮搜竭思然使衆人道其所以然往往瞠目如見父諱推其所蔽特不能原始反終耳苟能之則知始不本於終始何所始終不本於始終何所終始何所始未嘗始始也終何所終未嘗終終也始終不惑則喜怒好惡吉凶禍福死生成敗果有所以然者爲之耶果無所以然者爲之耶至是則所稱極天下之難明者譬如明鏡湛水見我鬚眉又何蔽耶

夫無欲則無生無生則不煩所資故有生必有所自資生亦有所本是以孝親忠君之途闢矣如達身爲患資爲患媒而以四大觀身則患本可拔也苟拔患本資生奚藉以是之故親雖至慈君雖至嚴皆謝而不顧慈始弘焉嚴始重焉雖然情爲化母羣有皆子能即子得母即母而得母之父則弘慈重嚴亦非反常之道也

夫至愚之人使其蹈湯火則畏燒煮雖強驅之而不肯入五欲湯火燒煮衆生法身慧命非止一朝一夕而人甘心蹈之竟弗畏者豈其喪心病狂哉蓋計臭皮囊爲淨器計無明心爲命根不能以四大觀身四蘊觀心故也今人於眠臥之際枕子稍不安穩則不能睡必安之而後適死生於人亦大矣人皆公然自安略不爲之計何哉

逆究常光初無聖凡之地以其有覺無外自作夢緣緣實無從無待成待始乎三細終乎六粗粗細有常衆生豈有覺路常光不變昏動之機何生故曰起惟法起滅惟法滅起滅雖殊法本無二譬如泡生於水泡外無水水生於泡水外無泡又如風中鼓橐光裡揀明

誰爲能揀誰爲所揀孰爲内風孰爲外風孰爲是水孰爲非水故名此法真不思議夫不思議者非不可思議以不思議之外別無法思議不思議故然一切衆生善思不思議法者即能一塵入正受諸塵三昧起故曰非不思議也由是觀之凡作佛事以無利之利爲利利莫大焉以有利之利爲利利莫微渺何以故無利之利稱性而發有利之利因情而施稱性而發妙契無生因情而施醉夢緣生妙契無生雖微細之施福等虛空醉夢緣生總施國城妻子得益甚小良以無生則無待緣生則有住無待則無外有住則有所無外則更無有能壞無外者有所則有能若壞其所能亦隨壞故住色生心者終受色壞不住色生心者色不能劫然無壞之妙可以神會難以事求有住之情可以圖度易以算料昔有一僧造大銅鍾若干斤出門偶值貧婆問僧何往僧曰乞銅造鍾去貧婆信手施破錢一文僧強受而嫌其薄即投之寺河既而僧乞銅數滿鍾鑄七火而當鍾要處即有一孔僧怒曰我鑄鍾心亦誠矣七火而鍾孔生如再鑄而孔不滿我必投身洋銅與之俱化亦甘心焉時有異人曉僧曰鍾不圓滿無他故以公昧却最初檀越信心之施故也僧熟思良久曰我知之矣我初乞銅值貧婆施錢一文時我嫌微投之寺河於是遂斷河吸水水涸得破錢擲向所鑄七火銅内一火而鍾圓矣悲哉無心之施則與不思議合刻畫而捨則與無明爲前茅比徑山刻大藏有計利而不計法者則以爲與和尚刻莫若自刻費少

而易成且得我利者皆我眷屬僮僕有計法而不計利者則以爲我但施錢與和尚刻藏渠真實爲我刻經我將無作有必所甘焉且佛語無妄我必賴刻藏因緣借緣生而植無生之因終當出苦顧不偉哉或謂計利者不若計法者達觀道人則不然計法固勝於計利者然皆出有心豈若貧婆聞僧乞錢之聲未竟信手將一破錢施與謂之有心貧婆初不作較量功德多少念謂之無心則木偶人不解布施靈山會上我大覺老人拈花示衆惟飲光破顔微笑達觀道人向無公道處作公道斷以爲貧婆與頭陀當并案結欵如是則計法計利者自知負墮也

金湯大法不越乎折攝二門折則佛祖猶有所訶斥況其他哉惟攝一門綱羅怯弱之機盡矣雖然若未得佛祖之心則佛祖亦不易罵如德山以大藏爲拭瘡紙布裩和尚以文殊普賢置裩襠之間不聞諸方具眼尊宿訶之者脫未得佛祖之心孰同肯首遍來大人不現魔外充斥無論黑白微有知解便謂已了於古德機緣之中綱宗不別明暗猶豫得爲虛名甘昧自心強橫批判逞一時之情結長劫之業此所謂因地不真果招迂曲譬如紙花終難結果吾知其這點虛名終須亦自打潑了不若自附怯弱隊裡雖未得佛祖心且信佛祖語精嚴奉行敢保萬無一失如未能爬莫學走多少穩當爬未能而強走吾知其墮坑落塹終有日在黃龍心始了此事故其筆頭三昧生殺縱橫折攝自在

貪之與瞋固俱是毒然莫若癡之毒尤甚夫

何故吾心不癡則貪與瞋無所從起及貪瞋既起癡而不覺貪則如海呑流瞋則如火燒山造無量黑業受苦長劫難以芥石喻之既究苦之所以然則離癡無貪與瞋苦自何來然癡生由乎不覺不覺復由乎覺覺既本覺緣何生癡耶以其覺外無覺能覺本覺故本覺亦不能自覺本覺若能自覺謂之始覺則可謂之本覺則覺外有覺矣而本覺之義安在哉以此觀之唯本覺不能自覺所以癡生癡生起貪與瞋而貪瞋之極苦報必酷酷則難堪難堪必究苦毒之所自來始了知貪之與瞋初本乎癡癡復本乎本覺本覺則無所本本無中邊安有內外靈然而無我無我則誰受其毒靈然則癡本自無既悟此理以理治情情窮復本本復而哀諸未復者乃秉智願之輪究轉一切碾斷癡根同登無上然後乃快此聖人之心也故曰淨法界身本無出没大悲願力示現受生

夫念息塵忘故忘而無功塵忘念息故息而無力無功無力故道成無作無作之作違順解脱違順解脱根塵熾然而無待以熾然故則淨佛國土成就衆生故一針一線之施功雖細而不昧以無待故故細而不昧之功功齊等空之福即此觀之能所未忘則根塵乃鬼獄之師根境脱落則能所乃無生之導何以故稱性而修我不欲忘而能所自忘因情着力我欲忘而根塵愈結所以得其旨也熱惱凡夫不異道中之聖失其旨也離欲聖者取笑道前之輩是故有志於出世者必先知而後行則功不虛棄不知而行雖舍身命等

恒河沙數終成業苦者也

即用而酬數外無知故離數無知離知無數數未嘗數故何數非知知未嘗知故何知非數如是了知自然能所不立而用不昧故曰即用而酬初無聖凡用處無疑雖涉死生好惡之場知本不累累則非用也故宗門貴用處不昧不昧即照到耳約教而酬雖等覺亦有所知愚兩種不能破盡至妙覺則無愚可破矣此論說到不拘用到也若伶利作家待渠問時伸一指反問渠知此指否彼曰知則曰識得一萬事畢更問甚齊頭數不齊頭數渠若不薦我且出身去也右紫柏老人說老婆禪誑嚇禪雛不知是甚麼心行疑則衆取

法無可喻法若可喻法亦喻也惟聖人知法不可喻而種種喻之者不過一時方便耳若喻以空空雖無際而不能出生一切若喻以地地雖能出生而有邊畔若喻以水水雖融通而有枯竭若喻以風風雖鼓舞萬物而有息滅若喻以火火雖明能破暗不可攖觸觸而附物則生離物即滅若喻以樹樹雖能種種花果而離地則根無所托若喻以蓮花雖花果同時而離水不有若喻以薝蔔薝蔔雖香秋風忽生香亦隨盡若喻以摩牟夜光雨若雖蓋世奇寶而不若法之虛徹靈通也至於喻以龍喻以師子喻以大人喻以王喻父喻母喻大喻小喻長喻廣喻方喻圓喻曲喻直喻動喻靜喻屈喻伸喻待喻無待要而言之百喻千喻法不可喻也余故曰喻者聖人一時應物之方便耳是以執喻而難法不知法者也

夫根之與塵初非兩物衆人不了橫計成迷如以慧眼觀之見雖非樹離見無樹樹雖非見離樹無見以離見無樹故樹有而非存以離樹無見故見有而無我樹有非存雖萬象縱橫而無物當情見有無我即熾然分別而無我當物根之與塵往復觀察兩無所當而衆人於兩無所當之場境分好醜心存愛憎萬死不知得非開眼作夢者哉

夫婬習不難克難在知婬之所以然所以然明則能尋流而得源矣流譬心也水喻性也水本靜而流動能了動外無靜則心可以復性也心既可以復性率性而治習猶殘雪撲紅爐之焰習豈能久停者哉雖然復性不易苟非達心無體全性爲心其孰能之

夫惡無大小善無淺深而有心爲之則罪大功徵何哉良以無知爲惡雖有邱山之罪而君子咎其無知猶乃恕之故物莫不善於有心有心爲善則有執有執則有邊際唯無心爲善者始福等虛空耳由是而觀有心爲善尚不可況有心爲惡乎

易戒有心老亦戒有心然觀其象而察其父亦未始無心也老亦不敢爲天下先而不敢者寧非有心乎故有心無心唯聖人善用之無入而不可也自非聖人不唯有心有過即無心亦未嘗無過若然者則初心之人如何作功能辨此者可以讀易老

予受性疎放嬾於拘檢雖爲比丘忽畧繩墨本圖有益乃反致損如內典之於外書滿字之於半字凡百安置必有倫次以不知故每犯顛錯及閱大藏經始痛悔而改之永不敢

以外書加於内典之上以半字越於滿字之先何者經云不辨半滿忽畧内外凡所生處於般若種永不清楚及遭面貌不端嚴報萬曆壬辰於龍泉寺燈下偶見案上衆書堆疊不辨内外甚驚怖之夫苟欲拔苦非般若爲迅航迷津曷渡非智慧爲燈燭重昏寧曉故有志求無上菩提者於般若種子不清如蒸沙爲飯縱經累劫卽名熟沙終不成飯因書此以自警云

迦旃延有慧辨善說法要於大衆中以解行稱第一常宴坐樹下有外道問曰以我觀世人但有此世更無他世可得然乎迦旃延曰今此日月爲天爲人爲此世爲他世耶若無他世則無日月矣外道俛首如是轉折幾十而外道情枯智訖遂歸依之或者問佛迦旃延富樓那皆有慧辯何故佛曰渠二人多生修無我觀故曰修無我觀何以得慧辯佛曰汝不見鐘鼓乎本無心念而隨扣隨應以其内本空故也問者始解

念佛求生淨土之義義在平生持念至於臨命終時一心不亂但知娑婆是極苦之塲淨土是極樂之地譬如魚鳥身在籠檻之内心飛籠檻之外念佛人以娑婆爲籠檻以淨土爲空水厭慕純熟故捨命時心中娑婆之欲了無芥許所以無論其罪業之輕重直往無疑耳倘平生念佛雖久及至捨命娑婆欲習不忘淨土觀想不一如此等人亦謂念佛可以帶業往生淨土以義裁之往生必難故盧山先造法性論次開白蓮社非無以也蓋法性不明則情關不破情關不破則身心執受

終不能消釋以執受未消釋故於飲食男女之欲根斷不能拔所以口念彌陀神馳欲境如先以破身心之方教之漸習而熟則能了知身與心皆非我有此解若成則身心執受雖未頓破然較之常人高明遠矣破身心之方莫若毘舍浮佛傳心前半偈最爲捷要或先持千萬過五百萬過三百萬過持數完滿徐爲持偈者開解之自然身心横計便大輕了此計既輕即以持偈之心持阿彌陀佛專想西方至捨命時則娑婆欲念不待着力然後始空何以故乘解專想故古德曰先了身心非有此智既開專心念佛求生淨土九人念佛我敢保他無一人不生淨土者此義亦本廬山先造法性論開衆生知解次建白蓮社成衆生之行而來也

予聞觀世音菩薩初因古觀音佛而發心曰我若成佛等觀音如來以聞思修三慧自入教他入由聞而思由思而精由精而遺聞聞遺則所忘所忘則聞盡以如是三昧熏以悲智治往刧之染習陶鑄衆生之黑業一切衆中亦如我等此願不成誓不成佛然於六根之中菩薩惟用耳根開圓通之門者其本願應娑婆之機又此以音聞爲教體所以餘方諸大菩薩數等微塵非有慚德迦文揀而退之而獨進觀世音者以諸大菩薩應當餘方惟觀音大士獨當應此方故也即此觀之則感應之道若針芥函蓋毫釐有差便不恰好矣雖神通智巧於恰好中莫能作小方便如方便可作則諸大菩薩豈無神通智巧哉予少時似與觀世音有大因緣不然予初不知

大悲菩薩爲何神子將祝髮忽生變心自思曰我不祝髮亦可修行何必祝之須頭光然後能修哉衆助緣者聞予言皆爲之變色率多不樂時予偶睡睡中見一老僧立於東南空中遥指西南一無所言予因指掉頭則見西南有一舟滿載黑白異口同音念南無阿彌陀佛佛聲入耳五内清凉怳豫難狀急走欲登其舟然竟不及而夢醒謂助緣者言夢中之異僉曰公既發心祝髮中道而輙變公與觀世音菩薩有大因緣菩薩因現比丘身而爲公說法予曰了無一言但手指而已何曾說法衆中有曰菩薩以指爲舌說法已竟公自不解耳予聞此音而祝髮之心始判然無惑既祝髮之後以予多生習染熏受性精悍雖爲比丘於如來繩墨之度不無忽畧此豈獨自心了了亦難逃大悲他心道眼之所照燭也嗚呼予祝髮將三十餘年於萬曆戊戌三月初二日停舟於裏河之岸適有二三隣船皆進武當香者自莫達旦焚香誦經似若不輟且皆異口同音呼南無無量壽佛聲入睡耳予不覺寸衷刺然此我三十年前將祝髮時所夢之境也又觀世音菩薩乃阿彌陀佛輔弼之臣今彼衆朝玄武而稱無量壽佛者則玄武即觀世音之化身應此方之機未可知也又是夜予合眼頃夢一僧持三軸像設欲予觀看及展而視之則吕純陽與觀世音菩薩像也絹皆新筆氣亦新皆妙手不能寫予意得古者始妙此僧曰我有古觀音一幅汝可供養予即展視之果絹舊像亦似舊且有一童子喃喃而謂予曰此菩薩靈感

異常當受之予夢醒追感往曾朝武當中道大病至襄陽病愈甚偕行者僉曰予不能上山矣予强起露坐忽有清風一觸頭面頓覺病稍愈胸次亦暢然因而偕衆上山惟行路時了然無病及至旅邸則病復重衆曰於此且上俟病好再上山未晚也予聞而不然明日復強起至好漢坡則病全愈矣於是進黄金殿禮玄帝聖容且私感謝帝之靈祐使我大病頓瘳還至淨樂宮對帝像立誓曰我若不祝髮爲僧學無上道則長劫當墮阿鼻地獄異哉臨祝髮則觀音現比丘身而度我朝武當則觀音現玄帝身而靈祐我媿予小子業重垢深天機魯鈍道不勝習識不知微忝爲比丘三十餘年大悲重恩君親厚德皆未能酬纖毫於萬一而菩薩猶孩而不舍復於夢現比丘身授菩薩像於小子小子夢醒而痛感乃忘其鄙陋序祝髮之顛末始始終終若一鏡現三世去來之像絲毫無昧亦欲世之人知玄帝實大悲之化身也且見小子發心之因實亦帝之所發起也然圓淨陳居士之德助我猶不淺者我若得道首先以菩薩聞思修三昧度之則觀音之照燭乃無媿焉

紫柏尊者全集卷第二

音釋

屨 居御切踞草屨　滇 亭年切田上聲　瞭 盧交切音了　橐 他各切音託

悍 侯幹切翰性勇急　瘳 丑鳩切音抽病瘉也

紫柏尊者全集卷第三

明　憨山　德清　閱

貪則不止瞋則不反癡則不覺是以無窮之苦長刼淪墜皆三者所致然此三者不越乎瞥然一念果能念起即覺覺之不息雖至愚之人可以鑄三毒爲三德猶巳指之屈信耳況聰明者乎雖然愚者欲寡智者多緣多緣則精神不一而照功有隙故反不若愚人之專也由是推之於世故之中非智則不利惟於學道智爲大障故曰以智治國國之賊不以智治國國之福或曰既以智爲障道而念起即覺非智乎曰智無二體用之克念則謂覺用之利私則謂智且覺之爲言如大夢忽醒智之爲言如夢中之計較也故覺之與智少有不同耳

古人云自訟此言少通文義者未必不能了了然觸好惡關頭便眛却了也故知見愈多行門愈廣反爲障道之賊此賊不滅雖與佛同胞無益英靈男子能於好惡境上如急流撑篙相似篙篙不失則萬斛之舟輕若鴻毛矣且道好惡之流怒如奔馬若何着鞭咄直於好其人知其惡惡其人知其善好好惡惡此知較然不惑如明鏡當臺姸醜交臨本光常淨便是篙篙不失的樣子也雖然亦有好惡不能瞞者但知而不能行不行之弊非外魔障礙乃我多生我相現行爲之祟耳此祟現前即當於我有仇之人觀想其相以其兩足加我頸上口呼我名而罵我手搥我頭而恨我爾時反照自心起惡念否若有念起即當於是人作父母想作如來想直待我之惡

念消融譬如陽回大地層冰頓釋則逆境之賊破矣爾時自信戰功可立又於順境之賊更增勇猛凡所愛者必以天下至公之理痛折私暱如折之不斷即作仇想此想現前愛魔自滅如是頭頭不肯放過愛魔之窟破之何難乎或曰但以心外無法觀之善惡好惡境界自然不可得矣何必瑣瑣碎碎作這等怵工夫耶噫慧勝而無實行者是不知事障還須事消理障還須理遣故患弱病者不可進之以瀉藥患實病者不可進之以參苓若然者慧勝而無實行果勝乎哉果不勝乎哉知此可以言自訟之効也

夫止觀無門即以昏散爲户昏散無地即以明淨爲源是以善造道者必以止觀之火煆昏散之鑛煆之既精精成定慧故聖人反復乾坤而不亂定之力也徹窮萬有而不迷慧之功也若然者凡則即明靜而爲昏散聖則即昏散而成定慧如土爲器善作者即成上器而不善作者即爲下器耳究始終而推之上器土也下器亦土也然上器以盛宗廟之饈下器以貯輿臺之食譬夫聖凡皆性特苦樂天淵耳故凡不可不仰於聖苦不可不慕乎樂仰聖在乎明道慕樂必須斷苦明道貴悟自心斷苦必先絕惡雖然自心未悟則出苦之志豈堅出苦志疲則惡緣之本寧易拔哉以是之故自心不徹難與言止觀之作略者也

凡煉心者必以話頭爲椎輪然而有有心話頭有無心話頭有心話頭則初機精進者有無心話頭則無功任運者有有心話頭於現

行時即伎倆窮矣惟無功任運者生則於昏沉睡熟之際死則於悶絶息斷之時如水清珠雖汩汩乎濁流之中而光耀炯然也余以是知尋常世所謂散心稱佛者臨命終時冀其得力不殊一星之火欲沸滄海豈不愚哉夫嗜羶臭者不可與語芳潔也執狹小者不可與語廣大也然而至羶至臭至狹至小者身也至芳至潔至廣至大者心也而天下自古自今自男自女自賢自愚皆以至羶至臭至狹至小者執嗜而不厭何哉良以皆未悟至芳至潔至廣至大者故也如悟而知之雖鳥獸蟲魚之微亦莫不慕此而厭彼矣況首出萬物至靈至聖者乎雖然此身之羶臭狹小吾不件數而示之此心之芳潔廣大吾不若揭日月以明之使其昭然共覩天下豈能即信之哉噫此身之羶臭狹小自足至頂自內至外周觀悉數地則皮肉筋骨水則涕唾津液黃痰白痰赤痰又若血之腥尿之臊屎之臭蛔蟯百蟲蟠屈宛轉伸縮浮沉於五臟六腑之間以爲高天厚地嘉山秀水奇花豔草瑤宮金屋珍食寶味皆樂之而不厭也以臭爲香以穢爲潔以苦爲樂竊謂是足以爲極樂矣寧知天地之外更有他樂耶由是觀之人爲萬物最靈者而嗜執至羶至臭至狹至小之身曾不知覺何異乎彼之蛔蟯百蟲蟠屈於革囊之中以爲至芳至潔至廣至大而竟弗悟者哉且皮肉之類感土而有濕者感水而有暖者感火而有動者感風而有凡有感必有還還則所謂至羶至臭至狹至小者皆不可得也況嗜而執之者乎豈不即化

羶臭狹小而成芳潔廣大之心乎故曰心山育功德流馨萬由延又曰空生大覺中如海一漚發知此始可與語心之芳潔廣大矣紙盡姑置之

古人之交朋友也取其長而舍其短就其賢而矜其愚長則補賢則師是以心愈誠而志愈堅德愈茂而身愈下下則受受則廣廣則大大則無極無極則不窮不窮則能常矣故反愆而責已者進德之基也含怒而尤人者召禍之始也冀其不窮而能常惡可得哉

心無好惡好惡由情故情有愛憎而境成順逆也是以遇順境如登春臺熙然與之偕忘觸逆境不啻乎白刃檅胸與之偕死嗚呼人生若夢憎愛如雲夢有惺寐雲有聚散惟所以能惺能夢者如太虛焉故知太虛者何妨雲之聚散乎今有人於此好其人推之層霄之上惡其人陷之重泉之下吾知其寸虛無竇天光奚生哉

眼光照境初無憎愛不爲旃檀先照不爲狗糞後照是謂平等光也此片平等之光在佛祖分上一喜一怒一哀一樂無往而非本光於凡夫分上熱惱雲中時一迸露而現行力猛即復蔽之故曰彩雲影裏神仙現手把紅羅扇遮面急須着眼看神仙莫看神仙手中扇所謂雲之與扇者即五蘊坑中煩惱執着也故善造道者能於好惡難克之際此光迸露之頃着眼窺徹不被現行所轉是謂豪雄少不精彩癡雲頓合始作觀照則力費排遣如一夫當萬幸克者幾人哉於光露之時一肩領過積刼無明當下冰消如兵不血刃天

下太平矣

南印度香至國王施無價寶珠供養般若多羅尊者時國王有三子其季開士也尊者欲試彼所得乃以所施珠問三王子曰此珠圓明有能及此否第一子月淨多羅第二子功德多羅皆曰此珠七寶中尊固無踰此非尊者道力孰能受之第三子菩提多羅曰此是世寶未足爲上於諸寶中法寶爲上此是世光未足爲上於諸光中智光爲上此是世明未足爲上於諸明中心明爲上此珠光明不能自照要假智光光辨於此既辨此已即知是珠既知是珠即明其寶若明其寶寶不自寶若辨其珠珠不自珠珠不自珠要假智珠而辨世珠寶不自寶要假智寶以明法寶然則師有其道其寶即現衆生有道心寶亦然尊者歎其辨慧又戰國諸侯之所寶惟以珠玉爲論而知所寶者惟齊威王楚王孫圉而已威王不以徑寸之珠爲寶楚王孫圉不以白珩爲寶是知所寶在此而不在彼雖然華竺不同邦而風軌未始不同故以寶爲寶者照惟盈丈以人爲寶直照千里震旦鼻祖菩提多羅知寶外無道道外無寶惟時有通塞用有行藏既而少林壁觀九年得一神光華聯珠貫以色爲聲聽之以目頓使心精遺聞珠體獨露靈熖爲燈光傳無盡象先而不曜晝後而圓照不曜近昏圓照近智重以悲承之則燈又化爲高廣大車矣是車也竪窮三際横徧十方兼載凡聖包舉古今由是而觀則魏王之乘小大何如哉故曰化家爲國者不知道化心爲道者可以兼忘天下予以是

知萬物一物萬神一神唯善用其心者何物非神反是者何神非物何物非神雖靈山重疊眼絶纖塵何神非物雖静默淵澄心多窒礙又曰道遠乎哉觸事而真聖遠乎哉體之即神又曰中有一寶秘在形山然此寶復有解寶行寶證寶忘寶唯解寶者則知尊其所知矣行寶者其寶光漸將完矣証寶者寶雖已完不忘則用不全故惟忘寶者乃能用寶也嗟乎寶之所以然寧易知哉如知而不能行行而不能證中道廢弛證而不能忘如人在甕如魚在陸且未能自用況能用物乎

萬物浮沉出没苦海雖人天有異横竪不倫長刼迷墜情爲其根情之所起以迷自心自心靈徹照極循動動則有昏昏又生動昏動交加如轆轤下上靡有窮已究實言之情本於愛愛滋貪疾貪而不足遂生不悦好惡無常互生互滅於如意境係戀躭湎如醉如癡害當項刻猶自嬉嬉以相忘故耳大都不忘則一體生異忘則異體如一有二有對有對角立角立之際抗然爾我微逆即知惟於順境相忘之至異而如一一則無對無對難覺又衆生最初受生由愛而來順境滋之任運寘合所以逆境易覺順境常迷能於順境照之不昧則愛源漸竭瞋波亦停瞋不自瞋由愛所生愛既漸除瞋豈不滅譬如伐木既截其根枝柯自墜瞋愛交損亦復如是

地無邊際皆吾足履聲無邊際皆吾心聞地乃所履心乃能聞所履者死能静不能動能聞者活而恒活故萬聲不昧巨細了然恒故聲自起滅聞者不遷譬諸寶鏡光明圓滿象

觸即照妍媸難瞞唯其照而不情叢應無迹無迹之妙應不留影所以從古至今彌照彌閒吾心本光普應萬有有未嘗闕足之履地其亦如然吾言地死指物之權耳根既妙身根亦圓足不自顯因地以彰地不自露因足以知猶若交蘆兩虛相倚頓悟足地能聞亦爾

夫人之所以有生死者以見思未斷耳見則五利使也思則五鈍使也歷三界九地而言之故所以有開合也五利使者謂身見邊見邪見戒取見戒禁取見是也五鈍使者謂貪嗔癡慢疑是也此十合言也開則天台四教儀註中可尋備覽也此十斷盡藏教果頭位也圓教七信相似位也果頭七信二位賢聖便能六通縱任無遺山壁由之直度矣斷此十惑初修空觀空分別我法二執二執即十惑也亦開合有異耳惟圓教修進迥異常途而一心三觀圓修滿進最初行者存志意在直破根本無明不在見思塵沙也然而觀志堅猛任運而進見思粗惑帶落之也如壯夫入陣射人先射馬擒賊先擒王也然刀頭展處王之左右任運而傷者未嘗不有也王者根本無明也左右者見思惑也見思如盡將破塵沙矣然而非空觀能破惟用假觀此惑可破塵沙之爲言者言其不明者多也不明者何法耶謂世出世法世則經濟王伯天文地理陰陽筭數吉凶消長文武雜秇萬物所由周知根本出世則三學六度十方塵剎佛土或設法之軌度生之儀種種方便三十七品及八萬法門等一皆通徹則塵沙無明斷

矣此菩薩初斷此惑徧遊十方國土承事十方諸佛一一問明一一印正了無餘疑自是而後烏玄鵠白莫不知之矣此假觀工夫不過博訪先覺無事不知也言無明者謂觸事面墻也塵沙既破將破根本無明矣根本之爲言者言其能爲一切衆生惑業根本故也此根本無明最初本淨本不覺故迷而循動三細生焉此三細者爲見思塵沙根本見思塵沙是其枝條枝條雖則先斷根本猶在行者此際惟以中觀之斧破之然此三細於楞嚴經中分爲四十二品破之四十二位者謂十住十行十廻向十地等覺後心兼前塵沙無明故曰四十二品初住菩薩以中觀力四十二品中斷最初一品無明而入初住即能王百佛土封疆矣一佛土封疆一大千是也一大千者即積一千箇天地謂之小千積一千箇小千謂之中千積一千箇中千謂之大千而初住菩薩如此大千佛土能王一百矣

夫飲食男女聲色貨利未始爲道障而所以障道者特自身自心耳故昔人有言勤勞莫先於有智大患莫若於有身智即妄心也身即妄身也夫妄心者託物而生者也妄身者假物而成者也然惟真心物生不生物滅不滅真身氣聚不聚氣散不散物者何前塵之謂也氣者何四大之謂也所謂妄心者觸境生情好惡代謝從生至老從老至死綿然不斷於不淨處躭湎味着如自髓腦執吝不舍雖有良師父兄善友言以覺之非唯不能頓然棄舍改惡遷善猶至於結恨者不少也此縱妄心情識順則歡然逆則不悦如此者所

謂人頭牛耳又有勞勞勤勤深謀遠慮以養生爲計者貪則冀富富則冀貴貴則冀壽壽則冀仙情波浩浩無有窮已此謂癡衆生也究而言之如此妄念終朝汩汩畢世辛勤不過最初一點妄心不能空耳我故曰飲食男女聲色貨利非能障道也障道者惟此妄心也此妄心又名智者何哉以其善謀能畫故也若能廢此妄心從前種種勤勞如湯消水泮然蕩矣然能廢此心者非眞爲死生漢子英靈豪傑未易易也金剛般若經中須菩提首以降心爲問者盖知此心苦海源頭生死根株故也此心一廢智識銷融所謂真心者如浮雲散而明月彰矣明月照世高低遠近四海百川行潦蹄涔處處影見然未嘗有心也惟悟此心者雖凡夫而即佛矣不悟佛亦凡夫也妄心真心並陳於此有志出世者留心焉妄身真身不暇言矣

能所分而不斷者良以能本非所所本非能然則能不自能所不自所能不自能中所故能所不自所由能故所由所故能則功屬於所矣由能故所亦功歸於能矣功屬於所則獨立者所也功歸於能則獨立者能也凡謂獨立則無待故曰不分不獨立則有待故曰分知此則得實相之用矣實相者毫無滲漏之謂也

古人云難易相成是以難即易之機故畏難者謂之自塞易機易者靈而常通之謂也通即易易即變變則神

大智道人每曉人曰世之迷倒者莫甚貪欲而貪欲之起起於前境前境雖衆惟男女色

相最爲妖嫚男愛女色觀女如花女愛男相觀男如寶綿着生愛雖白刃甘蹈湯火可赴敗名喪德玷俗戕生亦不暇顧矣殊不知揭妝飾而觀之四衢之中頭蓬醜露豈惟不生愛着且嘔噦不勝矣再揭皮而觀之寧獨嘔噦且不勝恐怖矣再去肉而觀之則白骨頽然寧獨恐怖已哉始悟由空有骨由骨有肉由肉有皮四者具而加嚴飾乃能惑人今天下紛然如登春臺如觀好花至死不悟可不哀哉奚若外嚴飾而觀其皮外皮而觀其肉骨外肉骨而觀其空外空而觀無生夫無生者衆聖之所宅萬靈之所始故曰惟得始者可以善終如不窮其始而死雖金棺銀槨藏之吉地謂之善終可乎

作若有作安能有止止若有止豈復有任任若有任安得有滅惟其不作不止不任不滅所以能作作止止任任滅滅也有人薦此則三世十方五蘊十八界拈取絲毫許向人前拋擲吾恐黄面瞿曇亦無辣手

楞嚴經曰妙觸宣明此語開剖本光無剩矣第學者思致不妙往往當面蹉過昔有堂頭問僧隔壁聽敎劍聲即破戒戒作麽持僧曰好箇入路由是而觀在身則爲妙觸宣明在耳則爲妙聲宣明一根既然何根不爾又四祖信大師年十四叅粲大師曰願和尚與信箇解脱法門粲曰解脱則且止即今誰縛汝信遂大悟於言下古德有言曰磕着撞着無非入路良不我欺也

師曰坐靜有三品曰下劣坐平等坐增上坐下劣坐者但能舌拄齦齶齒關謹寄雙手握

拳夾脊天柱挺竪不敢以信力爲主或持半偈或持佛號及呪上有嚴師慈護下有法侶夾輔是謂下劣坐也平等坐者初以識破根塵識三界爲主於三界始末洞悉無疑臨坐時視身如雲影視心如網風別無作手若能堅勁昏散痛癢自然剥落或一坐半日或兩三日飲食不進氣力仍舊是謂平等坐也增上坐者始以洞徹本心爲事或以古德機緣關技癢者自然疑結不化若負戴天不共之仇我不欲嗔悶而嗔悶塞破虛空直得依正聖凡合下盡翻窠窟有此等志氣力量累足蒲團以剋超刦而無超刦之心到此時昏散無渠栖泊處盡十方三世都盧是一箇話頭迥迥然在前塞煞眉眼忽然心地有爆荳之機不生欣喜何以故渠我故有今適相逢有何奇特是謂增上坐也

小人與君子處莫之然恒有不快君子之心此正小人之情也如小人幸而自知此情痛力克治則不煩歲月便覺與君子處則快然與衆人處則惕然矣從此以明勇爲前茅克治弗已將來與衆人處則快然與君子處則惕然也如至此更克治之不休則又非深於悟自心者不能耳

天機粗澁佛語即障萬苦駢集而天機深者皆導師也故曰善用其心觸處緣因不善用心頭頭障礙如威音之前未有佛與而因緣無地則威音之師畢竟其誰殊不知苦即導師何用別徵然威音之後亦以苦亦以樂亦以不苦不樂雜示而爲熏機又萬不同也惟威音非苦煎逼雖天機深覺亦難開覺開則

一切緣因皆從中流出此威音果上之用也思之則凡有疑滯可觸類而通矣

凡夫之知周乎大尺聖人之知無外不了然凡夫之知離無外不了之知則知無所本如喚六尺之知必爲自心則心惟大尺而大尺之外毫無所知如洗蕩此知則無外不了之知終不得矣知不洗蕩此知則無外不了之知亦終不得矣故曰即能知不得徧知離能知不得徧知離即離非不得徧知即離即非不得徧知此聖人萬古不欺之言也

大抵衆生之機不越四料簡有高而不能下者有下而不能高者有不能高下者有能高能下者善教者隨機引接

夫真心明淨本自圓照照極昏生瞥成業相由是轉現頓與冥然能所然而智相未起猶無分別因不了現相從自心生妄生分別分別即智相也智相即是意識種種愛憎千態萬狀變幻無常妄分疆界若無意識而眼耳鼻舌身之五識雖各寄根各守分限然皆無分別既無分別五本無五則眼耳等識言一亦可言五亦可六根不能互用總因意識橫計眼則能見耳則能聞等意識若空則眼耳識等終日見聞未嘗見聞以無分別故凡有分別即有能所能分別者是心所分別者是境心境角立物我紛然故迷彼明淨所以一箇精明分爲六用眼乃見色耳乃聞聲精塵交互妄生妄滅無有了期故眼離明暗則無見體餘五亦然見體既無誰明塵相塵相既無見體亦無塵見雙亡元一真心此箇真心情生則轉爲根塵情空則根塵元是真心根

塵眞心迷之成二悟之元一只此一名待二乃有二若不有一何所寄譬如說箇不可得待有可得有此不可得始有可得若無不可得可得亦何所寄則前所謂業轉現三相及智相復歸元眞蓋迷元眞而有此等悟此等而顯元眞此等元眞不是兩物譬如一箇醒人少有昏生雖聞外聲又不明了雖不明了又聞外聲喚他作醒實不明了喚他作昏又聞外聲到此境界謂之昏醒相半有人喚之則隨醒邊無人喚之則隨昏邊既隨昏邊外不了境內不作夢昏然而凝能所未成少頃入夢能所則有初者謂之證自證分二者謂之自證分入夢則分兩分能見者謂之見分所見者謂之相分法喻參合理自曉然

色生處即是空生空生處即是色生萬法雖廣無越空色苟能洞達色空則無塞非通無通非圓圓則理徹事窮佛祖聖賢便可同一鼻孔出氣矣

根塵非物妄想成迷妄想元空根塵成滯余以是知根塵非妄想而不有妄想非根塵而本無不有則山河非礙本無則念慮非知山河非礙則無往而非身念慮非知則無往而非心無往而非身則塵塵刹刹皆功德之聚無往而非心則念念心心總妙應之機情與無情本來一片佛與衆生元非兩致是以衆生笑語即如來圓極之談諸佛梵音即衆生詼諧之語或謂我但按指海印發光或謂我謦欬涕唾皆西來意眞不我欺自是衆生不了自心非幻成幻直下知歸本來成現雖然造斯玄極功由慧力譬夫觀語實相者究語

所從若生於覺觀外無匡郭則音韻不成若生於根器內無覺觀則鼓擊無由反復推窮兩端不有二既不有中又何來當體無依豁然獨露如是則豈五目之能窺四智之可測哉

示第子

修行易而悟心難悟心易而治心難治心易而無心難無心易而用心難如倚門傍户者不可與語此也學佛者倚傍釋迦學儒者倚傍孔子學道者倚傍老子離却倚傍露地上立脚如師子王徃返遊行跳躑自在了無依倚唯悟徹心光者信手便用若定上座從臨濟來或問如何是禪河窮到底定即搊住擲向橋下有同行者解之定曰若不是這老凍膿直教禪河窮到底定可謂信手便用者矣如是之用出世即名爲佛經世即名爲儒養生即名爲老彼倚門傍户者譬猶賈舟自無勢力假冒他勢扁其額曰某翰閣某部寺某臺諫以欺誑一切不知者鮮不望風而靡若彼真主卒然相值則所冒扁不唯不敢炫耀而且覆藏之不暇矣嗚呼男兒家頂天立地睜眉努眼高談濶論孰不自謂聖賢豪傑之徒一朝撞着箇没面目漢子將無孔鐵椎輕輕敲擊未有不眼目動定支吾不及如是而安望其能知四難之旨乎

皮裘子曰外離無合外合無離離由合生合由離起以離推合合無所從以合推離離無所自至人知離合無我遂推至於遠近無常古今無待也是以先天而生不爲老後天而降不爲少近取諸身既其然矣遠取諸物未始有二道焉於六塵之中就觸塵推之如此

然受杖楚者不能究痛之始終則不免魂驚骨駭酸楚入心雖息斷形消神遊氣散而能知者尚抱痛取生生隔世矣而痛猶歷然或自祖而傳於父自父而傳於子子孫相繼積五代而痛始化嗚呼衆生積情情積成堅至於賢女化爲貞石萇弘血化爲碧推其所以然之故始從迷性爲情情積而萬化無恒故變化者不出乎有待有待始終之別名也智者知其如此直推痛於未痛之前於既痛之後始終了無受痛之地正當痛時以勇秉明應念化痛爲樂痛化則在有而能無樂存則在無而能有在有而能無可以卷舒塵刹於毛孔在無而能有可以展毛孔而吐山河也故曰善觀察者即一塵而入佛智乃今以觸之一塵始於離合相推延而至遠近古今靡不達也况入塵塵三昧者哉

一切寤時於有色處則見色於無色處不見色此天下之常情也一切夢時於無色處則見有色於有色處不見色此亦天下之常情也惟達道者以夢時無色處見色之情驗寤時有色處見色之妄皎如日星更有何惑哉夫馳情縱想則情愈滯而惑愈深繫意念明則澄鑑朗照而造極彌密心如水火擁之聚之則其用彌全決之散之則其勢彌薄故論云質微則勢重質重則勢微如地質重故勢不如水水性重故力不如火火不如風風不如心心無形故力無上神通變化入不思議心之力也心力既全乃能轉昏入明明雖愈於不明而明未全也明全在於忘照照忘然後無明非明無非明耳乃幾乎息矣幾乎息

者慧之功也故經云無禪不智無智不禪然則禪非智不照照非禪不成大哉禪智之業可不務乎

僧問臨濟見大愚還如何黄蘗便知渠大事已徹師曰寒者得酒顔面生春飢者得飯精神發悦况醉無上醍醐者哉

包萬物者天地也包天地者泰清也包泰清者知是何物有物則不能載有形無物則功何所存知則不疑疑則不知不知而不求其知終不知矣人爲萬物之靈知愚知賢知寒知暑知香知臭知古知今於是物也而獨不知人果靈乎不靈乎

般若者眞智慧火也凡夫二乘皆有而不皆善用之或執有或執無知有知無所謂眞知也眞智慧火觸有有壞觸無無壞矣

因境有之心凡有而聖無惟無生之心聖凡共有凡有而聖無者有待之影也聖凡共有者無待之光也向上一路則又非無待有待可能彷彿惟本色衲子鼻孔在手所以生殺自在聖凡交馳正與而奪正殺而生夜光在盤其宛轉横斜衝突流轉不可以意得之惟其不可以意得者不可以即知求離知求非即非離求

因送亡僧骨入普同塔問大衆曰此把骨頭與天界寺佛牙且道是同是别同則凡聖不分别則心外有法速道速道衆無對良久曰一入普同僧海裏慈悲波浪潑天香

饑渴燒心令人熱惱幾死少得飲食濟之便覺無限清凉不求而足殊不知饑渴之初有不饑渴者存焉但肯徐而察之如池開水滿

月忽現前豈待傍人指點然後見哉雖然衆人以飲食男女生饑渴自衆人而上者以功名生饑渴或以義理道德性命生饑渴雖復高明與卑暗之不同而饑渴之前者未始不同也故君子急以聞道爲前茅

夫空色一條而或兩之兩之者人自兩耳所謂一者果兩乎哉然一若不兩則萬物奚源兩若不一則衆人絶梯聖之階矣故曰但願空諸所有愼勿實諸所無

梧桐壯風芭蕉壯雨梧桐芭蕉產於地而風雨來乎天如風雨不資乎兩者之善壯則飄風驟雨乃知其威而微細時桐蕉雖有若無也故曰天不資地無以生地不資天無以長夫有形之大者莫過乎天地尚必相須而能成其體故毛蟲羽蟲苟無雌雄則其化也易窮今有人於此進道德而退勢利殊不知微進則退無其母微退則進無其資若然者道德勢利初非兩物也惟善用者勢利皆道德也不善用則道德隱然流而爲勢利昧者不知也是故道不足則以德濟之德不足必資乎仁義仁義不足必流於刑名惟聖繼聖則不流降是吾不得而知焉

古之憂天下者以飲食男女爲大欲思欲治之殊不知憂其一而不憂其二者也夫飲食男女若無能知則相悅之地甘味之本無由矣能知之不憂而憂所知是不知類也然能知難破類油入麪以其習熟成性苟不能洞明本心以無我而靈者治之則油終不出矣今天下號稱講道者不知能知是賊豢養無法又力滋培之所謂無我而靈者亦終屈而

不伸矣更有甚者認能知爲主人公爲見性爲良知噫喚奴作郎何其甚也夫螻蟻之知能周芥許鵾鵬之知能周數千里然究其所從名有大小能則一也故曰剖一微塵出大千經卷非聞道者不能焉如龍聞以神蛇眼聞牛鼻聞根易而聞不殊則能知者可以類推矣

一身九想初皆强觀强觀力熟應念俱見見脹則惡見壞則恐恐惡難堪計棄此身如厭死蛇腥臭逆鼻魂夢觳觫況復眼觀行者至此欲覓淫心等焦穀芽如石女兒十方推求五内徧搜一切毛孔往復搜剔臭穢薰蒸淫念何地惟求一死乃快吾意一想力成慾海頓枯若彼諸想一一成就何穢不滌穢想既爾淨想之因初無定相一微之忽忽而隨流流而不返計臭爲香由忽積刻由刻積時由時積日由日積月由月積歲由歲積刦由刦積迷如油入麪情不復性麪難出油一迷永迷覺路昏黑愛欲爲命升沉萬端六道板築三塗習熟刀血火燒飲食衣服苦痛無量徹心入骨聖人哀之教即此想强觀不淨不淨功圓顛倒習化即蛇而龍即凡而聖長揖苦趣生死縛解無我之樂樂無有盡逆推其功由一想始

發揮談論是文字般若能勘破身心迷情是觀照般若佛與衆生同體是實相般若

此心本來喚識不得喚智不得故曰說是一物則不中柰何無性隨緣瞥生一念自爾之後三細六粗次第名焉所謂大圓鏡智者法身上用平等性智在凡夫時名染污識此染

污非是外染污謂其計八識見分爲我究理言之見分實非其我以其横執而計之爲此識體此識體以我爲主即生癡見慢愛謂之四惑此四惑不比六識煩惱動心發念乃生乃是莫知然而然凡觸境界自然而憎自然而惡此習最細又喚做俱生無明此就染言也若就淨言之六識作法空觀即七識法執自伏如六識作二空觀久六識自轉爲妙觀察智久而精進觀力漸猛即七識我法二執溶然冰銷成平等性智至於八識及前五識化爲大圓鏡智成所作智此二智在果上一念相應時轉不涉階級者也前所謂三細六粗者八識之異稱也由是觀之莫愁八識不成大圓鏡智五識不成成所作智但要六識上著得力見得透日積月深自然轉識成智六識既轉成智不坐頂墮加功不已七識自然轉平等性智此二智在凡夫最初發心出世一念至於第七地是其收功也至於八地九地十地及等覺皆無功用到也

比來佛法大患患不在天魔外道患在盲師資七大錯耳一者以爲禪家古德機緣可以悟道悟道斷不在教乘上我且問你安禪師讀楞嚴破句悟道永嘉看維摩經悟道普菴肅禪師英邵武皆讀華嚴論悟道你謂唯禪家機緣可悟道教乘不可悟道豈非大錯二者以爲知見理路障自悟門道不從眼耳入須一切屏絶直待冷灰豆爆發明大事始爲千了百當一得永得我且問你當世黑白中誰是有知見理路者你若果檢點得一個半個出我也不管他悟道不悟道敢不惜之只

恐亦不多得一日王介甫問蔣山元禪師曰教外別傳可得聞乎元曰公有障且以教海資茂靈根更一兩生來乃可耳今人去介甫遠甚尚未解爬先學走豈非大錯三者以爲念佛求生淨土易而不難比之參禪看教唯此着子最爲穩當我且問你淨土染心人生耶淨心人生耶半淨半染人生耶全淨心人生耶若染心人可生淨土則名實相乖因果離背若半染半淨生淨土者吾聞古德有言若人臨終之際有芥子許情識念娑婆世斷不能生淨土若全淨心生者心既全淨何往而非淨土奚用淨土爲如是以爲念佛一著子能勝參禪看教豈非大錯四者有等瞎公雞聞眞雞啼假雞啼皆倣效作種種聲以爲動念即乖本體思量便落鬼家活計況復有

言乎我且問你此等見識爲是解爲是行解則何乖動念何病思量古人有五斗米飯熟後方能酬一轉語亦不乖本體諸大禪老皆許其悟徹又曰思之思之鬼神將通之非鬼神通之心開而明也思量何傷觀音聞思修三慧熏化一切你偏以思量爲病豈非大錯五者人生未必無欲有欲能制而弗隨非賢者不能又有縱而不制者頗籍多生慧種稍涉獵教乘或得一知半解即眼空一切以爲古人造理不過如此本來無事何必別參於逆順境風之中又東飄西蕩作不得一毫主宰我且問你古人見得即用得着你這般沒頭腦即見得用不得尚未夢見敢無慚無愧莽撞說大話徒招苦報豈非大錯六者三教中人各無定見學儒未通棄儒學佛學佛未

通棄佛學老學老未通流入傍門無所不至我且問你你果到孔孟境界也未若已到決不作這般去就若未到儒尚未通安能學佛佛尚未通何暇學老又有一等人謂佛家道理先是義利關頭便見不明白何況聖道且其書汪洋汗漫卒不能摸其邊徼不如各守已道却不省事我且問你你悟佛心否若悟佛心心自無疑無疑則無悔無悔即入信今你不愧自已天機淺陋反疑佛經豈非大錯七者在家出家之人較唐宋黑白天淵不同唐宋時人若裴休蘇軾於宗敎兩途並皆有所悟入或一句一偈讃揚吾道猶夜光照乘千古之下光不可掩槩然與佛日爭明即吾曹或與之酬酢若韜光禪師荅白樂天偈寂音尊者酬陳瑩中之古詩亦自風致有餘至於碑文經序雖長篇短述不等然與修多羅若合符契非眞得佛心者孰能臻此至本朝自宋濂以來能以語言文字讃揚吾道者不道全無敢謂亦少盖唐宋諸公與方外人遊俱能超情離見裂破俗網罣得失榮辱於空華之中心心相照如兩鏡交光相似故其遺風餘烈後人自不能附贅嗚呼以情求道所謂首越而之燕也去情求道所謂離波而覓水也若人於兩者之間別有出身之路不涉忌諱管取不參禪不看敎敢保他悟道有日如以兩者之間立脚跟不定不若做個長行粥飯人豈不是好又今之僧俗或親師訪友未見師友之心便乃揣摹卜度某師不過如此某友亦不過如此此心既生則雖如來復起亦不能利益渠矣況其他乎凡親師訪友

譬如摘桃寧暇管其樹之曲直唯在桃美而已若然者親師訪友剛以情識求道豈非大錯如是七錯我也是趂口胡說一上不知黑白賢豪以爲何如然此七錯亦是醍醐亦是毒藥能善用之毒藥未始非醍醐不善用之醍醐未始非毒藥我又問你此七錯一念未生時着在何處一念已生時着在何處若人辨得出老漢與他提鞋挈瓶有日在如辨不出不可草草惹他明眼人笑你去

念非忘塵而不息者蓋念與塵如形與影若謂形先而影後影先而形後形影本非能所此皆未了心外無法而隨情穿鑿者也夫心外無法法外無心然心法若似二者何哉良由以理照之則心外無法法外無心以情分別則物我抗然難以消釋橫謂見前分別者我心何疑見前所分別者彼物何疑物我橫執積執成堅堅塞十方何往非執辟如蜂窰初無中邊嗚呼此執之累我遡流窮源自無始以來至於今日猶澆水於冰冰日漸厚堅者不化而厚者愈堅如是積習堅於大地厚於須彌若欲破蕩苟非了悟本心目前無待於境緣逆順中痛以無待之光智慧猛火燒然力深則此習千佛出世終難化也靈潤法師野火四來無逃避處同行逸散潤師即作唯心觀禦之以爲火寔自心豈有心能燒心之理此觀稍入火即潛息此乃破蕩堅習之樣子也如是而塵自忘而念自消塵忘念消本心始全以全應物物無不順物無不順雖應無應應而無應則古今中外誰物誰我即如以我周旋於我我外何物以物周旋於物

物外何我故曰艮其背不獲其身行其庭不見其人也此葢自遠而習近者之能事也如得近者篤近以接物則此道光大矣 示學者

圓顱方服頂冠束帶謂之黑白之徒此兩種人或由儒而入佛由佛而入儒或終不相入或相入而變化無窮儒亦可佛亦可此之種種迴而上之云何忽生之前譬如大火聚上無一可泊泊則焦爛不旋踵矣故曰衆生攀緣之心處處能緣唯不能緣於般若之上由是而觀以攀緣心學出世法出世法皆攀緣也以無攀緣心學世間法世間法皆般若也今有人於此謂文字語言不足以見道惟叅禪究話頭足以見道如文字語言不足以見道則永嘉讀維摩經而悟六祖聽金剛經而悟普菴肅看棗柏華嚴論而悟天台智者讀法華經得旋陀羅尼三昧如此樣子難以廣舉又宗門機緣皆諸祖舊案苟得其人據案則典刑可步賞罰可行照用不惑綱宗在握於喑嗚叱咤之間棒喝雷霆之下偷心頓死活句縱横苟不得其人所謂千七百則葛藤翻成魔繞一遭纏縛萬刼難解何以故見刺入心故古德有言曰文字語言葛藤閒具本無死活死活由人活人用之則無往不活死人則無往不死所患不在語言文字葛藤顧其人所用何如耳又外語言文字而求道者即語言文字而求道者世人謂之宗敎宗敎既分各相非是一則以爲宗可以悟心教惟義路義路惡足明自心哉殊不知精義則能入神入神便能致用悟心亦精義之别名故宗門大老有大機大用苟不入神機用何自

故曰解得佛語祖師語自然現前眞萬古之名言也常黑庸白菽麥不辨雌雄未識妄自謂文字語言我不必求之離文字頓然超悟者吾始快心如此之流眼中親曾勘驗十個却有五雙都懷此見不化管取佛語終不精佛心終不明兩者旣無所入復旁搜曲問雌黄諸方某善知識如何某善知識不如何一旦利害當頭死生信急如何不如何亦總記不起了況能死生自在乎故曰憂不深不免忽畧病多太細求猜刺鬼在我願一切黑白賢豪敎不可不精宗不可不明敎精則佛語我語也宗明則祖心我心也到此田地即佛入儒即儒入佛終不相入無可無不可自知用處誰搖動得汝雖然猶是途路之勞向上一着猶未夢見在 示法屬

紫柏尊者全集卷第三

音釋

瞥 匹滅切篇入聲暫過目也 体 部本切音笨性不慧也 涔 鋤林切音岑 齦 魚巾切音銀齒根肉也 齶 逆各切音噩齒斷也

紫柏尊者全集卷第四

明　憨　山　德　清　閱

問汝一歲之前多少歲數汝答一歲之前父母陰陽交會如未交會又問汝父母兩家念頭不動則陰陽交會境界又在何處若曉得父母念頭未起時則汝之歲數多少必定知得下落如這一點不曉得便是買檀香雕佛佛終不解放光若透徹了這一點即狗糞雕佛也解放光破汝覆盆之暗且人生幾何苦多樂少生死不明一息不來驢胎馬腹又恁麼撞去了可不哀哉古德云三塗一報五千刦得出頭來是幾時我則曰出得頭來休要問五千刦裏細尋思 示鍾生

師問子今現在之身惡得而有對曰假借四大而有問曰四大未聚之先子身惡在對曰身本無有問曰四大既散之後子身惡在對曰亦無有師舍然大笑曰子求身於四大未聚之先既散之後皆無有獨現身假借四大而有以理推之得非兩頭無而中間有乎兩頭既無中間獨有恐無是事子當熟推之先有中間而有兩頭耶先有兩頭而有中間耶倘推之精熟觀智剖開子然後再來爲子痛究子心又復何在如究身未精即乃究心心終不精故曰審名以精義精義以入神入神以致用此東方聖人西方聖人必由道也故顔子則隳肢體黜聰明老氏則曰吾有大患爲吾有身若吾無身何患之有又曰介然有知行於大道唯施是畏老氏亦東方聖人也若究其所歸本與儒同宗昔人曰老氏之學源易謙卦也雖然窮生死之故究性靈之極

設不學佛終難徹了何以故盖窮靈極數之學茍非滿證自心事理無礙者終未易明也事則屬數理則本靈窮其理而遺其數則謂之乾慧極其數而昧其理則謂之忽本若夫瑜伽唯識乃極數之書也華嚴楞嚴窮理之經也數理俱精如不透禪宗乃葉公畫龍耳豈能與雲作電哉故學究身心者身不精則有生死榮辱之累心不精則有好惡是非之攻故曰究性與命自身心始如忽身心而不究雖讀五車三藏終與身心何益哉示阮堅之

聖凡無門門啓迷悟迷悟無本本於自心自心不明以耳聞聲則信以眼觀聲則疑矣雖然以耳聞聲則好惡皎然以眼觀聲則好惡何存於此了知毫無疑惑方信不惟大士能以眼觀音人皆可以眼觀音也嗚呼前境不化而融能根不解而脱此邊解也如融與脱功若不眛則境與根未始非本也功若可眛則又聖凡不辦始覺無功矣安有是處哉示李聖奉

婆伽婆入於神通大光明藏不二隨順現諸淨土與大菩薩摩訶薩十萬人俱其名曰文殊普賢普眼金剛藏彌勒清淨慧威德自在辨音淨諸業障普覺圓覺賢善首法菩薩等共入神通大光明藏嗚呼是大光明藏豈婆伽婆與諸大菩薩獨有之而一切衆生果無分耶雖然一切衆生迷無我靈知而認攀緣有我之知爲自心是以貧女宅中之寶藏窮子衣裡之明珠現有而不能用一切衆生皆證圓覺此我婆伽婆之語也昔人以具易證眞淨文禪師呼爲糠臭奴以文字義理障自

本心佛語猶疑而不信妄攺聖經則其所悟可知已故曰不涉情解當處現前凡聖路斷則所謂婆伽婆與諸大菩薩爾時向甚處安着用光曾叅道人於長松蘭若且自願持大方廣圓覺了義經始而讀讀而成誦既成誦已則持之不假卷帙用光能泝而上之初則假卷帙再而棄卷帙成誦誦而能持持而能精精而能入則所謂神通大光明藏者與婆伽婆諸大菩薩磕頭撞腦時果有分別耶如簡擇得出則不妨他日流水野雲桃源城市驀然撞着始能商量賢善首老漢流通之句時光能幾聲色關頭神通光藏脱被埋没則生不若不生也用光勉之體之示邢用光

夫華嚴大典雖文豊義博實雄他經然其大意不過四分四法界而已一念不生謂之理法界一念既生謂之事法界未生不礙已生已生不礙未生謂之事理無礙法界如拈來便用不涉情解當處現成不可以理求之亦不可以事盡之權謂之事事無礙法界行者能信此解此行此證此總謂之四分也又事理無礙法界自大典東來幾千載而黑白諸豪傑莫不以爲此經是根本法輪皆研精殫思疏之論之至於事事無礙法界則如子闢父名終不敢稱謂縱有强發揮者亦不過以理融事事始無礙若然則大雄氏於事理無礙之外設此法界豈不徒然也耶又帝心之與善慧或曰懷州牛喫禾益州馬腹脹天下覓醫人炙豬左膊上等語乃不過旁敲耳夫帝心善慧皆文殊彌勒再來彼二大菩薩於事事無礙法界亦惟旁敲不敢正言今子書

是經於青山白雲之間可謂大有勝緣也者知子前三法界可以智識通之末後一界子若不離智識而求之則終難入矣且離智識而可求之則土木偶人亦可求之矣何待子求子若求而未通未通之處正好猛着精彩拚命求之如命根忽斷則子所書之經譬如塗毒鼓擊之發聲有心無心聞者皆不旋踵而死死後復活再來印可未晚也示麟禪人

活人之身固仁矣尤莫若活人之心爲不可思議也活人之身以藥活人之心以法藥則有無難必法則自心即是初非有無可限者也又心不活心如水不洗水何以活之能悟此即佛醫耳如有疑即不可放下疑極更疑疑若忽破方可論醫示陳醫生

夫饑寒之於榮辱貧賤之於死生天下莫不以爲患嗚呼知其爲患而不知患之所自是之謂迷迷則不覺不覺則不能返既不返則自生至死莫非背本而行殊不知一生背本乃至於無量生如能直下返照達本忘情情忘則煩惱根拔煩惱根拔前所云患之所自得矣得而治之則皮煩惱立地根抽始乃治肉煩惱骨煩惱嘻皮煩惱抽則六通縱任無爲山壁由之直度此謂枝末無明盡也枝末無明盡其靈用尚乃如斯況骨肉煩惱盡乎此三煩惱世人名尚不知惡知其義義既不知惡知其理理既不知惡知其道而所謂德者尤不知矣夫名者義之筌也義者魚也義有衆多會而通之之謂理理而行之之謂道行而功忘之謂德今欲治身心而名義不辨毋乃徒役其名徒役其名計治而有效不亦

癡乎即如有身則有饑寒之迫次之榮辱再次之莫大乎死生又有心則有好惡順我則喜逆我則嗔自是而後則有不可勝言者矣故我大覺聖人示之以毘舍浮佛偈如讀而成誦誦而推義推義會理理會可行行則有證（示賓上人）

夫貧者思富富者思貴貴者思安逸安逸者思不死殊不知從思有生從生有富貴貧賤勞逸以至萬有諸苦不可勝窮也故欲濟苦海者必以無思爲舟楫而彼岸始登焉然思不能自無必假聞道以無之道不能自聞又必假緣因爲之汲引乃可聞耳夫緣因者誠諸佛之母衆聖之資以相好爲因緣者如觀德人之容而鄙吝自消之類是也以音聲爲緣因者如一言之下心地開通之類是也又以聖教爲緣因大善知識爲緣因善友法侶爲緣因以逆境爲緣因以順境爲緣因或以精進勇猛剥皮爲紙析骨爲筆刺血爲墨寫大乘聖典爲緣因故曰佛種從緣起如是種種緣因雖皆聞道之助唯最後刺血爲墨書經緣因最爲超勝但衆生身相執重蚊蠅微而嘬之尚不勝怒而拂焉使之不去不已況以利針刺指血流心驚而能挺然忍痛得終勝緣苟非素常信心堅篤識見超羣者豈易爲之唐貫休尊者題楚雲禪師血書法華云剔皮刺血誠何苦爲寫靈山九部文十指瀝乾成七軸後來求法更無君法燈當痛歌此詩數十遍則身執自輕矣身執既輕此經不過五千餘字書之奚難哉（示法燈居士刺血書金剛經）

夫吾曹於日用之中不以無我我所之光照

破交錯憎愛之境雖處幽閑寂寞之濵無異乎馬足車塵之地也故曰但自忘懷無往不妙（碧雲寺語如奇等）

予讀東吳支謙所譯阿彌陀經始知諸佛頂光有小大不同有七丈頂光一里頂光百里頂光乃至千萬里頂光唯阿彌陀佛頂光殊勝無量攝山栖霞寺寺背有千佛嶺嶺有巖龕如蜂房螘穴高低曲折累然布列其佛身量亦有大小差别先是齊徵君明僧紹請法度禪師講無量壽佛經感天雨四花夢覩佛容於是徵君據夢所見覺後令鑿山成像若干尊功未半而徵君逝矣其子某臨沂令繼父志完之自齊迄元將千載其間寺之興廢佛之成毀皆因緣會遇耳金兀朮屯兵攝嶺將戰禱佛冥佑及戰敗績怒令諸將曰佛既不福我祐賊佛即賊也當毀之雪憤以故巖龕像設無擇大小並遭損或身首殘缺以至耳目口鼻臂腕錯壞見者悲之予雖不敏敢藉如來寵靈并素菴禪伯蒼方丈之奬愛願修補之禪伯之孫名海印者實聞予言即願捐軀圖之嗚呼徵君之奉佛兀朮之毀佛奉佛心也毀佛亦心也用之善則光流萬世反是則惡塞虛空虛空有壞惡名乃滅慎之哉且心外無佛佛外無心心佛情消常光獨露肯心自許矣此光有七丈至有千萬丈及無量國土者非諸佛道别是皆因中所願不同也海印來前予東西南北之人去住無常姑書此以遺若其勉之（書示海印）

一蝨在耳鳴若雷震一蚤在懷攢咬不寧況乃四大毒蛇盤糾一身人不知怖非喪心病

狂土木形骸者孰能堪之至於四蛇相鬪力有强弱勢有輕重火蛇乘勝則心骨蒸燒風蛇敗績則四肢不舉土蛇質重水蛇性寒一有中我寒痛酸麻精神恍惚苦楚萬狀雖名曰人與鬼無異病後思之可懼可驚是以毘耶城中淨名居士示疾說法指四蛇爲大患呼五欲爲鴆毒彈偏斥小歎大褒圓會麁入妙百千伎倆淨佛國土成就衆生若然者病與不病顧其人用心何如耳善用其心大患鴆毒即廣長舌相與何物作病文子不遠數千里抵燕京一旦遘疾將若不起仰藉三寶光被得再生之路病雖漸愈而長途南還秋高木落悲風慘悽行者依依此時能思病中苦惱較今者秋容溢目杖屨飄然不急於此中求箇無疾病方子作箇自在無患人則愧淨名老漢多矣文子來前吾問你正病時有不病者麼文子不能答道人叱咤曰隔江見影橫趨去先後無心分别他文子薦得四大毒蛇未始非四等慈也(示寂言文子)

淨法界身本無生死瞥爾情動十界昭然由粗而精由苦而樂則地獄界因十惡所感餓鬼界因慳妬所感畜生界因癡婬所感人界因持五戒所感修羅界因修善兼嗔詐所感天界因十善所感此六界謂之六凡聲聞界因四諦所感緣覺界因修十二因緣還滅所感菩薩界因修六度所感佛界因修無上菩提所感此四界謂之四聖若由精而粗由樂而苦則不能入佛界者在菩薩界不能入菩薩界者墮緣覺界不能入緣覺界者陷聲聞界不能入聲聞界者墮天界不能入天界者

墮修羅界修羅界不能回心則墮畜生餓鬼及地獄界人界不回心亦墮畜生餓鬼及地獄三界嗚呼一心未生凡聖皆不可得唯淨法界身圓滿無缺一心既生則聖凡判然毫不可昧是以修行之者以十界鏡心凡念頭起處當知自己所入所墮之界如掌中見紋理條然明白如於十惡境上生心即知是地獄界因於慳妬境上生心即知是餓鬼界因於癡婬境上生心即知是畜生界因於五戒境上生心即知是人界因於嗔詐善境上生心即知是修羅界因於十善境上生心即知是天界因於四諦境上生心即知是聲聞界因於十二因緣境上生心即知是緣覺界因於六度境上生心即知是菩薩界因於無上菩提境上生心即知是佛界因然而地獄苦有輕重餓鬼饑有淺深畜生癡婬有厚薄人道有富貴貧賤修羅有强弱天人有優劣聲聞緣覺有巧拙菩薩佛有差級是皆衆生日用業力所感如鏡照面好醜宛然然地獄衆生欣慕餓鬼饑鬼欣慕畜生畜生欣慕人道人道欣慕天人天人欣慕聲聞聲聞欣慕緣覺緣覺欣慕菩薩菩薩欣慕諸佛何啻泥蟠之龍之慕雲霄蹄涔之蟲之慕滄海哉乃有一種癡人厭浮生有限壽樂不常欣慕仙道以圖長壽享樂永久殊不知地獄衆生一念能發無上菩提之心乃至直超菩薩境界況天之與人修羅之與仙乎如在人道中不能發無上之心培佛種子則不若地獄中能一念發菩提心衆生遠矣且地獄之苦不爲極苦女身之苦最爲極苦雖貴爲天子之母自

謂受福無上殊不知訪道名山參禪佛海不若貧賤男子多矣何者女人障礙無事嫌疑多種一動一靜一出一入凡百所爲受人禁縛不得如意貧賤男子則不然但發肯心訪道名山亦由我參禪佛海亦由我遊行千萬里亦由我深山靜坐亦由我高聲念佛亦由我歡喜樂道大笑幾聲亦由我縱横自在去來隨意以此言之則極貴女人不如貧賤男子明矣然要脱女身亦不難但能信得善知識言語透徹反邪歸正旁門小道一頓併掃朝去暮來歡喜煩惱忙閒動靜昏沉散亂種種關頭毫不放過惟以毘舍浮佛頌爲根本話頭於一切逆順境上綿綿不斷歷歷不昧持誦將去如是做工夫做得三年五年若無效驗當來若不脱女身不惟我之舌根當破則十方諸佛廣長舌根亦當破也我發此誠實語汝等不能信受不能以十界照心警策日用墮大地獄現身招苦總怨不得善知識咄三塗一報五千劫出得頭來是幾時

示法燈

夫一心不生有無莫待況有聞見者乎雖然一心既生矣六根既備矣舍是而有入者未之有焉故至人説法或以舌根演之耳根入之或以身根啓之眼根入之以至鼻與諸根循環而闡其微無常而納其妙若然者則凡悲歌感慨唾罵譏訶棘林瓊樹衣冠禮樂鼓吹笙簧飲食男女是非好惡戈矛交加鼓而進之金而退之寂寞雲林喧囂市井皆如來廣長舌相也有入無入顧其聽者何如耳萬曆歲在癸巳春三月十有一日夕陽在峰爐煙凝翠虛堂若鏡心肸澄渟時聞郎趨入肅

拜而立齋頭有身根說法眼根聽受舌根說法耳根見納之語予不覺舍然大喜曰吾子可謂知言矣因援筆書此以廣其義焉示道開

聖人設律所以防奸邪祖制綱宗所以防魔外是以是凡是聖若不打這箇圈圚裡過得縱有些微見地皆非正因故巖頭奯禪師曰但了綱宗本無實法年來去佛遙遠真子簡出在處逐隊成羣胡叱亂叱若遇箇作家拈大明律一條據贓問罪直饒你古佛再來也須納欵況小根魔子者哉雖然如是且道末後又作如何話會天上樂有盡人間苦不窮百年如曉夢莫待醒來空

老漢挂搭清涼山中一日浣禪人白曰浣患熱病幾三月時浣母視病勞頓不堪怨而祝曰這廝何不早死於是浣知母慈不及佛慈多矣老漢不覺愴然久之乃謂浣郎曰汝知言矣然而猶未盡善也佛慈之於衆生雖天覆地載空包萬有亦難喻之況情愛之父母乎父母觸惱至極則怨心猶生衆生觸惱如來遠經塵劫猶且委曲方便慈護之不暇不至成佛終不已也由是觀之佛慈母慈豈可同年而語哉示浣禪人

萬曆辛卯仲秋三日達觀老漢被業風吹到一處名曰華嚴菴菴前有流水菴背有青山青山與流水廣長舌相寒時老漢問浣禪人曰此菴名甚麼對曰華嚴菴老漢從容就上一撥我聞華嚴有四法界一曰理法界二曰事法界三曰事理無礙法界四曰事事無礙法界且道理法界現前時事法界在甚麼處事法界現前時理法界在甚麼處事理無礙

法界現前時事事無礙法界在甚麼處若謂理法界即事法界事法界即理法界此便抹𡐝前兩重法界了也只成得個事理無礙法界若謂事理無礙法界即事事無礙法界則是釋迦老人開事事無礙法界成個有名無實去又四法界中前三法界特爲後一法界作前茅耳是以前三法界饒你透徹了了第四重若過不得不免逢緣觸境種種嬰障礙去此種種障礙亦非天降亦非地湧亦非人與亦非境礙其病根只在事事無礙法界關棙子卒未能掉臂過得此個關棙子非但今時學人透不過去昔有一座主內外淹博於黃面老子所説一大藏教無不指掌明徹於孔老百家亦無不詣極自謂經世出世無不了當且有一條好熱肚腸病天台賢首慈恩三宗及外教侮慢佛法互相氷炭擬作一書折衷三宗墻壍內典適有一禪人問曰我聞座主欲折衷三宗不知座主是誰家兒孫座主曰本宗賢首禪人曰杜順是華嚴第幾祖座主曰是第三祖禪人曰此老有個頌子曰壞州牛吃禾益州馬腹脹天下覔醫人灸猪左膊上敢問座主如何理會座主舌大而不能答禪人曰此是你本宗關棙尚透不過敢折衷他宗乎由是座主發憤參方去達觀老漢即令爲現前大衆再下個註脚使人人省取當下了徹雙林傅大士乃彌勒菩薩化身渠亦有箇頌子曰空手把鋤頭步行騎水牛人從橋上過橋流水不流若謂傅大士頌子與杜順老漢是同則彌勒菩薩乃慈恩之始祖也杜順亦文殊菩薩化身乃華嚴第三祖

也而慈恩本宗相宗華嚴本宗性宗性之與相從來氷炭不相入者如何說同若謂是異相宗如波性宗如水波不離水而有水不離波而顯如何說異又臨濟有個四料揀一曰奪人不奪境二曰奪境不奪人三曰人境俱奪四曰人境俱不奪汝大衆且道四料揀與四法界是同是異謂同則饒你華嚴四法界重重了徹於臨濟四料揀中又透不過謂異則臨濟所傳佛心也華嚴四法界所詮佛語也豈佛心與佛語自相違背者乎老漢生平不耐扯葛藤今日只爲現前大衆於華嚴四法界中如盲人摸象相似乃老婆徹困如此雖然永嘉大師有言嗟末法惡時世衆生薄福難調治聞說如來頓教門恨不滅除令瓦碎嗚呼聖人慈悲之心豈啻天覆地載而已豈啻慈父慈母而已但衆生不悟自心故不知佛心既不知佛心安知佛語宜乎於四法界中撞頭搕腦左滯右礙過在未明自心耳且道如何是自心懷州牛吃禾益州馬腹脹天下覓醫人灸猪左膊上咄莫道是兩重公案疑則痛參去示浣上人

夫慈惠之與謙謹含渾之與精勤深靜之與光明而殘刺之與我慢褊急之與因循輕浮之與昏庸此六者之與彼六者果一物乎果多物乎嗚呼善惡無常麁妙如幻唯了悟自心者能力行善用之雖殘刺亦慈惠也如存我未忘之徒雖慈惠亦殘刺也以此觀之慈惠之與殘刺果一物乎哉果二物乎哉顧其人用之麁妙何如耳故曰善造道者不煩千日之功靡不臻其妙詎不信夫示開侍者

師問本公居常人謂色身有壞法身不壞且道夢時法身在否本曰在師曰夢時身與醒時身同否曰同曰醒時身有壞否曰有壞曰夢時身有壞否曰不壞曰醒時身既有壞則夢時身應同有壞夢時身既不壞則醒時身應同不壞弗爾即不可言同如何甄別

師問本公凡作一字少一畫可成字否本曰不成曰有義否曰字既不成安得有義曰畫全成字否曰成曰有義否曰有義師曰且如身字有幾畫本曰六畫曰義在那一畫本無語少頃進曰義在六畫師曰均等六畫不均等六畫以成其義曰均等曰總均別均若總均則義總在初畫餘五無義別均則畫畫有義散則不成本無語二段俱示本禪人

飲食男女人之大欲故能制大欲者則可與言無上覺道也夫欲之難制甚於毒龍猛虎於是覺帝顧命之際阿難請問佛滅度後四衆人等以何爲師如來勅曰我滅度後凡我弟子以波羅提木义爲汝大師能若是如我住世無異由是觀之則波羅提木义既爲佛子敢弗欽承邇來去佛時遥豈惟山陬海隅僧徒不遵戒法即名山寶地不知波羅提木义是何骨董嗚呼自心清淨戒根本潔自心空寂定水本澄自心明徹慧光圓滿一念之忽無端强照所謂本具戒定慧迷而爲貪瞋癡矣自是從生至死從死至生死死生生纏綿業網升沉靡常或鱗甲羽毛天冠人服苦樂萬種皆曰無明故曰隨順無明墮諸有若不隨順諸有斷若然者無明智慧辟若一指之屈伸耳予奪皆由自心焉用他力顧其人

自肯不自肯何如耳果自肯發心雖至愚之人渴而知飲饑而知食男而知女女而知男既辦肯心即將此知知身非有知心惟名身心解脱則逆順境緣千差萬别皆發揮我自心之光也到此時節智慧尚無地可寄況愚癡乎予以是知人無愚智但在發心不發心耳故智慧之人肯心未發亦與牛馬無異現前大衆已往所作從此無論既經拈鬮以來斷須共遵佛勅杜絶女人無令入寺女人既不入寺自然德香清遠泉石生光亡者得生菩處生者俱獲禎祥少違佛勅死者愈墮生者滅亡現前大衆各各要知好惡必以波羅提木叉爲汝大師無得怠慢無貽後痛（示覺山寺僧衆）

四明天童滅翁文禮禪師往淨慈叅混源不契謁育王佛照光禪師照問恁麼來者那個是汝主人公師豁然領旨異日照再問是風動是幡動這僧如何師曰物見主眼卓竪又問不是風動不是幡動甚處見祖師師曰揭却腦盖照喜其俊邁後松源唱道饒之薦福室中問僧不是風動不是幡動僧擬議即棒出師聞之頓忘前解往叅焉蒙印可師上堂舉楞嚴經云諸可還者自然非汝不汝還者非汝而誰頌云不汝還者復是誰殘紅留在釣魚磯日斜風定無人掃燕子啣將水際飛嗚呼汝看這滅翁老子六歲即知有此事見佛照發之見松源了之及出世爲人一機一境片言隻語生殺自在魔佛膽落辟如淮陰出師霍光立朝節制典刑閉門造車出門合轍故曰叅須實叅悟須實悟用須實用汝三

人既皆割斷世緣同心行脚老漢雖不敏有幾句淡話布施汝等前途作個主杖子也須知好惡始得用去第一句斷得盡第二句做得徹第三句隨分過能於第一句中薦得不唯可與佛祖爲師要見滅翁老子面目亦不難第二句薦得骨取汝等天上人間受大快樂去第三句薦得又不若即就目前隨緣度日亦好何必水雲萬里討甚勞頓雖然古德有言汝有主杖子與汝主杖子汝無主杖子奪汝主杖子且道爲甚麼如此咄妙德菴中辭我去兩行熱淚爲誰流

此三則機緣皆是古人了大事之蘧廬也雖然行在中途卒風暴雨忽然到來亦可以作個躲避苫架免得淋頭澆面去汝三人既取斷得盡第一句則念佛持呪誦經總屬第二句中不知一切果斷盡了我問汝等茫茫行脚畢竟以何爲主杖子辟如樵夫入山不持斧子漁翁入海不持網子將甚麼斫柴將甚麼捕魚汝等黑樓莽撞如此竟不自知可笑可痛老漢憫汝等愚癡忽畧特着當家的持三則機緣授汝等前途作個主杖子大須要知好惡如旃檀不知其香狗糞不知其臭逆境不知忍辱順境不知厭離忠言不知爲我阿諛不知害我如是行脚縱行到頭白老死有甚利益由是觀之莫若不出門好雖然男兒自有冲天志肯落尋常流輩中畢竟此三則機緣不透生不如死

夫心術無常聖凡緣起一切惟其所憑憑諸淨則人法夢空根塵迴脫自心完朗反是則

三塗橫闢萬有沉淪衆苦交纏絆縛終古抱靈男子可不慎哉茲陸生痛染習難除秉勝道場恭伏三寶光中刺指血書戒文可謂嚴以自治慎其所憑者也將由凡入聖博度有情道人血願陸生無忘 示陸季皐

吾聞古皇先生有言曰大凡物有累則力寡如目累於色耳累於聲鼻累於香舌累於味身累於觸意累於攀緣六塵封蔀一心光蔽矣是以地大四塵所成則能載有情水大三塵所成則能載地大火大二塵所成則能載水大風大一塵所成則能載火大由是觀之一塵不立則其力大不可思議焉吾人封蔀六塵而不知覺終古若長夜固有慧力而不知用寧不痛哉 示楚光禪人

夫道心唯微人心唯危微之乗危危之傾微苟無志以持之則微者幾不復矣雖然微果非危乎危果非微乎微乎危乎危乎微乎今有人於此苟有志於道德功名之域不能尊其所謂微者寧惟所願弗克將靡所不至焉噫萬類紛紜唯人最靈不能重此而重彼非夫也 勉馬大之

夫火非膏不延膏非薪不熾或者以火辟神以膏辟精以薪辟形故精竭形腐則神不留矣若然者火未嘗不在微膏與薪則相不可顯故曰相火者火之皮膚也若所謂性火者豈可以耳目聞見之所既哉第貴神而明之耳

古人以衣惡衣食惡食則謂之能甘澹泊大率惡衣不過槲蔴之類惡食不過糟糠之食吾雖不德夏則喜着槲蔴冬則樂服布裘食

則糟糠菜根荳查靡所不甘至於斷食或一日兩日或三日習以爲常畧不經意嗚呼吾雖如是不知後之居喜福者果能踐吾之志否如能之則叢林自然秀茂鸞鳳自然翔集法道自然興隆山門自然無事噫青山流水可以怡耳目貝葉蘇燈可以澄身心天子不得而臣之諸侯不得而友之一介匹夫而能臻此者皆佛光所被也可不自重乎（示喜福寺衆）

自佛法東來天下但知有佛而後有法有法而後有僧殊不知過去諸佛現在諸佛未來諸佛及十二部經皆以僧爲本源也故曰僧者佛法所從出而本源不清則佛之與法有若無也乃僧之本源則又基於性事二戒性戒者洞明自性決了無疑即名性戒事戒者初則根本五戒中則沙彌十戒後則比丘二百五十戒五戒者不殺不盗不婬不妄語不飲酒十戒者五戒後續增不香油塗身不坐高廣大牀不故往聽音樂不手捉金銀生像等不過中食二百五十戒者茲不暇述是名事戒邇來世道交喪凡爲僧者事戒茫然不知況望其洞明性戒乎涿州石經山爲天下法海自隋琬祖以來龍像蹴踏振揚宗教代不乏人逮我明珠林鞠爲草莽金碧化爲泥塗究其病源在吾曹性戒不明事戒不持故耳老漢實於此山有大宿因感慨今昔不能坐視於是命諸檀越贖琬公塔院已贖自隋以來高僧骨塔二百餘座已復思業既失而歸復復而無所守不若不復乃集東雲居西雲居兩寺住持并執事僧等撞大鍾撾法鼓稟報十方諸佛釋迦如來一切賢聖僧思大

尊者琬公尊者諸護法靈聰本寺護伽藍神等授以毘舍浮佛傳法頌聞性戒之本源也次告以根本五戒者培事戒之鎡基也尒等自今而後各宜懺悔前愆改往修來於毘舍浮佛頌始而能讀讀而成誦誦而無間忙閑則性戒有日明於根本五戒勉強受持能千日不犯則盡形壽可持矣噫仰佛寵靈及大善知識委曲提拔性戒事戒果能如車兩輪如鳥雙翅保重不失則運遠騰空有何難哉咄八十翁翁上場來決不是小兒戲爾等也須知好惡則佛本源枯而復榮涸而復溢端在是矣示東西雲居寺僧衆

汝欲他行實爲好事反求古之成大器於當世者無一人不從行脚中來也若不徧遊知識之門歷煉鉗鎚之下而欲成器者未之有也雖然未必常行而不住亦未必常住而不行但當行則行當住則住其當行者或飽食閒居恣情肆欲不行而住其可乎其當住者或逢辣手師承真正道友不住而行其可乎據汝所見以爲世緣擾擾不與佛法相應擬舍而他求殊不知佛法與世緣皆爲餘事於自己分上了不相干不若向擾擾處回頭轉腦看畢竟是甚麼不得作世緣支撐亦不得作佛法會取久而恍然自省則其工愈倍矣如或雖欲行脚求心不息緣念紛然今日某州明日某縣奔南走北目眄心馳至於白首終無成就直須按下雲頭捨着性命歷艱經險面皮若生鐵鑄成遇樂逢歡心志似純鋼打就心不到境境不到心如是則有少許行脚分耳示慈航渡侍者

夫利較名則名高於利名較身則身復親於名身較心則心又密乎身心較性性則復爲彼種種本故曰窮理盡性嗟乎性若可盡則欲盡者果何物哉其所欲者又果何物哉如金剛與泥人揩背而痛癢甚奇但未有知之者殊爲土地恨也 示陸季高

夫玄黄無咎咎生於情情若不生觸目皆道故情有理無者聖人空之理有情無者衆人惑焉古德云一心不生萬法無咎又曰自心取自心非幻成幻法由是而觀則得心者千差皆如膠境者一眞紛擾嗚呼森羅萬象一法之所印所謂一法者果即心而有耶果離心而有耶果非即非離而有耶學者於此苟能諦審觀察觀久緣熟爆然心開則離亦如即亦如非即非離亦如若然者無往而非如矣豈可以萬盡之哉萬如當痛持戒珠無爲五色糞之所埋没勉之勉之 示萬如禪人

夫情未變之初謂之心心之前謂之性性體本具明靜二德以性體無外不能自覺故强照生强照生則明靜之德變而爲昏動矣昏動既作則萬法生焉而變化莫窮也故名無知覺者謂之依報謂之器界有知覺者謂之正報謂之衆生此自本而末也又謂之順流謂其流逸前塵陷於根界夫根塵既備有待鏗然似不可解矣蓋由昏動昧之動散也故又謂之昏散嗚呼昏散果何物哉置我於生死浩然之中顛連長劫痛苦靡窮竟不能擺脱消解使我現前日用之際如處覆盆之下如盪飄風之中無須臾明靜者非天地非鬼神爲之祟究其所以必使我常明反昏當靜

反動人號萬物之靈而昏散之權在彼而不在此所以無我而靈者埋沒不振本明不明本靜不靜皆昏散主之也有志於收放心者苟不能主昏散而受昏散主則收放之功終難建矣故曰欲收放心先究昏散之所以然昏散之所以然既明則昏散之權在此而不在彼然昏散之所以然亦不易明如能明之則由情而復心由心而復性如掌中見紋理鏡中見眉目自此秉明治情譬如挾天子而令諸侯孰敢抗命故曰率性治情非見性者不能又曰聞道易明道難又曰大事未明如喪考妣大事已明如喪考妣眞萬古之名言也苟非喪心病狂者誰不信入依此而行功不虛棄終歸無所得則昏散名定慧不名明靜者聖人盖欲不忘復性之功也此謂之逆流盖逆無明流而入法性海故曰隨順無明起諸有若不隨順諸有離此理昭著雖至愚者舉逆順梗槩示之亦必了然況智者乎又常居飲食後不覺昏沉要睡此斷不可縱情必當以散動倒治之則醒醒後雖熟睡可也其治散亂法亦同良以衆生日用不昏即散不散即昏昏昏散散散散昏昏自無始以來勞敝我如此又一切病患皆生於昏散故善治昏散者百病輕減亦不易老究其所以不過要昏散之權不屬昏散而必屬我要醒則醒昏之不得要睡則睡散之不得始試之於飲食前後終徵之於即昏即散而明止觀由止觀而治昏散昏散復本則所謂明靜之德不待召而至也如問性體待汝鑄昏散成定慧後再爲汝道未晚也示陸季皐

龍乃鱗蟲之長其亦有君臣男女雖深雲重嶂之中而出沒往來大都無常是故吾輩居此當一切起居屙屎放尿赤體不淨之言宜一一戒之則護衛信心自然之理其必不愆者也反是則能久處而無魔事未之有也嘻住茲幽勝受此清祉眞片時直抵百年可不自重自大哉潭柘示法侶

近日人命干連今日舍利臨筵且道誰福誰罪開沉吟師咄曰黑暗女功德天善用之福無邊西雲居示道開

風鼓萬物泉行地中樹動即知有風物潤即知有水豈必待眼見風與泉然後知哉人心固有之光初無內外匪屬生滅無我而靈眼資之而見色耳藉之而聞聲鼻假之而識香舌借之而味不昧身意二根憑之而始有覺與知也濟上曰汝等諸人各各有無位眞人在六根門頭放大光明照天照地總不薦取而取我求實一何愚癡長沙曰學道之人不識眞祇爲從前認識神濟上則以六根門頭昭昭靈靈者即是佛性無煩別求長沙又以六根門頭昭昭靈靈者指爲識神佛性則無我而靈識神則有我而昧濟上乃法海老龍宗門匠石豈不辨佛性與識神耶長沙仰山畏其機峻呼爲岑大蟲豈亦不能辨識神與佛性耶此兩重關去聖時遠無論黑白菽麥不知每認識神爲佛性斥佛性爲識神是此非彼是彼非此即號稱大善知識與老道學者佛性識神尚辨不出況矮人與瞎公雖乎萬佛也不識好惡一味信口亂統不遑顧人喜與不喜但願綱宗明白眼目人天雖殺

身可也巖頭曰但了綱宗本無實法奯公法窟爪牙也不以佛性識神提撕直以綱宗爲已任學者可以思矣盖綱宗曉了魔外防閑不費金湯祖庭自固矣所謂寔法者說理說事說事理無礙說事事無礙說眞祖東來斥相泥心直指人心見性成佛說三藏十二部說一千七百則機緣皆實法也故曰一大藏敎是拭瘡疣紙一千七百則機緣是亂葛藤雖然如綱宗了然則彼種種皆我固有之光也何以故心外無法故古德曰心明則始見性光由是觀之見色則以眼爲眼見性則以心爲眼心見性時如風游太虛如泉潤大地謂之有能所亦不可謂之無能所亦不可何者以風與太虛不可捉摸故潤與土揀擇不出故然非無風與太虛非無泉與土也始光既發心求無上菩提設綱宗不明看敎則受敎瞞叅宗則受宗瞞敎與宗並是出世清淨之法猶皆瞞得始光況飲食男女聲色貨利榮辱場中千竒萬怪不能瞞始光耶且道如何是綱宗即臨濟雲門潙山法眼與洞上密印諸方納子者也綱宗如人將兵符兵符在握則兵多多愈善兵符釋手則一兵不受命矣故綱宗一明即諸佛諸祖或生或殺機握在我況人天魔外耶敎家綱宗如不明理事皆不成就三昧則文字語言與種種義理都謂之所知愚禪家綱宗不明則不能鉗鎚學人死其偷心偷心不死古人謂之鶻臭布衫始光須知佛祖旋陀羅尼智非黑白淺識闒茸所堪留神惟大心衆生可以擔荷旋陀羅尼即宗敎綱宗別名耳始光如旋陀羅尼不

知則心不明且被情奪將恁麼當眼見性乎性亦不難見難在于不能自重能自重凡所施爲自然不敢苟且比來黑白雖號稱譚禪講道咸不能憂深慮遠總來苟且圖个口解脫便了所以識神佛性九箇到有十箇辨別不出識神佛性既辨別不出則率性與率情所以然之說渠安能明了率性則無往不妙率性則無往不麁何以故率性則無往而非無我而靈者用事故率情則無往而非有我而昧者用事故又率性若未見性安能率之如人渴不見水又飲何水惟見性者然後能率性能率性則無始以來一切染習種子現行無擇境緣順逆自然任運而消故曰見性人習氣不消而消不修而修古德曰識得主杖子與汝主杖子一任挑雲掛月撥草瞻風識不得主杖子奪取汝主杖子直教汝扶籬摸壁去此即率性與率情樣子也亦綱宗中不得不料簡者脫不料簡則佛魔不辨矣又率性不昧則始受用得本有光明受用得本有光明謂之密以此密能料簡防閑魔外謂之印曹溪因惠明問曰此外有密意否曹溪曰密在汝邊若始光問萬佛此外有密意否萬佛則曰玄沙破砂盆是密意臨濟乾屎橛是密意雪峯滾毬是密意曹山木蛇是密意溈山水牯牛是密意躭章和尚墮字是密意始光若謂破砂盆等是無義路句此乃近時魔外見解如此若謂別有義路且道畢竟如何是他義路如於此透不過去則樹動不識風地潤不識泉可知矣風與泉佛性之譬也動與潤識神之譬也譬喻乃象之小者也始

光如能玩象得意則識神與佛性一任安名賞號了無過咎如意未得則句不活句不活則不能洗光佛日且道佛日懸在何處咄除却覆盆求燭照斬頭覓活太癡生（示始光）

紫柏尊者全集卷第四

音釋

黜（尺律切音斥貶斥）膊（伯各切音博肩膊）螘（語綺切音擬與蟻同）

豁（呼括切音豁空大也）辣（朗達切蘭入聲味辛甚也）闒（託甲切音塔闒茸）

紫柏尊者全集卷第五

明　憨山　德　清　閲

原夫無事生事薄福所致薄薄福從從于般若不明故曰愚癡者招畜生報畜生則去餓鬼不遠餓鬼去地獄不遠此從高而下也若從下而高則由地獄升至餓鬼由餓鬼升至畜生由畜生升至貧賤人由貧賤人升至富貴人由富貴人升至學般若人以此而觀從高而下不過隨順愚癡從下而高不過隨順般若而般若愚癡初非兩物譬如波之與水耳比來清平世界忽搆此大謗大疑大危雖復邪黨橫駕由理而推亦是我曹日常世出世路頭交遊不甚清楚皆坐庸常坑中憂不深慮不遠憂不深慮不遠自甘坐于庸常坑中究竟所以根不重般若之故是以無端招此疑危今既推根究本知其所由若不等一痛切捐頭目腦髓莊嚴般若境緣順逆煅煉般若捨身受身于出世常爲佛種前茅于世中常爲忠孝前茅如是痛悔如是立志是爲正觀若不如是即是邪黨非佛眷屬非忠孝種子又莊嚴般若之中唯刻藏一事最爲肯綮有識無識直下易見者無俟吾言 示弟子

梁元帝在會稽年始十二便能好學時又患疥手不得拳膝不得屈閉齋張葛幃避蠅獨坐銀甌貯山陰甜酒時復進之以自寬率意自讀史書一日二十卷既未師受或不識一字或不解一語要自重之不知厭倦義陽朱詹世居江陵後出楊都好學家貧無貲累日不爨乃時吞紙以實腹寒無氊被抱犬而臥犬亦饑虛起行盜食詹呼之不至哀號動隣

猶不廢業卒成學士官至鎮南録事參軍爲奔元所禮嗚呼一則帝胄之尊童稚之逸尚能如此况于士庶冀以自達者哉一則貧困到骨猶呑紙實腹竟不廢業今吾曹藉大覺老人之靈寵家山徧十方衣食可終老不以寸陰自惜而飽食横眠遊談無根以消白日較諸梁元帝朱鎮南猶斥鷃之匹大鵬也且彼世間之學一期報受不啻漚華空影能精勤克勵置形骸于度外寶學問若珠璣必冀成名而後已吾曹變形毁服割情絶俗爲求無上菩提一生不克則再生再生不克必至于無盡生克則始已而志不逮梁朱譬如求石女生兒層冰中覔火餤安可得哉邇來去古逾遠風俗愈薄出家兒成羣逐隊游州獵縣上則以爲山水可以益道心終年貪觀無厭中則持半扇破瓢披一領重衲以爲如是則謂之修行矣下則猶有不可勝言者所謂禪之與講不知是何等味又有一種野狐魔子記得一兩端因果便謂我通講矣學得幾句没把柄話便謂我解禪矣逆而推之法門之弊一至于此者大抵爲師者最初一念斷不真實爲生死出家爲弟子者最初出家一念亦必不真上下既皆不眞豈有不眞之師而能教真弟子哉豈有不眞弟子而能親近眞正之師哉用是觀之祖道下衰固其所也若幸童真出家即居名山又得親近諸大耆宿于清涼山朝薫夕炙等閑叱吒鞭扑之間轉常情爲智光移染習爲淨習所讀者皆佛祖靈篇若不能外形骸以道自勝積微成著受滴爲海徹巳躬大事大報佛恩則生一日

不如蚕死一日也讀顏氏家訓示修聞

天上五衰未足爲苦人間八難亦未足爲苦至于幸而爲人乃受女身是則爲苦故諸佛菩薩以女身爲鴆毒坑爲惡蛇窟鴆毒坑邊不幸失脚慧命立斷惡蛇窟中不幸共宿毒氣入心雖有盧扁亦難救療是以古德有言曰寧爲貧賤男子莫作富貴女人何以故女身爲天下猜疑之本毀謗之媒故名山道場村墟精舍或安禪講佛子所聚法雷震天慧日光耀諸佛慈念鬼神護持貧賤乞兒往來求食無有阻礙凡諸見者生憐愍心起周濟念如有女人暫入道場一切見者聞者不推其來意如何即皆生疑卜度人既生疑因疑起謗因謗集禍道場以此光輝頓滅法雷以此消聲僧衆以此人不敬仰譬如毒果一枝三蒂滋藉而成由是觀之則貧賤男子勝於富貴女人萬倍無可疑者故女人學道先須審察自已若身若心有何心行今受此身此身何故致人疑謗于此兩者推究明白即知前生心多欲念今受此身既因欲念而有欲念如花此身如果若欲無果先斷其花雖然衆生業重習深知而故犯以故鴆毒坑中終難出離惡蛇窟内甘自長眠豈但女人不能翻身奮出堂堂男子猶且視之若登春臺不思厭離若眞心學道欲出生死者聞我所言必痛哭流涕莫能自已如聞之若不聞吾知其驢胎馬腹鳩鴿鳥雀斷一肩荷負有在然雖如此我豈忍坐觀成敗亦不免發一片好心爲汝作一種出苦方便諸方便中唯有觀身一著最要緊先觀我身皮肉筋骨因

何而有涕唾血脉凡諸濕者因何而有凡諸煖氣因何而有凡諸動轉因何而有於此觀察生路漸熟熟路漸生一旦了知我身堅者感地而有濕者感水而有煖者感火而有動者感風而有一一次第還其所感則所謂鴆毒坑惡蛇窟畢竟安置何處于此透脫不妨以五色糞爲廣長舌說法度生有何不可難道男子个个三頭六臂而女人必不若耶其奉讀此言當痛哭流涕精進做去若不爾者學仁代汝求語亦有干係我尋常開示女人絕少因學仁哀求多次書此遺汝轉授行持

凡欲出離生死先須知苦苦若不知不免認苦爲樂既認苦爲樂矣則終莫返一迷永迷出離何期何以故盖不知苦是第一重迷認苦爲樂是第二重迷因樂不返是第三重迷故從迷積迷迷終不解然女人之苦較乎男子苦更重大若要次第剖析其苦雖以大地爲舌虛空爲口亦不能盡是以女人而不先知苦痛拔苦根則枝枝葉葉長到何時而枯且道如何是苦根苦不遠秖汝見前此身便是如直下識破此身則一切不如意事觸將來便不須大排遣自然燒心之火不撲而滅矣（二段俱示女人）

大鑑悟後即曰本來無一物何處惹塵埃牛頭悟後則曰河沙妙德總在心源百千三昧不離當處二大老皆千古宗師也一則如此一則如彼同耶異耶同則兩言若反異則既皆悟心之大老豈不同也哉而黃檗又曰如兩頭捉汝不著則可以免苦樂形相也如黃檗所言則兼遮二大老之言而言也以情而

觀三老之言似難消會以理通之未始不符契焉天如來藏性或以空言則一塵不立或以不空言則無法不具或即空有而言則曰空不空如來藏也大都稱謂雖則種種實而言之即人各本來面目也以此面目可空可有可空不空所以受名别耳然此面目凡夫迷之瞥然而成三惑聖人悟之頓然證三如來藏也夫三惑者所謂見思塵沙根本無明是也以見思故則障空如來藏焉以塵沙惑故則障不空如來藏焉以根本無明故則障空不空如來藏焉余友念公其高足名曰性藏或以蘊眞字之者蓋不知此性有三藏也如以蘊眞之義配于三藏可當不空如來藏耳而空如來藏空不空如來藏皆遺之矣余以是知字性藏者不知性者也或曰大鑑亦言本來無一物此豈舉一而遺二耶予應之曰大鑑指一隅而欲人以三隅反也予改以順南字之以含藏識中有覺義及不覺義故如人三觀圓修則見思斷塵沙破而根本無明由是終拔也故斷破拔則與藏識覺義冥順不違違則不覺矣不覺所謂違門也順無明而逆覺義故曰違門南則虛明之位也喻心覺也藏子果能遵我言而躬踐之即三如來藏者可坐證也示性藏

白刃撼胸則目不顧流矢蓋勢有緩急也如榮辱之與生死事非兩人而緩急先後當諦審所宜直下便判則諸俗套不煩洗滌而自除矣示弟子

執古以御有心妙以了色者良以心術無常憑之有地故滯有則觸處成乘憑靈則圓照

無礙照身則四大所輳照心亦四蘊所成了其所輳身執自消自消之照將之照心四蘊無常無常無主無主無樹一任寒暄本無榮落既觀達此旨逢緣觸境順逆關頭秉志堅精拚命赤身捱得過便是功夫功夫漸熟會色即心色既是心心不防心孤明獨立觸有成功開物成務即智運悲不沈枯寂即悲運智不染塵紛如是行持由微而著則五十五位眞菩提路非四禪四空可匹也示王仲橐

顏平原死不忘君生平所養張睢陽生猶罵賊死到不改所以握拳透爪嚙齒空齦固其所也吾曹參禪不透蓋無二公志耳如有其志悟道一生可辦示弟子

心術無常操之由人是故以道德操心者不知有功利以功利操心者不知有仁義推其所始雖道德功利發軫不同然皆不外自心但志之所存有殊耳道德操心則劫奪毀辱無非階地功利操心則榮名尊寵總是鷙媒鷙媒汨心神魂常擾況遭劫奪毀辱之際而有所得也故學道之人于境緣不可意處最爲大幸于大幸中不生覺照逐境漂流謂之昧心昧心之人雖日與聖賢同席款接何異盲人頭戴杲日計爲大夜者哉大都但莫瞞心心自靈聖以靈聖之心處不可意境時如殘雪逢春自然融化豈待轟雷裂地然後消釋乎詩曰他山之石可以攻玉若以玉攻玉成器殊難良以兩俱溫潤砥礪無功故處可意境時心境相忘忘則失照雖有嚴師良友痛加明誨翻滋狎習狎習既成譬猶嬌兒不畏父母心既無畏敬從何生無敬無畏益從

何得故曰逆境面前鎗順境腦後箭面前鎗易躲腦後箭難防且世道轉衰師友之風頽然不振久矣所謂嚴師良友者豈易遘哉能以不可意境爲師友堦地則何往而非嚴師良友也

情識浮沈乃致四大增損能智光獨露虛恬廻邈縱有宿滯無有鼓者焉能作害（並示中甫病中）

男子家頸腰有鐵非道義所鑄豈易屈伸既屈其身心光不剖如雲覆月幽蔽精神於是非曲直之間好惡升沉之地弗能挺然獨立知而甘昧一息不來杳成千古滯魄悠悠出期希有可不哀哉何不踢翻窩臼頓斷情根若利若害若逆若順惟心光炳露等視浮雲一朝顧克笑傲家山顧不樂乎（示賀知忍）

聖凡無窮依正無盡升沉萬變情與無情卒不可以智識知算數了然皆以名言爲體也夫何故盖有名必有義有言必有意所以聞水火之名則濕之與煖不待召而至矣聞毀譽之言則喜之與怒亦不待召而至矣知兩者之如此則凡凡聖聖正正依依實外名言而不可得也噫名言不知果何物哉而依正聖凡皆以之爲體故居其室出一言善則千里應之出一言不善亦千里應之由是而觀凡立名立言苟不端正其原見理之澈莫若不立無遺禍也故曰名言也者迷悟之紹介也可不慎乎

或者以趙州無字爲話頭歷年既久自以爲生死順逆念即話頭話頭即念無往而非一片或者又聞而舍然大笑曰彼若果能話頭一念打成一片面目自然殊乎常人眉宇間

光霽若清風朗月使牛馬鷄犬觸而悅之況人乃萬物之靈者乎此等語當與愚者道不可與智者言大抵叅禪之訣心地果然順逆成片則悟在旦夕之間矣今人看古人機緣猶泥人摸象手無知覺安知象之肥瘦哉嗚呼此等人以名聞利養爲膏肓之疾以生死大事付之馬足閒者也楞嚴經曰大妄語成墮無間地獄非此謂乎示弟子

凡人子報親之德生供三牲死獻萬肉不過特重其黑業耳柰世俗冥盲卒難諭之正理且順其俗習快其眼前聖賢知其習不易化權與之浮沈陰以理折其情竅爲調攝功久力充則習自化彼受調者亦忘其所以然矣故禮五易而同俗人之慶不賀喪不弔此聖人之苦腸也雖然苟不以無上慈光燭其幽爽則滯者終付之於無拔矣又豈人子人臣之本心哉夫欲燭其幽爽莫若爲人子者淨自三業爲亡者持毘舍浮佛偈最爲簡益示弟子

夫禮者身之榦也榦而不端其餘雖多惡足道哉自大覺應世迦葉而降雖宗教支分而禮則一耳大人俱沒典刑廢弛凡後塵之徒莫識大體不以端榦資本惟兢浮華所謂榦者摧折盡矣汝等念報佛恩束力于茲凡見晚進未識大體者切慈勤奬勸之使其榦端則本華根固則本壯毋愛人以姑息宜愛人以大德是以遠別近聚晨昏相見務要行列弗苟長幼有倫先後據禮勿得恣情老漢浪跡江湖足音半寰中矣在在頗多感觸故草是語出家者既然在家者寧獨畧是乎哉竅

藏侍吾至勤但觸名分紀綱猶多汗漫況其他耶仲尼曰必也正名乎盖名不正則分不定分不定則禮不可立人而忽禮尚弗敢況爲佛弟子而不端此則剃染奚爲示黑白諸弟子

元石問曰陸老先生當今大居士也精勤大道已非朝夕今以年老抱疾而曰念佛持呪并參祖師機緣俱不得力則一生辛勤幾于虛費其所以不得者何故弟子於此深懷疑悶乞師開示以爲將來修習佛乘之鑑

子發此問不惟直陳自疑亦開獎黑白深矣夫禍福莫烈于死生眞僞難逃于所忽此老金湯法門有年數矣凡觸利害關頭不以世情生顧忌惟知護念大法苟非内有定見重以多生願力寘顯相資孰能臻此哉且好名之心賢者不能卒忘今抱疾頹然而臥卒然而問忽然而答譬如晴空霹靂旱地雷鳴可與智者道難與衆人言子當默而痛思必自知此老用處子不聞青山白雲漱石枕流二三十年抱寂枯坐設偷心未空皆爲大障我如是而問彼如是而答有偷心耶無偷心耶有則決不能如是而答無則實念佛持呪叅禪三者俱未得力願子再深思之或恐自見答吳元石

身有大身有小身心亦爾以大身爲身者則能挈天地整萬物以小身爲身者則能周旋一家不能則一身尚不遑理況功名事業哉然則大身吾固有之或者迷而不覺小身乃四大之假合假合則非本有既非本有翻堅然執之而不化是以見有可欲即大心昧矣

大身失矣夫大心者智周萬物而不勞妙洞象先而非始蓋有始則有生有生則有滅惟無始則無生無生則無滅光貫十虛靈達三際處方寸而包空彌太虛而入芥故曰談禪而言空者乃談者之陋也雖然較以五尺爲軀方寸爲心認一漚而背全潮高培塿而忘泰岱者則勝多矣余生余生痛惜時陰即夜繼晝勤勤補鈍緣文字之階級究佛祖之心髓理精慧開以特厚爲炭扇以慚愧之風信火熾然勇而能恒則鑄小心爲大心化小身爲大身譬如投片雪于紅爐擲殘氷于春海復何難哉示余生

佛法雖大大于衆生之心若離衆生之心則大無本由是觀之則大乃衆生自大耳故發大人心者爲大人不發大人心者便落小人中矣今汝發此大心惟貴恒之故曰立心不恒㐫恒則吉不可量示元信

中國微言不越乎六經西來大法寧出乎三藏至于莊老之書亦不可不讀者此古人博達君子之所務也是以白首窮經然燈精法代不闕人雖求之于紙墨十年之功不若求之於心性一朝可敵也王安石謁周茂叔一謁不見再謁亦不見安石怒曰我自求之六經亦可得之何必卑卑求人乎自是讀書徹旦少睡即嚼石蓮以破昏及其學問大成至于入參大政自謂孔孟不足多致君堯舜不足難慨然以經世自負一切賢才程能獻策皆不合意唯恣執拗俱逐之究其初心志非不大學非不博心非不遠卒于壞宋元氣而自招不美之名大都學問雖淵博于心法不

曾悟得一番譬如學大匠者規矩方圓曲直非不了了而疾徐之節未應手故不免傷手之患耳規矩方圓法也疾徐之妙心也執法而不妙悟自心能成大器未之有也無論若儒若道若釋先妙悟自心而博達羣書謂之推門落臼自然之妙用之出世則謂之最上乘以之經世則謂之王道此眞學眞才也再次由博而約博則學耳約即心也此又其次也至于讀書雖多臨機無用如葉公畫龍望之非不頭角宛然遇亢旱欲其雷雨無有是處故先約而後博禪門諸祖十中七八先博而後約自古及今一切座主十中一二耳佛者既然儒老之徒大抵亦皆如此于約言之此心愛人即仁施仁得宜即義於義合節即禮于禮通變無滯即智于智誠恪克敏即信以此觀之五者妙用本在吾心而不在于書也且道一心不生僧耶老耶儒耶於此直下廓然無疑在儒謂之眞儒在老謂之眞道在佛謂之眞僧不然則皆聖人出而大盜生贓物現在據款結案罪難免誅誰敢拍大妳詐嚇小兒故學問量人根器斤斧隨機十人十成反是成希矣汝自今而後當先熟永嘉集勿讀註次則讀肇論再次則讀圓覺已上既熟當熟四書白文及老子道德經則六經三藏若博若約工夫成熟自知好惡矣或曰王安石乃宋之大儒韓生乃刀筆庸吏以此敎之未必能克始克終我未敢保余則應之曰我聞師子捉香象全力捉兔亦爾或曰先曰量根器以敎人則成者多不成者少以前語照之無乃自背乎余曰背不背量不量亦自

有妙處非子所知（勉韓生）

大凡男子家出世一番斷不可與草木同腐與畜生同養必須垂芳千古光照大夜若因循度日無所長進豈惟草木畜生已乎大不如遠矣草木可以充薪爨畜生可以供庖膳由是觀之人爲萬物之靈飽食煖衣垂死而無所成就則不如草木畜生明矣汝初見我于燕山無梁寺今日又遇于茲則汝善根靈種殊不淺也然汝父母愛之太過汝又賦性精悍且多聰明若克明心法薰炙聖學則後之望汝作大法城塹或未可知自今而後變習氣須從憎愛關頭拚命做去惡其人必須知其美愛其人必須知其過此三個須字能負荷擔得長久世出世事畢矣永嘉集天下奇書文簡旨豐熟此則大學中庸骨髓無勞敲打自然得矣世人以爲教跡不同妄生分別見小而不大識近而不遠執粗不詰精所以心法微耳此書既熟當熟七經白文一切對句自今亦不必屑屑待諸書貫通之後方始聚精會神一兩三月天機所動自然水到渠成如此發軫必出人頭地反是逗落俗格挽之卒難可畏可畏茲焚香燒燭于大聖人之前以此囑汝汝須珍重（囑傅爾東）

香滿金鑪花滿瓶此一句具無邊三昧故陸亘大夫取正于南泉曰肇論甚奇天地同根物我一體南泉對曰庭前一枝花人雖見如夢相似大夫罔措天花道人偈曰香滿金鑪花滿瓶余乃順水推舟亦曰此一句子具無邊三昧妙喜有言若是眞將軍何須武庫中取刀殺人赤手空拳可以却敵余今即此一

瓶花一鑪香布一箇漫天大陣以虚空爲鼓以妙高爲枹撾而進之管取是聖是凡刹那敗績故曰權衡在手生殺自由噫道遠乎哉觸事而眞聖遠乎哉體之即神既曰觸事而眞無相者虚空有相者天地大塊之間殊形異狀有情無情若愛若憎世出世法道雖不同總謂之事所謂眞者在七經百氏之書未始不具至于般若靈篇華嚴上典相爲表裏古人有言禮樂前驅眞道後啓即此言之會萬物歸已者書無内外理無精粗都來一片心光曾無别物此片心光在大學即謂之明德在中庸即謂之天命在論語謂之仁謂之孝謂之政種種名目標榜不同而仲尼所答弟子所問問者器有方圓答者水本無常水若有常安能順器方圓聖人有心安能應事種種恰好大道無情運行日月雲雨無情普滋萬物此心孟子用之祖述周孔集義成浩此氣在春秋則折衷是非在周易爲太極爲八卦在書爲允執其中在禮經條貫品節皎如日星在詩情動於中天機觸發歌咏不足則舞蹈之此心在樂爲韶爲頀昔孔子在齊見牧牛童子視端而目正喟然嘆曰此必聽韶樂而出者也丘驅之晚矣且道韶之妙何如乃令牧牛童子聲入耳根神凝方寸天花道人當下知此則四海雲濤千山松韻未嘗非韶樂也此樂在法華謂之實相在華嚴謂之四法界在楞嚴謂之大定在圓覺謂之大光明藏在般若謂之文字謂之觀照亦謂之實相在悟謂之禪在制謂之律在辯謂之論天魔不能沮風火不能壞貫萬古而長存故

曰經或曰汝這老漢舌頭雌黃不准將佛法世法攪做一團使後人標無所宗派無所辨不亦過乎余應之曰若人識得心大地無寸土有土有人有人有法有法有內外有聖有凡有世出世一寸土不可得則一切何存說甚攪做一團不一團自是癡人不了自心情見不破妄生分別在儒被儒縛在老被老殺在佛被佛累譬如穿一身紬絹從荆棘林過相似拈得這刺那刺又入拈得那刺這刺又入刺刺牽制竟不能掉臂而行你這屎牀鬼子自家絆倒在荆棘中爬不起來反來攀條引倒要我同受此苦我非呆子肯聽你言作顛倒去古人有云依文解義三世佛寃離經一字即是魔說是以佛祖眞子乘願而來可儒可佛至於種種異道隨類利生如水銀墮地顆顆成圓與穆與穆汝若悟此便曉得香滿金鑪花滿瓶此一句具百千三昧也若未悟得不免波外求水離色求空空之與色本無二致情生智隔橫計不同如水與波豈兩物哉以風激之名爲波少頃風息名爲水風喻妄情波喻妄色水喻妄空既皆曰妄何必生疑且此水天人湛爲琉璃魚龍認爲窟宅餓鬼怖爲猛火人間世謂之波流若謂一物四執不同若謂四相一尚不有安得有四空即是色空不可得色即是空色不可得空色不得誰辨空色有所有能所忘能息若有辨者所忘能立所忘能立虛空可以有骨兔角可以爲杖龜毛可以繫風余共天花道人昆季等慧炬光中饒舌至此噫聊城月即燕山月光照天池色不同再聽香花童子偈塵勞

即是法王宮（示典穆）

離一念之前者則剎那不可得離剎那則十世古今不可得是以微塵頓剖大經現前大經也者豈惟釋迦如來之根本法輪亦是過未諸佛根本法輪此輪吉水曾乾亨不知何處持來施與盧岳黃龍寺心悟禪人悟復施與潯陽邢楙學達觀道人聞而異之遂命悟即持此輪現與楙學且屬之曰此輪若不有方山長者轉運發揮則大經微塵豈易剖哉嗚呼華梵緇素自漢明迄蕭梁隋唐之世特羣拔類登覺苑而稱雄者代不乏人惟是根本法輪以無師智自然智根本智差別智四智縱橫首尾鉤鎖即近示遠即大示微果様高懸普使初心曉達取法啓圓因期圓果而因果不能籠罩是以大心凡夫一蹴龍門頓入智海手把猪頭戒珠光淨違順莫測魔外聞之而心驚二乘觸之而習化含我長者其孰能之今長者棲神之地造輪之龕荊棘叢生狐干喧擾安得如宋丞相商英張公者乘願輪爲我光復之則某心死矣三敬無忘斯囑（囑邢楙學）

能所兩義出苦要門入苦嶮路皆此也以能所角物我恣情識則爲阿鼻前茅以能所宛轉觀身身爲所觀心爲能觀所觀者若無能觀爲之主宰惟血肉匡殼耳烏有所謂知覺哉既無知覺於我何有咄以智治國國之賊

（示弟子）

汝生前以耳見我相貌即今汝以眼聽我説法聲音此汝多生善根所致遭此清勝因緣汝若當下會得我一句兩句豈惟覓女身相

不可得保汝神超淨土不難若會不得此段風光汝當用心諦聽女身過患之苦天上人間五衰之苦地獄之苦饑寒凍餓之苦求不得苦脱不得苦苦雖無量不能盡説要而言之諸苦之中女身最苦未知人事時雖苦未深重纔知人事時折旋俯仰進退屈伸一動一止忌諱千端回互萬種高不得下不得輕不得重不得舉步少高坐處少低言語聲重莫非都是回互自家一段本來真實光明都被這些忌諱蒙蔽了我如此開示汝只要你舉一而知十因有言得無言之意汝若果知苦意即曉得千條毒蛇纏身不甚爲苦無如被這肉塊子假模樣籠罩羈係無片刻露光明處汝曉得我開示汝意頭必然悲徹心魂發大誓願汝若再受女身寧受碎尸分骨之刑斷不再受此女身何以故碎身分骨之苦不過一兩箇時辰捱過了便罷此肉塊子帶累牽纏積情縛愛從無始劫來牽制於今猶不痛醒假如現前子死身喪這一條情根綿綿愈固千劫萬劫只是割不斷這割不斷處苦根深厚稍無福力不知又落在那一類中醉無明酒遊恩愛園眠卧火坑鐵牀豈有了日我此等語無半箇字是假的若半箇字假我舌根當破諸佛菩薩亦是説謊的了你仔細思量諸佛菩薩肯説謊麼我爲甚以舌根自誓恐汝信不及汝若信得及咄五漏身中荆棘種彈指蓮開極樂池雖然如是去路尚遥看汝丈夫徐琰分上贈汝一千般若金銀定使汝頭出頭没無有乏少之苦示亡靈白氏

夫禍福莫烈於死生而世不患之蓋以飲食

男女之欲醉之耳如稍省之雖至愚亦患之況智者乎雖然有其病必有治病之方方得而能力治之則患不難也敢問其方紫柏道人舍然笑而應之曰假借四大以爲身四句偈此古佛之遺方也若能誦千萬徧則死生之根不待拔而自斷矣示張茂才

未生已生是異是同異則未生已生定不相即同則未生已生初非兩事如何有常無常會而難通果定不相即則未生離已生而得名已生亦離未生而有號同而究之異而推之常無常義終無歸宿謂之有名無實豈有眞勝義諦有名而無實乎問懷慈常無常義

簡則近無易則在平心無事而神棲于平雖萬怪叢輳千險迭至直以空平應之超然有餘矣忽細故掛心神泊感慨即鴻毛飛前橫以爲大鵬垂天耳又烏足應他事哉故曰能平險阻能知險阻有以乎示元信

世有三教而道統各有所宗儒尊孔氏道尊老氏惟我釋以三乘度人即四十九年所說經典皆有直指人心處而仁見爲仁智見爲智但後人止以文字推求始失其旨則其斬盡葛藤頓超無上者惟教外別傳不立文字一派然遡其始自釋迦文佛覩明星而悟道迨拈花微笑迦葉得傳至梁大通年間達磨航海東來爲震旦祖宗門一派始流傳後世令英靈漢子各證無生既而宗分五派派各其源有號臨濟宗者曹洞宗者溈仰宗者雲門宗者法眼宗者派雖有五總使悟性明心各昌正教其與初祖東來之意一也若智慧清淨道德圓明眞如性海寂炤普通天下謂

之臨濟宗派予慮十六字歷世易窮遂從眞字左駢岔十五字曰眞法元在解契恒靈慈門師子大吼雷音右駢岔十九字曰眞三聖秀昌原遠茂勝光日月昭萬古嘉福佛運長自今而後支雖有二而派則合一總期宗風不墜源緒無訛續薪傳之一燈繼徽音於古昔則在後人之克繩無忝云法派宗派說示慈航渡子

根塵識三者全謂之人或謂之餘於是三者能洞然窺破則當處不見有全人矣凡一切榮辱死生皆刃也欲使刃之不傷莫若不見全牛爲嚆矢耳蓋刃不傷牛亦不傷牛若不傷而牛本不全則刃之游亦寓言也嗟乎以神爲刃游于象先太虛不到之地亦可以宰制矣況有形者哉示元復

牽近縛滯近塞縛則纏綿難解塞則壅遏不通是皆無生之理不明緣生境界成熟也殊不知無生緣生初無兩條在衆人則謂之緣生在聖人則謂之無生緣生則身心鏗然無生則性天廓徹即此而觀外身心而窮性天管取終古不旦故曰牽滯不難破難在於窮理理窮則無往而非高明矣高明則自然事到即了仲尼曰顏氏之子有不善未嘗不知知之未嘗復行此無他良以清明在躬志氣如神觸處無昧耳大都牽滯習重病欠明勇明則觀照精密勇則不墮現行鑄情而復性子其勉之再示元復

大凡學道人一切都不障礙只是奈何自家身心不下却難果然眞正男子直下究竟此箇身心是我的身心如何却奈何他不下畢竟要見障礙在何處這些子實能覰得破十

方諸佛底鼻孔即是民部底鼻孔儻卒未能薦得聽貧道醉夢中說一上葛藤與民部聽去此身此心若要將就奈何他當觀何由而有此身何由而有此心蓋此身不過四大假合此心不過四蘊湊成地水火風謂之四大受想行識謂之四蘊即就民部皮肉筋骨種種窒礙的便是地大痰唾血脉津液便利便是水大徧體煖熱之氣便是火大動轉助民部趨走運用者便是風大或謂舉動運轉皆是心力與風大何與殊不知中風的人要舉手舉不得要移足移不得難道他豈無心力如何手足宛然竟不依他使喚蓋闕風緣故也此四件合則有身不合則此身何在民部於此切須諦觀我身之四大與外之四大是同是別外四大者脚下踐履的謂之地大眼前九江流的水便是水大日常竈裏燒的燈上點的及一切日色煖氣便是火大長江送客帆飽如飛林木動搖浮萍聚散便是風大此與民部別則民部此身又從何來蓋我之四大必感外四大而成此四大開而言之謂之五行合而言之謂之四大自古至今並無一人不感五行而生者豈民部獨離四大而有此身耶此與民部同則內四大即是外四大若即是外四大者豈有有智之人認踐履之土九江之水竈中之火樹頭之風爲自已身耶雖至愚之人愚不到此況民部高明者乎於此粗粗會得身相即輕身相既輕便把死生窠窟子踢翻了也死生尚不能動其餘榮辱愛憎又安能動得此是學道人世諦中討便宜的方子果然依得何累可干惟四蘊

道理較之四大推察審究抑亦微矣民部於此遇境逢緣時憎愛念起諦觀此念從何所起若從我起未逢緣時如何不起若從境有無我亦不能起兩端合而能起者先推於我起不可得於境起不可得豈有兩不可得合而能起耶這裏民部瞥然省得雖不謂之了當生死海中救得一半四蘊者何領納前境謂之受前境者何前所謂逢緣遇境時此境便是前境此受離前境亦無所得受既不有想又何來想既不有行亦何來行既不有識又何來蓋是因受所以有想籌量卜度謂之想想善惡未定忽遷於善忽遷於惡徃返不定未能決了謂之行行遷流也忽爾判然決了是善是惡毫無所疑謂之識雖四者用處不同究其所由必因受有想因想有行因行有識此非强配乃自然之勢自然之理也貧道上來胡言亂語不過教家糟粕未是衲僧活計即如古德問僧即心是佛乃是頭上安頭離心是佛乃是斬頭覓活民部於此討得个分曉不要取信於人自家直下透得自然無纖毫疑的影子此是衲僧的活計猶不是衲僧的巴鼻且道如何是衲僧的巴鼻五老峰前雲去來等閒觸着民部鼻（示于民部）

法名之重重于大寶大寶不過一期之極貴法名則由名得義由義會理由理行道無阻矣以無阻之梯便能直登道岸得登道岸始謂之德故德者得也嗚呼道德無古今而包古今所以得之者雖匹夫非窮也不幸而失之即王天下非通也況官乃中人之遷廬乎又法名法親與俗名俗親斷不可同日語者

以俗名俗親形壽盡更生別姓豈可以今世之名姓拘之耶故得宿命通者長劫一刹也而一刹之中罪福形影昭然在目若弗更生耳三定毋自棄勉之示三定

鐵鉢雖堅彈之則鍠然有聲清亮幽遠達耳心空萬曆癸未與汝雲間南禪寺相別去歲於清涼山坂忽得汝書開而讀之知汝於此个門頭得一隙之明矣我甚喜歡南禪親近我者頗亦不少而寥寥五七年間無一人寄音言此觀吉戊子孟夏汝又無心同堅默大變之際請盐聊城傅居士紺園齋中逆而思之今昔光景如懸寸鏡影像了然且四月朔日復汝落草之辰忝陪諸上善人香燈光中同音異口勤禮水懺洗滌前生之垢浣濯此世之塵轉罪爲福轉愚爲慧大是好事亦當自知慚愧無負己靈努力精進必以悟爲期了達自心作箇末法中李龍眠以筆頭三昧發揮自心光明莊嚴三寶報佛深恩大抵根無利鈍發心眞而精進猛即得道快當如發心不眞力行不猛雖天資高邁聞見博極亦徒增知見培植我相根耳反不若老實頭人多矣汝奔走四方孤蹤萬里弔影旅邸不過以父母在堂妻屬在下衣食之費大不可緩者將一片精神不辭飄泊博些供給以充甘旨亦是爲人子大關頭處切勿嬾惰負青春辜白日使父母生憂妻屬擔慮此點念頭便是自心慈悲三昧如來放光照世也此光不昧雖出魔入佛皆汝道場行履處亦當衣食供養父母豐潔爲盡心又當勸父母生大信心於佛法中立決定信以娑婆爲毒瘴之鄉

極樂爲安樂之窩盻時盻日惟望一旦生彼國土親近彌陀奉侍九品菩薩汝能如此供養父母雖曾參之孝不可異同言也汝不見堅默一歲之間兩子繼歿妻妾續亡遑遑道途持四喪南歸即聊城傅氏愛女亦繼堅默乃正而亡金沙文卿皆我法門骨肉俱遭此傷心不如意事以俗情言之固可痛恨以法眼觀之安知諸亡者非菩薩示此無常光景使汝曹生恐怖心悟世非堅或未可測此段因緣汝還家日近當白於父母使其亦生恐怖於西方生決定信心何異戰陣而撾鼓鼓所以壯兵氣旗所以一衆目即如無常爲旗鼓一衆生信心一般上根之人見幾而作不俟終日聞聲便悟見色即明亦是柏盲榜樣豈待摇唇鼓舌說文字禪乃開悟哉峩眉山行期迫矣想盤桓不甚久也我初彈鐵鉢作聲時即壯行色法炮耳汝輩聲達耳根竟不省悟則眉山歸日長進不長進未可定如聞如聞當自克責勿逐流俗珍重

示如聞

吾以興嚴命汝其意甚遠不可忽而不深思之嚴之義極廣聊舉二三示汝嚴心以悟嚴身以德嚴身心以問學三者苟不廢我言凡百所當嚴者得其綱矣我書此戒汝推汝父敎爾庚而來汝今雖則年少未知所以至於長大終必知也譬種樹方高寸年多成茂陰

示興嚴

衆生横計封蔽本心是故於全體作用中疑而不能用也余以一指屈而問如聞曰見麼曰見此外見麼曰不知余喟然歎嗟久而示之曰我此指一屈一切聖凡一切依正無有

一法可伸者豈惟此屈如是法法皆然如一念生則盡虛空界俱生無有芥子許空隙可容滅者滅亦如是故維摩謂彌勒曰一切衆生皆如又文殊對維摩曰居士我不來相而來若初有來今則不能見居士矣由是言之則不來非來來非不來明矣惟諦了自心者情見漸破于此法門通得一法而法法皆了矣（示如闓）

從古至今大都學道不成者往往奈何自家身心不下是故生死愛憎交加紛擾靈臺渾濁片餉不得清寧總不如生死何招愛憎何成雖復奔波湖海尋眞覓訣爲治身心或從眼中看得來的耳中聞得來的攢頭相授依憑扭捏又有靜中得少光景即爲究竟長年終日弄鬼眼睛鼓粥飯氣自家身心毫釐竟治不得設臨顛沛流離之際逆順是非之場依舊生死浩然憎愛滿腔紛飛摇蕩方寸中如着芒刺相似此盖不知自身自心來源既不知身心來源即此身心障礙不淺如是不唧溜做去豈惟大道終難悟徹了當日用中敢保從生至死未夢見安閒在何則不知身源則見有身見有身故則受身累不知心源則見有心見有心故則受心勞肇祖云勞勤莫先於有智大患莫若於有身豈欺我哉且道身心來源處現前此個軀殼子不過四大合現前分別了了此點妄心不過四蘊攢就衆生顛倒妄以此身爲身此心爲心塵沙劫波淪墜不已改頭換面如火傳薪蔓延無歇大丈夫真心學道何不猛着精彩拍胸自判發一片決定心志直下以四大推身四蘊推

心逢緣觸境從朝至暮綿然無間歡喜也如是推煩惱也如是推推來推去工夫純熟一旦身心廓落蕩然虛明到此境界畢竟喚甚麼作身心喚甚麼作生死愛憎德修果然擔荷得真做得不惟成佛有分學仙有路管取叅禪門中亦推爾不出德修聞此語不免疑他成佛成仙到叅禪門中皆是末事殊不知禪門向上巴鼻諸佛猶未夢見在且道如何是向上巴鼻十方諸佛在何處盡在驢胎馬腹中

示胡德修

一切衆生見身可得是謂愚癡認知覺爲心是謂愚癡且道愚癡現前般若在什麼處仰勞大衆助稱摩訶般若波羅蜜多繞靈三匝且道般若現前愚癡又在什麼處少江若於此聲中了得過去心不可得現在未來心不可得咦門前流水長無盡無限魚龍唱鷓鴣

示沈少虹居士

孔子沒發揮孔子者孟子一人而已夫何故蓋孟子得孔子之心也孔子之心當如何求求諸孟子而已欲求孟子之心者求諸已而已自心既得孔孟之心得矣自心如何求當於日用中求也日用間人欲雖衆不出逆順昏昧放逸而已何謂逆凡不可意處皆謂之逆順則反是何謂昏昧觸道義事鬪道義言不聳然奮爲因循廢棄皆謂之昏昧何謂放逸讀聖賢書全不體認做去見善人君子畧不收斂情馳欲境神思飛揚不生自返之心皆謂之放逸汝等於此四種關頭挺然精進做去即經綸宇宙整頓蒼生收功當世垂芳千古尚且不難況目前一第哉然求此放心

貴在知心起處起于道義竭力充之起于不道義竭力制之制之之要又在先悟自心自心不悟雖强制之終難拔根根既不拔工夫稍懈則人欲之芽勃然難遏矣必於穿衣喫飯處飲食男女處迎賓待客處屙屎放尿處百凡所爲務審此心爲生於我耶生於物耶若生於我生於身中耶生於身外耶生於身中如何不見五臟生於身外則與自已了無交涉如他人喫飯我必不飽也若生於物無我應之心本自無若無我應而物能生心則擊鍾磬於木偶人傍胡不見其生心耶心雖變幻不測出入無時然不出物我之間若離物我求心即如撥波覓水也若即物我是心又成認賊爲子也離不是心即不是心畢竟如何是心於此叅之眞積力久一旦豁然而悟則孟子求放心效驗不待求於孟子矣求放心說示弟子

紫柏尊者全集卷第五

音釋

撼户感切含上聲　砥諸氏切音紙　礪力霽切音例　撾職瓜切音髽

嚆虛交切孝平聲

紫栢尊者全集卷第六

明　憨　山　德　清　閱

汝見之與虛空者皆徧滿十方界不可揀空出見揀見出空盖空之與見必相待而有者故曰空見不分有空無體有見無覺者空不自有必待色顯故曰有空無體見不自起起藉空塵卒爾照境如鏡照像初無分別故曰有見無覺此屬現量微涉覺知則墮比量矣

示次公

喜怒未形性本圓滿喜怒既形所發不過不乖未發則謂之和微有所偏則謂之不和和則吉祥駢集不和則萬戾勃興吉祥駢集則與佛祖聖賢同一血脈萬戾勃興則與小人種種惡類同一所習所習既深雖以天地爲鑪陰陽爲炭造物爲力毘嵐爲鼓鞴卒難陶化矣於是大覺借空水以洗之夫衆生所以爲偏戾者不過飲食男女耳得其正則爲吉祥不得其正則爲咎戾咎戾則所召惟苦苦則精神惶怖魂魄顛倒殊不知喜怒未發者與吾佛祖同然故戾於嗔者爲脩羅戾於愚者爲畜生戾於慳者爲餓鬼戾於惡者爲地獄惟天之與人吉以十善五戒耳此所謂六道者也然爲天不覺亦可以爲人爲人不覺亦可以爲畜若是衆蔽非以空水滌蕩欲復其眞未之有也而不覺有三一則見思二則塵沙三則無明凡血氣之屬皆坐此三者所以不得聖道於理不徹於事不融於道不妙徹則無往而不達融則無事而可礙妙則統空有而無累如是現成妙用各各圓滿今吾人日用之中好惡積億人我山高順之則歡

然而悦逆之則勃然不快喜怒既生靈臺即昧靈臺既昧見色即受色迷聞聲則被聲惑若香若臭甜苦澀滑好惡影子斯皆由塵發知知迷成戾戾則乖真一塊圓明六識破碎既爲識矣計身爲我男女相誑飲食相滋情波浩浩漱汩靡常於臭髑髏上妄想穽中作種種惡露天不能盖地不能載幽縶長劫變易形骸升沉萬態苦劇難言若人或遭蚊蠅所嘬尚側掉而不安聞是劇苦而心不動者謂之最靈可乎以要言之一切劇苦始於不覺以不覺故於無身中妄執有身於無形中妄見有心既見有身心則堅者不覺是地濕者不覺是水煖者不覺是火動者不覺是風受者不覺因境想不覺因受行不覺因想識不覺因行故堅固執着能所八法于死生榮辱得失關頭小有所犯則心魂惶怖毛竪骨寒此無他病在不解以堅歸地以濕歸水以煖歸火以動歸風以受歸境以想歸受以行歸想以識歸行耳能力歸之則不覺成覺矣然正歸之際且道尋常所謂身心者畢竟何在於此洞達則可轉萬戾而爲吉祥化不和而爲中和身充八極而無患智周萬物而不勞此觀之門以空爲路千里始步空非是道道即家山且道窮子還鄉唱誰家曲調哦剪燈不借傍人力儘有餘光照十虛（示元廣空觀說）

在立則如候大賓在輿則如朝至尊此兩句書如不動舌根囫圇吐出敬容來善則善矣猶未盡美咄一片心光恒不昧虎狼羣裏總春風（示吳元石）

任運徧知光本無待忽起分別能所亢然矣

令一切衆生欲復無待之光苟不從有待之中立大志發大心則本光亦不易復何故良以有待之知惟周六尺六尺之外隔一紙則杌然無知矣寧惟六尺之外隔膜而不知即六尺之間如髮毛爪齒之屬亦割剪而不知也如吾曹求無上道爲即用周六尺之知求之耶不用而求之耶若用此求豈周六尺之知能求之哉若不以此求吾曹脱廢此知即等木石求無上道若此可求則一切無情皆能求道矣故曰學道之人不識眞只爲從前認識神識神即周六尺之知耳如外此而求又坐無情求道之難卜郎痛究之（示卜生）

夫心不以理養則所見弗靈猶魚不以水養則所長非龍至人知此兩者必須交相養而能事始畢故奉塵剎而不厭勤循一眞而非醉寂雖然初不以空寂爲自己不免受七尺之累不以靈知爲自心不免被攀緣之牽空寂故則死生禍福之橫來如雲觸石靈知故則好惡公私之倒置如風遊空果有志於大事此兩者忽而不痛痛而不恒恒而不化則繼往開來聖賢之種子斷矣若然者則天地萬物皆失依怙也豈有是處（示法鐘）

昔毘耶城中有維摩居士以病說法度無量衆令桐廬先生亦以病說法能度無量衆乎若不能度無量衆則爲病所轉佛言若能轉物即同如來我則曰若能轉病即同維摩如不能轉則維摩鼻孔在達觀手裏雖然且道此病從堅煖濕動有耶離四者有耶若從堅煖濕動有此病者則堅屬地大濕屬水大煖屬火大動屬風大彼四既各有所屬則此身

果有乎果無乎有則病乃有地無則病根何在先生趂此時節須究病根所在則生也好死也好不生不死也不甚奇特即生即死也無不是好事噫身爲苦本何須說四大分張病屬誰示項居士東源病中

夫鐘不撞鐘撞不自撞人不引人鳴不自鳴聞不自聞是須三合而後鳴五合而有聞此衆人之情也殊不知離三求鳴離五求聞三各無鳴五各無聞各既無鳴無聞豈合三五而有鳴聞哉夫合三五而無鳴聞則鳴鳴聞聞果有鳴聞乎果無鳴聞乎於此洞然了知則妄不待窮而自窮矣眞不待契而自契矣妄窮而眞契究其功能非大圜爲師非撞爲士非人能引則吾曹即緣生而入無生功何所自耶然求功於鐘撞苟微其人則鐘之與撞不能自鳴苟微鐘撞則人不能作鐘鳴往復推求求功於鐘撞微人無功求功於人微鐘撞亦無功也惟其能所無功功無有待功既無待謂之無功之功無功之功先聖謂之內紹有功之功謂之外紹也嗚呼昧三則有鳴昧五始有聞如鳴不昧三聞不昧五則鳴鳴聞聞本無能所故無說而說法法豈有盡耶倘逢緣不薦必根境抗然因成失照則不免流入相續相待故曰汝應如是聞不應如是聽然坡公身爲宰官而說法自在若夜光宛轉橫斜於金盤之中而衝突自如竟不可以四隅測也渠不得事不成就三昧理不成就三昧則不免口縫纔開事理鈍置或者誚東坡於文字禪說法多理障吾知其未夢見坡公在也釋東坡法雲寺鐘銘示元一

夫鐘懸而無撞撞有而無人則鐘與撞不能相鳴必三合而鐘始鳴故鐘未鳴時聞不自聞必資鳴而後聞鳴與聞并前之三者非五合而後有聞則缺一不能聞可知矣五合而後聞聞果有聞耶無聞耶如有聞聞應有五如無聞則何殊木偶哉惟聞而無聞則無所不聞無所不聞則聞無所在聞無所在則眼與鼻舌身皆可聞也豈耳獨能聞耶若然者則正聞時聞本無聞聞既無聞謂鳴有無者非也嗚呼衆人擾擾束耳能聞則大圜崧然臥士擊撞謂之無聞可乎然無人引之功則兩者無用雖藉人引若微兩者人亦何功互而推之皆非有功非有功故無所不功如是則大圜廣長舌相徧覆十虛說無盡法然非以眼聞之誰領玄旨又卧士與人即舌耶非舌耶即舌則舌不撞舌非舌則舌不能徧古德有言曰喚作竹篦則觸不喚作竹篦則背今窮舌相於是則舌相又翻成竹篦子矣由是而觀則不免礙塞天下人去也故問關吏可否者未過關者也如慣過關者自能掉臂而行肯復更問耶如未過關謂聞非聽謂聽非聞何異宰割虛空爭其多寡而擇其肥瘦耶示元一

四方上下謂之六合眼耳鼻舌身意謂之六根以爲方決不可易根決不可紊則謂之衆人是不知方生於無方根生於無根設知之則方之與根果可易耶果不可紊耶雖然惟聖人在方而不爲方之易寄根而不爲根之移故能顛倒上下反覆見聞指地爲天指天爲地以耳見色以眼聞聲無爲不可也示觀宗

生滅滅已寂滅爲樂此半偈者乃我大雄氏雙林示滅時作也自古諸師解有多種有藏教生滅寂滅有通教生滅寂滅有別教生滅寂滅有圓教生滅寂滅藏教必以撥生滅之波取止水寂滅爲樂通教以即波是水爲樂別教以波可會水水還成波不波不水爲樂圓教以一波無水不波一水無波不水以不波不水無往不波不水爲樂也者於此旣然舉一物會通萬法皆具四教之旨顧其人善通不善通善用不善用何如耳達觀道人則不然別有出身之路請有緣者火速薦取如何是生滅滅已吾指解伸如何是寂滅爲樂吾指解屈伸兮屈兮即吾指兮離吾指兮非即非離兮是即是離兮眼中有筋骨裏有骨快性男子向此咬嚼得破則三世諸佛與此人作奴兒婢子去歷代祖師爲此人爲牛爲馬去若咬嚼不破正好向達觀栗棘棒下討分曉去珍重珍重示知忍

此身本是血肉筋骨及涕唾津液煖氣動轉之風攢湊假合便有此相若能將此相識得破了便得眞身眞身之好不生不死清淨乾潔不同肉身有生有死有病有苦有勤有懶種種之苦都是此不淨血肉之身所招來常當行住坐臥諦觀審察身內五臟之上五臟之下五臟之中一一逐臟推尋肝在何處肺在何處腸在何處肚在何處腸中所藏何物肚中所藏何物著實看得分明想得分明了又當觀察從足至膝是幾節骨從膝至上又幾節骨從胸前至頭頂上種種觀察何者爲胸膈何者爲咽喉何者爲頭頭中又有何物

觀來觀去察上察下一一如看掌文如鏡照面了了分明自然衆苦漸息執著漸消此皆觀身妙觀也故曰觀身厭有形也此身是箇苦種癡人執著智者實厭諦信諦信不可忽不可忽若忽了不依我作工夫用力觀察現在諸病相尋死去人身難得至祝至祝上來都是觀身觀不是觀心觀若說觀心觀之功德比之觀身觀其功德勝萬倍現前晨朝起來管種種事忙忙不得停歇心中猶豫煩惱不知一箇時辰起了幾番夜來夢中胡夢亂夢悲歡離合與日裏一樣不差是故令人精神枯耗疲倦了也若能識破此心從何處生查得他明白一切苦根拔斷無疑最初觀起先觀此分別好惡之心夢想顛倒從境生耶從自生耶若從境生我無知覺不生若從自生境不觸我不生此心又以受蘊爲根因有受蘊便有想蘊因有想蘊便有行蘊因有行蘊便有識蘊此名四蘊蘊者積聚義然此四蘊窮破了受蘊三蘊自然不生何爲受蘊領納前境曰受境有六種眼以色爲境耳以聲爲境鼻以香臭爲境舌以滋味爲境身以觸塵爲境意以五塵影子爲境故受有六受對六塵而言也窮破一受諸受遂消故曰以四大觀身即得真身以四蘊觀心即得真心真身無死生真心無好惡雖曰無好惡不同木石一向無知即如明鏡物來自照好醜雖分本無照心能作此觀非但現在福壽安樂成佛成祖亦不難也我說不虛猛生信心我說若虛我舌當爛汝不信心汝苦當受一切聖凡證明此語可畏可畏示某居士

夫殺盜淫妄飲酒食肉之習初無自性以無自性不能自覺要待逢緣始覺無性一覺無性則能履憎愛之場觸生死之境此覺不昧如定風珠一投大海波浪漸停所謂五習不遠而復凡爲佛子者初心受戒貴先知此知此則名性戒不知則名事戒性之與事若氷水本無異同融則名水凝則名氷是故先知性戒則一切事戒無事而非性即如知氷爲水則無氷而非水耳智潭智潭汝發此心誠爲希有比黙初心如初三之月終至圓滿雖然如是智潭若未知性戒且守事戒事戒積久熏炙覺性終有開悟之日事戒者有根本事戒沙彌事戒比丘事戒智潭汝當先受根本五戒培後戒之基根本五戒者一不殺生云云（授智潭戒）

初春正光居士送爆竹供養三寶因着淨人試火者三一一皆響如破蟄之雷忽憶佛令羅睺羅擊鍾鍾則有聲不擊則無聲此盖常情之所計也若以眼聽之則擊時未嘗有聲不擊時未嘗無聲例爆竹放與不放聲與不聲俱兩頭語耳如坐斷兩頭中間亦安可得日前大衆以此聽爆竹之聲則此聲即達觀老漢廣長舌相也雖然可與知言者道不知言者嘗取未夢見在（燒爆竹示衆）

若睡了不作夢時果乃無我則主出入息者阿誰若謂有我我在何處不解作夢卒然不知下落痛當屏息萬緣一念萬年萬年一念討箇下落方好商量此事如若乘輿而來興盡而去欲以有思惟心卜度此事縱有一知半解總是以網張風徒勞無獲道人念公遠

來且見懷有日所以不敢忽公好心特俟人靜身自問公公當念老病不與人期時光不可把玩得功名時不異夢中簪花失功名時不異夢中所簪之花爲風雨摧謝慨花易謝而醒醒後逆思夢中簪花夢中花謝及至覺來簪者誰乎謝者誰乎醒來知簪知謝者又誰乎以至推未有我時我忽何來旣有我時我不能轉物終被物轉畢竟病根在什麼處若檢得病根出簪花也好花謝也好開眼妄想也好合眼做夢也好不做夢也好見道人也好不見道人也好贊道人也好謗道人也好設檢不出儒也没分老也没分佛也没分此是眞實語如黑業濃覆便信不及若黑業輕見此語聞此語孰不感痛示馬新甫

千經萬論説離身心故覺有身心即是無明不見有身心即是大智慧噫無明智慧初非兩事但順情時身心現前情消時身心廓落身心現前生死煩惱不待而來身心不見涅槃菩提非求即證示懷慈

生人之大累莫過乎身心所以聖人先治自巳身心之後然後開物成務譬如甕外運甕不惟一甕可運雖百千萬甕可以命人運之有餘力矣何煩自運哉衆人異此辟如身困甕中而欲運甕雖一甕決難運之況多甕哉又治身治心先務窮身心之始終然後能治之如不窮其始終而妄治之終不能也然身粗而易窮心精而難窮故先窮其易者作離身之觀稍稍成熟然後窮其精者則心亦不難窮矣身者何義身以聚爲義心者何義心以附麗爲義故曰離者麗也由是而觀先須

聚五行四大身然後成境未當前則心不能獨立必境有以觸然後心有以附麗毘舍浮佛偈曰假借四大以爲身心本無生因境有與夫聚而後有身附麗而後有心若合符契但衆人不以文字語言會其妙反被文字語言障礙所以通者成塞塞者不能通也如善會之何塞非通何通非妙智燈來前吾語汝汝當精窮身心始終之所以然所以然得則治身治心若屈無名之指也但患不肯屈苟肯屈之孰不能乎智燈勉之自今而後凡遇榮辱風波牢把柂柄堅然自持莫爲前境所轉則身存而無死生之累心有而無好惡之偏慎之體之則千萬魔可運也示智燈

饑火所燒可以食救欲火所燒難以色拔良以食飽則不饑色無飽理故也此兩者雖難易不同然皆同出於愚癡故曰愚癡不破飽復還饑欲終難飽由是而觀一切罪業必以愚癡爲母一切福慧皆出於自心明了明了自心又以般若爲母今有人于此視母爲路人自以爲不愚者得非愚癡中之倍人乎

有能碎千金之璧而不能不失聲於破釜者有心無心之别也故曰慷慨殺身易從容就義難慷慨非有心乎從容非近無心乎仲尼曰原始要終故知生死之說夫禍福莫烈於死生如知其說則禍福乃細故耳何謂原始知生之所以然也何謂要終知死之所以然也知生之所以然則生何所忻知死之所以然則死何所慼雖然衆人之情有我而昧昧以性成堅逾須彌苟不得其道破其堅執亦未易也子讀金剛般若波羅蜜經至如來問

須菩提曰若善男子善女人以三千大千世界碎爲微塵於意云何是微塵衆寧爲多否須菩提曰甚多予不覺置卷熱淚橫流夫何故懃我自無始以來堅執一合相計爲實有勞彼至人婆心委曲以三千大千世界可碎開我迷雲奪我執陰不異殘氷蕩漾於春海片雪飛觸於紅爐此恩此德深大難酬我既知一合置於三千大千世界之中有若無也況世界亦可碎乎如來言世界微塵所成即仲尼原始也言世界可碎即仲尼要終也以黑白之徒習儒不閑儒習佛不閑佛致不遑會通焉嗚呼惜哉夫千金璧可碎破釜不能不失聲情也知大千可碎微塵可合而成世界理也情則有我而昧理則無我而靈老人願聖香自今而去痛以無我而靈者爲前茅庶不負如來聖人深慈慨切聖香痛勉之

夫惡無大小善無淺深而有心爲之則罪大功微何哉良以無知爲惡雖有邱山之罪而君子察其無知猶乃恕之故物莫不善於有心有心爲善則有執有執則有邊際唯無心者爲善始福等虛空耳由是而觀有心爲善尚不可況有心爲惡乎

易戒有心老亦戒有心然觀其象而察其爻亦未始無心也老亦不敢爲天下先而不敢者寧非有心乎故有心無心唯聖人善用之無入而不可也自非聖人不唯有心有過即無心亦未嘗無過若然者則初心之人如何作功能辦此者可以讀易老

夫梧葉落而知秋葭灰動而知春梧葉葭灰非可見者乎春與秋非不可見者乎然微可

見之物則不可見者終不見之矣苟聖人不以可見之情見不可見之性則性終不可見也夫性不可見則我固有之全失固有之全失則我欲立於大全之中而運其末亦終不可得而易之道亦幾乎息矣易息而謂天地萬物存則天地萬物皆易外有也雖至愚不信予以是知性有性之體性有性之用性有性之相何謂體用所從出也何謂用相所從出也何謂相昭然而可接者也如善惡苦樂之情此相也苦樂之情未接靈然而不昧者此用也外相與用而昭然與靈然者皆無所自矣此體也昔人以性無善惡情有善惡殊不知性無性而具善惡之用用無性而著善惡之相若赤子墮井而不忍之心生此善之情也此情將生未生之間非吉凶有無可能彷彿者乃不知其爲心而遂認心以爲性所以性命之學於是乎晦而不明也即易之卦爻有謂卦寓性爻寓情此亦認心爲性者也夫卦六十有四而吉凶之情具而未著也具故非無也未著故非有也非無故則不可謂之性非有故則不可謂之情旣不可謂之性與情謂之心非乎故六十四卦心之所寓也三百八十四爻情之唐肆也故內外之情吉凶之機雖錯變無常然不出乎卦之內外爻之奇偶也內近親外近疎吉近善凶近惡親疎具而無我心也善惡具而有狀情也夫心與情易之道窮於是矣而心之前有所謂性者則非卦爻所能彷彿者也然離卦爻而求之則又離波求水也然如之何曰非予所知也知之者非知之者也是何故良以性不知

性如眼不見眼故也

宗教雖分泒然不越乎佛語與佛心傳佛心者謂之宗主傳佛語者謂之教主若傳佛心有背佛語非真宗也若傳佛語不明佛心非真教也故曰依經解義三世佛寃離經一字即同魔説

知身可愛之知知身不可得之知前知因身可得而立後知因身不可得而立前知如前步後知如後步前步若不起後步安得移前步續後步步步似不斷前知續後知知知似不滅初心作觀者此知不可忽痛究知知源源得知自歇知歇照萬物不勞無不徹只此不勞者亦名般若德此德常現前逆順湯潑雪入死併出生自在不思議此後未及言能到終自知舌板摇脚跟無上法輪轉顛生寶而藏之俟汝受用得來方可示物示聖堅

男子家不知自重自大則靡所不至矣不自重則物重而身輕不自大則物大而我小重者大者我則篾有輕者小者却受不辭夫至重至大者無擇老幼賢愚誰不具足特以微名小利浮榮輕爵賺誤了也人人本來心光照窮三際示馬子善

解等火觀等薪薪無火而不化火無薪而不傳是以大心凡夫即熱惱心頓開圓解之火即生滅之心漸副解火如凡夫初入信乃至十信生滅功完始登初住辦不生滅行至八住始得無功用行斯意昧久他種安知

生鐵男兒欲究明此事無擇智愚但辦肯心直下即得噫當昧爽之際交生滅之時頭面忽呈動睛已失故曰彩雲影裡神仙現手把

紅羅扇遮面急須着眼看神仙莫看神仙手中扇

心光本湛妙物無累橫生知見失彼精明是以眼識黏色耳識黏聲鼻識黏香舌識黏味身識黏觸意識黏法奔境流逸竟各忘返殊不知五識一覺唯六識知六若不識彼覺何咎故曰初居圓成現量之中浮塵未起後落明了意根之地外狀潛形故全覺斯缺能悟潛起痛於境緣逆順之際是非榮辱之場歷然挺然觀一切得失如雲觸石如風過樹了無窒礙始不負爲男子漢出家標格設負之生不若死也全其體之則缺者全矣缺者全即屙屎放溺皆佛事也寧獨拈香撥火爲佛事哉（示全禪人）

韓信白起今昔孰不以大將稱之然但能戰人不能戰己戰人易耳戰己實難戰人如以手捉物戰己如以眼觀眼想此等境界如何下得手想久得入一旦十八界魔兵蕩除五蘊巢蹋翻一安永安長劫作箇無事人去如此豪傑將韓白較之奚啻醯雞之匹大鵬也本白本白精進度日十八界未空五蘊濃厚膏肓之疾未瘳死生之夢未醒敢因循而偷活哉（示秋羽叔）

男子立志必操從苦起業就艱難鳩毒浮華驪珠澹泊歷風霜而不變累歲月而恒新擴襟抱於愛憎之關蓄精神於榮落之際尊知而履韜壁而光尚友千古之先定理一心之內崑崙可拔拳石難傾汝果能之不負此晤若夫蔽日月之光於覆盆之下窮風雲之思於閨閣之間而能揚音於丹桂之叢奮翮於

黄埃之上安可得哉（示于潤甫）

夫衆人知貴生而不知所以養生之道故爲生之所累至人知養生之道本於無生故能視生無生無生而生生無物累也嗟乎目爲色之所累耳爲聲之所累至於心爲七情五欲之所累猶曰我平生快樂無累殊不知無累者累之久矣蓋衆人欲重神昏坐過而不知焉辟如醉夫臥於泥淖之中人曉之曰此泥淖非可臥之所也醉者瞪目而怒曰我生平不解飲酒汝奚誣我今天下俱抱醉夫之疾安得有不醉者而與之言哉

教理行果此四者乃黑白凡夫之模範也如黑白凡夫不以四者爲模範未有不遭邪小所網者邪則外道是小則二乘是教乃圓教理乃圓理行乃圓行果乃圓果如四韋陀五明典籍是外道教如阿含等教是二乘教如華嚴法華圓覺楞嚴等教是終教頓教圓教是故於邪小發心是邪小種子於圓教發心是成佛種子又佛性有三有緣因佛性有了因佛性有正因佛性正因佛性我雖固有必待了因佛性開之了因雖能開正因佛性又必待緣因佛性熏發之夫緣因佛性者非他物也即圓教所詮之理此圓理在凡夫分上謂之無明如以圓教理火熏發之則此無明以理火能熏炙之力而凡夫無明於不知不覺之中轉而爲無塵智謂之了因佛性無塵智眞積功終謂之金剛無礙智金剛無礙智謂之如理智非如量智也以如量智能開物成務接引初機以如理智非理外之智智本無功非智外之理契而無能故智與理理如

春水智如遊魚水無養魚之矜魚無樂水之趣魚水相忘而養而遊自然與萬物共也初心凡夫如金銀銅鐵教理行果如大冶洪爐金銀銅鐵融而化之倘不假模範欲其成佛祖聖賢之像終不可得也故教必有師開理則圓理圓則行不偏行不偏必正果大備然華嚴文富法華幽邃楞嚴微密圓覺簡備此四法寶當各寫一閣澡身漱口置閣佛菩薩像前嚴整衣冠至心禱祝弟子某如往昔親近佛菩薩因緣何經因緣熟信手拈之拈得何閣即閣得經盡形壽受持不敢懈怠如受持經後佛知見稍開決不敢獨善一己誓必如一燈之明傳千萬明千萬明傳之於無盡此初心凡夫依教理行果之模範如鼻祖西來直指人心見性成佛則教理行果之窩臼

早被這缺齒老胡踢翻了也且問雷雨居士教理行果窩臼既被老胡踢翻了也雷雨於尋常日用之際又將誰家窩臼棲泊宋別駕朱炎一日問講僧義江曰此身死後心在何處江反問曰此身未死心在何處炎猛然有省呈偈曰四大不須身後覺六根還向用時空難將語默呈師也只在尋常語嘿中江首肯之雷雨於吳門天池山初晤時亦首問雷雨日用能分別心畢竟在何處屢問屢拶雷雨竟無有答詰朝遂別於天池只今天池風月依舊而問拶話頭不知得依舊否如得依舊豈有眞積力久而疑團不迸破者哉又雷雨二次書來有王制臺求開示之囑制臺於理水未深不便裁書請益雖然書雖未裁而制臺菩提之心早發於語言文字之先矣此

語言文字之先之心即鼻祖東來直指之心也如於此能直下信而不疑用處廓達則天地萬物皆在制臺掌握之中何況西蜀一省不霑制臺沛然之法利乎宋朱炎呈偈後不久立化於多人之中啓無量黑白信心雷雨居士能不忘吳門天池風月哉峨嵋風月又豈在天池之上哉古德曰若人識得心大地無寸土達觀則曰若人識得心心外無風月修山主曰風動心搖樹雲生性起塵若明今日事暗却本來人達觀又曰修山主但見錐頭利不見鑿頭方達觀但見鑿頭方不見錐頭利敢問王制臺與城都使君且道修山主與達觀孰雌孰雄若辨得出則教理行果窩曰不蹋翻也不妨倘辨不出即蹋翻教理行果窩曰管取此身直得無棲泊處偈曰峨嵋風月與天池幾處歡歌幾處悲心外了知無別法境緣逆順盡吾師寄示雷雨居士兼轉王制臺

倆與宇泰言及禪門宗綱因舉機不昧終始如王太傅勘朗上座又如僧問青林轉轉接拍冷然恰好朗公不得明昭謙代轉不免機昧終始去也其臨機之際賓主酬酢如兩鏡交光瀰滿清淨中不容他如涉一毫擬議即片雲點太清矣這箇境界不可作人我會不可作有心無心會觸着即應豈念慮可及靈然接拍豈木女同倫此非見地乾淨保任圓熟權衡在手殺活自由的漢子管取張良智巧淮陰作略直得鄉關萬里把柄已在別人手裏殺活憑他脚跟波波地隨人轉去如此之流近來覓一箇半箇尚不可得何況眞沒力量漢愈加愁人且道如何得歡喜去蕭蕭

夜雨蒙頭坐淚洒春風不盡哀漫山遍野野狐精到處逢人瞎眼睛實法與人誠漏逗無規說法轉悲零 晏坐示仲來

迦葉菩薩問佛云一切衆生見姸是姸見醜是醜諸佛亦見姸醜了然不昧如何衆生即是妄想諸佛便不是妄想佛告迦葉云一切諸佛但有世流布想於中不生執着一切衆生於流布想中妄生執着所以被姸醜轉却諸佛如鏡照物影像交羅有何妨礙此是敎中糟粕衲僧門下即不然驢胎馬腹教誰去不是觀音即普賢信得及入地獄有分信不及入魔隊有分若要兩家坐斷做箇出脫漢子去朝朝夜夜夜夜朝朝將此身心着何處行藏曾不離刀山 示仲來

世間有兩種親眷一種濃厚滋養道種一種濃厚增長惡習若是有智慧人惡習親眷亦滋養得道種如力量不甚大必須生處要熟熟處要生這裡見不眞行不力千生萬劫受他累墜即如女色一端父母婚配本欲紹祖先血脉名敎良規世間豈可少得有等人兒女既有淫慾不斷藉此爲樂迷戀没世終無醒日堂堂男子被這臭竅孔斷送一生一慾迷心萬理斯蔽子本從父母生一聽婦女之言父母之言永不入耳君臣分上往往有犯此過兄弟朋友不言可知色慾迷人如此惡毒傾覆大倫不惟增長惡習纏綿靈識何日得脫古德有言寧近毒蛇莫親女色毒蛇害人不過此身女色繫縛塵沙劫波尚難解脫惟有法屬之親轉多轉益滋養道種終當得果明師良友不言世務但究眞宗以般若靈

津迭相澆灌耳根薰蒸了因正因漸着孜孜永久一念相應大事了畢生死高超塵網頓脱如華鯨入海永無羅網之患法友眷屬利益如此世人不以爲重生死眷屬受害如此世人皆以爲重如眞學道人於此不可不具眼不可不知好惡若不知好惡不是地獄種子定是魔家眷屬如此等流夢見猶驚況聚首促膝而論道哉仲來此理亦當謹慎自已無過亦可將此化人較之粧佛造殿濟貧拔苦功德愈多何者法屬興隆正教得行正教得行魔風殄息菩提種子徧塵彌剎如春迴大地百物遂生當來成佛眷屬叅隨弘大法化必今日培植者噫用力少而收功多丈夫不可不取 示仲來

聖人本無常心衆生本無常習是以蚖蛇蝮蝎無非大士之分身菩薩如來無非衆生之本色聖人若有常心何殊木石衆生若有常習則佛祖永無相續是故觀音神頭鬼臉凡形聖容百千方便泛用隨宜一一皆菩薩悲田所出譬夫片月在空影臨萬水豈思量分別可測哉悟此則菩薩隨處出現矣

俗諦中人入吾法中如人溺大海露髮髻子善知識提携如援髮髻子相似須自家盡命掙着不然是自要沈没千佛出世也難救取 示衆

我聞如來三十二相凡一一福皆自受用惟白毫相光此福不受慈惠兒孫享用無盡是故檀越滴水根線臨當受時觀此白毫圓照法界無論聖凡影現光中由是施者及其受者俱現光内了無能所三輪體空不昧物我

如是作觀一切有爲皆成無爲（受白衲禮佛）

夫佛法本平常而世以奇特求之故往往不得佛心也故曰平常心是道此平常心凡有血氣之屬皆本有之豈待佛菩薩傳而後有哉若必待佛菩薩傳而後有則世人日用境緣逆順好惡多端以非爲是以是爲非熾然而分別不歇者此又何心哉此即平常心也但衆生不善用之而現三毒奇險之心也如善用之則衆生三毒奇險之心即是諸佛平常之心也雖然衆生奇險習熟脱聞平常心是道之説自然承當不下蓋其平常習生故也是故必須待佛菩薩以寶几珍御之風鼓吹而化其下劣之心則荷擔之心生矣此一心生又追惟往時下劣之心鄙而惡之於平常心則生大驚異以爲聞所未聞得所未得故没量大人知其如此復以狸奴白牯之風鼓吹而化其驚異之心至此則聖凡情盡平常心開開而用之謂之大機機之爲言蓋取照不昧用用不昧照耳夫照不昧用則謂之眞照用不昧照則謂之大用故臨濟曰沿流不止問如何眞照無邊説似他離相離名人不稟吹毛用了急須磨吹毛用了急須磨者變而不窮之謂也

一微涉動則吉凶横生能洞照微光則禍福爆落但衆生迷染成性卒難回機機苟能回習染漸釋如習染終不能解則過現諸佛又從何來過現聖人得道有據則習染雖久必有除因知有除因而甘隨習染者此一種人自有閻羅老子不放過渠在不勞旁人代渠擔憂蓋此一微不出四運故以四運觀之微

本不有何況有動何謂四運未微欲微正微微已是也一微若實有者豈假四運而名微哉雖然四運觀微微實不有則涉動之時於可意境便覺歡喜於不可意境便不耐煩此歡喜與不耐煩果體四運而觀有此兩者是不能觀有此兩者如果體而觀有此兩者是兩者習熟此觀習生故也如此觀力強兩者力弱則得力不得力觀者自知勝負故曰解不難而行難行不難而克終難克終不難而忘又難故惟忘而能用者則觸途成觀矣又道前道中道後有兩順一逆眞妄工夫不可不知者何謂妄順清淨本然而忽生山河大地是何謂妙順泝而上之緣情復性是何謂逆性復而悲同體駕慈航而拯濟萬有是此兩順一逆東方出聖人西方出聖人一古出聖人現在出聖人倘滅視而不信者皆天魔外道非聖人也

夫業未嘗不眞心亦未嘗不眞業之眞即心之眞心之眞即業之眞眞外無業與心心業之外亦無有眞即此觀之一切衆生於顛倒七趣之中本皆現證者也以衆生日用而不知於現證中横生分别故現證者日用而不知也殊不知於日用不知之中實未嘗不現證者矣如心不知身則身本法身身不知心心即本智法身如鏡本智如光光依鏡有光還照鏡本無所能何事非眞今有人謂心不知業則業無待業不知心則心亦無待便謂罪福皆空我不可得殊不知罪福皆空待罪福未空者之影耳我不可得亦待我必可得之影耳是皆嗜欲情熟研眞理生說時似悟

對境還迷者也如法華之妙法法即一切萬法妙即了達萬法之外初無別眞故曰借婆衫子拜婆年又曰妄想無性將甚知業業亦無性將甚知心心不知業能存而無我業不知心所存而本虛無我而虛所能不昧知而能行日用無生知而不能行日用愛憎日用無生陰陽雖巧不得加陶鑄之功於我矣曰用愛憎根境雖無性情無徃而不摇我精精摇則六合六合則一失一失則頭迷頭迷則心粗故曰心粗亂撞頭又仲尼心不死日用自然活顔回心死活不得故便不能不言而信不比而周無嚚而民蹈乎前蓋回日用之際回必知民民亦知回以兩相知故能所横生活者死矣故曰有我我在天地中無我天地在我中

我乃生於可欲故有欲者不能不生生既生矣不能不死天下有欲長生者端以生爲福死爲禍故曰禍福莫烈於死生蓋不知功德天與黑暗女我能一心不生彼將不待遣而俱逃矣然後同天下吉凶而吉凶莫能累也如是者謂之正因反是者謂之邪因又横計心外有法不能會萬物歸己謂之外道以此觀之外心則無生無生則無滅如生生滅滅動動靜靜通通塞塞恬恬變變離離合合暗暗明明本一精明映彼六者流而不返近取諸心則爲生滅遠取諸物則爲明暗晝夜古今寒暑之多也而天機深者悟一塵泝而上之則餘黏齊拔矣故曰緣見因明暗成無見不明自發則諸暗相永不能昏此指眼根脱黏而入也至於意根則緣知因法無法無知

不法自知則諸滅相永不能惑嗚呼使貪長生者洞悟此旨則痛悔向之所爲首越而之燕也

百尺竿頭蹈大木而驚悸大地之上履寸板而坦然此何故哉竿本不虚地本不實一切衆生於無虚實中横計虚實故

皮毬子曰有一事則有一義義宜也如地宜堅水宜濕火宜熱風宜動如堅者濕濕者熱熱者動則非義矣理則不然堅可以爲濕濕可以爲熱熱可以爲動動復可以爲熱熱爲濕濕爲堅盖宜者可以不宜不宜者可以宜譬如輪之始終豈可有端哉故地水火風又名曰四輪然輪雖不可以始終窮外鐵則輪何所有

義理辨

夢悟醒迷聖凡途隔究其所自不過未達本源故曰達本忘情知心體合即此而觀情未忘時不必以情忘情何以故情終不忘故如一達本情不待忘而自忘矣如體未合亦不必求合何謂體合無思契同也若然者知心即達本達本即知心明矣是故達本知心之人雖同衆人紛然於夢境然其達境無性知心無外愈夢而愈覺一旦夢緣爆斷覺影亦空故不同於醒迷之曹如本未達心未知雖其人忠信廉潔如伯夷叔齊其情執堅固過於須彌之難破也此難破之執謂之一合相此一合相是一切衆生之痛瘡疤雖父母妻子稍觸其疤則無明之發烈如猛熖況他人乎聖人知此相之難破以爲須彌雖則堅固又勝一切然以三千大千世界較之則須彌太倉稊米耳故聖人一碎三千大千世界以

爲微塵使衆生知三千大千世界堅固於須彌者尚可碎而爲微塵衆況我蕞爾之軀塊然之相豈能久留而不可壞哉且此世界不能自有其體必合微塵衆而成微塵衆亦無自體必碎世界而有故以世界觀微塵衆則微塵衆不可得以微塵衆觀世界則世界不可得世界與微塵衆既互觀而不可得則一切聖凡依正二報且道畢竟安着何處偈曰

兎子懷胎産六龍　不惟爲雨更爲風　臨機縱奪能翻弄　一片春光萬卉融

紫栢尊者全集卷第六

音釋

嵐　盧含切音婪毘嵐風名

鞴　皮意切音避車鞴

谹　胡盲切音横谷中聲

賺　直陷切音暫重賣也錯也

鬮　居尤切音鳩拈取也

泝　蘇故切音素逆流而上也

紫栢尊者全集卷第七

明　憨山　德　清　閱

地水火風空見識與覺聞知名爲十大究其所自則十大不離阿賴耶識而有也阿賴耶此言含藏蓋此識能含藏覺義不覺義與見相二分若地水火風空五大乃因此識相分而建立也見識覺聞知五大亦因此識見分而建立也又此識本自無體體本不動智而有也何以故以不動智智本無性無性之義古今難明此義唯棗栢大士於華嚴論發泄殆盡矣然學者心識粗浮論雖曾閱了知此義者不殊麟角焉予雖不敏試且解之蓋此智智外無智了知此智有性無性又智不知智有性無性於此不了即名無明無明即屬生滅無明無性即屬不生滅以生滅與不生滅似一非一似二非二此二和合而成阿賴耶識此識覺義即屬不生滅氣分攝此識不覺義即屬生滅氣分攝又覺與不覺初無別故以本智無待無外故要須本智隨緣於緣生中樂極苦生苦極思本思極心開方始知我此極苦本極樂來極樂本有待來有待則物我亢然相搖而成苦樂今我悟有待初本無待於無待中求樂尚不可得安得有苦[illegible]觀物我相搖之夢譬如醒中笑夢顛倒雖夢熟餘習未能頓除以我所悟無待無物無我廓然而蘊者治夢餘習譬如春陽之照殘雪雪豈能久留哉即此觀之八識不覺義具於待先故曰本淨本不覺由茲妄念起此識覺義開於有待之中故曰能迷非所迷安得常相似既不相似則不免樂極苦生苦極方求

出苦之智出苦智入直下了知有待如水無待如水雖質礙融通似不相即而離水無水離氷無水故氷現前時水無涓滴氷現前時氷無毫毛自是以此了知周旋五位盤根錯節置身心於死生禍福之中拚性命於逆順境風之際橫磨竪煉竪煉橫磨磨煉既久行不負知身心爆落生死門開乘悲智輪浮沉於十方三世展轉於三世十方若一闌提不乘此輪者我不得佛又此識見分第七識計而爲内自我七識又爲六識後半細相分之源故引滿二業雖隔生不昧也故六識頌曰引滿能招業力牽蓋七識爲源耳若動身發語獨爲最又此六識粗相分也若前五識皆八識相分相分即氣分也非相分之相分也此種種識妙達法界緣起無性俱不動智也

雖然先起信發心難證發心易蓋先起信發心貴在緣知證發心但在現知故也

吾嘗因照鏡見巳之影吾作何狀影亦作何狀既而究能作吾狀者畢竟是何物吾瞋狀即瞋吾喜狀即喜始求之於六根再求之於九竅至於五臟六腑八萬四千毛孔長求短求内求外求精粗皆狀惟能狀狀者具六根九竅於徧身毛孔根有根虛竅有竅虛毛孔有毛孔之虛狀即是色虛即是空若能狀狀者屬於空色便與空色爲一則空色不知空色何以故一不知一故也一若知一一是所知知即是能此成二矣一義何在吾種種求能狀狀者始悟其初不屬空色耳渠既不屬空色豈可以内外古今遠近求之哉雖然能求之能若不廓落則此能雖精於空色而實

粗於能求之前者故曰若以知知寂此非無緣知若以自知知知亦非無緣知亦不知知寂亦不自知知即此觀之則能求之前者斷不可以智識窮功力到惟契無生者自知也

昔有一僧平生爲常住務擔閣了修行一日鬼使催捕僧曰煩鬼使奏聞閻羅乞假七日修行雖死無恨鬼使曰奏准則七日後來不准即至矣僧修行七日後鬼使復來勾當前案則覓僧不可得矣噫死生亦大矣此僧七日精進雖酷烈如閻羅王尚柰何伊不得況陰陽造物能陶鑄耶汝等既發心持偈若精進之心不如此僧決斷縱持七百日無益也

中印聖人其名曰佛其所設教凡攝衆人必先三皈然後授與五戒三皈者謂皈佛法僧是也五戒者即不殺不盜不邪淫不妄語不飲酒是也其意以爲不皈佛則出世無主不皈法則開悟無門不皈僧則教授無師故三者闕一不可如三皈雖備若不嚴持五戒則樹德無基不殺即孔之仁不盜即孔之義不邪婬即孔之禮不妄語即孔之信不飲酒即孔之智此五者凡學出世法者既授之後無有破犯則謂之優婆塞蓋有實然後有名也又皈依佛佛者覺也皈依法法者範也皈依僧僧者和也覺而不範如但知上可以爲器若不經模則器終不成如範而不和如有模而不解調治則器成不美是故世出世法聖人設敎不同然三皈與三綱五戒與五常初無別也近世有等妄庸之徒假佛門爲逋逃之藪其初入門既非眞心則既入之後靡所不爲一旦惡滿事敗陷於王難波及無過之

僧及真心齋戒者上之人又不察其真僞凡見髠其首者即謂之僧殊不知首髠而非僧者衆矣故執政者又不可不精辨其真僞也倘一忽之則卹冤者雖百千萬世終不免雪之然後其冤始解耳汝既皈依佛法僧三寶又從性天老師授持五戒若不知好惡少有破犯則韋馱尊天現在戮害汝身死後復誅汝神此真實語情不敢私私則在上在下罪不容赦（示禪人三皈五戒）

毘盧遮那佛此言光明徧照一切處吾於此未嘗不痛心也何故既言光明徧照一切處則凡血氣之屬屙屎放尿一動一靜無一刹那頃不在此光之中如何十惡熏之則地獄相現乃至緣因佛性熏之則現如來之身且道現地獄相時如來之身畢竟在恁麼處現紫金聚時地獄相何在於此揀得出見得透則雖蚤虱臭蟲螻蟻之屬其威神光明不讓毘盧遮那如來一毛頭許今若虛發大誓願轉根本法輪於一微塵中此一微塵如可剖破塵無頭腦如不可剖則根本法輪轉亦未易（示轉根本法輪者）

大凡學出世法先要洞明自心然後昭廓心境窮内外典籍而大其波瀾則化風自遠矣人天自嚮矣然欲洞明自心貴在情死盖情不死性不活則於博地凡夫欲其直下轉識成智心徑圓通安有是處吾與汝先授五根本戒者亦願汝根門潔白攀緣自斷情亦漸死耳設情不死夾帶修行謂之野干種何哉以其自生至死若靜若動若穢若潔若精進若懶墮無非情故故曰萬物浮沈於生死者

情爲其累焉且道情死一句子又作麽生舉揚是佛是魔皆蠱毒非魔非佛總寃讐直饒棒下沓身漢末入黨奴白牯流

古德曰若人識得心大地無寸土我則曰若人識得大地身心不可得顧朗驅烏曰古德說得是我說得是汝莫瞞心試說看朗曰皆說得是又問朗曰汝曾讀楞嚴經不曰讀曰汝讀楞嚴經記得佛告阿難我常說言汝身汝心皆是妙明眞精妙心中所現物云何汝等迷失本妙圓妙明心寶明妙性聚緣内揺趣外奔逸昏擾擾相以爲心性一迷爲心决定惑爲色身之内不知色身外洎山河虛空大地咸是妙明眞心中物譬如澄清百千大海棄之唯認一浮漚體目爲全潮窮盡瀛渤朗曰記得曰汝再試說看我與佛及大德三樣說畢竟那箇說得好朗曰檢别不得曰汝這箇伺蠓蟲作這個解嘗取他生異世改頭換面償他信施始得何以故只解順水推船不能逆風把舵故故曰若能轉物即同如來如佛解祖解與極玄極妙古德謂之閶閤中物如打疊不淨早晚上床下地終不免礙人脚手在示正朗

稜稜鴈塔標雲外混混龍泉續洞宗二檜芬芳五燈圓照此等家聲寂寥久矣皮毬道人每念及此未始不痛心扼腕冀大振祖道且嘗慕申包胥爲人彼覆我存赤心耿耿無須臾斷蓋疾惡習重來自多生或謂佛祖聖賢盡虛空爲量遍法界垂慈何示人不廣乃爾道人笑而應之曰若豈不聞生處要熟熟處要生夫疾惡不重即向善不眞向善不眞則

觸境逢緣利害相關處脚跟便立不定故五持與五犯當知犯持之際申包胥哭秦庭光景若不現前決定敗績矣人天小善持志不眞尚不能成就況出世無上菩提乎萬曆丙戌春皮毬道人由路南達燕山距都城八十里爲古潭柘幽勝絶天下飛錫因留之隆冬未已春風忽動千山煖回萬壑氷消則峨嵋之興油然而生諸檀越有相慕而不捨者躡跡重雲大開祖帳悲歌薦茗感慨竹風皮毬亦悵然囑曰若等果向善心眞秉持初志堅克有終豈獨人天小果決定成就出世心燈定當續燄雖然不談六經安知王道不讀佛書豈知佛心栁宗元信不我欺或者聞言進曰靈光獨耀迥脱根塵體露眞常不拘文字道人之言甚哉其膠柱鼓瑟也且言說害道障蔽自心有不可勝言者今之緇素不求之經而求之疏不求之疏而求之鈔不求之鈔而求之音義少林實宗風所繫比來委靡更不堪觀大都以秘要爲直指以評唱爲資托以頌古爲過路以機緣爲剩語是嘈嘈之徒號稱叅禪者不求之機緣而求之頌古不求之頌古而求之評唱不求之評唱而求之秘要嗚呼語言之爲害一至於此而道人復示人以語言文字豈非救火而油之也皮毬道人又笑而應之曰豈語言之爲害哉特求之者不善耳三藏十二部千七百則葛藤皆佛祖深遠廣大之心叅禪者求之於機緣習教者求之於佛語則語言文字乃入道之階梯破暗之燈燭今乃宗教陵遲祖道蕭瑟咎在棄本逐末重輕輕重如習教以佛經爲本明

宗以機緣爲本弘闡宗教以道德爲本以戒行輔之以學問大之視浮名爲游塵視金帛如糞土秉志堅貞憎愛關頭死生以之營取宗雷大震教雨滂沱昏者醒而槁者潤不爾躆法王之座披如來之衣傳我佛之言者所謂狐嗥耳馬足爲法門輕重一時開侍者暨慧輪中光覺天浴慈田湛鎮潔明宗俱列祖帳之前共獻此茗受者進者皆非小緣人人當生悲感之心誓期出世無以富貴爲懷決以道德爲本學問資之自然此别之後有志者必遂若等不見潭柘之祖塔乎碑銘琅琅餘光烈烈使我讀之而殞淚拜之而毛骨寒彼其未得道前皆與凡夫耳既得道已師範人天流芳千古如此之名名終不朽如此之功功蓋天地上之人天下之螻蟻皆受其恩澤較淮陰夷吾彼皆生死之因此乃無墜之本奇男子必以吾言爲不謬且道萬里長途臨行一句作麽生雞園競秀春風暖柱杖横擔日月行

龍泉别衆示

言無廣畧義無淺深顧其人得旨行持何如耳是以善星比丘雖聽慧過人不特博通大藏亦無書不窺以心術不隹遂招生陷之報如摩訶比丘蛇奴乞士唯持摩訶般若一句茗箒二字尚記不全皆生身得果以其天資淳朴一念萬年神凝方寸用志不分所致也曇衙梅禪人一朝辭紫栢道人於清涼山中將由燕京而圖南乞一言以爲資糧道人囑之曰若所持誦禪宗永嘉集言畧義要此永嘉大師巳驗之方依之行持必然出苦道人何言而禪人猶低首長跽不起復次囑之曰

衆生日用無往而非昏動菩薩日用無往而非止觀諸佛日用無往而非定慧謂之三耶則外昏動本無止觀外止觀本無定慧謂之一耶則昏動不即止觀止觀不即定慧果一之耶果三之耶若於一三之間未能判然了徹豈唯永嘉集不能資汝出苦一大藏教亦皆長物矣何況非法又巖頭毃老一日有僧問曰起滅不停時如何毃老喝曰是誰起滅其僧得旨而退今時有一般野狐魔屬便道我會也起滅者是某甲本來佛性嗚呼哀哉如此妄會一人傳十十人傳百百人傳萬吹徧世間滅佛種族滿眼皆是禪人來前設於巖頭句下未能徹去且依永嘉大師此集行持終不悮汝勉之勉之示曇衛梅禪人

夫鉢之爲器翼三寶備六德何以明其翼三寶盖微此則僧無所資僧無所資則慧命斷慧命斷則佛種滅矣彼其能清能容能儉能廣能尊能古則六德之謂也古由佛授尊由天獻廣則普利一切儉則過中不食容則施受精粗而福利平等清則舉世不忍以葷投之如是而吾曹敢不寶重哉嗚呼去佛日遠魔外克斥髡其顱而毀其容僞其僧而眞其俗至於祖宗標格法道綱常破壞殆盡反以操瓢爲便捷而安之若鉢則視爲滯貨皆棄而不持矣既作佛子凡百所行須遵佛敕故特爲提三輔而申六德使吾曹即名制器即器昭義得義崇古泝頽波而迴末俗斥僞衆而集眞流共扶慈化并報佛恩兹囑萬佛庵陳寶林居士歸而制之或萬或千儘自心力承荷無忽此風一扇能克終始吾眉山轉塵

當有可觀也

示陳寶林

離重雲而孤明獨露映湛水而素影全彰此等解會總是撥波尋水外塵覓地是以古人誚之諸方所示佛性皆半生半滅的老僧這裡方是全不上滅或者詰之則曰彼皆以色身有壞法身常存豈非半生半滅乎老僧這裡即臭肉團便是金剛不壞之身故與諸方不同據皮毬道人觀之則這老僧也未夢見金剛不壞身在且道如何是金剛不壞身咄日月升沈施大照舉眸休自昧清暉

示顯光居士

能急於收放心而不能知心之所在心果能收乎於此不能審究下落則心終不能知矣不先知其心而欲收之吾不知其所收者果有心可收耶無心可收耶吾以是知不先知心所在而能收之者盡世未有其方如雞犬既放之將欲收之不先知雞犬所在雖千呼萬呼終難收也大抵役名昧義之習不破而精義入神之路塞矣且心不可以有無求又豈可以內外推乎如我現前六尺之軀刺頭則頭知刺足則足知刺胸背則胸背知至於一身八萬四千毛孔設有八萬四千針一時刺之而一時皆知若離毛孔一紙之厚雖有千刺萬刺不知矣此知果是我心此心知周六尺而已六尺之外都無所知若然者離身無知之義明矣倘此身一朝腐爛則此知果隨而腐耶果不隨而腐耶如隨而腐則身有相而可腐心本無相所以有無不能盡之豈果隨身而腐耶死既不隨身而腐豈未死但能周六天餘無所知者以理折之終難大通昔人有言曰不惟真心不倚形而立即妄心

亦難必其倚形而立何以故求之内外無所故豈有内外無所之物倚形而立哉吾以此又知收放心之要要在先悟妄心無體則所誘我者自不能爲待也噫物我無歸誰爲放者誰爲收者收收放放放放收收於此豁然譬如牧牛而得其鼻繩矣牽之東皐亦可牽之南畝亦可牽久而純則不收不放亦可放放收收亦可二生既有志於學問不能此而能他得非惑乎又此既明儒亦可釋亦可老亦可如此不明儒非眞儒老非眞老佛豈眞佛二生勉之（示毛吳二生放心説）

學道無他要要在偷心不生偷心不生則古德機緣言句中磕着撞着時以宿善根力大都悟入終易如偷心不死又無痛切精進之力復遭差別因緣阻亂之是皆多生惡習所致所謂偷心者不惟凡情即聖情不盡亦謂偷心汝忽觸病緣善用之即入道緣不善用即差別緣哀汝道緣多障附此勵汝（示沈季玉）

夫寒往則暑來夜往則晝來開往則合來而寒往則暑來以一歲言之也夜往則晝來即一日言之也開往則合來就一瞬言之也衆人以一歲爲長以一日爲短以一瞬爲短中之短也殊不知由瞬而日由日而歲由歲而成古今皆念後事也如一念不生前後際斷長短路窮則所謂歲之與日日之與瞬皆睡中語耳豈大覺之境哉是故有大夢而後有大覺夫覺則不睡不睡則無夢而衆人眼睡於色耳睡於聲鼻睡香臭舌睡味身睡觸意睡法塵一睡永睡長劫不覺根塵抗然識揺其中開眼合眼雖有寤寐而實皆睡也惟達

者覺由塵發知因根有相知初無知相本無相故抗然之根塵不待觀空而自泯故曰狂心頓歇即是菩提菩提此言覺也嗚呼本是一精明分成六和合積執成堅各各不化以睡爲惺以苦爲樂顛倒夢想苟不鳴以大覺之雷則睡者終不惺矣且惺也者待睡而稱未睡之初惺在何處謂惺在塵是塵非惺謂惺在根根既是惺孰爲其根謂惺在惺惺不自惺江生來前吾語汝推惺於三知惺所在則寒來暑往暑往寒來皆汝眼開合又喚誰爲睡乎誰爲惺乎雖然轉得睡者然後可使惺耳倘轉睡未能則惺使江生去也江生勉之示江生睡惺

夫木具火性然不能自焚必須假鑽燧而烟始生然烟雖非火乃火之前茅也如鑽燧不休火必繼烟而至矣火則木盡成灰嗟乎木始由土而生終還於土此理勢然也衆生佛性木中火性也諸佛教典鑽燧之具也具有而不得其人則火終不發火發而木然衆生因佛教典熏發觀照之火焚五蘊木終歸性土此蓋即情而復性之譬也

去佛世遠祖亦不出時劫轉濁故修行人最初立念雖爲生死到頭敗闕者多大抵病在何處不在聲色貨利不在七情六欲只在當人一箇臭軀殼子打不破一點妄想心覷不透便被生死魔所役從無始來天身人身畜鬼之身羽毛鱗甲之身於苦海中改頭換面升沈無有暫止且道這生死魔及天畜等身人與之耶自招之耶總來不出一點攀緣心這點攀緣心看來無許大黃面老子因地中

捨金輪王頭不可勝數即至將證果時更受種種惡逆之境十生九死拚命挨排饑寒不顧利害不曾但知此點攀緣心不了禍媒不淺務必覷透方了不知此點攀緣心是何物件非惟黃面老子併精着彩不顧危亡然後降伏得下自古及今豪傑不少扶王佐伯成功業於渧唾之間百世芳名血食未有能覷透此點攀緣心者既覷不透豈能降伏得下故般若會中須菩提人天衆前發個問端云何降伏其心云何應住爲問住則且止畢竟此心如何降伏這點機關不在於佛不在於祖不在於知識法師可以傳授與你佛祖知識只好與你作箇傍敲助緣若要覷透此心悟徹了當譬如壯士屈臂惟在自已不假他力縱有大藏聖教亦不過是傍敲說話孟修若眞要了此生死於此決當發一段拚身捨命的志氣此心不悟穿衣即是披毛皮吃飯即是吃尿屎要悟此心不知自責便被懈怠昏沈魔所蔽終不能到古人悟處如乾峰示衆云法身有三種病二種光一一透得方可說修行雲門出曰爲什麼菴内人不知菴外事乾峰也只得呵呵大笑而已敢問孟修雲門話頭是何旨意乾峰笑處有何利害於此二老口角頭知些好惡所謂降伏其心辟如順風揚塵有何難哉於此放過不求了徹則前所謂苦海之中改頭換面升沈不止羽毛鱗甲請孟修一一從頭做將去石崖云三塗一報五千刼出得頭來是幾時示康孟修

楞嚴會上佛告阿難一切衆生從無始來生死相續皆由不知常住眞心性淨明體用諸

妄想此想不眞故有輪轉諸仁者此一段經有兩種血脉一是四聖血脉一是六凡血脉遮箇關頭辨析不眞管取十八舉心動足五雙錯了常住眞心性淨明體此便是四聖血脉此想不眞故有輪轉此便是六凡血脉四聖者佛菩薩聲聞緣覺是也六凡者天修羅人傍生餓鬼地獄是也此十者又謂之十法界言法界者法則共合界則各别此皆總是衆生最初發心不等感果亦異若是箇大闡提漢子直下一念不生轉身就父大事因緣千了萬當舉箇佛字早是染污且道十法界者向恁處着落貧道此等説話也是鉢盂添柄嚼飯喂人嚫心不少雖然未是箇闡提漢子也須循規蹈矩做來亦無大錯故末法修行者切須明此兩種血脉始有商量好惡分不然盡是説鬼話的人頭牛耳貧道與仁者聚首此地莫非前刼因緣非今情識諸仁者自今而去必當以四聖爲血脉莫以六凡爲眷屬要以四聖爲血脉必要發四聖的心腸且道四聖的心腸如何發起一念剖析得空此聲聞血脉也即念體空此緣覺血脉也即念即空即空即念空念歷落此菩薩血脉也且道佛之血脉如何接得驢胎馬腹尋常事寶座蓮花有甚奇諸仁者一念析空方接聲聞血脉不知諸仁者逢緣遇境逆順關頭一念析得空否一念若空則心與空相應心既與空相應説恁麽軀殼子到此時節又喚恁麽作愛憎諸仁者此箇境界不過聲聞血脉尚愛憎超然何况緣覺菩薩佛耶貧道也有幾句閒淡話聊與諸仁者解登山之勞衆生

習氣界劣但提着六凡血脉分上事即如膠如漆藹然莫之親而親之精神爽利言談有味如飲醇醪每提起四聖血脉分上事不是昏沈便是散亂方便勉强勸他多念一聲佛多拜一拜佛多看兩行經多奉事兩箇知識善友其精神不期倦怠而自倦怠方寸中又若芒刺便身覺不自在心覺不悅樂此無他不過出世心輕塵勞業重耳今諸仁者皆是傑然漢子豈尋常可比雖然自是而後法脉中宜各殷重莫因六根門頭憎愛影子傷了血脉源頭若不幸有此皆是人頭牛耳又何足道貧道說此語十方諸佛併殿上釋迦佛國山寺裏護法伽藍及三洲感應韋馱菩薩天眼遥見天耳遥聞他心證知諸仁者不是等閒事若忽畧了不惟現在遭大患苦向後地獄不免在且道一念未生地獄天堂是有是無有則墮增益謗無則墮損減謗亦有亦無非有非無總墮謗數此不管你張三李四照律問罪將去那管你承當不承當若要出此謗類須會得水急偏留月山高不礙雲

示丁南羽繆仲淳吳康虞于中甫

像章黃山谷嘗嘆息學者騖流忽源故以機緣則騖奇而趨之曰諸祖西來意舍此無從入矣以七佛偈則忽畧而不究殊不知舍七佛偈則禪無源矣禪之流又惡自來哉七佛偈似可以義解諸祖機緣似難乎義解以爲義可解者終不能超情識義不可解者非情識可入叅而悟之則一悟永悟始千了百當耳是不知七佛偈亦有義解不得入處諸祖機緣亦有可以義解者大概學禪之法法本

無定譬如大將用兵有時以正勝敵有時以奇勝敵有時以奇正兼用勝敵有時奇正俱不用勝敵而學者必謂西來意在諸祖機緣而不在七佛偈何異用兵者必謂奇可勝敵而正不可勝敵得非癡乎若七佛偈學者果能精而究之方知禪不外偈矣於諸祖機緣忽而不悟則恐又不若持偈矣千經萬論别無一事不過説離身心耳如學者身心執受之障不能離於七佛偈祖機緣不能悟入總謂之葉公畫龍倘眞龍現前吾知其必投筆怖走矣故吾勸出家在家有志於斷生死割煩惱者於毘舍浮佛偈能信持之持久熏熟則身心執受之障終有消釋時在又身執受消時涅槃現前心執受消時菩提現前此二者教中謂之二轉依果蓋轉生死而依涅槃

轉煩惱而依菩提也噫生死既轉而成涅槃煩惱既轉而成菩提到此時節則我更有何事我既無事可乘悲智輪運彼一切有事者都還無事之鄉此不惟山谷居士之願亦諸佛菩薩之本願也又老氏曰吾有大患爲吾有身及吾無身吾有何患又曰介然有知行於大道唯施是畏又顏子心齋坐忘則曰墮肢體黜聰明墮肢體得非老氏以身爲患之意黜聰明得非老氏以心爲畏之意哉三教聖人皆教衆生脱離身心寧唯釋氏乎毘舍浮佛此言自在覺蓋身心未離則何往非礙身心一離則何往非自在歟七佛偈示衆

恭聞過去諸佛諸菩薩現在諸佛諸菩薩未來諸佛諸菩薩皆以六種攝十方三世一切衆生無有遺漏未聞煉頂燒臂拔髮熏鼻眠

針卧棘而能攝受衆生如妙法蓮華經有然臂焚身之説楞嚴有然指懺罪之條法華則以象寓意意得而象忘實不在然臂燒身也楞嚴然指實懺已罪非籍此以鼓惑愚夫愚婦者何名六攝一頻攝謂諸佛菩薩從初發心於一切衆生作父母想隨力所能直以一切樂事饒益而攝取之是名頻攝二增上攝增上猶增勝也謂諸佛菩薩既已發心若於父母起尊重心種種方便勸修善法隨時供養知恩報恩若於妻子眷屬教修善法令其勝進或諸佛菩薩化身爲明王聖帝即攝受人民如法正化不加非罰以財以法而爲饒益隨其力能教諸人民令修善法是名增上攝三取攝謂諸佛菩薩常以二種攝取衆生一者常以舍心以財饒益一切衆生令其離於貧窮二者常以慈悲心以法饒益一切衆生拔惡邪見教修正法是名取攝惡謂十惡身三口四意三是名十惡邪謂拔髮熏鼻眠針卧棘煉頂燒臂牛狗等戒是名邪見四久攝謂諸佛菩薩攝取衆生多歷時數久久教化乃得成熟是名久攝五不久攝謂諸佛菩薩攝取衆生教化不久即得成熟是名不久攝如善財龍女廣額屠兒是也六後攝謂諸佛菩薩於前五攝之後攝取衆生於此生内即能成熟是名後攝又名最後攝無論出家在家凡有志於出生死苦海者如上六攝應當一一查考明白依而行之自然佛知見藉此而開觀行藉此而成如不遵諸佛菩薩遺教所知所行直饒你舍恒河沙身命歷種種難行苦行皆爲魔業何以故佛知見不開故

佛行不成就故佛之與魔譬如氷水水不氷即水不水即水故曰毫釐有差天地懸隔又煉頂燒臂博米飯僧固是好事然不若以四大觀身四蘊觀心身心觀熟轉生死爲涅槃轉煩惱爲菩提較飯有僧名而無僧實之僧勝劣曉如黑白佛言爲佛弟子不解佛語不行佛行謂之髡頭俗人故飯髡頭俗人與飯常人乞兒等若然者未知轉生死爲涅槃轉煩惱爲菩提妄以苦身爲行鼓惑愚癡衆生此非魔外而何哉六種攝示出家在家人

衆生靈知固有而不能用者第未知有耳如一知有日用便能惟吾自偶諧矣大抵知有的人知身身化知心心化所以處身心而解脱有餘也故曰知有有壞知無無敗有無既爾則罪福吉凶獨有性乎

凡學佛性宗通而相宗不通常迷於相似般若路頭二宗通而禪宗不通如葉公畫龍形容龍之態狀宛若眞者然終不能致雷雨耳於相似般若路頭不辨清楚不免牽諸外典附會佛書且性宗一味虛豁靈徹塵勞中人少挹波瀾懷抱便覺超放即如讀莊子一般令人心魂遊揚濁世之表於此虛豁快活處受用了若以爲極則永不求進凡見善知識敲打處便以爲生事此病不消到底成天然外道去也於治習路頭罔然不辨好惡者良以相宗不通八識混淆不知何識是現量何識是比量何識是非量何識兼帶三量轉何識爲智日用逆順境上何識作觀既不知轉識成智階梯饒你於性宗七通八達只是畫餅充饑安能得飽於禪宗未能究竟則雲門

打殺佛喂狗子南泉斬猫兒等機緣縱十地菩薩聞此等差事亦不免生大疑怖震旦國中自昔以來每有竊謂佛經皆是抽繹莊老六經自成一家如此等人若使其於相宗中討箇分曉何至失言如此取後人之笑即如義學之徒或於禪宗生謗立言排斥總是爲慮不遠執泥心重於情識上通不去故墮此失且如現前一身於相宗究竟不清斷不知此身下落便識他不破識他不破便被他瞞飲食男女境上自然作不得主便見可欲既見可欲此心便亂心亂身惑縱使活佛終日耳提面命也化你不得盖此心此身都成了箇欲塊有何虛處可受醍醐要識破此身亦不甚難生前眼不攬色耳不攬聲鼻不攬香臭舌不攬醎淡身不攬觸則意根上便無待根既無待境寧有待境識無待當下寂滅寂滅現前一切順逆因緣頓化爲常光由是推之現前一身不過生前五塵落謝之影子横計不消成此肉塊耳噫生前有五塵影子識不破乃結成現前肉塊子如現前肉塊子再識不破則肉塊陸續展轉無窮去也故不甞你利根鈍根於三界二十五有之中要求箇出頭分最初便把肉塊子覷得粉碎始得肉塊子既能覷破有生之患根株拔矣此根既拔一切無累既得無累凡咳唾掉臂皆清淨梵行也以此梵行之光照彼魔外自然膽喪魂驚皈依之不暇矣雖然要覷破肉塊子也是難事苟於出世之心見未定而惑不决豈易爲哉又相宗之書無有通變師承學一分加一分繫縛故於性宗禪宗上和會不來若

於相宗精了即一切外書亦總是佛法故古人云若人識得心大地無寸土寸土尚無外書非心而何我每常見此等病人多故不惜勞攘牽枝引蔓如此示學者通性相禪宗

藏教利用急於陶凡通教利用急於陶滅色明空之劣習別教急於轉通人之狹識圓教全始全終吾如來初之本致也通人以狹言者其斷惑止於見思惟巧勝乎滅色耳別教功用殊特非通之例蓋斷無明十二品也圓教則圓斷之矣凡內書讀之不以六即雙融了了不昧其濫魔外無疑也將此細議則不還論旨可過半矣示即聞

諸大衆今日是臘月三十夜梅花色上添新歲爆竹聲中減舊年請各屏息緣心諦聽慈雲説兩句淡話大凡人生死不切只被箇富貴貧賤忙迫閒散障了他富貴最極人中不過輪王天上不過摩醯首羅及至福盡五衰相現眷屬厭離威德不振死魔現前他豈不要强作箇主宰多享幾日癡福其如無常没情直下請行到此時際與庸人何異慈雲見眼前齊頭整腦伶牙利齒談吐便便的漢子專心致志莫不以功名富貴爲極則眠思夢想必欲滿願方休他輪王摩醯首羅到頭也只是這等榜樣何苦并盡精神波波逐逐斷送了一生又有一等富貴籠罩他不得的以閒散爲懷陶情高尚殊不知天上人間最閒散者莫過神仙乘風往返瞬息萬里意有所向莫不遂心一旦報謝淪墜生死從前神通變幻種種逍遥一無所仗隨業受苦與猪狗同倫償他業債大衆上來富貴閒散撞了箇

大年三十夜也都結梢如此貧賤忙迫又何足道此是三界裏苦樂榜樣又不知三界外亦有苦樂大衆肯信否若說不信諸佛誠言安敢不信聲聞斷見思惑盡求脱分段穢軀六通縱任無為山壁由之直度改身換質稱念即成豈不樂也然還有塵沙無明及根本無明在難免變易生死於佛性上未得洞然徹了酣飲寂滅濁酒觸事面墻如枯樁死漢相似豈不是苦此是三界外的苦樂障蔽了佛性不得受用真寂滅三昧何況三界裏頭腥臊危脆之身結業顛狂之想戀此涕唾富貴果是皮裏有血眼裏有筋的漢子聞此淡話豈不面熱痛省尋箇出脱這圈䙡的活路大衆有一段極平常極奇特的事只自不知如何是極平常人皆固有本自現成只為情

封識鎖不得受用如何是極奇特不離此臭穢之軀即就煩惱業窟裏發一段堅固信心勇猛精進利害毀譽略不顧着辦了此段志氣然後見真善知識將此懷抱直心告訴他必不辜你此點真誠必指你箇尋活路的方法直下信受其言不得揣摩不得賣聰明杜撰即如初生嬰兒惟乳是念不知毋之妍醜貴賤叅禪的漢子也要如是蓋人不本色心不純粹決做此等事不得果辦了此等肚腸繫住本叅話頭不論日月孜孜綿密迥迥現前一片觸不碎的境界情關坐斷意識不行到此光景胸中覔一點憎愛了不可得何況軀殼上的死生這箇時節并着精彩拚命直前以悟為期你真心不退十方諸佛與權位天龍八部必慈憫冥加忽然透徹大事了當

殺活自由不妨就富貴以弘化示高尚以振俗若必以富貴閒散爲障道此又無繩自縛死結不少果到此地位即不離臭皮袋便是肉身菩薩與衆生抽釘拔楔點凡成聖縱步於毘盧頂上鼓化於今事門頭叱咤死叅禪豪傑之偷心棒喝敲落無明漢子的習氣若也如是不惟自了亦且爲人豈不特奇乎大衆如何是本叅話頭趙州問投子大死的人却活如何子云不許夜行投明須到且道是何道理有會得的出來吐露看若都不薦各各自便偈曰一念無明昧巳靈昏昏埋没幾千生臭尸殼上分妍醜虛幻門頭起愛憎深溺邪途誰解險飄流苦海不知醒莫言此是閒饒舌大要諸人出火坑（除夜示衆）

夫五慾覆盆心光不明有能揭之千古長旦不亦快哉故全生之德莫若襲明之功也盖日沈則月襲其明月没則燈襲之如日月燈三者照不及處苟微不明自發之光則諸暗相求昏我矣是故宗譜之設貴在襲明自飲光至於震旦鼻祖皆以不傳之妙抛擲乎衣鉢偈頌之間使天資高者即妙襲明明明無盡又譬諸無盡燈然唯濟北一枝光茂特盛似他宗莫及也雖然雲門洞山溈仰法眼之門出人亦皆奇偉又非後世黄口禪雛得而皀白者也（宗譜說）

五戒精持須明三聚五戒者不殺不盜不滛不妄不酒是也三聚者一攝律儀戒律即法律是禁止之義儀即儀式是軌範之義持此戒者一者不得爲利養故自讚毀他二者不得故慳不施前人三者不得嗔心打罵衆生

四者不得毀謗大乘經典持此四法無惡不離故名攝律儀戒二攝善法戒者謂身口意所作善法及聞思修三慧六度萬行無不聚攝故名攝善法戒三攝衆生戒者謂能攝受一切衆生能攝之行即是慈悲喜捨慈名愛念能與衆生樂故悲名憐愍能拔衆生苦故喜名喜慶慶一切衆生離苦得樂故捨名無憎無愛常念衆生同得無憎無愛故以此等法攝諸衆生故名攝衆生戒夫五戒三聚精博無遺精則五爲諸戒之本故名此五爲根本戒博則無善不攝故名此三爲三聚戒是故持五而不持三但紹人天難繼佛祖然戒殺而不能放生戒盜而不能布施戒淫而不能教人持戒戒妄語而不能愛語說法戒酒而不能勸人戒飲此名下品五戒反是名中品五戒如能五戒三聚兼持無犯名上品五戒嗚呼一念不生五戒三聚凡聖圓滿一念既生五戒三聚在道前或不聞名字或聞名字不知義趣或知義趣以染業障重不能持守惟道中道後道有淺深或滿持或分持教有明文兹不煩舉又初心之人謂之毛道凡夫設觸境風逆順心識飄忽如墮鴻毛於康莊微風欻起飄忽無定故有志出苦持五戒者若不發重大惡誓痛制心識偶觸境風現行力故染流易墮淨岸難登故古人自知染習濃厚於戒戒之下一一發大重誓扶持戒心使無飄忽今可既知浮榮危脆見幾而作掛冠祝髮自外及庶自庶求眞生生世世不受雜身常爲男子六根完具福慧隨願永作比丘斷見思後分身散影淨佛國土成就衆

生如是戒頗豈可易發自受戒後苟不以惡誓怖心頗繩束縛戒實難持頗實難發故戒急頗緩戒屬生滅戒急頗急戒本無生滅如能持無生滅戒則五戒三聚自然於境風逆順之中任運無犯倘慮三聚廣博難持五須精持三聚漸持如五不精持戒神嗔怒一戒五神五戒二十五神如影隨形護持戒人剎那不離如持戒不精神亦無時不怒

兩順一逆迷悟綱宗綱宗不明解行失準唐宣宗大中五年召京兆薦福寺弘辯入見上問曰何爲頓見何名漸修對曰頓名自性與佛同儔然有無始染習故假漸修對治令順性起用如人吃飯不因一口便飽帝悅賜號圓智禪師此兩順一逆綱宗之所券也大抵衆生本無有苦受以性變爲情昏動乃作萬法生馬昏動既作明靜失眞明靜既失昏動日深昏動既深靡所不至故暫起一念念不在上品十惡則在中品慳吝十惡不在中品慳吝十惡則在下品愚癡十惡不在下品愚癡十惡則在五戒滿缺之間不在五戒滿缺之間則在猜忌修十善之域不在猜忌修十善之域則在純修十善之天此六者雖升沈不同苦樂各交皆性變爲情而有也夫性初本妙變而爲粗故名下凡粗必流至於濁濁必受苦苦極必思本如人臨死生之際不號呼父母必哀天叩地諸佛菩薩乘其思本之時遂以緣因佛性熏之熏熟則解解則能了知根塵無性孰爲物我此無物我者在堯不加多在紂不加少堯能以解治染習所以人欲日消天理日全如陽回大地消得一分氷

則一分水現前消得十分氷則十分水現前水既現前氷不可得此名一逆水性融通在方而方在圓而圓可以爲六合之靈潤可以爲三冬之霜雪在天爲雨在地爲泉在流爲江在貯爲湖在納爲海名雖多種實則惟濕而已以其在方圓之器而器不能留礙如妙覺聖人分身散影遍入諸趣開迷成覺鑄苦爲樂務莫不濟然未嘗有累此名妙順又名順性起用然順性起用中有逆而未全者有逆而將全者有逆而已全者如已全不能忘之則順性之用必不能稱性惟稱性之用方能妙物無累往大通智勝佛十刼坐道場不得成佛道適坐此座即佛法現前以其忘而能起稱性之用耳此一逆之中有聲聞緣覺菩薩佛四法界不等葢聲聞厭苦集爲染欣滅道爲淨緣覺厭流轉爲苦欣還滅爲樂菩薩雖圓別殊種皆以六度十波羅蜜淨佛國土成就衆生佛則不然頓明自性雖臊臭凡夫能於境緣逆順之衝一味率性應之如龍用水如虎用風謂之有心耶龍虎念未起時而風雲自生謂之無心耶脫徹龍虎則風雲不起老龐曰日用事無別惟吾自偶諧頭頭非取捨處處没張乖朱紫誰爲號邱山絶點埃神通并妙用運水與搬柴雲門問大衆曰柴搬人人搬柴耶小壽禪師以擔柴出市薪忽墮地即大悟偈曰撲落非他物縱横不是塵山河及大地全露法王身又陸亘大夫謂南泉曰肇法師甚奇怪解道天地同根萬物一體南泉指庭前牡丹花云人見此一株花如夢相似嗚呼葉公畫龍非不真龍現前

即投筆怖走若紫栢見南泉恁麽道打一摑云和尚腦後數行白髮曾見麽法樹來前紫栢受性不耐落索爲樹卽畧拈兩順一逆綱宗兼提古德機緣一兩則又自弄家風代陸亘轉一上語者不過愍樹卽不遠登山辭别壽母若不以本分事慰樹卽母子之心得非兒女態乎雖然本分事非徹骨英雄亦不易承當姑以三皈培母子出世之因五戒資人天之種三皈者謂皈依佛則不迷皈依法則不饑皈依僧食必正故曰非正命食不足以資法身慧命五戒者不殺則壽不盜則泰不淫則潔不妄則信不酒則智此五者有上中下焉上者治心中者束身下者戒雖曾受實或負名樹卽當斟酌上中下戒謹自擇之示朱虬庵

夫衆人爲欲噉惟聖人能敢欲爲欲噉則迷已而逐物能噉欲則無物不轉故曰若能轉欲卽同如來衆人一涉欲境但知有境而不知有已惟聖人卽欲無欲故能妙萬物而無累也

世間法精神不極我所不化終不能入其閫域況出世間法乎大都世間法帶情而入亦可得其精出世間法苟不超情而入直饒你苦心到驢年終無有入處故曰離心意識叅若不離心意識凡所叅者皆心意識也古人謂之用賊作家非但家破禍終不免

憨憨子曰吾讀棗栢論乃知清涼之疏華嚴也雖精且深然不若李方山之發揮無蹊徑可尋而天機深者以不可尋爲前茅研窮不已忽焉而入則笑諕於彌勒樓閣之中遨遊

於無量刹海之上得事事無礙者如普庵肅英卭武葦自唐迄明亦不乏人也但於遭際有通塞故其所得者有隱顯於時焉如船子不得夾山則終陸沈於烟波中巳夫華嚴法華吾大雄氏始終本懷也彼大經疏則有清涼論則有方山唯法華也既爲華嚴之終若不假手於天台則玄義之作其孰能之有宋寂音尊者作論論法華則以文字而拋擲不傳之妙於三周九喻之間譬如夜光之珠宛轉横斜衝突於金盤之內不可得而測其方向也所可必者知其不出盤耳盤喻文字珠喻不傳之妙也或曰妙不可傳既不可傳孰知其妙既知妙而不可以文字語言得之則文字語言獨外乎妙哉如文字語言既在妙外則文字語言不可得而傳妙可傳也妙既可傳而文字語言不可傳者則粗者愈精精者愈粗矣子爲我即之憨憨子應曰精謂理也粗謂事也理猶水也事猶波也如必以爲文字語言非妙妙非文字語言是離波求水也離水求波也子悟波水之喻則精粗不待吾再告而知矣天台建六即六波也即水也有迷波者謂波非水也有迷水者謂水非波也謂波非水則凡夫甘陷無分之阱終迷而不出矣謂水非波則淺悟之徒不免坐於忽聖之坑也此吾天台六即所以建也六即者理即名字即觀行即相似即分證即究竟即是也夫理即也者謂聖凡共有也名字即謂其聞名知義也觀行即謂其能依解起行也相似即謂其依行得相似理水也分證即謂其能入初住得與眞法流水接也自是由等

覺而成妙覺謂之究竟即也是以知即外六則即無所得知六外即則六亦無所得能如是知者乃謂之圓解也依圓解起行始謂之圓行行既圓則所證獨不圓乎嗚呼藏通別皆金口所流出也不名之圓教惟華嚴法華諸最上乘經謂之圓教蓋根器異也如華嚴時非鹿苑時也乃至非法華時也豈如來聖人有異心異言哉如六即之建五位之設總謂理可頓悟事須漸除故不假五位陶鑄無始習染至盡則果體終不可證也陶鑄習染若不先頓悟圓旨則行屬有爲非圓行也唯六即即波外無水也唯即即六水外無波也然華嚴法華皆以象寓意能得意而忘象者指波爲水可也指理爲事可也指精爲粗可也指粗爲精可也脫泥象而不得其意雖清涼方山石門復出吾未如之何已

夫繩之爲網則水陸之命有所逸者未可知也以錢爲網則水陸之味窮矣夫味離舌無有舌離身無有身離心無有故至淫者化爲婦人至暴者化爲猛虎蓋其心既變其形不得不變也此非心能生身乎人苟能因味得舌因舌得身因身得心因心得性性得則孰爲物孰爲我故曰血氣之屬必有知凡有知者必同體又曰性相近也世儒不知性横謂我性與物性不同遂因味失舌因舌失身因身失心因心昧性昧性則無往而非情所以被形用而不能用形耳既爲形用不過窮口腹之欲安知所謂性哉劉生倘薦此則戒殺不難矣（勸劉生戒殺）

紫栢尊者全集卷第七

音釋

竅　苦弔切蹻去聲穴也空也

逬　奔讃切音餴迸散也

暨　奇寄切音忌及也

歘　與欻同音忽風有所吹起也

鑄　陟慮切音註鎔金入範也

紫栢尊者全集卷第八

明　憨　山　德　清　閱

聖人知三障爲患之大所以設懺摩法而蕩除之三障既蕩本心光圓本心光圓則自利利他無往而不克矣三障者何所謂煩惱障業障報障煩惱障者何本心無欠以日用而不知此黙不知即煩惱障也由不知而造不善即業障也既造不善則天地鬼神必厭之矣厭必誅誅則據罪結欵死必無赦即報障也如一心不生萬善不昧開物成務功高無累此又由不知而悟不知初無自性不知成智以智治習習盡神全則無爲而不可也假名曰聖

夫水之爲物也果有常耶果無常耶有常天人則以爲琉璃餓鬼則以爲猛焰魚龍則以爲窟宅人間世則以爲波流無常則舍琉璃而猛焰無從舍猛焰而窟宅無從舍窟宅則波流亦無本矣衆人日用之塵勞在聖人則無非解脱也塵勞解脱果一物乎果二物乎一則熱惱之與清凉不同二之則舍熱惱而求清凉譬如離波求水安可得哉今有人於此欲以塵勞作大佛事苟未知余説終不免受塵勞驅役奴而爲主主宰不受命宜痛思之

夫凡聖無常悟迷似異諦觀當處本絶纖塵然未拔情根愛憎封蔀綿歷長劫徒自疲勞固有衣珠莫知是寶一朝指破富樂無窮八大人覺經辭簡理勝風致幽奥即衆生一念之迷如來大人妙開八覺有緣衆生苟得一覺定超苦海況兼得者哉陸太宰季子基志

受性多思徇習不悟殊不知多思則傷脾脾傷土瘠萬物以土爲母母病而子豈獨無恙乎於是命其受持此經蓋欲以資覺思化思化無我無我則同同則無物物我既忘孰爲能思孰爲所思能所寂然一念之迷遂成八覺矣此李高續命丹也敢不寶之（示陸繼皋時八大人覺經）

夫七情之與八覺果一乎哉果二乎哉隨順七情則苦海濤生隨順八覺則涅槃山寂於是大覺老人憫諸流浪即衆生日用之不覺開爲八覺蓋欲一切衆生一覺永覺如分一燈之光光光無盡然此光在眼爲見在耳爲聞在鼻爲嗅在舌爲嘗在身爲覺在意爲知故曰分一精明爲六和合如一心不生且道八覺在甚麽處英靈黑白直下果知好惡則經所謂八覺者何異畫蛾眉於渾沌者哉

原夫鍛昏散之椎輪三世諸佛迭相授受者也第在用之何如耳用之果善消昏散於剎那扶止觀於大寂隕山河於未始有地蕩身心於無得之鄉斷欲結之利刃資靈軀之正命効見當人之勇心游象帝之先本有神珠光明在掌初非他實價直誰酬即凡身而證佛身依俗諦而造眞諦功高空施福德難量誠以行人一息昏散清即一息佛一念昏散清即一念佛耳嗚呼茫茫苦海之中凡有血氣之屬莫不抱靈而頭出頭没不可勝計設有一人能於椎輪之下清一息一念昏散成一息一念佛者若以佛眼觀之則其功德信不可思議況夫多時日者乎蓋人貴自反果能反照自己分上昏散自生至死剎那有停

息乎故曰若人靜坐一須臾勝造河沙七寶塔寶塔畢竟化爲塵一念靜心成正覺如或用之不善亦不荒失人天福田是以黑白賢豪能言者宜游揚贊嘆有力者宜護持周給凡道場所在等心助揚之蝦昏散道場

壽夭無相相惟其心心生則吉凶可晉不生則凡聖坐斷是以鑄夭爲壽如土作塊成與不成顧我所作如何耳故以增上心持呪靡不成就平平心持呪但可敵夭眇劣心持呪終未得效但植來因也授元新持呪

法立則不法者不立矣然不以智火鑄其情則法情並立矣大概聖人立意不過化其情而不化其法也蓋法屬依他情屬徧計如能即徧計而入依他即依他而入圓成即圓成而入破沙盆即破沙盆而入塗毒鼓由塗毒鼓而入深慈三昧海則凡聖之罏鞴在乾屎橛而不在法立也故曰煩他萬象說法我且博閒耳法立薦此始不負石頭路滑之記示法立

相本無常隨熏而就是以過去善惡之業熏心則感現在苦樂之報如印印泥卒難改轉此蓋論衆人也若修行之士則不可定其修短縱前生所造之業應感苦報以其現在力行精進罪不勝功轉苦爲樂易短成修往往目見且驗之不少矣及讀南嶽思大禪師曲授心要印證明白皎如日星不復疑之其言曰初學行者未得事從心轉但可閉目假想爲之久久純熟即諸法隨念改轉如指屈伸了無難者故大菩薩乃至二乘小聖五通仙人等能得即事改變無而現有有而現無也

由是觀之以假觀熏心則法法皆假變易何難哉以空觀熏心法法皆空捲有入無相不可得何天何壽何罪何福以中觀熏心則有無離即陰陽不能籠罩神智不能卜度言相可轉亦可不可轉亦可不可不違可可不違不可如夜光神珠宛轉橫斜於金盤之中雖聖似仲尼明如離婁孰能定其所向者乎故曰相逐心生相隨心滅有相無相生滅由時了心之人所以生死之際來如着衫去如脫褌畧不作愛憎見也論相

僧海洲叅師問曰汝出家爲甚麼曰爲求出苦師曰以何法則求出苦曰我資鈍但念佛師曰汝念佛常間斷否曰合眼睡時便忘了師震威呵曰合眼便忘如此念佛念一萬年也沒幹汝自今而後直須睡夢中念佛不斷方有出苦分若睡夢中不能念佛忘記了一開眼時痛哭起來直向佛前叩頭流血或念千聲或念萬聲盡自家力量便罷如此做了三二十番自然大昏睡中佛即不斷矣且世上念佛底人或三二十年或盡形壽念佛及到臨時却又無用此是生前睡夢中不曾有念頭故也人生如覺人死如夢所以夢中念得佛底人臨死自然不亂也示念佛

念佛法門最爲簡便但如今念佛之人都無定志所以千百人念佛無有一兩人成就者這一句佛一切菩薩一切天一切人若生西方者莫不因此這一句阿彌陀佛而度苦海然念佛心眞不眞勘驗關頭直在懽喜煩惱兩處取證其眞假之心歷然可辨大抵眞心念佛人於懽喜煩惱中必然念念不間斷是

以煩惱也動他不得歡喜也動他不得煩惱歡喜既不能動死生境上自然不驚怖今人念佛些小喜怒到前阿彌陀佛便撇在腦後了如何能得念佛靈驗若依我念佛果能於憎愛關頭不昧此句阿彌陀佛而現在日用不得受用臨終不得生西方我舌根必然破爛你若不依我法行則念佛無有靈驗過在汝與我無干示衆念佛

夫人之識心久混塵勞莫知返本欲即塵勞契於覺性宜假攝持其方匪一寧有善乎諸如來密因總持陀羅尼者也何以故隨根利鈍逗教淺深非究竟故惟得持此呪不問愚癡智慧咸得成就無上甚深希有以密因不可思議故若開士信心觀照所持呪語一字一句歷歷耳根心耳交攝無所雜亂於睡夢中亦不忘失即持一遍勝百千萬遍能滅八萬四千塵勞能生八萬四千道果所有功德甚爲希有不可思量以是呪爲熾盛光王如來所說本願功德故開士當持呪時應當九禮熾盛光王如來合掌梵跪日持一百八遍持一氣畢取氣可繫心故是以經云其誦如錐謂當入心主持不少間斷也十二時中除對人語言外初醒可持未睡可持行可持住可持坐可持卧可持食飲可持便溺可持是以持誦不得間斷大要以合口默持令音相了然是爲眞實持呪當得四大安樂福慧增長有所希求必獲如願若持呪時當以兩手握金剛拳上下齒相叵舌拄上齒齗正中眼常觀鼻依鼻觀心從心觀臍全體精力默與呪會則冥契無功用觀法實心性得入之津

梁也願見聞者歡喜受持乃至堅固盡形壽命信心不退珍重流通是眞佛子

示持咒

閒居斗室一言不祥則千里應之好惡積意至公斯蔽矣芸芸萬物雖貴賤有序巨細弗倫而所謂生者未嘗不均也然則固情謹聲以嚴尊生則爲君子如縱情肆聲不寳所生則爲小人矣夫寳生者貴乎重身重身者貴乎制情慎言此三者惟君子能之

夫色聲香味觸法皆名塵而不名心者何哉良以六者蔽蒙本覺如塵墮眼中不惟四方易位即伸已指莫能見矣故以塵名然塵名所根名能能所具則心不名心而名識也心去性不遠識則遠甚故知道之士以心推根塵根塵猶殘雪能推之智若鑪火方熾而殘雪投之何慮其不化哉如推觸塵必究離合所自所自既得則根亦隨塵而拔根拔塵脫情化名性性既復焉然後於榮辱死生得喪之場千陶萬煉功深觀熟重以弘願熏之智光爲導而大丈夫之能事畢矣一觸既爾餘塵獨非復性之雲梯乎士不可不知好惡以致流落異趣期再出頭難矣

問白毫宛轉五須彌何以作此觀曰墮體黜聰可矣墮體則能外身黜聰則能外心外其身身則無量外其心心則無邊以無量之身無邊之心作此觀有何不成若局促於五尺之身較計於方寸之心是以見小而忽大也

論觀白毫

比丘乞食本爲遠累累不遠則多擾擾多則初心者不能無亂此吾佛之深憂也而後世號爲僧者以乞食爲耻毋乃不思之甚乎又

世之號金湯者唯貴阿諛是以摇尾乞憐善解迎合之徒皆得知事體之稱由是而觀僧徒苟且不獨出家者之罪也亦在家者毘成之耳本朝取士惟以舉業僧徒試經之科寢而不行夫舉業者本無用之具藉之以羈縻人情消磨歲月則可若以之取人材裨治道辟如救火以油滋其焚矣僧不以試經剃染則佛言尚不知安知佛心乎不知佛心而爲僧僧何殊俗僧不殊俗剃染奚爲故亡佛者非魔王外道能亡之亡之者不殊俗之僧耳

論出家

夫人之多欲始必生於不知足知足則欲不待遣而自忘矣吾嘗躬試之一日潞河舟中顧謂二三子曰吾與若倶安坐彼舟人徒步而牽我且食惡食吾與若豈惟安坐復食美食兩者相較慚懼之心不覺油然而生此心一生萬欲自薄寧假磨礪以損之耶雖然二三子與夫舟人或勞心勞力之不同人各自知焉

眼也者明暗倶一而所以有見有不見者以根之所具不同也根有二焉一者浮塵二者淨色浮塵根者有形之體而無照之用也淨色根者有照之用而無形之體也所以死人眼未嘗不存色未嘗不觸而終不能見者形具而用不存也吾人之所以能見者以兩者倶存故隨觸而照隨照而辨也蓋色者眼之相分以色之形於眼也而眼者尤識之相分以眼不能辨色必辨於識也故曰眼爲親相分色爲疎相分識爲見分三者合而觀之則能不離所所不離能分而論之能中無所所

中無能也故眼中無色識盖親相分中無疎相分與見分也識中無色眼者見分中無親相分與踈相分也夫三者俱無則根塵不對能所不分雖有色之可見而色豈獨如石女生兒乎哉故曰離暗離明無有見體也論眼識

普賢菩薩有十願王王王殊勝威猛若得一願王則成佛無疑况盡得哉一者禮敬諸佛則得身業殊勝二者稱贊如來則得口業殊勝三者廣修供養則得福業殊勝四者懺悔業障則得三業肅清五者隨喜功德則得妬習頓空六者請轉法輪則得慧光圓滿七者請佛住世則得自他兼益之勝八者常隨佛學則得慧命長生九者恒順衆生則得寃親平等十者普皆回向則得事理障消如是十願王於日用之際凡遇境緣逆順痛心呼之日積月久自然化憎爲愛化愛爲憎憎憎愛愛愛愛憎憎好惡無常願王不動直趨妙覺有何艱險

達觀道人乞食足跡徧天下凡名山福地佛老道場靡不歷至其兩家之書亦頗涉獵然終必以無生爲宗久視爲資即擧火練魔水齋之業亦所不棄近寓潭柘山嘉福寺率二三禪人期服水齋一期既而輙改初轍因諸禪人根器隨其便宜或終其期或不克其期則命其讀大乘内典如天台四教儀永嘉禪宗集或者白道人曰既服水齋則内典非所急也兹廢水齋而勤文字般若似不可耳道人愀然對曰若無正知正見非但服一期水齋徒受枯淡即服千期萬期於正知見中有何干涉故溈山施衆僧小衣一僧不受且曰

我自有娘生褲在潙遂拶曰父母未生前穿甚麼僧無語無語之僧不逾年坐化至火焚其軀得舍利無算有信傳至潙山潙山曰縱有人斛四斗不若當時酬老僧一轉語由是觀之爲佛弟子若不以開佛知見爲急務饒你勤苦累劫非無漏正因也且水齋之叔考諸大藏並無所出我輩凡所舉止必奉教而行可以利當世開來學今子必欲道人終其水齋者不過怕人疑謗耳殊不知道人自脫白已來濫入空門三十餘年大小叢林知識法師或於道人生信讚嘆或於道人生疑謗毀而道人畧不以讚嘆生喜亦不以毀謗生怒喜怒自彼與道人何預辟如浮雲觸石風游大虛於道人有何損益且道人要喫水齋時如因地而倒要開水齋時如因地而起起倒皆在道人自起自倒與諸黑白本無相累既無相累或讚嘆或謗毀豈非畫蛾眉於渾沌鑿七竅於無始者哉雖然且道這老漢扯這一上葛藤爲甚麼出好歹是非能眼聽普門大士現全身水齋

夫愛人以大者則其所存也遠愛人以小者則其所存也淺遠則難窺淺則易見是以利覇者不欲王利王者不欲佛夫佛道曠遠發一願立一行動經塵劫一生不克則千百生千百生不克必期於無盡生吾曹苟有志於佛道其所視人天之浮榮何啻置一毛於太虛哉今有人見淺而不見遠執小而謗大潭柘先生聞而哀之恐其斷佛慧命罪當坐墮借喻世法引淺入深使其知詐力近功不若眞實仁義眞實仁義不若開佛知見夫佛知

見者不可以巧智得亦不可以苦行求唯貴熏蒸開發耳然熏蒸開發有萬不同如以十惡五逆熏蒸開發者乃地獄知見以慳吝熏蒸開發者乃餓鬼知見以愚癡熏蒸開發者乃畜生知見以五戒十善兼未到地等熏蒸開發者乃人天知見以生滅四諦熏蒸開發者乃聲聞知見以十二因緣熏蒸開發者乃辟支緣覺知見以無量四諦熏蒸開發者乃別教菩薩知見惟以無作四諦熏蒸開發者始名佛知見也嗚呼像季之世末法風高魔外雲興龍象稀覯不惟佛種難培即人天種子因果紕繆者多眞正者寡矣况佛知見乎於是先生假水齋爲旗鼓藉枯淡爲熏蒸之資作其氣而堅其心啓以文字般若熏蒸了因開發正因冀同行者即衆生日用不知之知見開發實相然根器利鈍弗倫難以克顧顧既未克功效不彰則所疑者必衆所信者必寡疑則生謗謗則招業或者告先生曰當稍順人情以收衆心使疑者生信信者開解不亦善乎先生含然大笑曰謗不孤生必待於讚疑亦無地必資於信今子欲我鑄謗成讚範疑爲信辟如惡屈而去其信也殊不知爲高人易而爲大人難所謂高人者不過持一小節小行硜硜不同者是也所謂大人者但願有益於天下後世雖蒙盜跖飛廉之惡名亦所弗辭况小謗小疑何足介焉大都衆人所執者情也至人所行者智也情如堅氷質礙多端智如清水方圓任器故我大覺聖人有四悉檀隨緣設化不拘常度亦如大將用兵使其由之而不使其知之知則情生情

生則利害隨之矣豈可以勝敵哉所謂四悉檀者一曰世界悉檀謂其有界限不可踰越也一曰對治悉檀謂其見病進藥也一曰爲人悉檀謂其隨機宜也一曰第一義悉檀謂其開正知見也又前三悉檀近隨情三昧後一悉檀近隨智三昧此四悉檀凡爲如來使者傳法弘道苟不知其端緒則中無有主外無法範或小觸境風便立脚不定矣又隨情三昧或易見隨智三昧則難窺難窺而生疑生謗固其分也子必欲先生解其疑止其謗先生非子安肯效子作無義事乎於是告者悶然而去水齋後話

夫九横而死言其不得天年而歿也然九横中不應食而食不量食而食不習食而食不出食而食止熟而食皆致横死者此横死之常也至於不持戒而横死近惡知識而横死入里不時而横死可避不避而横死此四者又横死之變也常則不驚不疑故犯者偏衆變則人情駭異驚疑生怖故犯者不多由是觀之飲食本欲資生而反致横死者皆無明不覺而食故也如以覺照當先不唯不犯變横即常横亦不犯矣故我曹滴水粒米未入口時必先覺照從何所來既入口中從口入喉從喉入腹化爲何物又我食此食果於世法出世法中有補有損也耶如是則縱食金剛子亦能消得何况他物

凡修禪波羅蜜者有十意焉一大意二釋名三明門四辨詮次五簡法心六別方便七釋修證八顯示果報九從禪起教十結會歸趣今於大意中以初心行人發心不同故有簡

非正明之辨簡非者行人發心修禪不同多墮邪僻一爲利養故發心修禪多屬發地獄心二爲名聞稱嘆故發心修禪多屬發餓鬼心三爲眷屬故發心修禪多屬發畜生心四爲嫉妬勝他故發心修禪多屬發修羅心五爲畏惡道苦報息諸不善業故發心修禪多屬發人心六爲善心安樂故發心修禪多屬發六欲天心七爲得力自在故發心修禪多屬發魔羅心八爲得利智㨗故發心修禪多屬發外道心九爲生梵天處故修禪此屬發色無色界心十爲度老病死苦速得涅槃故發心修禪此屬發二乘心即此十種行人善惡雖殊縛脫有異既並無大悲正觀發心邪僻皆非佛種故簡非之若夫正明菩薩行人修禪波羅蜜大意有二姑置弗論者盖恐常人聞而駭怖怖則驚驚則疑疑則不信不信則生謗生謗則受苦受苦則爲怨怨深則結業結業則不可解不可解則終仇對於是且置之耳嗚呼發心修禪豈易易哉最初發心若不遇明眼知識正其因地縱使不食如夷齊忍苦如墨翟勞勤萬劫於佛菩提有障無礙故曰戒緩乘急不是緩戒急乘緩真是緩吾於水齋中作慧行行行調治情習宛轉種種方便互相資用大抵慧行爲正行行爲助未及一七即覺身心輕利舊於經教中所聞有疑難而未釋者自然皆豁爾無滯并一切情習亦大廓落及以行行爲正慧行爲助磨礪多日終不若慧行爲正行行爲助得益之多既而自愧慧行薄劣於陰界入境藉觀入止資止入觀猶障礙多端相狀蒙昧遂復探

討天台智者大師所說禪波羅蜜摩訶止觀併輔行等書以昭廓慧行且多識行行深淺顚末葢非獨便自巳進修之補亦乃爲後之喫水齋者示其最初發心務須先審因地端正則不負聖人所誡是以掇綴十種發心邪僻者爲般鑒然水齋緣起考諸大藏未見所據即其方法相傳一晝夜芝蔴三抄棗三七二十一枚分三餐服之終南伏牛皆以此爲定式或以念佛爲話頭持呪爲話頭次者水齋雖服惟隨自意昏散延日而已所謂慧行行行名尚不聞安知其義義既不知憑何作觀觀既不作焉能入止止既不入攀緣豈息攀緣不息則心地不清心地不清則煩惱熾然煩惱熾然則我相堅固我相堅固則於臭皮袋上生大執着是以身心自相矛盾一動一靜護刺萬態言無好惡順情則雖無益於巳欣然而樂聞逆情則雖有益於巳勃然而不喜聞殊不知凡學佛者必須先達患累緣於有身不存身以息患知生生由於禀化不順化以求宗若然者如於臭皮袋上生大執着於熱惱心中起諸護刺是存身耶是禀化耶若是存身則患累終無期脫若是禀化則情識不枯乾患累既無期脫則生死難逃情識既不枯乾則煩惱苦海何時可出如是過失患在知見不明知見即慧行具慧行則行行可資無漏若無慧行終屬有漏有漏則同前簡非中九種發心邪僻難昇易墜斷非出苦津梁甚可怖畏是故若不解慧行行即小乘見諦尚未知況始終頓圓之見諦乎故服水齋不以見諦爲本終非正因雖盡形壽

服之於已躬下事了無交涉雖然若較諸奢侈自縱而不甘枯淡者良亦可敬也又服水齋北地多寒薑可隨意服之設大便不甚通利則服蜜水由是觀之身心開遮惟如來大人體悉至當故於律部中雖則就情檢制逢緣亦可開遮如靴履裘毳遮比丘不許服既以多寒國土仍爲開之後之喫水齋者可法也或曰師所謂有菩薩行人修禪大意恐衆人聞而不信以至終作怨對者寧有是事對曰吾初祖菩提達磨梯山航海不遠數萬里而來此土別無所求不過自既悟心悲他未悟所以勿憚寒暑專爲度生而來然邪師魔外百計千套毒至於六即南嶽思大禪師生身已證六根清淨之位亦遭中毒幾死而復生彼皆聖人以弘法之故尚不能免况吾見思未斬分段猶存設不卷口縮舌裝癡賣顛則這條窮性命斷送久矣問曰師爲生死出家如何怕死吾笑曰怕死不怕死不在口硬但臨期出脫看他便了修禪波羅蜜大要

東平打破鏡已三百餘年龍潭吹滅燈復四百餘載後代子孫迷於正眼謂鏡燈滅而不知行住坐卧放十大光明燈未曾滅也見聞覺知虛鑑萬象鏡未曾破也燈雖無景能照生死長夜鏡雖無臺能辨生死魔惑鏡與燈光光常寂明與鑑幻幻皆如照之無窮則曰無盡之燈鑑之無窮則曰無盡之鏡日用不昧昭昭於心目之間但衆生迷而不知故有修多羅教開如幻方便設如幻道場度如幻衆生作如幻佛事譬如東西南北四維上下中點一燈外安十鏡以十鏡喻十法界一燈

況一真心一真心則理不可分十法界則事有萬狀然則理外無事鏡外無燈雖鏡鏡有無窮燈無窮燈惟一燈也事事中有無盡理無盡理惟一理也以一理能成差别事故則事事無礙由一燈全照差别鏡故則鏡鏡交參一鏡不動而能遍能容能攝能入一事不壞而即彼即此即一即多主伴融通重重無盡悲夫衆生居一切塵中而不知塵塵皆毘盧遮那無盡刹海普賢示一毛孔而不知一一毛孔含衆生三昧色身然則一切衆生日用在普賢毛孔中毘盧光明内慈氏樓閣中出没文殊劍刃上往來念念中與諸佛同出世證菩提轉法輪入滅度如鏡與鏡如燈與燈一切一時普融無礙誠謂不可思議解脱法門非大心衆生無以臻於此境或問即今日用見聞覺知畢竟是燈耶非燈耶是鏡耶非鏡耶答曰鏡燈燈鏡本無差大地山河眼裏花黄葉飄飄滿庭際一聲砧杵落誰家示一

燈十鏡表明理字

夫衆生無常隨所熏習熏之以五逆十惡則地獄衆生發現熏之以慳貪之業則餓鬼衆生發現熏之以愚癡貪欲則畜生衆生發現熏之以五戒善業則人道衆生發現熏之以好勝詐力福業則修羅道衆生發現熏之以純十善業兼修未到地定則天道衆生發現熏之以四諦之業則聲聞衆生發現熏之以十二還滅因緣則緣覺衆生發現熏之以三學六度之業則菩薩衆生發現熏之以無上菩提之業則諸佛發現矣由是觀之自佛而下九界衆生雖世出世聖凡之不同然皆未

脱衆生之名自九界已上唯佛道中始脱衆生之名耳是以彌勒菩薩懸知釋迦緣化將滿繼佛位者以已身當之既將任佛職深慮一切衆生若不先以般若熏之培其智種則將來龍華位中內無智種雖外熏以無上法緣終無益也如地有種外藉陽和之力熏之則油然而各遂所生也於是彌勒菩薩乘悲願輪托生婺州雙林之傳氏現爲居士身廣化有情時梁天鑑年間也然居士深知衆生得道因緣唯耳目最要徑而耳目中又慮衆生識文字者少聞法亦復不多既而設爲藏輪藏法於中使一切衆生若見若聞若識字不識字以鼻齅之以口舌讚之以身觸之以意慕之母論其有心無心賢智與愚借此六根熏習植般若智種作成佛因嗚呼大士之心可謂極深廣大矣輪藏緣起

夫身不自身因觸而身所以身即觸也身既即觸反而推之即知觸亦身也身即觸身不可得觸即身觸亦不可得身觸既皆不可得矣則識本無生識本無生即身之與觸亦俱無生也今有人於此解路雖通靈機尚昧所以說時似悟對境仍迷耳是以知識依通非佛知見內瑩發光眞名大智子以是知身之與觸觸之與識迷時成三悟後一尚不得何況於三三一絕待獨露常光遇物即宗不乖血脉理事函蓋宗教同春枝有短長花心不二但善用其心者即觸途成觀不善用者觸事生迷也

不見可欲則無所愛故以志一氣清明在躬志氣如神雖祿之以天下窮至於匹夫無所

損益也雖然愛不可以自洗以聞道而洗之故曰聞道者靈臺常虛虛則明明則徹徹則遠遠則久久則大大則圓圓則備雖虛空之無際萬物之廣多天地之確隤衆妙之所出皆自道也道乃如是可不愛乎衆人則不然其所愛不出於飲食男女之間而已悲夫

世儒每以知行合一爲妙殊不知曾子述夫子之意則曰尊其所知則高明矣行其所知則光大矣由是而觀先知而後行明矣不知而行者又烏足道然知有解悟之知有修行之知有證極之知故無解悟之知則修行之知無本矣無修行之知則證極之知無道矣又證極之知爲解悟修行之知之所歸宿也

問知行合一之旨可得聞乎曰行時非知時證時非行時到此地位不可以智知所知不能及知既不能及行亦不能及知行路窮不唯神仙失其靜篤管取羅漢遺其空醉矣若然者畢竟如何即是回看雲樹杪不覺月沉西

夫義非文而不詮意非義而不得旨非意而不冥冥則無思無思則同同則無實無實則無同若然同而無待異亦無待矣辟如一指屈伸伸喻同馬屈喻異馬故正伸時伸本無待正屈時屈亦無待雖然且道離屈伸之外全指在甚麼處知此則可以言同異無待矣

精神不凝而思謂之揣摩揣摩之患大矣杜靈機而生見刺故曰悟學廢於揣摩

夫身爲榮辱巢穴心爲好惡根株如根株不拔巢穴未空入山則怕虎兕入水則怕蛟龍夜行則怕鬼入羣則怕衆凡愚之怕智短之

怕長低之怕高近之怕遠或可怕不怕不可怕反怕究其所由有身則榮辱可以爲巢穴有心則憎愛可以爲根株能即身見空則何空非身即心了幻則何幻非照若然者榮辱好惡不唯可以爲解脱之梯航實乃眞爲大夜之燈燭今有人事善知識而生怕怕則神不安神不安則恍惚起恍惚起則心無所見身無所主終必因怕至於遠離善知識既遠離善知識不期然而近惡知識矣嗚呼華嚴經有十種事失佛法道最初即於善知識不生渴慕方便親近失佛法道且善知識機緣有多種不同有以慈悲爲佛事者有以嗔怒爲佛事者有以和光同塵爲佛事者有以叱咤棒喝爲佛事者有以恭敬供養爲佛事者有以守約爲佛事者有以多聞爲佛事者有以起放爲佛事者有以莊重爲佛事者有以人見喜而爲佛事者有以人見怕而爲佛事者故曰逆順皆方便而世之人循聲流轉觸相取着以爲某善知識慈悲某善知識貢高某善知識有道心某善知識太孤峻此所謂孟八郎漢皆作實法迴向不免被他明眼人鼻笑汝在又有一等人事善知識不以善知識見處爲重專以伺察善知識直達無心之過摭爲口實向背地裡對人說去噫若將生死爲閒事知識何須親近他須把身心拋腦後自然陸地長蓮華

凡學人沐浴當生大慚愧洞察所因稱摩訶般若波羅蜜多三聲方可入水盖般若者一切諸佛之母稱其母則其子無論多寡皆隨之矣凡不明般若者不能生大慚愧不能洞

察所因何以故以智鑒不明不辦好醜故何謂生大慚愧當作是念我此身垢濁不堪而見地不徹行業涼薄享此淨浴何以克當何謂洞察所因當作是念此沐浴水衆力所成深山寒雲之中雪老氷枯之地柴薪汲運轉冷爲熱揣我有何行德受大衆心力即以沐浴一事入水出水毫忽不昧心光妙觸宣明坐入佛海至於飲食起居行住坐卧境緣逆順情隙愛憎若不生大慚愧洞察所因捨命時至晉取九人之中有十人手忙脚亂在或比來凡沐浴時稱阿彌陀佛以爲話頭但貴音聲不斷即爲沐浴刀錢殊不知般若不明饒你佛聲不絶我知其大慚愧決生不起凡百所因決洞察不徹若然者吾曹沐浴不稱摩訶般若波羅蜜者是棄佛母也佛母既棄稱子奚爲粗識如此惟賢者正之 沐浴訓

夫禪波羅蜜者其書有十卷大章亦有十乃天台智者大師所說也大章十者一禪波羅蜜大意二釋禪波羅蜜三明禪波羅蜜門四辨禪波羅蜜詮次五簡禪波羅蜜發心六分别禪波羅蜜前方便七釋禪波羅蜜修證八顯禪波羅蜜果報九説禪波羅蜜起教十結會禪波羅蜜歸趣而大章中第六分别禪波羅蜜方便章擧二子焉初外方便二内方便而内方便復生二孫初正明因止發内外善根二明驗惡根性大章第七釋禪波羅蜜修證章擧四子一修證世間禪相二修證亦世間亦出世間禪相三修證出世間禪相四修證非世間非出世間禪相而一修證世間禪相復生三孫初四禪二四無量心三四無色

定二修證亦世間亦出世間禪相亦生三孫初六妙門二十六特勝三通明三修證出世間禪相生二孫初對治無漏二緣理無漏而對治無漏生九玄孫初九想二八念三十想四八背捨五八勝處六十一切處七九次第定八師子奮迅三昧九超越三昧大都禪書科判明白皎如日星善讀者得其科判譬如得祖而尋父得父而尋子得子而尋孫得孫而尋玄曾有何難哉蓋此書由祖而父由父而子由子而孫由孫而玄曾凡三十五科也若夫修禪之妙階級次第委曲精盡由欲界未到地定入初禪未到地定由初禪未到地定入二禪未到地定乃至色無色定九次第定等或發有漏通或發無漏通至於三乘聖道靡不資之是以凡緇素之流有志於修禪者是書不可不精熟焉嗚呼世謂神仙之術可以長生久視譁而嗜之殊不知神仙固奇矣而最上品者不過享地居之禄耳如中下品者不過浮游深山海島之間渠安知地居之上有夜摩天夜摩之上有兜率天兜率之上有化樂天化樂之上有他化自在天他化之上有初禪天初禪之上有二禪天二禪之上有三禪天三禪之上有四禪天四禪之上有空無邊天空無邊之上有識處天識處之上有無所有天無所有之上有非想非非想天此蓋就凡夫天中論層級耳至於非想之上復有四聖人天乃置而弗及者行恐大鵬若鳴凡鳥皆驚故也禪波羅蜜科判

長松茹退序

憨憨子不知何許人其應物之際多出入乎

孔老之樊然終以釋氏爲歇心之地其所著書曰茹退者乃自貶非暴耀也夫何故立言不難難于明理明理不難難于治情能以理治情則理愈明理愈明則光大故其所立之言天下則之鬼神尊而訶護之憨憨子自知不能以理治情以飲食不節而致病病生復不畏死猶妄著書譬如牛馬不能力耕致遠枉費水草之餘唯所退者存焉耳名其書曰茹退不亦宜乎雖然迫而後應與夫不扣而自鳴者不可同日語也潯陽有匡石子者謂憨憨子曰石兄來茲搆長松館於此有年數矣徒厭然於青松白雲之間且岷江濤生聲雜鐘梵境不可謂不幽也然未得高人勝士擊無生之磬震緣生之夢則夢者終不覺矣豈至人之存心乎哉憨憨子愀然久之曰敢不唯命乃長長松爲牛馬馬

長松茹退

諸法無生何謂也心不自心由塵發知塵不自塵由心立塵由塵發知知果有哉由心立塵塵果有哉心塵既無誰爲共者若謂無因烏有是處吾以是知山河大地本皆無生謂有生者情計耳非理也故曰以理治情如春消氷

千年暗室一燈能明一燈之明微吹能冥明暗果有常哉如明暗有常則能見明暗者非常矣知此者可以反晝爲夜反夜爲晝而能晝能夜者初無晝夜也明暗無代謝謂有代謝者隨分別始至也如分別不生明暗何在悲夫明則能見暗則不能見是謂塵使識若識能使塵則明暗在此而不在彼矣故曰若

能轉物即同如來
火性無我寄于諸緣外諸緣而覓火性何異
離波覓水者哉火性既如此彼六大獨不然
乎隱道遠乎哉觸事而眞聖遠乎哉體之即
神今觸事不能眞體之不能神盖分别性未
亡也無塵智亦未明也
明暗生晝夜晝夜生寒暑寒暑生古今脱離
吾現前一念彼皆如石女生兒故曰十世古
今始終不離於當念又曰覓心了不可得雖
然了不可得而有如無可得則不可得者曷
能獨存哉
如來藏中不許有識此古人之言也吾則不
然衆人心中不許有如來藏夫何故凡聖皆
獨立故譬如一指屈伸正屈時伸何所有正
伸時屈何所有一現前一不現前固不同而
全露指體本無優劣故曰師子遊行不帶伴
侶
空外無色色外無空空兮色兮根情而有外
情而觀則空色奚寄故曰情爲化母萬物皆
子母亡子隨乃自然之勢也或曰有可情化
空豈能化憨憨子曰空待色有色化空殞此
理之必然者也子何獨疑
道不生虚則有形者何所置之人心不虚則
無窮之善自何出焉故曰虚則能容能容則
大大則無外無外則獨立而獨立者在堯不
加多在紂不加少然堯得之紂失之也
性變而爲情情變而爲物有能泝而上之何
物非性五行相生復能相克天下好生而惡
克殊不知外生無克外克無生故達者知生
生克聞死不惑知克生生聞生不盈

出者有隱者之心處者有出者之情皆惑也夫出而不決爲忠不徹處而不果是謂大惑噫大惑不除雖處於幽巖深壑之間何異市朝

見水不能渡者以其無筏見空不能蹈者以其無翼然筏與翼皆屬于木木生于土由是而觀是見土不能渡不能蹈也古之人有知于此者故能不筏而浮滄海不翼而履太空

我不待我而待于物物不待物而待于我兩者相待而物我亢然故廣土地者見物而忘我略榮名者見我而忘物一忘一不忘何異俱不忘唯俱忘者可以役物我

鳥能飛魚能游然微空水則翼不可展尾不能動故野馬奔于遠郊長風游於太虛苟無肆足之地容怒之天則殆而已矣故君子之處小人若不能使之各得其所用而不棄則君子聞道奚益于世

待欲熾始乃治之何異一杯之水救積薪之火也唯爲之于未有所謂未昏而我本明未動而我本靜慎之可耳如明極則照生靜窮即動起照爲昏媒起爲動引故聖人須知此乃設止觀之藥治昏動之病一朝病除藥廢則向我本明本靜者又不名明靜乃曰定慧者蓋不欲忘其復性之功也

飲食男女衆人皆欲欲而能反者終至于無欲嘻唯無欲者可以勞天下可以安天下

身非我有有之者愚也破愚莫若智智不徒生必生于好學學而能辨之非智安至此故曰學非是道然足以破愚愚破智開始可入道矣

能病病者病奚從生以不能病病我故病焉然病之大者莫若生心心生則靡所不至矣豈唯病哉故曰眼病乎色耳病乎聲心病乎我唯忘我者病無所病可以藥天下之病

松本無聲風入濤生銅本非鏡鏡成生明無情者有情之待也無聲者亦有聲之待也不明待明明即不明聲即無聲情即無情故曰有待無待者皆無自體唯自心違故違心無我者雖處吉凶之域而吉凶不可得而惑矣無物不神不神有心心有而能無者無豈能醉哉無不能醉有不能昧可以顛倒天地有無萬物神耶非神耶

刻木爲魚魚腹空虚以物擊之聲出于無無能出聲無果無乎聲從無出聲果有乎噫舉一類諸何物能愚

有形至大者莫若天地無形至大者莫若虚空有道者知彼二者皆自心影響故見空不空見形非形

龍爲鱗蟲之長孰不賓焉然長而有欲則人可以豢之豢之者犬豕也今龍亦可豢之豈眞龍也哉

介然有知唯施是畏此老氏之言耳曹溪大鑑則曰對境心數起菩提作麼長則又若有知不乖無知也老乎曹乎同乎異乎吾不得而知付之副墨之子俟來者辨之

今有百人焉異口而同音使聽之者疑若一人焉嗟夫口異者情之所感也音同者性之所出也敢問性對曰音之前心之初唯無思者可以契同耳

世人見畫鳥以爲非眞見飛鳥則以爲眞鳥

也殊不知人借五行爲身析而觀之身則不有何况有人人既不有則畵鳥飛鳥獨能有哉故曰眞待假有假忘眞隨忘若然者何眞何假

芻狗未陳錦綉飾焉既祭牧豎踐焉夫芻之爲狗芻不增多狗復爲芻芻不減少由是而觀狗徒有名實唯芻也或者見芻則以爲薪見狗則以爲畜狗能防盜薪能傳火盜能殺人火能燒山一相因萬相因以至無窮竟不可以知識知故曰一波纔動萬波隨

學所以破愚也今有人于此不以學破愚而以學周欲即此而觀則聖人設教本在藥衆人之病今藥生病則聖人之技窮矣故曰醍醐成毒藥也

豆在瓶中春至則能萌芽人在欲中覺生則能夢除故曰有大覺而後知有大夢也夫大夢者併夢覺而言也夢覺則夢除覺覺則覺除覺夢俱除始名大覺焉

莊周夢爲蝴蝶蝶夢爲莊周此就有心而言也吾則曰我夢爲山河山河夢爲我此該有心無心而言也噫能有心能該有心無心者果夢耶果不夢耶

萬物本閒鬧之者人耳人而不鬧天下何事故垂衣裳而天下治者非出有心也

一盆之水一拳之石足以盡泰山滄海也夫何故大不自大待小而大小不自小待大而小待小而大則天地可以置于芥子矣待大而小則毛孔可以容乎虛空矣虛空無形毛能容之况天地萬物者乎故曰毫釐非細間關其内虛空非大廣容無外

紫柏尊者全集卷第八

音釋

橛其月切音掘門中橛　瞽公土切音古　覯居候切音姤遇見也　揣楚委切吹上聲度也　豢胡慣切音宦

紫栢尊者全集卷第九

明　憨　山　德　清　閱

種松所以棲鶴也養鶴所以代風也故列子泠然乘風而遊於八荒之外返而失其故居猶謂在八荒之外也故曰道非有無豈可以方所求之哉道非遠近豈可以去來疑之哉唯不求不疑者非上智則下愚矣

心有眞心妄心眞心照境而無生妄心則因境牽起者也眞心物我一貫聖不能多凡不能少妄心則境有多種或以有爲境或以無爲境或以諸子各偏所見爲境故曰心本無生因境有六合之外六合之内羅籠盡矣又老氏以身爲大患身無患無而不言所以然之旨曰假借四大以爲身則無身之所以然明矣夫心本不勞形累之勞身遺則心無能勞之者心果有乎昔人有言全神者心將遺之況于身乎故曰有心則罪福有主心忘主無雖有罪福孰主之哉

我心未起義路莫造故窮天下之辯盡天下之義皆謂之以網張風剪龜之毛也雖然善行者無足跡善言者無舌力如是言如是行謂之不言而言不行而行不言而言者言滿天下本無言不行而行者行徧天下本無行故曰不行而至不言而信也

衆人以爲高不過乎天厚不過乎地故曰天高地厚無能匹者殊不知天地雖高厚亦有形之大者夫有形離無形形何所從無形離有形無形誰明明也者有無一致之謂也勇而不義謂之暴仁而不明謂之倒倒也者以小傷大之謂也唯仁不仁乃合乎道

月在秋水春着花容雖至愚者亦未有見之而不悅也殊不知外我一心則水無所清月無所明春無所呈花無所榮知此者可與言即物會心之大畧也

生公聚石爲徒與之談涅槃大意羣石皆點首而肯之夫石本無心豈有耳哉無心無耳於意則肯首於聲則能受肯之受之心耶耳耶

見欲忘身者乃欲重于身也見身忘欲者乃身重於欲也欲重之人雖多才奚爲唯聖人因其欲而用之終使之無欲焉重身之人固能忘欲身爲欲本心則主之而不能忘心則身亦欲也故曰唯忘心者則身無所勞

蛇可以爲龍衆人可以爲聖今衆人滿天下而登聖者何稀焉噫風行於上俗成於下顧其鼓舞者何如耳如鼓舞者不得其人雖聖人滿天下有若無也

稚子弄影不知爲影所弄此譚子之言也吾則曰影弄稚子不知爲稚子所弄譚言可以義求吾言難以理通譚兮吾兮孰先孰後孰智孰愚吾不得而辨且付之無辨子焉

吾讀莊子乃知周非老氏之徒也吾讀孟子乃知軻非仲尼之徒也夫何故老氏不辯周善辯仲尼言性活軻言性死辯則失眞死則不靈失眞不靈賢者之大疵也

羊不知驢驢不知馬馬不知龍謂驢不能百里謂馬不能千里謂龍不能蜿蜒九霄是皆以已盡人者也夫人可以已盡則道可以力得矣何君至尊臣不得而獻之父至慈子不得而傳之耶故曰人不可以已盡道不可以

力得唯舍巳盡人者無情不盡無道不得也日高則羣陰自滅雲厚則杲日失明今有人于此不以無生之水沃貪欲之火而爍靈焚和終無息矣

晝想之夜夢之想想夢夢積歲成刦萬古一息或謂之延或謂之促延兮促兮有兮無兮唯離念者乃知此也

岷山而至石頭從高而下也岷山如在天石頭如在淵天上有水魚龍藏焉淵中有陸人物寓焉在上者不以陸低而設底脫之防在下者亦不以水高而憂衝洗之患者命也業也故曰知見每欲留於世間業運屢常遷於國土

男見女喜悅女見男亦喜悅男女雖別而喜悅未常不一也噫喜悅之初有不累于喜悅者存焉人能知此則喜悅乃思無邪也

儉可以積福亦可以積禍吾同衆人之儉儉非吾儉福必積矣如儉人而不儉巳禍必積焉故曰同人之儉者人雖餓死而不怨儉人而不儉巳者雖温飽而不壞也

少而不老老而不病病而不死則生者無媒矣生而不少少而不老老而不病則死者亦無媒矣噫死爲生媒生爲死媒譬如環輪端從何起故曰生本無生死本無死惑者橫生橫死耳

吳人嗜鱸魚蓴菜燕人嗜駝乳牛乳蓴菜鱸魚牛乳駝乳味雖不同嗜無兩種鱸魚蓴菜衆人以爲鮮駝乳牛乳衆人以爲羶噫如舌根不摇識不嘗味天雨甘露地産甘肥孰知嗜哉

公之私之皆自心出公則天下喜之私則天下怒之喜則福生怒則禍生知福生于公而不能以公滅私者欲醉其心也

制欲不難唯自重難人而能自重雖高爵厚祿不能動之果能昭廓不動至于動而無欲則幾于聖矣古有節婦謂餓死猶勝生失節失節生猶死遂餓而死是以天下仰其遺烈如月在寒空也

皎如青天忽爾生雲吾清淨心中念生忽然念自生耶固有生之者乎生而能返出而能歸者也生而不返流浪他鄉竛竮辛苦朝之莫之弗得暫安如長風驅雲雲雖無心茫茫不能已者風使之然也故曰境風浩浩凋殘功德之林心火炎炎燒斷覺山之路山上有天誰得見之

飲食之於人也所以資其生耳今有人于此不以飲食資生反乃傷之者盖不節之過也飲食而能節之小則可以資一身一家大則可以資天下故曰智者能調五臟充而用之能調天下非誇也

昔之人有力拔山者氣吞天下者人在地上口在人面而能拔山山地也口亦地也謂之地拔地地吞天下於理則無悖反是雖有其辭乃過壯之耳

天下以美婦人譬好花以好花譬美婦人殊不知以人譬花以花譬人而能譬譬者非花非人也故曰境緣無好醜好醜起于心

胡馬依北風越鳥巢南枝南人解乘舟北人解乘馬人物雖殊便常則一也故使農人揖讓於明堂之上置縉紳於耕鋤之間久習雖

亦安之終非其常也是以聖人不以反常教天下但以中庸教之者率其常而已矣常則久久則遠遠生大大無不盡何必反常桃李芳濃遊蜂不待召而聚花落亦不待遣而散殊不知花有榮悴而樹無代謝夫樹無代謝則今日之零落安知不爲異日芳濃之本與

昔人有方受相印而貴震天下即題詩於館壁間曰霜松雪竹鐘山寺投老歸歟寄此生

噫大悲菩薩手眼何多果乃一些瞞他不得良有以夫

開眼見山水合眼夢山水開眼所見世以爲眞合眼所見世以爲不眞殊不知眞與不眞離心無塵塵尚非有況山水乎哉

聞鐘聲而能卜陰晴者耳聰英于人者也過萬馬一見而不忘其毛色者目明雄于人者也故世皆以爲極聰明之人也雖然合聰不聰合明不明聰之與明果聰明歟果不聰明歟昔人有言曰世人之耳非不聰耳聰特向經中聾世人之目非不明目明特向經中盲若然者彼能卜陰晴之聰辨馬色之明豈眞聰明也耶

孟軻言性善荀況言性惡楊雄言性善惡混夫言善言惡者是析一而爲二也言善惡混者是併二而爲一也噫性也者非一非二而一而二孰能析之孰能併之吾以是知析之者併之者皆畫蛇添足者也

吾讀墨子然後知其非大悖于孔子者也吾讀楊子亦知其非吝一毛而不拔者也今曰墨子悖孔氏楊朱吝一毛是皆不讀楊墨書者也楊墨骨已朽而不朽者寓於書然不讀

其書而隨人口吻以妄排之假使楊墨不死聞其排語寧不捧腹而絶倒歟

十習六交惡情所積果熟徵報所以訓因也若夫十號具足萬德周隆亦善情所積果熟訓因也然惡積則受苦善積則受樂如一心不生萬法何咎人而知此則將善不敢恃況敢爲惡而甘受苦哉故曰善雖是美惡固非善善不藉惡則爲善無資矣惡不籍善則爲善無師矣今有人于此必欲逐盡小人然後天下始可治者豈聖人之心也耶

火勝水水必成湯水勝火火必成涼是故易之泰卦貴權在君子亦使小人各得其所也然聖人不病於臨而病于大壯者至泰且固守而不敢進噫非憂深慮遠者孰能知此

吾讀易然後知六十四卦本無常性故曰周流六虚上下無常所以性之情之惡之好之凶之吉之循環無端變化無窮矣

中庸之未發即易之未畫發而皆中節即易之已畫或曰中或曰和或曰道或曰易中也者未發不昧已發之謂也和也者已發不乖未發之謂也先天謂之道後天謂之易故曰形而上者謂之道形而下者謂之器器成則易行乎其中矣外器而求易猶外卦而求爻也寧有是處

深山大澤龍蛇生焉茂族巨姓善惡出焉苟不得有福慧者爲之長折攝於未有則滅族殺身之禍將必不可免矣故曰一微涉動境成此頹山勢

禍未至時不知是福禍至而追思無禍之日眞大福也豈待必得萬鍾然後爲福哉

勤於善者不知善之所積甘於惡者亦不知惡之所積善之所積以其不知福莫大焉惡之所積亦以其不知禍莫大焉良以不知生于所忽禍之始也知而勤之福之梯也故曰忽則昧心知則不昧

人之心慮整之則熱惱將自洗落而漸入清涼之域忽而不能整則衆苦不召而至矣至則難遣曷若整之於未至用力少而收功多耶故曰諸天正樂修羅方嗔是皆心慮弗整被其所覆也覆則本心隱蔽非明而勇者心慮豈易整之哉

轉識成智非解圓而精于止觀者未之能也夫佛性有三緣因了因正因是也緣因不明了因不生了因不生正因難冥冥也者所以復之也今有人於此欲復其性而忽了因欲發了因而忽緣因譬如不穀而欲苗不苗而欲飦安有是理乎文始雖言轉識成智而不言轉識成智之所以然所以然不明是有名無實也或曰敢問轉識成智之所以然對曰若能探釋氏唯識之書乎若能悉緣因了因正因之旨乎曰未也將能之矣噫若果能之則轉識成智之所以然乃在子而不在文始也

文始轉識成智之說但言其成不言其所以成所以成之說不明則義由何精凡義精乃可以入神致用耳雖然義有多塗豈易言哉性變而爲識識有多種曰含藏曰傳送曰分別曰見色聞聲齅香嘗味覺觸知法總謂之八識唯含藏前五果轉非因轉也六之與七乃因轉非果轉也然彼七識皆坐轉非行轉

也行轉也者唯分别事識之能事也夫何故以其量備心所備故也合理之謂比謂比度而知知而不謬於聖經合轍故曰比量不合則非量矣現量也者初無分别照境無思也是以有志於轉識成智者苟非精辨事識則轉識成智所以然之説終不明矣吾故曰文始言其成不言其所以成也

吾讀文始雖愛其文章精潔光而且曠也精則不雜潔則清而無塵俗習光乎其餤不可掩曠乃包博冲遠非淺識者可窺也雖然精之潔之光之曠之其粗也不可精不可潔不可光不可曠者豈精精潔潔光焉曠焉而能㬎之哉吾以是知不能㬎者精而至于密者也故其言曰聖智造迷鬼神不識不可爲不可致不可測不可分强曰天曰命曰神曰玄合曰道者亦密之之謂也

饑飽無常法故飽可以治饑饑亦治飽非但饑飽可以相治生能治死死能治生死若不可治則生生之道息矣生若不可治則生者不死矣今乃生必有死此天下之共見者也吾以是知生本無生死本無死而謂禍福莫烈乎死生者安知此乎

般若總八部椎文六百餘卷若天風海濤音出自然文成無心可謂出聖之智母陶凡之紅爐也而弘法大士乃束八部椎文成心經字無三百而顯密要領罄備之矣或者再束心經歸一句使反約精求者習化心通則我法二空無勞舉足彼岸先登矣雖然二空之解未精而入神致用之機豈易發哉

初心學者當先求精我空之解曰我之有我

根於五蘊若離五蘊我本無我且彼聚而成我耶散而成我耶聚而成我聚必有散我豈眞我散而成我我則有五聚散求之我終無我是謂我空彼五者初唯識變而有識如幻夢精而觀之識化法無是謂法空二解既成依解起行當於憎愛榮辱之地死生聚散之場力而行之則又不在解而在行也

吾讀楞嚴始悟聖人會物歸己之旨而古人有先得此者則曰若人識得心大地無寸土又曰我今見樹樹不見我我見何見楞嚴文字之妙委曲精盡勝妙獨出此眉山之言也

口腹累人陽物多事至於滅身敗國亡家者豈少哉然得其機而制之不難不得其機而强制之非惟無益亦足致狂夫機者何意心未生時心將生時心正生時心生已時機乎機乎果在誰乎知此則口腹絶長蛇封豕之技陽物無星火燒山之猛矣

老氏宗自然夫自然也者即無爲之異稱也無爲即不煩造作之謂也若然者則聖人設教將教誰乎何者以善既自然惡亦自然則無往而非自然果如此則衆人之希賢賢希聖始從勉然而終至于自然之説老氏大悖也故老氏但言其終而畧其始之説行則薰惡爲善之教將戰而不能全勝矣夫始終一條也故衆人希賢賢希聖此盡其始也聖希天盡其終也盡始也者以理治情之謂也盡終也者復其性也性復則向謂一條者昭然在前矣夫復何事至此則知自然俱掉棒打月耳

終天下之道術者其釋氏乎六合之外昔人

存而不論六合之内論而不議非不可論恐駭六合之内非不可議恐乖五常之意今釋氏遠窮六合之外判然有歸近徹六合之内晝然無混使高明者有超世之舉安常者無過望之爭是故析三界而爲九地會四聖而共一乘六合之外唯不受後有者居之六合之内皆有情之寓宅也能依者名之正報所依者謂之依報聖也凡也非無因而感皆因其最初發心爲之地有以緣生爲歸宿者有以無生爲歸宿者唯佛一人即緣生而能無生即無生而不昧緣生遮之照之存之泯之譬如夜珠在盤宛轉橫斜衝突自在不可得而思議焉故其遠窮近徹如見掌心文理鏡中眉目也吾故曰終天下之道術者其釋氏乎

憨憨子正沐時以背示匡石子曰若見廣長舌相乎曰不見噫見生不見善反不見豈惟背有舌眼有耳將毛與髮無往而非見矣

一條也者初本不遠在吾日用中耳日用而不知者外物累之也殊不知物不自物待我而物我若能忘我物豈能獨立乎故曰唯忘我者不唯物不能累物且為之轉也

一盆之水奚異滄海謂之盆謂之海者情而巳矣如情忘則海尚不有何況於盆是時也昭然現前者盆乎海乎

通紅而告我者熾炭也飄白而告我者飛雪也紅白雖殊告我則一耳色爲五塵之先先者能告則餘者寧弗告哉雖然具有目目耳耳以至意意者亦惡能領旨乎

緣明有見是謂衆人不緣明能見是謂聖人

然而鵂鶹夜撮蚤虱察秋毫晝則瞋目而不見丘山因暗有見明成無見又虎狼猫犬晝夜俱見則與不緣明之見何別噫虎狼有待則見而聖人有待亦見無待亦見故曰聖人處明暗之域開物成務明暗不能累焉

呼聖人聖人應呼衆人衆人應説者以聖人之應謂之唯衆人之應謂之阿夫唯與阿皆應而有不同者情也同者性也性與情相去不遠故曰性相近也習相遠也既近可以習遠遠者獨不可習近乎吾以是知性本無常情亦無常性若有常情何所生情若有常性何所光光則圓圓則明明即覺也圭山曰統衆德而大備爍羣昏而獨照故名圓覺

水有蛟龍山有虎豹樵者不敢入焉漁者不敢涖焉以其有物故也知其有物而避之不若忘我忘我物亦忘之故古之人能與蛇虎爲伍而兩相忘者豈有他道哉

風雨霧一耶三耶謂之一則風本非雨雨本非霧霧非雨者謂之三非霧則風雨無本故曰霧醒成風不醒成雨三即一兮一即三兮三即一三何所有一即三一亦本無知此者可與言一心三觀之理也

鑿地可以得泉披雲可以見天地也雲也情之譬也泉也天也性之喻也今有人於此欲堅於地濃於雲且恣而弗制不唯傷生終必滅性也

孟軻排楊墨廓孔氏世皆以爲實然是豈知孟子者歟如知之則知孟子非排楊墨乃排附楊墨而塞孔道者也雖然孔氏不易廓而能廓之者吾讀仲尼以降諸書唯文中子或

可續孔脉乎外通或有能續之者吾不得而知也

人身生蟣虱則怒其咂我輒捫死之殊不思大道爲身蟣虱天地天地爲身蟣虱萬物人乃萬物中之一物耳人能推其所自則知離大道無天地外天地無萬物而所爲人者特靈焉而已即形骸而觀之蟣虱與人何異以爲杪而捫之非忘其所自者孰能忍乎

古皇徵慶喜曰汝心果在內耶對曰心在身中曰果在中者汝能見五臟六腑乎曰不見愀然乃再徵之曰汝處室中見室中之物乎曰見令汝言心在身中而不能見身中之物法喻相悖於理非通也喜窮於內必奔於外殊不知內爲外待外爲潛根待潛根爲明暗待反觀見內爲中間待中間爲隨所合處待隨所合處爲一切無着待皆徧計横執緣待而立七處也天機深者了內窮即外窮虧一喪兩則餘處盡煩排遣然後省哉

八者可還皆前塵耳唯能見八者不可還見精也即此而觀則見精本妙萬物而無累明矣今有人於此緣明則見不緣明則不見此果見精之咎乎噫明了不起五根本妙故眼可以聞聲耳可以見色也

如喜怒有常既喜則終不能怒既怒則終不能喜以其無常所以正喜時忽聞不可意事隨勃然而怒正怒時忽聞可意事隨欣然而喜故曰喜不自喜物役而喜怒不自怒物役而怒嗚呼物奴我主我不能喜怒物役之而喜怒何異奴之役主而人爲萬物之靈竟不能役物終爲物役可不悲哉

吾身至微盈不六尺六尺在大化之間何異大海一漚然是身所託者猶多焉盖以至微之身毛孔有八萬四千一毛孔中一蟲主之吾饑彼亦饑吾飽彼亦飽吾爲善彼皆蒙福吾爲惡彼皆嬰禍故有志於養生者生不可輕如果重生先養其主主者誰主乎生者也噫能主乎生者果有生乎是以唯無我者可以養生主生既無我生果生乎知此者可與言養生之道也

智者老人以七喻譬五欲之無益於人也故其言曰五欲者得之轉劇如火益薪其燄轉熾五欲無樂如狗嚙枯骨五欲增諍如鳥競肉五欲燒人如逆風執炬五欲害人如踐毒蛇五欲無實如夢所得五欲不久假借須臾如擊石火學人思之亦如怨賊嗚呼一微涉動五欲生焉五欲害人七喻作焉能善觀一微者則於因成假中了知五欲初無所從也夫何故未生五欲正生五欲五欲生已四運精而推之則一微非有唯一微之前者固自若也

魚在水中不知水人在心中不知心如魚能知水人能知心魚果魚乎人果人乎是以滴水可爲六合之雲微塵可容萬方之刹者非龍非聖人孰能之哉吾以是知爲龍不難魚知水難爲聖人不難人悟心難故曰日用而不知者衆人也

天地可謂大矣而不能置於虛空之外虛空可謂無盡矣而不能置於吾心之外故以心觀物物無大小以物累心心不能覺惟能覺者始知心外無物也故曰諸法無法體我說

唯是心不見于無心而起于分別

積字成句積句成章積章成篇積篇成部部所以能詮所以然之說也所以然之說不明則字字句句章章篇篇如蟲蝕木偶爾成文蟲豈有心乃蝕之乎蟲既無心寧有義寓於文哉義也者心之變也如喜怒未發但謂之中已發則曰仁曰義曰禮曰智曰信仁有仁之宜義有義之宜禮智信亦各有其宜如春宜溫夏宜熱秋宜涼冬宜寒冬而不寒則謂之不宜也是故會衆義整而不紊謂之理由理而行無往不達謂之道由道而造乎歸宿之地謂之德德也者如得字成句得句成章得章成篇所以成部也

吾讀洪範乃知箕子聖人也聖人而不在位紂在位商亡可知已箕謂五福六極唯敬天愛民者天以五福應之反是則以六極應之由是而觀則報復之理因果之條釋氏未東之日而中國有欲治天下者未始不嚴于此也今謂因果之談報復之唱乃釋氏鼓惑愚者之技豈君子所當道哉噫是說也不唯得罪於釋氏亦箕子所當惡也

畫屏花鳥非不悅目也如欲使之香使之鳴雖聖如神禹吾知其不能也今有人于此智不能周一身力不能縛一鷄衣之冠之而周旋揖讓非不悅目也然使之爲上治民何異使畫花香畫鳥鳴乎

水在釜中非火不能熱也種在土中非春不能生也愚在心中非學不能破也今天下學非不學也所學在于周欲而不爲破愚是以世喪道道喪世世道交喪之風扇之末已也

噫扇之未已則將有不可勝言者至矣

伊蘭之臭天下之至臭也而得旃檀熏之則可以爲香今謂下愚者終不可教何異伊蘭終不可使之香也如伊蘭得旃檀而熏之亦可以爲香則下愚何獨不可教之但教而無倦爲難果能教而不倦則金石可貫人雖至愚知覺固有即其固有熏之以教誨之香久而至於熟則其至愚之臭亦熏而成香矣故曰教而無倦惟聖人能之

夜夢地裂將欲逃之逃前恐前裂逃後恐後裂逃左右恐左右裂是時也計無所出猶逃心不能已恐怖萬出既春雪撲窓春夢頓覺則床前後床左右地本如故裂何曾裂横謂裂者乃徧計耳如故者依他也噫徧計雖忘依他不忘猶夢覺覺存覺爲夢本夢本不忘豈眞覺也耶

本惟一觸了觸非性則謂之妙觸受觸所轉乃觸而已妙則失焉故曰妙觸宣明若然者則廣長舌相不在口而搖于身矣寧惟身哉待身者觸觸既爲入妙之階則聲聲色色皆廣長舌相也雖然苟非聽之於踵則音豈易領哉

豎而趍者謂之人能豎者亦可以横非有豎而非豎者惡能豎豎横横有知此者可與言性之似也

力不足生畏理不明生疑是故大言而欺人者畏人者也觸事生疑無事謂事者乃不明所致也心既不明則中無主中無主謂我能見能聞聰明特羣非愚而自欺者惡至此歟

孟軻見王公大人則藐之藐之也者有心乎

無心乎如有心非能藐人乃自藐也如我無心奚用藐爲彼王公大人一觸無心之人將忘勢之不暇何待藐之然後使之服耶故曰飄瓦撲人人不怒虛舟觸人人亦不怒知其無心故也君子懷道而遊於諸侯之門苟不以虛心應之則無所不至矣

惠不可妄受受則當思惠之所自來愛我而來耶哀我而來耶愛出于敬哀出于憐敬則我何德之有而當其敬憐則既爲男子豎趍于天地之間使人憐我我不能憐人豈大夫也哉故曰幣厚言甘道人所畏

牡丹諺謂之花王盖尊其艷麗之富耳殊不知青松扎根于白石之上當風霜凛冽之時爲雲濤於萬木之叢使聽者低回而不能去以爲海潮初鳴夫松鳴使塵心蕩然雷鳴能使羣蟄頓醒鐘磬鳴能生人道心以此言之則牡丹之艷麗惡能有青松勁節之風哉

梅以香欺雪雪以白欺梅兩者各恃其所長而相欺互不能降故酣戰不已噫天風忽起雪捲花飛則向之所恃者安在故曰恃長而欺人者不能終

海有大魚背負萬山山有大獸尾占千里衆人聞而不信茲請實之微四塵則大地不有微三塵則大水不有微兩塵則大火不有微一塵則大風不有然地以水浮水以火浮火以風浮風以空浮空以心浮夫心也者萬物一體物我同根者也以此而言則焦螟可以負太山螻蟻可以抗雷雨魚大而背負萬山獸大而尾拖千里夫復何疑

衆人愛富貴而惡貧賤所以富貴貧賤之累

至于死猶不覺也殊不知富貴貧賤本是一條而一條之上强愛之强惡之豈理也哉故曰理有情無者聖人得之衆人失之噫得之者雖死生在前直使爲一條况富貴貧賤乎

死生根于有我有我根于無我若然者則有我乃無我之枝條也而善反者即枝條而求根本譬如甕中捉鱉囊中探物耳奚難之有雖然衆人有我習熟無我習生熟而能生生而能熟非大明至勇者豈易之哉

有我無我譬一指屈伸屈伸無常指無隱顯今有人於此見屈伸而忘指體則在堯而不能加在紂不能損者終失之矣

聖人衆人本唯一光然聖人不假日月燈之明直用本光自照所以處昏暗之中而昏暗不能昧也衆人則不然本光固有而不能用反緣日月燈之明方始得見此明一謝則暗相現前是時也伸已指而不能見况見天地萬物者哉

滄海無際氷凝千尺一夕陽回氷生微響則氷復爲水可立待也吾觀復卦一陽生於五陰之下陽似不能勝陰然機在陽而不在陰則陰不勝陽多矣如初發心大士即成正覺盖衆人生於五欲火中一旦心發清涼非至明大勇者孰能臻此故因該果海譬層氷之初泮則知復水不久焉果徹因源盖氷離氷無體故也噫氷水似殊故質礙之與融通大相懸絕然離氷無水離水無氷知此者可與言雜花之大意矣

老氏以爲五音可以聾耳五色可以瞽目介然有知可以惑我無知殊不知耳目無所有

有因身有知亦無所有有因境有嗚呼身心既有則死生榮辱好惡是非靡所不至矣是以大覺夫子教天下以四大觀身四蘊觀心而八者現前則身心並無所有身心既無則所謂死生榮辱好惡是非譬如片雪飛於紅爐之上惡得有哉然身心之執雖解而八者猶未滌除復教之以四塵觀四大前境觀分別心如天機深者即了悟外四塵則四大無所有外四大四塵亦無所有外前境則分別心亦無所有外分別心則前境亦無所有能所互洗物我蕩然是時也無身之身無心之心昭然在前矣始知形充八極大患莫能累焉智周萬物熱惱莫能焚焉駕四弘之輪乘十願之馬飛行無際碾窮色空盡使博地含靈頓躋覺地乃大士之能事也

心本無我而靈故不可以有我求之亦不可以無我求之以有我求之渠既無我豈不乖渠耶以無我求之渠既靈然豈不乖渠耶既不可以有我求復不可以無我求則我終不可得渠耶果如此不唯衆人絕希聖之階即聖人繼往開來之功可得而泯已但渠非有無可求要在從緣會得故曰從緣薦得永無退失緣也者如衆人以十惡五逆之緣熏之則渠發現阿鼻之相乃至以人緣熏之聲聞大士之緣熏之則九界發現之相皎如日星唯佛一人若不以無作之緣熏之則渠且不能發現殊絕之妙相焉由是而觀九界之相既循緣業發現今有人于此能循緣業泝而上之則彼無我而靈者不待召而至矣

宗儒者病佛老宗老者病儒釋宗佛者病孔

病李既咸謂之病知有病而不能治非愚則妄也或曰敢請治病之方曰學儒而能得孔氏之心學佛而能得釋氏之心學老而能得老氏之心則病自愈是方之良蒙服之而有徵者也吾子能直下信而試之始知蒙不欺吾子也且儒也釋也老也皆名焉而已非實也實也者心也心也者所以能儒能佛能老者也噫能儒能佛能老者果儒釋老各有之耶共有之耶又已發未發緣生無生有名無名同歟不同歟知此乃可與言三家一道也而有不同者名也非心也

今有人于此能讀四庫書而約者不明書多奚爲夫約者心也心爲萬化之主反不能自信乃勤朽骨糟粕惑矣或曰敢問心所曰在眼能見在耳能聞如生心動念即情也非心也噫惟明心者可與復性矣

古有道戰德戰仁義戰智勇戰道戰無心德戰懷恩仁義戰乃所以安天下之生也智勇戰乃所以强遂其志也或有没巴鼻戰者不得無心而敵敵則敗不得有心而敵敵則敗畏敗而不敢敵者亦敗噫惟雲門德山善戰之師也

義井筆録

師説你的性剛一日遇諸般事如何忍得過去復問如何方忍得師説看得自家大自然忍得去復問如何看得自家大便忍得去師説天地大便能包容得萬物虚空大便包得天地我本來眞心大便包得虚空師又説大端人不能容物無他爲物障礙但自昧了眞心便自小了楞嚴曰空生大覺中如海一漚

發有漏微塵國皆依空所生漚滅空本無況復諸三有

大覺眞心本非有無可以形容得纔昧此心便有虛空世界矣是故聖人處于死生禍福之域而死生禍福不能累者無別竒特不過不昧心而已然此心雖在日用之中衆人不知不知即是無明無明者謂眞心本有而反不知昧心而有虛空世界却膠固不舍

三界裡頭總是一塊情大家在情裏要説超情之言如達磨遭六毒南岳思禪師遭十餘毒蓋二老說話沒偷心便惹得許多好供養偷心情也無偷心性也處于情中而率性用事自古及今未始不遭魔外所害也然向後去害大則光愈大故君子常喫虧常得便宜

師喚復你豎起拳來復豎拳師問你這拳是誰豎起復對是心豎起師問假若是沒了此手你的心何在復罔措師說你要在這裏自家查考看查考不出眞是苦復求之不解請師開示師曰人都愚在這裏終日將個燈點到這裏又去人家裏討火去

不能忘利者必不能任怨

要想此身從何而有此身從何而去知其從何而有則知其從何而去

易曰羣龍無首吉此象也如玩象得意則活者在我活者既在我則死者亦活矣至此則孰爲意孰爲象故曰若人識得心大地無寸土我則曰若人識得意意外本無象無象則無物無意則無我無物無我君子何怕多存物存我君子多不好宋之君子甚多只是各有其首首者我相也如各無意無必無固無

我即王安石與諸攻安石者皆君子也

要心器利無如甘澹泊要身器利無如閑勞勤

身在心裏所以運得身動心在身裏便運不動矣何以故如風箏在風裏所以風吹得風箏起如風在風箏裡則箏大風小小不能吹大也心是箇非裏非外的所以能裏能外他若是有裏外與裏外何異既與裏外無異自然裏外不能運裏外如裏外能運裏外金可博金水可洗水矣

心有知覺氣無知覺四大是一氣之變一氣是四大之復故莊子曰氣聚則生氣散則死生生死死不過氣之聚散耳達人知其如此所以方生方死之間未嘗喜生畏死也不然則此五尺之軀便能拘限得這無邊無際之靈明矣

如人以手運筆筆始能畫達者由畫推至于筆由筆推至于手由手推至于心由心推至于無我而靈者無我則無外外者內之待也我既無外內亦窮矣內窮則外不能獨立內外之情既枯則無內無外而能內能外者現前矣圓覺曰一切衆生皆證圓覺其此謂乎

心不自有因境而有此六塵緣影之心也如此心不能查考徹了則本有靈明之心終不現前譬如浮雲未淨青天不露又世人論身時却雜心說論心時却雜身說所以身心頭腦終是不清楚如身心頭腦清楚了則會生死身爲法身會煩惱心爲菩提心不異屈伸已指耳

人是有形之鬼鬼是無形之人謂人鬼有兩

心無是理只是有形無形差别耳學人先要斷婬欲斷婬欲之道亦無多岐但能識破自身則眼前雖有西施之容子都之貌自然忘之矣然識破是明能忘是勇如明而不勇則多生染習如油入麪欲使之出亦不易易且道身如何識破得他先當推我未生之前是身果有耶果無耶有則何勞父母交姤而生無則既本原無如何無中忽有此身如是推究推究不已則此身一旦洞然識破了自身既識破了則他身不待破而破矣自他之身既破且道將何物爲能所淫欲之具哉若如此推究未能識破自身當次觀父母交姤時母心先動耶父心先動耶父母心一齊動耶父母心不動耶父母心不動兩俱無心無心則無我無我誰生淫欲父母心齊動齊則一一則亦無能所淫心亦不能動父母先後淫心動先不是後後不是先本不相待淫心亦無動此以理推也非情計也又父母交姤時我無淫心身因亦無我有淫心父母不交姤身緣亦無須因與緣三者合方有身如三者合而果有身者則父分多少母分多少我分多少如是往復多少推之推來推去推去推來推到情枯智訖處則是身是有是無不待問人而自知矣知則明明則不惑不惑則西施子都皆我得無欲之前茅也又無我而靈者性也有我而昧者情也性變而爲情性無邊際情亦無邊際情復而全性情無邊際性亦無邊際如水廣氷多氷阜水深也

學問不多頭腦不過窮靈極數而已窮靈則

無我而靈者全矣極數則有我而昧者不能昧我矣以數不能昧我所以一爲多多多多爲一在我而不在數也如形骸假五行而成非數乎如心形骸成而不生形骸敗而不死可以爲數之主數乃心之奴也衆人則不然主反爲奴奴反爲主或者謂禪家但知性而不知命道家但知命而不知性此說非通也靈性也數命也未有能窮靈而不能極數者未有能極數而不能窮靈者設有窮靈而不能極數小乘是也極數而不能窮靈地仙是也如曰有物先天地無名本寂寥能爲萬象主不逐四時凋能爲萬象主者非靈乎萬象非數乎又有心統性情之說世皆知有此說知其義者寡矣夫情波也心流也性源也外流無波舍流則源亦難尋然此說不明在于審情與心心與性忽之故也應物而無累者謂之心應物而有累者謂之情性則應物不應物常虛而靈者是也由是觀之情即心也以其應物有累但可名情不可名心心即情也以其應物無累但可名心不可名情然外性無應與不應累與不累耳若然者情亦性也心亦性也性亦心也性亦情也有三名而無三實此乃假言語而形容之至其眞處大非言語可以形容彷彿也故曰叅須實叅悟須寔悟涅槃經有王者庫內之刀是刀光潔明淨不惟削鐵如泥亦可以照人妍醜削鐵如泥非利乎照人妍醜非明乎利而明非天下至寶乎我心央斷是非利于庫刀照物妍醜明如秦鏡如見可欲則利者不利明者不明矣故大丈夫常要胸中無物眼前無欲胸

中無物則心可以包太虛眼前無欲則眼可以窮象先雖然知則易行則難

復探策得五數師曰夫五者無我之數也無我而數數而無我得非窮靈而極數極數而窮靈哉何者如四方纔定則中央定中央定則四方定未始有先中央而後有四方先四方而後有中央者也由是觀之不惟中央無我四方亦無我但衆人昏而不察理蔽于情謂四方自四方中央自中央殊不知外四方而求中央外中央而求四方得非索龜之毛求兎之角耶又身如中央地水火風如四方故金木水火若有我則不必攬土而成體土若有我亦不能爲四行之資所以土不自土四行借而成體四行不自四行爲土所寄如身不自身可以復還四大四大不自四大可以假借成身中央不自中央須假借四方而爲中央四方不自四方須資中央而爲四方噫知此説者則一理散爲萬事萬事會歸一理譬如鏡中見眉目掌中視文理復何疑乎夫中四無我理也無我而中中四四事也所以然者外事無理外理無事猶外氷無水外水無氷也故曰若人識得心大地無寸土紫栢則不然若人會得理萬物一任閙我徧得清閒逆順無煩惱如二四六八十此倚數也非本數也

地水火風毫釐混不得似乎有我然合四者而爲身則四者又無我故知身若有我亦不能復還四大身若終不能復還四大者則人有生無死矣又堅濕暖動如四方中央如身故外四方則中央不有外中央則四方亦不

有外堅濕暖動則身決不有外身則堅濕暖動亦不有學者于飲食男女之場勝負不決猛作此觀自然理水日深人欲日淺矣

有我而昧者舍得盡則無我而靈者方得全

復問三世一身有是事乎師曰有良以身一而世三如人行路路有千里而行惟一人謂路千里而人亦有千此愚癡之說也然此身非形骸生死聚散之身也乃法身也夫法身者千古一瞬萬刦一息豈但三世一身而已乎老人告汝曰三世一身此客示未嘗死之機也不可忽之痛當自重設遇扶顛伏猛之事直肩負荷勿得支吾

兩人靜坐心皆清明清則無擾明則不昧無擾而不昧豈有待之心乎適然喜境現前則喜心生不喜境現前則不喜心生如喜心是我固有之心則不喜境現前他只是喜豈能成不喜心耶三祖曰能由境能境由能境欲知兩段元是一空

人要在是非患難裏滚得過是非患難裏滚不過則好人何來故眞金須火煆好人須境煉

顏子隳肢體外形骸也黜聰明空妄心也妄心空則眞心露形骸外則法身全

離乃心之象也如玩象而得意則虗而明者在我而不在文字語言若一切文字語言都從虗明流出自然文天而機妙也唐李長者每以南無釋曩謨義文字之師往往笑之以爲長者不辯華梵殊不知長者獨得華嚴事事無礙法界之旨既曰事事無礙即以梵語釋華言亦可華言釋梵語亦可以世間書釋

出世間書亦可以出世間書釋世間書亦可以惡言明善言亦可以善言明惡言亦可言明則意得意得則至虗而明者常為其君一切染淨善惡華梵是非好惡皆臣妾也皆語言三昧也嗚呼心本虗而明世忽之而不究皆我現前身與心礙而不虗昧而不明反執吝而不肯釋殊不知礙而昧者能釋之則虗而明者不待索而至矣由是觀之玩象得意之說苟非嗜欲淺而天機深者象亦不易玩意亦不易得復勉之壇經曹溪六祖所說也曹溪初不知文字語言然聞金剛經而豁然大悟遂造黄梅得衣鉢而歸嶺南傳心宗于曹溪寶林寺自是天下稱曹溪焉其所說壇經至于性相二宗經之緯之錯綜萬態若老于文字語言三昧者也此乃悟自心虗明之驗耳人為萬物靈知有此而不痛求而求他謂萬物靈可乎

大丈夫得其機而已矣機無多少以用之不同故似有多少耳然象先之機即象後之機象後之機即象先之機謂之一機則象先不是象後謂之多機則象後之機外象先之機而機無別機以乘時應物故有象先象後之異也

紫栢尊者全集卷第九

音釋

蓴（殊倫切音純蓴菜）　齅（許救切休去聲以鼻就氣也）　罄（卯正切音慶空也）　撮（子括切鑽入聲挽也兩指撮也）　蝕（裳職切音石）

紫栢尊者全集卷第十

明　憨　山　德　清　閱

復述姚少師在崇國寺自題其像曰看破芭蕉柱杖子等閑徹骨露風流有時摇動龜毛拂直得虚空笑點頭師説芭蕉柱杖子身之謂也我若看破則心無累心無累則明明則性可見矣凡見性之人龜毛可以爲拂拂可以爲天地卷舒太虚屈伸萬象在我而不在造物也此姚自賛也紫栢則不然芭蕉杖子即龜毛生殺縱横意氣豪是聖是凡魂膽喪薰風吹落樹頭桃師問復姚老子有何長處紫栢有何短處若長短辨不出便是眼中無珠漢雖然紫栢只知天經地義禮也姚老子若跳得這禮字圈櫃出饒他三十棒如跳不出三十棒一棒也不饒紫栢左右視曰姚老子何在復目睜師曰不在者且放過他在者代受棒始得

復問人之性在母腹中時有乎抑在母既生之後一落地時方有乎師問你説性有邊際否性有古今否復曰性無邊際無古今師曰性既無邊際古今豈可以母之腹中立有性不有性論與既生之後有性不有性論楞嚴曰清淨本然云何忽生山河大地此滿慈問如來之詞也夫清淨本然猶水也山河大地猶冰也水則融通冰則窒礙既窒礙不是融通謂冰即水可乎然離水無冰謂冰非水可乎復問所謂忽生者果何旨耶師曰忽則非有心所及必欲窮忽所以然之説則忽似可以有心所測也雖然以佛性無常水可以成冰以諸法外眞常而不能自建故知冰可復

水也又有我而昧者外無我而靈者則有我而昧者不可得也聖人知其如此先會物歸已然後開物成務無往而不達也夫何故良以外已無物外物無已外已無物則開物成務之物未嘗非已也外物無已則物不待會而已全矣然此理知而不能行則多生染習終不能消行而不能證則固有之靈亦終不能全復證而不能忘則稱性之用終不現前故曰有大機必有大用

水寒極則成氷寒過則氷還復水性變而爲情情盛則陰極凡一切染習種子皆屬陰也照性成修則染習勢力漸自損減淨種功能亦漸增益轉依有六惟損力益能轉是初心者日用逆順關頭之利器也然非慚愧助其勝解則餘轉便不能入矣

師問復曰汝身之可把捉者皮肉筋骨而已濕煖動者皆不可把捉也可把捉者謂地大不可把捉者或謂水或謂火或謂風總名四大有本四大有末四大本四大汝尋常所履之地所飲之水所食熱物所能鼓萬物者是也末四大汝身皮肉筋骨與濕煖動是也然木不離本始假借本而有身有身如不假本而資之身必敗壞此理甚明但衆人封于情計不能以理折情所以執身之習不易消耳聖人以心用身衆人以身累心以心用身者如口吐沫一吐不知有幾千沫星如周顛仙以一身而化多身也以身累心者計可把捉皮肉筋骨爲我之身而不知終非我有也此身始本不爲我有終亦不爲我有則中間所有者又豈我之有耶聖人當有此身之時即

不有其有故至于將死之時地還地水還水火還火風還風即以其所借者交還之何怖懼之有死惟其不怖懼則一點靈明凝定如泰山何得昏亂以故死累于其所借者而不累于其所未亂者況有此一點靈明在自然死者不死而復借本地大與本水火風大爲身死而復生生而復死更歷千萬世而機不息也此説雖是然未知六塵緣影爲心所以然之故本末四大縱件數借還似亦了了覩其會物歸已則終成兩橛如能究徹緣影之心則靈明始凝又靈明凝定亦有淺深如斷見思惑得羅漢果斷塵沙惑得菩薩果斷根本無明盡者始得佛果故曰心數理妙孔老未知也

墨香庵常言

乳叅水則漓醪叅水則薄去古遠而人心澆故以不怪者爲怪謂怪者常也有法古之風者見之則以揑怪目之宜然也

或曰民性多暴聖人道之以其仁民性多逆聖人道之以其義民性多縱聖人道之以其禮民性多愚聖人道之以其智民性多妄聖人道之以其信殊不知民性非暴可以道之於仁民性非逆可以道之於義民性非縱可以道之於禮民性非愚可以道之於智民性非妄可以道之於信若然者暴而道之以仁逆而道之以義縱而道之以禮愚而道之以智妄而道之以信皆治之也非道之也治之如緜治水道之如禹道水故逆其性者功弗竟順其性者績乃成若性本暴而道之以仁吾知聖人復生其道難行矣大都習可以治

性可以道故暴者習也非性也

披林逐虎兕入水嬰蛟龍世以之爲勇非勇也能以至公之理折隱私之情勝而弗敗者是爲勇也

或曰今道有赤子將爲牛馬所踐見之者無問賢不肖必惕惕然皆欲驅牛馬以活之也至夫國有弱君室有色婦而謀其國欲其室者惟恨其君與夫不懼赤子之禍也噫是復何心哉即欲活之之心耳微涉可欲瞥然失照一至此乎故曰不見可欲使心不亂夫技與道同出而異名耳故善於道者技亦道也不善於道者道亦技也若然者道與技果一乎哉果異乎哉

夫煩惱之與菩提濁波之與清水空之與色屈之與信果一物乎兩物乎忽而弗觀則三惑浩然反而推之則三德宛爾此非勞形役骨而可入貴乎於妄心忽生時窮其所自或牽於聲耶或牽於色耶逆耶順耶生耶死耶隨心生處即而體之極而窮之生於自乎生于他乎兩者合而生乎綿然無間堅然痛究至于智力無所加功情根無地可植越着精彩如餓狗之嚙枯骨細嚼則無味舍之則無聊嚙之嚙之又嚙之忽而精力之與枯骨能所命斷始不疑空不異色屈不異信煩惱不異菩提衆生不異諸佛矣噫能拚命者可以殺人能割情者可以入道雖聖人復生不易吾言矣

夫心術無常顧其所憑如何耳故憑於十惡則泥犁見焉憑於慳貪則餓鬼見焉憑於愚癡則畜生見焉憑于五戒則見之人憑於十

善則見之天，憑於四諦則聲聞道成，憑於十二因緣則緣覺果就，憑於六度則菩薩慈弘，憑於最上乘則佛果圓滿。至於憑於六經則謂之儒，憑於百家則謂之百氏。若韓非憑於刑名，孫武憑于兵，較之畜生之與餓鬼，餓鬼之與地獄，三者推其所憑，雖皆不善，此果報非因心也。噫，人爲萬物之靈，如所憑果善，則克聖奚難哉？而韓非、孫武既爲人矣，不幸而所憑不善，導天下以殺戮，則其泥犁以爲園觀，長劫遊戲，吾知其不免乎。或曰：刑名以救德教之不備，兵乃戮寡而救多，皆仁術也，子何俱非之？對曰：考之出世之典，徵之治世之經，未有不聞大道而善用者也。如善用之，自非聖人莫能焉。

夫廓然無朕，奚吉奚凶？陰陽既不可以籠罩禍福，豈可以雌雄之哉？噫，介爾有知，萬物生焉。是以觀爻象可以推休咎，聽音聲可以定吉凶也。若然者，一心不生，則三藏六經惡能筌蹄之乎？

夫深山重淵，蛟龍虎兕之所恃也；多財高位，富姓貴耀之所恃也。然蛟龍虎兕、富姓貴耀，皆不能免其患者，以恃賈之耳。雖然，外天下者則不可悅以富貴，外富貴者則不可辱以貧賤也。噫，恃潔而高世，賈患而傷生者，名乎非名乎？若然者，則蛟龍虎兕不爲暴，富姓貴耀不爲貪，而至暴至貪者，非外天下忘富貴者乎？

夫榮之賈辱，利之賈盜，人皆易知也；而名之招忌，德之招謗，道之招毀，知而未眞乎，果眞知乎？非眞蹈其閫者，豈易知哉？

天下皆慕富貴而厭貧賤皆惡饑寒而好飽煖殊不知非貧賤饑寒爲之地則富貴飽煖何自而來哉

夫旱極則水至澇極則旱來是以聖人履霜而知氷驗來而知往也若然者未至其極猶可備之既至其極極則不返備之何益

凡爲之于未有一爲而萬成萬成而一不損損則萬亦何益以其不損謂之益矣

夫招生死者身也招好惡者心也生死之與好惡聖人痛患之以其患之患無所患也衆人不患之故患患之耳今有人于此雖未能即去其招知招爲患之媒以其知之媒日踈矣予是知踈媒者雖未齊聖聖由是始也

夫惺之與夢晝之與夜天乎人乎在天則謂之晝夜在人則謂之惺夢故知此者天亦可也人亦可也若然者天之與人在我而不在造物明矣

吾嘗思天之上更有何物思地之下載我者誰乎思之思之又思之思不及處則不可以口門吐矣又豈可以言語形狀之哉雖然眞悲者無聲眞親者無情故聲容情生則天地大而我細矣

夫榮者夢辱富者夢盜饑者夢食渴者夢飲勇者夢怯怯者夢勇南人夢舟北人夢馬天機深者夢山水雲物以其所嗜不同故夢之各別耳是以至人達此知天地可以反復山海可以移易死生可以遊戲故曰悟唯識者可以紹佛祖之位

或問余曰布袋和尚何笑之多哉曰怕人怪耳問者聞余言以爲紿而不信是不知圖大

事者慮必遠行遠道者輜必重布袋和尚與雙林傅大士皆彌勒化身也此老爲當來之佛任釋迦之東宮事非細矣若不深思遠謀則臨時悔無及也問者曰吾聞子之言若深告我者也苦僕根鈍識昏卒未能領略乞詳而示之予復謂之曰子知之乎傅大士制藏輪布袋和尚以笑面對人盖慮娑婆化周龍華將始若不預培衆生般若之因結天下歡喜之緣則臨成佛時機感愚癡衆生多瞋愚癡則聞法無益多瞋則行慈不普兩者聖人之重責重責不慮成佛何爲乎且衆生以十分言之識字者寡而不識字者多順之則喜逆之則瞋故寄廣長舌于輪藏結歡喜緣于笑面也若然者六根皆眼逆順皆春故以眼見輪藏者耳聞輪藏者手摸輪藏者身觸輪藏者意緣輪藏者若口贊若口毀皆於輪藏培般若用此既培之彼則成之故布袋之笑乃英雄之賣愍也傅大士之制輪藏乃豪傑之網羅也余故曰圖大事者謀必遠涉遠道者輜必重問者感泣而謝焉

凡善笑者必善哭善走者必善蹶是以飛廉惡來皆不得其死韓娥秦青世皆以能謳聞若然者則布袋和尚之笑非笑也屈原之愁非愁也予以是知彌勒以笑説法三閭大夫以愁得道也至于仲由結纓而死死非眞死飛廉之與惡來非眞死可乎

窓前有松天上有月風摇窓影不知者夜見之疑以爲鬼怖而夫聲求救旁人人曉之曰非鬼也月上窓明風摇松影耳何故妄怖怖者雖聞其言終疑着鬼至于黎明日上躬自

驗之不覺失笑始悟非鬼也嗚呼窓間之影夜見之即疑爲鬼晝見之則不以爲鬼影非有二見者一人何自起自倒若是乎夫十方依正三世猶窓間之影耳凡夫見之以爲有二乘見之以爲空菩薩見之以爲心故曰若人識得心大地無寸土

吾少時但知人有過不知已有過既長雖知人有過亦知已有過矣久之但知已有過不知人有過矣

水不自清人清之也人不清之水自清也譬夫心不自明人明之也人不明之心自明也噫雖不自明謂之無明可乎

心有四德常樂我淨是也常則無生滅樂則無好惡我則無主宰淨則染不得故得常者天地毀而不老得樂者衆苦交而超然得我者造萬有而無心得淨者處五濁而清泠雖然四者即心之有乎離心之有乎離即之有乎三者辨則四德可言也

一日忽覺身心超然從夕至旦此樂不失偶觸逆境便不超然也病在覺故如樂不覺則苦亦不覺矣噫覺之爲害也若是況不覺乎

夫饑而得食渴而得飲貧而得富富而得官此四者其始得之也喜不可以言語形容焉況愚而得智智而得忘忘而得心其樂豈可以言語形容之哉

夫人而無仰食者非奴則婢也故家有十人仰食者其相必不寒家有百人仰食者其相必殊衆至千人仰食萬人仰食者猶星中之月也其光明碩大可知矣於戲凡人仰之而食者財有餘故耳殊不知富有法財能博濟

萬古之蒼生者則其光明之普又非星中之月可並矣由此觀之世財可以資生不能資無生生則有死死則有盡無生則無死無死則無盡若然者資生之德有盡資無生之恩寧有盡哉故仰食于人者以自不能資生故也自既不能資生豈能資人之生乎如牛馬不能自生必資于人然後可生也故無人仰食者謂之奴婢乃貴之也非賤之也故古人罵義學之徒謂之奴兒婢子良有以焉

或曰人有聖賢之異道無聖賢之異我則曰人無聖賢之異道有聖賢之異故曰一切聖賢皆以無爲法而有差別也

或曰道者說也路也殊不知有說則有聲有路則可行有聲非道可行非到非道非到道非道也

或者愛畫花而不愛生花有笑之者曰愛假而不愛眞愚矣乎其人曰生花造化所化畫花吾心所畫造物乃吾心中之影子以影生者爲眞吾以心生者不爲假吾非乎子非乎必有知者然後可辨也

或者犯淫病而不能治至于病篤欲死良醫拱手焉吾因問病者曰淫從何生答曰淫從心生吾再問曰心從何生曰不知吾曰心尚不知將何生淫淫尚不生將何生病病者悶然而不應自夕至旦疑而不解疑重則淫輕淫輕則病減忽然悟心無生所謂淫與病者龜之毛兎之角也惡可實哉

或者叅究趙州庭前栢樹子話頭有年矣亦嘗自謂有所悟一日叩之子叅庭前栢樹子話既無義路則汝謂之無義路又何從而得

也耶

吾嘗於喜怒哀樂四者之間尋其頭目果是何物而能喜能怒能哀能樂乎又正喜時則怒安在正怒時則喜安在正哀時則樂安在正樂時則哀安在朝尋之暮尋之日尋之月尋之年尋之積年尋之一旦得其頭面始知喜時非人怒時非人哀時非人樂時非人皆我也我喜我怒我哀我樂我自尋之俱非人也雖然乃已發之伎倆耳如未發之時則四者頭面又安在哉知此則可與言喜怒哀樂也又知喜怒哀樂者始可與言未發也噫未發果可言乎果不可言乎然而善言之者以不言言之言之不言奚不可哉

聲之與色果障道乎果不障道乎說者以爲聰明鑒而真知喪矣殊不知風鳴萬松月照千峰聲乎色乎障道乎不障道乎此既不障則艷姬清唱豈獨障道哉若然者聲色惡能障道人自障耳人障道而反誣聲色何異張翁吃酒李翁醉也

龍之喜淵虎之喜林雖水陸不同然皆喜其可庇形也殊不知龍無欲虎無毒雖陸蜡晝出其誰害之人所以害之者以龍頷有夜光之珠虎能食人故也

或者以爲天之高自高也地之厚自厚也日之明自明也月之圓自圓也燈之光自光也殊不知離吾心則天失其高明而地失其博厚矣若然者日之明月之圓燈之光皆吾心之彩也噫人能知此可與言天地之道乎

平受爲苦樂之因苦樂爲平受之果三受互藉無有暫停如汲井輪循環無始忽憎忽愛

忽愛忽憎憎愛忽窮現乎受容忽攖逆順受容隨失失成愛憎是以無受之明如雲籠月光不能顯受盡雲空本月昭然此受不可以無功而遣不可以有功而驅無功則受豈自空有功則反資受地反復推尋理無所出若然者則受終不可空耶受不可空則衆生絶成佛之梯諸佛塞度生之路聖凡兩病學佛何益

天道憫踈畧人道貴周容踈畧者于人則不競於時則失利周容者于人則善競于時則多利競而多利者雖取勝於目前未必有益于身後也不競而失利者雖負敗於目前未必無益于身後也且人不勝天敗豈有常哉

毛道凡夫初無見諦于諸逆順憎愛無常或我之所憎人之所愛或我之所愛人之所憎皆妄也然而離妄求眞離波求水未之有焉故曰迷悟眞妄如臂屈伸本無背面若悟者妄即眞也迷者眞即妄也所以能屈能伸者臂也能眞能妄者心也故知臂者不可以屈伸惑之了心者不可以迷悟拘之

於諸欲境觀若險崖則染因爲淨之資矣於諸勝境不生欣仰則淨因爲染之隙矣故曰境無染淨惟精進者則觸途成觀也

地非水無以浮水非地無以載靜推兩者之功卒不能折衷能折衷者可以爲師矣

天下皆知富貴之與貧賤有而不無者也唯天堂之與地獄或者決以爲無殊不知富貴貧賤旣有而不無奚獨天堂地獄無而不有也哉

吾賦性剛褊人少有逆之則勃然不悅然而

事過即忘之矣噫吾雖忘之受吾觸者安能忘之哉若然者我忘而人不忘未忘也須人我俱忘始忘也

夫見後而不見先者未可與語春也見下而不見上者未可與語主也故牛馬知牧而不知主魚鳥知春而不知冬殊不知非冬奚春非主奚牧皆不思耳故思之思之鬼神將通之況主與冬哉噫人而不思則去牛馬不遠矣

天萬物皆心也以未悟本心故物能障我如悟本心我能轉物矣是以聖人促萬劫爲一瞬延一刻爲千古散一物爲萬物如片月在天影臨萬水也卷萬物爲一物如影散百川一月所攝也此非神力爲之吾性分如是耳

不吃糖者不知甜不吃醋者不知酸甜酸尚爾況大道乎

夫一心不生萬法無咎人物交輳本來廓如也若然者羣芳非色滂沛非聲明矣故曰哀樂相生正明目而視之不可得而見也傾耳而聽之不可得而聞也

忍字爲義以刀刺心則使識字曉義者知觸事之際念不可輕起也如念起不當乎理即拔慧刀以刺之乃惡念消而善心長矣善淳而化之則幾乎道矣忍也如是可不儆哉

吾聞王子曰仲由聞過則喜令名無窮奚哉曰惟心虛者能受善故天地雖大虛能包之虛則久長令名之無窮宜矣

善惡無常愛憎無住故衆人可以希賢賢人可以希聖喜可以爲怒怒可以爲喜如四者有常則聖人設教益天下之愚矣

羅籠五臟者形骸也主宰一身者自心也形骸可見而五臟可知唯自心非但人莫能知即自知自心猶已眼觀已眼也故介然有知物即生心今有人於此召羣愚而爲叛其討叛者不以誠而以詐豈唯叛不可討使天下失信自此始矣

我未嘗見有大無明人如有之千尺層氷一朝煗動即汪洋莫測也

若人以爲骨賤氣昬於大道不敢企焉殊不知鱗蟲可以爲龍羽蟲可以爲鳳善惡無常清濁無主勤勤于善而不息則近性近則順順則化化則虗虗則靈然虗而靈者即心而求耶外心而求耶即心而求則把柄在我不屬造物明矣若然者骨之貴賤氣之清濁豈有常哉顧其所習如何耳故曰性相近也習相遠也必以骨賤氣昬而不能聖此自棄之徒也既自棄矣雖終年日月與聖人爲侶亦不能熏之矣況下焉者乎

人爲萬物之靈雖五尺童子亦能習而言之及徵其所謂靈者何物雖大儒老衲未始不罔錯者也故曰事事尋常總不差相逢舉着便淆訛且道病根在恁麽處𢘿三十年來爲汝說破

天生日月不爲穿窬而張明地闢江湖不爲車馬而設險然行者之惡險盜者之惡明不啻吳越之讐也惟天廢日月地塞江湖則兩者無憾矣噫天廢日月則羣生失明地塞江湖則萬物焦心故天不爲盜者之惡明而廢日月地不爲行者之惡險而塞江湖仲尼不爲桓魋之疾賢而避是非也

或曰子之道不能行因毀者之多耳曰吾道之不能行非毀者之過也過在吾修道之弗誠耳誠則感物必弘矣雖然昔人有聞乞肉聲而悟道覩桃花而識心豈既死之豬無知之木賢于吾者耶

介然有知召毀之始廓然無我縱毀誰知無知而知不昧是非此可毀乎不可毀乎

或曰牛頭融公未見四祖時則百鳥啣花天人獻供既見之後花鳥不來天人絕響何哉曰鬼神敬德而不知道知道則孰非聖人何花鳥天人之別哉

夫天理之與人欲微塵之與大地果一乎哉果二乎哉一之則衆人皆聖人也不一則是聖人設教爲無益也故知氷即水者氷非有也知水即氷者水非有也水非有則理不礙事氷非有則事不礙理事不礙理則行彌十界而常寂理不礙事則知周萬物而不勞不勞則教無不施常寂則道無不一道無不一如花在春教無不施如春在花果一乎哉果二乎哉

或曰惠迪吉從逆凶有是乎哉噫無是則日月可以使之墜江海可以使之枯矣今日月在天江海固然有是乎哉無是乎哉

昔有指鹿爲馬證龜成鼈者天下不平之今則指鹿爲麟證龜爲龍天下皆然之哀哉

夫風之驅雲水之轉石何無心而有力焉情之昏性習之惑智亦若莫之爲而爲之其有心也耶無心也耶何力捍而莫能制乎

陽燧取火方諸取水故向月則水注向日則火然夫水之與火果生于日月乎果生于諸

燧乎果生于盤艾乎若生于日月則非諸燧水何不注火何不然若生于諸燧未向日月時亦何不注不然耶知此則可與語神化矣有形而最大者莫過乎天地無形而最大者莫過乎太虛包有無而最大者莫過乎自心自心如鏡之光兩者光中之影也故見光者則影無留礙執影者則本光常失本光常失則光用不顯光用不顯則影執不消安有即影見光者與之言自心之光乎

夫形者心之影影者形之影今有人于此圖影欲眞殊不知縱眞影也生形者豈可以筆墨圖之哉

或曰何物非心哉但因分別而心成物耳直不分別物物皆心也故馬顧影而不驚猻見侶而不疑初無二見故也

火可見此相火非性火若性火則周徧而不可見故凡薪傳則見不傳則不見者相火非性火也乃若云水性濕火性熱此則又以性喻義耳

以世眼觀人不足盡人何以故地獄衆生見丈六金身如黑象腿佛尚如此況其他乎

有我則我在天地中無我則天地在我中

如現前各人之身畢竟因何而有究其所歸父母情未動赤白决不流身何所有父母既情動四大隨感生精華非形質似形而非形非形任運長所以有此身由是而觀以父母情動爲因赤白二交而爲緣窮身之因與緣不過如此乃心之因則在我而不在父母父母雖交會我若無憎愛想豈無故投以是而推之因境生心則境爲生心之因感受氣分

亦緣也

心力無狀取功名而試之此試之有也次忘身心而試之此試之無也有無俱試而弗醉始能妙萬物而神矣故曰能豪傑而未聖賢者執有心堅事所以遂也惟豪傑而能聖賢者有無之主也噫有之主尚難立況無之主乎昔人有言曰有無二法攝盡一切法非獨立于有無之初而用有無者惡能吐此與

淨瓶數枝花無生殘紅墮水面點胭脂亦是春深路惟心之外別無一法離心有法無有是處若知此者長于金屋死于泥塗蘧篨為棺何異驪山驪山秦椁鑿石千仞骨隣下天可謂深藏藏深穴深盜得致富由是觀之泥塗秦椰孰我孰若是以達人未死忘生未生忘死空中種樹春豈有邊花開結果實占大地

無生若可知為有知知無生無知知無生有知則生已有生安知無生哉無知知無生既曰無知誰知無生若知無生還同有知

生無所立謂之行尸死有所負謂之債鬼

地大四塵成水大三塵火大二塵風大一塵故塵多者質重質重者力微唯心無一塵故力不可思議塵謂色香味觸也

一身之親莫親于皮是故以針刺皮悽然覺痛難禁焉然皮之親不若肉之親肉之親不若骨之親骨之親不若髓之親髓之親不若心之親故曰心生則種種法生今天下不唯不以親者為親反以不親者為親是以親親者終不親矣嗚呼心作天堂心作地獄心作聖人心作衆人至于大之天地廣之萬物皆

心之造作而世之號稱聰明有識者若問其身與心之所從來皆莫知何說也此而不悲更復何悲

夫喜怒無常其猶扳築而人情膠執妄結悲歡是以讐如吳越愛如妻子一言相合即割封成好一事相乖即背恩忘義悠悠古今率惑于茲惟有道者知喜可使怒怒可使喜二俱無常視同鏡像故好惡交前而心常閒也一念不生孤明圓照六塵葑蔀本妙失眞是以情波浩瀚業火焦然三界朽居并遭焚溺唯徹見自心者知念不單生必籍塵起塵難獨立必憑念彰反復推尋當處寂滅故神珠在掌光非外來悟物除眞而不作用想也

四十八願彌陀如來因中爲法藏比丘時對世自在王佛所發之願也若以衆生有思惟心測度之即一願尚難擔荷況四十八願哉殊不知於理推之虛空之無際天地之高厚萬物之廣多聖乎凡乎有知乎無知乎皆不越我自心者也故曰空生大覺中如海一漚發有漏微塵國皆依空所生漚滅空本無況復諸三有以此觀之則法藏所發之願如來印證之辭證之於理即之於事皎如日星夫復何疑又衆生習俗庸鄙識不高明橫計六尺之軀爲身方寸之心爲心無論貴賤賢愚榮榮辱辱順順逆逆窮神殫慮嚴飾萬態自生至死無須臾之休歇者特未能窺破此身此心耳是以大覺聖人愍而哀之發廣大之願昭廓心境使一切衆生豁清慧目獲無身之身無心之心無身則大患永息無心則勞勤頓空故曰大患莫若於有身勞勤莫先於

有智也然則無身之身形充八極無心之心照窮萬有人為萬物之靈於此大身廣心冥然不悟局於臭軀殼上墮於妄想夢中悟不自覺反乃驚怪於法藏比丘者果靈乎哉

達觀未見樹而夢藤莊周自知人而化蝶然藤無知而蝶有知無知則無情有知則有識無情必無感有識必有因無感而入夢有識而相緣一以此夢一以彼夢夢雖無別夢源匪同惟知源者可詳夢也

夫道之在人如空在谷谷也者千呼則千應萬呼則萬響以其空在故也人為萬物靈以惡言觸之即勃然而怒以美言奬之則春然而喜千觸則千怒萬奬則萬喜今觸則今怒古奬則古喜由是而觀則千呼千應萬呼萬響者豈谷能然哉空能應也知此則怒怒喜喜今今古古非有妙喜怒今古而喜怒今古不能累者存則觸之將至應有窮焉

墨光亭常言

宴坐靜室胸次寂寥若可以喻太虛忽聞聲響即瞥然心生便覺方寸稍窒而太虛之度不復有矣是以靜中所得難以應世應世則失故曰不可以靜中求亦不可以動中求超然動靜之外而不廢其用可也又曰動用于一虛之中寂寥千萬化之域雖然會得做不到者未易及此

好生惡死人物皆然以知覺齊故也夫知覺齊終當得聖故曰有心者皆可成聖戒殺非怖罪也特不敢食聖人肉耳使虎狼知此寧再害物人為最靈嗜殺不止是人不如虎狼也

明可以破暗乎暗可以蔽明乎明能破暗明即自破暗能蔽明暗即自蔽何哉明非暗則功不留暗非明則勢不立故曰明中有暗不與暗相遇暗中有明不與明相睹

念果有生乎念果無生乎有生則生不生生無生則無生不生若然者則介然一念乃無生之梯乎

大凡逆境生則不過毀謗罵詈死則不過相殺相戮能觀身非有觀心如幻則罵詈殺戮何損何加故曰若眞修道人不見世間過一心不生萬法無咎此三祖之言也脫白驅烏率能道之然一心不生雖龐眉老宿或不易到況其下者乎

紫栢先生未能醒夢一如故開眼即醒合眼即夢醒夢交馳初無暫息有時即夢推醒中之境有時即醒推夢中之境醒夢雖殊然境不越乎逆順推來推去日久歲深忽然醒夢皆空而能醒能夢者乃憨笑而嘲紫栢先生曰汝開眼時推尋我合眼時推尋我推尋得我如老鼠入牛角相似我今跳出醒夢圈匱汝再能柰我乎紫栢先生震怒喝曰直饒汝躲根在醒夢之表亦是夢中誇夢也于是渠不答而遁去且道渠遁向何處去古德有曰蝦跳不出斗

夫已過之事猶醒中之夢也果且有乎哉果且無乎哉有則雖造物之妙莫能使之即呈馬無則猶計之若不能忘耳故至愚之人不忘昨毆也惟有道者能忘之

大黃之與人參藥中之春秋雖販夫竈婦無不曉然也如病犯在食大黃雖暴必甘服之

者以其暴能泄積也今有人于此以暴言危計種種加陷于我我能眷然受之徧習之積日消而不自知若然者則大黄未必非人參之地也

以思爲眼見身始終

聞爲思之始思爲聞之終思爲修之始修爲思之終修爲證之始證爲修之終證爲度之始度爲證之終如環輪相轉頗王無盡如大白牛牽最上乘車運豈有終哉

尚色者不知有利尚利者不知有名尚名者不知有身尚身者不知有心尚心者不知有性尚性者不知無性之性由是言之蛇而龍凡而聖尚而已矣是以尚尚者可以情通可以理執惟無所尚者謂之滿覺既滿既覺尚何加哉故曰如來藏中不許有識有識則藏破破則漏或漏于小或漏于外乃至滿于地獄等皆從識始

合眼即夢夢而求醒以謂已醒一切人境靡不現前殊不知謂醒之醒猶在夢中忽然大醒方知夢中之醒初非眞醒若然者夢由心有無心無夢醒由夢有無夢無醒予是以知介爾有知無心而不境廓然無思無境而非心夢兮醒兮心兮境兮如水洗水如金博金厭夢而求醒痛醒而求空此所謂把髻投衙誰爲訟主

智進全名餘度皆字先以定動後以智拔良以煩惱山堅非定力不足以搖撼之無明根深非智光不足以照其無本徹其無體

周處志在斬蛟則不見水可溺李廣志在射虎則不見石可堅商卯開信利而不疑害則

出入于火而不見火可燒與夫從高而墜亦不見高可危乎是以知水本不溺石本不堅火本不燒高本不危而或者畏溺而不敢入畏堅而不敢射畏熱而不敢近畏危而不敢墜者皆自溺自堅自燒自危也嘻知此則能出入于死生吉凶之域而無害矣

凡菩薩欲成佛者必以四弘誓爲推輪舍是而修則小道矣或者疑之曰煩惱斷不斷在我而已至于衆生無邊法門無量力有强弱識有愚智曷能槩盡之歟殊不知人但無恒心耳心果能恒則刦石可磨滄海可竭況其他哉且煩惱未斷則慧風不大多聞弗逮則法雷不遠故易之恒雷風恒葢非雷無以驚昬蟄非風無以鼓萬物夫昬蟄既醒復能鼓之非恒而何不恒者巫醫尚不可作能與有爲乎

莊周以爲魚之大莫過乎鯤鯨鳥之大莫過乎鵬人之巨莫過乎龍伯國氏此三者天下有情之至大者也殊不知應持菩薩以不見佛頂致疑由十方上窮三十二恒河沙而佛頂不見如故若然者則周所謂鯤鵬龍伯氏不異焦螟蟭蟻矣而或者又以吾言弘濶勝大而弗信今請實之夫小大生乎有待有待生于有心如一心不生物我兩化覔無待尚不可得況有待哉

人因口腹以錢爲網窮舌根之味結報復之怨故楚子將死猶貪熊蹯竟不遑食而被弒噫子父尚然況受㗖者乎

人心無常猶若水耳方圓隨器初無定體遇可欲境心則成貪遇不可欲境心則成瞋遇

可欲不可欲境猶豫不決心則成癡故方癡時則貪瞋無地方瞋時則癡貪無源若境不觸心心不染境則所謂貪瞋癡三者會而爲常光矣雖然會不徒耳苟未了心境皆心如眼不見眼手不捉手會豈易易哉

匹夫匹婦不達死生幽明之故凡有所感憤以爲一死永不復生往往甘非命死者豈少哉殊不知死果不復生則聖賢勞勤以爲善反不若匹夫匹婦之智矣聖賢以知生必有死不爲生累死必有生不爲死愚所以爲善而無倦焉如果死不復生則桀紂所爲之惡孰代其償責歟夫以是知堯舜爲善必不謬桀紂爲惡必大愚由是而觀匹夫匹婦有所不堪甘心而死者乃桀紂之餘氣也

有問皮毬子曰色即空乎皮毬子曰子奐何物爲色大之天地耶小之萬物耶若以天地爲色則天地外徧計依他而不有若以萬物爲色外天地則萬物復何可得耶夫徧計者謂于無色處橫計有色色計空消則橫計色影殊不知外色無空計色之計既消復計色影與計色之計何異哉大都衆生不明自心心外見法或起色見或起空見空色無常隨計所見譬如氷水水本非兩物忽然爲氷忽然爲水衆人于無常忽然之中計氷爲質礙計水爲融通計質礙者固迷其本矣計融通者亦迷其末矣蓋融通無性待質礙而有號質礙亦無性待融通而立名夫名者賓也非實也今天下宗賓而失實以離色求空爲拙即色明空爲巧拙拙巧巧情計橫生窩巢萬種見聞棲泊如綿着棘如膠投漆自無始以來

至于即今不以超情求入惟任情問道道變爲情故曰空色如子情爲其母又曰情爲化母又曰情爲有無母子以情問吾以情答蓋因情酬情情在子而不在我矣子若忘情始知我不以情答子也子未忘情我雖超情應子子亦謂情子若知此則即色即空之旨亦在子而不在我矣

皮毬子曰至顯而不可見者情也故深情孚貌之人父子不相測至隱而不難見者性也故見性之人聖人衆人無相疑也今天下恣情而忽性父生子而疑于子子生于父而疑父蓋恣情則習相遠也如伏羲氏生千古之上而文王仲尼生千古之下仲尼不疑周公文王不疑伏羲蓋不忽性則性相近也故曰凡百衆人以交神之道見之則于開物成務之際不生心而仁普不裁制而義當不威儀而禮明不變通而智不惑不盟約而信不爽此無他蓋率性而然也

應物而物不能搖謂之寂不搖者本無生謂之滅無生而應物應物而不搖謂之寂滅

夫但能周一身者妄知也徧能周萬有者眞知也妄知外眞知則如波離水也眞知外妄知如水不即波也然知有眞妄又何哉蓋知本無眞妄以衆人自眞自妄耳如天機深者知妄知不離眞知而有則妄自窮矣妄既窮則眞之待安能獨立耶噫眞妄情枯本知昭然于日用之間辟如春着花容不取則艷然在目設生心取之而花神逝矣故曰不離當處常湛然覔即知君不可見以此觀之則本知亢然常在以衆人心粗而不精故日用昧

之耳楞嚴曰心精遺聞聞遺則所謂聲塵者皆會本妙矣故曰一切浮塵及器世間諸變化相如湯消氷應念化成無上知覺夫佛語本平常辟如地堅水濕火暖風動義本如是豈待剗去本妙之心思方始洞然哉雖然如庸常魔入其心肺至于世智辨聰者雖于佛語平常亦不易入也

蓮窓辨鎖蓬蓬鎖子子鎖窓三鎖而斯藏苟無斯藏則生生無盡者幾乎息矣故能知此則無盡者皆在握矣既皆在握則聖聖凡凡愚愚智智或生或殺柄不在人人安能見豈惟人不見自亦難見如窓知窓窓則不窓矣故曰鬼神可以知者念後之事也

常則安異則駭駭則疑疑則無主無主則爲變化所眩矣剛柔所搖矣故常也者破疑之利器也

鳥之所以能飛魚之所以能躍人皆見之而眼之所以能見耳之所以能聞人皆莫能自覺是以終身而見終身而聞終不能知聞見者是何物焉悲夫

蓬蓬而鳴者孰不知其風焉潺湲而流者孰不知其水焉而忽卷屋拔茅漂州蕩縣則不知其所以致之端也能知其端雖復旋嵐偃岳稽天浸地未始驚也

夫羞惡之心無恥之習猶吳越耳吳强則併越越强則併吳此自然之勢也如學者見理未定操志非堅凡卒然臨事之際不覺不知習乘理隙一鼓而下理君敗績矣

老氏曰上士聞道勤而行之中士聞道若存若亡下士聞道大笑之不笑不足以爲道子

則曰上士聞道大笑之不笑不足以為道中士聞道勤而行之下士聞道若存若亡或者以老為是以予為非非唯不得予心且不知老矣

亮公過江止何園寺顔延之張緒眷德留連每嘆曰安汰吐珠玉于前斌亮振金聲于後清言妙緒將絶復興嗚呼良馬微伯樂則終困于鹽車至人微識者則没世而不聞浩然滄海豈唯一珠隤然泰山寧無異水我大覺聖人統九有而為君宅大千以為國智山崇峻教海汪洋之中則異木神珠斷不可以車載斗量能知其數也但智者見之謂之智仁者見之謂之仁耳

自心清曠止水澄空不可以喻其至也得其至則餘欲自忘矣及一微涉動則吉凶不召而集吉凶既集利害盈前而患得患失之心浮沉于寸虚之館所謂清曠自心早埋没矣自心埋没則萬事無主唯見可欲者即欣然而欲得見不可欲者則刺然而弗快心光既蔽羣暗雲生矣

我聞善用其心者五逆十惡皆菩提之康莊也而不善用其心者三學六度皆般若之仇讐也由是觀之青山白雲未必為幽閒紫陌紅塵未必為喧擾顧其人遇之如何耳故曰我自調心非干汝事

公孫大娘之舞劍也不知劍之舞我手也我手之舞劍也劍兮手兮相忘而相用雖有聖智莫可測識況物我未忘者安能知此乎故曰技無大小能入神者乃與造化同功也由是觀之大之天地小之萬物物物皆手手手

皆劍矣敵何自而入焉知此者可與言觸事而眞體之即神與

道不在心欲不在物心生則道失物棄欲自存是以建心求道者傷剗物制欲者狂譬之自刎而求生舭形而逃影吾知釋子見之必哀其傷而笑其狂矣今天下方將以傷狂爲指南道嗚呼明欲嗚呼止

紫柏尊者全集卷第十

音釋

鯀古木切音袞禹父名　兕詳子切詞上聲野牛　紿蕩海切臺上聲　魋徒回切音頹　蹯符艱切音煩　刳空胡切音枯判也剖也

紫栢尊者全集卷第十一

明　憨山　德清　閱

解經

心經說

般若波羅密多

此言智慧到彼岸非愚癡者所能到般若有三種如實相觀照文字是也實相般若即人人本有的心觀照般若即心上光明能悟達則心光發朗凡吐一言一句長篇短什足爲萬古燈明用除癡暗故稱文字般若

心

此經大部之綱骨如人一身雖有五臟百骸惟心爲主

經

訓常又訓路常則天魔外道不能沮壞路則凡聖皆所共由

觀自在菩薩行深般若波羅密多時照見五蘊皆空度一切苦厄

觀自在即觀世音之别名此菩薩既悟自心以觀照之光深破昏毒不同二乘偏淺故曰行深夫昏毒即五蘊爲萬苦根株千殃之本衆生未能空此故縈纏苦厄如蠶作繭於百沸湯中頭出頭没絲無斷日菩薩既斷蘊絲故得空色兩融智悲並運若事若理譬庖丁解牛無物迎刃故稱自在

舍利子色不異空空不異色色即是空空即是色受想行識亦復如是

舍利子鶖子佛之弟子也其慧辨超卓識越等倫然未悟大乘真空尚醉枯寂故如

來呼其名而告之曰我所謂照見五蘊空者非是離蘊之空即蘊之空也汝莫錯了五蘊色受想行識是也色則遠而言之太虛天地山河草木無分巨細凡可見者皆謂之色近而言之現前塊然血肉之軀是也受謂無始以來從生至死眼見耳聞鼻嗅舌嘗身觸意緣皆吸前塵而生者想謂受而籌量善惡臧否寵辱是非行謂籌量無常遷流不決識謂籌量曉了判然無惑此五者合而言之實惟一念分而言之乃五用差別也

舍利子是諸法空相不生不滅不垢不淨不增不減是故空中無色無受想行識無眼耳鼻舌身意無色聲香味觸法無眼界乃至無意識界無無明亦無無明盡乃至無老死亦無老死盡無苦集滅道無智亦無得

如來慮鶖子及一切衆生餘疑未盡復揭而示之曰五蘊既空心光獨露浮雲淨盡滿月當天則生滅垢淨增減皆紅爐點雪矣故悟真空之後豈但五蘊元空即十二處十八界及十二因緣苦集滅道亦龜毛兎角也雖然氷不自融春回乃泮霜不自釋日出乃消五蘊乃至十八界十二因緣等法氷也霜也觀照般若如春如日氷霜既化所謂春之與日何嘗已陳芻狗故曰無智亦無得

以無所得故菩提薩埵依般若波羅密多故心無罣碍無罣碍故無有恐怖遠離顛倒夢想究竟涅槃三世諸佛依般若波羅密多故得阿耨多羅三藐三菩提

嗟乎此段無得之光不特菩薩依之而無罣碍諸佛亦依而得菩提佛與菩薩光非有二而優劣迯然者何哉究光之始實無優劣以光極强照照極生迷故覺迷迷滅靈覺極圓者名之爲佛光雖圓悟迷習漸除覺路尚遥名爲菩薩以本光言之非惟衆生妄想即成佛亦妄想耳然未成佛者若無妄想悟入無門故曰一切衆生由妄想而墮生死亦由妄想而出生死由妄想而墮生死者凡夫也凡夫不悟此身衆苦根株此心攀緣賊媒放之不收游戲於六根六塵如蒼蠅爲唾所粘濡滯腥沫至死不悟由妄想而出生死者或逢知識明誨或讀佛祖聖賢經書始悟蠅爲唾粘之咎翻然悱憤乃慕鴟舉青冥若然則妄想之心得非扶摇之風哉故未證悟者此片妄想斷不可不堅不固有等愚癡凡夫錯解佛祖聖賢之旨見說無我無人無衆生無壽者毋意毋必毋固毋我及本來無一物天理上著不得人欲等語遂牢記胷中逢人高談危論以爲已悟如是之人誠可哀憫且汝現前日用之間七情六欲三毒無明如蛇如蝎誰敢觸著不幸而有觸之者未有不遭螫囓既自家毒氣曾未消得纖毫說甚大話汝欲消此毒氣須服清涼之藥始得清涼藥非龍肝鳳髓非善見空青即是上來所謂此片妄想不可不堅不固者是也果能此志堅固則七情六欲三毒無明漸化爲般若光明矣觀想雖多以要言之一曰空想二曰假想二曰中想空想

若成則內之身心外之世界若漆桶底脫直下玲瓏老氏所謂大患者永免矣假想若成皎月浮空長天一碧蹄涔江海散影分輝中想若成陶空鑄有如臂屈伸宛轉隨心不垂全體空想治見思之毒假想治塵沙無明之毒中想治根本無明之毒噫此三毒者乃天下之大毒也除佛之外誰不遭其毒害皮毒毒般若肉毒毒解脫骨毒毒法身是以天竺醫王制大神方以空想之藥治皮毒以假想之藥治肉毒以中想之藥治骨毒然想藥雖三而不越乎一念故達一念空者即成般若德念雖空洞不廢羣有即成解脫德有無相即空色相離不即不離一念相應即成法身德要到無罣閡地位無恐怖境界直須三惑都除若纖毫不盡縱菩薩猶沉覺碍況凡夫哉故曰餘塵尚諸學明極即如來又曰因明有見暗成無見不明自發則諸暗相永不能昏所謂因明有見者匪獨三光之明因空因假因中皆因明耳若不因明孤光自發凡聖情消又說甚麼三觀一心一心三觀即所謂文字般若觀照般若實相般若亦不勝贅焉然未到徹頭徹腦處此智慧光明寸步舍離不得若背明而行曾取斷常坑中墮落有分在

故知般若波羅密多是大神呪是大明呪是無上呪是無等等呪能除一切苦真實不虛故說般若波羅密多呪即說呪曰揭諦揭諦波羅揭諦波羅僧揭諦菩提薩婆訶

大哉心光智不可知識不可識陰陽不能

籠罩有無不能形容破障除昏凡聖無與等者謂之大神呪大明呪無上呪無等等呪不亦宜乎而般若有顯密自觀自在菩薩至於得阿耨多羅三藐三菩提謂之顯說般若自故知般若波羅密多乃至菩提薩婆訶謂之密談般若又呪者如蜾蠃之祝螟蛉念兹在兹似我之聲綿綿不斷則諸蟲受薰莫知然而化爲蜾蠃矣諸佛如來以慈悲顯密薰一切衆生故一切衆生莫知然而化之嗚呼佛恩廣大誰知報者而正法垂秋祖道寥落顧鈍根小子道德虚薄無以感人甘向秦庭號呼徹歲賦無衣而救楚者誰哉

心經

般若波羅密多心經

夫智慧愚癡初非兩種彼岸此岸本是同源以其見有身心即名愚癡住此岸以其不見有身心即名智慧到彼岸也經則萬古不變之稱心則八部最先之主不變則凡聖可以共由最先則誰能舍此而求無上菩提哉

觀自在菩薩行深般若波羅密多時照見五蘊皆空度一切苦厄

衆生未始非菩薩但不達人法皆空被苦厄所陷故名衆生若了達無礙孰非菩薩

舍利子色不異空空不異色色即是空空即是色受想行識亦復如是

至此特呼名而告之者謂上菩薩所證之空非小乘偏空亦非頑空亦非斷空直即色之空耳色既可以即空則空亦可以即

色故曰色不異空空不異色五蘊之中色蘊其一色空既可以相即餘蘊例然故曰受想行識亦復如是

舍利子是諸法空相不生不滅不垢不淨不增不減是故空中無色無受想行識無眼耳鼻舌身意無色聲香味觸法無眼界乃至無意識界無無明亦無無明盡乃至無老死亦無老死盡無苦集滅道無智亦無得以無所得故

至此再呼名而告之者佛慮其偏小習重卒難遊大乘二空法海故明揭顯露以啟廸之諸法空相譬如質碍之氷既已融化成水在方器則隨而方之在圓器則隨而圓之觸風可以爲濤聲映地可以爲天色在江湖可以浮萬斛在大旱可以爲雲霓無往而莫不自在矣又方圓之器喻前境前境自有生滅垢淨增減如水成氷無非質碍學者知此則十二處十八界十二支及四諦皆瞭如也雖然境不能自空必假照以空之境空智在病去藥存終非本體藥亦洗之方盡染污故曰無智亦無得

菩提薩埵依般若波羅密多故心無罣碍無罣碍故無有恐怖遠離顛倒夢想究竟涅槃三世諸佛依般若波羅密多故得阿耨多羅三藐三菩提故知般若波羅密多是大神呪是大明呪是無上呪是無等等呪能除一切苦真實不虛故說般若波羅密多呪即說呪曰揭諦揭諦波羅揭諦波羅僧揭諦菩提薩婆訶

嗚呼甚矣偏小習重之難化也如此故如

來種種告之令其深信意者此般若波羅密多不惟觀自在菩薩依之心無罣碍而得涅槃即三世諸佛亦因之而得無上菩提尚恐其驚疑未徹再救之曰此般若波羅密多是大神呪是大明呪是無上呪是無等等呪神則威靈莫測明則無幽不燭無上則更無有上者無等則更無有等者聖人爲物至矣盡矣無可以加矣猶説密呪以加持之予讀此經至是不覺涕泗橫流莫能自止比因抱疾潭柘山中念雲間徐太僕琰衛法勞勤釋此以慰益其道心耳

心經説

般若波羅密多心經者實衆生大夜之明燈諸佛之慧命也梵語般若此飜智慧梵語波羅密多此飜到彼岸葢謂有智慧者照破煩惱不溺情波生死超然妙契本有所謂登彼岸焉心乃喻此經如人一身雖有百骸五藏心爲主耳此經文雖簡畧實六百卷雄文之心也經者古今不易常然徑路人得趨而進也觀自在菩薩者謂此菩薩以如上智慧圓照空有了無罣碍肇公云照不失虛則涉有而無累虛不失照則觀空而不醉即有無而離色空所以能有能無可空可色故曰自在若夫衆生執有二乘尚無各偏所見不能圓通便不自在夫智慧之與聰明大相懸絶聰明則由前塵而發智慧則由本心而生故聰明有生滅而智慧無依倚也所以不生滅耳行深般若波羅密多時者謂此菩薩所修觀智不同二乘偏淺乃深般若也惟其深般若

故故能照徹色空本無二致元一實相自是凡夫不了見色而不見空二乘偏執見空而不見色一如恒河之水魚龍認爲窟宅天人認爲琉璃人間世認爲波流餓鬼認爲猛焰四者所見不過皆情耳惟悟心者了無此見色既如是受想行識未嘗有異故口受想行識亦復如是照見五蘊皆空則一切苦厄盡矣凡夫迷倒不悟此身四大假合執以爲實故聞生則喜聞死則悲殊不知此身以四大觀之本不可得喚誰生死身既乃爾此心亦然妄想攀緣影子不過四蘊合成若以四蘊觀之是心亦不可得喚誰煩惱人不悟此聞譽則懽然爲順聞毀則戚然不悅此乃恣情縱識不以觀行轉識而成智則將飄淪苦海逆浪千尋出沒無常改頭換面橫竪羽毛寧有巳哉痛矣衆生佛本現成不肯承當衆生分外甘自擔荷受此荼毒猶未省悟舍利子佛之高弟也聰明絕倫才辨超衆佛呼其名而告之曰菩薩以智慧照徹五蘊大患永辭長揖三界汝知之乎即色之空而不廢涉世也是諸法空相者此空相照見五蘊之空也此空本無生滅本無垢淨本無增減或以道前道中道後釋之未必然也何故行人以智慧照五蘊時色空坐斷凡聖情盡此時寳劍當陽佛亦不能嬰其鋒鋩況菩薩與凡夫耶是故空中無色無受想行識無眼耳鼻舌身意無色聲香味觸法無眼界乃至無意識界者謂此菩薩以此智慧豈惟照五蘊空耳至於十二處十八界莫不皆空矣何故謂五蘊即十二處十二處即十八界佛以衆生根器

不同隨機設教有迷心不迷色者爲說五蘊有迷色不迷心者爲說十二處有心色俱迷者爲說十八界要而言之蘊處界三不出色心也無無明亦無無明盡乃至無老死亦無老死盡無苦集滅道無智亦無得者謂菩薩以智慧照之此真空之中非惟蘊入界本空至于十二因緣流轉亦空非惟流轉空耳還滅亦空非惟還滅空耳苦集滅道皆空也非惟種種皆空即此能空蘊入界三乃至苦集滅道之智亦不可得蓋所既不有能不單立故也十二支及四諦雖則聲聞緣覺巧拙有異要而言之真空之中無是事也菩提薩埵依般若波羅密多故心無罣礙無罣礙故無有恐怖遠離顛倒夢想究竟涅槃三世諸佛依般若波羅密多故得阿耨多羅三藐三菩提者謂此經不惟衆生宗之度生死流而登彼岸直饒諸佛菩薩分真究竟亦必本此也此蓋讚勸流通此經使諸衆生依般若而進修庶不遭魔外眩惑也永嘉曰大丈夫兮秉慧劍般若鋒兮金剛焰非但空摧外道心蚤曾落卻天魔膽大都有志於出世者如此力量如此風雲之思如此激烈之懷抱如大火聚使萬物嬰之直下灰飛烟滅可也不然則少見可欲而兒女情生矣或云師之論此經不分因果不列科章似乎儱侗不合古規恐不宜也余則應之曰我佛所說千經萬論五時不等不過陶汰衆生情塵洗滌其見地苟情塵盡而見地正則古規不合之中實合之也子胡多語乎故知般若波羅密多是大神呪是大明呪是無上呪是無等等呪能除一

切苦真實不虛此亦讚歎般若尊重效驗耳神則妙萬物而莫測可測則不神矣明則圓應萬有而無所累累則不明矣無上則更無過其上者有過之者則不上矣無等等則無可與等者圓滿充實更無及者也圭峰云彌滿清淨中不容他孰與等之巳上皆顯說般若也然般若有三所謂文字觀照實相也盖非文字無以起觀照非觀照無以鑒實相非實相則菩薩無所宗極也極者何證之謂也夫證有淺深淺則斷見思及塵沙耳深則圓拔根本無明直抵妙覺而後巳雖三觀一心兼修並進然斷見思則空觀之力居多斷塵沙無明則假觀之力居多斷根本無明則中觀之力居首夫見地明而不修觀行者何殊有田而不耕也雖修觀行而見地不明又如盲人行路非惟不能還家我恐其將墮坑落塹也若人怕生死而厭煩惱無如以四大觀身四蘊觀心焉夫四大觀身四蘊觀心之旨此如來剖心刳膽指箇方便冀衆生即此臭軀殼上攀緣影中使即妙悟此身此心原一實相耳然衆生流浪生死輪轉苦趣實非聲色貨利飲食男女牽障也特其不能以四大觀身四蘊觀心則見有身可得有心可碍有身可得則生死宛然有心可碍則憎愛熾然生死厚而憎愛深則本有智慧光明埋沒矣佛與衆生豈兩箇耶佛不過無死生無愛憎人耳衆生則有生死有憎愛佛也四大觀身者凡行人行住坐卧當以齋潔念頭田觀此身皮肉筋骨本屬地大血脉涕唾津液本屬水大暖氣屬火動轉屬風諦審觀察于我何

有今横執之而不舍離認以爲實何殊兩鬼爭臭屍焉如是觀久積習行深生處漸熟熟處漸生至于練盡練之一字不可忽也苟非真爲死生漢子逆順境臨便擔荷不起矣四藴觀心者先觀受藴究從何有推而窮之爲無因忽生耶爲託境生耶無因能生則前境未感本心寂寥靈徹烏得有所謂妄想耶托境而生則前境遷變心亦遷變遷變之心豈真我心若真我心天地以之建立萬物以之爲本若其遷變安能爲天地根蒂萬物之本乎故知遷變者特攀緣影子耳夫真心則塵生不生塵滅不滅照物而無累者也故毘舍浮佛偈曰假借四大以爲身心本無生因境有前境若無心亦無罪福如幻起亦滅此偈世尊大慈全提緣起無生綱領也如能悟此則心經之妙盡于此矣夫緣起無生者謂心不自生生必由塵塵不自顯顯必由心惟不自生心無性也惟不自顯塵無性也心塵無性則無生現前無性心塵則緣生不廢心塵既爾萬法皆然矣此旨在于華嚴則謂之法界在法華則謂之實相或曰此經以破相爲宗談空爲趣豈與華嚴法華同轍而語哉夫華嚴法華皆顯示圓宗而此經密譚實相乃右德成言非不佞臆度穿鑿也噫衆生疑情不了此旨于無身中妄見有身于無心中妄見有心殊不知無身之身形充法界無心之心靈照羣品夫此身此心豈是高遠玄妙也耶即吾日用之中應緣之際未始不昭昭然也老洞華嚴曰佛法在日用處穿衣吃飯處屙屎放尿處舉心動念即不是了也龎居士

曰日用事無别惟吾自偶諧神通并妙用運水及搬柴然此旨有悟而未修者有修而未成者有證而受用者今有人于此微有小悟即不修行便謂已了則修與證掉頭不顧癡到臘月三十日一場懡㦬也不佞此論非敢參入義黨比因海陽居士偶卯及此不覺率意而成故無啟請三寶證明加被偈也揭諦揭諦波羅揭諦波羅僧揭諦菩提薩婆訶者此密說般若也既謂之密則不佞不敢彊論矣

心經說

夫心經一書乃世出世間聖賢豪傑之神術也是以得其旨者御大千而王天下如黠童牧羊鞭策指揮之間靡不得其所者也究其關鍵則照見五蘊皆空一句又此經之心焉今有人于此志在聞道而欲兼善一切舍是書而他求所謂夜行而棄燭非愚即狂矣大抵道之不明世之難治皆根于我相我相既立見可欲者即欣然而恱之恱之而不滿所懷即勃然而怒矣天機由是而塞好惡由是而偏以故本有智慧光明埋沒盡矣以日用而觀之則愛憎交戰于靈臺情識浮沉于寵辱以今古而觀之七雄五伯之相戮漢唐宋元之得失雖復盡善不盡善不可同年而語及乎非武則亂不可定非智則國不可守要而言之皆不出我相也是以真性日昧妄想日濃質朴日漓世道日下故曰以智治國國之賊有我治人物之敵夫賊之與敵雖父毋施之于子必不能行寧惟不能行將必反目而攻之矣如來知我相之毒天下其害甚大

所以即一念而開色心即色心而開五蘊即色塵而開十二處又即五蘊而開十八界使夫衆生悟知身執心執俱本于我相我相根本又生于無明支支相緣苦集相起故達無明之所由生者則真性自朗達色心無性者則一念不可得達五蘊無性則色心亦不可得達十二處之所由生者即如庖丁解牛了無全牛矣以十二處觀現前此身亦無全身可得也達十八界之所由生者則知色心二法外則析爲六塵内則析爲六根中則即將現前分別歷歷覺知之心又析爲六識嘻非我佛大慈深悲則我相之根毒害之本衆苦之垢豈易拔易滌哉滌垢如寒濤漱石拔根如金剛破物漱之不已石必終易破之不已物必終空石易終穿物空我廢所謂若虧其一必喪其兩耳夫物我既忘則本心自露故曰靈光獨耀逈脱根塵也若夫將此光照出世則覺路可登照世間則古道可復余故曰心經一書世出世之神術也般若總部其名有八文則六百餘卷惟此經又六百卷雄文之關鍵也此經之關鍵又照見五蘊皆空一句是矣照見五蘊皆空又本乎色心二法色心二法又本乎瞥起一念瞥起一念又本乎真心惟真心初本澄湛本無根塵物我而獨立于五蘊之先絶無所感則一念瞥起所由雖大智高明之士扣其瞥起所由生竟無有能酬者也小子于此亦疑之久矣安得有破疑之大師我以身肉充供亦所甘心焉

釋金剛經

心外無法如來實語水外無波聖人切喻但

衆生從無始以來名言習氣染深難化故聞凡着凡聞聖着聖聞有着有聞無着無聞生死着生死聞涅槃着涅槃聞世界着世界聞微塵衆着微塵衆本心即隱沒被名言所轉執而忘返埋沒自性所以如來於般若會上說金剛經即世界而破微塵衆即微塵衆而破世界堅習堅習既破微塵習除虧一喪兩一兩既喪本心頓露故六祖曰不思善不思惡阿那箇是明上座本來面目此老即善惡情上指渠曉得箇無善惡的這箇無善惡的名有多種曰本性曰真心曰佛性曰本覺等故天機深者不受名言所染能即名言而悟名言不及者如此經以世界微塵衆情上如來宛轉方便借微塵衆破世界有名無實借世界破微塵衆有名無實究竟兩者名實無當情消性復即與六祖因善惡之情悟無善惡本來面目初無差別即此而觀若不能即名言了悟得名言染不得的不惟世界即一合相微塵衆亦一合相也何以故情未破故吾故曰虧一喪兩茲衆位偶聚淞上結金剛般若緣此非就地抽苗皆是多生曾親近諸佛菩薩來所以不期邂逅道人與世泊然初無他慕今更深夜靜白燭光中不惜口業世出世法將高就低種種譬喻委曲剖析此一分經雖衆位根器生熟不同或聞道人拈提或有所入或無所入解者自今日後由麤而精既精則必入神既能入神則一切名言世界微塵聖凡善惡把柄在自手裏彼名言安能轉我未解者自今日後必須要解始不負兗風中此翻邂逅且老病不與人期流芳不

可把玩世出世法各須努力

衆生情計不此即彼不聖即凡故曰聖凡情盡體露眞常今世界可碎微塵可合則世界與微塵未始有常也而衆生於未始有常之間計世界爲一計微塵爲多不一即多不多即一酣計而不醒從無始以來至於今日死此生彼死彼生此究其所以不過我見未空隨處計着故如來曰一合相即不可説凡夫貪着其事利根衆生苟知合微塵而有世界世界果有乎碎世界而爲微塵微塵果有乎嗚呼此貴在自悟不貴説破所以如來於此經提無生之綱於緣生之中眞深慈大悲也夫碎世界而爲微塵衆微塵果有乎合微塵衆而爲世界世界果有乎此兩者互爲主客迭相蕩洗而一多之情豈煩天風海濤鼓漱然後滌除者哉故善用其心者終日處乎一多之中而一多不能累也反是者則不勝累矣故此經曰一合相者即非一合相是名一合相而凡夫貪着其事者是不達一多無常主客無定故也如能達之則一合相未始非天人師焉蘇長公有言曰溪聲便是廣長舌吾則曰一合相便是廣長舌也或者以長公爲是以我爲非以我爲是以長公爲非此所謂癡人前不可説夢也

世界與微塵衆往復研之但有名言俱無自體謂世界合微塵衆而有謂微塵衆碎世界而有皆衆生横計也然此横計不無其因始因於事不精理不徹而生事精則能了知事外無理理徹則能了知理外無事事外無理事果有乎理外無事理果有乎是以性宗不

成相宗始精相宗不成性宗始圓精即圓故精而無思圓即精故圓而歷然無思故即事而契同歷然故即理而彌照此等受用自他滿足但因中易知而難證果中易證而難忘噫因中即受用果中受用忘此非披毛戴角者不能也

夫我人衆生壽者四見初本一我見耳以展轉横計遂成四見若以智眼觀之則一心不生我尚不有誰爲我見我見既拔則餘者不待遣而自空矣又我見者無主宰中强作主宰之謂人見則待我而生衆生見即循情分别不能返照之謂壽者見不過貪生畏死之念也用是觀之則金剛經所説四見實不在經即在吾人周旋日用逆順之間與佛何干雖然若不是這瞿曇老漢曲折點破則茫茫大塊終古不旦矣

佛問須菩提曰若人碎三千大千世界而爲微塵衆是微塵衆可謂多乎須菩提曰甚多予以是知須菩提之意以爲不但多耳諦觀而察之誠乃有名無實故曰即非微塵衆是名微塵衆復次世界之意亦有名無實耳故曰即非世界是名世界盖微塵自無其體必碎世界而有世界亦無其體必合微塵而成故以世界觀塵世現而塵不現以微塵觀世塵形而世不形或計多碎相則多碎相現計一合相則一合相現多碎相即微塵之别名一合相即世界之異稱耳若當機頓了多碎相與一合相皆有名而無實則一多之情不待掃而自盡矣一多之情既盡則我固有之心光昭然現前矣故曰凡聖情盡體露眞常

又此情緣一而起謂之一情緣多而起謂之多情緣凡而起謂之凡情緣聖而起謂之聖情故一一多多凡凡聖聖不過一情之横計耳又曰徧計又曰前塵相想又曰六塵緣影皆此情之别名也圭峰科此段義謂證法界有味乎哉

夫有卷則有舒有聚則有散有合則有碎此自然之理也故如來呼須菩提而告之曰若三千大千世界可碎而爲微塵是微塵衆果多耶少耶須菩提承佛而言曰甚多夫碎大千世界而爲微塵以凡夫心量較之則不勝其多矣若如來所知則不勝其少也豈微塵多少之數如來不知乃待須菩提定耶盖如來逆知一切衆生雖根有鈍利之不同而執世界爲一合相未始有不同者也但利根衆生一聞世界可碎而爲微塵則不待須菩提言多微塵即非微塵衆是名微塵衆然後悟世界必非一合相奈鈍根衆生須待須菩提容破其微塵多衆之執然後知一合相初本非世界假衆微塵合而始成世界世界既合微塵衆而始有者則世界當一合相住時住本無住合本無合豈待碎世界而爲微塵衆然後一合相始破哉又須菩提以爲我與如來碎世界而爲微塵合微塵而爲世界合合碎碎重叠翻騰上根與中根固已皆悟世界本無合微塵而有微塵亦無碎世界而有至此則一多之執情不待觀空然後破也奈下根之難悟所以須菩提復拈三千大千世界即非世界是名世界顯告而曉之曰若世界實有者即是一合相世界若是一合相則如

來往嘗又說一合相即非一合相是名一合相此又何耶如來與須菩提憫衆生執情之難破味着此身計爲實有委曲翻騰而下根衆生執解未盡故如來呼須菩提而再告之曰一合相者即是不可說但凡夫之人貪着其事豈須菩提不知一合相即非一合相待如來再告之而後曉耶盖如來借須菩提而深責下根執現前之身横謂實有而味着也嗚呼初碎世界而爲微塵微微塵而非有微塵非有則世界無體故須菩提不先破一合相之執而先破多微塵之執盖多微塵既破則一合相之執不待破而破矣何者多爲一體多破則一無體矣一多情盡則世界與微塵皆清淨法界也指何物爲世界微塵耶學者如此則我如來父子翻騰剖析之苦心方始知也如果知之則三千大千世界之堅初碎而爲微塵再合微塵而爲世界何異一紙卷舒浮雲之聚散者哉

釋楞嚴經

吾嘗讀佛頂經於七處徵心初有疑焉既而疑情忽消始知如來之心即我之心也吾之疑即阿難之疑也吾疑既消則阿難豈復疑之乎凡學者於七處徵心之辯皆謂初處不難餘者難耳殊不知有內則有外有外則立潛根立潛根則立中間立中間則立開眼見明合眼見暗立開眼見明合眼見暗則立隨所合處立隨所合處則立一切無着若然者則初徵內之辯爲六者之尤也得其尤則餘黨自滅矣且衆生之執情特執心在內之情難破耳如執內之情既破餘者何難哉吾以

是知學者謂六者難不謂初者難實不經若心故也

夫明心是明何心爲明真心耶爲明妄心耶若明真心真外無妄更教誰明真心耶若明妄心爲妄心有心可明以明之耶爲無心可明以明之耶有心可明則阿難認能推窮者爲心世尊直咄之不許咄之不許者非不許也世尊之意冀阿難回機反照照此能推窮之心爲在七處耶爲不在七處耶若在七處則處處推心所在皆一無所在爲不在七處則根境都無心託何處良以阿難於七處徵心時推窮不精呈答未了以爲能推窮者固即七處推之無在然知無在之心又是何物若初計心在七處之心固依根塵而有二推之無在我已無疑但現前能知無在者又是何物此物字較之前物字又深一層矣前物字是依根塵而有之心後物字是離根塵而有之心雖直下推之無在而知無在者是必我心故阿難曰我以能推窮者爲心殊不知未經七處推窮之心是有在之心既經七處推窮之後則有在之心已了無在久矣然有在之心是託有境而有知無在之心是託無在而有託有在而有之心阿難已忘之矣惟託無在而有之心尚認爲心此所以佛雖咄之而阿難心終不死至於見聞覺知俱離而内守幽閒猶爲法塵分別影事故阿難心稍有肯處然終不能全肯者阿難似未悟法塵分别之影此塵此影即無在之異名故也如阿難果知此塵此影本無在之境牽引而起初無有性則分别此影者又轉而爲無塵智

矣夫無塵智者從凡而至聖從迷而至悟苟徹此智則一切衆生終不可成佛矣故此章題之曰明心不亦宜乎

佛頂經曰因明有見暗成無見不明自發則諸暗相永不能昏余悟此始知孔老非同道也乃同化也自是余之信心彌切實以成佛自期矣然此光又豈待成佛而有耶即吾現前日用未嘗不烱烱然在也特以横計明暗之執未消所以籍明塵則能見不籍則不能見故暗相可昏耳如明暗執謝於大夜之中見不殊白日矣而白日之中光亦無增焉嘉靖間有書華嚴經者以精誠堅至妄念不生情執不起能於暗室書經如白晝余不敢自秘願與天下共乃屬四明李生記之

根塵之初本光本自圓滿於圓滿中佛尚着不得况衆生乎以此光元無常性暫爾不覺變起根塵光陷其中即名爲識然識有六在眼司色謂之眼識乃至在意司法謂之意識又七識亦名意識而與此識不同盖名同體異耳凡一切衆生不以六塵爲前境作牽引識總不生若無六根雖生亦無所托故曰境有牽心之業用根有托識之功能心與識名異體同匆生别解嗚呼以根塵之初言之堯與紂光無增減以根塵既立言之則堯與紂霄壤懸隔盖堯得之紂失之耳如緣見因明暗成無見此便是陷根塵的樣子如不明自發此便是廓落根塵的樣子又陷之與廓本無常法若得緣因佛性熏炙之則根塵之初圓滿本光終必開解解則會行行則終證設已解不行習終不消習既不消根塵難脫如

解而能行不惟根塵迥脫即根塵皆復本光矣此事說則容易領畧尤難解尚難領何況行哉但得能行何愁不證既得之自然發願廣大良以同體之悲稱性之慈大且無待寧局於小如四弘誓十願王等皆痛同體而發者也道人口門狹小一時爲汝一氣吐不盡聊書此以作前茅程子宜知好惡努力精進

緣見因明見初非緣明既非緣暗豈爲緣我以是知有日月燈之明則見萬物無日月燈明則不見萬物以理準之無有是處何以故以見暗在眼前者暗既在前能所昭然兩非交涉以暗較明明亦如是

夫因明而見物明謝則不見矣故曰緣見因明暗成無見也不因明而見物雖一切暗相現前而我無待之見本自昭然故曰不明自發則諸暗相永不能昏也雖然鵂鶹夜撮蚤虱察秋毫晝則瞋目而不見太山又猫犬晝夜俱見晝夜俱見則與無待之見又何別焉夫猫犬根全則見根不全則不見惟聖人根全亦見根不全亦見至於頂亦見足亦見背亦見腹亦見周身四體八萬四千毛孔無不見者故大悲菩薩八萬四千母陀羅臂臂臂有手手手有眼良以書不盡言言不盡意聖人設像以盡其意猶一人之身身有六根六根所待者謂之六塵今楞嚴會上大覺聖人於六根之中略舉眼根因日月燈光之明塵塵能發識有識則見此妄見也真見則不待明塵而本照徹無遺者是也一根既然餘根皆爾故臨濟曰汝等諸人赤肉團上有一無位真人在人之六根乃能放大光明汝若生

心擬會即非真人矣

以手搔癢謂有能所以手把髻身不離地緣見因明見如我手癢如明緣以此而觀能所宛然不明自發獨立無待不明自發旨本符契横計忽生千轉相因因因無盡識難窮究惟得真法界者不受識瞞得惟識者不受意言瞞此皆據用徵照苟非鶖王擇乳實難明暗自相代謝見精本自湛然

吾不見時何不見吾不見之處若見不見自然非彼不見之相若不見吾不見之地自然非物云何非汝師曰大慧禪師一日問禮侍者喚作竹篦則觸不喚作竹篦則背如何禮答不得却曰望和尚爲某作箇方便指示大慧向他道你是福州人我説箇喻子向你如將名品荔枝和皮殻一時剥了以手送在你口邊只是你不解吞達觀燈下看大慧語録至此不覺失笑你衆人且道笑箇恁麽如薦得不勞達觀饒舌既薦不得老漢爲汝説破此段經也不妨礙只如如來爲阿難老婆心切至矣何異大慧和皮殻剥了名品荔枝送在禮侍者口邊只是他不解吞大底此事苟不到智訖情枯之地斷然承當不下且道如何是智訖情枯的樣子咄泥牛夜半歸來遠踏破前峰萬頃雲

由彼覺明有明明覺失彼精了黏妄發光是以汝今離暗離明無有見體離動離靜元無聽質無通無塞齅性不生非變非恬嘗無所出不離不合覺觸本無無滅無生了知安寄汝但不循動靜合離恬變通塞生滅明暗如是十二諸有爲相隨拔一根脱黏内伏伏歸

元真發本明曜耀性發明諸餘五黏應拔圓脫不由前塵所起知見明不循根寄根明發由是六根互相爲用阿難汝豈不知今此會中阿那律陀無目而見跋難陀龍無耳而聽殑伽神女非鼻聞香驕梵鉢提異舌知味舜若多神無身覺觸如來光中映令暫現既爲風質其體元無諸滅盡定得寂聲聞如此會中摩訶迦葉久滅意根圓明了知不因心念阿難今汝諸根若圓拔已內瑩發光如是浮塵及器世間諸變化相如湯消氷應念化成無上知覺師曰靈光寂照彌滿清淨中不容他外此有法無有是處凡衆主見心外有法皆瞥爾念生念生即有我有我則有限量所以有內有外內則根識是外則依報是依報是無情正報是有情因有是是有我我所雖三細六粗生起次第有別究本言之原是一箇圓常佛性以衆生念起之後了不覺悟膠於根塵識託其中戀能戀所能即六根所即六塵根塵能所疆界確然是以眼識則能司色耳識則能司聲餘四例然所謂由彼覺明有明明覺覺明即是真心明覺即是妄心此妄心即真心迷轉者非離真心外別有妄心生既迷於真失彼精了黏妄發光根塵是所黏識是能黏譬如眼識不能自生必由明暗二塵引起纔有此識若無前塵識終不有故心外見法者則有前塵有前塵則有妄識既有妄識六根次第應用一點也差謬不得此皆是情識封蔀故也若能當下照此一念原無起相即念本無念尚不有安得有前塵凡有前塵爲留礙者只是自家直下不能觀破

此念故清涼云十世古今終始不離於當念無邊刹海自他不隔於毫端盖有念即有自他即有古今念化喚一尚不可何處有二由是觀之天地萬物一切含靈不出我一念又天台智者云一念具三千謂有念時念息三千泯謂無念時行者真發菩提心者當於起念時了不可得念息時洞照十虛所以這一節經最初不過迷了真心有妄心因有妄心即有根塵因有根塵即有疆界因有疆界便不能互用靈通此就迷上說若離暗離明既無見體難道就沒了見若沒了見即是木偶人也盖因明暗而有見者應物之識也離明暗而有見者真心之照也此箇關頭正是迷悟根本悟得來應物之識即是真見悟不來真心之照即是應物之識却不是兩件因迷悟斯有二致耳一根如是諸根亦然真心發照則不托於前塵而起起不托塵此是離物獨立而照獨立則心外無法心外無法不知又喚恁麼作根塵故雲門云盡大地是沙門一隻眼雲門此意即是經云今汝諸根若圓拔巳內瑩發光如是浮塵及器世間諸變化相如湯消氷應念化成無上知覺器世間是無情衆生是有情如何衆生悟了道一切無情器世間亦化成無上知覺此箇竅子不知在何處尋得這箇竅子着說無情器界成佛亦可說有情衆生不成佛亦可所謂拈頭作尾喚尾作頭權衡在手褒貶由誰到這裡說無六根而有見聞亦可有六根而無見聞亦可上來雲門的話頭有照處便有用在經旨直饒會得只是一箇照用處又存乎其人六

根互用也不甚奇特會得從緣薦得相應提之句即便受用得來也此節經雖由真起妄會妄歸真發許多作用不過自家日用尋常事耳以迷者謂之奇特又古德云靈光獨耀逈脫根塵這等說話只好爲未發心的人說若少有見的聞此定然鼻笑不已既謂之靈光是活潑潑地說恁麼逈脫不逈脫且他本無畔岸這箇軀殼子不過三五尺長以三五尺長置之無畔岸之中且道是逈脫不逈脫若道不逈脫六尺軀殼子安能籠罩得無畔岸的靈光若道逈脫只今大衆莫不在軀殼上作窩坐這箇窩坐雖只有五六尺長若不是箇真正英靈男子且慢莫提起說他逈脫不逈脫若然如是畢竟怎麼樣好三途一報五千刦得出頭來是幾時

真心實不可以一體求多體得又不可以徧體知亦不可以不徧測離一離多離徧不徧所以又能一能多能徧能不徧也今阿難不悟真心惟攀緣橫計故如來知其病處隨機付藥究竟言之了無實義亦無定方如難阿難云若咸覺者搯應無在既搯一處徧體多覺斷無是理如來就阿難計處難之意者搯一支而四支咸覺則搯者亦知不搯者亦知則可言搯者無搯矣何則以三支不搯有知則一支搯者可即無搯也

紫栢尊者全集卷第十一

音釋

鵬 蒲庚切音彭大鵬　螫 施隻切音釋蟲行毒也　蜾蠃 上古火切音果下魯果切羅上聲細腰蜂　瀏 力九切　烱 音憬炎蒸也　鴟 稱脂切音摛惡鳥　齅 許救切同嗅以鼻就臭也

紫栢尊者全集卷第十二

明 憨山 德清 閱

釋毘舍浮佛偈

夫外堅濕暖動而觀之則此身初非我有外前境而觀之則此心本無生處外心境而觀之則罪罪福福皆本無主也故曰假借四大以為身如來大慈豈欺我哉

宋黄廷堅號山谷有貴人以絹求山谷書自所作文山谷笑曰廷堅所作文烏足寳惟寒山詩乃沃火宅清凉之具遂書與之復囑之曰寒山詩雖佳然源從七佛偈流出故山谷凡所行樂之地書七佛偈最多而七佛偈中毘舍浮佛偈尤為殊勝所以然者盖過去千佛微此佛則莫能成其終現在千佛微此佛則莫能成其始成始成終實係此偈是故讀誦書寫受持樂說流布毘舍浮佛偈者十方三世諸佛併其神力現出廣長舌相讚歎是人功德不少毘舍浮佛此言一切自在覺嗚呼一切自在覺一切不自在障初非異源故曰心佛及衆生是三無差別但諸佛善用其心則無往而非自在衆生不善用其心則無往而非障礙然此障礙不從天降不從地生亦非人與以其見有我身則死生榮辱至矣以其見有我心則好惡煩惱至矣夫死生榮辱好惡煩惱皆以我身我心為本源苟有勇猛丈夫能直下拔其本塞其源則衆生之障礙未始非諸佛之解脫也八大人覺經曰心為惡源形為罪藪予以是愈信山谷謂寒山詩為沃火宅清涼之具源從七佛偈流出無欺焉或問曰枯惡源空罪藪有道乎應之曰

假借四大以為身心本無生因境有此半偈能讀而誦誦而思思而明明而達則惡源之枯不枯罪藪之空不空予自知之非予口舌所能告也

夫心為惡源形為罪藪凡血氣之屬必有知血氣非形乎知非心乎嗚呼形之與心莫知是何恠物而毒衆生若此人有言曰修行本無他術苟能奈何得自己身心便了雖然奈何得自巳身心豈細故哉是以聖人哀之設大方便使博地凡夫卽惡源而為慈悲之海卽罪藪而為功德之林達形非形了心非心非形則形充八極而無累非心則智周萬物而不勞如是妙用莫如毘舍浮佛頌也毘舍浮佛此言一切自在覺此自在覺炯然獨立於衆生日用之中初無障礙然在諸佛便得自在受用在衆生便成障礙且道病根在甚麽處咄大地衆生成正覺十方諸佛陷泥犁

夫患本無根根於身心所以顏子墮肢體黜聰明者拔患根也老子亦曰我有大患爲我有身我若無身何患之有由是言之身乃饑凍榮辱死生之椿也如以堅濕暖動觀身則患椿不待推而倒矣心乃好惡是非之椿如以物我同根觀心勞勤好惡雜毒之椿亦不待推而倒矣噫兩椿既倒身心情枯堅濕暖動即法身也能好惡爲雜毒者即無分別智也以無分別智之魚游無邊際法身之海水不待忘魚魚自忘魚不待忘水水亦自忘魚水相忘而浮沈自在清冷之懷則魚與水皆象先之紹介也剖塵居士勉之

毘舍浮佛此言自在覺覺與自在體用互稱

耳盖覺則自在自在則覺故聖人體用圓融無粗不精精則一一則無待無待則無外無外則物我同根天地一體所以大不廢小體不廢用根兮塵兮根不自立由塵而椿塵不自立由根而賔由塵而椿椿果有乎由根而賔賔果有乎兩者既决物我寂寥故曰寂寥於萬化之域動用於一虚之中故根不礙塵塵不礙根大用全而無跡無跡則物我何在知此謂之覺根塵不相留礙謂之自在若然者根未嘗有根塵未嘗有塵聖人善用其心故自在而覺衆人不善用其心所以自在覺翻成不自在障耳余以是知以四大觀身有身用而無身相以前境觀心有心用而無我執故此半偈誠破死生之爻象治心病之醫王也

夫身心之初有無身心者湛然圓滿而獨存馬伏羲氏得之而畫卦仲尼氏得之而翼易老氏得之二篇乃作吾大覺老人得之於靈山會上拈花微笑人天百萬聖凡交羅獨迦葉氏亦得之自是由阿難氏乃至於達磨氏大鑑氏南嶽氏青原氏並相繼而得之於是乎千變萬化鬼面神頭或以慈悲爲三昧或以嗔怒爲三昧或以苦行爲三昧或以語言文字爲三昧或以棒喝破砂盆爲三昧以至於滚木毬握木蛇斬蛇伏虎叱龍之類書不勝舉如上種種三昧世出世法交相造化使夫衆生日用而不知而或知不知即名凡夫或知即名聖人嗚呼聖人與衆人初本一條惟以知不知乃凡聖分馬由是而觀知亦由我不知亦由我何天下知者寡而不知者多

病在何處良以有生以來計身心以爲我而身心之前者湛然圓滿妙物無累反昧之而不覺一不覺則永不覺所以威音同稟以至於今猶茫然無省勞他聖人右提左挈百計千方委曲施盡伎倆亦窮總不知覺古人呼此輩謂之行尸走肉白日小鬼不亦宜乎吾毘舍浮佛復不以衆生難度而退願心說此偈要使博地凡夫共登無上夫無上者謂身心之初有大圓鏡智光徹終古妙抜羣有威神莫測得之即聖失之則凡故也若然者凡聖之分不過於身心巢窟翻得破者則解脫無方不能翻得破者則障礙長劫盖死生無根以身爲根好惡無本以心爲本苟能以四大觀身身何所在前境觀心心從何起知身所在即身有而無累知心所起即心有而不生身有而無累生死何妨心有而不生應物何礙死生何妨則願輪常轉應物無礙則慧日常明雖然初心學人不以持偈爲梯航則苦海難度又持偈有上中下之不同上者以其天機深妙觸偈即悟中者惟持久始得心開下者由讀而誦誦而能持持而能熟熟則或以此生得入或以多生得入入則本同上達無異以此觀之根無利鈍能信者皆得出苦何故自甘暴棄或以貧賤累而不能持偈或以富貴累而不能持偈貧賤富貴雖榮辱不等累無兩般且年光不可把玩老病不與人期一息不來便成他世凡百罪業是汝作者不免隨之隨而不離如影隨形天上人間太虛空中總無你逃避處如可逃得則一切佛祖聖賢之聰明不若凡夫之愚癡矣

假借四大以爲身心本無生因境有夫有生之患莫大於生死而生死之患惟至人則能超然無累下是則孰不受其累然生死又本於有身老氏云我有大患爲我有身故出世聖人示此偈開悟是輩此身不過五行攢簇而成四大合併而有所言四大者地水火風是也此四何名爲大謂其無處不徧故稱之爲大此四大在身則爲肉爲皮爲筋骨爲血脉爲痰唾爲津液爲熱氣爲動轉今現前此身不過此等合成既合成矣衆生不悟非堅確然執之爲身故臨死生之際處利害關頭心神恍惚千算萬計不過要保全此個軀殼子殊不知此身皮肉筋骨感地而有血脉津液感水而有一切熱氣感火而有凡百運轉感風而有故智者不待間時方作此想於日用中常作此想皮肉筋骨原從地有血脉津液原從水有熱氣原從火有動轉原從風有此四大者一切衆生凡有血氣之屬皆所共有我何癡迷確然妄執爲身此想周旋俯仰進退屈伸常專注不斷漸漸純熟一旦頓悟此身何在故昔人有悟之者云將頭臨白刄猶似斬春風且一切生死衆患如箭我身如垜既悟此身堅濕暖動各還其本垜尚不有箭來誰受故曰假借四大以爲身也夫心有眞心有妄心眞心則聖人與凡夫無所間别者無所增損者廣大靈明廓然充滿本無生安有死本無來安有去離生死絶去來不離日用湛然常在不可以有心得不可以無心求惟神而明之者可幾也此心不悟雖衣冠楚楚總是行尸走肉人爲萬物之靈於此不

悚然懼惕然省者非顛倒即着鬼迷矣妄心者感物而有受制於物故逢順境則喜逢逆境則嗔憎愛交加靈臺汩沒一受於心恨不即釋喜不即化此皆妄心也眞心雖然應物物不能累如明鏡照像雖辨妍醜而本無心妄心則因境有即受境累故曰心本無生因境有也

毘舍浮佛此言一切自在覺既自在覺矣有何物而爲障礙哉然未覺者不免觸途成滯見色則被色障礙見空則被空障礙忽然而有身則被身障礙介然而有心則被心障礙身障礙生老病死心障礙喜怒哀樂是以周旋一光之中而妄成角立既角立矣一切不自在至矣生有老迫老有病迫病有死迫喜有怒迫怒有哀迫哀有樂迫迫者相催之謂也嗚呼生若定常老不可迫喜若定常哀不可迫以其無常流之莫能已也惟有道者達身無常四大成故達心無常前境生故達四無常一身待故達境無常因心有故借一蕩四四無所立借四蕩一一無所存借境蕩心心初不有借心蕩境境不自留一四互蕩心境兼忘一身而爲無量之身身相不壞一心而慮周萬物寸抱本閒由一切不自在入一切自在達之者刹那可以超曠刼如其未達解脱幢即成行尸肉塊智慧津翻作苦海逆浪自古及今豪傑英雄打破這關捩子不得雖功高千古名光萬世於本分上事了無交涉故生時受生迷老時受老迷病時受病迷死時受死迷喜怒哀樂時受喜怒哀樂迷以迷續迷迷無斷日人爲萬物之靈而靈不悟

以靈續迷爲一切黒業本山高海積未有撼竭之時少知自反者安得不懼乎又靈如融通之水迷如窒礙之氷融通則在方而方在圓而圓窒礙則方則定方圓則定圓方圓無滯之謂活方圓有定之謂死是故聖人居方圓而方圓莫能滯以無滯故所以能通天下之情衆人則不然見方而被方惑見圓而起圓執所以在聖人即死而活在衆人即活而死故聖人謂之生人衆人謂之死人由是觀之自上古以來所謂生人者能得幾何哉爲聖不難難在通靈苟能通靈非惟身心俱靈大則虛空天地萬物之夥微則一介一塵一毛一髮靡不靈矣至於三藏六經諸子之流百工之技亦無不通故達身靈通無事可礙達身靈通無理可障化生老病死爲無上涅槃迴喜怒哀樂證大菩提涅槃菩提從身心得若無身心二果何階故曰此身爲塵勞山此心爲雜毒海一旦達身無已塵勞山即功德聚也達心如幻雜毒海即般若漿也人爲萬物之靈不自重甘爲死人不爲生人可悲已

此半頌特十四字而已然大藏與一千七百則機緣九經二篇百家之要莫不備焉子若張而演之雖大塊爲墨崑崙爲筆天風爲手虛空爲紙莫能盡也故曰佛法有不思議力既曰不思議豈可以衆生臆見揣摩而能知耶但當諦信受持則終自悟入夫信則誠誠則一一則我持頌之心了無所附麗如是積久則身心横計一朝爆落則生死鑄而爲涅槃煩惱化而爲菩提矣此兩者謂之二轉依

果所謂轉生死而依涅槃轉煩惱而依菩提也然凡夫心識麤浮卒不能制之一處故須由讀而誦誦而持持而專專而一一則隣化隣化則將乘緣生而入無生矣

達觀道人嘗以毘舍浮佛傳法偈授人時必曰持千百萬遍自在受用現前矣毘舍浮佛此言一切自在覺而深推其旨大要破衆生身心之執耳故曰假借四大以爲身心本無生因境有即此觀之一切衆生從無始刼來至於今日莫能自在於死生憎愛之中者良以見有自身則身相爲礙見有自心則心相爲礙嗚呼身相礙於外心相礙於内一動一靜内外相礙無須臾超然之境可哀矣哉即此相礙之境在聖人日用中而身充法界如月赴衆水知周萬物如鏡照羣象不速而至不勞而遍東坡大悲閣記乃此偈註疏也其畧曰大悲者觀世音之變也至何獨疑於大悲乎如以東坡之意推之則心念不靜應物必亂非東坡不知即動而靜即色而空盖東坡量自己分上只體得理具光景未到無身而現多身無心而智鑑羣品地位如此地位非大菩薩豈易爲哉然觀東坡理具之旨則所見無惑矣體此無惑之見於憎愛境上死生關頭眞實挨將去到佛菩薩地位終有時在也

釋八大人覺經

夫覺與不覺如拳手卷舒耳聖人知其如此所以即衆生日用不知之知開爲八覺覺則如拳復手手復則提挈四生搬運三世東太虚如芥子撚大地爲微塵舉無不成用無不

驗皆十指之力也若手作拳則十指屈而不能信矣信既不能安得有如上之用哉故拳譬不覺手譬了覺以此觀之諸佛不覺則不異衆生衆生忽覺則不異諸佛如屈指則拳信指則手而信之與屈屈之與信機在心而不在拳手也然拳手可見而心不可見唯聖人因可見而見不可見故能以不可見役可見者所以可見者爲聖人之利而不爲聖人之害也而衆人以可見者爲我有則不可見者愈遠而愈疎矣故曰性相近也習相遠也如一旦悟可見者即不可見者則日用不知之知不惟開而爲八覺即千萬覺可開也此不知之知在諸佛則名八萬四千三昧此八萬四千三昧在衆生則名八萬四千煩惱嗟乎煩惱與三昧果有常耶果無常耶有常則衆生終難得佛無常則諸佛亦可以爲衆生如諸佛還作衆生則衆生又何必求得佛哉凡誦持此經者果知我現前日用不知之知如來爲我開爲八覺我因八覺而寤廓之則八萬四千之覺在我日用不在諸佛言說也予故曰拳手可見而心不可見則不可見者果可以數量盡哉

釋十二因緣

所謂十二緣生者無明行識名色六入觸受愛取有生老死不了自心謂之無明既成無明則必循緣謂之行循緣則必分別謂之識既成識矣則必横計横計實無其體但有虚稱謂之名身因横計所有塊然一物謂之色然而名色解雖次第乃一支也根境相敵謂之觸觸則領納謂之受受必耽着謂之愛愛

而不捨計爲常有謂之取取而執實謂之有有則有生生則有老老則有死自無明至老死謂之十二支此十二支爲一切衆生生死煩惱之窟宅亦是一切諸佛菩提涅槃之樂土也顧行人治之何如耳

夫十二因緣者謂因無明而緣行因行而緣識因識而緣名色因名色而緣六入因六入而緣觸因觸而緣受因受而緣愛因愛而緣取因取而緣有因有而緣生因生而緣老死是名十二因緣然無明與行則屬過去識乃過去之終現在之始耳名色六入觸受愛此五支則屬現在取乃現在之終未來之始也有生老死此三支則屬來世又無明有迷理無明有迷事無明迷理無明謂不了第一義諦普光明智中本無古今凡聖身心即此不了名之迷理無明迷事無明謂執現前四大假合之身四蘊横集之心此是我身此是我心只此執着分別者順則懽喜逆則煩惱此㸃執受名之迷事無明故曰迷理無明未破決不能達本迷事無明未破決不能忘情以不達本故法身本有而不悟以不忘情故色身本無而横執此執不消依之而造善惡之行行成謂之業業熟謂之果受苦樂時謂之報此就行一支而演說也識則以行業牽引受果報分別投胎妄起憎愛名識此識投胎之後在母胎中作赤白主無有形段可見但有其名故謂之名色即赤白和合至第五箇七日名形位謂諸根四肢似有而未全故謂之色六入則名色已後至第六箇七日名毛髮爪齒位至第七箇七日名具根位謂六根

開張有入六塵之用故名六入此兩支皆胎中具若形位毛髮爪齒位又名色六入兩支間開出也觸則出胎巳後至三四歲時六根雖對六塵未能了知故苦樂想未生名觸受則謂從五六歲至十二三時因六塵觸對六根即能納受前境好惡等事雖能了別然未能起婬貪之心但名爲受愛謂從十四五歲至十八九歲時貪於種種勝妙資具及婬欲等境然猶未能廣徧追求但名爲愛取則從二十歲後貪欲轉盛於五塵境四方馳求曾無猒足故名爲取此五支雖在胎出胎之不同總屬現在取則是現在終亦未來始先巳揀之此復略顯有謂因馳求諸境起善惡業積聚牽引當生三有之果是名爲有三有則欲有色有無色有是此三有又名三界生謂從現世善惡之業後世還於六道四生中受生是名爲生老死謂從來世受生巳後五蘊之身熟巳還壞故名老死嗚呼此十二因緣非三達洞明五眼圓照孰能至於此雖然學不檢名名不審義義豈能精義既不精則終難入神義不入神則實用無徵實用無徵雖説時似悟對境終迷耳故一觸死生禍福之機便作不得主宰以致名敗德喪取笑千古退世人之信心即此觀之不以佛祖聖賢自任則十二因緣之名尚不及聞況能檢名審義精義入神以致用哉即太史公號稱博古於三世報復猶疑而不了況其他耶如史遷於十二因緣能檢名審義一心了知則三世報復決不至失言取笑於後人嗚呼惜哉

八識規矩

前五識

性境現量通三性

此言前五識於三境中惟緣性境三量中惟是現量三性俱通

性境者謂所緣諸色境不帶名言得境自相也相者青黄赤白之謂名者長短方圓之稱現量者謂對境親明不起分別也性境屬境現量屬心三性者善性惡性無記性也三性俱通以五識性非恒一故

性境若説根塵能所八法而成是落小乘如惟識則無有此境此境現前如明鏡照像湛然明了不起分別如云眞境也善惡兩性在五識雖無分別而照從是起故通

眼耳身三二地居

三界分爲九地自地獄至六欲天皆欲界也爲一地四禪色界也有四地四空無色界也有四地共爲九地欲界名五趣雜居地五識俱全初禪天名離生喜樂地是爲二地止有眼耳身三識無鼻舌二識以無段食故自三地以上則五識俱無

徧行別境善十一中二大八貪嗔癡

此二句言五識心所徧行有五別境有五善心所十一中隨煩惱二大隨煩惱八根本煩惱六今止有貪嗔癡三共心所三十四皆任運無分別者

五識同依淨色根

白淨色根者指勝義而言惟天眼能見盖落形質者是浮塵根豈能照物以有勝義根在故能緣境言五個識同依勝義根而起也

九緣七八好相隣

九緣者空明根境作意分别依染淨依根本依種子也眼識具九緣而生耳識惟從八除明緣故鼻舌身惟七除空明二緣故

合三離二觀塵世

鼻舌身三識合中取境眼耳三識離中取境觀即能緣見分塵世即所緣相分

愚者難分識與根

此言小乘愚法聲聞不知根之與識各有種子現行以爲根識互生也不知根之種現但能導識之種現謂根爲生識之緣則可謂生識則不可以識自有能生之種子故也小乘未破所知障於法不了故難分耳

變相觀空唯後得果中猶自不詮眞

佛有根本智有後得智根本智乃實智能親緣眞如後得智乃權智但能了俗不能親緣眞如果頭佛巳破見思惑能六根互用變起相分復觀相空以不知前五及七八等識遂自認爲後得智不知後得智乃從根本智而得者小乘雖有如理如量二智特其名耳豈眞後得智耶即後得智在佛果中猶不詮眞況因中乎詮契也根本智無分别所以親緣眞如後得智從色根起是有分别的所以不能親緣無分别理小乘以無我爲眞如斷了六識分别執便能六根互用以爲能親緣眞如

偈曰小家果頭佛理量徒有名迷名不知義疑大而起諍五識同一覺是以眼可聞耳不能見色實非本根咎咎在分别者以

故見思破六根即互用彼小不知此未究七八五三者曉然了橫計渠自破既破棄舊法悲哀歸大乘羅什首初師疑什亦有辨一朝悟大理仍復師羅什

圓明初發成無漏三類分身息苦輪

前五識隨八識轉佛位中第八識轉爲無漏白淨識而相應心所即成大圓鏡智欻爾現前故云初發則前五識即成無漏三類身者法報化三身中之化身也千丈大化身被大乘四加行菩薩丈六小化身被大乘三資糧位菩薩及二乘凡夫隨類化身則三乘普被六趣均沾以止息衆生苦輪也

○前八句明有漏後四句明無漏

第六識

俱頌其造善作惡不定之功能

三性三量通三境三界輪時易可知

善惡無記三性現比非三量性獨影帶質三境俱通也比者比類而知非者情有理無比度不着也帶質境有二以心緣心中間相分從兩頭生帶本質生起名眞帶質以心緣色中間相分惟從見分一頭生起變帶生起名似帶質獨影亦有二一有質獨影五根種現皆托質起一無質獨影緣空花兎角及過未等所變相分是五塵落謝影子止緣過去五塵與未來變起五塵影子不緣見在五塵也

前生六識攬法塵影子以成今生形種今生又因形起影是來生受形種子今生若能六識作觀破了我執不攬法塵則不受

分段身矣

○六識輪轉三界顯易可知

相應心所五十一

此句是標數性界二句是立名欲令衆生因名以闡義因義以會理會理以致用致用在作觀上説致用以體道體道以立德

善惡臨時別配之

六識遇善境時與善心所相應遇不善無記境時與不善無記心所相應故曰別配之此特平平緣耳若增上緣則善心勇猛惡心所俱轉而爲善矣

性界受三恒轉易

六識於三性三界併憂喜苦樂捨五受恒常轉變改易也

根隨信等總相連

根本煩惱六隨煩惱二十善十一等餘徧行五別境五不定四共五十一亦相連性界受等轉易也

動身發語獨爲最

動身發語時於八箇識中行相最勝以有情故也

引滿能招業力牽

引引起也滿圓滿也言六識能造業招果

發起初心歡喜地

歡喜地因斷分別我法故

此識於初地初心轉成無漏以斷有分別我法二執故

俱生猶自現纏眠

無分別我法二執與生俱生此時尚未斷猶纏縛眠伏以所知障未斷故

遠行地後純無漏觀察圓明照大千

遠行乃第七地也此地以前漏無漏間雜而生至此地後則俱生二障永不現行而純無漏相應心所亦轉爲妙觀察智而圓明照大千矣

第七識

帶質有覆通情本

七識於三境中緣帶質境三性中惟有覆無記性有覆者障蔽眞性通六識情故本八識也通情本故曰相分兩頭生

七識緣八識見分爲内自我七識是心本識亦是心所以說以心緣心眞帶質八識是其本質故七識既以八識見分爲内自我則八識見分即七識本位八識見分緣色即七識緣色也色非眞故曰似帶質

問帶質是帶八識本質而生了然如何是七識的境八識能藏一切所藏一切根身器界我愛執藏八識便有境了這境從何來是從六識來也便知七識原無體位其相分從六八兩頭而生

隨緣執我量爲非

此識於無分别我法二執是任運綿綿故云隨緣執我

八大徧行别境慧貪癡我見慢相隨

大隨惟八徧行五别境止通慧根本煩惱止具四貪癡見慢是也

恒審思量我相隨

前五識非恒非審六識審而非恒惟此識恒常審推思察量度執八識見分爲我故曰我相隨

有情日夜鎮昏迷四惑八大相應起

既執八識爲内自我則有情恒處生死長夜而不自覺以與四惑八大相應而起四惑即根本煩惱四

六轉呼爲染淨依

八個識俱爲轉識惟六識作觀則諸識俱轉故轉獨加於六識呼七識爲染淨之依盖六識有分别七識無分别有分别依無分别起以無分别近無情故

極喜初心平等性無功用行我恒摧

凡一地中具初中後三心即入住出也此識於初地初心斷一分無明便轉成無漏爲似平等性智以因中轉也無功用行是八地無分别我法二執至此盡斷故曰我恒摧乃爲眞平等性智矣

六識到第八地轉妙觀察智如何七識初地初心就轉平等智耶盖六識到觀成後轉妙觀察智初作觀時轉爲似妙觀察智

如來現起他受用十地菩薩所被機

佛果位中現十種他受用身十地菩薩乃所被之機也

第八識

性惟無覆五遍行

此識因中於三性中惟無覆無記性緣境之時相應心所惟五遍行

界地隨他業力生

此識於三界九地之中隨六識善惡業力而生以八識無記性故

二乘不了因迷執

此識最微細所以二乘愚法聲聞不信有

此惟以前六識受熏持種斷了見思執爲如理智六根互用執爲如量智以無明全未破故所以大乘論主反覆辨論證有此識也

浩浩三藏不可窮

能持種子不失曰能藏受染淨等熏曰所藏七識執爲我曰執藏三藏體用深廣故凡小不達

淵深七浪境爲風

八識如澄湛之淵由前七個識攬前境爲風與起波浪耳

受薰持種根身器

此識能受前染淨熏能持根身器界種子根是六根身爲内世界器爲外世界

去後來先作主公

惟此識爲總報主

不動地前纔捨藏金剛道後異熟空

第八地爲不動地此識初至此地纔捨能藏所藏執藏至金剛道後乃等覺位異熟者變異而熟異時而熟異類而熟金剛道後斷生相無明異熟種子方空也金剛觀智是智之名言其堅利能壞一切無明有生住異滅異熟空則瞥起一念無明空矣

大圓無垢同時發普照十方塵刹中

此識至佛果位中轉成上品無漏淨體號無垢識與相應大圓鏡智同發起時普照十方圓明世界

唯識畧解

夫搜剔陰陽之奥囊括造化之精洞洪濛之

源破渾沌之竅超儒老而獨高冠百氏而弘深含唯識之宗而他求未之有也夫唯遮境有識簡心空遮境則識外無法簡空則非同枯滅是以夷斷常之坑塞生滅之路圓彰中道刋定因明魔外望絶凡聖共遵耳然識有八種有心王心所之殊茍非智慧空靈思量妙絶豈易窺其庭哉阿賴耶識等大略窮其所由生直以眞如照極反昧生滅與不生滅和合謂之證自證分即如醒人忽爾昏作人語雖聞而不能了了謂之醒耶又不能了了謂之昏耶人語又聞此之謂昏醒相半迷悟之關也此等時節有人喚之則昏隨醒矣不喚則醒隨昏矣醒既隨昏而外不能了境又不作夢惟昏然而已謂之自證分此等時節位無能所冥然獨存也少頃頻夢種種悲歡苦樂據能觀而言謂之見分即所觀之所即相分或問曰見相二分前後生耶抗然生耶余應之曰見相二分謂之前後生者現量之中不許有無分別纔生分別現量滅矣謂之抗生則能所弗同也此四分乃八識之本故有志於此宗者不可不留神焉四分通徹則八識之綱思過半矣

夫八識四分乃相宗之綱骨也阿賴耶識末那識分別識眼耳鼻舌身五識謂之八識證自證分自證分見分相分謂之四分究本言之八識四分初無別體特以眞如隨緣乃成種種耳夫眞如隨緣之旨最難明了良以眞如清淨初無薰染如何瞥起隨緣耶於此叅之不已忽然悟入所謂八識四分不煩少檢唯識之書便能了了矣故曰性宗通而相宗

不通則性宗所見猶未圓滿通相宗而不通性宗則相宗所見亦未精徹性相俱通而未悟達磨之禪則如葉公畫龍頭角望之非不宛然也欲其濟亢旱興雷雨斷不能焉是以有志於出世而荷擔法道若性若相若禪宗敢不竭誠而留神哉惟相宗名義數多若非心智妙密委曲精搜實未易明也今則取大略稍論而疏之但粗曉蒙孺耳大抵阿賴耶識通前眼耳鼻舌身五識當併而發揮之似覺易明蓋阿賴耶識及前五識皆屬現量又皆上品果中轉也若第七識第六識則三品皆具三品者見道爲下品修道爲中品究竟爲上品故七六因中轉也或曰前五識成無漏相應心品現身益物何以先言第八成無漏耶以圓明初發乃第八識相應心品成大圓鏡智故其前五根即第八識所變相分能變本識既成無漏所變五根自當即成無漏矣能發五根既成無漏則所發五識遂成無漏何疑哉或曰既言八識轉成四智何故却言相應心品耶對曰唯識第十云此四品總攝佛地一切有爲功德皆盡此轉有漏八識七識六識五識相應心品如次而得智雖非識而依識轉識爲主故說識轉得又有漏位智劣識强無漏位中智强識劣爲勸有情依智捨識故說轉識成智也大乘所緣緣義曰言是帶已相者帶與已相各有二義言帶有二義者一則挾帶即能緣心親挾境體而緣二則變帶即能緣心變起相分而緣也親挾者謂之實境變起者謂之假境假境者何即實境影子也影子者何謂前五識親挾實境

乃任運而緣不帶名言現量中也譬諸明鏡物臨即照原無心也纔覺妍醜現量已滅即落比量矣余是知假境影子意識所緣耳又能緣心變起相分而緣亦假境也今安慧宗中妄謂因中無漏五識能緣眞如殊不知五識成智必待第八識轉而爲根本智然後五識轉成所作智也此中目此智爲後得者何也謂根本而後得也以五識及第八識皆屬現量果上同轉故也彼謂因中五識未轉智而能緣眞如非妄而何縱於果上識雖轉智第能照俗而不能緣眞如故護法師曰果中猶自不詮眞況因中乎

紫栢尊者全集卷第十二

音釋

攢（祖官切音巑族聚也）簇（千木切音鏃）欻（同忽）纏（音蟬繞也）瞥（音撆瞥然暫見也）

紫栢尊者全集卷第十三

明 憨山 德清 閱

緣起

刻藏緣起

嘉隆間袁汾湖以大法垂秋僧曹無遠慮不思唐宋之世大藏經板海內不下二十餘副自元迄明南都藏板印造者多已模糊不甚清白矣且歲久腐朽燕京板雖完壯字畫清白顯朗以在禁中印造苟非奏請不敢擅便又世故無常治亂豈可逆定不若易梵筴爲方冊則印造之者價不高而書不重價不高則易印造書不重則易廣布縱經世亂必焚毀不盡使法寶常存慧命堅固譬夫廣種薄收雖遭饑饉不至餓死時法本禪人實聞此言但本公自顧力弱不能圖之然此志耿耿在肝膈間無須臾敢忘者也至於萬曆七年予來自嵩少掛錫清風涇上去大雲寺不甚遠寺有雲谷老宿乃空門白眉也時本公爲雲谷侍者予訪雲谷于大雲復值本公在焉既而及刻藏之舉以爲非三萬金未能完此衆生以財爲命豈易乞哉大都常人之情有傷其命雖父母兄弟妻子之間有不悅者以世外之人乞人性命誰願之哉予曰小子何不見大若是乎但恐辦心不眞眞則何慮無成且堂堂大明反不若宋元之盛哉宋版藏經亦有書刻者元板亦不下十餘副予悉圖之毋自歎老漢雖不敏敢爲刻藏之旗鼓旗所以一人之目鼓所以一人之耳目一則明耳一則聰聰之與明衆生之所本有者特無大法以熏開其心故雖有而不能用予謂衆

生財與命同以故難乞殊不知以財爲重者誠聰明未啓耳如聰明一啓即知此身幻化非堅此心起滅不常矣既知此矣即乞其頭亦歡然願施者況身外阿堵物耶於是法本輩化弱爲强轉狹爲廣視刻藏之舉若壯士屈伸臂耳了無難色然猶未舉行也及客藏開公問法於老漢因而囑以刻藏之事開公曰易梵筴爲方册則不尊重無乃不可乎予破之曰金玉尊重則不可以資生米麥雖不如金玉之尊重然可以養生使梵筴雖尊重而不解其意則尊之何益使方册雖不尊重以價輕易造流之必溥于普萬普之中豈無一二人解其義趣者乎我又聞之我法如塗毒鼓於衆人中擊之發聲無論有心無心聞之者命根皆斷若然者不惟尊重供養者有大功德即毀之謗之之徒終必獲益且娑婆度生以折門爲先攝門次之縱使輕賤方册之輩先墮地獄受大極苦苦則反本反本即知墜地獄之因知因則改過改過則易輕賤爲尊重是以攝之不可則折之以折之之故則見有地獄既見地獄則痛想天堂矣由信天堂而信佛故尊重與輕賤乃翻手覆手耳老漢但願一切衆生輕賤佛法墮地獄中因地獄苦發菩提心若然者易梵筴爲方册則廣長舌相猶殊勝萬萬倍矣子何不智若此乎於是道開聞予言泣涕俱下跪而發誓曰謹奉和尚命若有人舍三萬金刻此藏板者道開願以頭目腦髓供養是人自今而後藏板不完開心不死由是觀之則法本道開不才老漢及現前一切刻藏施主皆袁汾湖之

化身也

募寫大士緣起

夫聖人無常身以衆生身爲身如片月在空影臨萬水有見不見則水有清濁非無月也我觀音大士以聞思修入三摩地初于聞中入流忘所獲二殊勝成三十二應使一切衆生心水清淨者隨緣而得見月焉由是論之則菩薩衆生初非有别以聞思修薰之即得入流忘所圓通妙應以貪嗔癡熏之即順無明流墮諸趣以故菩薩憫其同體即所自驗方救療羣有駕大慈悲分身散影隨類利益滇南清上人一日病幾死夢觀世音勸其念自性佛遂瘳由是發心圖大士萬身普施供養報菩薩恩信入意地情見乎辭余見其涕淚俱出而作是言因慨焉爲之述此夫清禪人以篤疾爲水得覩菩薩清涼之月達觀道人聞其言即直下不疑則以不疑爲水亦復見之願諸淨信各各若我直下不疑則菩薩清涼之月在在而見雖然衆生業重不疑爲難且向第二門頭往生極樂共覩彌陀聞無上法音又普門中最方便處也

錢鉢緣起

大哉佛鉢其來遠矣過去諸佛不可數極現在諸佛皆親執持未來諸佛非鉢不食佛尚實惜況比丘乎去佛既遠戒法凋零凡沙門釋子住家者多乞食者少而乞食者復率操瓢不知持鉢所在名藍眞宰聚徒講演安禪集衆千指萬指未見有鉢食者夫鉢者聖人應量之器量我量物如函受蓋如黄鍾之律應氣不爽故即飲食而調心心調而物化物

化而善廣遠則兼利界外近則澤布寰中故曰一夫全德道洽大千也然則鉢者利已利物大法所係豈細物哉乃今忝爲佛子者食非鉢食飲非鉢飲蹈蓮花面之迹壞菩提身之根飾僞以亂真憑虛以搆僞邪風競扇淳正遭譏於是幻予愷公痛正像之風移慨教流之日薄遂披尋律藏精考鉢儀以爲泥古則不近人情狥情則乖于古式瓦鉢則危脆易損金銀則侈奢非法惟鐵鉢堅朴難毀易辦而末法比丘心行麤浮時又艱儉故獨宜焉嗚呼羅睺洗鉢鉢碎爲五自茲律分五部宗尚不一戒珠失掌比丘不持戒律比丘尼等不行八敬持應量器遊行酒肆或入婬舍種種家醜如來懸知蓋嘗閔痛其陵夷迄今戒壇生草衣鉢蕭然且不知鉢爲何物矣嗟乎既爲佛子當報佛恩報佛恩中復有緩急自非英衲孰識時宜愷公以法器莫重於鉢發心造鐵鉢五百口隨緣乞之儻仗

皇靈鉢功就緒則上祈聖算下祝民康惟願

正法昌隆魔風殄息繩繩法器萬古無殘

栖霞寺定慧堂飯僧緣起

佛法者心學也然紹隆佛法者僧也故薄僧者非薄佛薄自心也夫自心者聖賢由之而生天地由之而建光明廣大靈妙圓通不死不生無今無古昭然於日用之間即之而不可入離之而不可遺在眼而見在心而知境未對時圓滿獨立百工得之而技精聖人得之而道備不難而易見觸事而冥契而人薄之故日用而不知焉昔達觀頴禪師行脚時至吳中日勢稍晚投宿律居主者弗納師責

而數之曰如來有言汝曹不聞之乎在家僧不喜客僧來者我法當滅由是觀之頹公有道之士一宿不留何怒至此蓋非自安實痛佛法之衰心學之不明故也予以是知飯僧一事功德最大大以資培佛種小則廣植福因今栖霞禪堂主者雲峰徧上人有志飯僧惟是連歲薦饑力不稱願雲堂如舊青烟寂寞來者悽然余目覩其事心甚哀之既而爲其倡百人之緣一人歲施米十斗十年爲限無論豐荒緣不可斷嗚呼去聖時遥世道交喪識慮非遠所重者不重所輕者率重焉夫至重者自心也開明自心者佛學也傳佛學者僧也僧來而不喜薄自心也人爲萬物之靈乃不知重心學其可乎哉因書以告四衆云

積慶菴緣起

寒山子詩曰庭際何所有白雲抱幽石世之高明者無論今昔皆味之而不能忘豈不以其天趣自然即物而無累者乎萬曆歲癸巳中秋達觀道人以問疾毘耶維舟當湖既而太宰陸居士疾少差亦放舟顧道人于案山之陽案山距積慶不十里許太宰公季子適與毛修之相視而笑曰案山水富而竹貧積慶水貧而竹富安得有神通者掬當湖之水注積慶老禪鉢中移積慶之竹于五老峯下顧不美哉予聞之曰道人受性慵懶亦無奇特神通不暇掬當湖之浪亦不暇移積慶之篁何不放舟積慶飽其空翠歸宿案山不亦可乎既至積慶則苔徑幽然修篁澄碧椽敗屋老菴宇蕭條道人謂二三子曰道遠乎哉

觸事而眞聖遠乎哉體之即神故曰仁者見之以爲仁智者見之以爲智夫厭喧趨寂者覩白雲幽石而通玄醉榮刺空者聞花館笙歌而忘倦惟得自心者喧兮寂兮榮兮辱兮無往而非心兮蓋獨立則無待無待則無外無外則無分別無分別則無我所若然者積慶之廢興成敗譬夫水之與波波之復水耳雖然道人願諸賢豪君子舍夢中財嚴空中境即相冥眞從緣得旨則積慶瓦礫荆榛琅玕古木皆諸君廣長舌相也敢不勤之時慈航渡子稽首余前曰大師深慈爲此菴施筆頭三昧增光存殁寧弗拜謝

徑山佛殿緣起

雙徑冠世絶境也自崑崙南來翺翔萬里越天目而逶迤隱隱隆隆雄雌萬狀勢方奔舞直趨東溟而雙溪一阻則英靈秀傑之氣回而氤氲盤薄怒拔于五峰之間世爲龍象窟宅自唐國一欽祖開山乃至宋大慧杲禪師傳心如貫珠燈燈相續以迄于今則去聖彌遠世與道喪僧不能轉俗更爲俗轉矣夫經曰若能轉物即同如來今不能轉俗竟爲俗轉豈非現成肉佛自作衆生嗚呼一心不生凡聖路斷一微涉動染淨俄分即此而觀衆生諸佛初無差别了悟者夢覺都除未了悟者不惟于無夢中作夢更于大夢中强爲己覺殊可歎耳昔佛經行時俄指曰此地可建一梵刹帝釋信手拈一莖草插已曰建刹竟比幻居講主作徑山僧引進導師不遠千里來曲阿見老漢曰徑山衆上人某曾引渠跋涉燕山請開藏主并祈旁鼓修殿嚴像藏主

已諸會病未至蒙大師代以幻余本公今復遷化則向來所舉似同說夢故某與衆僧不憚勞勤今更强顔來禮和尚所願不惜彈指震大法雷破衆生癡夢成就如上勝事老漢曰公等此來既不爲自求乃爲祖道今老漢有一轉語舉似公等公等答得相應即夢中說覺覺中說夢恣我舌端無不可者試問帝釋揷草建梵刹耶不建梵刹耶建則琳宮寶坊了不現前不建則佛與帝釋兩皆脫空時諸上人俱以默答老漢亦以默領唯喝石崖旁觀不禁向老漢曰和尚不必抛擲古今廣打葛籐國一大慧鼻孔要與和尚不别道開法本雖皆夢中承當和尚大須覺中着到管取徑山大雄寶殿刹那成就諸祖殘棋移星換斗唯時王内翰于比部只解順水推船不能逆風把柁攛掇喝石生兒并諸現前黑白大衆蹔跽而請唯願和尚發大慈悲勿孤負喝石亦令其等各各願滿噫雙徑五峰江海秀瀨陽江澈影重重相逢莫問誰家曲管取聲聲落眼中

湖州府弁山圓證寺募四萬八千彌陀緣起

夫四十八願者乃西方極樂世界阿彌陀如來因中爲法藏比丘時對世自在王佛所發之願也若以有思惟心測度之即一願功德尚難信受況四十八願若廣大無極迂濶無稽者寧不爲之驚怪哉殊不知於理推之虚空之無際天地之高厚萬物之廣多聖乎凡乎有知乎無知乎皆不越我自心者也故曰空生大覺中如海一漚發有漏微塵國皆依

空所生漚滅空本無況復諸三有以此觀之則法藏所發之願如來印證之辭證之於理即之於事皎如日星夫何疑又衆生習俗庸鄙識不高明計六尺之軀爲身方寸之影爲心無論貴賤榮辱逆順窮神殫慮勞骨弊形奇智異謀嚴飾萬態自生至死無須臾自在者不過未能窺破身心耳是以大覺愍而哀之發廣大之願示無邊之勝照廓其心境使一切衆生肅清慧日獲無身之身無心之心無身之身形充八極無心之心照窮萬有悲夫人爲萬物之靈於此大身廣心寘然莫悟局執於臭軀殼上甘陷于妄想夢中初不自覺反乃驚怪於法藏比丘者人果靈乎不靈乎余萬曆庚寅歲結夏於留都攝山棲霞寺以十月旬有二日有斷手僧如林者來山白

余曰我斷隻手不爲名聞不爲衣食我聞阿彌陀如來有四十八願願依數請四十八員眞實持戒求生西方禪僧僧各頂戴栴檀彌陀靈相於晝夜六時精修淨業無限年月以畢生爲期奈何事大力寡無以感人故斷隻手以表寸赤願乞一大檀越捨千金爲我開疏惟願大德決我凡心余聞其言愀然久之乃謂之曰斷手不難捨財難耳若不聞衆生捨財如割身肉乎苟手斷心僞願豈易就哉且連歲海內饑饉不勝有能慨然施千金者恐無是處不若遵彌陀本願化四萬八千人人各乞銀一錢積少成多以集事不亦可乎雖然諸佛不可思議衆生亦不可思議余非具他心聖人安敢妄言請以初願及次願拈鬮於佛佛許可者即奉行之斷手僧謹置鬮

於如來慈鏡光中泣涕以禱信手拈之即得次願遂索余言掇敘發心大槩徧告十方媿余不能文不敢贅言於願尾堅辭弗獲兒又雲臺居士余之故人斷手僧又居士往所信者故書此以慰存沒云雖然佛事人情初非有二願其用心何如耳若如法藏用心即人情不異佛事也若衆生用心即佛事不異人情也余慨如林上人朴實眞率能不惜形軀斷手自盟於四十八願願四萬八千人尅彌陀之果視舍一瓶一鉢獨善其身何啻蹄涔匹乎滄海上人愼而行之天必祐之今太宰公已爲四萬八千彌陀之領袖則見賢思齊者必雲然而和之矣尅願奚難哉

吳江聖壽寺緣起

即花尋春者春未必在花即水尋魚者魚未必在水雖然離花而覓春外水而求魚又豈可得哉故道不在迹道豈能自彰教不在人教豈能自弘如來之道猶春也天下名藍眞宇種種教迹則花也吳江聖壽寺肇迹吳赤烏年間今數千百載猶巋然獨存于荒廢之餘趙宗伯聞而惜之適與道人及此因緣爲之創五百人緣集玆勝事盖憐花存春之意也若夫教海濤生魚龍聽法又道人未後句耳

迎無量壽佛立像緣起

釋迦文佛成道已思惟所親未度而度衆生非師範人天之則遂昇忉利爲母說法以優闐王想佛成渴命三十二匠往地居天刻佛三十二相請歸優闐國供養此像教之始也萬曆庚子冬有始光居士自閩之杭訪雲栖

袾大師因見大師所供無量壽佛立像殊勝精神慈注瞻禮之間使衆生染習于不知不覺之頃忽生淨想居士默謂曰吾安得如此像供之家菴以酬夙願訊之則刻匠已死大師望居士眉宇之色欲像之心有不能剸者謂居士曰此像亦易得匠者云亡貧衲爲居士別覔一匠刻之保任不減先刻者居士遂五體投地捐貲付托于師約明年四月迎像不幸袾大師蹈湯火之災像不如約届期居士果遣手足來迎大師謂衆當即以山中原像應其請像可再雕言不可食既而某迎像出山適當道蝟集買舟不得偶有一船泊于江滸迎像者問舟子曰舟可載人否曰否曰船不載人欲載何者舟子曰余以待佛迎像者異之謂舟子曰專欲汝舟載佛耳舟子欣然許諾舁像舟中禮供甚虔云此佛前一夕已徵余兩人夢矣至姑蘇又將易舟所易舟子夜復夢金人來舟中像至宛如夢中所見無不驚異盖與前舟夫婦所得夢景正相符耳還家安立淨室觀者雲集奇哉斯像謂之木佛耶善使人夢謂之肉佛耶諦視之揣摩之則木佛也嗚呼木佛善使人夢世則疑之肉佛說法世則不疑如以唯心觀之木佛肉佛兩者未嘗非心也以未嘗非心之印印世之疑與信果有疑信耶果無疑信耶天機深者于此印了知不疑則大之天地多之萬物及于虛空皆納于立像一毛孔隙毛孔不窄天地萬物不多于不窄不多之中六塵内遂舉一塵問天下黑白此塵謂自生耶他生耶共生耶無因生耶黑白中有能轉此語者渠

臭皮囊不異立像供之無倦

摹書金字華嚴經緣起

余聞華嚴大部有一四天下微塵數品二千大千世界微塵數偈每慮其廣大衆多不能於此生窮之矣及讀唐譯華嚴經偶得一偈不勝踴躍慶幸偈曰毘盧遮那佛願力周法界一切國土中恒轉無上輪此偈總二十字而大部華嚴包括無餘毘盧遮那此言光明徧照一切處願力周法界盖法界有十謂佛法界菩薩法界緣覺法界聲聞法界天法界修羅法界人法界畜生法界餓鬼法界地獄法界是也然地獄以十惡五逆爲花餓鬼以慳吝刺剥爲花畜生以愚癡亂倫爲花人以根本戒爲花修羅以十善好鬬爲花天以未到定十善爲花聲聞以四諦析色爲花緣覺以十二因緣還滅爲花菩薩以三學六度爲花佛以萬德周圓爲花嗚呼東方出聖人焉西方出聖人焉上古出聖人焉後千百世出聖人焉凡所作爲未有無花而有果者也我無十惡五逆則地獄誰入我無慳吝刺剥則餓鬼誰受我無愚癡亂倫之行則畜生誰作我有五常始得爲人我行十善而好勝則不免爲修羅我能修定廣行十善則當生天我修四諦析色明空必得聲聞我作還滅之觀終登緣覺我行六度長劫無疲定成菩薩我三惑永斷萬德周圓必圓證妙覺此名實之徵也如我一念不生則十界無地凡焉聖焉鏡中眉空中花耳雖然參須實參悟須實悟則華嚴四法界不在八十一卷而在我日用也如參悟未能且從八十一卷語言文字檢

名審實實審則義精亦非分外四法界者理法界事法界事理無礙法界事事無礙法界是也理法界則水外無波事法界則波外無水事理無礙法界則波水無礙事事無礙法界則波波無礙以水言之則謂之理以波言之則謂之事以波水言之則謂之事理以波波言之則謂之事事是故善用其心者即一塵而入四法界如因一枝花得無邊春耳況此經八十一卷言言皆枝字字皆花有智男子或因一枝一花而得無盡春光則荆棘蓬蒿末始非春也荆棘蓬蒿六凡之譬也如花如枝四聖之譬也荆州府江陵縣承天寺有了初善禪人以爲古人剥皮爲紙析骨爲筆刺血爲墨而流通此經欲凡有知覺者即文字語言而入華嚴法界善雖不能流通此經願以莊嚴此經爲佛事藉此少報四重之恩不亦可乎於是發心募衆共書金字華嚴經一部併綸觀一卷如勝事夢感願凡書一字一言一葉一卷乃至十卷八十一卷者皆仗此因緣如因一花而得無邊之春因一言一字而盡入華嚴法界此禪人發心莊嚴此經之願也索予數語爲前茅予願凡諸黒白賢豪皆當見作隨喜然衆生舍財如割身肉苟無卓見隨喜之縁亦不易結禪人當作剥皮析骨刺血之想則一錢半錢不可誤用況多錢者乎善禪勉之

山東東昌府鐵塔隆興寺化縁文

東昌東郭二里許有寺曰隆興肇自洪武初乃祝聖道場也地勢幽朗高林垂陰古塔昂霄鐘梵流響或悲風塵而登臨者頓覺煩襟

洗然徘徊卒不忍去良以如來說法權實迭唱或以香飯爲階梯放光爲舟楫寄文字以傳心施棒喝而啓悟乃至樓臺礙日覺路鋪金通而會之無非廣長舌之波瀾也大凡人情無常善惡從境故以善境誘之則善心生惡境薰炙則惡念起聖人有見於此弗吝弘慈分身散影應質垂軀飾以奇特莊嚴廣以無邊妙刹使夫衆生磕着撞着觸處善境寘移其習容化其惡所謂鑄頑成仁陶癡爲慧者也或者不達此意以浪費民財短之是數二五而不知十也夫行一善則息一惡息一惡則省一刑一刑省於家十刑省於里萬刑省於國謂之無補於治道可乎隆興大殿及支宮旁宇廊廡且以年深日久風霜蟲剥摧頹極甚若不修整非惟祝聖失古即廣長舌壞說法器殘而雷音亦無聞矣寺僧覺蓮課公天慨於茲乃謀諸侍御傅居士并一切黑白賢豪誓續舊緒余甚敬其識卓見殊以故綴數語代爲十方白云

楞伽山寺大藏閣緣起

衆生不悟言說法身而爲文字所轉如悟言說法身則不必離言說而求法身也古有鳥官聞羽蟲之音知其好惡吉凶焉由是而觀則言說法身亦不外鳥音有也眉山曰溪聲便是廣長舌山色無非清淨身則言說法身與色相法身無別也豈惟色相哉鼻之所臭舌之所嘗身之所觸意之所知謂之臭味法身觸法法身亦不悖初言說法身也故靈雲見桃花而悟道樓子聽曲聲而明心良有以乎然文字般若又言說法身廣長舌相也婆

婆衆生心量狹小習尚卑微苟不以廣長舌相吐大雷音震其常情則生死之夢終不醒矣又諸施之中法施爲上財施次之然微財施則法施難廣是以能割所有身命之財流通佛法者其功與法施等也其人立心造大藏一部施石湖楞伽山僧其禅人搆閣供養永爲人天眼目施者受者必皆無我所心而能成此言說法身之功德也豈可以算數知哉末法衆生福薄凡集勝事多難少易其其勉之

楞嚴寺五十三叅長生緣起

檇李楞嚴以嘉靖時倭奴之變寺因火之於是清涼寶地翻成熱惱之場曠古名林遂爲游晏之所識者慨焉萬曆間有豫章密藏開公乞食城中以爲長水靈迹豈當久委草莽乃不辭寒暑而舊物始復雖正殿緩之未建然有靜室可以藏經版有雲堂可以安法侶有香厨可以供饘粥晨昏禪誦異口同音擊磬鳴鐘祝延聖壽願吾君明齊日月算等山河五穀豐登蒼生樂業此林下道人寸志也嗚呼一旦既廢熱惱之場復爲清涼福地游晏之所今爲更始名藍微開即則曠古祝聖之壇幾爲有力皮矣雖然法界門中無孤單法設微鶴林藁上人佐之寧即功成速若是乎至於諸大金湯不避嫌疑不顧毀譽併心護持始終如一雖給孤復生龐老再來不是過也余固不敏感金湯護持之念開即鶴林寒暑之勤倡善財五十三叅之緣究五十三善知識無論黒白男女但聞緣發心見作隨喜者請一人施米千升永充楞嚴十方聖凡

長生供養庶幾無負吾君資生之恩如來法乳之惠金湯護持之力二上人恢復之勞也

疏

刻大藏經疏

大覺示生順機緣而應質聖人制誥懸同體以垂慈大夢雷霆幽霄日月揭萬古之昏盖活羣靈之慧根半字滿字宛轉剖本有之光大身小身方便現圓迴之相道高則聲聞自遠義備則圓照無虧理不乖事開凡聖之正因色不異空杜魔外之邪見滋多生之淨種破五使之疑情曰深曰淺總就路以還家若見若聞俱立地而成佛是以補天地之玄化廣君親之至仁挽回薄俗之風啓迪高明之習舍乎大藏別覓真乘何啻饑寒棄捐粱纊或以釋迦非我國之人而不從其法抑不思文王亦西夷之産奚以被其風渴不辨泉饑無擇飯迷方固當問路愈病必事求醫乃智者之所尊不智者之所棄從長爲善舍短稱賢泥塗可以致雲霄行潦可以通滄海故剌血爲墨者非無知而作剥皮代紙者必有見而然在昔固有英賢當世豈無豪傑是非曲直義理淺深譬夫九天之上而日星皎如萬鏡之中而燈珠燦爾然非韓愈歐陽修之排斥曷致契嵩洪覺範之發揮陽擠陰助權抑實揚天風起而雲翳消時雨降而枯槁茂爰自運有通塞法以升沉玄奘求經于印度必也唐文皇之朝懷璉鳴佛于洛陽宜乎宋仁宗之世况我太祖高皇帝成祖文皇帝於通訓則頒金湯之詔在會典則列墻壍之條故曰化頑凶而益王綱利善良而資帝道義林

幽邃俗世罕聞王臣無愛無憎黎庶宜崇宜正捧王言之煥朗識聖鑒之淵微豈不以功高世憲道格殊方者哉用是吾道開法本不揆下愚遠追德意誓刻經律論之全藏願報佛法僧之至恩力微而滿願爲艱事勝而資檀須普或十函五函量緣而襄刻或一部兩部隨意而樂成大地慈雲普天甘露一字之功賛揚之莫盡半偈之益思議之難窮乃知常啼東請善財南詢皆重法以輕生亦知恩而報德直以身爲如來之牀座豈若手持菩薩之慧燈衆生造罪愚昧先之大士利生智光始也萬行波騰離般若則終歸苦業六通雲變含漚和則俱墮偏空慈母周旋百至未喻佛子之用心良友曲照多方庶象至人之護念流通大藏希覯勝因或貴或賤共成堅固之緣無親無踈咸作難遭之想終期克濟永用宣流

廣諸祖道影疏

華鐘匪叩則音響不流寶炬未燃則寒光匿耀故歸依佛祖藉有刑儀即像道存雲傳貴廣願身星布影徧寰區譬一鐘聲多人夢破如分燈燄大夜常明矣洪武間黑白中好道者繪華梵諸祖道影自大迦葉尊者而下至國初耆宿百二十尊藏諸留都之南牛首山其精神慈注風度高簡非靈臺空清妙思通幽者未易著筆也萬曆巳丑開侍者省余於金壇于觀察北園且西發清涼道出石頭余曰牛首諸祖道影往曾于祖堂塵埣中檢得六尊若雲開月露光華照人咨詢其餘寺僧曰均藏牛首余懷此六寒暑矣弗能忘汝無

却勞披暑一行或可理也對曰謹奉和尚命隨策杖往果得靈相會太宰陸公見之喟然歎曰是當儼臨人天光映羣品奈何歲月浸久凋殘若是聖人未滅度時吾輩業重垢深不遑近事茲覩道影何啻親承得丹青家妙契其眞者臨寫十部散布十方永作供養分輝迸耀普照昏衢顧不大哉開侍者趯太宰議慨然任之太宰首臨一部金沙善雲居士于九部中隨寫一部餘尚未得其人開侍者跪而請曰願和尚疏是因緣令諸善信生大法喜合併勝心成此希有余曰善夫由心生形由形生影而善反者由影得形由形得心由心得道若然者則百二十紙和尚不動舌根爲天下人漏洩家風不少也

又

夫有自心則有虛空有虛空則有天地有天地則有山水有山水則有道場有道場則有諸祖有諸祖則有道影是以由道影而識諸祖由諸祖而辨道場由道場而知天地由天地而測虛空由虛空以悟自心者可謂尋流而得源矣若然者則大如天地雜如萬物皆諸祖道影也豈待索于僧繇道玄之筆端然後謂道影乎哉雖然凡心鄙劣未能觸途成觀須憑勝相故阿難白佛我見如來三十二相勝妙殊絕形體映徹猶如瑠璃常自思惟此相非是欲愛所生何以故欲氣粗濁腥臊交遘膿血雜亂不能發生勝淨妙明紫金光聚是以渴仰從佛剃落以此觀之阿難佛弟尚觀勝相發心況凡劣者乎故諸祖道影不可不廣也雖華梵殊土其天容道貌精光炳

爍使人瞻之塵習頓空即相會心千古旦暮與諸祖周旋于大光明藏中微道影孰能至此留都牛首山藏諸祖道影一百二十尊以歲久紙故色勞將至零落于是某人誓願廣圖祖影徧流天下惟善男信女覩影開悟共証自心云

常熟慧日寺西方殿造像疏

聖人無常心以衆生心爲心大覺無常善以衆生善爲善衆生既有此心即具此善如心本不有善本不具雖聖人設教大覺垂形何異乎誇錦繡鼓琴瑟于聾瞽人之前哉是以聖人設教不可不周大覺垂形不可不廣也然教有淺深形有大小千變萬化染淨無常要而言之不過開衆生本有之心熏發本具之善而已常熟縣郭中慧日寺西方殿既已鼎新而像設未備果林禪人發心造阿彌陀佛像輔以觀音勢至二大士像意在爲緣廣普像雖三座願結萬人之緣人乞三分以訖其事有願獨造者禪人正色告之曰真松最初一念意在緣普雖屬大檀盛心不敢奉命紫栢道人聞而嘉之遂述此以告有緣者流芳不可把翫老病不與人期逢緣勇猛見作隨喜慨然樂助結淨土緣培成佛種豈惟不負禪人最初一念亦人人本分事也此片勇猛隨喜之心本非天降亦非地生先天地而非無後天地而非有故曰有物先天地無形本寂寥能爲萬象主不逐四時凋阿彌陀佛此云無量壽佛佛有事佛有理佛理佛聖凡平等愚智本具不因成佛而增不因爲凡而減惟有事佛必假緣熏而顯事佛既顯理佛

即圓事理無虧是謂究竟故曰佛種從緣起所以聖人設教貴乎必周必廣者以衆生染淨無常熏發成種故也果林禪人方將以彌陀之願觀音之慈勢至之悲普熏一切有緣如一燈光傳百千燈以至無盡所謂萬人緣者乃無盡燈之嚆矢耳

重建嘉興楞嚴寺佛殿疏

首楞嚴此言一切事究竟堅固一切事者畧則五蘊六入廣則十二處十八界也初長水璿禪師讀首楞嚴經至清淨本然云何忽生山河大地處疑而不解及叅瑯琊覺曰清淨本然云何忽生山河大地覺曰清淨本然云何忽生山河大地璿師于是疑情頓釋歸檇李疏此經譬夫禹之治水循其性而疏之古今稱絶唱焉茲寺自宋迄本朝時雖代謝慧炬常然像設莊嚴香臺靜宇昭映日月而諸方龍象道長水者必懷香入郭探尋靈跡戀弗忍去盖璿師行化之地精神所存故也嘉靖間寺廢僧徒散逸珠林寶地掬爲邱墟余過而哀之無何豫章開即擁錫東來遂有恢復之舉既而諸搢紳先生高其義羣然和之誠通造物枯木爲之重榮甘泉爲之再湧于是禪室粗備香燈續明唯大雄寶殿尚有待焉敢告四方賢豪見善隨喜勝因宜培嗚呼璿師因讀楞嚴而生疑因疑而叅瑯琊頓悟清淨本然之心遂爲百世心宗之祖然璿師所悟之心豈外諸君子日用昭昭靈靈者乎特迷悟一間耳故迷之則清淨本然遂爲五蘊六入十二處十八界悟之則五蘊六入十二處十八界未始不清淨本然也由是觀之

則一切事究竟堅固一切事不究竟堅固苟非其人道不虛行然則諸君子凡有樹于楞嚴者如富者施財貧者施力辯者施言藝者施伎有力者之金湯孰非究竟堅固者哉

懺薦牛麂疏

夫忽生之前我尚不有喚誰作業有業有酬是以造善則升造惡則墜墜極思本本于惡因翻然改圖惟善是務墜因始杜福報油然人天途開鬼獄緣薄墜者日升升者日多多寡相資升墜無巳某披搜聖斷罪福昭如凡有所辜敢不懺薦萬曆甲午八月之初掛搭匡廬忽搆瘧疾寒熱交楚神識煎惶將百日有餘幻質憔悴氣力衰微畏寒服皮兼飲牛乳皮則九麂牛乳百斤服飲之飲竊生慚愧濫充佛子道業不修慧不勝癡致此重罰猶借毛族身分資生苟不仗佛慈口讀內典心生恐怖罪花難凋福果非香于是始服麂皮即發願心一皮轉妙法蓮花經一部九皮九轉酬乳惟三願彼牛麂乘此法力解脫毛羣生人天界英特超朗福慧並深不忘宿命常思德本委肝棄腦竭生盡誠痛念我恩忘我資巳護持佛法昭廓人天扶升抑墜虛空有盡彼願無窮福慧爲航廣載一切凡有知者彼岸咸登某今幸身體康強精力如舊若忘初願有如梵川於是洒掃館室張掛如來儀容然燈燒香朝暮勤劬無敢懈疲口讀妙法心注妙義身體蓮花三業清淨懺摩牛麂傍生罪戾如湯消氷現業往因應念化成無上知覺生生世世我爲其師牛麂爲子現人天身摧邪輔正轉大法輪震大法雷十方三世

微塵刹海凡有情處願力悉充如空充滿雖有聖智于色邊際揀毛許色相決不可得故色充滿即是空充滿又如氷多水多泥多象大水深濕深我發是願牛毘如船我如明月船載明月歸宿無得不勝慚悚仰干三寶證明謹疏

本空上人住西庵飯僧疏

天公私無常心忘已爲人則謂之公忘人爲已則謂之私公則無爲而不大私則無爲而不小故以廣心施一針則福德難量以狹心施千金其福德亦有限也由是觀之則作福聚德豈惟富貴者能之而貧賤者不能耶願其施心廣狹何如耳通江橋西百步許有華嚴菴者乃太宰陸公司寇王公捐俸買廢菴而延本空上人飯僧之所也五臺并州二公現宰官身猶爲客比丘計若此况吾曹乎佛言住家比丘見客比丘來不喜者是我法滅之兆夫喜與不喜公私判然我曹苟有把茆蓋頭痛以佛誡警心則法將滅而復昌熾可期也本空勉諸

代大衆止雨祈晴疏

伏聞一心不生萬法無咎三言感格五福咸臻茲者淫雨連綿田疇漸没百穀將腐黎民絶再生之望一人憂惶溥海增有死之悲溝壑幾填之時性命未殘之際痛省水潦之災目外無青光輝之錫心上有微故衆生不貪水潦無源衆生不嗔亢旱無本情遷而後有凶吉心動而後屬陰陽令某等抉青有方塞源有土仰仗佛法僧三寶威神之力君親師三敬精到之誠合捐淨資營辦微供然香諷

經禮懺兼洗人我之慾尊卑之罪伏願上天俯察赦難解之刑賜易求之福天風忽起羣陰掃盡而無遺皜日頓生萬物均輝而共戴再願聖主算餘天地臣佐福等山河自然風不鳴條雨不破塊合境之内比間之間無擇長幼共享安康

募寫十六開士道影疏

夫形之與影未始不相因而有也亦未始不相因而無也然則有無之初有不相因而有有不相因而無者存焉明矣世人徒役于有無形影之間流而忘反以眞爲假以假爲眞衆患生焉聖人悲之即眞假而設方便以爲從有形可以入無形由有無可以入非有非無入而全之則向之所謂存焉者昭然在目也雖然形近乎有影近乎無近則易入是故聖人形化而影留使天下後世即影得形即形得心即心復性亦猶從有入無從無入不無者也今有人誓寫十六開士道影三十餘堂徧散寰内名刹供養之如片月在天影臨萬水或因此而得復性則生是心者豈非大慈乎哉說者以爲影不若形形不若心心不似性何不即以性示安事影爲是不知由粗可以得精由精可以入妙若然者則粗爲入妙之嚆矢明矣達觀道人聞而悅之乃張大其說以廣勸知此道者共成勝事云耳

盧溝橋資福菴募資常住地疏

盧溝橋東資福菴菴中守心老禪鑿土得泉泉鳴如雷衆人皆驚不移時鳴止唯寒流湛然來源莫測其深淺老禪汲之普施四方往來渴之者然綆短井深慮不能久遂斫木爲

輪合輪爲轂利有用無以人役畜輪名般若泉名福海人畜俱名菩薩老禪意者以菩薩運般若輪汲福海水周濟十方無論貴賤人畜有心無心凡沾涓滴者皆得發明自心同登彼岸托蓮華中親近彌陀達觀道人聞而悅之悅而隨喜之喟然嘆曰大哉是輪軋軋福海上下無常虛而不屈守心老禪以無盡願力持之運而不窮則其功德豈可心思口議者歟於是爲之倡一百七十人緣買地四百餘畝用資常住使般若之輪福海之水潤沾一切終古無息伏願見者聞者於此因緣生大歡喜生大感激慨然破慳貪囊施如意珠共成勝事顧不美哉

方山李長者像前自卜出處疏

伏聞佛祖聖賢凡出出處處必隨宜而然若不隨宜則機不逗物於教於法於自於他皆無利益某自惟務身於荒寒絕俗於倉卒秉虛入實弄假成真此心此跡一切顛末人雖不知自決了了且佛祖智鑒前無量劫後無量劫現前無量事如秋潭無波湛徹三際徹雲度空纖影弗昧自然某平生好醜皆在照中然而某見地雖則無疑而現行思惑逢緣觸境智劣識強每墮愆失自惟在處未即判然何者顧在身命易捨於教無益於法無補如是則出不如處也又念祖道荒涼陵遲不忍受其恩而不能捐軀報德寸心難安如是則處不如出也於是於某年月日躬詣長者尊像前焚香疏意拈鬮決之伏惟長者不吝慈悲爲教爲法爲某判然一決出處敢不奉命不勝惶悚以聞

喜禪人然指修檀溪寺疏

吾悲世之人知有昨日知有今日又知有明日若以三世詰之則曰不知也殊不知過去世即昨日現在世即今日未來世即明日故曰昨日今日與明日是名小三世過去現在與未來是名大三日可見今生富貴者必從前所修而來現在貧賤者必從前所不修而召然有前修而富貴不能榮者前不修而貧賤不能累者此乃富貴貧賤初無增減者也此兩者知其修而不知其不能修者是謂福人知其不能修者而初無所修是謂智人惟佛與諸大菩薩始二嚴俱備檀溪寺昔道安祖師率襄人修智福之所邇來凋落不堪有眞喜禪人雖有志修建顧福德涼薄無以感人乃以指爲燭然而供佛且誓曰喜若心眞勝事必克喜心不眞勝事難成吾聞襄之僧徒僉曰喜禪人然指修寺非爲衣食勝事無終神其無靈予四月二十四日再遊檀溪適值喜禪人寮其眉宇知其心眞遂書此仰白十方云

施堅固子及頂骨莊嚴佛像疏

蓋聞七寶布施滿四方空福德無邊終歸生滅全身頓捐等一芥子慧光圓極始契眞常是故雪山菩薩不以微軀慳惜得法於形骸之餘善財童子不以百城迢遥滿心於烟水之聚倘非憂深慮遠顧終難克必須誠竭思窮道則易成然婬機不斷血肉化腥臊之物欲習頓枯皮膚成香潔之珠心有粗精塗分香臭苟悟一念未生之始聖凡誰名痛觀四微初借之時男女始兆故萬寶之海惟舍利

爲君堅固爲輔良以無生未達緣生夢癡若了緣生腥臊不朽天地毀而堅固無損世界空而舍利常光比丘可九頓首於釋迦如來及文殊普賢十八阿羅漢像設靈焰之中布施堅固子三十顆頂骨三十圓永安於主伴五腑之虚所願弟子可生生世世在在處處升沈交加之際凡聖互聚之場見思未斷常以比丘身承事三寶如影隨形如光隨鏡影逢陰滅光受塵封吾此願心精持堅宻非同光影滅處愈彰封時愈照幸而見思惑斷一切雜身隨類弘法無敢疲厭更願施我堅固者施我頂骨者我所積福慧皆迴向施者并一切衆生福等佛福慧等佛慧我願始滿我聞無論僧俗凡修福慧福慧十分國王得四分修者得六分何以故皇帝爲世主故作福慧者若不仰伏世主寵靈護持之德欲作一毛頭福慧終不可得是故修福慧者無忘君恩親恩師恩施者恩善友恩如忽略忘恩者寧惟作福慧難成即人身易失壽命不長百凶交聚萬吉自消我故追思種種之恩五内如焚一心悲痛代發種種願心伏乞十方常住三寶釋迦如來十二部經憍陳如尊者一切聖凡護法靈聽共垂證盟又願發願之後當今

聖主堯風永扇舜日長明四海清平萬民樂業生身父母光生於朽骨悟達於遊魂可再九頓首不勝慚痛謹疏

度麑疏

伏聞如來明誨比丘不得服絲綿絹帛靴履裘毳兹可久瘥之餘精氣少損形骸羸弱動

止畏寒苟不以皮革藩屛則江風夜露恐難支禦於是買麂皮若干張緝下衣一條聊防先患雖則律有開遮持犯之欵然内心終不自安切念麂類生前黒業牽連死後慈門無路命殘箭網皮碎刀針今既用其氣分將來瓜葛難辭若不預期超拔作緣未必無階所以用一皮爲其口誦妙法蓮華經一部伏願仗如來之慈力妙法之威神麂等開迷雲於刹那梯覺路於般若自知作佛如鑿井見泥發願度生即窮子得寶

祈雨疏

恭聞聖人無常心衆生無常習願在感應奚若則機教生焉譬如醫無常醫病無常病醫病相扣而精粗始辨故病以寒者治之以寒藥病以熱者治之以熱藥如衆生有無量病佛爲醫王亦有無量藥世有亢旱之憂如來則不悋實力之應又此實力者非但如來獨有亦有天實力地實力聖實力凡實力龍王實力龍王眷屬實力併一切鬼神餘部等實力所以雨不求則不降衆生不感諸佛不應然諸佛中有大悲雲生如來者深愍衆生亢旱之苦禾苗不秀則穀飯無本穀飯無本則衆生生機絶矣於是大悲雲生如來發願救之故凡有亢旱之處稱此如來名則如來大自在實力三昧之用率諸聖凡種種齊施寶力轉枯槁而爲滋茂即亢陽而爲甘霖伏願大悲雲生如來不違本誓俯應羣機三草二木一切百穀普救焦枯並得秀實謹疏

紫栢尊者全集卷第十三

音釋

麤倉胡切 逶烏爲切委平聲去貌 迤養里切音以與迤同 攛取亂切音爨擲也 䦨居求切音鳩 闐亭年切音田 麂居里切音凡大麋也 毳蚩瑞切音毳

紫栢尊者全集卷第十四

明 憨 山 德 清 閱

序

金剛經白文序

此經東來熾於唐迄於歷代芒寒色正皎如日月逮我明揚光續焰雖不乏人而金剛正眼若墮雲霧蓋常思其故學問尚理謂之所知愚所知愚不破則自心不得現前自心不得現前則心隨境轉糾纏莫解以有所住見求無所住心離經分析蕭統狐涎沁於識海而經曷由明乎欲經之明莫若直求佛心欲求佛心莫若持誦本文冥冥於離微玄妙之外堅精於死生順逆之關心心不斷如酵之於酪如麯蘗之於酒亦非有心亦非無心緣緣之中有忽然而成者故大鑑本新州賣柴漢耳非積文字義理之素偶然弛擔聞經心開因造黃梅取祖印而佩之號於萬世曰六祖夫非歷劫聞熏緣緣成熟之明驗耶昔龐蘊一日仰卧讀此經丹霞訶之曰非慢法乎蘊於左足加右足而已余讀傳燈録至此未嘗不流涕交頤扼腕而痛不已也今刪分數刻經本文如來之旨雲廓天布凡有知識者死生受持操大鑑之劵以展龐公之用則酪出乳中決矣

石門文字禪序

夫自晉宋齊梁學道者爭以金屑翳眼而初祖東來應病投劑直指人心不立文字後之承虛接響不識藥忌者遂一切埽其垣而築文字於禪之外由是分疆列界剖判虛空學禪者不務精義學文字者不務了心夫義不

精則心了而不光大精義而不了心則文字終不入神故寶覺欲以無學之學朝宗百川而無盡歎民公南海波斯因風到岸標榜具存儀刑不遠嗚呼可以思矣蓋禪如春也文字則花也春在於花全花是春花在於春全春是花而曰禪與文字有二乎哉故德山臨濟棒喝交馳未嘗非文字也清凉天台疏經造論未嘗非禪也而曰禪與文字有二乎哉逮於晚近更相笑而更相非嚴於水火矣宋寂音尊者憂之因名其所著曰文字禪夫齊秦構難而按以周天子之命令遂投戈卧鼓而順於大化則文字禪之爲也蓋此老子向春臺擲衆芳諦知春花之際無地寄眼故橫心所見橫口所言鬬千紅萬紫於三寸枯管之下於此把住水泄不通即於此放行波瀾浩渺乃至逗物而吟逢緣而咏並入編中夫何所謂禪與文字者夫是之謂文字禪而禪與文字有二乎哉噫此一枝花自瞿曇拈後數千餘年擲在糞掃堆頭而寂音再一拈似即今流布踈影撩人暗香浮鼻其誰爲破顔者

重刻智證傳序

大法之衰由吾儕綱宗不明以故祖令不行而魔外充斥即三尺豎子掠取古德剩句不知好惡計爲已悟僭竊公行可歎也有宋覺範禪師於是乎懼乃離合宗教引事比類折衷五家宗旨至發其所秘犯其所忌而不惜昔人比之貫高程嬰公孫杵臼之用心噫亦可悲矣書以智證名非智不足以辨邪正非證不足以行賞罰蓋照用全方能荷大法也

克覺範之心即天下有一人焉能讀此書直究綱宗行祖令斯不負著書之意即未能洞明此書而能廣其傳於天下以待夫一人焉能洞明之者緫未能即酬覺範之志亦覺範所與也覺範所著有僧寶傳林間録與是書相表裏業已有善刻金沙於中甫比部復捐貲刻是書三集並行於世亦法門一快事也有志於宗門者珍重流通是所望云

麟禪人刺血跪書華嚴經序

吾雜華統法界之經也直指毘盧果海性德圓融無礙廣大自在微細嚴以示衆生日用現證平等心地法門欲因之以廓塵習昭真境不離當處頓得無量受用耳觀夫佛等衆生等刹土塵毛染淨等劫念往來三際等迷悟因果理事等法爾如然居然自在惟其所以不等者良由吾人自昧於一念之差究竟有天淵之隔所以情生智隔相變體殊故曰奇哉奇哉一切衆生具有如來智慧德相但以妄想顛倒執着而不證得若離妄想執着則自然業智當下現前如一微塵具含大千經卷智人明見剖而出之則利用無窮由是觀之無論衆生心具不具只在當人眼明不明耳豈更有他哉是以文殊舉之以爲智普賢操之以爲行善財挾之以發心彌勒帶之而趣果四十二位之各證五十三人之全提月滿三觀星羅十門行布圓融事理無礙以極塵毛涉入依正互嚴種種言詮重重法象火聚刀山之解脱卧棘牛狗之堅持乃至異類潛行分身散影無非游刃微塵之利具也由具利則塵易破塵破則經卷出經卷出則

德性彰德性彰則果海足果海足則無不足其猶融會萬派吐納百川故德用無邊惟心現量恒沙佛土即目非遥不涉途程而頓證者只在當人一念回光返照之力耳斯則六千道成於言下猶是鈍根三喚普賢於目前豈爲智眼信乎聾瞽封蔀識情非上根圓器其孰彷彿之故曰衆生日用而不知苟知之則根塵識界草芥塵毛通爲法界之眞經屈伸俯仰咳唾掉臂總是普賢之妙行以如是經海墨積書而不盡以如是行日用現行而有餘如是則非智眼莫能見非大力莫能荷今麟禪人用瀝血跪書此經是明見而後書之耶抑因書而後明見耶猶然書之欲見而未及見耶若明見而後書則不待操觚全經巳具如臨寶鏡又豈淋漓翰墨區區於簡牘文字之間耶若因書而後明見則現前日用妙用全彰似懸珠網又豈昏沉業識茫茫於水月空華之界耶若書之欲見而未及見則析骨爲筆剥皮爲紙刺血爲墨徒點染太虚揮洒金屑豈不重增迷悶枉歷辛勤耶雖然一枝葉落而天下秋回寸管灰飛而大地春起是則書與不書全經自在見與不見明昧一如悲夫夜壑藏舟力者負之而不覺覺則透出毘盧全彰法界昭昭然毫端眉睫之間物物頭頭而與普賢交臂也此其麟乎休師有言華藏性海與我同遊者捨子其誰歟否則暫閉閣門試請回途重參曼室大士子行矣無忘所囑

小板法華經序

此經不屬刻未刻亦不不屬刻未刻所以衆

生與諸佛未嘗須臾離此經也然諸佛證而忘之忘而用之故日用觸事而真真則神神則不可測故曰此經非思量分別之所能解唐修雅法師謂此經佛之意祖之髓衆生之心由是觀之則修雅之言又可比丘之左券也雖然衆生日用而不知又豈能證而忘之忘而用之哉故不知此經者不可不知證此經者不可不忘之故曰情存一念悟寧越昔時迷檇李鮑勝友昆季發心刻小字梵筴妙法華經與佛頂首楞嚴經法華根於無量義處束爲六萬餘言六萬餘言束爲二十八品二十八品束爲七軸七軸束爲如是妙法四字而已四字束爲衆生日用現前一念一念束至於無念無念即無量義處也此無量義處則十方三世聖凡依正精麤好醜報復因果皆無量義處大圓鏡之影像也鮑勝友昆季所刻二經筆畫精爽流布稀奇負笈擔囊行脚甚便於鑑照真不可思議功德耳鶴林蕖公屬比丘跋之比丘素不能言姑書鮑勝友昆季刻二經緣起遺之然二經刻未刻二勝友於境風逆順之頃未嘗不流布也

小板楞嚴經序

首楞嚴此言一切事究竟堅固一切事究竟堅固即法華觸事而真也第名異而實同故未得堅固定者往往被名言所轉耳楞嚴七處徵心與八還辨見佛與阿難主賓酬酢往復奇險雖蘇秦張儀之辨設登楞嚴會上知其必舌卷而神喪矣蓋蘇張能馳騁有心有見之域一涉無心無見之場其舌之卷神之喪不亦宜乎嗚呼無心則無不知無見則無

不視於無不知之知無不視之視會一切聖凡好醜之事則何事不堅固哉鮑勝友昆季倘能悟此則楞嚴與法華字字皆實相佛頂也

重壽投子青和尚頌古集序

洞上家風曹山三墮日出連山月圓當戶縱横生殺明暗相參無縫布衫木人服得半穿皮屨石女拖來汝若下劣寶几珍御汝若驚異白牯狸奴至於雲攢頂急佛眼難窺刦外靈枝烏雞失曉此非賣油翁的骨兒孫管取未夢見在嘻此一段家風寂寥掃地久矣歲戊戌一陽初復連山之日重放光明當戶之月倍加精彩吳臨川謂天地君親師皆罔極之恩一官盡瘁萬不酬一莫若舉揚洞上家風君臣五位曹山三墮使下劣者覩寶几而情消驚異者觸狸奴而心歇輝佛日固皇圖莫是過也雖然曹洞家風綿密精深若非真參實悟掉臂祖關者往往心粗膽大死在句下故賣油翁頌藥山與雲巖遊山腰間刀響因緣曰大鵬無伴過天也師子將兒絕後隨崑崙觸犯歸行路一吼吞雲萬象馳看此翁作略如此濟上謂之全機大用全機大用即兩個泥牛鬭入海之機也不是家裡人切不可向痴兒前說夢臨川受性踈朴甘澹泊如魚甘水昔舒王見蔣山元問向上事元曰公有障道者三近道者一嘗舒王平生甘澹泊如頭陀耳

遠公五論序

夫論以不敬王者名果不敬乎蓋將折衷於至理而特申其情耳其情既伸則知方內方

外並行而不悖矣豈唯不悖哉將使方內有資方外弘通之益而方外有啓方內無生之明有啓無生之明乃凡有所知者皆沾其靈照有資弘通之益方外之賓雖跡絕於物苟欲行道必乘王者之運其化始廣也是故經世能以出世爲宗謂之豪傑而聖賢出世能以經世爲用謂之聖賢而豪傑若然者方內方外猶波與水耳今有人於斯謂必撥波而飲水其渴始解外水而能波其源始澄雖三尺童子必聚口而笑況上智乎茲論五篇大略階淺及深緣微而著在家奉法以體極爲尊順化爲宅所以重君親也方外之士必以求宗而超化超化則不貴厚生爲益求宗則以息患爲功以至形神殊致形則有聚有散神則無滅無生是以爲善必召餘慶爲惡必有餘殃辟夫昨日敬客今日客敬我昨日辱人今日人辱我如我前生爲善今日得樂前生爲惡今日罹殃推而廣之一生既爾則千生萬生以至無盡生靡不皆然也嗚呼孔子作春秋托名於褒貶使後世亂臣賊子懼誅而不敢肆橫夫名者賓也借名而討罪天下尚誠而生恐我樓煩大師特伸亮到之心精剖無生之旨使夫高識之流即緣生而達無生籍無生而廣治道小人知爲惡有報則其還善之心不待刑後而始生君子知爲善無罪能爲之弗已則善化而造微微則妙妙則不可以有心求不可以無心入有無既不能彷彿其樊豈可以心思口議哉以此觀之東魯之於樓煩名實可辨矣然此論不行世久矣予甚慨之如日月在天浮雲蔽之使天下

不覩其光輝如摩尼在秘使饑寒者莫得濟其欲於是授梓引通凡有緣者如渴飲海雖小腹與大腹固不同量恣其各得所飽也

重刻應庵和尚語録序

臨濟正宗大於楊岐會盛於五祖演至於圜悟嫡嗣曰虎丘隆而隆之嫡嗣應庵和尚是也予讀和尚住處州妙嚴禪院語乃知此老有心開飯店爭奈米不賤饑者怕來喫飽者又生厭若有人於潭柘句中理會得即要見應庵亦不難若也理會未得見潭柘尚難況見應庵者哉

記

造栴檀輪記

俟刻方冊大藏經成予願造栴檀輪貯之輪之上下列四聖六凡輪之最下謂之心海蓋四聖六凡雖升沉有異而離心別無建立故曰離圓覺無六道舍圓覺無三乘圓覺即自心之別名也大藏經五千餘卷雖淺深弗等圓別逈殊至於權權實實千變萬化不過發明我之本有心源耳若然則心海之大此輪之妙轉而弗停流而無止正如夜光之寶宛轉於金盤之中未嘗息焉但衆生見有身故即生死浩然執有心故即愛憎横起是以心海之大迷而成小此輪之妙轉而爲粗若復大藏流充寰宇使凡有心識者藉佛靈寵於一言半句之下心海開通即粗爲妙則刻經之功造輪之勝又豈凡夫淺見薄識所能思議者乎老漢雖不敏願心既發輪影已成由影而形將徧塵刹由一佛境至於百千佛境由百千佛境至於無量佛境此心此願亦隨

諸佛境昭廓我既昭廓願一切衆生如我無異雖然唯不能始終之爲難即刻經之際若觸可意不可意事此皆十方諸佛護念汝之深慈也無得錯會

微笑菴記

夫微笑者金剛王寶劍也是凡是聖嬰其鋒芒命根立斷故我大覺老人拈花於靈山會上能破顔而微笑者飲光一人而已至於風穴上堂拈飲光微笑勘諸大衆惟念法華接拍成令耳萬曆丁酉於吳江觀音大士像前偶閱大寶積經兜率天授記品觸着我釋迦如來微笑光劍是時也但覺根外無境境外無根根境各不相到直得一切凡聖窩窟不踢自翻然知根境不相到者復是何物嗚呼眼不見眼鼻不嗅鼻花不拈花香不聞香請試道看如道不得則達觀道人且不妨移名換字去也徑山寂照之傍有大白寮取楞嚴大白傘蓋意也恐後人妄會爲老氏大白若辱故用微笑易之凡我法屬若知易名之意管取立地凡聖情盡笑光劍新無擇有心無心百尺竿頭進步不進步吹毛劍上舍命不舍命道人但管盡法不管無民如是則此微笑光劍又爲塗毒鼓也咦大衆火速掩耳留取窮性命下五峰出雙徑震大法雷施大法雨也不是分外事各各珍重

長松館記

長松館在潯陽城中其地有隱然隆然之勢館去廬岳不遠故山嵐潭霧每輕籠遲迴而不滅滅而忽明明滅無常馬昔山谷謂招隱風槩湖光山色朝莫萬態能陰而善晴若有

鬼神假之作奇供以徼福於有道之士令是館之嵐霧陰晴於前後左右之松似亦不遜招隱也顧予非有道者耳往年抱瘧松雲間來慈偕其弟匡石多方調治予性不耐服藥復恣情所爽口者故瘧鬼得肆馬既而予瘧稍瘳遂有曹溪之役曹溪還復償牢山之盟奄忽三易寒暑至戊戌結夏襄之隆東華嚴寺時廬岳黃龍潭名修潔者齎來慈書至則匡石已有淨土之遊矣嘆息久之於是復還潯陽一棹匡石淹留累日復坐長松軒下經行庭除見山嵐潭霧變態恍惚不覺追惟過現交遊聚散之情與夫死生之變並不可以思惟心定其凶吉若嵐霧之幻化可見而不可執捉者也夫名與利眾人之所爭者也身與心眾人之所執者也然有變化密移之君握其機權而我人間世無論智愚貴賤皆不敢不遵其命者也惟未窮而知變者能棄眾人之所爭空眾人之所執則密移之君始不得逞其權耳即過現之機局既然則六合之內六合之外種種升沈情狀何異乎館之前後左右山嵐潭霧去來之無常哉

歸宗堅固子記

歲戊戌汪大參靜峰授實齋居士堅固子一顆已亥春饒州阮司丞遣皖山馬祖庵主圓通齎沉香龕一座供養紫栢紫栢以授實齋居士貯大參所授堅固子鎮撫歸宗居士曰汪大參無心於沉香龕阮司丞亦無心於堅固子兩無心而適相受如磁石針自然相吸願乞一言記之紫栢曰夫堅固不自堅固香龕不自香龕我謂之堅固則堅固現前我謂

之香龕則香龕本具如謂堅固與香龕是兩物則分別未忘又謂堅固與香龕皆非心外之物則能以理融事未能觸事而真苟能觸事而真十方三世皆堅固子也盡空法界皆沉香龕也汪大叅與阮司丞作如是施則一施一切施實齋居士作如是受則一受一切受一施一切施施本無施一受一切受受本無受施本無施施無有窮受本無受受無有盡如是施何異虛空生風如是受何異鏡光納影所以劫石消而施受皆無盡藏也居士知此則金輪與法輪日用齊轉豈惟堅固子與沉香龕善能說偈哉松風水月瓦礫荊棘無非歸宗廣長舌相也

檀溪寺菩提燈記

我聞世出世間有五種廣大音聲能為五乘之雷隨宜而震驚之皆從如來功德法力中流出也如罰十惡賞十善此震驚人天乘之雷也如達諸行無常是生滅法涅槃寂靜無為安樂此震驚聲聞乘之雷也如悟不由他狹視聲聞獨覺得道此震驚緣覺乘之雷也如叱咤二乘廣修六度不斷菩薩行不舍菩提心處無量生死而不疲厭此震驚菩薩乘之雷也如云此是第一乘勝乘最勝乘上乘無上乘此震驚大心衆生之雷也此五乘雷又名五菩提燈蓋雷能發聽燈能開明聽發則聞遺而聽無遠近明開則見徹而視無中邊矣若然者則一微之內十虛之外而無遺聽遺明焉惟聽無遺耳可以觀色惟明無遺眼可以聞聲故曰寄根明發則明不循根明不循根豈惟眼可觀聲亦可聞香亦可嘗味

亦可覺觸亦可知法即我身八萬四千毛孔亦可以見色聞聲也噫一根而具六根之用非至明至勇而返流全一者其孰能之萬曆戊戌新秋日有宰官菩薩金牛居士王爾康遊檀溪寺瞻𣪍隱之遺蹤不堪其岑寂時有寒泉古栢獨守檀溪之句始蠲俸銀一兩囑寺僧真喜佃地一畝稍資佛前燈火之明倘有同志者十人則佃地有十畝之資明不廣且遠哉或又因明而延聰有施鐘鼓而作佛事者未可知也涅槃有塗毒鼓句楞嚴有擊鐘驗常之辭此又五種廣大音聲之註脚也顧其人所聞所見何如耳如以人天眼耳聞見之則謂之人天菩提燈人天鐘鼓聲乃至大心衆生眼耳聞見之則謂之大心衆生菩提燈菩提鐘鼓聲又曰心外無法如當機薦此則近取諸身遠取諸物何法非菩提燈非菩提鐘鼓聲哉紫栢道人聞居士之橫口如此陰不恱其鬚髮未除而攙我談柄聊記此以爲他日索柄之媒云

房山縣天開骨香菴記

夫聖人無常身以衆生身爲身譬如月無常影以百川澄湛而影現焉萬曆壬辰五月十九日涿鹿山雲居東觀音寺住持明亮等以修補石經山雷音窟中三世佛座下地面石石下有一石函函面鐫曰大隋大業十二年歲次丙子四月丁巳朔八日甲子於此函内安置佛舍利三粒願住持永刧明亮等見之且驚且喜遂揭視之内有小銅函銅函内有小金函金函内有小金瓶如胡豆許内秘舍利果三粒小大有差一大逾粟一如粟一細

逾粟而銅函外皆靈骨附馬嗚呼自隋迄明迨逾千載而舍利靈骨俱時復現豈偶然哉將非積年水旱弗調邊塞多虞佛祖悲憫示此希有爲和風甘雨殄滅腥醜之徵乎將非明主化瞋習爲慈波乎抑聖母崇信三尊所致乎予聞石經山自北齊慧思尊者鐫大藏於石以壽佛慧命隋靜琬繼之至元慧月終焉琬公圓寂靈骨一分塔於靈居寺背一分藏雷音窟中今者舍利靈骨是必琬公門弟子之所藏也予問開侍者曰佛身充滿法界乎對曰佛與衆生本無差別寧不充滿予又問曰佛身既充滿舍利亦充滿乎開方沉吟予振聲喝曰汝不聞昔有中貴登浙江阿育王山未進三門問笑翁曰舍利安在笑翁指松枝松枝遂放光汝若知此則舍利充滿與不充滿自知下落余又何言雖然洪鐘虛受靡扣不應幽谷無私有聲斯響故聖無常身月無常影水清則影現機感則聖應是室之建有年數矣而未得名俟舍利靈骨併光照臨始得名焉予與二三子皆得信宿舍利光中又得忍菴慈公昆季爲香飯主人何幸如之夫衆生骨臭諸佛骨香而果香臭有常凡豈成聖垢豈能淨予以骨香名此菴者了知一切衆生初無常性以其隨順無明而六道星陳若不隨順誰骨非香願登菴思名得名思意得意忘思思忘忘忘若然者豈惟是室爲骨香哉四方上下無往而非骨香也

陸太宰手印記

昔有一王生而勤善至老無懈但臨命終時偶觸逆境瞋心一生因此命盡即墮蟒身以

善根力故身雖墮蟒自知是蟒求脫無由竊以爲幸得一比丘爲我說三皈五戒蟒身可脫也時有一比丘至蟒處不知蟒蟠林中忽聞有呼比丘者比丘異之此深山曠野樹林叢雜何人呼我躊躕四顧又呼曰比丘我是某王以臨終生瞋今墮蟒身願大德說三皈五戒度我脫苦比丘曰某王生而勤善至老無懈死必生天豈墮蟒身耶蟒曰以我臨終瞋熾瞋主善伴伴必隨主故墮蟒身以生平勤善力故所以若聞三皈五戒蟒身可脫於是比丘遂爲說三皈五戒訖蟒果死奇哉念力變通無常生而勤善死動瞋心故善不現新瞋受報及聞皈戒以新善熏力故善隨續瞋消蟒死而生天奇哉念力何其神乎即此而觀可知念無大小若因善生心雖事大而難成必當深思遠慮千萬方便委曲爲之若因惡生心事雖微細必當直下克去所欲勿使成之自然此世他生人間天上受報光大德冠常倫凡所欲爲靡不克願何以故最初善念力故故曰善不可不勤惡不可不克當湖陸太宰生平信佛至於護法之際毀譽超然若信佛者即憎爲愛若不信者即愛爲憎但知護法事重而親疎榮辱了不關心故其當大病之中眉宇廓清神不爲撓其未病時以左手爲淨凡污染處決不用之惟用右手而已及病勢疑危不知日出爲朝日入爲暮凡歷旬日則左手第二指與大拇指相掐堅然若天生而不可解者苟非念力精虔死生不入其胸孰能臻於此嗚呼左手果淨右手果不淨則一身兩手而淨穢亢然不同界以

跡觀之果如是也以理推之又大不然手無淨穢淨穢唯心豈有一人而二心乎一人既無二心則心淨無穢不淨果無穢不淨寧獨左手謂之淨將恐右手向謂不淨者未有不淨者也何以故一心既淨即從足至頂從邊至中以至八萬四千毛孔無不淨者故曰心淨則佛土淨此聖人之言也我則曰心淨則毛孔皆淨毛孔既皆淨安得山河國土不皆淨乎若然者太宰此印果死而不解其往生佛土必矣雖然可與智者道難爲衆人言也

經龕畫八部神記

萬曆辛卯余寫法華楞嚴二經畢龕上當繪八部眞形藉其威神以禦不祥使護持二經在在無恙而檇李楞嚴寺昱公適以華嚴變相來予觀之甚喜遂屬郭山丁生雲鵬臨摹登龕布置精妙玲瓏莊嚴殊爲希有夫華嚴變相雖聖凡不同其主伴森然威儀具足至於即事表法玄旨幽朗如月在秋水不假言語使見者各各顯了不惑其中八部如阿修羅此言非天迦樓羅此言金翅鳥緊那羅此言疑人摩睺羅伽此言大蟒夜叉此言苦活毘樓博叉此言種種色莊嚴眼根鳩槃茶此言魔魅鬼乾達婆此言尋香各有其王統無量眷屬敬受佛勅隨處護法本有常光生佛不二隨緣熏炙現相不同故衆生一念起處各有所因如修羅多嗔諂詐迦樓羅吞噉資生緊那羅奏樂得食摩睺羅伽守護伽藍夜叉惱他活巳毘樓博叉主領龍衆鳩槃茶食噉精氣魘魅衆生乾達婆尋香奏樂如是種種感報不同亦顧其初心何如耳今一切黑

白日用治習之際起念不一試一一觀察此阿修羅業耶此迦樓羅業耶乃至乾達婆業耶照其惡念起處以知見之火精進之風忍辱之治持戒之椎定禪之炭布施之水種種淬煉使一切染習之銅頓鎔無跡則孰非如來種族耶如是則八部靈聰各以見光爲廣長舌相況其秉佛護法肝腦塗地者哉圖而供養之宜矣

趙少宰施大悲菩薩記

夫一心不生手眼無量介然念起手眼用分無量則手可見色眼可捉物用分則手惟能捉眼惟能見以此觀之菩薩衆生手眼平等是以兩目兩臂者能一心不生則圓用無虧千手千眼者介然念起則根塵互限譬如空谷無心千呼千應萬呼萬應然呼者至勞應者無疲空谷虛而匪靈者尚萬應而不窮吾人靈而不虛者呼則有盡況虛而至靈妙萬物而獨立者乎其手眼無量諸根互用奚足疑哉乃有疑而未信者蓋執六尺爲軀方寸爲心故也殊不知見小者必失大見狹者必失廣大莫大於無身廣莫廣於無心故曰非無身之至無以示無量百千寶目妙臂非無量百千寶目妙臂無以示無身之至也故無思者可以契同契同者可以圓用圓用則幟然分別而不乖同體如用未至圓雖身如槁木心如死灰皆非真忘也惟真忘者猶龍馬彈指之頃現身無常大則可以橫塞虛空細則可以芥子爲宮龍乃有欲之物業力凡用尚難思議況無欲者乎虞山趙少宰以白銅鑄大悲菩薩像手眼姿態妙絕天下達觀道

人一見而悅之豔現眉宇少宰曰師悅之乎對曰悅且謂少宰曰悅名固同悅心大別悅爲菩薩悅利益衆生是爲出世之悅也悅功名悅爵位是爲世間之悅也貧道固不敏公能以寶像施我不敏範而師之則所惠大矣敢不銘德少宰曰師還天目願以此像施於青山白雲之間不亦偉乎此像藉名山福地可以久安又得師爲之主則天目有主菩薩有所不佞之願也既而道人下天目聞菩薩猶未至潛豈少宰以空谷之心而應我吾以呼者之心以俟是像也歟雖然我以法界爲天目虛空爲大悲若然者像不出虞山未始不在天目也菩薩雖在虞山道人未始不在大慈悲父提拔照燭之中也恐忘所施後遂無聞負少宰之心施昧道人之初願故記

禮五祖文

蓋聞過去佛不得無生之心不得成無上覺道現在佛不得過去佛心不得成無上覺道未來佛不得現在佛心亦不得成無上覺道由是而觀我釋迦老人若不得迦葉佛心則不得有心成佛慈氏不得迦文之心亦不得有心成佛雖然迦文既不得有心成佛則靈山會上拈花示衆惟飲光微笑領旨是果有心乎哉無心乎哉於此簡別得出前則飲光兄之後則慈氏不敢弟之設簡別不出計有則常刺入心計無則斷刺入心斷常坑塹自古自今遭其翳眼而墮者不知其幾矣是以諸佛菩薩與大慈悲示大手眼一實多名無量方便當其隨宜出世曰佛曰祖曰菩薩曰比丘曰居士譬如一味多食一莖多器識得

破者即名得實識不破者忘實遺名曰佛曰祖曰菩薩等皆名也非實也所謂實者古德於無根舌頭直吐消息曰大衆要識本心否汝等各各現前靈光獨耀逈脫根塵體露眞常不拘文字薦取則當下緣心頓歇脫復生心即鄉關萬里某以是知百丈不得馬祖之心則不能揚眉吐氣馬祖不得讓祖之心則不免家門枯淡乃知我震旦鼻祖不得多羅之心則神光立雪斷臂而求不知將何分付昔然燈佛授迦文之記迦文以無得爲得名得阿耨多羅三藐三菩提龍湖聞禪師初叅其師曰無上妙道可得聞乎其師曰莫謗他好聞曰從上以來光震華梵豈是虛設其師曰是實事聞公即頴然大悟而去曹溪呈我五祖大師偈曰本來無一物何處惹塵埃若然者則某懸懸二十年若渴鹿思泉冀一接足則不勝有心矣有心則有我有我則有物有物則與曹溪本來無物之旨大煞違背矣雖然見義不爲非勇也某固不肖忝爲大師遠孫寧甘望崖退屈哉且道不退屈一句作麼生敢道大師不得我心則無以接曹溪曹溪不得我心則無以光茂兒孫直饒威音王佛設不得我心縱使百刦坐道場管取佛法不現前在若也我不得東村王大伯心即不能爲一切聖凡之巴鼻不惟不能爲一切聖凡之巴鼻亦不能接引端敬二字發菩提心及一切助緣隨喜若霖等可吐此心於祖前實不敢以緣勝生勝情緣劣生劣情二情坐斷本心自露惟願以此剖獻慈光之中伏願哀憐攝受

禮石門圓明禪師文

萬曆二十六年十二月十九日予自廬山歸宗寺挈開先壽公與吳門朗驅烏來臨川於二十九日黃昏舟次筠溪石門寺西南隅者蓋取坤土表信故也夫信之爲物也大故出世法與世法微信則皆不成就如出世法備殫五位則以信爲始世法經綸五常則以信爲終故信始終萬法者也夫出世法中自飲光微笑以來能以語言文字揚其笑者惟馬鳴龍樹而已然二尊者皆產於梵不產於華產於華能以語言文字大飲光之笑者惟谷隱東林與石門而已石門即圓明圓明即寂音寂音諱洪字覺範生五十六年而卒著書百餘部如尊頂法論法華髻珠論僧寶傳林間錄及智證傳石門文字禪此皆予所經目者也其餘渴慕而未及見焉石門十四歲講唯識論有聲十九叅雲菴文禪師畢大事門嘗曰吾見雲菴之後不惟死生禍福皆我道具即語言文字三昧千萬言可以立就又拈楞伽經曰以自心執着心似外境轉彼所見非有是故說惟心予即師所拈觀之但了心外無法則前境頓融法外無心則我相自化噫前境融而我相化始能自信黃面瞿曇借我舌根說法於二千年前孔老借我舌根述春秋刪詩書作六篇鳴道德顏隳肢體則我殼漏子與妄想心已忘於春秋時矣故飲光一笑落萬古於聲中顏回一坐坐斷語言文字之路於身心之外若然者則飲光何長顏回何短故短佛而長孔老短孔老而長佛者皆道聽塗說非三氏的骨兒孫也夫信有依

通之信有智通之信故出世法中自飲光乃至曹溪而下於依通之信智通之信苟非鵞王水乳豈易擇哉是以石門於篆面鞭背謫戍瘴海之時捜剔五家綱宗精深整理成禪宗標格防閒魔外於像季之秋此心何心乎即仲尼述春秋之心也故師曰知我者其惟此書乎罪我者其惟此書乎所謂五家者即臨濟曹洞雲門潙仰法眼是也嗚呼予生於五百年後師著書於五百年前予因師之書而始知宗門有綱宗之說既而寒忘衣饑忘食窺索久之則綱宗肯綮照用生殺之機亦稍盡崖略矣綱宗崖略不但宗門爲然即教家亦有綱宗如天台清涼慈恩於佛所說法各有所判如天台有化儀化法四教之說清涼有小始終頓圓五教之說泝而上之五天則有清光戒賢此皆產於梵者也若谷隱凡佛所說經率以三分判之所謂序正流通也戒賢即唐奘師得法師也戒賢傳彌勒之宗其宗謂之法相宗若天台清涼西土馬鳴龍樹皆謂之法性宗法相如波法性如水後世學者各專其門互相排斥故波之與水不能通而爲一此曹皆以情學法者也非以理學法者也殊不知凡聖精粗情有而理無者也凡聖精粗所不能盡者理有而情無者也至於甚者斥達磨所傳之宗謂邪禪其說曰自飲光以至二十四祖師子尊者爲異見王斬之安有所謂二十五祖與夫達磨者乎彼不知神光學窮內外立雪齊腰斷左臂置於鼻祖之前而乞安心使達磨果非聖人則神光之臂亦不易斷光能以理自勝外形骸而求

法豈獨善其身者能爲之乎蓋其志在兼善萬世者也及光得粲則光爲二祖粲爲三祖三祖有信心銘其言簡其理精此非洞了心外無法法外無心孰能臻於是粲授此銘於四祖信信授此銘於五祖忍忍授此銘於六祖能六祖本嶺南新州賣柴漢初不識文字語言一日擔柴入市有買柴適誦金剛經祖聞應無所住而生其心誦聲未已祖即大悟及賈償柴直祖問曰汝所讀者何書賈曰金剛經曰此經何從來賈曰蘄州黄梅五祖處得來祖咨嗟久之且曰柰我有老母在無人養耳若得十金安母則黄梅可往也賈聞而異之隨施十金與祖安母祖至黄梅忍大師知其根性猛利故當衆蓋覆之至祖得衣鉢而南遁後大闡達磨之宗長飲光之笑子

以是知馬鳴龍樹谷隱東林與圓明大師皆即文字語言而傳心曹溪則即心而傳文字語言即文字語言而傳心如波即水也即心而傳文字語言如水即波也波即水所謂極數而窮靈水即波所謂窮靈而極數極數而窮靈則法相法性之波也窮靈而極數則法性法相之水也故石門以文字禪名其書文字波也禪水也如必欲離文字而求禪渴不飲波必欲撥波而覓水即至昏昧寧至此乎故曰性宗通而相宗不通事終不圓相宗通而性宗不通理終不徹事不圓則不能入事不成就三昧理不徹則不能入理不成就三昧縱性相俱通而不通禪宗機終不活機不活則理事不成就三昧雖入而不能用也若夫圓明大師則又出入乎性相之樊掉臂於

禪宗之域即出世法而融攝世法以世法而波瀾乎出世之法如春著花如花承春穠鮮秀麗又如月在秋水豈煩指點而得其清明者哉某本殺豬屠狗之夫唯知飲酒噉肉恃醉使氣而已安知所謂佛知見耶不謂吴門楓橋雨中承輪道人一傘之接雨漸而爲甘露甘露漸而續石門之血脉石門之血脉幸而續之則飲光之笑聲或將傳於龍華會上未可知也雖然不肖何人敢大言如此苟無自信於心初不假於外者何不憚大川峻嶺即窮冬而登石門此心之痛惟佛與孔老必皆俯而慈攝者也偈曰心外無法聖凡生殺情枯智訖天機始活稽首石門心法洞達飲光之笑長而不歇天風怒號萬竅皆悦笑不在口聲豈有滅太虚爲脣大地爲舌不肖所悟圓明之訣法乳恩深敢畏風雪天寒地凍寒極暖發千紅萬紫如來所說但自忘懷無往不潔以潔開物物皆解脱以是報恩何恩弗答

祭法通寺徧融老師文

予受性豪放習亦麤戇一言不合不覺眥裂火迸自吴門遇覺公棄書劍從剃染而舊習亦爲稍更然於宗教未有開悟一日讀唐張拙偈至斷除妄想重增病趣向真如亦是邪句舍然大笑曰謬矣何不道斷除妄想方除病趣向真如不是邪時旁僧謂予曰公以爲張拙偈錯耶若張拙錯或錯一字何下句亦錯予聞之不解遂疑悶經歲弗能已一日忽醒曰渠本不錯乃我錯耳既而自設問答如何是斷除妄想重增病曰披蓑衣救火如何

是趣向真如亦是邪曰罪不重科從此於禪家機緣語句頗究心焉而於教乘汗漫猶未及也及讀天台智者觀心頌始於教有入時予有偈曰念有一切有念無一切無有無惟一念念没有無無泊萬曆元年北遊燕京謁暹法師於張家灣謁禮法師於千佛寺又訪寶講主於西方庵末後叅徧老於法通寺徧問汝是甚麼人對曰江南寒貧晚士曰來京城作甚麼對曰習講問習講作甚麼曰貫通經旨代佛揚化徧曰汝當清淨説法對曰即今不染一塵徧下炕搊予衣曰汝道不染一塵這好直裰向甚麼處來適旁有僧侍徧曰直裰當施此僧遂施之徧見予内尚有衣大笑曰脱去一層還有一層自是予往來徧老之門觀其動履冥啓予多矣又有普照師者卧法通徧室亦契愛予嗚呼徧老照師予違慈範奄忽十九寒暑法堂塵積黄葉萋萋聊具瓣香以表素思徧老有靈伏惟享之予聞世諦有父則有子嗣徽嗣則人類絶然有宗嗣焉有恩嗣焉而出世法中則有戒嗣焉有法嗣焉予於徧老之門未敢言嗣若所謂德則此老啓廸不淺焉敢忘之兹叙脱白顛末宗教所自於弔辭者蓋實有報德之思焉

悼廬山黄龍徹空堂師文

凡寄形於大塊間者無論智愚前乎千百世後乎千百世羣羣而生遝遝而死豈可以數計哉唯有道者雖物生亦生物死亦死然生不以形勞神死不以神計形不以形勞神則同生於萬物紛擾之中而其神常靜不以神計形則神離形時譬夫人將澡沐脱故弊衣

耳我堂師默持金剛般若經三十餘年南北馳驅開山創業於天池之陽人勞師亦勞人息師亦息其中人情百端世事變幻若寵若驚或榮或辱此卷金剛經未始須臾放下以故即世時以持經力形不累神且得慈聖皇太后頒大藏經以光其既寂云雖然衲子家平生於空閒寂寞之濵抱赤獨立天不可得而清我地不可得而濁我前千百世不可得而弊我後千百世不可得而新我又不以天下共譽可得而光我天下共毀可得而掩我况於外榮乎某甲與堂師爲道義交比自峨嵋順流東歸道出潯陽遥見匡廬不覺潸然淚墮余昔與師共樂於此今五峰蒼然龍潭湛爾而師已逝矣嗚呼孰知逝而不逝者師乎師乎鑒我之寸赤乎持此經以保厥後乎

贈少宗天恩二開士禮補陀還燕文

燕之房山縣上方兜率寺隆澤二開士慕補陀有年矣既包腰下黄金臺由潞河之彭城折蘆渡江浮淮絶海出没於風濤百險一朝登補陀若窮子還故山積懐欽渴唯慈父是覲安知有身心哉於是觀音大聖爲之現身不亦宜乎或聞而駭且疑之彼二上人者藴何德業菩薩特爲之現身耶是不知萬物一物萬神一神以身心未忘力不能會眞始有凡聖之隔苟能會眞菩薩與衆生未始不神交也故嘗聞之能敬重自已佛性則一切凡聖皆可以交神之道見之然則二開士親覲我大聖之容如子見父本家常事奚駭之有雖然道德之變如江湖之日趨下也天下不貴性觀唯貴情觀如咸體咸爻初本一卦即

體觀之其神未始不全也以交觀之則不勝其紛紛矣噫安得人之忘身心而親覲我大聖於日用之間哉

紫柏尊者全集卷第十四

音釋

酵 音教酒酵　擷 奚結切音絜捋取也　觚 攻乎切音孤飲酒器　魘 么琰切音厭　戇 陟降切與戇同愚也

紫柏尊者全集卷第十五

明　憨　山　德　清　閱

題

題金剛經塔

余瞻禮是塔自如是我聞以迄信受奉行一畫至於一字一字至於一句一句至於一行一行至於一經鱗鱗曳曳宛轉橫斜靜對之如遠水孤峰流觀之則長空鴈序及其標塔標佛忽然妙合則七寶無所施其工帝梵何所關其巧直自一心不生處爲基不生用處爲用世尊未說是經此塔先已成就經云應無所住而生其心全是此塔註脚鑒大師且從其註脚悟入而今此塔當機電掣豈無毒眼漢見鞭影而馳乎螺燈父子刻施是經余竊有囑累昔有堅持此經者江風敗舟經遂漂墮意其竟入龍宮矣一日其妻浣於溪畔見羣螺結聚沉浮衍漾如水上燈毬怪而掇之羣螺既盡此經獨出誠願刻者施者受持者等彼羣螺遂與此塔共結一段不思議公案也

題東坡禪喜集

此集或以文章奇之無乃畧神駿而取玄黃乎殊不知作者力在自性宗通以不傳之妙拋擲於語言三昧尻脊無常聖凡生殺譬夫夜光在盤宛轉流利雖智如神禹局能測其向方哉

題雪山半偈舍身卷

聖人一言天地卒難以覆載蓋大道所在耳身爲大患此男子能於千巖萬壑氷雪之間捐大患而貨半偈非至明至勇者乎

題普陀大士示現卷

拜者不至大士現身豈因至者我至身現豈關菩薩反復觀察合現無地於無地中海山霞生妙容慈肅見者淚滴海水可枯此淚無竭作是念人普門頓入耳擲波間眼闇鯨吼水陸空行圓通自在樂既無根苦非有蔕

題師子林紀勝集

師子林記紫柏道人得於吳門沈伯宏齋中嗚呼師子林榛莽久矣狐兎成羣白日青天作諸妖孽師子貪睡不管今此集一出師子鼻孔竟爲之牽痛矣痛則醒醒則吼請問見前大衆且道師子正吼時這一隊狐兎向何處着落能薦此師子林一旦恢復許渠來林中蹴踏自在去

題包生所刻楞伽經

此經以五法三自性八識二無我爲宗爲根熟菩薩直明識體全眞頓成智用故佛於楞伽山說經者蓋山高峻下臨大海傍絶門户惟得神通者堪通之乃表心地法門非修証可能往耳楞伽此言不可往若然者則一切衆生終不可往耶雖然境不自境由心故境心不自心由境故心境不自境境不可得心不自心心亦不可得心境既不可得則智山無待覺海無邊不動脚跟早登楞伽之頂纔生心想頓入如來之藏矣僧問岩頭起滅不停時如何岩頭問僧誰起滅凡讀此經者果於岩頭句下別有轉身始來與老漢商量此經未晚

題坡翁文字禪

東坡老賊以文字爲緑林出没於峰前路口

荆棘叢中窩弓藥箭無處不藏專候殺人不眨眼索性漢一觸其機刀箭齊發尸横血濺碧流成赤你且道他是賊不是賊試辨驗看若辨得管取從來擱路石沸湯潑雪

題趙生畫扇

霧勢昏曉山形有無且不可以心測又豈可以筆墨盡哉然墨光之初心路之始必有主人存焉故達者知雲霧昏曉無常即例山形等耳然後筆筆墨墨横拖豎抹意之所到筆之所隨主客升降初無常位意果意乎筆果筆乎吾於客即扇頭得趙生矣

題師子端禪師語録

予客代之清凉山一夕夢一僧蒙師子皮自東而西斜陽在天光燭其面忽然啓齒口如血盆牙似霜劔夢切自計曰如彼者我當爲之及讀端師子語録驚其脫畧窠臼大用縱横不從軌則果若金毛師子跳擲露地百獸聞風靡不腦裂者也嗚呼去古既遠宗門爪牙希遴率皆如妖狐怪狗輭暖委靡凡見可欲搖尾乞憐萬態迎合一充其欲闍羅老漢叱咤其前猶不暇顧況顧吾道哉至於由機緣而頌古作由頌古而評唱集由評唱而所謂秘要者行秘要行則後之學者評唱不知安知頌古頌古不知安知機緣機緣不知安知自心自心不知安知祖意夫機緣者活句耳生殺自在抑揚莫測凡聖路窮是非藥病苟非其人道不虛行唯了悟自心者即病爲藥即藥爲病即生而殺即縱而奪正抑乃揚正殺乃生以棒喝爲廣長舌以鐵釘飯木札羹爲供養臨機哮吼天龍欣悅狐兎魂銷若

然者今之以秘要自謂正傳慢侮法道寧不有愧於師乎

題穆玄菴所著書後

昔人有將黃金鑄佛而供事之一旦爲大盜負而藏之重泉之下世皆不知也奄忽更代初鑄佛者子孫亦皆星散異鄉矣爾時重泉倏然光達丹霄四方遠近靡不覩之且驚且駭譁然枑汲引而尋光所自以善水者下重泉而獲金像浮舉而供事之巢陵唐邑內翰穆孔暉號玄菴其所著述發揮儒釋精奧書成若十部先生即世五十餘年矣茲由同郡傳侍御光宅表而彰之余故亦得鑽研玄菴秘典大凡男子立志不可淺近圖一時衒耀於俗黨但當務其深遠者精克而成之更百世之後或有同志者出焉其猶鑄佛以黃金雖藏之於重泉之下異日必光達丹霄也即此言之大盜藏像盜惟一人而俗黨蔽高無世不廣故莊周有曰高言不止於衆心妙樂不達於里耳然精光所積雖天地莫能蔽之況人情私嫉乎哉

題墨畫卷

夫見畫不見筆見筆不見手見手不見心見心不見心之前者謂之見見可乎苟借畫見筆借筆見手借手見心借心見心之前者謂之不見見可乎雖然展卷則雲物縱橫收卷則峰泉寥寂且道展收把柄畢竟落誰手裏得恁麼自在疑則輞川有摩詰可問

跋

跋麒禪人血書華嚴經

吾聞華嚴大經實根本法輪佛與大菩薩之

事非小根可堪故曰龍象蹴踏非驢可堪終始一念今昔一時因果一佛凡聖一性十方一刹三界一體正像末一法初中後一際當處現前不涉情解本自圓成非修所得故曰智由三昧觀照方便迷解顯得不是修成若夫悲願熏炙稱性而周事亦無盡或曰願終功廢則過去諸佛帶果行因豈不多事雖然一乘無修始終一念云云者盖指果體而言也若在凡夫必當先悟果體根本然後法古佛之樣規行矩步始以信入次則歷行住回向地等圓治積生染習習盡功圓則毘盧能事畢矣經中首以善財問法徧參勝友五十三者盖聖人所處書不盡言言不盡意故設像寓意使彼有志於一乘者翫意得像神而明之肉身現証無勞修得如法華以龍女成佛之像寓彼實相以至三周九喻重重旁敲與華嚴何別但下劣凡夫不信自心徒信佛語被文字所轉埋没本光不能直下受用是非之僕榮辱之奴死生之仇好惡之黨顛之倒之奴主反位大用翻爲迷事無明大機總成迷理之障理迷則觸事皆礙事礙則於理終迷故華嚴之法界法華之實相名存義昧義昧則理無所會理無所會則道不終通道既不通到家何日既不到家安有所得無得則見必不定見不定則偏圓無辨邪正不分謂之知解之徒渠尚無分豈能現証而受用者哉豫章潯陽之廬山山有黃龍寺寺額今上所賜也寺衆有麒禪人有志於佛一乘願惟天機不深受性魯鈍於華嚴法界率難通悟於是發願書大經全部意在青山白雲朝

募書而讀讀而禮稱懺洗過現重輕罪垢果其夙有微善伏毘盧之寵靈雜華之熏發法界頓開入佛種性麒之告余也如此余嘉其有志綴華嚴大槩如此余再謂麒曰若知舉筆飲墨向白紙上横畫竪直之者念耶時耶佛耶性耶刹耶乃至際耶像耶意耶現前耶不現前耶嗚呼若能領此則須彌爲筆太虚爲紙大地爲墨書若經者果有盡乎果無盡乎子若不會雖剥皮爲紙析骨爲筆刺血爲汁與善財童子相去尚遠在況五十三勝友若能親近乎麒其勉之麒其體之

跋黄山谷集

此集如水清珠濁波萬頃投之立澄如摩尼寶饑寒之世得之主病即愈蓋此老不特尊其所知行其所知而已且能掉臂格外作師子吼者也觀其於寵辱關頭死生路上跳躑自在若夜光之珠宛轉於金盤之中影不可留如水天蕩漾於太清之内光無定在有証先生謂列子中亦有禪語禪豈普通始來哉此非先生語不識好惡者所贅語耳列子之言雖精密至到者亦可以義路通禪則不唯義路不可通縱無義路亦非禪也唯徹悟自心者即閉門造車出門合轍矣而不識好惡者欲以義理穿鑿所謂撮摩虚空祇益自勞耳余知其家裡人故跋數語

跋賀知忍刺血書金剛經

未刺指時指塞虚空纔刺指時血流大地指即金剛血即般若故罪無輕重半字能消福無淺深擾毫即滿雖然澹菴居士未即世時不以此經爲常課則即世之後子雖有曾參

之孝爲書此經終與金剛般若血脉不能接續若然者居士即此經此經即學仁父子血脉豈以存沒斷續哉我聞般若無古今金剛無内外有古今則有延促有内外則有親疎而未至蘊空者則念念生滅情塵膠執即蚊虻噆膚而舉身毛豎稻芒在眼而四方易位況以熱指刺於冷針鮮血迸流能無痛乎今學仁即流爲墨即墨成字至於句偈完玆一卷究其情悃與舍全身何異達觀道人見而哀之且感學仁精誠不媿紫栢書此附之經尾願見聞之者皆發是心

跋鐘鼓頌

聖人有身而無累有心而不勞以其無累故則一身可爲千萬身以其無勞故則一心可以窮萬法衆人則不然有身則有累有心則有勞累之勞之從無始以至今日死死生生榮榮辱辱好惡萬端改頭換面羽毛鱗角無所不經得爲人身忝在最靈極爲希有於希有之身不能聞道洗長刦之勞累與馬牛何異哉雖然勞之與累亦不可易洗若欲洗之須以此頌爲香水海久滌自除則衆人可至於聖人也智者思之

跋牟子言道章

莊子曰道惡乎在道在稊稗易則曰形而上者謂之道形而下者謂之器有人問趙州如何是大道州曰大道透長安今有人於此三者併舉而問曰牟子之言道莊邪易邪余應之曰莊易且置敢問趙州大道透長安句果言道耶不言道耶若謂言道則其言不可以智識知義路得若謂不言道問道荅道有何

差别有人於兩問中知得好惡雌黄不謬則莊易之道譬如月在秋空朗然廓澈若檢點不出不但於趙州句中無有出身之計即莊易易總向癡人說夢耳雖然由粗而得精由精而遺聞粗之與精固亦遺聞之嚆矢哉

跋証道歌

漢留侯狀如美婦人本朝劉誠意亦狀如婦人然皆臨大事決大機若鏡中見眉目然當世無與等者永嘉大師雖雲外枯禪貌亦柔秀宋寂音尊者初讀其証道歌至大丈夫秉慧劒句寂音以爲此老貌必傑特威掩萬僧者及禮其道影始知體不勝衣貌如少年宣律師乃歎曰斷不可以言貌觀人蓋此老平生踐履明白心智猛利故吐辭等刀鋸耳譬如香象擺脫五欲繮鎖超然而去真大丈夫哉迺來去聖轉遥人根薄劣凡所謂出家者皆産於荒寒昧略之鄉其父母不過爲兒女貿重舍而出家爲其一身衣食之計非爲求出世而來次則逋逃之徒憲網張迫以我緇林爲其淵藪乃一時偷生之計豈有成佛志乎余浪跡江海三十餘年足跡徧天下在在處處所見緇流黄冠率飽食横眠游談無根靡醜不作汚佛汚老退人信心若使一宿老人肉目睹此安得不痛哭流涕哉夫子房龍門設不爲經世用出家求無上菩提當不在永嘉下風昔崔趙公問徑山國一欽禪師曰弟子出得家不欽曰出家乃大丈夫事豈將相之所能爲趙公心服之故口諦審先宗是何標格乃令狐兎成羣龍象騰逝則釋迦老子正當爲酒肉班頭嗚呼痛哉

跋大川和尚飯十萬八千僧卷

余讀諸居士偈言跋語雖喜其有順水推船之心痛其無逆風把柁之手且道如何是逆風把柁咄直下死生嶮浪之中當頭榮辱顛風之際赤心不昧萬善常勤以舟爲命則并力支撑以國爲舟則同心共濟凡百情關氷消瓦解一切人我電掃雷轟方許渠向没巴鼻漢前雖黄佛法去雖然出身一句又作麽生鐵索一條誰鎖放嶺頭諸佛笑同牽

跋宋仲珩篆書金剛經

金剛般若兩者之堅利世所共知惟愚癡之堅利或未察焉夫愚癡不堅我當先破愚癡不利我當先犯令我頑於死生好惡之執牢不可破鋒不可犯是以威音釋迦先我得道也雖然愚癡不堅不利則般若無本矣故聖人以金剛喻般若良以金剛能斷一切一切不能斷金剛故也如般若能斷一切愚癡愚癡不能斷般若也此就知有者言也如未知有則愚癡能斷般若般若不能斷愚癡也由是而觀愚癡之與般若金剛之與萬物豈有常哉顧其人用心如何耳如先以知有爲前茅則般若如金剛如未知有强以事行破執則愚癡如金剛故金剛一物不惟能喻般若亦可以喻愚癡也此經有五千餘言疑二十有七吾曹果能善用其心則言言疑疑皆觀照之媒妁也反是則言言疑疑亦愚癡之紹介也如青蘿本元臣榮國公本緇流而所爲如此果以言言疑疑爲媒妁耶爲紹介耶吾不得而知也宋仲珩篆書妙絶古今精密圓活神氣流注如春着花余雖至愚貪玩不知

目勞況智者乎羅司理心尭初既得之於無心豈終能以有心實之哉惟無心得之亦無心實之則有未常有而無未常無所以得常無常有也

書周輪雲發願文後

有勝解無慚愧謂之見魔有慚愧無勝解謂之悲鬼見魔悲鬼皆自心窕眛所成苟能逆順關頭掉臂徐疾過得所謂見魔悲鬼俱鑄爲文殊普賢矣嘻知即易行即難萬仞崖端談笑躑寒山拾得兩無功

物不遷論跋

予聞入無生者方知刹那故五十計較經有菩薩白佛曰我罪滅如何不見罪滅之相佛曰汝曹心能轉生否對曰我心若不轉生則不能與如來共語佛曰汝曹心轉生時見心初生之相否對曰不知佛曰汝曹既不知心生初相豈罪滅相汝曹獨知之乎即此以觀心轉不轉生相滅相皆不越一刹那耳而物非物遷不遷又豈能越之哉予以是知駁不遷辯不遷者刹那未知無生尚遥而駁駁辯辯得非掉棒打水月乎則予亦不免多口之咎

半山老人擬寒山詩跋

月在秋水春在花枝若待指點而得者則非其天矣吾讀半山老人擬寒山詩恍若見秋水之月花枝之春無煩生心而悦果天耶非天耶具眼者試爲薦之

戒殺放生文跋

夫貴賤殊業物我同靈恃力殘生滋蔓惡習暢一時之口味結萬劫之身殃痛不免之酬

償截無始之苦本莫若戒殺殺若不戒則我暢物結物暢我結結暢相秉如汲井輪循環不已往復思之甚可恐怖恐怖既生視物如人視人如我夫殺機一動不惟殘賊同靈寔則自斷命根作如是想何待佛出齒臼然後戒殺哉

跋宋猪齒臼化佛文

物物有佛物物不知以不知故遞相噉食如汲井輪長劫無已佛憫物故流慈齒臼猪口出佛梵相圓滿狀若拇指亦如秋月光明顯露若聞若見生希奇想俱大恐怖自是戒殺等不殺已我發是願佛即現前非色非空非凡非聖凡聖中出以是之故物物是佛云何業醉佛心佛佛相食願是慈波注入衆齒如一燈光分百千燈燈燈續分光光無盡物覩佛光普照三世於此實語凡見聞者號呼涕泣如猪正殺受痛即我作如是觀殺習頓止

宋繡觀音經跋

禪人林白持宋繡觀音經一卷予拜而讀之至觀其音聲即得解脫忽然疑生意會不快及見無盡意菩薩聞佛賛觀音功德之利而無盡意即解頸衆珍寶瓔珞持上觀世音菩薩菩薩不肯受因佛勸而受之即將一分奉釋迦牟尼佛一分奉多寶佛塔處乃豁然疑消夫多寶佛過去佛也釋迦佛現在佛也若無過去則現在無待若無現在則過去成斷若無過去現在則未來奚立若廢三世則昧刹那若昧刹那則一切聖凡之用依正之基將何藉焉由是觀之蓋聖人本欲直示其旨顧衆生機鈍不能神而明之故設像以寓意

使翫而得之則像忘而自契也知此則現前讀經者與觀讀經者雖愚智弗倫皆周旋於寂滅光中初無間隔此經妙麗神采具足針針刺入圓通之境字字貫攝至道之眞自宋迄明六百載矣而字畫鋒刃鏗然若新非瀝肝膽之誠孰能至此

跋怪石供

石本無怪怪自禹始迄於東坡居士豈惟不以石爲怪直以石爲無上供養衆人聞而怪之以爲天厨玉饌名花香果及珍羞異寶始足爲至公以齊安小兒浴時戲石當禪師供不以褻乎然莊生有云高言不止於衆心余謂無上之供自應駭俗雖然禹之所怪坡之所愛皆未有樹也古德有言曰若人識得心大地無寸土寸土既無又安有石哉則禹所怪坡所愛總夢中語耳即達觀道人亦不免開眼説夢在或有傍不禁的出來請問和尚既無寸土只今脚跟在恁麼處老漢緩緩向他道汝不聞金屑雖貴落眼成塵耶

跋宋圓明大師邵陽別吳强仲叙

未戰誰不勇臨戰誰不恐惟置死生於不可得之地者如師子遊行孤踪絶侶然此不可得之地非獨石門安樂場實一切聖凡所共惟臨境不惑得受用之不然縱見道精深決非將種若圓明老漢居縲紲濵九死而飲食談笑如平時死生不入其懷眞菩提場中梟騎耶

又

石門老人有言曰成就世出世法者特一切能舍耳此言雖若不甚精深細而味之苟非

置死生於度外者孰能與此哉今老人於桎梏之中而榮辱不能入其懷飲食談笑不異平日猶超然而自得也者非洞徹自心圓用自心者雖見地高出佛祖我知其觸境旗靡矣

跋半山老人擬寒山子詩

受持千百萬過心地花開香浮鼻孔鼻孔生香香不聞香善知此者則半山老人舌根拖地亦不分外也

書聖觀彌勒賛後

理水如海吾心如魚以海養魚化龍奚難更得觸不如意事撼之即如天風激海雲濤洶湧潑日震空空爲之殞墮則大用始得現前予思所謂尊其所知則高明矣行其所知則光大矣

跋毘舍浮佛偈

夫衆人知貴生而不知所以養生之道故爲生之所累至人知養生之道本於無生故能視生無生無生而生生無物累也嗟乎今有人於此目爲色之所累耳爲聲之所累至於心爲七情五欲之所累猶曰我平生快樂無累殊不知無累者累之久矣蓋衆人欲重神昏坐過而不知焉譬如醉夫卧於泥淖之中人曉之曰泥淖非可卧之所醉者瞪目怒曰我生平不解飲酒汝奚誣我今天下俱抱醉夫之疾安得有不醉者而與之言哉雖然毘舍浮佛頌即醉夫能讀而誦誦而思思而明明而得何患其終不醒耶

跋寂音尊者十明論叙

夫至愚之人使其蹈火則畏燒爇雖驅之不

入五欲湯火燒煮衆生法身慧命非止一朝一夕而人甘心蹈之弗畏者豈其喪心病狂哉蓋計臭皮囊爲淨器計無明心爲命根不能以四大觀身四蘊觀心故也今人於眠臥之際枕子稍不安穩則不能睡必安之而後適死生於人亦大矣人皆公然自安略不爲之計則負覺範老漢多矣

跋宋圓明大師邵陽別胡强仲叙

清淨光中無端强照於無身心處計有身心心爲惡源形爲罪藪源若不塞惡豈有窮藪若不空罪必無盡雖然心無善惡形未吉凶惡源未始不爲慈悲之海罪藪未始不爲功德之山顧其用心操行何如耳嗚呼介然有知知而不返惡流肆矣塊然有執執而不釋罪山崇矣唯有道者了心非有不待遣而愛憎自消知身本無不避患而榮辱自解故曰若人欲知佛境界當靜其意如虛空遠離妄想及諸取令心所向皆無礙我寂音尊者方羈縻於縲絏之中九死一生之地而能超然自得所謂生死憂患莫能入其胸中何術致此哉大丈夫既無經世之志則於出世宜盡心焉故曰盡心了知性知性即能用譬如龍能用水爲雲用雲爲雨故處水不溺行雲不墜耳予以是知有道者脫處死生憂患之域非惟免憂患不可得且能用憂患爲廣長舌者也今以此叙作鐵釘飯供養一源宗禪人禪人知此予何憾焉

跋宋圓明大師別胡强仲叙遺愚菴講主

夫法本出情以情求法法不可得知不可得

而求之其惑滋甚如范滂孔北海之徒其人品高問學廣亦奇男子也至臨患難則疑悔横生賁閦而没惜哉此盖打頭不遇作家以情求道誤之耳殊不知道若可以情求則儀泰之流皆可謂聞道矣即寂音尊者童丱剃除聲已籍甚所至講席白眉大龍靡不推服然猶不謂之聞道及見雲庵文叟始了自心宜其歷死生波險之地譬若娑竭出海慈雲法雨遐被窮荒也邇來去聖愈遠吾曹軟暖不勝觀矣敢望其出情求法乎嗟哉上則托名宗教次之奔走衣食而已率以爲教之典要宗門活句是古人茶飯豈今人所能咬嚼自是一犬吠聲百犬狺之遂乃成風卒難移易惟愚菴貴講主情出流輩深痛斯獘亦恨挽之而未能焉予故重之贈以洪老送胡生叙且跋數語如此

讀法華普門品跋

予讀法華普門品至若有衆生多於淫欲常念恭敬觀世音菩薩便得離欲不覺置卷嗟嘆久之衆生之大患患莫過於淫欲苟能常念恭敬觀世音菩薩便得離欲佛言不妄今天下恭敬念觀世音菩薩者在處有之乃稱名而離欲者何其寡哉則佛言亦有妄乎嗚呼淫欲恭敬初非兩物果能至誠常念菩薩即恭敬現而淫欲没稱名少懈則淫欲現而恭敬没如此境界深淺氣力生熟予亦驗之屢矣佛語不妄人無恒志自墮疑網耳

跋周叔宗書聽法華歌

夫法華七軸六萬餘言而其所詮者雖三周九喻直譚曲説亦不過一實相耳惟此實相

昭然不離日用之中奈何樓子六十餘年辛勤行脚求之而不可得長慶蒲團七破求之而不得由是觀之行求亦不得坐求亦不得則此實相又非四威儀中可得而求矣然則昭然本在日用之語寧非夢言哉乃永嘉覺老又曰不離當處常湛然覓即知君不可見以永嘉之語較彼二老所求之見何天下老和尚舌頭雌黄不定若是耶及讀唐修雅法師聽法華經歌則若庖丁解牛公輸子之爲匠而縱橫逆順精粗巨細皆大白牛之全體也是牛也頭角崢嶸出入於吾人六根門頭咆哮蹴踏喜怒無常平田淺草緑楊溪畔黑白互奪使吾即文字求之而不得離文字求之而不得離即離非求之而不得畢竟至於無可奈何此畜曇生通禪人每以奈何此畜不得爲恨一見此歌便有跨牛之志然不得能書者書而寶之作一覓牛話頭無擇山林城市境緣逆順持此參此若不得牛殫生弗已紫柏道人舍然大笑曰汝非跳過魚盤覓豆腐之瞎猫乎當今能書者舍吾叔宗而他求豈不誤耶雖然若有人問大白牛兒畢竟在甚麽處張草米書揮筆處細聽蹄響墨池邊

書東坡詩後

鳥囚不忘飛馬繫常念馳靜中不自勝莫若任所之貧賤苦形勞富貴嗟神疲作堂名靜照此語子謂誰江湖隱淪士豈無適時資此東坡靜照堂詩也嗚呼心外無法觸目其誰動之與靜富貴貧賤但有名言初非他物眉山可謂了得便用何異繩鋸木斷水滴石穿

斷則根塵不到主賓夢醒穿則十虛通達生殺機窮謂物即心而心外無物謂心即物而物外無心解用則賓不抗主自然接拍成令不解用則主逐賓隊觸處成爭故曰若能轉物即同如來且道轉物一句孰能吐得榮辱交加分主客根塵暫喚作常光

跋藕長公大悲閣記

魚活而筌死欲魚馴筌苟無活者守之魚豈然肯馴筌哉如書不盡言言不盡意盡意活而言死故也故口承言者喪滯句者迷予讀東坡大悲閣記乃知東坡得活而用死則死者皆活矣前大悲閣記則公示手眼於文字之中使人即文字而得照用也後大悲閣記則公示手眼於文字之外使人忘文字而得照用也若然則東坡之文字非文字也乃象也如意得而象忘則活者在我矣如所謂大悲菩薩具八萬四千清淨寶目八萬四千母陀羅臂豈菩薩獨有耶實我未嘗不具也但有照而無用謂之似具唯照用齊到者謂之真具故顏氏之子有不善未嘗不知此非照乎知之而未嘗復行此非用乎然而必欲八萬四千寶目八萬四千妙臂以象照用其故何哉蓋衆生具八萬四千煩惱堅等大地非照何以破之非用何以轉之又曰窮源達本謂之照鑄染成淨謂之用予聞東坡嘗稱文章之妙宛曲精盡勝妙獨出無如楞嚴茲以二記觀之非但公得楞嚴死者之妙苟不得楞嚴活者烏能即文字而離文字離文字而示手目者哉

跋陸大宗伯雲居募文

昔如來不舍穿針之福者良以福非積善而不成善成則性有繼矣故曰繼之者善也成之者性也即此而觀善固緣生能乘緣生而入無生何殊因花而得春哉若然則穿針之福獨非花乎今陸大宗伯養高緑野有日矣年登九十猶不以老却穿針之緣爲諸緣山主敷凍雲之花香浮遐邇可謂給孤後身也嗚呼善哉

跋曹溪碎鉢

夫一心不生則聖凡無地物我同光是故聖人不同而此心此道未始不同也唯執情忘本乃見有不同耳老子生於佛後孔子生於老後我讀道德不見其有非佛之言我讀春秋論語亦不見有非佛之言大都聖人應世本無常心但以百姓心爲心故凡可以引其爲善者靡所不至譬如良醫但欲愈病參苓薑桂隨宜用之至於奇症怪疾雖砒霜蛇蝎亦所不忌其去病一也後世三家之徒不達聖人本意互相是非攻擊排斥血戰不已是何異操戈而自刃也我聞莊衞魏公本朝盛德君子妬曹溪一鉢而不能容手碎之何示人不廣若是雖然大鑑本以虛空爲鉢天地萬物爲鉢中之食能稻糧饑饉藥草疾疫公亦鉢中食耳安有食食哉夫何故無能所故無能所則無待無待則獨立獨立則無生心措手之地嗚呼起公九原讀是跋寧不汗顏哉雖然且道如何是和事老人手段逆順境緣風過樹殘生不直半文錢

程康伯書圓覺經跋

婆伽老漢直指衆生日用熱惱爲神通大光

明藏十二大士曲說如來神通大光明藏爲熱惱自是父子情乖聖凡路斷康伯程氏旁觀忍俊不禁於是發心手書是經積畫成字積字成章積章成帙於一剎那中圓覺成就遠而復順斷而復通父子歡呼接拍承令聖凡雲集水到渠成紫柏道人適買舟於岷江之干康伯氏於神通大光明藏中拈出供養道人是時不以面受乃用背享直得文殊杜口普賢失跌況其餘乎雖然蟣蝨以頭顱爲崑崙屈步以蹄涔爲滄海小大無常孰得孰失

書周叔宗臨帖卷

禪家有離經一字即是魔說依經解義三世佛寃書家有學書而死於法者謂之奴書觀叔宗周氏臨諸家帖於縱橫變態之中法時露焉譬夫濃雲雷動之初龍雖不見頭角暫露而天機深者神而明之則龍之頭角不在叔宗筆陣而在我欲得不得之間耳

跋石屋禪師山居詩

詩曰莫謂山居便自由年來無日不懷憂竹邊婆子常偷筍麥裏兒童故放牛栗蟥地蠶傷菜甲野猪山鼠食禾頭施爲便有不如意只得消歸自已休

夫身心者死生好惡之鵠也鵠不忘則矢不已矢不已則害我者寧有窮哉然害我者大抵不出有心無心之域故至人去此不去彼此去則彼無主矣主無而敵恣何殊矢射虛空耶故此老以消歸自已爲歸宿旨哉言乎

跋東坡阿彌陀佛頌

予讀東坡阿彌陀佛頌異其頌旨曉然如日

出大地光無不燭奇哉長公昔人謂五祖戒公之後身不亦宜乎夫圓覺倒想初非有常倒想在諸佛即名圓覺圓覺在衆生即名倒想如衆生能善用其心孰非無量壽覺娑婆孰非蓮華淨土必曰外衆生而得佛外娑婆而生淨土此爲鈍根聊設化城爾今天下請其入化城則欣然皆喜延之寶所莫不攢眉而去何耶

書某禪人募刻大藏卷後

夫大藏佛語也而大藏之所簽者佛心也佛語如薪佛心如火薪多則火熾薪盡則火不可傳火不可傳則變生爲熟破暗張明之用幾乎息矣故傳火必待於薪而火始有用傳心必合於佛語而心始無疑我心既無疑佛心我心也佛心我心則凡有知覺者孰非佛耶雖然衆生本佛奈何日用而不知謂之根本無明譬如生盲之人出胎墮地雖長百歲終不知天地日月是何物也衆生本佛日用不知謂之生盲謂之無明不亦可乎夫生盲之人一旦得良醫抉其障翳則天地之大日月之明了然無惑矣衆生之無明若不得佛語爲之金錍抉其無明障翳雖佛性本有惡能識哉如火未始不在也不得薪以傳之則火不可得而用也故曰地二生火天三成之三若不成則火雖在亦不可得而照物也如衆生正因佛性雖在不得緣因佛性熏之則了因不開了因不開則正因終不得而復矣由是而言緣因佛語也了因佛語之所簽者也正因則衆生本有之自心也自心固有不得佛語傳之了因了之自心雖固有終不能

用也正如火在而不得薪以傳之火亦終不可得而用也是故有志於用自心者必先明佛語夫自心明則無往而非明矣故曰不明自發則諸暗相永不能昏而永不能昏之人始可以開物成務矣予是知大藏一刻豈惟凡夫可以登正覺實治道中開物成務一大機也刻大藏之緣始令某將丐緣於四方馮太史跋其前予繼太史而復跋之者盖念聚薪不易如薪聚而火不傳者未之有也佛語宏傳而衆生不明自心者亦未之有也某行矣無滯

跋法華抒海

余讀戒公法華抒海至全人即法處猛覺心廓日遺妙不越粗誠非思量分別所能解也夫蓮花象也妙法意也學人能玩象得意象未始非意粗未始非妙且道全人即法時阿誰玩象咄

書鶴勒那問二十二祖公案後

歲在萬曆癸巳春予客燕山碧雲寺燈下讀佛祖通載至此不覺掩卷而歎且覆而思之鶴勒往世爲比丘赴飯龍宮徧觀五百衆中無一人堪任妙供故不欲諸子同赴而諸子不解師意妄生人我師則勉强徇情携之赴會既而五百弟子以福微德薄生於羽族仍感惠而從化嗚呼當爲最靈之物不以智照而以情較乃爲羽族而從化盖迷極而反覺也雖然至此而覺莫若先此而覺豈不勝哉時奇子問曰鶴勒如何不知鶴衆夙因二十二祖奚獨知之曰見道則無優劣損習則有淺深以深則洞照無涯淺乃光燭有限之故

又問鶴勒說法九易寒暑鶴衆卒未解脫摩拏說偈將畢鶴衆即悟無生飛鳴而去何哉曰起信論云如來色心業勝故聞法者易悟由是而觀則摩拏道力過鶴勒多矣譬如撞鐘槌大則聲洪槌細則響邇奇子聞之躍然合掌作禮

跋蘓長公集

大眉山凡作文作賛作偈發揮不傳之妙縱横誕幻使人莫得窺其藩籬者蓋其所得衆生語言陀羅尼三昧於大雄氏未覩明星之前久矣故能從是處說出非來從非處說出是來從是非處說出不是不非來從不是不非處說出是是非非來長亦可短亦可高亦可下亦可淺亦可深亦可近亦可遠亦可凡其可者皆千古不拔之定見也定見如盤其語言如珠珠走盤中盤盛其珠而横斜曲直衝突自在竟不可方所測如有生心測之者譬如以網張風以籃盛水也知其難測而甘心終不敢測者益非矣東坡氏豈三頭六臂異乎人者耶亦横眉竪鼻無所異乎人耶但事理之障障他不得所以無不可耳又事理之障不能障他妙在何處妙在不傳也只此不傳者孔氏得之而爲萬世師老氏得之而爲羣有師釋氏得之而爲無師之師今有人於此能知無師之師住處則不可傳之妙許渠獨得焉

跋唐修雅法師聽法華經歌

夫心法本妙無間聖凡乃今在聖人則能六根互用凡夫則甘坐豐蔀之愚以爲眼惟能見而不能聞耳惟能聞而不能見殊不知凡

夫以徧計不了謂籐是蛇故六根似不能互用耳如徧計情消則依他本妙根塵無得能所不斷匪涉情解日用現證故曰佛法在日用處所作所爲舉心動念刦又不是也吾大雄氏於法華會上三周九喻横説豎説形容妙法可謂曲盡慈腸矣然終不若是歌拈提本妙使大心凡夫一讀其歌當處現前而法華富有六萬餘言演説妙法不爲不廣然皆死句也惟雅得活句之妙能點死爲活譬如一切瓦礫銅鐵丹頭一點皆成黄金白璧又如月在秋水春着花枝其清明穠鮮豈待指點然後知其妙哉

書楞嚴截流後

佛頂即自心自心即佛頂心頂互奪常光現前此五乳峰下鼻祖截流之機如講主以截流之筆發揮楞嚴大意開爽絶塵一歷眼根耳根洞徹夫頂既不可以眼見心又豈可以智識知哉雖然五陰十二入十八界皆頂也特頂不見頂現行忽起用處生疑遂曰頂墮耳

跋五慈觀閣記

棗柏有言曰十世古今始終不離於當念無邊刹海自他不隔於毫端由是觀之則一念未生之時謂之宗一念既生之後謂之用故宗之與用如一指之屈伸耳指未屈伸時指在而不可以見聞得指正屈伸時指隱而不可以動靜識謂其動乎屈不是伸謂其靜乎伸不是屈屈之伸之各各獨立故正伸時屈不可得正屈時伸亦不可得正屈伸時指體不可得未屈伸時屈伸亦不可得惟知宗者

可以用用宗譬指體用譬屈伸又知宗者則情出古今用用者則自他不隔然後將此愛人謂之仁將此處事得宜謂之義將此施之於上下品節有條謂之禮將此變通一切而不滯謂之智將此確然固守臨死生交易之際無毫髮苟且謂之信此五者古人用不盡今人故得用之知此則五慈之旨思過半矣雖然愛見之慈忍力之慈與夫等慈大慈皆可以義理得也唯眞慈一着子苟非明悟自心不纒知見譬如葉公畫龍眞龍現前未必不投筆怖走也

書肇論後

夫心本無住有着者情情本無根離心無地故會心者情了全性者心空心空則大用自在如春在萬物風在千林其𠃵喚鮮明變化之態烏可以情智彷彿者哉肇祖五論之製宗本不遷等作何異春生萬物風嘯千林矣乎既能生而能鼓之則生鼓之前必有春不可得而生風不可得鼓者存焉雖然微宗本則四論無心微四論則宗本無身夫身也者心之郛郭也心也者性之郛郭也

毘舍浮佛頌䟦

此頌四句二十八字包括大藏透徹禪源靡不罄矣但衆生浮淺憂慮弗深立志苟且見卵而求時夜見苗而求腹果是以讀者雖多獲效則寡耳予持此凡十五易寒暑而猶精持不休每觸逆順憎愛交加之地必以此頌爲前茅霞軍殺將亦不知其幾今人持未滿千萬過遂尤其不效復求效者持之譬如掘井去土三尺而無水尋易地而掘之復無水

復易之水終不得而精神竭渴終不解苟有志持此頌者能知掘井之喻而持之無懈若無靈效老僧舌根定當腐壞

八大人覺經跋

八大人覺經辭旨清遠如月在秋水雖至愚之人無煩指點皎然意了耳然是經去古既遠流行亦寡初因明東禪人手寫一軸東雖即世其上足世南持而示余余疾讀之不覺心開意朗既而命諸黑白廣傳之夫八覺之妙豈外衆生日用不知之知别有所覺耶如來大人憫諸不覺即將衆生日用不知之知開爲八覺有緣者脫得一覺乃可以破長夜之昏矣譬分一燈之睒徧照世中則其靈睒寧有窮哉

又

夫人之在心猶魚之在水也魚之在水果知水乎人之在心果知心乎魚能知水則龍已人能知心則聖已故曰百姓日用而不知嗚呼人爲萬物之靈生既不知所以生死豈能知所以死乎一不知則永不知永不知則無所知矣人而無知可不痛哉於是大覺聖人見而悲之曰奇哉衆生俱有如來吾已先覺彼猶不覺不覺則昏迷長夜終古不思矣是豈忍乎遂將衆生日用不知之知開爲八覺雖則淺深階次所用弗同要而言之從凡入聖自覺覺他靡不滿也此經總三百七十一字言簡旨豐遮照精深有而能無無而能有能得一覺則大夢頓醒況得八覺者乎嘻覺則衆生可以作佛凡魚可以爲龍也元至正間雪庵溥大師號稱能書書此經若干卷流

行海宇自元迄本朝將三百年於萬曆辛卯四月望日鶴林藁公偶得一卷於本寺明秀禪房憲副包公乃鐫於石以壽其傳云

書寶積經偈後

寶積經偈曰四大假爲女其中無所有凡夫迷惑心執取以爲實女人如幻化愚者不能了妄見女相故生於染着心譬如幻化女而實非女人無智者迷惑便生於欲想如是了知已一切女無相此相皆寂然是名女三昧

此偈載寶積經句十六字八十辭旨朗然譬如月在天碧清光照人涼入心肺積生熱惱當處氷銷此就天機深者染目得益而言也如根器稍鈍能讀而誦能誦而思能思而用之則毛嬙西施抱身執手唼舌吮唇何殊木偶雖然女人之爲害大矣漢李陵與虜戰陵曰吾士氣少衰而鼓不起者何也軍中豈有女子乎搜於匿車下皆斂斬焉明日復戰斬首三千餘級彼但畜之已毀王師必勝之氣令吾曹壞服毀容求無上道於欲而不能斷婬機綿然一旦觸境不幸與之從事不唯出苦無期如針鼻鉄如石拆難合靜而思之首可碎也肝可裂也心可刳也遇如斯人此觀破壞生不若死死而不生則已死而有生生必入獄矣

跋蘓東坡十八大阿羅漢頌

予讀眉山蘓軾供十八大阿羅漢頌愛其思致幽深辭氣誕幻發揮不傳之妙如月在秋水無煩指點朗然現前使人見之不覺心游象先遺物獨立也若非得無所得心者烏能

致是哉然以是知黃面老人并諸尊者離是無所得心亦無別奇勝或問曰無所得心可得聞乎對曰若不可得聞而問聞者又誰耶雖然心不知心眼不見眼知此則得無所得如啞人食蜜甜與不甜豈可以口舌窮之哉

書黃龍寺藏經閣毘盧佛記後

毘盧遮那此言光明徧一切處阿鼻此言無間地獄謂諸苦具黑業徧一切處此義黑白粲然舉着便疑若謂光明果遍一切處則黑業不可遍一切處若謂黑業遍一切處則光明不可遍一切處若謂兩種俱徧不相妨礙者此又不然何以故千年暗室忽然一燈增即隨滅光徧滿故唯石頭老人謂光明中有黑業不與黑業相對黑業中有光明不與光明相對噫宗風久衰此意寂寞往往舉似龐眉老衲取胡盧而笑況黃口禪雛吾觀華嚴文殊師利教善財童子一百一十城參五十三知識雖多境緣順逆三昧無常或以殺業或以淫業如是種種作諸佛事要之皆助發毘盧光耳故頓悟石頭參同之意則阿鼻即入毘盧之門不然毘盧即入阿鼻之牖盖一切衆生無有定性以無上知見之香熏之則諸佛光生以四弘六度之香熏之則菩薩光生以十二因緣還滅之香熏之則緣覺光生以四諦之香熏之則聲聞光生以增上十善之香熏之則諸天光生以猜忌徼福之香熏之則修羅光生以五戒之香熏之則人光生以愚癡之香熏之則旁生光生以慳吝之香熏之則餓鬼光生以十惡五逆之香熏之則地獄光生或謂六凡非光者彼未了黑業無

性故也了此則飛潛横走孰非毘盧之光哉今匡盧黄龍寺有僧謂宰官菩薩曾乾亨言曰黄龍藏經閣成未有司閣者僕欲造毘盧佛一尊以爲匡盧風月主人可乎曾公曰善哉希有子既欲以毘盧圓滿之香熏一切衆生亨雖不敏敢不以文字三昧助發此光達觀道人偶讀斯文亦横口一上見作隨喜云耳

跋陳仲醇大藏閣緣起後

夫以藥治病病得愈者常醫也常醫死而抄其方者偶中病愈又醫之常之常者也惟良醫則不然直以病治病此下功也如無擇病與不病聞其風而喪我者此上功也嗟乎衆生四百四病皆客病也非主病也主病特餓渴兩者耳然兩者又本於有身身本於有我我故曰聞其風而喪我者上功也若夫五伯之爭長七雄之競雄使其果能我喪我則雄雄長長得非蔔龜之毛哉我如來大人凡有所説皆喪我之前茅也若然者垂裳而天下治苟非我喪我不能焉或謂藥可以治病者我知其非良醫也

讀石壁經碑跋

萬曆歲在癸巳春余挂錫燕山碧雲栁樹菴應華亭徐太僕琰之請也燈下讀唐蘇州刺史白居易重玄寺石壁經碑逆思隋静琬尊者刋石爲經積盈大藏竊校優劣不勝悲惋夫重玄經惟八種而白公極廣長舌相讃之猶恨不能盡而我琬公刋大藏於石設公一登白帯則其讃嘆當復何如適閒侍者賁大藏自三吳來令其讀之亦不勝悲惋因囑其

刋於涿鹿崖壁之上使觀者知琬公之功殆非淸晃諸師可並萬一矣

跋東坡油水頌

薪多火多境大智大離薪離境火智無地是故達人就陰息影日中逃影離境覓智從上以來無有是處油譬本性水譬妄情火譬境智究此三者初非有一況有二乎性變爲情情變爲境了境須智即情逆用以功較之賞罰立焉毫釐之間名實難負智者思之敢不力行能力行者千古旦暮眉山長公乃是其子

書般若無知論後

此論文致婉密理路冲遠得之於心可以達六經徹大藏旁通百氏如登妙高羣峰該覽故用之出世度越諸乘穩證自心用之經世即事即理橫拈竪弄靡不合聖帝明王之轍是眞實學讀而成誦誦而味之味之精了自疑永斷取決自心不由他印也

紫柏尊者全集卷第十五

音釋

尻（郎刀切考平聲脽也髖也）稊（杜奚切音題）稗（傍卦切音粺）嗃（虛交切音唬同詨叫呼也）丱（古患切音慣同丱幼穉也）簽（千康切音籤）郛（芳無切音孚郭也）

紫柏尊者全集卷第十六

明　憨山　德清　閱

拈古

凡佛經首有此ソ乀然此字之義一切人天魔外皆不能知唯洞悟自心於一切佛經通達無礙者乃知此義也由此觀之則此字是一切諸佛綱宗也苟非佛之真子決不識此字義如汾陽黃犢偈雲岩寶鏡三昧臨濟三玄三要與夫四賓主句皆此字之訓詁也逼來大人不出典刑誰舉此所以佛祖之綱宗本具在而不知耳其不知者果不能知耶特其不畏生死之苦耳如其果知生死可畏唯佛祖典刑是究則知見漸開信力漸充疑情漸破而佛祖之綱宗舉着便知矣既知之則於一切古德防閑魔外之具即能舉而行之矣豈惟知之而已哉

夫衆生所以不得道者別無他障不過未悟現前日用能分別好惡之心是前塵影子認爲本來人此認一錯則千錯萬錯淪墜長刦皆自此起也故長沙岑曰學道之人不識真只爲從前認識神無量刦來生死本癡人喚作本來人如快性丈夫窮此識神爲緣境而有耶爲不緣境而有耶緣境而有則此識神本自無體不緣境而有則此識神境未觸時本無窠臼而楞嚴會上佛曰一切衆生不知常住真心性淨明體用諸妄想此想不真故有輪轉楞嚴常住真心即此本無窠臼者是楞嚴用字即此認字是然楞嚴即龍樹四性關而爲七處徵窮阿難而阿難雖經七處窮討其攀緣之心必無所在而阿難猶認能推

窮者爲心故如來咄曰此非汝心前塵相想佛可謂老婆心徹底矣然阿難執恡相想尚不肯舍至於如來飛光左右輪掌開合種種方便開曉阿難以爲手有開合見無開合頭有動靜見無動靜此非即客而辨主乎客譬開合動靜見譬亭主爍如黑白而阿難猶未敢認亭主爲主人確計過客是主翁是以如來假匿王觀河之見本無童髦旁啓阿難既而阿難至於認見爲物如來以爲阿難見精既同於物則如來見精亦物矣如來見精既同於物則阿難可見如來之見矣故曰若同見者名爲見吾吾不見時何不見吾不見之處此如來以離物獨立之見示阿難悟入而阿難似未承當故如來又曰若見不見自然非彼不見之相蓋不見之相無待而獨立者也縱如來五眼自不能窺覰況阿難乎故曰吾見既非是物汝見亦非是物此離物之見非汝而誰又見若同物汝既見物物亦應見汝果如是則物我雜亂并諸世間不成安立此如來宛轉預塞阿難轉計之路使其情枯智訖攀緣心歇則即物無累之見迥然現前矣豈阿難果有如許轉計者哉偈曰攀緣心歇見精現前一肩擔荷豈有中邊用處本空何須離根根雖不離用合本源寄根明發如來自說寄非常住即根解脫根脫塵離圓明了知舉心動念照鏡頭迷

娑婆此言堪忍蓋此界衆生於八萬四千煩惱一一堪忍於心春而不肯洗除故也若大心凡夫頓了八萬四千煩惱皆無自性則八萬四千煩惱不名煩惱而名八萬四千三昧

矣於諸三昧亦能堪忍於心則名菩薩不名衆生如但堪忍煩惱不能堪忍三昧則名衆生不名菩薩也即此觀之菩薩衆生初無常位苟達煩惱無性則衆生不異菩薩於無性中橫起無明則菩薩不異衆生古德有言菩薩衆生本唯一心心迷則法法皆迷心了則法法皆了了則物我無差迷則是非橫起且道如何是了的樣子於逆境中能作歡喜想於順境中能作煩惱想此想成熟則逆順死生之機在我而不在造物矣

夫瑜伽之秘密與西天初祖教外別傳之秘密大有不同而瑜伽之秘密惟佛與佛乃能知之若教外別傳之秘密無論凡小或因拈花而領悟或因棒喝而明心而悟入境界斷非未悟之人所能測知故名秘密予以是知瑜伽之秘密在佛則顯在凡則密惟教外別傳之秘密在凡則顯在佛則密何以故蓋教外別傳之宗不惟不拘凡小即販夫竈婦一悟其宗便解橫拈豎弄大震鼻祖之風若江陵賣米餅漢及淩行婆等所謂教外別傳之秘密在此等人分上謂之直顯則可謂之秘密則不免惹他鼻笑有分在故曰如來禪許師兄會祖師禪則恐未夢見在予故曰瑜伽秘密在佛則顯禪宗秘密在佛則密此兩種秘密苟非宗教精深者決不可鹵莽舉似有招罪咎

肇論總有四篇本無則直示無生之體不遷即示物外無真般若無知則無所不知無所不知所以知無知也不真空則無物不真無物不真物果真有哉涅槃無名所以即名本

無名也然四論分門交相發光照我日用逆順之衝愛憎之口可意則心竅發悅不可意則毛孔生烟故曰一念嗔心起百萬障門開然此障謂從境生耶謂從心生耶若從境生境本無知安能生障若從心生境若不觸心非有障推之於境境生無理推之於心心生無理心境既皆無理凡謂從境生障從心生障從非心非境生障此皆情之橫計非達理之見也故讀此論者由讀而誦由誦而持持則精精則入神入神則根境若片雪之投紅爐我欲不化安可得哉果能至此方不負立言之心授言之慈也然後本無即不遷不遷即般若無知般若無知即不真空不真空即涅槃無名涅槃無名即不真空不真空即般若無知般若無知即物不遷物不遷即本無頭而尾之尾而頭之縱亦可橫亦可交錯亦可分條亦可可不可不可無不可夜光在盤宛轉橫斜衝突之際豈可以方隅測哉但不出盤我則不疑也洞微如知此則異日作吾道金湯舍子而誰歟洞微勉之

恰恰用心時恰恰無心用無心恰恰用常用恰恰無此四句乃是大師悟心之後消融習氣實效也前兩句謂調心之功貴在血脉不斷後兩句圓續本脉有恰恰用心無恰恰無心用則不免粘帶故也蓋妙性獨立坐斷兩頭血脉綿然廓爾虛融習氣任運而消真體無心而契任運而消習忘而本無功無心而契體證而本無得無功則無修無得則無寄無修無寄口挂東壁且道說甚麼法細聽年年三月裏鷓鴣啼處百花香此皆大師親曾

踐履過來的光景故其吐辭渾璞不露圭角模寫自受用境界何其切哉且道如何是血脉瞥起便是傷他無念佛即受殺傷殺之際血脉斷矣此箇竅子須是見地潔淨保任不虚觸着自知痛癢讀永嘉集示衆

信心銘曰境由能境能由境能欲知兩段原是一空此四句只是一句一句了徹大事了畢若人果能了知能外境而不有我日用熾然分別之心即大智也果能了知境外能而本無則目前千差萬别之境一具獨露也夫兩段無常雖眞不有一眞隱顯兩段舒卷諦了無疑何貴何賤用處昭然生殺萬變殺則黄金失色生則瓦礫生光明暗相參權屬主張即言而了假名曰教即了通言假名爲宗宗教如花春在何處待汝思量殘紅滿地

有人喪妻者夢其妻求破地獄偈覺而求之無有也問薦福古老云若人欲了知三世一切佛應觀法界性一切唯心造此偈是也遂舉家持誦後見亡者寶衣天冠縹緲空中稱謝而去軾聞之佛印禪師佛印聞之范堯夫予讀東坡書破地獄偈語恨其舌相不甚廣長吐偈意未盡嗚呼此偈豈特破地獄哉自地獄至餓鬼餓鬼至畜生畜生至人人至修羅修羅至天天至聲聞聲聞至緣覺緣覺至菩薩菩薩至佛是凡是聖一破無遺矣或謂地獄餓鬼畜生破則不疑至破人天及界外四聖恐不當理對曰四聖六凡雖染淨不同然皆念後事耳如曹溪問惠明不思善不思惡是阿那箇面目明言下大悟遂嗣曹溪能於曹溪句中有箇入頭方知破地獄偈是斬

佛歛且道歛柄只今在誰手裏一念不生沈死水六根纔動犯波濤聖凡路斷翻身處土殺那知在斗稍

大智發於心於心何處尋成就一切義無古亦無今此四句偈事理不成就即是文殊根本智普賢差别智一部華嚴經盡具其中誦之者多能生慧何以故大智根本智也大智發於心理成就矣然智既發於心則心已化而爲智更從何處覔心若心有可覔則是心能見心無有是理故曰於心何處尋也無處尋即所謂無依也大智無依則横無外横無外則横無待矣無待之智非理不成就乎理不成就則不礙事而事成就故曰成就一切義雖能成就一切義而無古無今則事又不成就矣無古今無所住也無住故豎無外豎無外則豎無待矣此偈是南安巖嚴尊者爲侍者而作侍者前生爲牛以馱磚造寺功德獲報爲僧苦無聞性誦此偈久聞性豁然而開一切經書遂能記憶故名此偈爲智慧偈以誦之者多能發慧故也

魏府元禪師曰佛法在日用處行住坐卧處吃茶吃飯處言語相問處所作所爲處舉心動念又却不是也芙蓉毓老行食龐居士擬接芙蓉却縮手曰生心受施淨名早訶去此一機還甘否老龐曰當時善現豈不作家芙蓉曰非關他事老龐曰食到口邊被他奪却芙蓉乃下食老龐曰不消一句達觀只今問諸善知識且道芙蓉老龐雙鏡交光之際機鋒摙出又如夜光之珠横斜衝突於金盤之中卒難捉摸謂其東突忽復北突謂其中轉

忽向西行是舉心動念耶不舉心動念耶若謂舉心動念魏老又道不是佛法若謂不舉心動念芙蓉老龐又非土木偶人有人直下揀別得出逵觀當身爲床座供養伊若揀別不出饒你芙蓉老龐復生雪屈也須捺下雲頭聽逵觀處分始得古人一機一境有縱有奪有生有殺故曰我與汝同條生不與汝同條死且道同死同生作麽生會咄雙鏡交光休擬議法輪大轉食輪中

東坡賛法偈以意爲根四句云法塵是五塵落謝影子意根所取非有實境何以故盖明了意識有初中後三分初分近前五識猶屬現量中分是六識正位屬比量後分近七識屬非量唯五識所取爲現量爲眞境若六識既非現量不過五塵之影耳故曰法塵以佛爲體佛是覺義現量所得在境爲眞境故曰法身水明云初居圓成現量之中浮塵未起此即法身也後落明了意根之地外狀潛形外狀即浮塵所謂法塵也昔龐居士見馬祖頓融前境前境既融非法身而何故偈云風止浪靜也然法身離法塵無別有故又曰水無別水也放爲江河用則兼善也是大乘菩薩之作用非止自利兼亦利他且流通不滯也滙爲沼沚不用則獨善也是聲聞小乘之法止於自利而已豈有及物之功用乎風止浪靜浪即前七箇識也八識規矩云淵深七浪境爲風是也

一喚回頭識我不依稀蘿月又成鈎千金之子纔流落漢漢窮途有許愁天童此頌凡留心玄學者或喜其明白現成本無奇險或鄙

其黏皮帶骨流墮識情殊不知劍無利鈍藥無貴賤聶政專諸用之立斷君相之命扁鵲華佗用之談笑中可以起死回生苟非其人雖鏌鎁善劍不若鋤钁之利腐草之效也於是感而重頌之頌曰牛頭南馬頭北覿面相逢還不識鄰寺金剛哭甚哀東村大姐吽宽屈若道予此頌與天童本無差別然領會天童頌子則不難領會予頌吾知趙州復起妙喜再生恐亦摸不着在況其下者乎若道予之頌子與天童大別然天童亦頌此則因緣予亦頌此則因緣豈一則因緣而有兩意耶諸兄弟這兩箇頌子若揀點不知好惡且謾道會禪也

自佛敎東來方外高賓方内勝士簧鼓其道者代不乏人惟東晉潯陽盧山東林遠祖憂深而慮遠所見卓然以爲僧而不知其宗俗而不知其化則宗化混淆俱無所主乃撰在家出家宗化之所以然垂諸萬世使奉法之徒各知方向若揭日月於中天震雷霆於大夢有目者孰不覩焉有耳者孰不聞焉然而近世在家出家者有至死而不聞其篇目況其義乎嗚呼去佛既久魔强法弱邪説横行正言蕪没予每思至此不知淚之所從也姑命奇郎先録在家出家論傳示有志於吾道者究心焉

老氏曰天地不仁以萬物爲芻狗聖人不仁以百姓爲芻狗夫芻狗之爲物也其未陳也錦繡以飾之音樂以獻之及其已陳也或棄之道塗或充之釜竈而已矣金剛般若經曰若有我相人相衆生相壽者相則非菩薩又

曰若見衆生有可度者即是我相人相衆生相壽者相以此觀之則天地以萬物爲芻狗聖人以百姓爲芻狗非不仁也不仁也者特無我之異稱耳聖人豈不知芻狗束薪爲之哉復以錦繡文之者以驗其無用而用也夫無用而用物無而用不無物無而用不無雖天地之大萬物之衆未始有物也知其未始有物而天地之用不無萬物之用競足此非無我相無人相無衆生相無壽者相而度生之用常然者安知不仁之仁仁大而無外者乎

皖山永嘉並得教外別傳之妙貴在坐斷語言文字直悟自心而信心銘證道歌則千紅萬紫如方春之花果語言文字耶非語言文字耶有旁不禁者試道看雖然花果礙春乎花如礙春春則不花可也知礙而春必花之則春之癡矣春而不癡花果礙春哉如此則語言文字與教外別傳相去幾許

無從而來蓬蓬如雷藉虛能遊觸物生號鼓萬物而有聲無形去來了無其踪號之曰風然不免生滅故非眞風也夫眞風者不藉空而能遊不觸物而能鳴本無去來豈有生滅靈山拈之頭陀微笑迦葉呼之阿難應諾當面蹉過刹竿倒却以至鼻祖西來神光立雪少室風生玉樓起粟欲求安心心不可得斷臂胡爲鮮血狼籍流入曹溪曹溪爲碧天童頌而無聲三祖言而無語信心銘作虛空蟲蛀自是眞風大扇智火熾然無論有心無心是凡是聖觸之則燒却面門背之則凍殺法身使能言者卷舌有智者成愚儒失所以爲

儒老失所以爲老何其禍及自家念一聲佛者直須漱口三日此皆真風鼓舞所致也天童頌曰一段眞風見也麼綿綿化母理機梭織成古錦含春象無奈東君漏泄何此頌翻騰家聲有損有益有雌有雄化眞風而成古錦騾糞拈來換人眼珠好心不得好報雲裡送炭反道增寒達觀道人忍俊不禁口占一偈一段真風見也麽綿綿化母理機梭織成古錦含春象無奈東君漏泄何又有旁不禁者進曰此是天童頌老和尚何故白日青天之下驅耕夫之牛奪饑人之食達觀曰我也不管他天童不天童且道老漢鼻孔在甚麽處道不出且禮拜吃茶去再來眞風中雌黄别白未晚

知三合而有鳴五合而有聞則根塵之垢不待盪洗而後除也故曰知之一字衆妙之門古之至人有以眼觀音聲耳視色相即遠示近即塞示通山壁可以直度虚空可以遊行無他道也其始不過知有待迷無待而成耳有待即無待也既知之矣復能行之故有待漸生無待漸熟熟則化化則同所以能於遠中示近塞中示通也

拈東坡鐘銘

迷性而爲情則油水莫辨即情而悟性始知油水不可以同住同住水見火則起油見火則湛然湛然者可與火一一則無敵所以油不知火火不知油油火不相知而始能相爲用水則與火不一矣所以見火則起耳火喻誘情之境水喻染境之情油喻了境之智然外境則情不生外情則智無地夫情與智初非兩物以其被境所轉名之爲情了境非有

名之爲智是以智情同住如油共水情觸境則奔流莫返智了境則能所無生故智恒與理一情恒與理乖如油恒與火一水恒與火乖乖則成敵敵必有勝負如水不勝火則終必負敗而起矣即此而觀外境則無理外情亦無智學者知此便會老龐日用事無別頭頭自偶諧也老龐初發身於火宅沈家財於湘水妻子團圞共鍜無生根塵蕭然轉識成智生死大事一生了辦推其所由亦不過了達前境無性根識蒂脫秉理冶情逆順無間動止一如知得徹行得到自然臨臘月三十日一家大小並應念而化宜其然矣如東坡作油水偈勝妙精絕非聞道而勇於行者不能也故有志於了辦生死者長公之偈不可不留意焉拈東坡油水頌

洞山曰貪瞋癡太無知賴我今朝識得伊行便打坐便槌分付心王仔細推無量刧來不解脫問汝三人知不知神鼎曰貪瞋癡實無知十二時中任從伊行即往坐即隨分付心王無可爲無量刧來元解脫何須更問知不知這兩頌有人愛洞山日用之間境緣逆順鍜鍊自心鉗鎚猛客有人愛神鼎眞到大休歇處咳唾掉臂戲笑譏訶無非解脫三昧達觀老漢現前問汝大衆汝道洞山鼻孔神鼎脚根在甚麼處汝敢胡亂揣摩殊不知神鼎不打洞山爐鞴中陶鑄來安得便恁麼自在洞山不打神鼎見地上得箇消息從汝朝即打暮即槌敢保貪瞋癡直待驢年也未調伏在汝等若揀別得出許汝會如來禪若祖師禪猶鄉關萬里若要會祖師禪須把洞山神

咼罝向腦後自家面前尋一條轉身路頭始得故曰只是舊時行履處相逢舉着便淆訛奇男子家本來鼻孔撩天脚跟點地爲甚麼如作賊人常自心虚偶被人按着便愁贓物無地藏去若是良人家男女從他千摇萬撼自然不生虚驚心安如海爲甚麼得如此穩當蓋渠從來不竊他人物故比來去古轉遠大人不出法道凌遲大可怖畏無論黑白或於經論上覓得些知見葛籐内惹得些臊氣自謂我已見徹佛祖原底便乃向無佛處稱尊有一等瞎公鷄隨聲晝夜忽然撞箇本色人輕輕一拶便七荒八亂理會不下又不能直下生大慚愧悲泣自訟反於本色人分上生大我慢結死冤讐只今之世如此等流十人之中倒有五雙老漢所謂作賊人心虚殊不知此等事如來謂之一大事因緣祖師謂之向上事苟非夙具靈骨有段英雄氣宇豈易荷擔近有一等杜撰秃奴拍盲居士以昭昭靈靈日用現成者領會得即謂之徹了何不自家向冷靜處細細檢點一上我之貪瞋癡種子果拔耶未耶果貪瞋癡即戒定慧耶老漢雖不與他共住然其果肯檢點決知他心上亦有不安處在只是被眼前虚名浮利籠罩了故甘昧心不肯向人露布醜處我且問汝一千七百則葛藤雖是古人殘羮餿飯如果能則則無疑還有則把未徹耶若有則把未徹且向洞山神咼頌子裏尋箇轉身去爲甚麼如此只爲自家面前不解得箇轉身路頭少不得教汝依門傍户去雖然如是殘羮餿飯饑者亦可點心大衆珍重

華嚴經曰如是自性如幻如夢如影如像悉不成就直言諸法如幻學者皆知之惟言自性如幻雖久醉於義海者未始弗疑也又不知痛癢而不疑者則疑之者必非不疑者所能知焉而洞了自性已到不疑之地者此眞不疑者也眞不疑者佛祖尚畏之況其餘乎圓成匪幻依他無地依他匪幻徧計無從徧計匪幻依他匪伏依他匪幻圓成曷契余以是知理不成就則隨緣之用不廢事不成就則衆生復性不難也

予讀端師子戒壇示沙彌偈不覺長嘆久之大都土無肥瘦水無清濁農人勤勞眞實做去瘦地亦自有收漁人耐煩守去清水亦自得魚因想海東曉公來中國求法夜宿渴甚顧傍有一泓掬而飲之甘涼異常明日視之乃髑髏坑也正噦間忽自悟曰一心不生萬法無咎遂還日本疏華嚴圓覺等經大行於世又鳩摩羅什五六歲時隨母舉佛鉢竊念曰我身甚小佛鉢甚大不覺失聲下鉢母問其故對曰適我生心鉢有輕重一法既爾萬法皆然夫復何疑今之學者未見知識法師先自疑曰此善知識果能開悟我否此法師果能教我否此戒師果自己持戒清淨否嗚呼君子吹毛求善小人吹毛求疵而求善之心不若求疵之工此等器量做世間好人尚做不得況爲如來子乎端師子偈曰登壇受具戒第一莫疑師摘取果子喫莫管樹橫枝

拈讀端師子偈

吾讀法華經知得六根清淨者則眼見三千大千之色耳聞三千大千之聲鼻嗅三千大

千之香舌嘗三千大千之味身覺三千大千之觸意洞三千大千之法若掌中見果也雖然吾知而未得用者六根未清淨耳如一清淨則現前矣何疑哉於戲此用人誰不有以見思覆之塵沙蔽之故不現前如見思斷而塵沙空心如軒轅之鏡十方通徹自證之矣豈待人言之乎

東坡觀世音贊曰衆生墮八難身心俱喪失惟有一念在能呼觀世音火坑與刀山猛獸諸毒藥衆苦悴一身呼者常不痛呼者若自痛則必不能呼若其了不痛安用呼菩薩衆生以二故一身受衆苦若能眞不二即是觀世音八萬四千人同時俱赴救解曰夫一身之微八難頓集則難存而身心俱喪可知矣然身心俱喪而能呼觀音者身耶心耶是身是心則難存而身心已喪久矣非身非心則知痛而能呼觀世音者果有痛乎果無痛乎有痛則身與心未嘗喪也無痛則身與心未嘗不喪也難者當即身心而推其痛復離身心而推其痛於即離離即之間往返觀察推究一旦察着痛處則果有痛果無痛自知不煩求觀音覓痛所在耳東坡此贊妙容超詣豈魯直少游輩所能彷彿哉予觀天童頌洞山病中機緣頌雖妙然不若此贊四稜蹋地也頌曰放下臭皮袋拈轉赤肉團當頭臭孔正直下髑髏乾予曰髑髏不乾則臭孔不正臭孔不正則箭鋒相值之機自然鈍置不少矣又解云自難字至種種觀察皆比量也東坡此贊但於盎生註中頭一難字若不忽略着力觀察則東坡贊自然有入直下髑髏乾

即智訖情枯之謂也活人髑髏與死人髑髏初無有異但活人髑髏情識未枯智趣未忘謂之臭髑髏死人髑髏以其情智俱枯古人謂之金剛髑髏即法身之謂也蓋情智既枯則我忘我忘則無物非道故曰道遠乎哉觸事而眞聖遠乎哉體之即神者體字即比量也神字即現量也痛咀嚼之

韓大伯點雪竇偈曰一兎橫身當古路蒼鷹纔見便生擒後來獵犬無靈性空向枯椿舊處尋香嚴曰動容揚古路不墮悄然機今有人以一念不生爲佛喜怒未發爲中此所謂枯椿舊處尋者也能舉一而反諸則明暗動靜通塞恬變合離生滅俱未形時若不是佛是中則一精明分成六和合翻成外說矣故有隔壁聞釵釧聲者曾亦得入即此言之則六塵皆韓大伯之古路也即六塵而不粘六塵者即韓大伯之兎也臨濟用其機而變其名則曰諸人赤肉團上各各有一無位眞人於六根門頭放大光明照天照地自汝諸人不能薦得如上諸語皆古德禪老抖擻屎腸爲黃口禪雛說老婆禪也如其本分爲人露一些子不得何以故佛祖命根斷故況熱惱衆生耶故曰法堂前草深一丈良不我欺拈韓大伯點雪竇公案

永嘉證道歌有曰但自懷中解垢衣誰能向外誇精進此兩句歌賺殺天下人不少非永嘉之咎也人自咎耳故看教與參禪雖皆是勝事脫打頭不逢作家教眼却被義理塞殺禪心却被野狐涎塗抹了殊不知凡尚義理古人謂之所知愚凡染野狐涎古人謂之識

解依通蓋尚義理情終不枯情不枯一不涉文字義理問答處便茫然不知雌黃如陳操問雲門曰敎意則不問如何是敎外別傳意門曰教外別傳則且置如何是敎意操曰黃卷赤軸門曰此是能詮之文如何是敎意操曰口欲談而辭喪心將緣而慮忘門曰口欲談而辭喪爲對有言心將緣而慮忘爲對妄想如何是教意操茫然不知答門曰聞尚書善解法華經是否操曰不敢門曰經云治生產業皆順正法且道今非非想天幾人退位操愈茫然門訶斥而去以是操重發心參禪請以雲門作用觀之則永嘉但自懷中解垢衣誰能向外誇精進豈陳尚書獨不解此兩句耶如果解了如何見雲門如木偶人相似蓋此公義理窠臼不先踢翻郤被跛足阿師踢翻了直得無坐地處此所謂貪觀江上月失郤手中橈即識解依通雖稍活潑初非義理窠臼可以霾没得渠然謂之識解此是依通之信非道通之信也依通之信說時似悟觸境必迷譬如汞銀觸火不得一觸火便飛去矣道通之信則不然如迦那提婆以舌辯困外道外道弟子恨婆困其師一日婆經行林間外弟子以利刄決提婆腹曰汝以舌困吾師我以刀困汝汝復能神乎提婆春然受之而且種種安慰教誨之提婆腸胃委地弟子驚號而至提婆誨曰彼自壞善根耳與我何預但悲其忿毒所燒終必墮苦我心果不瞋其所害則其墮苦之苦終當代受之更以甘露洗其腸胃我心方安噫婆之照用豈尚義理之講師野狐涎之宗所能較其雌雄者

哉又有所謂講道學者更不若講師與野狐禪矣故曰一盲引衆盲引得衆盲入火坑子故曰永嘉此兩句歌賺殺天下人不少雖然若是作家此兩句歌亦是殺人劍活人劍耳夫華嚴之小根法華之退席一者以爲華嚴攝機未盡則謂之未暢本懷一者以爲法華之退席即華嚴之小根也惡得獨以華嚴爲不圓而法華獨圓乎哉於是兩家之徒宗清涼者遂以法華爲未圓宗天台者又以華嚴爲未圓吾則紿之曰果以華嚴爲攝機未盡爾時佛說大經除諸大菩薩之外猶有八部等衆以宿世曾植圓因故亦得聞毘盧之音敢問復除異類聞經之外更有餘衆生不聞華嚴乎如有之何獨小根不聞經遂謂之攝機不盡耶又以法華之退席爲不圓者敢問除退席之下尚有餘衆生不聞法華耶如有之則華嚴之小根未必非圓也聞者無以應吾復諭之曰若知之乎華嚴無小根則圓能縛矣法華無退席則妙能滯矣惟圓而帶小妙而帶愚始見華嚴之圓非圓也法華之妙非妙也故曰證圓覺而住持圓覺者凡夫也欲證圓覺而未及圓覺者如來也知此則知天台清涼矣聞者罔措而退

華嚴曰如是自性如幻如化如影如像悉不成就真如之性本自圓成不覺而動隨緣流轉故理不成就依他徧計即無自性故事不成就事理俱不成就所以理障事障皆不煩化而並消事理障消聖凡莫測故本色人拈頭作尾以尾作頭而頭尾端整生殺自在也我讀法華經囑累品不覺涕泗横流也何故

法華之妙至妙也衆生之麤至麤也以至妙之法欲至麤之衆生各各領解在大菩薩猶難焉故如來囑其弘法曰累之者誠然也

法華云開佛知見其旨本自明白初無玄妙若以玄妙求之則佛知見便不明白了葢佛意即衆生日用不知之知開佛知見知見既開則眼見色耳聞聲鼻嗅香舌嘗味身覺觸意攀緣無往而非佛知見也予以是知衆生於佛知見中開衆生知見諸佛於衆生知見中開佛知見耳以此觀之諸佛衆生元無定體顧其所開知見何如耳

無盡意疑音聲可以耳聞而此菩薩於一切音聲以何因緣獨用眼觀耶佛答無盡意但言一切衆生受諸苦惱時一心稱呼觀世音觀世音即時觀一切稱呼之音聲而衆生皆得解脫無盡意即曉然領解不疑衆生以耳聞音聲則物我亢然故八難交臨衆苦齊刦刦我者謂之能我受其刦謂之所所以根境揺蕩業火焚燒究其所自以耳爲聞聲之地音聲爲耳識之牽引故曰境有牽心之業用苟能以眼觀聲則根無所待而境無能待作是觀時不惟衆生菩薩窠臼盡翻實乃凡聖路窮苦樂根拔然此等作用非知解邊事所以遇緣觸境無分逆順皆我入路之階梯也

阿難以無着名心有四重過當因成假時已說不得無着刹那而相續刹那而相待至於相待假時已離不着三重矣於熾然有待之后而曰無着豈非四重過乎

夫待三合而執有鳴五合而執有聞此衆人也廢三而執無鳴廢五而執無聞亦衆人也

惟三五合而不執有三五廢而不執無者此非衆人之所知也予讀東坡法雲寺鐘銘大悟語言三昧陀羅尼蓋一切文字語言皆自心之變也知其自心之變則合三而有鳴合五而有聞廢三而無鳴廢五而無聞譬如畫水成文成文水也不成文亦水也合心也廢亦心也既皆是心豈有心取心乎心舍心乎知其如此可以爲詩可以爲歌可以爲賦可以悲鳴可以歡呼文字如花自心如春春若礙花不名爲春花若礙春不名爲花惟相資而無礙故即花是春也花可以即春塵亦可以即根矣豈根獨不可以即塵耶根既可相即又獨不可以互用之耶銘曰耳視目可聽鳴寂寂時鳴大圓空中師獨處高廣座臥士無所着人引非引人二俱無所説而説無説法法法雖無盡問則應曰三汝應如是聞不應如是聽又此數句共六十字字若譬花句即春也句若譬花義即春也義若譬花理即春也理若譬花心即春也然坡公此作文嚴義精苟非識妙者直以爲紙花耳何春之有蓋坡翁以爲吾所以得悟六根互用之義六塵皆道之妙苟微三合之鳴五合之聞推至於三五合而無鳴無聞者終不可得也故鐘以師名酬其德也有師而無座有座而不高廣何以大稱大則無外無外則臥士不可得矣此舉鐘而略撞非略之也實攝之也故撞有士之名而無士之實也如奪情不盡則至理終不精徹以人奪師士矣師士奪而人不奪猶未臻妙又繼而奪其人矣三者互奪則用存而功忘矣夫用存則情見自枯功忘則

義路自斷義路斷而情見枯得全我性命之微豈眛三五而執鳴執聞者之所能也予初曰讀東坡鐘銘而大悟語言三昧陀羅尼者非綺語也非妄語也有能讀予文而知東坡作銘之意則予又大圓師之仲弟也（拈東坡鐘銘）

紫柏尊者全集卷第十六

音釋

髦（莫袍切音毛髮也）　鏌（末各切音莫）　鋣（同釾干將莫邪二劍名）

紫柏尊者全集卷第十七

明　憨　山　德　清　閱

佛贊

釋迦佛贊

稽首無等尊本光何起滅在乎用不用凡聖始分轍不用但熱惱用之皆神力妙容三十二一一吉祥備功成賢刼時非三亦非五累足青蓮花慈風扇萬物比花觸風歆髻珠亦如墮彷彿歆墮間有意離爲語當處念不生法身爆然露若作如是觀供者眞佛子

釋迦文佛贊

妙容處處皆充滿譬若春光在萬物衆生日用苦不知忽知福慧本具足佛身非身盈八極吾人計身拘六尺佛心無心通一切吾人生心一切礙了得身心等兎角威光熾盛星中月見者聞者皆清涼况復聞見皆寂滅稽首牟尼無上尊惟願慈波恒澤物

阿彌陀佛贊

大道非一亦非二佛國如何有多種究竟願力初不同所以感報乃如是此去西方十萬億化主號曰阿彌陀往因發願四十八是故殊勝超一切生其國者皆不退我若發願祖無量我即彌陀眞骨肉彌陀之身壽無數萬斛芥子不可喻悲智不從心外生自强勇猛亦心力如是觀察了無疑我即彌陀最初師弟子既出苦海已師長豈墮于生死

入山佛像贊

南面之樂視同敝屣苟非至明見彼知此幽石白雲瑶宫金几誰雌誰雄慈父嚆矢

雪山苦行佛像贊

眼不見眼心不明心眼若見眼眼非我眼心若明心心非我心誰云六載苦行殷勤明星出時一覩悟道道若可悟亦可修證修證非道三學六度方便劬勞熏炙隨順轉識成智智成識空空即萬法萬法即空異相非礙拈頭作尾以脚爲手似乃顛倒不壞本相横計不了見手見脚事事執着如眼見眼如心見心如是見者大海撈針萬劫千生勞筋苦骨役心疲志曾有何盖瞿曇方便謂言成佛佛若可成斷非眞佛

釋迦佛雪山像贊并序

有生最苦者惟生死耳生死本乎情愛情愛不斷萬刼千生酬償業債我不重汝苦行雪山覩星悟道但服汝一切情愛一刀截斷此非大英雄漢子安能把手心頭便判是故稽首贊之

本自尊貴作下賤相堆危岩畔宛死模樣人鳥絶踪雪覆千嶂寥兮寂兮那來情想爲什麽活馬將他死馬醫咦不是一番寒徹骨怎得梅花撲鼻香

釋迦佛出山像贊

衮衣何似鹿裘安雪覆千峰獨耐看不是明星驚夢眼肯來苦海弄波瀾

一覩明星眼便花逢人到處撒泥沙六年苦行成何事惹得諸方口業加

慈慧寺毘盧佛贊

稽首無上毘盧佛光明熾然徧一切隨其分量各得之聖凡受用皆圓滿蟣蝨末始終於小修羅亦非必於大秖因瞥爾情生時如行巨海限牛跡是故世雄設方便範銅示此希

有身譬如雲淨中秋月衆星圍繞增殊勝見者聞者益清涼熱惱頓入不思議

廬嶽毘盧佛賛

稽首無上眞金色相好圓滿非有無江濤湖風廣長舌一切見聞難思議匡廬震旦勝道塲今復駐此光明尊譬如寶盤得摩尼宛轉横斜恒不息癡人若以方隅觀何異層氷覓火燄智者日用心湛然是故白毫常普照

無量壽佛賛

有生必有滅有壽必有數佛以無量稱必有其所以此去極樂國西方路甚遠但念佛號者必當生其土釋尊金口宣決定無虛謬生從不生有不生者非數非數爲數本是爲萬物祖此祖人皆有不悟乃不睹如頓見自心生滅不可得依此發誓願如阿彌陀佛佛佛願相紹光光照不絶是佛現前時狐疑湯潑雪

吳中泛海石佛賛 并序寄園中曹直指

天像設之始莫始於優塡王金像與旃檀像像設之靈奇則莫靈奇於阿育王銅像與吳中石像夫金佛不度鑪木佛不度火則石佛不度水明矣而吳中石佛乃出沒大海浮沈驚濤螺髮繩衣跏趺於碧琉璃上現大希奇魚龍悲仰濟海入吳而獨應朱氏父子之請由是觀之石佛既以度水則金佛度鑪木佛亦度火矣予是以知無物非心無像非眞心能所卷舒精粗莫測惟照用俱全者則黃土與松枝皆隨感放光況我維衛迦葉二如來於無量刼與吳人有大因緣特此顯現令無量衆生起靈

應想想則思思則悟悟則通通則近取諸身遠取諸佛皆自心也然四方黑白不道於吳者無緣瞻仰予甚慨之乃屬下南羽氏繪像以傳秋空之月無擇蹄涔二如來自茲處處示現矣贊曰

金佛不度鑪木佛不度火石佛能度水多生願力故普願見聞者福慧如春花不假安排力花花妙自佳因影得佛心佛心無中外應用雖不竭迷之苦甚大維衛迦葉佛酬願顯靈奇水陸作佛事由之不許知凡有供養者地獄化佛會佛會五陰空罪福亦不昧獄室名福堂檢名寔自詳因苦生覺煦覺則物我忘堯春無中邊舜德寧促延朝暮禮二像披雲覩青天魚龍仰光彩虎兕融嗔顛吳水與燕山十五月皆圓

彌勒化身贊

河目海口心同太虛長風遊之其地有餘我心如此何物能轉布袋之中聖凡難辨

彌勒佛贊

世人多愁尊者多笑愁笑有常用無麤妙坦懷垂腹布袋生殺揑聚放開聖凡失着

善雲堂彌勒佛贊

天容道貌妙難思待到龍華見已遲逈脫根塵渾獨露頓空人我便相知面門生笑猶非妙肩背流春始是奇一禮一瞻增福慧常親寧不獲菩提

護國寺自來佛贊并序

夫泥牛耕月木馬嘶風衆人聞而駴之茲像非金非石衆品合成解附荆楚之舟容換蠻夷之骨達者知而易感常徒昧而難

懷然其銷我爭於眞慈廓清涼於熱惱雖不處王侯之位而德貫象帝之先梵名佛陁此言覺者覺則無物非心不覺則何心非物何物非心一莖草可以爲丈六金身何心非物丈六金身可以爲一莖草噫苟非其人道不虛行贊曰

江清先得月緣熟佛自來我若心水淨豁然佛眼開自心垢未空怒佛無靈通病者飲蕉漿橫疑黃連同一朝疾病除菜汁甜何如禱佛佛不應佛安有親疎但將我心審果乃誠未誠若使心誠徹無靈佛不情

彌勒佛贊

一切煩惱歡喜本若無煩惱歡喜離是知歡喜無煩惱終必歡喜無所資我今稽首彌勒尊笑口常開等海門見聞隨喜消人我通身毛孔皆生春此春不向無心生智願成熟度有情我若無情笑破口敢問心生歡喜否請觀木人鳥不怕風吹手動渠不走尊者歡笑誰不喜喜者大都此喜此若知此喜此外無嘗教喜懼自然墮布袋開來寶不多相逢任取博凍餓

枯木彌勒佛贊

生鐵鑄就黃金打成剌彫玉石慈氏五形何如枯木不煩彫剌德相圓滿笑容可即木不解笑笑則非木以木求笑笑如龜毛以笑求木木如兎角有名無實無實無理理路不通千尋峭壁苟能攀攬莫是彌勒

彌勒佛手執布袋贊

閉口舌頭隱開口舌根露不開不閉時問在甚麼處汝若知得了布袋付與汝汝若未知

得手揑終不與

石佛贊

無際雲濤以爲槎並秉光照吳朱家屢經兵火初無恙見聞之者開心花心花開處香十虛光無中邊本來如若人有緣一稽首刹那三障頓消除障銷石佛解說法兩口一舌覆塵刹衆生屌屎與放屎舌上周旋誰覺着誰覺着誰覺着眼不見眼見生殺聖凡一倒聽指揮廣額屠兒眞猛烈無邊苦海成智海一指屈伸情易決深郎持此往峨嵋魚龍處處生欣悦狹路相逢劉薩訶一切罪根方始拔

彌勒佛贊

胸中有些事肚皮大而窄此心等虛空胸部窄而廣往來牛馬羣出入聖凡隊何殊風度松寧異月穿水久行忽然坐仰目視霄漢既不慚高鳥豈有遊魚羨

毘盧佛及文殊普賢二菩薩十八應眞贊

毘盧佛

毘盧之光日用昭彰以我未了法身似藏了知成熟萬行功忘就位其誰喚奴作郎

文殊菩薩

衆生未達觸處惟情達則情枯詎多愛憎金毛獅子跳躑靡停以此爲坐不行而行

普賢菩薩

萬別千差行無正邪入衆生見敷大悲花象占十虛蹴蹂三車屠兒廣額是子恩家

第一賓度羅跋囉墮闍尊者

左手虎口啣藤一枝藤疑屈伸指若無知稽首尊者幽宵慧燈親承佛記照彼愛憎

第二迦諾迦伐蹉尊者

雙手奉杖外心手無屈伸手指早是爲渠渠若不薦我無奈何且收一足再放爲他

第三迦諾迦跋黎墮闍尊者

拂裁右手左手里間閉兊通離心無往還以慈爲人人忽我真當面蹉過再來難親

第四蘓頻陀尊者

撫膝左手有何所思握拳右手不見所持撫握雖二人無二知口閫非笑眼豁眉垂

第五諾矩羅尊者

我問耆年癢何因緣爲生於中爲起於邊邊則同外癢非中先諦觀審察童子超然

第六跋陁羅尊者

手雖指珠心不在兹眼視他處了然無疑大顛舉似韓愈罔知首座叩齒雷同逐之

第七迦理迦尊者

面圓眉長神異難量眉作願繩繩牽法航度諸有緣出此鑊湯月面日面圓缺無常

第八伐闍羅弗多尊者

肩露臂交袈裟擁腰看經跣足風致逍遥眼目人天人天皆疑是何尊者蹴踏威儀

第九戒博迦尊者

雲山蒼蒼以石爲床趺坐右握指何抑揚林泉無暑持扇思涼疑獨眼龍機鋒暗藏

第十半託迦尊者

項縮眼瞠注心讀經梵音嘹喨不許耳聽字布白氍鴈飛秋空横斜斷續影亂慧風

第十一羅怙羅尊者

咬牙恨誰恨世人癡横計身心不知捨離劍眉横空眼露殺機以殺濟生聖人深慈

第十二那伽犀那尊者

身棲雲外目視人間見彼好醜冷笑銷閒笑恐頷墮擎拳撑持小心太甚至人之癡

第十三因揭陀尊者

奉經遺杖奉杖遺經捨一取一心終不停兼珠與身四者等一一則無外梵聲泠泠

第十四伐那婆斯尊者

出入息空山無異同見山禮足山多笑容謂我在定定無邊中無邊中處定慧雙融

第十五阿氏多尊者

頭如擁腫抱膝軒渠鼻曲眼斜眉垂心虛心虛無我豈有愛憎凡百笑言衆生慧燈

第十六注茶半託迦尊者

樹老藤枯心同太虛我忘我所樹即自余左指伸屈爲誰說禪廣長舌相聲出右邊

第十七慶友尊者

松雲是身身是松雲耳目雖存本無見聞交手奉杯儼如忘懷楊枝浸水不洒同儕

第十八賓頭盧尊者

衣不覆肩足慵約鞋雙睁上視日月光霾杖在右手功難左無心非有二用豈差殊

李次公畫接引佛薦見素居士別號善雲

佛身何在在在而圓日用不見封埋塵緣忽然垂手欲接其誰居士善雲此心了知生前有德死後畫佛筆筆蓮花香風拂拂娑婆極樂染淨無常循業發現實難思量彌陁之願四十有八願願逗機當心一札善雲善雲豈闕見聞好擲黄冠頓超仙羣歸無量壽長揖死生車大蓮花何妨經行生爲死母憎死愛生不若無生無生常生觀音爲友勢至爲朋

七趣周旋應知重輕於此糢糊辜負李生

調獅圖贊 并引

獅子一吼百獸腦裂此猛之至也獅子一躍百獸皆悦此和之至也惟猛不和殺物無辜至人知其如此故調而和之爲百獸師寛猛中節威而能和如冬之日暖然而春故易曰無妄之藥不可試也

法窟爪牙睛空霹靂一鳴一躑若欣若戚我本無心天機淺深同條生殺明白浮沈結角羅紋交加難辨銅睛鐵眼蚤被眨轉

掃象圖贊 并引

夫根本差别兩智一心悟證淺深致有先後見性則莫大乎根本治情則莫要乎差别故古人有同條生不同條死之典刑明暗相參之權變雖然聖人設象要在盡意得意忘象則象爲筌蹄得心忘情則得無所得矣

十惡五逆窮之有性千魔萬怪孰返其正合下了知崐崘非堅色空無地白象現前習垢有餘是須掃除長松之下盆水涵虚主伴交映聖凡參差森羅海印在我雄雌

菩薩贊

文殊師利菩薩贊

千岩萬壑皆層氷一切衆生渾凍殺昨夜梅花放嶺頭紛紛蜂蝶承春色巴蜀雪消流水急無限魚龍生欣悦大智現前春光回觸着身心等氷釋此光曾爲七佛師復爲迦文之長子無名可呼稱文殊善財最初先見之一見百城烟水邊境界逆順不倒顛歸來雙手一物無清凉老漢重摩頂

普賢菩薩贊

稽首徧吉大尊者在在佛土爲願王普率羣生歸智海波濤浩渺不可測巍巍白象塞虛空譬如鉢中盛滿飯飯滿豈復容纖物象塞虛空坐何處菩薩到此不停思如鐘受擊聲答我萬行門中饒伎倆願王不動恒自在雪覆寒岩法界幽琅琅貝葉彈舌轉清音不許瞿曇聞牛頭馬面偏知巳

禮北臺大文殊菩薩贊

稽首文殊智中尊不離萬法得根本譬如金師不廢器廢器獨露金之體善財一見難再逢遲伸金臂摩其頂此頂無分聖與凡清淨顯露不可見不可見處見妙相亦如出水妙蓮華妙容縹緲香雲中一切見者皆歡喜寶瓶藉此獸中王欣然荷負恬於几翻惜人爲萬物靈相叅若個生悲戀有心來此禮菩薩解聞師吼輸英傑積劫情根當下消龍蛇混雜常自在妙觀察智誰爲毋煙水百城老人祖率懐仰承菩薩力吐此微詞贊功德菩薩功德贊可盡何異晴空轟霹靂巍巍妙首妙吉祥惟願智光常照我浮雲飛盡空無際叶斗峰頭月孤冷盡在清光妙湛中瞥爾生心隔千里

提珠菩薩贊

珠雖成串不撥不轉得意毫微璇璣電卷春秋幾何提示無多耳處聞聲退之淆訛

大悲菩薩贊

螃蟹蜈蚣足多眼少橫行直走心事豈了衆人雙手目亦惟兩多藝多才皆出妄想物我雖殊有待之用同異未忘共而弗共我觀大

悲由聞而覺聲無逆順一聞脱殼殼乃謂塵塵銷根拔初非先後寧有本末任運而周多臂多頭頭臂具眼如清在秋無論智愚聞見皆驚封我常執疑彼聖明四十八臂一十一首臂有承捉首無左右承則象智捉則象悲悲智交運照無所遺無待之光熱惱清涼一指屈信蜜無中旁念彼衆生即蛆螃蠏一切有知三毒難解稱大悲名見大悲相謦咳之間悟入無上無量壽聖大悲之君君臣願力共拯迷羣如臂使指了無彼此正中無邪妙物無累無累之慈惠物所思若求男女男女大師因愛生信因信心通心通愛拔菩薩神功

觀音菩薩贊

稽首大悲觀世音有大方便拔衆苦若人多於淫欲心常念恭敬便離欲此言初聞不覺妙久而味之妙無極自是衆生心識粗不知菩薩救苦益淫業乃非一朝習元從無始至今日一稱名號欲頓離衆生乍聞誰復信不信以其根未熟根熟自然疑不起治淫觀門既如是治嗔觀門亦復爾若人多於嗔恚心當究嗔心自何始不知其始欲滅嗔譬如斷流不塞源源若不塞流豈止未得其始嗔安息我願普念觀音者於凡逆順憎愛中發憤自強挨撥去一朝戰勝萬無異若作是念名正念不作是念邪念耳豈有人爲萬物靈不行正念行邪念讀普門品

毒藥不可食惡人不可親食毒命必夭親惡善必損是故佛菩薩種種設方便以毒攻其毒毒亦不殺人以惡攻其惡惡乃不害物若

作如是用善惡無常性毒若非妙藥聖人物有棄是以知觀音善解此三昧能於普門道救一切衆生受惠必報德衆生常情見以情報菩薩掉棒打空月空月若知痛菩薩乃受供讀本草衆生無苦不呼名菩薩不應誰復救救苦慈感苦感生苦是衆生大悲父若謂菩薩願力深一切世間苦皆度作是觀者非善觀善觀聖凡苦爲本若人頓了苦性空菩薩爾時乃始現現時電火喻莫齊分别音聲皆可見初針至後針線線曾不斷由引乃成滿滿豈有成耶滿既非功立引亦何初始若能如是觀繡者不可得諸人善思念菩薩即現前繡像寒谿古岸細楖踈篂裙帶微飄岩花泛香隻籃雙鯉人在舟藏無擇知愚一瞻容光刀山

火聚毒藥沸湯凡百諸苦洒然都忘衆生熱惱本自清涼即覺横夢認奴作郎勞彼至人大慈多方以魚爲鼓聲震八荒縱爾闡提聞腥亦喪魚籃三災九横八難二求罪福無常圓通自在罪若有主福不可修福若常恒罪不可洗兩俱無力悲智圓成如見一花春非有際雲巒海岸朽宅青蓮烟波渺瀰菩薩欲語海潮春山方青桃花正開天男大士掛坐岩臺花枝鸚鵡側窺童子唱酬本調誰領斯旨脚底有耳耳中有眼觀一切音理豐言簡天男無際海濤中雲山忽簇簇魚龍及蝦蟹猿犹并麋鹿朝暮聽潮音共沾慈悲福人爲萬物靈睹此應痛哭異類尚皈依汝曹徒碌碌浮生若漚泡交臂顔已禿童子不畏險衝波頫

仰伏剎那根塵空妙相春可掬着眼嵐霧合陰森惟紫竹吳郎寄逸想大地梅花馥

梅花道人畫像

衆生有苦菩薩救菩薩最初苦誰拔若使更有所拔者痛思拔拔何窮已忽然智訖情枯時海月雲山菩薩語猛獸刀林及火坑驚雷雹電慈悲鼓此聲寧分聖與凡一歷耳根無不死是故觀音度衆生空華落影春光始

海月

眼耳鼻舌身此五本來妙瞥爾明了起五根如膠盆一切好惡聲觀音以目聽有時則不然耳聞不異衆由聞達無聞同入普門海眼耳俱一境惟根不相等所證了無別歸源浪分轍有能則有所所忘能亦滅能既隨所盡忘功不屬能能盡所隨化功亦不屬所究竟兩無功悲智妙莫測二輪碾大夜譬若杲日出手尚多無數慈威寧有常眼不局面上掌中亦放光倒以毛髮推手眼復過是世見大悲驚驚則駭而惑誰知即感者與菩薩無二

大悲

我聞菩薩心即是衆生性衆生與菩薩兩杓同一柄若說菩薩度衆生總是當人顛倒病若說衆生憶菩薩亦如斬頭求活命且道如何即得藥病俱除血脉不斷觀音應現比丘身補怛岩前行正令

比丘

真觀聖凡情頓斷大智現前菩薩露悲觀慈觀利澤深三草二木皆蒙潤如是功德難思議一切衆生願瞻仰衆生衆苦本無盡菩薩願力豈有窮無窮願力度無盡譬如環輪尋始終衆生正當苦迫時竭誠一念呼菩薩菩薩聞呼以眼觀呼者衆苦即時脫若人知痛

知不痛不痛即是觀音力一根入流諸塵消八難滿證圓通覺（寶輪）

天風海濤不與耳交能用眼觀衆苦氷消三十二應十四無畏并二隨順一心不生無德不備稍涉情塵鏡上有痕能所角立橫見疎親以心取心陸地平沈水豈溺人人自溺津自是是水水不消瞋八難之中風火殆險無形割物假物逞威苟外薪空兩者勢窮風火既爾水力亦同天機深者知此萬了未能神會寧免顛倒吾言甚平奇討難曉達本忘枝合下自了苦是導師勿得憎之離苦覓樂有師無資襲明功墜並昧斯義縞縞白衣月豈在指（觀濤白衣以手指月）

提籃示人踏入風塵此一尾魚明暗交陳馬郎瞥地牙齒生津鎖骨挑後出水方新（魚籃）

稽首大悲觀世音所求云何而得道惟願菩薩開示我使我彈指獲圓通圓通儻獲誓度衆凡屬血氣有知者一一領之入普門菩薩以身爲廣舌開示現前所求者汝若眞欲得我心我心只在汝日用在眼數與色塵合乃至在意與法和汝能了色并餘塵塵爲復從何處生若知塵塵所生處六根自無樁立地根塵廓落一精明迥迥孤光埋不住一切衆苦解脫師以眼聞聲山說法善財何處覓觀音當問初求觀音人是人身外尋菩薩好堅一株成兩橛曇郎化身端郎供曇端俱從我口出我若不得菩薩心安能爲渠通消息菩薩若不得我教淪墜愛河終不了只今危坐石龕中松韻泉聲粉枯寂枯木花開香異常鼻根難嗅耳根識（石龕）

觀音菩薩能救苦未成菩薩苦誰救往反推之救苦功始終不見有功者若人欲識觀世音能解此贊即菩薩衆苦自然不須救晉取即如湯潑雪

不以耳當而以眼當一切音聲若存若亡六根秀茂片石昂藏是誰鼻孔大士眼眶　六根清淨

稽首大悲觀世音隱勝現此稚子相周瞻七丈有餘許狹習衆生猶生懼所懼謂其身高大不信世中有是人吾因若輩說此偈使其當處懼情消頓了吾身大逾彼請觀菩薩觀觀者若有大小詎能觀以能觀無大小故是則能照大小境即如觀空亦此觀縱觀天地亦復然至於以觀觀芥子總是能觀之所了能觀果小弗能大安可復觀天與地能觀果大不能小亦復不能觀芥子吾以妙觀察智尋能觀畢竟非大小能觀既其非大小虛空天地莫可比是三大者尚乃爾何況七丈稚子相哀哉癡兒不自觀逐境分別生恐懼若人於偈能返研晉取大笑諦信自　現七丈稚子相

衆生有苦觀音救觀音救苦自無苦若自有苦能救人自古至今無此理譬如薪火煎冷水水熱火本不曾濕衆生墮落險難中恐怖悲號求出離誰知自已悲號者一切衆苦不能縛衆苦能縛悲號者水亦可熱火可濕若人遇苦作此觀鑊湯鑪炭常安樂　救苦

普門不遠日用之中好惡顏色觀音之容能專此觀物我本同火聚刀山春波和融纔關思惟菩薩潛踪仰冀救苦首西面東善財不禁直得隱空

衆人聖人初非兩心以不善用致有升沈水

若外月清而匪徹月若外水澈而有闕互弗相外能光能潔衆人昧之萬苦萃身違身無待待者皆神以目觀聲拯諸迷輪 水月

奇峰翠竹菩薩之眉眉解説法孰能聞之直以眼觀對境心安刀山火聚不異琅玕外勁中虛靈而我無閒彼七趣悲拔三途以智爲日霜雪消除我覓罪相女子之鬚六根互用何往不洞洞在何處在我毛孔一孔一身菩薩微塵散滿十虛月印萬津善財欲捉鸚鵡笑人榮辱得喪孰假孰眞蜜有中邊背岩無春 竹林

水外無心觀者何物心物苟辨水觀乃得得此觀時無擇色空十方三世汪洋冲融凡聖垢除始圓妙容三塗八難無量劇苦恒作是觀刀山樂土若作他觀樂土刀山冲融性水

苦海波瀾魚龍擾擾五欲是躭愛源奠枯須待驢年菩薩悲之以身爲船往來欲海結清淨緣眼聞濤聲主客同玄 水觀

雲濤無際中片月何圓滿菩薩月中坐恐怖久已斷魚龍仰眉宇出没無定時常念觀世音濤聲入路奇隔壁墮釵釧相逢誰解薦薦得魚即龍防渠作雷電電比石火忙生心早失光楊枝挿淨瓶風蕩學低昂蒲團吉祥草坐到何年了衆生界未空我亦和泥倒聲若用耳聞眼根渾錯照 水月

稽首大悲觀世音一切苦聲惟眼聞刀山火聚成解脫是時何處覓迷雲長江浪高如雪山我若無心水本閒衆河流急喻閃電就中有路透長安長安風月雖然好頭上談光燒杏早不藉三春出地雷衆生蟄夢終不了南

無最勝觀自在苦厄山中作良導
我聞觀世音初亦是衆生因遇觀音佛教眼
觀聲音菩薩領教已音聲用眼觀生心觀不
就幾回多愁顏愁苦觀不徹觀久心忽裂心
裂知自遺知遺見亦脱知見雙忘時眼觀音
聲決向時無量苦今成悲智路路由普門入
回互不回互隔壁墮釵響入路知幾個觀聲
善根深見渠悦我心我見觀音聲朝暮常照
臨因聲薦此意便能投鉢針
菩薩衆生初無異同其心善用先得圓通我
用不疑太虚長風游行自在何物成封用稍
不善疑情横現死生榮辱魔面佛面菩薩哀
之抉我障翳頓還本明光洞三際過現未來
氷河蓮開劈交徐行足不染埃水變琉璃魚
龍皆驚浮沈無所有眼如盲聲若眼觀琉璃
豈非善財氣急自恨鈍機
春在桃花紅如血染春在菩薩慈悲無倦左
肘倚石右手屈指伸者惟二三之中屈伸
無住若以住求是謂死句活句在何桃花婆
娑花解説法法遍恒河聞者以眼頓出愛波
七稱觀音三稱四弘信手拈來普字分明指
上有眼眼解觀聲自親而疎衆苦消停性能
如是緣生無生刀山劒樹苦痛難承夜間摸
枕大悲現形交臂失之洗足徒行善財捕影
鸚鵡飛鳴在而不見楊枝凝睛
謂此非實普陁是眞隅垣釵墮入借聲塵聲
可説法色爲大師我無隱乎爾欠諦思三十
二應雌黄慈威德山托鉢杲日流輝眼界閒
鐘衆苦息機
雨餘芳草緑編草成緑玉趺坐玉温潤萬慮

不煩濯此心空潭清垢靜忘邊幅見者意自消饒舌非我事萬象解高論聽者根豈具惟不具根者善聽萬象説熾然常不停眼根爲媒妁接引苦衆生普門作安歇淨瓶與楊枝當面徒排設

熱惱清涼初無有常用之何如遂見短長菩薩知此所觀異人聲聞於眼人則耳塵于眼聞音法無淺深情關坐斷凡聖平沈以此爲門門包虚空有形無形陶鑄此中造化辭巧陰陽難工一毛多身萬竅號風聲作佛事大悲之宗智悲爲航願力無窮樹葉爲席妙容盤膝屈信在心豈在形跡碧草蒙茸秋光何寄

衆生眼毒菩薩眼慈慈毒相反難爲相知毒盈惡極惡極罪深萬苦交至始呼觀音觀音能救理折難通眼界司聲千災頓融衆生知此菩薩一同

衆生無明菩薩圓通兩者諦觀本非異同三塗八難衆苦靡窮毒藥刀山生心成封拈來便用用處渠逢渠若是我馬將喚龍于茲薦取悲智冲融不涉安排自然適中重巖流水舌相覆空説法無盡眼聞耳聾萬般煩惱六月松風聽着善財面西背東

悲智之用衆生本全以我所故圓而不圓以苦爲師苦極深思思之積久心開神怡寄根明發用無順逆夜光在盤自在而馳生心卜度火燒汝眉菩薩哀之方便備施百千三昧應身無疲片月在空萬影臨池本無前後豈有參差刀山火聚解脱之機但覺畏怯線刺牛皮

輕風生微波異草生巖阿菩薩自在坐心念衆生多瘦竹五六根瓶中楊栁踈大地本清凉將何熱惱除天風生海角翠篠摩空虛楊枝亦解舞瓶水知湛如女人欲成男先將婬機枯婬枯心清淨定作大丈夫童眞剖恩愛盡形守戒珠衆禪與學道魔外難擾渠忽開佛知見以眼聞笙竽分付董道人精進長髭鬚何必待來生然後出迷塗

六根不圓通情念不能空情忘念滅時六根元互用一作多佛事多是一根功八萬四千毛個個無優劣誰謂耳聞聲誰道眼見色聖凡無寸地何母子先後一念不生時本光常獨露圓通在蝮蝎普門屬蛇虎大士無功德何讚復何毀

以手爲目以珠爲聲虛空鞕骨雜想無生衆生受難時號呼痛切即赴救譬如淨月在天

石清幽寄此玉顏半跏而坐屈伸本閒鸚鵡覓食善財躲頑呼之不來不呼即還 持珠

以濤爲槎並泛海涯有力爭請唯然朱家魚龍哀鳴水族失爺既爲人有吾曹咨嗟人憐黿鼉禱佛冥加凡彼濕生心開覺花人心佛心達本無差魚龍知此咨嗟徒譁心佛衆生玉本無瑕吳門緣熟通玄地嘉兩鉢雖破二尊靈遐見聞之輩數若河沙若毀若譽毒鼓誰撾有心無心鼓實爪牙癡子不解打草驚蛇蛇忽換骨風雨横斜閃電光中雷師開遮石像鼻孔或隆或窪雪浪山崩楮上行艖水陸無虞聖凡一車運重致遠手抱琵琶有聲無聲趙州賜茶纔涉脣吻波浪如麻 吳中二石佛

稽首大悲觀世音於音聲中作佛事一切衆

際凡有水處皆遍入水即衆生痛切心月即菩薩方便力刀山劍樹與鑊湯黑風鬼國漂墮處衆生命根將欲斷菩薩委曲爲之續或遭饑饉寒病疫子母不顧皆離析菩薩身化衣食藥令人歡喜復完聚衆生設受愚癡苦文字語言覩不悟菩薩冥以甘露水蕩除昏翳忽通達世出世法觀掌果了了分明永不惑菩薩威神感即應究竟俱我自心力我心痛切若不眞有苦菩薩救不得十四無畏及二隨三十二應衆功德若離我之痛切心向外馳求寧有濟我又諦觀此痛切極力推求不見有求之於苦苦無從苦若有所豈能滅我今號呼菩薩時一切苦楚成歡悅是知苦樂總無常衆生不了生順逆寵辱紛紛夢正濃幾度號呼喚不醒惟願菩薩愍我愚冥熏加被喚即悟悟後身心空裡花愛憎生死龜毛拂如是了知圓通失菩薩無地可站立無奈去作馬郎婦以欲鉤牽度衆苦譬如以毒攻毒疾疾除毒亦了無所何妨鬼臉與神頭順行逆行普利益我因房山一斗泉得覩菩薩相好身又於慈壽石碑上乞食曾禮菩薩相菩薩手提新篾籃籃裡魚兒若活狀蓮華艷冶襯光儀令人瞻之生佛想旃檀龍腦朝暮燒香烟靄靄籠樓臺供養富貴最無比善財龍女常歡喜惟有鸚鵡心不足猶道枯淡難棲泊誰知上方兜率寺岩龕亦有觀世音烟霞香火甚蕭索超然不厭於寂寞魚籃觀音

菩薩未得道涉世寧自在一旦悟自心解脫非障礙非身無盡身慈嚴相非一無心周萬物精照靡不徹身心本三昧衆生甘下劣無

苦中見苦非樂中求樂是謂顛倒想難入圓通覺

驚濤撼岱嶽巨舟不敢渡菩薩何所能蓮華辯襯足去來若鴻毛飄然離恐怖蛟龍與鼉鼉一切諸水族覩影生慈心劍輪忽停住南無觀世音智願廣無盡我旣皈命禮願一切如我

本來一精明迷成六和合譬如水結氷窒礙非通達文殊選當機菩薩聖中首聞聲聲即心心不見心故心若能自見眼亦可覩眼如是頓了知衆苦皆解脱

開物成務聖人之能或經或權緣生無生感中有慈不與感相遇慈中有感不與慈相值如山出雲如月臨水如春着花三者同現不遇乃成不值乃靈惟成與靈力在無功大悲

千手手手有目較此妙相手眼何寡寡爲多母多爲寡子多寡不到智者自了了則不疑此相即我我能疑我入道之式

五色令人目盲五音令人耳聾竹石而閒棲身世有無中則色之與聲皆可入圓通究其所以然眼觀音之功是故三塗八難衆苦雲從凡逆之與順如清風之度松

智海欲海初無有常心兮善用欲海發光倘不善用鑪炭鑊湯以蓮爲舟普門浮游即呼而應未分馬牛馬窺鞭影馳不待再牛拽大車所往自在魚龍鳥獸水陸之儔海印三昧靡影不收手中楊枝時蘸雲濤熱惱沾者百苦頓消以海爲盂魚龍在掌眼觀龍鳴晴空雷響

心火旣熾境風扇之凋殘本妙八難險奇度

一食頃如千百刦相驚寵辱成熟黑業勞彼慈母奔波塵勞等觀大地如一子驕求不得苦急于燒眉人間乏嗣天上共悲救苦尋聲了聲之前普門月滿我願亦圓求女得女求男得男自心現量菩薩之貪若問幾許手中數珠童男童女轉處自如

吾嘗觸逆境熱惱燒肝肺吾嘗遇順境喜悅發毛孔本來一吾耳苦樂何多種世以苦爲苦不以樂爲惡誰知苦不了皆因樂爲妁此妁弗能遣苦根安可拔縱使苦樂盡平受亦是刺是故觀世音哀衆生三者實爲諸惡源衆苦之所集於是設方便教汝眼聞聲入流成正覺獲三十二應得十四無畏上下二隨順廣菩薩悲智且吾正苦時猛獸與刀劍一時俱歷受楚痛莫能堪號呼吾菩薩忽想吾果痛呼者復是誰正痛又能呼痛呼兩不涉不涉而妄呼何異夢蛇咬方蛇夢咬時怖畏不勝急忽聞鼠翻盆蛇我奚得失

佛香庵旃檀觀音像贊 并序

析旃檀則無片不香分滄海則無滴不濕旃檀滄海以心爲母故得心者可以謂諸聖祖大地母憑生既逝以情觀之似水競東而不能返矣吾聞萬物一物萬人一人所以聖人知此而迭用之若然者此像既生憑生果眞逝乎贊曰

憑生果死此像不存此像既存憑生奚往如眼觀聲清機歷掌憑生有靈莫忽吾想

吳道子觀音變相贊 并序

凡畫之妙不難於可見而妙惟不可見而妙著焉爲難耳故妙而可見者易以平出

難以側形唯遠視而彷彿側出則非畫者逸想幻出焉能不即而親墨渝而神哉故曰妙萬物而無累謂之神神之所存雖至朽之物其生機觸心似不可掩此不可掩者寓萬物而靈隨寓爲君君之所在何物非臣歲丁酉余於董内翰家瞻吳道子所畫觀音變相三十二身其精神態度萬變錯出譬如夜光之珠在金盤之中流轉自在卒不可以有思惟心而計其所向也或無心而非木偶有思而非着想者其可以知此哉贊曰

逸想所寄非麤非精觀音其師寫我虛靈筆筆畫着緣生無生一身衆妙萬鏡一燈可悅難即欲離反冥窮其所以淵默雷霆不貴耳聞惟宜目聆普門竅窕意路難登菩薩哀之分光散形爲渠紹介招手呼名慈母聲咽兒終不應念玆心痛徒自涕零

髑髏觀音贊

觀音菩薩閒不徹晝日觀身與夜接觀去觀來見髑髏枯然只在我眉睫此時西施來作禮菩薩淫心了不起莫教出觀遭野狐眼中見渠生歡喜咄是男是女皆如此何必生心更愛憎

準提菩薩贊

一心不生萬用皆備手臂錯執超然無累衆生熱惱用處弗齊以呪鑄習蓮敷欲泥

唐貫休畫十八羅漢贊

第一

十方一珠三世一線尊者有心撥之豈轉大顛春秋韓愈綢繆咨問幾何立僧代酬

第二

背倚枯槎安知歲華半邊鼻孔落在誰家出

賣日月破除大夜戀幽之鬼紛然驚詫

第三

師觀一切如毋視子子感毋恩脫韡懐美拳

拳握策兩指矗天蝸牛生角雙塔燈懸

第四

握中何物佛祖不識左手倚膝口開可測默

如雷轟聲在未聲若以耳聽離婁失明

第五

心外無法雲山此心是身果有定則難尋瞋

目巖室即身非身有緣見者其孰弗神

第六

忽然相逢誤獨眼龍扇上青山流泉何窮屈

伸五指二三無定恣口雌黄千峰鐘磬

第七

紺目澄碧萬象莫逃併握支頦恐難堅牢喉

深如谷開口便淺不過三寸閉藏孰辨

第八

視身如雲雲豈異身鉢水楊枝衆生之春老

松糾盤風雨所在無限龍蛇恣其變態

第九

飲啄之餘消閒梵書橫睢數墨自卷自舒白

鷳鳥跡鴻飛雪嶺隨風斷續野水留影

第十

肘閣雲石手還在空袒肩持杖眼視飛鴻謂

彼神用其誰不備有無非酒飲者皆醉

第十一

此木童子有身無手藉師成功師手我有用

處隨宜癢非在皮待爬而除問孰了知

第十二

以眉說法口吻俱閑舒卷自在長短之間偶將爲繩束縛虚空安置芥子江山無窮

第十三

口閉不開誰知齒缺舌根輕搖一任賞罰抱膝而坐屹如枯株欲昏未昏以此自娱

第十四

一掌五指屈伸無常如風玩柳枝豈主張謂屈謂伸始終環輪勞勤夢想尊者爾嗔

第十五

大悲菩薩手眼百千用既皆備朋何不圓經珠與杖并治妄想念若未起一虧喪兩

第十六

指麾佛魔把柄在我雷厲風飛縱操皆可驢駝馬載並足還錢予奪生心虚空有邊

第十七

兩眉如峰兩目如海經在面前宛然有待一毛山河刧歷難窮謂遠謂近瓶之貯空

第十八

微塵既剖經始現前文句無多歷觀窮年了知在我不在于經兩者有常牛皮見星

又十八羅漢贊

第一

枯槎生花非耳不見額鼻俱聳春光何限屈伸有常機絶抑揚三直兩曲臂肱堂堂

第二

頭疑怪石髮如飄柳一手持珠以珠代口莫驚濶頷具體而閒顛倒佛頭依稀德山

第三

衣卸肩出碧眸注經此經甚深大夢雷霆文

字非實實非文字獨垂一足兩手自恣

第四

視經垂頭肩背呑耳泉出地中湛然存紙嶺南老盧柴擔暫停聞經一句無所住心

第五

兩手支頷恐其墮地口開齒露眼迸心睡心睡身忘石無施削石忘我足没入何妨

第六

一心不生我即龕巖波浪衣紋泉鳴翠巉眼雖不開光照六合明暗兩忘見精非雜

第七

以杖倚額額爲杖架一肩孤聳並足酬價杖額不同主賓何功唯肩與足空磕虛空

第八

琉璃與鉢内外洞然目注其中五臺現前白雲卷舒百狀千態故埋松根逞其自在

第九

斂肩抱膝果何所思我所思者心精思遺思遺而坐寬窄皆可石本無相吹毛莫觪

第十

腕爲杖主手復持珠更恐心放托經自娛秋空鴈鳴梵字參差以此贊佛耆年了知

第十一

怒髪衝冠惟師不然刈茅非钁一怒盡斸三屈兩伸卷舒一手嗔爲佛事誠不請友

第十二

腦後無際枕憑高岩手中所握扇麈同函雲沸無心偶遮半面其誰作禮直見不見

第十三

面圓如楪五官併宂分疆劃界漂杵流血衆

部之君眉應不羣坐妨曲折行則拖雲
背若果有痒爬難除果然無背爬痒非虛徃

第十四

復觀察情枯智訖池成月來眼底見佛

第十五

眉揚目朗彈指肅然即此爲舌法沾人天誰
爲虎子牙爪鋒利具而不張野干爭避

第十六

肩長無用聊可倚杖膝亦空閒承經何恙莫
嫌眉長飄拂岩龕不礙眼光湛如寒潭

第十七

抱杖伸指非三惟兩以靴藏足靴脫足爽風
致踈閒巢由之間髮鬚若存鼻孔蚤露

第十八

衣不掩胸心同虛空握拳誰擊開口漏風謂
手按膝膝無我人謂膝承手手原屬身

紫柏尊者全集卷第十七

音釋

欹於宜切音漪欹歟歎美辭　狖爰救切音又獸似猨卬鼻長尾　襲席入切音習重衣也　竽羽俱切音于　窐古攜切音圭　矗丑六切忡入聲

紫栢尊者全集卷第十八

明 憨 山 德 清 閱

唐貫休畫十六應真贊

第一賓度羅跋囉墮闍尊者一手持杖而手屈二指膝上閣經而不觀

杖穿虎口餘指開屈以此爲人喚渠何物頭顱異常隆而復窊巖底雙眸光芒難遮

第二迦諾迦伐蹉尊者雙手結印而杖倚肩

形如古木忽開面門鬚眉之間眼挂鼻掀椰栗一條拳拳握牢有心無心筆墨難描

第三迦諾迦跋黎墮闍尊者骨瘦稜層目瞠而眉横如劍右手執拂左手按膝

骨齊枯柴物我忘懷眼露眉横見人活埋右手握拂抑揚雌雄聳眉並足龍象之宗

第四蘇頻陀尊者趺坐石上右手握拳左手按膝眉長覆面

一手握拳一手閣膝累足而坐萬古一日面部少寬頭多峰巒若問法義兩眉覆顴

第五諾矩羅尊者雙手執木童子爬癢

俄覺背癢手爬不能用木童子一爬癢停未癢癢無既癢爬除敢問尊者此癢何如

第六跋陁羅尊者匾腦豐顱瞠目上視手搯數珠

春秋幾何晝夜百八珠轉如輪聖凡生殺腦額欠肥偏頗所希眼光射空鳥駭停飛

第七迦理迦尊者宴坐石上眉長繞身

面不盈楪五官分職聲色香味各有法則身無一尋眉長丈餘以此爲舌隨時卷舒

第八伐闍羅弗多尊者露肩交手注目
視經

貝多展石横睟讀之交臂露肩心有所思空
山無人老樹爲伴風弄新條如柔如斷

第九戒博迦尊者側坐正見半面一手
執扇拂一手屈三指

左手握扇右手握拳衆人之見我則不然以
扇握手拳亦何有作是觀者雲山我肘

第十半託迦尊者雙手持經縮頭聳肩
注目視之

肩高枕骨目迸天裂經轉雙瞳清機漏洩風
月無主煩兹者年是龍是蛇逐句試宜

第十一羅怙羅尊者撑眉怒目手有所
指

怒則不喜雙目如劍睟子流火睛空電閃凡
有邪思指之即空本光獨露如日在中

第十二那伽犀那尊者擎拳拄頷開口
露舌見喉而大笑

目動眉揺開口見舌以誠悟物擎拳曲折背
後雲山流泉潺潺不以耳聞我心始開

第十三因揭陀尊者杖藜倚肩左手托
經垂頭而注視右手搯珠

降伏其心使心不閒珠輪指上經置掌間猶
恐其放杖倚腹肩以經視眼心遊象先

第十四伐那婆斯尊者六用不行入定
巖谷

心如死灰形如槁木神妙萬物蒼巖骨肉鐵
磬誰鳴空谷傳聲呼之不聞不呼眼瞠

第十五阿氏多尊者雙手抱膝而開口
仰視齒牙畢露脱去數枚

抱膝何勞頭顱峇嵬纔開口縫舌相可描以眼說法開合無常明暗代謝奚累此光

第十六注荼半託迦尊者倚枯槎而書空腰插樓扇一握上畫日月

古樹苔垂指頻屈伸請問大士爲我爲人樓扇一柄匪搖風生無邊熱惱披拂頓清

達磨贊

航海東來唱傳佛心斷臂求之了不可得一塲懡㦬阿誰受屈五乳峰前太煞狼籍皮肉骨髓腥氣逆鼻只今聞着還云不識

旃檀乾闥婆神王贊

無生路絕有生門開聖人之權變化莫猜現容威猛慈母之痛凡有赤子愛如麟鳳

龍樹尊者道影贊

稽首龍樹尊無端現月輪若無那提婆敗闕不堪聞且道者老漢末後轉身一句子作麽生咄外道五千成佛去自家端只陷泥犂

康居國會尊者像贊 并序

嘗聞孫權初見會公疑其形服及求舍利有驗遂建浮圖嗚呼人心多疑皆生於有欲有欲則計利害利害未決疑從是起殊不知一心不生凡聖平等本光圓滿利害奚從衆生昧此聖人悲之不遠千萬里抱夜光而投人人猶按劍痛哉

身非我有心亦無常身心之外更復何當三稱如來血淚沾裳終古之痛爲誰着忙知公者希公德難量舍利昭靈示現無方嗟予小子濫墮僧行中秋之夜一接容光慈嚴流注沃我焦腸此情此恩芥劫難忘

康居國會尊者像贊寄憨公 并序

三國爲英雄之聚亦刀兵之聚慈悲般若無有入處而康祖一錫浮江三稱如來兩目流血舍利投瓶光燦六合澤綿千古是時也吳之君臣莫不爲之動心變色即事徵理知有佛而不疑六度既譯安般門開無擇黑白得法眼淨與夫禪思入微者不可計算皆我祖爲之嚆矢也茲憨山清大師因弘法戍瘴海善以慈心三昧普使朽骨生春聖華居士聞風感慕特寫祖影寄上曹溪以爲大師影響嗚呼曹溪肉佛所現自唐及宋飲曹溪而得道者代不乏人邇來曹溪涸矣瑶林蕭然又藉憨師以謫戍爲波瀾而曹源復活康祖分身髑髏眼開恒沙難喻豈可以有思惟心測其功德淺深者哉達觀道人不解逆風把柁但解順水推船爲之贊曰

康祖來吳清公謫粵髑髏大師金剛眼突瘴海之慘骨刺魂驚大師得戍彌感聖明曹溪蠱毒飲者皆喪大師飲之銷盡諸障指撮舍利康祖之貪貪不爲我此心何慚弘法得罪命如單絲千里障嶺芒鞋踏遍雷道岧嶤颶風正高鉢瓶孤逝舌相昭昭南粵魍魎白日鼓掌我若無心菩薩影響有心應之康祖愚癡章甫之國其誰不疑石頭之別肝膈冰冷丁生吹火寫康祖影緣影得心心亡性寘大用無常鐘以眼聽根塵主客收放夢醒掌擎寶塔牢山之頂

潭柘山嘉福寺觀音殿足跡贊 并序

夫差雪恥而破越句踐嘗膽而亡吳伍員覆楚申包胥哭秦庭以復楚皆苦心志勞

觔骨積歲月忘寒暑而後其願始克今此道人以有情之踵磨無情之磚磚穿跡成雙趺宛然使後之見者毛髮俱豎涕淚交下懈怠之習精進之光雲迸日露以夫差等四子心力所積較此道人足力淺深其何如哉余感而贊之不惟見賢思齊願人人因贊生奮因奮生恒因恒生克贊曰

頂禮道人雙足跡身毛不覺忽俱豎無始懈怠習頓除覺天雲迸精進日逆想斯人初未逝朝暮殷勤禮大士心注聖容口稱名形骸屈伸安可計積日成月月成時積時成歲歲成劫如是積漸難盡言水滴石穿心力至譬如千里始初步又如合抱生毫末以踵磨磚磚漸易磚易精進猶未已磚穿大地承足底地穿有時人不見我獨了了無疑異因之耿耿生悲泣願我從今頂禮後精進爲足踐覺地境緣逆順湯潑雪又如利刀破新竹迎刄而解觸熱消在在處處常自在又願見聞此跡者剎那懈怠皆氷釋

自贊

以石爲屋初無成敗風塵覓情水月償債寂寞心珠虛空眼界田衣拱默累足揑怪唤是教是宗俱不會象先富貴有誰爭

或言汝廓落吾笑汝褊窄見善便歡喜見惡即不樂善惡未忘懷安可入無着又言汝了了自了復度衆信汝如活佛朝夕生殷重吾知汝見思尚在法空未登帶情說法誑諸聾盲吾聞知人者智自知者明汝於兩者何者爲衡唤帶情說法情何物明暗相參作者知汝若是我世出世間種種好醜一點也瞞你

不得我若是汝一切逆順關頭死生路口如風過樹如雲觸石雖然如此也未必是老漢本色事若舉本色管取凡聖魂消毒鼓無聲在有人不知汝脚根立處横搜豎覔究竟汝生緣何處但向伊道自笑行蹤如野鶴前岡飛倦有長松

渠是我兮我何所存我是渠兮渠何所留生心揀别兮血脉斷流不揀别兮儱侗宗猷枯木開花兮頑石點頭當家種草兮皮裏春秋

咦相逢莫道無機智多少魚龍銀海中

汝這漢閒多管見人便勸學菩提更解談長與說短松江月誰能識今宵皎皎懸空碧無限魚龍吸影忙江濤滚滚渾泥出阿庵努眼石灰湯水晶庵内離婁窟個中夢春浪急蠱毒之家水莫喫知不知命根斷命根斷時何處立翻得身來夢已醒黄金總是虚空骨牛首峰頭獻花巖畔不憚烟霞訪老儂因緣往日曾相結浮玉雲金鰲月廣長舌相分明說江北江南春本同桃紅李白顏分别且道分别個甚麼誰家竈裡火無烟一任旁吹閒不徹

問渠何處人南北恣超放有時觀驚濤或復嘯層嶂山水癖最深膏肓莫可況天子不得臣諸侯不得黨死生視一條榮辱豈二想更有一般拙輕重不自量直饒佛與祖也要稱斤兩境風逆順時行藏任跌宕虚舟横急湍魚龍憑覆仰虎兕固知暴錫環振偏響忌諱吉亦凶憨癡衰亦旺首尾俱坐斷中心拄子喪善善而惡惡譽譽而謗謗觸途皆有入生心蚕成障憶昔登葛洪反策天水漲河梁羅

黒白掉頭明月上陳侯即普賢清光本一様
永寧暮鐘動幾回思鐵杖高踪不可追令人
殊悵快朗空不遠來碧雲索爾像信口叙疇
昔持歸常供養

諸方禪和子誰不有生緣惟汝初不語水中
涵碧天無風浪自寂有影色本然若謂是僧
兮依稀具髭鬚若謂是俗兮眼空鼻祖禪若
謂不可名假號何駢駢慣用明暗鎚鎚破無
底船且道船底破時向什麼處安身立命落
得智香薰法界吴江烟水本依然

陰陰紫栢覆枯禪一道神光照大千世上難
逢開口笑雲邊常得枕流眠

汝即吾兮片月在天影臨千澗吾即汝兮智
訖情枯泥牛作吼且道誰家曲調咄海山雲
盡花巖出光德庵前春水深

汝即我兮全無覺知我即汝兮妄想紛飛合
則非一離則愈疑縱有龍樹之明鶖子之智
亦難辨伊伊賦性豪縱膓肚儱侗繩墨不拘
利害如夢頗具英雄之心而無功名之志所
以難留於塵樊只宜放浪於泉石更有一種
傲性自謂佛祖是鈍根才料薫奴白牯堪與
交遊有時引教證宗引宗印教有時荊棘瓦
礫般般是實有時珊瑚瑪瑙不值糞草一片
舌頭褒貶無定是非亂統有恩處不異宄仇
無情處慣肯淹留最是喜怒不常如嬰兒模
樣我看你對人不設機關觸着胡談漢談惹
得別人憎愛自猶如癡如憨紅禪衣一領披
之喜歡若被一箇青眼郎君覷破我看你不
值一錢呵呵呵誰薦此權衡在手任抑揚要
人活兮死即死

朝供養暮供養喜怒無常情識浪但能直下死偷心此是老儂真妙相紫羅袍舊袈裟兩種看來何者佳旃檀狗糞分明在凡聖關頭路不賒如此會無向背流水青山渾不昧只此不昧火中蓮香光戒月無瑕纇

血書金剛經贊

稽首金剛經般若最堅利一切有爲法無能越此者若人見一字或復聞一句乃至四句等功德難思議墨書不若銀銀書不若金金書不若血娑婆震旦國有大精進女視身等漚泡知心本幻化一念堅固信歷刺十指血書此無上寶願彼見聞者頓空身心執持此金剛劍斷一切憎愛如是妙利益不求人之福回向般若海澡我五漏身獲淨七寶體童真割世染早遇明眼師悟心爲佛子弘彼妙法華聲震微塵剎無心及有心非緣培聖種況我血書經果報寧虛誑

憍陳如比丘贊

瑶宮金闕視等微塵不以富貴而勤此身雲山蒼蒼借石爲床心如虛空僧中之王田衣被物鼻孔昂藏荷擔大法苦海津梁頭顱圓滿螺髮火除欲覓一莖雪觸紅爐稽首陳如比丘之祖續佛心燈光傳終古此光非月月有圓缺不圓缺者苾芻當説説而不聞自没迷雲煩他木石饒舌驚羣驚而忽省楊枝救病瓶解衆禪奉如來命泉響千峰眼觀正令

竹杖贊

此君何來愜我素懷拄有撐無峨眉五臺手如持杖杖不持手直下便見兩頭莫走

寒山拾得贊

兒持數珠弟握掃帚若問雌雄泥牛哮吼山林市城共覓無生取像會意撥粗得精

頌古

楞嚴經佛告阿難吾不見時何不見吾不見之處若見不見自然非彼不見之相若不見吾不見之地自然非物云何非汝湛堂準禪師頌曰老胡徹底老婆心爲阿難陀意轉深韓幹馬嘶芳草渡戴嵩牛卧綠楊陰頌曰

蒼龍慣喜卧重泉頷下驪珠愈燦然借問有誰能抉得化爲日月照山川

南泉因東西兩堂各爭猫兒師遇之白衆曰道得即救取猫兒道不得即斬却也衆無對師便斬之趙州自外歸師舉前語示之州乃脱草履安頭上而出師曰汝適來若在即救得猫兒也頌曰

設使南泉不舉刀草鞋何地賣風騷相逢若問兩堂客鼻直眉横總姓猫

猫兒未必值千金惹得堂頭亦動心信手一刀成兩段草鞋帶去血淋淋

黄檗云汝等盡是噇酒糟漢還知大唐國内無禪師麽時有僧問諸方聚衆爲什麽却道無禪師師曰不道無禪秖是無師頌曰

年去年來噇酒糟迷花醉柳浪滔滔雙眸驢糞換將去含笑臨行奉一兠

德山一日飯遲托鉢下堂時雪峰作飯頭見便云這老漢鐘未鳴鼓未響托鉢向什麽處去師便歸方丈峰舉似巖頭頭曰大小德山未會末後句師聞令侍

者喚來問汝不肯老僧那頭容啟其意師乃休去至明日陞堂果與尋常不同頭至僧堂前撫掌大笑曰且喜老漢會末後句雖然如是只得三年師果三年而沒頌曰

瞽叟掘井迫舜入象却忙忙填土石悲哉舜兮何時出虞門未必是真賊

又

鐘鳴喫飯家常事老漢偏渠托鉢先不是雪峰親勘破巖頭管取亦茫然

又

垂垂白髮出堂來一鉢高擎果異哉不是巖頭親點破至今眼睛未曾開

吉州禾山無殷禪師示衆曰習學謂之聞絕學謂之隣過此二者謂之真過有僧問如何是真過師曰禾山解打鼓曰如何是真諦曰禾山解打鼓又問即心即佛則不問如何是非心非佛師曰禾山解打鼓曰如何是向上事師曰禾山解打鼓頌曰

崑崙爲竿兮長江絲泰山爲餌兮釣鯨鯢咄怪底桃花風雨急魚龍總爲浪頭迷

白雲守端禪師徃叅楊岐岐一日忽問受業師爲誰師曰茶陵郁和尚岐曰吾聞伊過橋遭攧有省作偈甚奇能記否師誦曰我有明珠一顆久被塵勞關鎖今朝塵盡光生照破山河萬朶岐笑而趨起師愕然通夕不寐黎明咨詢之適歲暮岐曰汝見昨日打歐儺者麼曰見岐曰汝一籌不及渠師復駭曰意旨如

何岐曰渠愛人笑汝怕人笑師大悟頌
曰
從來伯樂九方皐帶顧駑駘價倍高怕笑只
因心有負一籌不及野狐曹
又
江上貪觀浪勢高被人奪却手中橈孤舟風
蕩渾無主一笑分明殺活刀
頌雪峰汝虎
光還自照心無恐汝虎誰知光正圓最苦者
僧成異類人身一失幾時全
頌隔壁聞釵釧聲
耳外有聲無是事除聲有耳事還無燈前徃
復觀聲耳五色糞中得一珠
頌五蘊山前一段空
有我時時背主公我無何處不相逢刀山火
聚鬧遊戲不負山前一段空
僧問趙州萬法歸一一歸何處州云我
在青州做領布衫重七斤頌曰
七斤衫子製青州半月沉江魚憚鈎怪底蒼
龍終是別一歸何處解遨遊
臨濟尋常上堂曰汝等諸人赤肉團上
有一無位真人常在面門出入照天照
地自汝諸人未能薦得頌曰
無位真人乾屎橛一名兩實使人猜他家自
有通人在豈似韓盧逐塊來
浮山法遠禪師暮年休於會聖巖叙佛
祖與義作九帶曰佛正法眼帶佛法藏
帶理貫帶事貫帶理事縱横帶屈曲垂
帶妙叶兼帶金針雙鎖帶平懷常實帶
學者既已傳誦師曰若據圓極法門本

具十數今此九帶已爲諸人說了更有一帶還見得麽若也見得親切分明却請出來對衆説看説得分明許汝通前九帶圓明道眼若見不親切説不相應惟依吾語而爲己解則名謗法諸人到此如何衆無語師叱之而去頌曰

没坐地没坐地五位九帶君須記夜來風雨桃花落處處相逢何處避

長水問瑯琊云清淨本然云何忽生山河大地瑯琊亦曰清淨本然云何忽生山河大地頌曰

嬰兒失怙夂飄零驀路相逢喚一聲知得阿娘腸斷處從教鐵漢淚須傾

陸亘大夫舉肇論向南泉曰肇公所謂萬物一體天地同根也甚奇特泉指庭前牡丹曰大夫時人見此一枝花如夢相似頌曰

龍出援毫豈是真行雲施雨更謾人夢中説夢知音少花落庭前已過春

圓覺經居一切時不起妄念於諸妄心亦不息滅住妄想境不加了知於無了知不辨真實頌曰

自家痛癢自家爬爬重傷他莫怨嗟翠竹黃花隨處有江南江北路非賒

巖頭全奯禪師值沙汰於鄂渚湖邊作渡子兩岸各掛一板有人過渡打板一下師曰阿誰或曰要過那邊去師乃舞棹迎之一日因一婆抱一孩兒來乃曰呈橈舞棹即不問且道婆手中兒甚處得來師便打婆曰婆生七子六箇不遇

知音秖者一箇也不消得便抛向水中頌曰

臭口纔開驀一橈老婆無計雪腥臊便將赤子抛寒浪惹得魚龍四海嚣

世尊一日陞座大衆纔集定文殊白槌云諦觀法王法法王法如是世尊便下座頌曰

瞿曇上座無奇特下座須知便不同蔬裏相逢能委悉靈山誰是作家翁

又

聖凡雲集非無事有事如何口不開上座定知還下座文殊椎破使人猜

又

虎踞深林不見蹤爪牙纔露失威風獵人弓矢尋常在弦響須臾命已終

又

聖凡雲集事非常據座緣何不舉揚賴有文殊解收拾上來下去兩頭光

秀州華亭船子德誠禪師印心於藥山與道吾雲巖爲交洎離藥山謂同志曰予率性踈野惟好山水他後知我所止遇伶俐座主指一人來遂分携至華亭泛一小舟隨緣度日吾後到京口遇夾山上堂僧問如何是法身曰法身無相曰如何是法眼曰法眼無瑕吾夫笑山下座請問某甲抵對這僧話必有不是致令失笑望不吝慈悲吾曰和尚一等是出世未有師在山曰甚處不是曰某甲終不說請往華亭船子處去山曰此人如何曰此人上無片瓦下無卓錐若

去須易服而徃山乃散衆直造華亭船子纔見即問大德住甚麽寺山曰寺即不住住即不似師曰不似似箇甚麽山曰不是目前法師曰甚處學得來山曰非耳目之所到師曰一句合頭語萬劫繫驢橛師又問垂絲千尺意在深潭離鈎三寸子何不道山擬開口師便打山豁然大悟乃點頭三下師曰竿頭絲線從君弄不犯清波意自殊山遂問拋綸擲釣師意如何師曰絲懸渌水浮定有無之意山曰語帶玄而無路舌頭談而不談師曰釣盡江波錦鱗始遇山乃掩耳師曰如是如是遂囑曰汝向去直須藏身處没踪跡没踪跡處莫藏身吾三十年在藥山秖明斯事汝今已得他後莫住城隍聚落但向深山裏钁頭邊覓取一箇半箇接續無令斷絶山乃辭行頻頻回顧師遂喚闍黎山乃回首師豎起橈子曰汝將謂別有乃覆船入水而逝頌曰

父子寃讐結最深覆舟自盡孰知音朱逕水月渾如舊幾度空過未了心

又

一副肝腸剖不留夾山猶自暗回頭風恬浪靜船翻處蘋蓼蕭蕭萬古愁

又

贈君十五棒恨爾不知心昨夜華亭月朱逕何淺深

初祖菩提達磨大師初過震旦至金陵見梁武帝帝問曰如何是聖諦第一義

師曰廓然無聖曰對朕者誰師曰不識帝不領悟師遂折蘆渡江至魏後武帝舉問誌公公曰陛下識此人否曰不識誌曰此是觀音大士傳佛心印曰當遣使詔之曰莫道陛下詔盍國人去他亦不回頌曰

蕭公豈是等閒人一見當頭便撤塵直得老胡無措手折蘆火速渡江津

文殊師利在靈山會上諸佛集處見一女子近佛坐入於三昧文殊白佛云何此女得近佛坐佛云汝但覺此女令從三昧起汝自問之文殊繞女子三匝鳴指一下乃至托上梵天盡其神力而不能出佛云假使百千文殊亦出此女定不得下方過二十四恒沙國土有罔明菩薩能出此女定須臾罔明至佛所佛敕出此女定罔明即於女子前鳴指一下女子於是從定而出頌曰

入定從他近佛休陸行車馬水操舟罔明逞俊輕彈指也是無愁惹得愁

雪峰因三聖問透網金鱗以何爲食師曰待汝出網來向汝道聖曰一千五百人善知識話頭也不識師曰老僧住持事繁頌曰

一戰那分雌與雄重新戈甲再交鋒瞎驢鼻相强弱畢竟誰家落下風

德山因臨濟侍次師曰今日困濟曰這老賊寐語作甚麼師擬拈棒濟掀倒禪床頌曰

兵家勝負是尋常未戰人人手脚忙不識眼

前誰可將旌旗擬展早先降

湖州吳山端禪師抵鄣南見上方超和尚有一尼師來參師云待來日五更三點入來師侵早紅粉搽面而坐尼入見驚而遂悟超和尚有頌曰堪笑吳山老禿奴巧粧紅粉接師姑茫茫宇宙人無數那箇男兒是丈夫頌曰

驀地牸牛見牯牛牯牛産犢牸牛羞從來蹄角分明在今日溪山得自由

又

五更三點入房中一見紅粧計已窮蜂蝶紛紛過墻去林花夜雨早先空

又

五更三點急忙來驀面相逢伎倆灰堂上師姑堂下漢者塲屈事惹人猜

又

女人剃頭拜尼僧尼僧笑汝不知汝可憐特地作人情到底臨時無用處

又

比丘尼接比丘尼槖鼓春風不可思甜有中邊寧是審分明說破許誰知

頌摩登伽女經

恠底瞿曇老滑頭臨機縱奪有誰儔無端臁殺憐家女嫁與祗園少比丘

洪州百丈山懷海大智禪師每上堂有一老人常隨衆聽法衆退唯老人不退師問汝何人也曰吾非人也於過去迦葉佛時曾住此山因學人問大修行人還落因果也無某甲對曰不落因果遂五百生墮野狐身今請和尚代一轉語

貴脱野狐身師曰汝問乃問大修行人還落因果也無師曰不昧因果老於言下大悟作禮曰某甲已脱野狐身住在山後敢乞依亡僧事例師令維那白椎告衆食後送亡僧衆驚異食後師領衆至山後巖下以杖挑出一死野狐乃依法火葬師至晚上堂舉前因縁黄檗便問古人錯祇對一轉語五百生墮野狐身轉轉不錯合作箇什麼師曰近前來與汝道檗近前與師一掌師拍手笑曰将謂鬍鬚赤更有赤鬚鬍頌曰

前百丈後百丈白雲青山無兩様夜行荒塚不生疑野狐倒跨金毛上

又

不笑金毛笑野狐野狐伎倆金毛無鬼臉神頭翻大智杖頭挑出看燒渠

釋迦牟尼世尊初降生一手指天一手指地周行七步目顧四方云天上天下唯吾獨尊後雲門云我當時若見一棒打殺與狗子喫貴圖天下太平瑯琊覺云可謂将此深心奉塵刹是則名爲報佛恩頌曰

纔出娘胎便惑人指天指地眼中塵相逢莫與雲門道萬紫千紅別有春

又

未出胞胎事已多那堪笑裏弄干戈指天指地誇尊大誰料雲門不放過

又

出得娘胎便不同人間天上獨稱雄桃花若使隨流水誤引漁郎到洞中

又

出得娘胎氣便高指天指地駭兒曹雲門以棒爲滄海惡水年年此日澆

又

部陽度量不多寛一見渠儂眼便酸啞喫黄連心内苦同行誰識苦中甜

師讀楞嚴至七處徵心八還辨見處置卷而歎曰本是泥裏土塊何乃衆生顛倒支支離離鼓粥飯氣頌曰

七處徵心心徵心八還辨見見辨見從教猛風蕩釣舟一任吹去水清淺

法華經觀世音菩薩普門品即時觀其音聲皆得解脱頌曰

卒然之怒拔劍斬木木斷頭落山河匪隔蔡毋齒指順即心痛往反不同血脉非斷衆生號呼菩薩心慼慈眼視之衆生苦息致知格物誰知物格格物情通物格情塞通有解路臭肉蠅集塞無滋味咬嚼莫測於莫測處聚精并力冷灰豆爆靈機無極觀彼音聲彼即解脱於未觀時萬苦交迫苦若有常解脱何得既得解脱苦本無骨解脱有筋開物無門水無筋骨能勝大舟水若無有徐鉉愕然張豈失色不見龍潭龍豈有値於刹那頃電光霹靂如是號呼眼根得入普門廣大凡無救者入則安適

棲賢舜禪師初自洞山如武昌行乞先至一居士家居士高行爲郡所敬意所與奪莫不從之故諸方乞士至必首謁之舜老夫方年少不知其飽叅頗易之居士曰老漢有一問上人語相契即開

疏如不契即請却還新豐問古鏡已磨時如何對曰照天照地未磨時如何曰黑如漆居士曰却請還山舜即馳歸舉似聰禪師聰爲代語舜即趨問曰古鏡未磨時如何聰曰此去漢陽不遠磨後如何曰黄鶴樓前鸚鵡洲舜於言下大悟頌曰

古鏡休將勘我曹漢陽此去路非遥叢林滄泊先開疏箇箇兒孫出俊髦

文殊問菴提遮女云生以何爲義女云生以不生生爲生義殊云如何是生以不生生爲生義女云若能明知地水火風四縁未嘗自得有所和合而能隨其所宜是爲生義殊又問死以何爲義女云死以不死死爲死義殊云如何是死以不死死爲死義女云若能明知地水火風四縁未嘗自得有所離散而能隨其所宜是爲死義頌曰

了四初非有非有恰隨宜只此隨宜時是名爲生義不了初非有染應非隨宜迷悟雖無常盤珠毫弗昧

迦葉因阿難問世尊傳金襴外別傳何物迦葉召阿難難應諾迦葉曰倒却門前刹竿着頌曰

金襴之外有何傳喚應教他倒刹竿少實多虚非得己飲光猶欠自翻船

世尊初於臘月八日明星出時忽云奇哉一切衆生具有如來智慧德相但以妄想執着不能證得頌曰

三七思惟着甚忙癡兒火宅正相狂况兼門

狹難迴避老漢多畨欲斷腸

須童子聞韶而出

高山流水少知音犬吠雞鳴調更深試向聲前聊聽取恐將別有定盤針

六祖壇經有僧舉卧輪禪師偈曰卧輪有伎倆能斷百思想對境心不起菩提日日長祖聞之曰此偈未明心地若依而行之是加繫縛因示一偈曰慧能沒伎倆不斷百思想對境心數起菩提作麼長頌曰

明鏡不照像謂光日日長此見問如何捕風與捉響

明鏡照萬像妍媸了不妄此見問如何鏡光可有長

金剛般若經何以故若世界實有者則是一合相如來說非一合相是名一合相須菩提一合相者則是不可說但凡夫之人貪着其事頌曰

微塵世界本無差自是衆生眼見花試聽江聲歸海上就中何地着龍蛇

潙山問香嚴曰我不問汝經論義理種種知見汝但向父母未生前道取一句香嚴曰和尚替我道潙山曰道得即是我三昧於汝何益於是香嚴泣辭潙山曰畫餅不可充饑今生不復學識且作箇長行粥飯僧遂去止南陽庵以休息焉久之一日糞除瓦礫擊竹笑曰潙山大慈恩踰父母當時若爲我說却何處有今日頌曰

父母未生頭角露潙山今日禮香嚴莫嫌此

語無分曉萬里雲空月滿天
三祖信心銘云境由能境能由境能欲知兩段元是一空頌曰
若人忽睡問床有無床若不睡是人即醒床醒人覺理致昭灼本法如是生心即錯
僧問首山念禪師如何是佛答曰新婦騎驢阿家牽僧曰未審意旨如何曰百歲翁翁失却父僧曰百歲翁翁豈有父耶首山曰汝會也又曰此是獨坐無尊卑從上無一法與人頌曰
婢子奴兒久服勞主人何事反相高無端惹得隣家笑失禮從來乃自招
趙州一日問投子大死的人活後如何子云不許夜行投明須到頌曰
年老成精久自誇從來慣打不防家誰知更有白拈賊就裏何曾放過他
僧問趙州玄之又玄如何州云汝玄來多少時耶僧云玄之久矣州云若不遇老僧幾乎玄殺頌曰
孟三娘子十分嬌脚小纔行頭便摇嫁與前村王大伯不教刺繡着燒窰
丹霞從石頭歸再往江西謁馬祖未參禮便入僧堂内騎聖僧頸而坐時大衆驚愕遽報馬祖祖躬入堂視之曰我子天然師即下地禮拜曰謝師賜法號因名天然祖問從甚處來師曰石頭祖曰石頭路滑還蹉倒汝麽師曰若蹉倒即不來也頌曰
撥草瞻風去復還石頭豈是趙州關無因開眼問遭跌話欛傳來笑不殘

杭州無着文喜禪師因叅仰山頓了心契令充典座文殊嘗現於粥鑊上師以攪粥篦便打曰文殊自文殊文喜自文喜文殊乃說偈曰苦瓠連根苦甜瓜徹蔕甜修行三大劫却被老僧嫌頌曰

喫茶說話意何親誰道文殊是主人別後幾回倍酬唱再來翻作眼中塵

城東有一老母與佛同生而不欲見佛每見佛來即便回避雖然如此回顧東西總皆是佛遂以手掩面於十指掌中亦總是佛頌曰

自家歡喜自家嗔業火燒心莫怪人若要瞿曇不相見黃金鼻孔可藏身

窮子得親頌

戰鼓聲中父母失散二十餘年好惡無常此情不昧無故一朝杏花樓上淺斟低唱異姓骨肉歡呼縱樂忽人報言父母及門初失散境不思而現凡我佛子迷根本智漂流識海如失父母伶俜孤露剎那念之智日頓朗一切逆順譬如一毛投大火聚擬欲拈出喪身失命把髻投衙自起自倒忽然酒醒起倒非酒

二鬼爭屍頌

二鬼爭屍事不同誰能繫取嶺頭風夜來借宿寒山寺醒後方知拔續空

頌張天覺見雲庵

楊岐一笑端公罔措真淨一怒無盡失利法窟牙爪喜怒無常譬如神龍忽舒忽縮一切有心於舒縮時謂龍舒縮如是見者龍去久矣

頌三毒四倒亦皆清淨
漢家功業起淮陰不有蕭何月下尋未必此
人終得用相逢誰復是知音
法身頌
紫薇花醉罵荷花輸却荷花不理他惱殺紫
薇誰抵命風吹楊柳亂如麻
慧忠國師一日喚侍者侍者應諾如是
三名皆應諾師曰將謂吾辜負汝却是
汝辜負吾後有僧問玄沙國師喚侍者
意作麼生玄沙云却是侍者會雲居錫
云且道侍者會不會若道會國師又道
汝辜負吾若道不會玄沙又道却是侍
者會且作麼生商量玄覺徵問僧什麼
是侍者會處僧云若不會爭解恁麼應
玄覺云汝少會在又云若於這裏商量
得去便見玄沙僧問法眼國師喚侍者
意作麼生法眼云且去別時來雲居錫
云法眼恁麼道爲復明國師意不明國
師意僧問趙州國師喚侍者意作麼生
趙州云如人暗中書字字雖不成文彩
已彰頌曰
侍者解應不解會諸方解會不解應夜光宛
轉金盤中當面阿誰拏得定
趙州關頌
蜀道雖難尚可行趙州關險不堪登分明舉
目真如院多少英靈度未能
嵩岳破竈墮和尚因嵩山塢有廟甚靈
殿中惟安一竈遠近不輟祭祀烹殺物
命甚多師以杖敲竈三下云咄此竈只
是泥瓦合成聖從何來靈從何起恁麼

烹宰物命又打三下竈乃傾破墮落須臾有青衣峩冠設拜曰我本此廟竈神久受業報今蒙師説無生法得脱此處生天特來致謝師曰是汝本有此性非吾强言神再拜而没後僧問師某甲久侍左右未蒙方便竈神得何宗旨便乃生天師曰我只向伊道是泥瓦合成別無有道理爲伊僧佇思師曰會麽曰不會師曰本有之性爲什麽不會僧作禮師曰墮也墮也破也破也後有僧舉白安國師國師歎曰此子會盡物我一如

頌曰

佛竈衆生竈杖敲一時墮實几嗑狸奴聖凡巢穴固

又

竈不附我我自附竈賴師敲醒不復顛倒竈雖已墮天豈非竈此墮彼成一絲白皂用處無疑天竈神竈我臂屈伸臂竈墮了禮佛不墮誰起誰倒起倒自在自在萬妙一竈所墮嶽帝冷笑

潮州靈山大顛寶通禪師韓文公一日相訪問師春秋多少師提起數珠曰會麽曰不會師曰晝夜一百八公不曉遂回次日再來至門前見首座舉前話問意旨如何座叩齒三下及見師理前問師亦叩齒三下公曰元來佛法無兩般師曰是何道理曰適來問首座亦如是師乃召首座是汝如此對否曰是師便打趂出院頌曰

數珠百八記春秋首座承風馬學牛三十藤

倏驅出院韓公有事挂心頭

又

大顛伎倆苦無多刼被韓公活網羅算計總
來難擺脫潮陽瞎棒肯遭何

杭州龍興宗靖禪師初叅雪峰密承宗
印甞於衆堂中袒一膊釘簾雪峰覩而
記曰汝向後住持有千僧其中無一人
衲子也師悔過辭歸故里住六通院錢
王命居龍興寺有衆千餘惟三學講誦
之徒果如雪峰所讖

袒膊雖然是好心未央宫裏斬淮陰年年歲
歲花開日長使英雄淚滿襟

頌輪王髻珠

夜明乆向髻中藏欲愛乾枯戰自强報提歸
來親頂受放光豈但照東方

頌百丈懷海禪師寧作心師不師於心

好惡關頭那管他呼來喝去亂如麻奴兒婢
子家家有用處無疑我是爺

雙峰古禪師甞受雙峰印記後到石霜
霜欲詰其所悟而未得其便師因辭石
霜霜將拂子送出門首召云古侍者師
回首霜云擬着即差是着即乖不擬不
是亦莫作箇會除非知有莫能知之好
去好去師應諾即前邁尋屬雙峰歸寂
師乃繼續住持頌曰

洛陽公子醉豪華不看青山只看花松寺若
能留得住老僧那肯惜杯茶

廬山歸宗智常禪師一日剗草次有講
僧來叅忽見一蛇過師以鋤斷之僧曰
乆向歸宗元來是箇麤行沙門師曰你

麤我麤曰如何是麤師竪起鋤頭曰如何是細師作斬蛇勢曰與麼則依而行之曰依而行之且置甚處見我斬蛇僧無對頌曰

驀路相逢便一刀一條帶作兩三條住山東肚無煩篾毒氣從今當下消

又

斷處是性動處情蛇兒擔荷大英靈十方諸佛渠兒孫說與傍人誰肯聽

袁州楊岐方會禪師僧問如何是佛師曰三脚驢子弄蹄行曰莫只這便是師曰湖南長老頌曰

楊岐弄蹄驢弄蹄石女生兒知不知一日追風千萬里歸來一日尚嫌遲

僧問興化奨曰多子塔前共談何事奨曰一人傳虛萬人傳實頌曰

塔前多子共談玄側耳聽來眼得傳萬實千真渠不薦騎驢新婦阿家牽

紫柏尊者全集卷第十八

音釋

窊烏瓜切音窪　頥延知切音移與頤同　颶衢遇切又忌遇切音懼　涸曷各切音鶴竭也　粵玉伐切音越地名　儺奴何切音那　髦謨袍切音毛

紫柏尊者全集卷第十九

明 憨山德清閱

偈

燈光偈

燈初未有光我點光始生光若在燈者無光燈不明有人知此意無火夜能行弗信問觀音觀音笑不停

生日偈

自知今日出娘胎今日緣何娘不來來去覓娘無所得蓮花國裏一枝開

生無生偈

欲曉未生時先須忘巳生巳生若不忘未生終不知

示于中甫

千妖百怪總相知心外何曾有一絲達本忘情生滅事他家種草認爲癡

夜行偈

星夜經行時前後步互起前步若至地後步不能起後步若至地前步亦不起前後不至地乃能起不巳即此諦觀之足何嘗至地足既不至地空水亦可履空水既可履神通孰不具

示弟子并序

法華經云佛種從緣起是故說無生夫無生即非墮常無滅即非墮斷斷常不墮何事非眞故妙法者即觸事之麤也嗟乎麤妙豈有常哉顧其人所明如何耳是知凡緣所起因地不眞果終紆曲比來去佛甚遠龍象蕭條黑白之徒邪正不知菽麥無辨合掌禮佛心在狐狸剃頭爲僧志存俗

諦以至千態萬狀不可名言皆由最初剃染之時因地不眞耳余每念此雖浪跡江湖將四十年初未嘗輕爲人祝髮命名非無慈心也良恐以小慈傷大慈耳某來吾語汝汝痛體之凡百脫白離俗者最初當審其因地發心眞正倘無委曲相決當披剃或吾遠近無定音問不接即懸老人禪影剃染授名亦不須執滯亶宜圓成其勝因勝因即佛種也因不勝即魔種也魔佛難辨其其慎之偈曰

好因緣是惡因緣眞實難瞞頭上天分付春潮帶雨客歸來快上渡頭船

夢覺偈

夢中知夢將入覺中覺中知夢將證我空我旣空矣孰爲雌雄

宿石鍾寺 并序

乙未三月紫柏道人有曹溪之役偕二三子信宿湖口石鐘寺寺據山水之勝纔一登之萬有盡洗夫浮生聚散不殊漚花惟達人眞觀視聚爲散視散爲聚怨歌不廢而思本無邪二三子因請留一偈以作廣長舌相之前茅偈曰

湖口山上石豈惟千萬片征航肯暫收法句皆題徧片石一伽陀瞿曇開笑面遊人聽好音獨許眼根便萬竅忽怒號長波吼江向我將生心會眘宇已閃電夙慕石鍾寺寺逢僧未見轉經了不難彈指知幾轉千里步初始行行敢辭倦

獻旃檀偈

獻者是香香外無人能所路斷是香誰受受

者不可何況獻者如是觀香香即導師徵受香者奚如枯木以是之故香總無邊等十方空

釋廣百論

眼中有色識死人應見物識中有色眼識去眼色隨死人如見物何名爲死人識去眼色隨根境同時去據事觀不然能所反復推生者不見色何況乃死乎理極情自忘情忘識即智以智觀根塵譬如水洗水

擇仙偈

身見難消金石輕何須更願學長生試觀父母情非有始見幽宵照世燈

贈周叔夜偈

處處春風處處花問君何地是根芽簷前松曲數椽朽脫却袈裟更起家

觀轂偈并序

老子曰三十輻共一轂當其無有車之用又曰有之以爲利無之以爲用予曰非但埏埴戶牖輻轂然也即自身徐察之耳有輪廓而輪廓有竅虛通耳始有用乃至眼鼻口等獨不然乎雖至愚舉一根以例之則餘者自曉了矣偈曰

觀轂知一身觀身知天地是觀善昭廓至理靡弗了至理本心有日用欠深視故用而不覺是謂衆人耳直下洞了此孰非大覺尊大覺吾尚得何況世中貴

究昬偈

譬如人醒時倏爾昬住起此昬從醒有是則不名醒離醒有此昬一人寧有二往返細研之昬根植何地於此忽然透疑情直下釋

旃檀幢偈并序

去冬牢山主人謂余眞州吳生出所供旃檀幢豎不盈尺割面爲門啓門而視中等虛空千佛忽現主伴重重如絫黍聚立而肴繞須彌目湛大海無不畢著巧奪鬼工見者驚絶殆不可以智識測非目力能窮也此夕吳生省余梵川燈前復及是幢且詫曰安得天劃神鏤而於不盈尺具一世界耶余喟然嘆曰吳生吳生安知生不生如知生不生則芥子可藏虛空牛毛可納滄海而況是幢乎且蟭螟以蚊睫爲世界蝸牛以濡沫爲濤瀾此皆以小爲大也大獨不可小哉故曰以小爲大小非大外以大爲小大非小外小非大外則何小非大大非小外則何大非小何大非小則一豆之中間關莫窮何小非大則八荒之表密邇非遠良以大小生乎情見情忘則何爲而不可耶文子薦此則牢山之無風起波若之承虛接響將非螻蟻拳宮之夢哉偈曰

木不盈尺所藏無量凡聖雌雄不可情想如心未生量包虛空微塵刹土像現鏡中一念旣起即落邊際知周五尺棄海認滴小大劍立鋒鋩難犯苟非忘我心碎形段文子勗之無徃不吉我語尋常遵之獲益刻畫之功施之三寶苟善用心何技非寶

孫仲來書經薦母偈

此法極微妙亦復極堅固微妙者資父堅固者資母孝子未投毫亡者生善處况乃字積句句續積成部各各自心力存亡皆獨露曰

用而不知摸鼻疑是鼓

爬癢偈

南泉庭前花紫柏背上爬兩者並舉似雌雄

看作家

蝨偈

成堆蟣蝨有誰知也解申頭與展肴若把法

身輕抖擻總教枯殼逐風飛

禮諸祖道影偈

衆人昏昏見影謂假見形謂眞智人不然知

形生影知影生心心無生滅安有古今以無

古今生尚不有況乎有滅不生非常不滅非

斷作如是說能如是察影影形形智德無關

香供偈

心外無香香外無心譬如身手身外有手決

非已手手外有身決非已身身手不疑香心

了然以此供祖祖必欣受受非事理成就孰

住惟其無住施者之福寧有邊際以此薦親

親無不超以此祝君君無不福衆人半目睹

香非心聖人眼妙見香非香惟吾曹溪香心

無常兩者不就成就一切用爲毒鼓聞者耳

失失耳用眼墻壁觀樹香之所作無可不可

爲人之師爲地獄主香乎香乎栴檀非名孝

心爲指並熱千古端雍知此不枉爲子熏續

無窮烟靄其後

禮六祖法供偈

師本賣柴漢天機何其深一聞金剛句直下

悟自心旣悟自心已胸中復何事迢遙向黄

梅槽廠充賤役用石墜腰間八月齊食頭米

熟機相投夜半入祖室密傳聲如雷聖凡若

鼎沸師聽不以耳直用眼觀取衆人則不然

廢耳聲不領是故應有住能所角然立惟應無所住生心境無咎無咎無不心何物更爲待分别雖熾然譬馬見自影了知身出故時見不驚異若見餘物影馬驚何足疑惟不見餘物驚疑從何起自心取自心佛亦不印可離心求法者曹溪水不濕大哉至人處必以誠爲本誠則偷心死心死性自靈靈則無不照理事皆不成即此不成就能成就一切譬如隆冬時萬木凍欲折陽春一夕回光輝無不露是謂誠生明非照光圓滿吾師得祖心祖心不欠少師心不增多得心本無得無得而心傳永作世間眼重昏須臾旦吾曾讀壇經得師心自知亦無得而得用處習爲障心明力不逮於是恒痛泣仰憑冥熏慈既失復乃得今獻法供偈剖析微知見於法苟不昧乞垂慈印可

白茫遇虺并序

吾禮曹溪至白茫將買舟北還沿岸登舟見一虺毒焰熾然怒目吶舌不覺失嘆嗚呼云何忽生之前本然無二忽生之後乃萬其趣是誰負汝汝恨不釋積而成毒形隨心變受此毒狀無擇智愚見汝必殺吾觀汝性與佛無異視汝如佛偶因不覺暫時迷墮一朝知毒毒本無根根於無性無性無我無我無人喚誰負汝人既無負汝恨何懷雖然一迷永迷迷而求覺苟不籍佛祖寵靈慈悲熏炙方便旁擊則寐者終難寤矣今有人於此有少忤懷遂抱恨不解積而成怨怨必終報報則必復如我輩人見此雄虺痛當自反反而有終必證圓

通大悲爲侶度諸愚蒙反而中止非虺不已智者思之寧不毛竪偈曰

祖師之鄉産此雄虺見人不齒齒則必死慈悲薰蒸翻爲毒具不善用心乃至此耳如善用之一切毒具博施之資吾禮曹溪行至白茫見此毒物内心自慌我若懷毒心毒形彰自然之理何必商量籍祖慈力小毒必損大毒敢藏言而不行必受其殃

示弟子

目前一切境皆自心建立離心覓一毫譬如兎有角人不悟自心見境乃分别遂被好醜轉長刦無時止或報人天身或受羽毛等強弱互相噉如巳口嚙指又如善畫者畫出如花女容顔世希有忽然生癡心乃謂是實女相思病至死不悟自心出醫王何自來咄哉呵病者自畫自生着何異口嚙口病者聞斯語知離心無法非但此畫女凡聖法皆爾一旦癡計消畫師本如故

偈

搜剔春光不見根雲來雲去石無痕夢中行盡風波路醒後漁舟泊故村

又

落花芳草恣尋幽夜靜明粧獨倚樓自是老婆心不死男兒何處不風流

又

桃源仙子昔曾逢别後重來訪舊蹤滿院好花零落盡却於樹底覓殘紅

又

覲橋即我橋誰坐達境惟心境自空片月在天光不斷夜涼長潚水聲中

示病僧

我無病時初不檢情一旦抱疾宛延難屏火燒我骨冷刺我心種種若楚日將漸深非天地與非鬼神使皆我自作作空病止此真實語諦聽逆思忽得病本了然何疑

吳江華嚴寺浮圖然燈偈示法鱗 并序

緣見因明暗成無見不明自發則諸暗相永不能昬此楞嚴會上如來之語也此語自古及今於中發明本光者豈少哉然而有不發明者何故病在能信佛語而不能信自心故也是以一切血氣之屬若不緣明橫謂不見殊不知知不見者果見耶果不見耶見則見本無欠不見則誰知不見由是而觀則本具常光包空褁有未始欠缺在眼名見在耳名聞在鼻名臭在舌名嘗在身名覺在心名知堯舜不能加桀紂不能損然非迥脫根塵者亦未易薦取之今有人於此憂是光物物本有奈何日用而不知於是寄有象之明階入無見之頂吳江華嚴寺有大浮圖空洞特立於江之上凡邑之善信有志於背暗投明者皆割其所愛易油然燈使光徹上下飛而宿者潛而止者同悟本光紫柏道人聞而悅之綴以偈曰

本光誰不具具而不能知以故名衆生一朝知本具衆生即如來六尺勿謂短有佛時時現百尺勿謂長燈滅光不見法鱗能知此燈傳定無盡

觸塵偈

未打打已如有疼兩頭無有中間生一切凡

夫作此見是故輪迴不暫停若人靜心痛觀察未打打已痛何在兩頭不疼謂中疼以理觀察難解釋究竟此疼了不疑正疼疼了果非有

登耶舍塔

未聞耶舍塔本無嶮不嶮既聞耶舍塔心中忽嶮生已登耶舍塔與初未聞冥正登嶮太甚自決不能登是時究始末果嶮果是平

與智燈

犀牛昨日與君看頭角渾然不見還本欲無言安可得誰憐田地草蔓蔓

紙花偈

人言此花假我謂此花眞紅白香欲浮作者之精神於此觀天地離心無纖塵况居天地者謾誇造物新智者見之智仁者見之仁通塞本無竅萬事存乎人

讀觀心論

念有一切有念無一切無有無惟一念念没有無無

示元復

百千無量苦苦本於三毒三毒乃有名名曰貪嗔癡我常受其賊憤欲搜其窟試覓於身初身初不可得再覓於心始心始不可得次覓中與外空洞無物我及觸逆順時現行關好惡隱然若有物藏於有無處秉理痛折之其勇不可敵若不拚性命與其死捱逼有隙取敗績無隙我即勝勝時觀敗際總是兩頭失兩失求其中龜毛縛西風此觀頗有志成熟猶未能所以憎愛間違時常失候我今吐實語信我者取則亦如我拚命力敵終不負

示于潤父

鬚枯神索胸中不樂此不樂者本無依託推之於境境非能捉境何所縛推之於能能非境牽能何所着於此兩者究而得宗事會於眞川歸於壑事會於眞何事非能能不害能仔細斟酌水歸於壑何滴不諾於此頓了若樂皆樂深慈曉汝丑午匪覺

元廣代木童子偈

試問木童子爬癢有心否有心難隨師安能與師遘是時非有無寧復墮來去廣子無心來吾適背困倦借代木童子信手搥不已若說是有意直下情不生用處應不累請問誰鼻孔彌勒大頭垂釋迦山根直吾本人非人渠亦子非子拳拳不落空倦處斬然暢此暢曹山墮凡聖絕心路人子若有功此墮皆可測汝若不能薦童子木笑汝

皮斗偈

形骸如皮斗心識若巨燭光焰本無際皮斗罩不明忽然揭皮斗光即滿天地此據橫計言皮斗燭不同了達橫計空說甚皮斗異

示唐凝庵 幷序

凝庵詣清涼叅師師問曰曾看楞嚴否曰看師曰楞嚴云緣見因明暗成無見不明自發則諸暗相永不能昏如何理會答曰見暗之見即是見明之見師曰明中則萬境昭然暗中則一物不見如何喚得見暗之見即是見明之見唐沈吟次師命侍者滅燈以掌張其面唐不知師震威一喝因示以偈

迴合羣峰裏其誰踏入來過橋雲不碍尋我

鹿猶猜一喝鳴千舌多生住五臺吹燈休按
劍直下夜光開

示馮驥子

有一物甚奇特可蛇可龍能風雨有人拈起猶不識能識之則可得處處常有鬼神護不護佛語不眞實又非銅又非鐵看來不如乾屎橛雲門盡力道不全瞿曇到此難饒舌惟有得此如意者任伊横說與豎說

滅燈示六根互用

柱杖飛來一陣風燭光觸滅暗塵封誰知別
有通天路一道神光照不窮

示林白

一切世間音若以耳聞之能所角然立憎愛迭浮漚自心永埋沒如以眼觀之寂滅頓現前所謂能所者譬如虛空骨癡狗情瞥生垂涎横咀嚼菩薩哀此流分身三十二凡有見聞者隨類得悟入

丙申三月將結夏示朗麟二三子 并序

浮生閃電聚首難逢苟不究竟向上機緣則結夏之所何適而不可哉奚必遠峯泉而傍城隍耶故說偈見志

透則自應同結夏若還不透夏難同一枝篠
杖横肩上又入千峯與萬峯

聲聽偈

聲聽是一何異木石聲聽非一誰主誰客主
客不辨情終不息長淪聲波復性向日

觀心偈

富貴夢不破貧賤根未斷兩者念後事念前仔細看聖凡尚難留生死何欣厭憎愛交加時是誰解敬慢於此薦弗能坐禪非善幹縛

脱分别起嫫母賣笑面

佛香庵觀月偈

一片清天絶點雲繁星不見見氷輪郎君若問蟾宫信報道寒香馬鼻聞

其二

此身自笑是虚舟好惡從他一任浮縱使風高翻却了主人羸得浴清流

其三

智光力大不思議世界須臾散作泥是事若還君未信夢中榮辱醒中非

聞豬聲

業識茫茫不解休愚癡爲水夢爲舟無明風猛摇心海浪大帆開未易收

其二

收帆何必更商量歇却狂心萬事康自是衆生心不歇歇心便是法中王

佛香庵即事偶成

觀宗父設齋特地太多事萬物有通情恐將情折理此情化未能難入至人域我若以情觀空山富寂寞白足肯輕移深雲曬正着畧情平等觀法身何彼此委曲隨波浪捩爾出生死竟不以此察盤桓損無益

醒夢偈

夢中地上走忽然地成水又謂水中遊忽然水枯竭謂我空中浮忽然空消殞謂我無承載恐怖求處所怖極忽然醒醒後觀種種不異兎之角醒中觸憎愛好惡迭相攻攻戰情忽破當處無我所醒夢念後事即念得無念醒夢大導師我故稽首敬衆人不稽首不知醒夢恩夫醒夢者識一識求不得萬古處幽

夕覆盆非故鄉迷暗豈眷屬何為戀不捨勞彼至人出

再過金壇東禪寺

寺前寺後行一匝門外門內秋雲堆馬面牛頭手握蛇會當以眼聽春雷

示法鐘

雲門老祖師忽問搬柴人畢竟柴搬汝畢竟汝搬柴吾今問於子畢竟子走地畢竟地走子雲門鼻孔垂紫柏鼻不反古今同一條莫謂有生死地走痛究竟心開情自釋情釋地與子離即用不虧大千不為廣芥子不為窄虛空納一毛一毛包大地如是不思議於子本來具日用暫不知知得笑不住

蘭溪示魏覺榜

初畫若有畫次畫則不就次畫若成就初畫未嘗畫初畫未嘗畫縱使無量畫畫果成畫不若人知此意是則庖犧氏離此覓庖犧何異我覓我

示元廣

見海不能渡疑水惟信土信水與土等驚濤隱可步吾語最真實元廣生恐怖恐怖不生見用處獨匝護此根從何來以疑未斷故

示楊生

此經能背汝非汝經不背汝能背此經無經將何背經汝痛心究畢竟誰能背若謂汝是能無經汝無對經先汝在後云何認汝能若謂經是所無汝經不立由汝而立經謂經所非理兩者往復觀根塵當處剖

日用

塵裏終日覺忙忙那事原來總不妨舉步倘

能離背向更無岐路泣亡羊

拈花

因見一花故乃入無邊空一花既如是好醜無不同以此觀世界雪點紅罏中以此觀身心兎角杖打風能得此三昧度世力豈窮愚人反此故頭頭行不通誰悟不通者當處元虛融

沐浴偈

稽首沐浴諸佛子赤身入水見長短溫然清冷宣妙觸香水海中同受用見有身相即鑊湯不見身相亦燒煑願諸佛子作是觀沛然涓滴皆般若施者受者功不虛是名沐浴妙三昧

麈尾偈

吾當手捉白麈尾日用用之不復思一夕獨坐忽思之麈尾是所手是能所忘能亦不成捉雖復手在無所用既而再思使手者手即是所使者能手忘能使亦無用若人常思無用者思熟無用用無盡果能妙達此境界無煩悟道出生死

斷淫偈

佛無不喜惟不喜淫佛若喜淫水中生塵塵以水洗塵從水生水不洗水塵豈能清兩者匪惑淫火自停

示學人

等閒鼓此兩片皮汝即以我爲說法北俱盧洲舌廣長溪聲山色分明語此即解聽彼不聽棄彼取此乃心病心病不空聽法難北俱盧洲路不遙如何有耳聽不入徒自千難與萬艱兩片之皮嘵嘵時便謂聲聲我解知離

皮之外謂着耳面面相窺總若癡勸爾向後欲聽法北俱盧洲領妙機

讀信心銘

吾讀信心銘口倦默然坐坐時聞簫鼓音響直貫耳復作如是思耳若無虛空此聲何自入以耳例諸根根根虛空等根既等虛空空非有邊際以空等耳根根根周法界不壞亦不雜見聞嗅嘗觸及以意思想六用皆不昧不昧而等空能所無分別苟非大智人照必勞心力勞心失本明佛眼光即失分別墮能所慧命旱夭折忽達兩無功血脉斷而續一佛續百佛百佛續萬佛萬佛續無盡無盡皆骨肉常作如是觀弘願與慈悲無煩外薰炙神力不思議

舫粟偈

達觀道人窮伎倆喜怒無常招譽謗順則懽喜逆則惱從來自狹而至廣試將老漢爲毒鼓逆順聞聲命根喪但恐譽謗不甚多多多愈善度無量無量衆生譬如粟達觀老漢還同舫以舫載粟無多寡粒粒教他登彼岸智人以此而觀之譽謗眞實大方便毒鼓化作度人具苦海難頭濟衆難濟難之人疎亦親豈有智人惡親屬惡親必定是愚夫愚夫謗毀當哀憫哀憫之心聞惡聲即如赤子罵父母父母聞之憐愈深寧假生心怒赤子若人聞謗意不平當學達觀作此觀謗者聞之不生怒譽者紛紛何足羡喜怒須知不獨立相待而起成憎愛若虧其一兩亦空廓達常光無內外既而內外遠近遺遠近既遺古今喪古今既喪誰老少無生無死眞菩薩吾勸世

人誦我偈勝閱大藏經千轉豈惟功德不可思凍膿直作金剛聚金剛聚兮金剛聚揑不成團打不碎有緣得而善用之子子孫孫常富貴

弘法偈

夢中見海不能度孤立海岸日將暮退則還家路已遠進之無地足難措萬種徬徨進退難正難之時誰打鼓鼓聲未歇夢早醒開眼何曾有惱苦

又

醒中見海不能度回首西山紅日暮進前驚濤怕殺人退後已失還家路千難萬難在此時不知阿誰能救苦能救苦能救苦諦觀身心誰福禍禍福從來各有門一心不生孰爲主憎愛場中辨僞眞死生路上分頭緒以水洗水金博金日用分明善回互善回互善回互等閒不犯他苗稼塞破虛空老水牯

和蘓長公書焦山綸長老壁 附長公偈

蘇偈曰法師住焦山而實未嘗住我來輒問法法師了無語法師非無語不知所答故君看頭與足本自安冠屨譬如長鬣人不以長爲苦一旦或人問每睡無所措歸來視上下一夜着無處展轉遂達晨意欲盡鑷去此言雖鄙淺亦固有深趣持此問法師法師一笑許

蘇子恁麼來法師恁麼住兩名白拈賊無舌能解語此意本平常遊人自多故譬如風狂子顚倒冠與屨既以苦爲樂亦將樂爲苦夢中苦樂事試問誰安措長鬣我自栽我栽我解處無端我疑我石火電光去我若不疑我

從他趣非趣忽逢明眼人未語心先許

看桃花偈

舊樹新花開共看此花不異去年顏誰知花笑人分别榮落頻經樹本閒

讀普門品偈 并序

衆生一毒習以成性如油入麪欲壓而出之雖神禹莫能也今此經云若有衆生多於淫欲常念恭敬觀世音菩薩便得離欲等旣曰常念又曰便離則其辭勢義理卒難消會細而味之常念則無間斷由無間斷始乃便得離欲若然者運東溟之水救束薪之火理必然也雖然恭敬而常苟非大明至勇者其誰能之且恭敬與懈慢勢不兩立苟見理未定染習力猛理不勝習十戰九敗如猩猩指酒而怒罵於怒罵中冥遭習轉不覺不知去而復返酒香染神神醉氣疲罵力忽成軟暖以口吸酒是時也不知有利安知有害不知有死安知有身余故曰能常念恭敬觀世音菩薩者復三毒而鑄三德非大明至勇孰能臻此偈曰

恭敬受持此經現前此經現前觀音說法眼聽始玄不以眼聽却將耳聞玄妙之聲成愚癡雲雲埋慧日長處覆盆讀此經者恭敬爲本無擇長幼佛性爾嘗作如是觀韋天護念若已頭目愛惜無倦

心塵無性偈

心不自心因塵而心塵不自塵因心而塵因塵而心喚誰作心因心而塵指何是塵兩者旣悟萬法通眞

送悟慈省親偈

此身敢問自何來四大分明土一堆就裡有恩忘不得西風落本渡江淮

示禪人

流水松風總舌頭眞言萬古轉無休若將兩耳終難聽合調還須死髑髏

示申知離雄心偈 并序

夫雄心者有不雄者爲其母今有人於此不得其母而欲強制其子是謂子制子子終不服惟得母者可以制子也故曰銅山崩雒鐘應母囓指而子心痛皆以母召子也子孰不應永嘉云不離當處常湛然子耶母耶知此者是謂得母

雄心若可銷聲伎片掌應須置岱嵩欲海萬尋終莫測愛源一滴竟何窮

書經薦父母入蘆山塔偈

我父生時我逃逝痛慚不得奉甘旨我父死時我未歸一坏之土孰掩骨此慚此恨何時消日增月累邱山積邱山刦壞終有崩刦壞山崩恨無盡今仗佛光書此經字字功德難思議南無妙法蓮華經經中之王我自性以此功德報亡父黒業頓謝生佛國見佛聞法證實相如戰有功得髻珠願我亡父持此寶徧照十方皎無際我本母生不及養寸心耿耿石難化期酬至德無所從慶我離塵爲佛子深思婦人婬業重堅固難拔等須彌須彌可傾婬難斷津梁苦海須聖力佛說諸經度衆生皆先戒殺後婬欲先婬後殺惟楞嚴是故報母應仗此南無無上楞嚴咒消母淫業如天風片晌之間不可得戒珠清淨光無缺

見佛聞法得自心一切萬法悉堅固我發此願等法性見者聞者皆出苦何況書經報父母若無利益我不實惟願二經入此塔塔亦永永無圮壞風鈴宣說諸呪心有心無心俱悟入又願因緣若至時放大光明照法界觸此光者生孝心因此孝心得菩提一燈傳至百千燈百千燈傳永無盡我願如是佛證知法僧人天并八部二經會上發心者佛前立誓說諸呪願護此經如護眼在在處處恒不離我今哀求說呪者護我書經亦如是我若成佛報汝恩如我今日報父母

碎甲偈 并序

天折地裂物莫不驚髮脫爪枯而人不覺設或覺之則與天折地裂驚無不同者此義甚微徐而思之思而知之知無不覺覺無不驚驚則不忽不忽則復復則天本不裂地本不折髮本不脫爪本不枯偈曰

機無精麤見者用之纔欲生心機則成疑疑復不覺天裂寧知麤者如此細者轉迷根塵廓落碎甲導師

豆佛禪師起龕偈

百戰爭山河埋骨只數步千斛豆念佛佛夢今朝破凡聖情枯時根塵瞥然墮起龕佛威神虛空合掌賀髑髏何處埋法身忽猛露豆佛若有靈當面肯錯過雖然如是且道起龕佛事畢還有出身路否咦從來心外無毫髮掘土埋人心用心

豆佛禪師懸真偈

大地山河是阿誰了無一法可思惟登時豆佛全身顯面面相看幾箇知咦雲山頭角露

流水解談經

豆佛禪師停龕偈

安樂巖前路不差紛紛黑白鬧烟霞須知今
日停龕處雨霽叢林報覺芽

豆佛禪師撒沙藏龕偈

一把吉祥沙安樂潭中撒藏龕千萬年兒孫
常秀發

沐浴畢偈

入水出水中邊何在纔稍停思滿身白癩

示安公偈

安公患足疾紫柏施爪甲適然爬癢處根塵
頓廓落是時問病足利口請置閣此意頗平
常智者摸不着

問本亭偈寄崐巖鄭居士

清淨本然問本然瑯琊長水舊機緣五峯雙
澗亭中客七塔一池爲我嚴

空谷偈

萬人呼空谷空谷一齊應人谷若知萬兩者
皆有病病在心生時早出人谷境寵辱若萬
人驚若空有應瞥爾生欣慼驚亦早越境我
以比量智人谷理自定寵辱不重辨驚理人
谷鏡

粥偈

一碗道心粥勝飲人參湯米豈有兩般須知
在心腸細人不惜福徒自日損傷智者慚愧
重心田種日香

示匡石居士

分明大地本無塵水火何曾有異眞燈下研
窮悵然去朝中還是夜來人

弔沈母偈

地水火風處處有遇緣假合成身首達人了此遺生死是名眞得無量壽尊堂報盡還其本地水火風不可混以情觀之有死生以理推之無加損山高水深不改常桃紅梅白皆配色一度花開一度春年年昆季增悲泣

次郎店偈

此郎喻三界嘉賓若驟雨忽散而忽聚明示無生旨其奈翳眼人當面不違視有問臺山路出門驀直去

斷峯偈

古今不可得孰覓前後際生佛不可得孰立眞俗諦爲有下劣故實几與珍御爲有驚異故黨奴與白牯皆隨衆顛倒曰此緇此素素因緇得名緇非素無謂究竟緇素間了無眞實義前後並眞俗言際亦如是窮際際不有斷將安所寄直下心言絶眨眼涉思慮木人拍手萬峯頭石女崖前笑相覰

示僧

祖宗一片閒田地無奈兒孫懶不耕日久歲深荒沒盡苟非的骨謾翻騰

憇古岩偈

人生誰百年轉眼即來世浮榮鏡中花苦海無邊際楚漢競雌雄只今成何事奚若守心城護此光明地刦燒渠不然煩濁渠不穢靈機統六門出入洩眞意勸君觀岩石龕內佛是你苟非大丈夫未易承當去

示于中甫

直下寸絲渾不挂熱屎潑人誰不怕披毛戴角解翻身跛跛躃躃活卓卓

觀射偈

空含箭跡箭穿空空箭難分體異同若謂空中無箭道分明箭過於空中空玄含箭難觀跡箭妙穿空不見踪假使箭空微有礙如何彼此得圓融

沐浴碧雲禪房覩羅什道影 并序

一光東照法被支那雖義有淺深乘分大小皆金口所宣也至於譯經者流無慮百餘家若夫文質精到逗機不爽無越什師予素欽渴慈雨竊恨不得並世而生一奉瓶錫萬曆歲在癸巳春信宿碧雲寺辱雲莊禪丈爲予設浴旣而慶覩什師道影於其禪室再拜稽首而說偈言

稽首羅什師文字般若海澡沐如來言鮮潔流法界愧我生末世不遑奉瓶錫徒瞻尊者影痛生殷重想冥藉慈悲力拔我出愚垢澡沐知見水潤此實相印不待鑿乾土坐飽般若漿無擇聲與色及以牛馬音戲笑與詬罵土石諸荊棘皆語言三昧雲莊聚寶山松下迸玉髓汲引繞階砌流入香積厨轉冷爲温泉雜以諸藥草乘熱貯水盆直作香水壑恐我行脚倦衣弊風塵集抛擲清冷中沒頭兼浸足譬如春波裏殘氷蕩能幾妙觸宣明時根塵不可得伸手摸虚空虚空寧有骨却被什師見吟吟笑不止咄哉呼稚子莫以眼觀眼眼若能自觀終非是巳眼眼雖不自觀巳眼非不有子能如是解盆即廣長舌出沒舌相端不被舌相礙是謂如來使亦名觀自在若人擬澡沐先當知此偈不知而費水功罪誰復據

紫柏尊者全集卷第十九

音釋

絫（魯水切音壘十黍之重也）虺（呼回切音灰大蛇）嘵（馨幺切音膮懼也）鑄（職救切音晝）

紫柏尊者全集卷第二十

明　憨　山　德　清　閱

偈

五常偈

南無仁慈佛愛人如愛已此心常不昧如來即出世南無義氣佛愛人必得所臨事不苟且立地成正覺南無禮節佛事事要明白長幼序不亂世尊即是你南無智慧佛變通無滯礙扶正不扶邪化苦而爲福南無信心佛眞實無所改一念與萬年始終常若一如是五如來人人本自有善用佛放光不善佛滅度我願一切衆死生與好惡務須善用心莫被情欲轉生時佛不死死時佛豈滅不滅不生處此是吉祥地

伍員申包胥

伍員包胥初爲莫逆一曰亡楚一曰存楚員若忌胥豈能亡楚胥若忌員亦難存楚兩人如鏡遞互相照本光不昧大用現前擔荷不下擬心進退是曰野狐非師子種

不變隨緣偈

始從一塊金造出諸鳥獸鳥獸亡其本鬪爭分彼此智者見之笑愚者見之怒笑則鄙其癡怒則助其鬪我觀天下人助鬪何其衆笑者萬無一惟願乘佛光怒笑俱照破逆順恒自在

讀東坡贊石恪畫維摩頌

我觀石子不思議神力大於維摩詰能將過去毘耶室普令觀者如見掌三十二士不二談口門滚滚川江注病夫無語答文殊耳熱面黄口寂默聖凡乘隙亂雌黄到頭誰解知

明暗現成香飯圖一飽飽觀妙喜延復促師子座高三萬餘菩薩更多容不隘方丈無增衆不減如燈互照無相礙我觀蘇公更巧奪刼掠夢中石處士復將維摩置腦後逞已自在神通向卷舒語默臂屈伸壯士寧費纖毫力善使觀者駭且驚豈殊蝴蝶遭風雨紛紛紙上尋入路競覔高堂避漂溺自笑老漢旁弗禁一拳打倒眉山子奪得驪珠光更奇覆盆頓教成曉國蝴蝶夢回春初霽毘耶城裏人方語

陸太宰手印偈 并序

夫禍福莫烈於死生而死生之前芽必發端於老病老病疑危之際雖有孟賁之勇神禹之智莫能施也今太宰臨老病疑危之頃而神不撓手印堅持老病不能累望其眉宇而氣色澄明豈非一生心力精堅之明驗乎達觀道人因問疾目覩其事贊嘆說偈曰

手印堅持衆所見者手印之初不可心測豈能目覩是不能覩即壞不壞智者了然衆人驚怪

題金壇龍山圓通庵四佛臺

一身千間屋猶嫌住處窄四佛共一臺欣然各相得凡聖本來同迷悟乃成隔呵呵呵會也麼桃紅李白春將半明月清風調不同

示某念佛偈

五十八歲前汝果年多少於此痛觀之多少年便了了得好念佛未了念佛早生死從身有離身何處討兩人未見我燈光如天曉還家仔細參邪路爾勿造

慈音母難日偈

慈音今日生慈母得身輕般若煩誰轉金輪說法聲能將毛孔聽日用顯威靈誰料慈音舌金剛千尺丁

示石門故俛道人偈

來時無物去還同來去分明鼓槖風若使亡靈知此意眼開眼合有何蹤

破生死心偈

現前分別心畢竟生何處若使生自心境無熟爲地境能生分別境豈分別境設謂相因生兩無難成合合無不應理終入自然計智者痛觀察癡人輕放過於此寬不究生死心難破

示紀禪人 并序

紫柏先生徃讀東坡觀音贊最愛其呼者若自痛則必不能呼今聞紀禪人渡江之險於險中排遣初雖自覺有力至浪愈大風愈高則終不免被風浪轉却此禪人不欺之言也雖然從此不欺於逆順境緣風波險處勉強排遣日久則信位可入也因而說偈遺禪人稍爲精進之助云

千波萬浪一舟危勉強支吾能幾時試問命根將斷處就中誰是大悲師

母難偈

我娘生我我無生久負我娘一片情今日尹山炷香者爲娘請得走方僧

住山偈

住山無甚巧一味朴頭來雨後開新地燈昏剪舊煤照心翻貝葉襯足護蒼苔久斷風塵路何人問大梅

觀花偈

江上芙蓉開花含秋波奇風摇疑顧盼遊子心魂癡花豈有子心子心何不思以思思心前自悟花汝師此意頗不淺心開輸天機

明暗偈

設不點燈暗則滿前忽點燈時明無缺圓暗實有暗明何從生明若有明暗何從形每作此觀根境蕭然蕭然之時濕無中邊水當寒沍堅相難除氷當和暖融相本如明暗氷水以類萬物一物得入物物皆蜜蜜有邊中佛難分析分析不能攀緣自寂見徹觀熱死生逆順宰割虛空千古一瞬孰爲滅度孰爲出世乘智願輪而權而實權止兒啼實則自畢明暗吾師曷忘其德氷水吾友敢別好醜舟泊南徐楊枝吾肘無隱齋頭鎮江閘口奇郎代筆知郎點首同行皆瞌夢翻筋斗

廬山黄龍潭募供佛燈油偈 并引

夫火不自傳必假於薪薪亦不自燒必假於火然謂薪盡而火滅則非達人之見也何者蓋薪有盡而火無盡故也若火有盡凡有薪處則有火凡無薪處則無火矣今則不然以方諸向月以盤承之即少頃而水盈盤矣謂此水果從月來若微方諸則獨月不能流水謂從珠來珠不待月珠何不水出謂珠月合而有水此又不然初月與珠各求其水水皆無自寧有兩無合而有水乎世之君子果以格物致知之學不爲分外當徐而察之薪盡而火果盡乎方諸與月果合而流水乎如察而久之誠積將明一旦悟通然後知形而上者未嘗非

器也形而下者未嘗非道也若然者則我日用之間迎賓待客折旋俯仰是非榮辱境緣逆順身心勞逸穿衣喫飯屙屎放尿寒則索衣饑則索食順我則喜逆我則瞋者亦當徐而察之器耶道耶道耶器耶必自了然矣盧山黃龍潭有金像毘盧遮那佛毘盧遮那者此言光明遍一切處既光明遍一切處矣何假於燈盞日以照晝月以燭夜繼日月之明明於無盡者惟燈爲然聖人欲人即象得意意得象忘此又大覺末後句也奇男子何必登黃龍覩佛像然後開悟即共兒女團圞於燈燭光中夜飲懽歌酣醲之後睡熟酒解微開醉眼徐察此燈之光從油生耶從燈薪生耶火自明耶倘於此際一旦悟光生處曾取者醉

漢不須三大劫修行立地成佛在襄陽君子不以達觀之言爲狂能采聽之則黃龍化主檀越如麻矣偈曰

盧嶽黃龍潭乞油供如來不知誰有緣懽喜捨淨財用買香潔油然燈照佛臺光明永無盡聞見心花開油亦從水出水偏與火乖戰爭兩不已水去油火偕此理甚微妙知行世莫猜緣生即無生道器本同胎胎產無量佛皆從光明來願諸施油者皆契毘盧懷

承恩寺十景偈

寶獅巖

尾拂青天首撼空等閒一吼怖毛蟲文殊老漢騎將去遊遍十方塵刹中

卧牛池

不卧蒼龍卧白牛大千世界角尖收尋常懶

犯人苗稼雲影天光水草優

千峯菴

路在虛空不在塵白雲堆處臥禪人春來一雨千峯淨樹杪泉飛五朶新

鎖鳳橋

鳳舞龍飛恐不歸石梁爲鎖永覊遲相逢若問僧多少萬指森森繞硯池

廣德刹竿

旛動鈴鳴調豈同曹溪謾道不因風魚蝦若許平田摝今日桃花舊日紅

五眼泉

五眼人人本自周無明地迸豁清眸若將横目分凡聖兎角挑雲過别卯

涅槃臺

除却身心問吉凶分明宰割太虛空涅槃臺上清秋夜萬里無雲月正中

成公塔院

寶地空林落葉多先師靈骨在洪波荷鋤擬斸水中月輸我抛香禮上坡

洗心軒

覔心無得覔心方熱惱都教當處凉若使遊人知此意松風水月舌根長

觀音塚

萬峯深處普門開道骨寧甘火宅龕大士果然煬帝子麒麟何事產牛胎

照身心偈

身若即心誰是身心若即身誰是心身若即心則生死何來心若即身則煩惱何在身心了徹疑不生即此身心眞般若般若現前身心空身心雖空身心在此身即是眞法身此

心即是眞妙心法身本來無生死衆生迷之生死起妙心本來無煩惱衆生迷之煩惱擾自達身心水即波尋常日用頭頭偕相逢不是兒女戲身心不悟眞狗彘況乃人爲萬物靈大事不明須怖驚怖驚日久諸佛憐變身爲我説無生眼前早晚相見者誰不胸堂點佛燈佛燈雖點不照巳開眼如同夜裏行

初于聞中入流亡所頌

百戰將軍未肯降太虚空裏割疆埸凍雷出地醒殘夢別有梅花一段香

豬偈

養豬充口腹因愛結成讐豬若知此意終朝不食愁愁兼與不食豬死肉有否頗賴豬未知肥肉過汝喉終來汝作豬還須償豬油此理果弗謬勸汝養豬休

文薪偈

若微文字薪觀照火無附若微觀照火身心薪不然薪然俄成灰灰飛身心盡湛然實相燈光明無内外自燒復燒人一燈傳百千百千傳無窮終古常若旦十方無夜時文字薪功德是故有智者即文字得心心外了無法文字心之光以光照眼根無色能待眼以光爲雷音耳聞耳識空以雷爲妙香鼻齅鼻無得以香爲上味舌嘗嘗即智以味爲觸塵覺觸身根遺生死在何處龜毛縛兎角以觸爲法則五塵落謝影緣非因緣變分別變所緣影影各具三種子習氣現雖經千萬刦六根更無量四生七趣中浮沈難可數種子習現等熏種影不亂不亂各有則故以法則名我作文薪偈名緣因佛性熏汝了與正實相燈

傳永無論究與親皆入光明海

釋中論偈 并序

已去無有去未去亦無去離已去未去去時亦無去此偈明何義良以未去爲正去之因正去爲未去之果正去復爲已去之因已去爲正去之果用是觀之正去不能自去必假未去而有去旣必假未去而有去去本無自性旣了去無性未去已去皆然譬如有中間則有兩頭智者了達此三時無去來去來亦不昧

未去不名去已去不名去離已去未去去去誰去去又離正去去已未去不得離兩有中間斷無有是處離中有兩頭亦無有是處我以差別智往返推去來龜毛與兎角有名而無實於一法見徹於諸法不疑於諸法有疑於一法未了若人有善根頓達是偈已一切修多羅洞明如指掌拳手與屈伸卷舒得自在

光明偈

無量光明藏隨緣用不同始終若有性事事豈圓通

勉少年偈

子房椎秦氣豈止萬丈虹一旦能自下進履圯橋翁吾聞老屠叟與客宴笑間呼客客疾跪客面無怒顏跪久竟無語仍呼客共餐客疑敢問叟此跪何所以老屠舒徐言少年登高科未經貧賤抑此跪若不忘平生用不盡子房進履後圯翁骨已朽至今聞其風使人毛骨竦跪者埋黃土相國付流水此跪無令古聞者無不勇此勇遇聲色聲色不能惑此

勇治夷虜夷虜不敢忒我願以此勇日用持不忘在在極樂國

午齋偈 并序

予有泉石之疾久患未瘳偶午齋未訖山水忽臨不覺眼根食色舌不廢味自笑自癡説此偈耳

舌以飯爲食眼以色爲食舌眼一時食次第非次第山水富烟雲菜飯鹹酸具是同是異耶本是一人事此中覓能所如人手揩鼻鼻外若有手是他非是我此義初明白豈煩求索得

病偈示通方

人人無病時自謂生鐵鑄及至有病日何止軟如絮四大互增損衆苦靡不至所習佛知見試之了無濟病中難作主臨死豈不錯一錯千萬刼秤鎚沈海底若欲出頭來須待馬主角安得奇男子病時如不病寒熱交攻時寸心安若海驚濤恣潑天濕性初弗改即此不改者了達譬指掌開握與舒卷壯士屈伸臂病猶羸劣夫病者如壯士相角勝與負愚者亦可決況復有智人於此何疑惑知病虚不有般若頓現前纔覺有微苦般若即隱没病苦與般若何曾是兩物清涼及熱惱刹那順忽倒病根在何處病者自尋討一旦得其根病愈呵呵笑

聞鐘偈

根中若有塵塵中若有根根塵既交參能所互不斷根中若無塵塵中若無根根塵不交參誰先復誰後眞妄各有路同行不同入入則頓了知未入徒支離是事大不小大雄始

能了

禮四祖偈

南無四祖信大師童眞便知求解脫苟非夙具靈骨來憂深慮遠何至此一朝狹路逢璨老當頭一椎迸臭汗了知縛脫兩頭語黎奴白牯常爲隊臨行接得無姓兒窮家破具從他紹多情突地出黃梅賺殺牛頭貧徹骨人天自是失依怙抱贓叫屈誰相悉銜花百鳥覔蹤由何異層氷求烈燄我懸狗馬心已久帶疾慈光一稽首惟願我祖憐弱喪死生夢中頻拔濟

禮五祖偈

稽首五祖忍大師片時不計計長時山前山後種松子松高引得鶴來棲鶴來弗解騎鶴去有去有來非所慮長生固勝短生多莫若無生死亦住一朝釋鋤拜牀下法道可得相分付堂頭嫌老許再來只顧問娘匪問父賺得阿娘肚忽大舉族紛紛爭痛惡一身子然無所依敗堂冷廟延朝暮生兒便會道無姓觸着堂頭心上病西來衣鉢總交渠赤卵咆哮行祖令十方諸佛縮却項嶺南獦獠神通廣獵人隊裏覔生涯七百高流空腹脹蜀道難行世所知誰云傳法命懸絲我常深夜念及此世間想淚沾緇衣今日濁港灘頭過離娘墩前草如故西風落木行路難子母恩情從此破

聖凡偈

兎子懷胎產六龍不惟爲雨更爲風臨機縱奪能翻弄一片春光萬卉融

微顯台宗性惡妙旨偈

稽首十方三寶尊未來過去現在者我今哀
求請證明惟願冥顯有加被三際不離一念
有豈離三際有一念譬如一指有屈伸廢屈
立伸血脉斷染淨亦隨緣所熏隨緣善惡二
相顯顯者可見謂之修不可見者謂之性性
惟非性自不覺不覺不離染與淨了知染淨
既如是一指屈伸奚足病屈伸離指不可得
染淨離心亦何有心即本體染淨源源亦非
性寧染淨惟有悟心方决了决了始知台宗
妙台宗之妙在性惡性惡三昧三昧王一切
染淨横自在皆藉性惡功德力盲師不見性
惡玄廢染立淨壞佛體弟子仰仗三寶力述
偈微顯台宗旨更願見者及聞者同悟性惡
利含識

臘月八日供佛乳糜偈

如來成道是今日成道畢竟何所得我等今
日未成道未成畢竟何所失現前大衆當痛
叅叅透乳糜用鼻喫莫憎此是孟浪言言
字字塗毒汁

蜂觸紙窻偈二首

縱使千飛與萬飛心因境有豈眞知但將能
所俱抛却不假鑽研透不疑
來時初不有遮攔纔欲投明透便難若肯反
觀來甚處去來何路不天寛

示徐孟孺偈

掉轉頭來一拍時就中無地着思惟徐郎覿
面知歸處始信春來花滿枝

聖智偈并序

若謂念未動是聖智則了得念未動是聖
智之知此了涉念耶不涉念耶涉念則有

念定不能測無念不涉念則念既不涉知亦本無謂了念未動是聖智此了何異虛空揣骨思之

聖智昭然休更覓山河之外別無靈但能當處尋生滅方信紅爐有剩氷

雷郎吃茶偈

念未生時誰吃茶寧知茶不自噇他就中別有通喉路滴滴須教成露花

芭蕉菴聽雨偈

直謂重泉樹杪來磁磁巖壑起輕雷何須方外尋幽僻城市雲林趣不乖

雨打芭蕉一樣聲聽來迷悟太分明桃花只許靈雲見敢保盤山夢未醒

皖公靈跡

行盡千峯與萬峯飛泉響自半天中背巖有路通幽處流水桃花問皖公

示宇靖偈

春來誰不愛花紅驀地東風起太空艷冶凋零一條看此心無處不虛融

逆順偈

嬉怒無常總是渠逢緣逆順遞乘除從教伎倆翻天地幾度推尋失舊居

偶成偈

天上人間勢利同但將罪福判雌雄達觀老漢偏奇猾慣解藏身兎角中

宣州興教坦禪師偈 并序

宗門武庫溫州牛氏子世業打銀因磨洗銀瓶次有省出家號宣州興教坦禪師

怪底牛郎業打銀銀瓶磨次現全身廣長舌相無多子獨許渠儂見得親

應事粘滯不覺失笑賦此

賊後張弓悔巳遲更教賊後笑愚癡何當明鏡無留礙姸醜難瞞不屬知

寄王元美

法身有口能噇飯大地無塵翳眼睛此事遙知巳相委頗毋一語印愚情

悼王方麓先生偈

未生曾道是華嚴習氣臨終果現前釋尾儒頭難辨別還同竹篦勘癡禪

無題 二十首

丈六金身賣酒標一朝爛醉睡如猫牡丹花下春風裏多少馨香帶露飄

在心未歇似猿猴日夜翻騰者髑髏一把無明火燒却紫烟堆裏好回頭

莫待焚燒始轉頭正當強健好調牛皮膚脫落全身白水遠山長任自由

水國微茫坐入禪六銖縹緲散花天只今靈骨無尋處風雨蕭蕭送客船

踏來空翠幾千重曲折曹溪鎖梵宮欲問嶺南傳底事青山白鳥水聲中

百尺危梁架碧溪行人到此莫思惟浪花風捲晴飛雨掉得頭來巳濕衣

懸空架地力難移怪石爲腔蘚作皮無孔鐵椎敲便響禪流直下不須疑

道人無住不悲秋何事扁舟帶月浮白雪陽春誰接拍石門流水暗相投

君家幾箇長松樹引得天風作海濤熱惱任教千萬斛此中一坐自全消

浮雲初不染虛空起滅從交淡復濃若使身心成兎角應酬萬有自春風

白鳥銜魚上釣磯漁翁初不涉思惟水天空濶相忘處坐者坐兮飛者飛

萬別千差總此心誰融大地作黃金愛憎交錯難銷處多少男兒被陸沈

春來花草興綢繆丹室珠林挾妓遊盧舍那身隨處現醉中幾箇解回頭

空林何處夜鳴鐘踏遍蒼苔叩梵宮此會不須言底事相看箕踞月明中

萬別千差總不妨無心觸處可相忘雖然六入如空聚見豕何曾喚作羊

春來樹杪百重泉飽飯眠雲聽不厭若使陶潛知此意何須弦斷始無弦

阿娘奶頭大如斗不食小兒見之走飲乳輸他親所生一口未了復一口

廣長舌相覆虛空大地山河舒卷中若問人天何處着歸宗口裏有拳容

凡當我處皆非我我若無時我始全縱使虛空爲辟喻虛空我後我曾先

流水青山笑我癡涉川絕嶺慣忘疲南來北往緣何事一線眞機世不知

究心想偈 并序二首

皮毬子曰一心不生爲善無地况爲惡乎故無論逆順境風扇中則念之生雖有心凝禁而不起無是理也但起善念當勉力而充擴之若起惡念當究此念是貪耶是瞋耶貪近淫瞋近殺淫之爲過過莫大焉殺之爲禍禍莫甚焉我清淨廓然之中而忽生此不祥之念幸而有始無終則過禍似可逃也不幸念起而始終之小則殺身喪名敗德大則一墮阿鼻魂靈受罰一日

一夜萬死萬生卒難出離且我此身究其所自初本於父精母血雜而有之現前能分別之心初本於父母交媾之時不違前境唯心乃受境惑故男子投胎時於母作可意想女子投胎時於父亦作可意想既而此想身成之後不名想而名心矣此精血雜成之穢心主之後不名穢而名身矣故有智男女解作此觀觀久得力則於飲食男女之間雖境風扇鼓自然念不生也噫念果不生則向之清淨廓然還復入我手矣故曰雖然舊閣閒田地一度耘來方始休至此然後說裁田博飯喫無愧於心焉若未詣此祖翁田地尚屬別人管業我安敢妄想偈曰

羶臊交媾始成身中有貪淫即識神兩者若能看得破何妨寒凍作陽春

祖翁田地責年深執券風塵何處尋見說豺狼與狐兎荒寒荊棘久成林

行昌刺祖偈

行昌刺六祖却被六祖刺世人誰得知豈非寃枉事

智識偈

五識攬性境是名因緣變行解猶未起名言豈能及同時意忽生五爲退殘客五退六旣進六攬獨影耳由塵發知故此知非本有由知塵現容此容異晴空了知不了知識智競分路識則假名賊智則克家子熾然善分別我法執漸釋入流而亡所所亡能亦失能所無地時轅轢搖不息

示于中甫

國賊患在智心賊患在玄三乂乃見刺諸塵解脫源龍潭虎豹窟鷩悖雪松邊

示于潤甫

六祖本樵夫悟心乃成祖此心是何物證之邁今古非獨釋迦然仲尼亦復爾如若道未聞雖生不殊死且道道奚聞最初從信入堅持久不惰自然人指路遵之直截行寸心勿回互世有毀譽風此是諸魔使遇之力愈堅始信眞寔做一點疑惑生無媒自招禍苟非英靈漢逆風難把柁

淨土偈

心淨佛土淨心穢此土穢淨穢既在心如何別尋理但觀心未生淨穢在何處此觀若透徹衆罪自消滅不待蓮花開香光從口發南無阿彌陀佛即自心覺覺即情不生情生成殺佛殺佛墮地獄難生蓮花國能使情不生彌陀自來迎蓮花爲胞胎永不作衆生念佛雖不難難破逆順關逆順關若破始面彌陀顏

自警

衆人關意處飲食男女耳我輩所急者治心藥貴止止時不由觀茲止非盡美止觀相爲師循環妙無已現前赤肉團善用初非累誰謂臭髑髏金剛堅莫比色生空匪殊波水譬彼此古德曾有言亡僧痛爲子當陽既不薦白骨爲汝死回首石樓癡覆舟華亭恥死生等戲具心了何足齒

吃水齋聞鼓偈

我昔吃水齋幾月分別輕身心有若無六根瀉鼓聲仔細推所以擊鼓道士耳此觀尚隔

河聲乃發於邇始悟念不生古今無異路遠近分別起法身豈有阻六尺空中雲雲起有無際聚散初無常何苦徒横計横計若不消驢年出生死

脫女身偈

有身有女執無身執自消衆生久顛倒横執身堅牢堅濕暖動觀女身等遍毛此觀若成熟蓮花爲胎胞更將憎愛空心空境寂寥能所情塵蕩童眞着方袍叅禪與學道永無魔外撓眞祥痛持偈女身當處超

常如寺偈

逆順本無性似有惟横計若知喜即嗔步步安樂地

示聞郎

鬼怕捺硬人識怕捺硬智強久自成熟忽契無分別

示修慈

有我衆生我無我諸佛我眞妄我明白頓超生死路

明暗偈

生滅不生滅譬喻明與暗一存一不存未合波羅蜜生滅不生滅譬喻明與暗兩存不兩遇乃合波羅蜜

斷婬偈 有引

夫言清行濁開眼說律合眼行婬醒夢雖殊婬根無二故此根未拔生死難逃今世後世眼合眼開根塵主客授受無窮苟能一念不起婬機自枯於衆生分中念起是常不起是變於菩薩日用不起是常念起是變常變無根隨習所熏熟則名常生則

名變名雖有換初無異同故能以戒定慧之香熏而不斷則淨用現前以貪瞋癡之水潤之則染用力猛故寂音尊者觀音贊有曰憫我心明力不逮時時種子發現行此我尊者踢翻好醜稟白而能吐言真實如雲盡長空明月顯露清淨光潔如此也

偈曰

十方三世中惟我一人婬婬機斷不難婬人處處滿婬機卒難斷時時互相熏增長無有巳我斷人不斷斷熏復深染淨各有源源窮染淨洗戒根盤虛空空外無有物有婬無地藏

戒殺生偈

以心觀天地天地伯仲同以天地觀心物方分雌雄雌雄生強弱強弱生戰攻勝負不相下互呑豈有窮未窮能知變口腹戒肥膿

卧佛偈

睡者不忘石焉能卧石上石非忘睡者石則有我相誰謂雙忘中鼻風吹樹響陰陽既不到出入息難狀惟有本色人聞斯稱絶唱

聞雷偈

將雨雷先鳴轟然聲達耳遂即究聞者猶未决能所所聞既無知能聞寧獨起若復合而聞細推無此理能所既不有合者是何物合乃且共生龍樹曾不許無因如可聞山河皆吾耳往返研其因畢竟窮無始無始不昧聞聞時遺彼此玄沙老古錐昔日曾有偈鼓中無鐘響鐘中無鼓意鐘鼓不交參句句無終始

六識功能偈

第六分別觀生法功成本位粗相滅細相乃通七識分生法以無分別觀觀之不已無功成乘此無功鑄異熟異熟既融任運入五八刹那同時轉聖人能事自此畢駕此無事自在船逆順風波渡羣有究竟如上種種德皆是六識作觀力餘識但坐不能行惟六能行未始坐張翁吃酒李翁醉說與傍人誰肯信三量三境攝心所以此之故功在六聖凡迷悟六不行總是天晴地下濕

醒夢偈

紫柏老人妄想多夜來合眼夢不少夢中好惡幾千般開眼何曾有莖草腦髓心肝命所係夢中有人平白取解空未熟取時慳成就慳貪多巧計直得計窮瞋發盡腦髓心肝苑然具將觀具者等夢中死生榮辱恣遊戲

持華嚴偈

大方廣佛華嚴經如來初轉根本輪此輪轉不離四門理轉事轉事理轉事事無礙最幽玄拈來便用無廉纖離理無事波水同事理互轉亦流類若徹第四事事幽前三終未離窠臼窠臼不離情不枯情不枯兮智不訖智不訖兮覺爲礙境風逆順難自在理障事障誰爲魔覺不爲礙事事快若能受持此經卷洞達吾偈根本在且道根本畢竟在何處所熱惱燒心誰着火清涼徹骨豈天來

長松館雪偈

明月在天雲障之障雲疎漏露明月幻作梨花與柳絮鋪遍江山無空缺白象兒休烈蹶境緣逆順蹴踏時金毛聞之亦腦裂三月桃花笑路人主人於此心能歇

修補大藏經板偈

百年三萬六千日憂勤功利何其忌若將長劫較百年百年不殊出入息出入息中營勝事苟非明勇誰能得功利不過周微生勝事資我般若趣勝事之中最勝者續佛慧命第一義慧命得續欲命枯娑婆鑄爲極樂土此意智者獨了然愚者狐疑難信入吾偈不實是綺語舌根生生常破碎

西子說法偈

世人盡愛西施美范蠡不愛却載去此意若使吳王知伍員頭始留得住我聞西施美亦愛愛情如火燒心裹無限精神爲此枯千排萬遣無用處偶讀圓覺普眼章西施之醜難掩藏三十六物仔細觀但覺其臭不覺香香臭互奪本無地范蠡滿載明月光此光要使照千古伍員頭斷日中霜萬花叢裏去復來西施翻作說法王試觀捧心顰眉時芙蓉兩岸秋波長得漁欸乃聲何奇耳根一洗平空亡

雲居山復古偈有序

青山無古今白雲有去來法運之通塞人情之愛憎道場之興廢俱循業發現不可以有心期亦不可以無心待者也予別雲居二十餘年近憩歸宗金輪峯之陽一日雲居紹住山過予問訊且曰雲居近有諸緣山主肝腦塗地鼎建古刹予曰此亦循業發現耳問何謂業予曰業命也又問何謂命曰命用也又問何謂用予震聲一喝曰在眼能見在耳能聞此是恁麼紹不薦予說偈曰

見聞歷歷自何來纔復生心光早霾此去歐峯三尺半杖頭日月照塵埃

示等觀讀楞嚴經偈有序

有身之身衆苦所聚有心之心萬慮所縈惟無身之身形充八極而無患無心之心智周萬物而不勞衆生日用不知病在外封六尺内迷方寸苟有智男子達封非封了迷非迷然後以一身爲無量身神頭鬼臉輔弼法門以一心爲無窮心奇媒異智通達佛法寄廣長舌於諸子百氏之岐使歸大道是爲眞報佛恩

十卷楞嚴一柄刀全牛不見眼中毛試將智刄游心馬積刧無明當下消

讀東坡觀音讚

當年客少室飯訖乃經行柏根見短碑刻畫觀音形上有東坡讚讀之蚊上鐵徐而久味之一日頓了徹自是恣口門到處爲人說着山蘸長公覓佛心已歇心歇光自圓事理皆活潑戲謔與譏呵譬如青天裂天裂眼界高天外風景別如若自不見反笑人見拙

示周季華

衆生無明熾執身招死生聖人憫其愚教以一觀四見四了不眛一身不可得此滌凡夫垢非是二乘執又以一遣四四亦不可得一四俱不有直下無生智不可以數求不可以情會情數兩坐斷肉塊金剛體譬如手作拳或者作拳想或以拳作手或者作手想拳若有拳性作手不可得手若有手性作拳亦不得拳手兩無性執者寧非惑雖無拳手性拳手宛然爾我以拳手偈相逢誰薦取自信合

佛心龍神謹護持願凡見聞者俱悟無生理

分別能所偈

若使分別因境有境有於我何交涉一切凡小未了知根塵擾擾無由歇了知兩者但名言能所何曾是兩橛環輪之上覓始終笑殺東村王大姐了知成修佛眞子煩惱未除超十地此知止觀大導師愚者棄師尋覺路無能所中怖根境誰知根境覺路資氷多水多何須疑衆生若使無我所聖凡血脉皆枯斷撥無因果成魔種却疑了知非親皃誰知生滅不生滅智識一條有同別我今説此妙伽陁何異幽宵懸日月大家苦樂光明中日用不知盲者咎醫王一朝抉障翳光明初不離眼有此光若謂醫王與尋常見暗是何物

示知幾病中偈

祁寒溽暑羇旅不歸啖熱吞冷惟自知之境緣錯迕飲氣支持苟弗以理消釋甚難逆順榮辱理遇本閒若以情遣紛擾無端喜則屬陽怒則屬陰陽易舒暢陰易結沈舒暢融通面目光澤結沈凝滞毒乘爲賊賊據肯膂痛不可勝究其所以惟業是生業生無地造者惟心心外有法聖人沈吟南嶽大師身忽腫脹求生不得求死無恙轉側靡停苦極覺朗知病惟業知業惟能推能之初無我而靈腫脹頓消獲宿命智過去善惡雲度沼沚纖毫不昧如見十指貴郎貴郎病卧一床正當病痛情識張惶智不可治力不可降痛痛痛覺能所兩角我代渠觀根塵廓落病乃知識誘我得入奇哉奇哉我入賊出一塵正受塵塵歷歷自他無間維摩神力八萬師座總納丈

室大小相容位分不失問何宗旨端郎把筆筆如寶劍聖凡失色且道末後一句又作麼生燈燭光中相問疾淨明茶飯自然香

示賀仰菴 有引

夫心無眞妄而眞妄名生良以迷無眞妄之心而眞妄之名不得不立焉又有迷眞妄之名而不求其實役役然巓毛白而執名不返可不痛哉夫物必有名名必有物名物不相負而天機深者即名爲梯緣而上之終得其實實得心明則眞妄可辨矣何謂眞無我而靈熾然而分別與性不違此眞之始也何謂妄流逸前境迷而不返妄之謂也又妄身假四大而有妄心亦假四蘊而有故妄身盈不五尺妄心周不逾身今天下饒以五尺者爲眞身不逾身者爲眞心不知果眞乎果妄乎吾聞空無邊際乃法身中影子故曰空生大覺中如海一漚發吾聞聖凡依正亦無有窮盡依眞心而建立故曰心外無法又凡夫迷眞既久故眞生妄熟而於妄熟之中籍佛祖聖賢師友眷屬緣因熏發了因初啓培而養之境風順逆死生好惡交加之間以勇濟明以明扶勇銳然而進精然而深是謂以生滅心開生滅解和泥帶水究竟十信皆圓解生滅之力也入住則力非生滅矣吾悲憫汝兄弟身處塵勞腥膻之穽而能長齋不茹一切血肉眞火宅蓮花也乃說此偈曰

因境而生因境而滅生滅無常憑境貿易從無始來至於今日執此爲心認賊爲子自劫

家寶無時不爾失功德財一貧如洗背無生滅隨順生滅十二緣生以爲窟宅欣欣戀着莫思舍離不捨離中衆苦積集如影隨形怒逐不去從刧至刧等汲井輪下上無歇如上衆苦初本無地一迷本智幻出諸有無能所處建立人我戈劍勝負血流漂杵皆自心作離心無有即心觀察本智何物有何因緣變出根境一旦精明如子得母彼十二支皆功德使自利利他無有窮極

示李次德偈

水外有波波必不濕波若果濕何波非水愚人不了見彼波相千變萬化洶湧無常生滅多狀逐彼名言爲境所轉熾然分別從無始來了無休息改頭換面鱗甲羽毛人間天上升沈隨業此皆波也迷水疑波謂波非水故名愚人智者不然了波即水達境惟心本無凡聖豈有古今靈然無我爲羣有祖故知祖者必能孝順悟自心者必能奉重如不奉重說食不飽乾慧無用觸事臨機情見妄覓法珠在掌勿誤墮失年光難把老病莫期小子痛嘶日用勿昧

弔顧諟齋偈

世有塗毒鼓有擊則有聲毋論心有無聞者靡不喪若使無人擊聲亦無所有無聲而有聞聞者聞何物是故塗毒鼓有毒等無毒雖復鼓上卧毒不能毒人所以無緣者佛亦不能化吾鼓則不然以名而爲之塗毒於名上以傳而爲枹一人傳百人百人傳無盡如是無盡枹擾之擊茲鼓無論見不見聞者無不死有人未見我但聞我名號誰知塗毒名聞

聲毒入耳毒入而不發决無有是處公曾聞我名豈得不受毒以此因緣故公終偷心死心死性則活性活孰非佛吾是以知公已墮諸佛數

悼藏主法本偈 有引

夫割股救人不若割股救親割股救親莫若割俗亡身弘法何以故資我生者不能使我無生生我身者不能使我無患老氏曰我有大患爲我有身我若無身何患之有惟亡身弘法之德近則使我即大患而爲藥草遠則使我鑄緣生而終契無生以患爲藥智者所甘從緣悟入衆人所昧智甘衆昧水中擇乳茍非明而勇者孰能鑑此爾少業瑜伽既而遇大善知識割瑜伽而從禪禪雖未悟而操介卓倫教雖未了而弘法無懈惜其志有餘而氣不能持於萬曆某月日大命將終猶謂法侶曰我今生乏財凡作佛事則多難少易此去再出頭來倘得作宰官身則刻藏不難也嗚呼爲僧知僧貧而不知官貧爲官知官貧而不知僧貧僧貧於財官貧於聞兩者所貧皆非識心達本者也故爲官多受勞辱則曰莫若爲僧清閒爲僧多受貧困則曰莫若宰官如意殊不知勞勤莫先於有心大患莫若於有身惟了心非心達身非身者煞窮萬有而不勞形充十虛而無患然後發同體之悲接無量之衆運智於無何有之鄉究竟無上燈傳不絕乃吾曹能事故曰厭死生若失佛法道今爾發願雖與衆殊然以吾曹本色斷之步驟失矣夫形有

聚散心無古今有聚散者既化則無古今者寧不存邪汝生以慈父事我且爲法而死若不以率性之痛誨超情之椎輪提撕本色恐成埋没聽吾偈曰

四十九年前四十九年後反復覓生死日中見北斗厭僧欲爲官官貧汝知否俸薄不能給合家餓如狗爲官得有財必從貪中來以貪作佛事培福反培災賴有弘法願終與衆人殊捨身復受身愼勿失戒珠戒珠如不失生處自光潔所願終當克九原休泣血我若老未死遲汝疾出頭果不昧初心來充法海牛耕徧大藏田福慧始無邊假使熱鐵輪在汝項上旋拚教燒箇死亦是好因緣

示王孟夙偈

若人靜坐時妄想來打攪種種力排遣此妄終不了不了妄是賊賊必劫我寶我寶既劫去主人等枯槁人爲萬物靈枯槁豈相較若欲得眞靜必先求動自此動爲我生此動爲物起此動果我生物未感不有此動爲物起物感木人無往復究竟動物我求無得物我求既無横謂合而有兩無合若可水可洗其水水既可相洗已眼見已眼已眼能見眼諦觀君自省

醒夢偈

夢裏冤親相逢喜瞋醒中無異奔逸前塵餓翻盆醒知非眞幻兼泡影喻此夢身露電倏忽臂交故新仲尼哀之菩薩沾巾顏子未薦坐忘彌勤肢隳聰黜離雲月輪清光充滿照絶邊中以眼觀聲普門圓通白川一月觸處相逢念彼善財悉尋未面離光覓月月被

雲靁身等夢幻泡影露電觳雖假合恒作是觀一觀若成餘五自現見思消融是身舒卷譬如白雲豈涉牽絆跣足經行脚跟具眼

墨畫偈

萬物本虛惟人自擾一心本眞逐物顛倒惟物惟心悟之皆妙以未悟故成敵狂鬧惟大覺人日用了了見物即心見心匪槁智周萬有玆靈常皎即色入空廢器小道即空接粗衆無不曉以覿墨畫賦此寄與

伊峰偈

非縱非横凡聖莫測瞥爾生心雷轟耳側

持戒偈 有序

五戒名根本戒蓋人天聖凡之根本也廓而大之則名沙彌十戒再廓而大之則名比丘二百五十戒然皆以初五戒爲根本故名根本五戒凡具諸覺而有生者如於初根本五戒中不持一戒兩戒決不能生人中故曰戒勝則生勝戒劣則生劣大塊間所以富貴與貧賤斷非造物使然皆自心所造爾古人有曰五戒不持人天路絶喚人天路絶且問汝舉足向甚麼處去偈曰

五戒不持人天路窮舉足何往牛馬胎中持戒不難難在重道苟能重道何戒不皎戒皎根香香遍十方是凡是聖出没香光如戒有破頭頭死路我不敢言爾痛自悟

紫柏尊者全集卷第二十

音釋

橐 他各切音拓

斸 株玉切音瘃斫也

鋐 胡盲音宏

紫栢尊者全集卷第二十一

明 憨山德清 閱

雜說

匡石暴亡說

世有年志俱盛而求菩提一旦志不遂而暴亡或者便生誹謗驅烏子應之曰此亡者乃廣長舌相也善聽法者即於此悟國土危脆而況微軀乎如雪峯指亡僧髑髏示衆曰此僧爲汝等却眞實大衆如何薦取玄沙有頌曰萬里神光腦後相若然者則匡石先生之暴亡豈有亡不亡之窠臼爲襍襪子作口實翻騰去耶

魂魄辨

精氣爲物游魂爲變是故知鬼神之情狀此孔子之言也而解者互有不同或謂精氣無知游魂有知或謂精氣與游魂皆無知也或謂精氣與游魂皆有知也是故學者所宗亦各不同焉然孔子之言若日月之在天而盲者不見豈日月之咎哉蓋孔子立言之意有順有逆有逆而復順三說焉而伊川晦菴謂魄與魂皆無知東坡與沈內翰謂魄與魂皆有知獨新建則謂魄無知而魂有知此皆能會通孔子之意者但解愈易而孔子之意愈晦耳何謂順自性而之情也何謂逆自情而之性也何謂逆而順聖人以爲我復性而人不復則情不消情不消則我見熾然我見熾然則貪暴無厭爭鬬靡已故以復性之教教之使夫順者知逆逆者知順則原始反終死生之說可明也夫迷順而不知逆者恣情而昧性其生也爲魄死也爲鬼順而知逆者悟

性而治情其生也爲魂其死也爲神魄之爲言泊也夫泊者以衆人未聞道則無往而非情也而情無自體必假於根塵故衆人其資厚則氣强其資薄則氣弱所以其生也寄泊於物而强弱隨焉則其死也亦必泊於物而强弱隨焉若伯有爲厲是也君子則不然既聞道矣知道外無物無物非道也所以貴爲天子不以爲榮賤爲匹夫不以爲辱若舜與禹是也即此觀之伊川之説非矣新建之論得失半焉唯蘇長公與沈内翰近是然蘇沈猶未能精辨順逆逆順三者之始終所以理全而事略事略則波虧波虧則水缺波譬事也水譬理也故事不融而理終不徹耳予故曰衆人恣情而昧性則魄盛而魂衰君子則魂多而魄少以其聞道而能以理折情故也故魄爲鬼之因鬼爲魄之果魂爲神之因神爲魂之果因果精而魂魄鬼神之説明若鏡中見眉目耳夫何疑哉至於三魂七魄之説此衆人也魂多而魄少此君子也唯聖人無魄而惟神故其生也生不能累而其死也豈獨有累耶故曰妙萬物而無心謂之神又曰聖人無復夫無復者謂性外更無情可治也如有微情不盡終非無復故曰微塵尚諸學明極即如來又曰一切浮塵諸幻化相應念化成無上知覺即此言之則易之爲書也深矣妙矣楞嚴之爲經也妙矣深矣昔張無盡謂我讀佛經然後知儒是以非窮理盡性至於命者則魂魄鬼神之説始終逆順之淺深精而粗之粗而精之因之果之千曲萬折解情釋縛異其名言同其義理是而非之非而

是之無疑處使之生疑有疑處使之無疑此聖人之深慈君子之苦心也學者不可不知焉

示宇泰放光石説

天下疑信之生不生於事則生於理故生於事者惑乎理矣生於理者疑於事矣以此觀之信理而不信事信事而不信理所謂信非真信疑非真疑也惟即理而信事即事而信理者予又何言哉若夫孔陵之著草奘老之摩松事以理推理以事究情與無情之異皎如日星此石六稜而鋒鋭體質光潔映日流輝産於峨嵋而他山無之説者以爲六稜以表六度鋒鋭以表精進充三學而統萬行體萬行而治衆習習治則即事成理即理成事而徧吉之德備矣夫峨嵋盤礴千里空翠接天絶巘奇峰倚伏萬狀豈星星之石而備衆德耶曰一花可識無邊之春勺水可分圓滿之月彼既如是此獨不然與

似完齋説

聖人不以長蛇封豕爲患而以一身爲患其憂亦深矣如章臺帶水阿房連雲極游觀之樂至死而不能返者可不哀哉松陵峯郎知身是患不重厚生唯不重厚生凡百所治特似完而已故堂不圖高内不圖實莽茨可以蔽形饘粥可以糊吻以古硯古書素心貧骨薄金張之榮淡然自富紫栢道人適避風雨於斯喜其朴實所緝有野人之風題曰似完齋書此遺之

交蘆生書千字文説

夫晝本未晝未晝本於自心故自心欲一晝

欲兩畫以至於千萬畫畫畫皆活未嘗死也何謂死活曰若見一畫即謂一畫見千萬畫即謂千萬畫是謂知死而不知活惟知活者畫雖無畫曉然了知機在我而不在畫也即如六十四卦三百八十四爻如一卦有常一爻落死則變化亦有窮矣惟其卦卦無常爻爻本活所以周流六虛上下無常情之性之鬼之神之往復莫測隱顯若惑先天而天不違後天而奉天時設不知活烏能臻此哉故蒼頡覩鳥跡而悟字母梵佉婁不煩感而悟字生於心雖文成横竪而詮義未始不同焉如鳥跡而變大篆大篆變小篆小篆變隸隸變楷楷變草草則復幾乎鳥跡矣何異中竺而變四竺四竺而變胡胡變夷乎故曰通其變者始制者也因其變者乃衆人耳雖然始制幾聖衆人幾愚有能因畫而悟未畫因心而得無心噫未畫畫母無心天地萬物之祖既知其母復得其祖則愚可以爲聖聖可以同愚故曰大智若愚予覩交蘆生手書千字文其字畫起伏縱横變化有條而又不死於法果書者之能品耶

孝侯謚説

晉周孝侯逢大敵欲拚命一戰同僚勸曰將軍母老矣戰而不捷太夫人將安托乎孝侯曰我爲大臣必盡臣節今日之事既爲人臣安知有母哉遂戰歿朝廷嘉其忠謚曰孝侯由是觀之忠孝本一條學者以爲孝是孝忠是忠作兩條解之非也大抵以我見前之心盡力事親謂之孝盡力事君謂之忠心無異心忠孝者名焉而已故違心者洞了忠孝爲

一狥名者横執爲二

剛說

夫子不剛不能孝臣不剛不能忠至於榮辱死生之際不以剛爲地即爲其眩惑不遑自持矣然剛亦未易言也必先於聞道聞道則識見高明即能了知天地萬物古先今後皆我自心影響影響由心而有心由影響而彰而影響現時衆人見之計天地萬物爲大小計形器虛空爲有無計一噐所聚之塊爲我身計前境所生之影爲我心自此則靡所不至矣豈可以言說窮乎故曰剛也者五常性命之本也

動靜說

皮毬老人問黃龍孫曰昔人即動而靜其義安在孫曰靜在動上老人指座前牡丹徵之若此花芳穠時零落時豈非動乎謂芳穠自住芳穠零落自住零落以兩者各住謂之靜乎兩則非一一則非兩兩一一一一兩兩譬如夢中見花開謝見花謝開開先謝後謝先開後謂皆各性住於一世即謂之動上即靜此愚者之談也智則決其不然何以故開謝先後離夢不可得故夢非自有必因想生想非自有必因未想有未想不自有必因想顯所以未想爲想父想爲夢父夢爲花父花爲開謝父開謝爲動靜父言靜在動上者復爲動靜子子之言棄本太遠烏足徵之

觀戲

處處相逢是戲場何須傀儡夜登堂繁華過眼三更促名利牽人一線長稚子自應爭詫說矮人亦復浪悲傷本來面目何曾識且向

尊前學楚狂此陽明傀儡詩也紫栢先生曰陽明之看戲戲亦道師衆人之歡樂何異傀儡故周穆王之怒偃師偃師析其傀儡穆王始悟非真人也今天下無論古今或衣冠相揖男女雜坐談笑超然若以頃刻散心迴觀我此身果籍何物而成耶設必由五行而有五行生克無常能有我者尚無常況所有者乎如是觀身身不異戲則偃師所作寧非廣長舌相哉

卓吾天臺

聞卓吾有年數矣未遑一見適讀耿子庸傳始心見卓吾也卓吾謂天臺子以人倫爲至卓吾以未發之中爲人倫之至以故互執而不相化殆十年所乃今始化其自叙如此夫人倫猶波也未發猶水也執波爲至固非矣執水爲波之至寧不非乎良以已發外未發則已發無源矣必謂未發至於已發則未發似可取殊不知已發未發皆不可取皆不可捨者也如已發可取何異離水求波也未發可取何異離波求水也已發未發既皆不可取又皆可捨乎故曰取不得捨不得不可得中只麼得若然者卓吾天臺始相執而不化洎相化而不執何異太末蟲自取自捨於火聚之上耶古德有言曰死水固不可藏龍活水亦豈藏龍之所葢就假龍言耳如真龍則死死活活在龍而不在水矣夫龍之爲物也處空若水觸石則石化爲水觸林木觸火皆不旋尾而化即此觀之謂空可取則太虛有剩矣謂空可捨則太虛有外矣空爲色影尚不可以取捨彷彿之況有大於此者乎卓吾

卓吾果真龍也耶果葉公之所畫者耶

問本亭

本不可問可問則非本矣何以故本不問本故如本固可問何異水洗水金博金哉雖然善問者以未嘗問而問之答者亦以未嘗答而答之昔有僧問馬祖曰離四句絕百非請和尚直指西來意祖曰我今日勞倦不能爲汝說問智藏去藏曰我亦頭痛不能說問海兄去海曰我却不會僧仍見祖舉藏海語祖曰藏頭白海頭黑僧亦懡㦬而退天童頌此機緣堂堂坐斷舌頭路應笑毘耶老古錐吾味天童此頌乃知文殊問維摩不二意摩以默答之此則有問有答者也天台息巖鄭居士萬曆壬寅冬曾問清淨本然之旨於紫栢道人道人曰居士機緣未熟熟後再問不遲噫夜光投人鮮不按劍翻思藏海不覺扼腕癸卯春沖禪人還國清寺紫栢道人先有問本亭偈寄居士且囑沖曰爲居士搆一亭於國清泉石幽爽處榜曰問本以見道人不忘居士問本之意也

落日懸鼓

衆生根鈍執重耳目似具聰明心實聾瞽聖人知其如此開之以名言不可即名言寓其方所示其象物此所謂以情博情以境奪境始則鑄我成物終則會物成己然苦相多端若不親嘗知苦不易既知苦已即苦推樂樂雖未見理考不虛由是信力堅固作之不休終必克願懸鼓大義不過如此餘觀雖多方委曲調攝修習淺深次序歷然難混惟有志於出苦者用力不苟終必精深方知真慈初

心也

三界說

夫一天地之間有四大洲東曰神洲西曰賀洲南曰部洲北曰盧洲而其疆土不知幾千萬里按七政分野推之亦自有里數然南州人壽唯百歲富貴亦不大崇高東州則人壽二百五十歲富貴崇高固勝南州多矣以東州較西牛賀州則西州人壽五百歲崇高富貴復勝東州即西州較諸北俱盧州又天淵之不同也葢北州人壽千歲中無夭折而富貴崇高可謂至矣若較諸四天王又不啻醯雞之匹大鵬耳乃至他化自在天之富貴匹諸初禪喜樂猶野人以曝背之暖獻萬乘之君由初禪天而至非非想層級轉勝下不如上大相懸絕也若以聲聞天眼視非非想壽命之與富貴崇高譬如朝生暮死之蟲沾滯涕唾焉今南州之人率以富貴自恃年華不惜從生至死昏擾欲夢曾不暫覺苟能以三州匹巳以四王匹三州以非非想天匹夜摩忉利則南州所謂富貴崇高自恃視百年爲長劫者可不悲夫故曰以法眼觀三界依正之報不啻獄囚豈欺我哉

讀素問

吾聞得般若菩薩能於一切法中得大自在由是觀之在儒而爲明王聖師在老而爲真人神人在佛而爲大覺世雄在百家遁爲其長各建旗鼓而鳴於世者皆菩薩之示現也予讀黄帝素問至其略曰粗守關上守機機之動不離其空空中之機清淨而微其來不可逢其往不可追知機知道者不可掛以絲

髮不覺置卷長歎是書也非聖人莫能作焉予以是知得其空者可以治其風得其風者可以治其火得其火者可以治其水得其水者可以治其地故地浮於水水資於火火憑乎風風載於空故得其空者造其微矣微則不可以朕兆求不可以將迎會若然者湛神於空徹視其形部分經絡腑臟淺深猶處堂奧而照萬有奚惑哉故良醫知守其機而會其微神游無滯靡細不察地惟四塵水則減一火又減一風則一而已矣一則累輕故力用超乎三者地之堅水之濕火之燥風之動凡有所偏而不均調者病矣空則非四者之所囿故得空者始可以主乎四也四者有主猶民之得君民得君而世弗治者未之有焉雖然得空之微能治有形不能治無形能治無形非得心者莫能也故曰空生大覺中如海一漚發所謂得般若菩薩者是也

金舌三目

夫自心靈通而循緣成相故金舌和尚截舌以進唐文宗舌猶我經如故帝異之遂謚金舌和尚焉蓋以火煆之而成金色故也三目高僧左臂一目視物遠徹世多異之殊不知人心本靈以五欲封蔀故靈用弗顯夫大悲菩薩有千手千眼鬼車之鳥九頭異情由是觀之聖凡猶一指之屈伸耳指喻自心屈伸喻用故觀音善用自心而千手之執千目之照亦大海之一滴太倉之一粟也鬼車以不善用自心受斯醜報悲夫雖然蚯蚓截而兩頭動蚊蟲睃而一心驚知此者可與言金舌三目之異矣

蘆芽夜話記過

自古及今凡作史官者身及子孫不罹人禍必犯天刑葢人爲萬物靈雖賢愚不同轍不過大槩耳其心曲隱微之際賢者未必無一失愚者亦未必無一得大都世教檢人賢否斷然弗能徹照既弗徹照則落筆註人豈能無誤每見宋儒多犯此病惟出世大雄始能無蔽所以然者葢此老三惑圓斷六通滿證眼徹無量世界耳聞無量世界鼻舌身心一一虛靈徹照無遺譬如軒轅懸於太空六合四維十方三世一塵一芥靡弗洞然自此老而降凡天下賢愚交遊淺深人情反復傷心動念皆不可私定臧否葢大家處在無明窟中豈無差謬歲丁亥予與蘆芽妙師燈下偶及世故不覺談一二交遊短處既而思我非如來安知無誤書此以記吾過

寄聚光洞徹作時文說

如風在帆風不可見而帆飽舟行此可見者也如地中有泉所以能產百穀泉不可見而百穀秀實可見者也如春在花春不可見而花可見者也如水中鹽味水可見而味不可見惟飲水者乃知之耳如色裏膠青色可見而青不可見如日出銜山月圓當户一半可見那一半雖不可見決知非無也如空生處即是色生此真實語然衆人但見空而不見色情封故也八者悟其一則餘皆等矣如汝等作時文既謂之時文此須我就人者也若待人就我便非時文矣然我就人須就而不就則無所不就矣惟無所不就所以人雖不欲我就不可得也然人不得不就之者葢有

不可見者存焉今人作文可見者有餘而不可見者索然苟能於不可見者以可見者爲之紹介如雲中龍頭角雖不露而中自有神此皆僞不掩真真亦不掩僞故也故文如雲我意之所寄如龍倘懷抱不虛靈而欲我意如龍之神未之有也夫養懷抱端在以理治情情消則寸虛若青天之廓布文章自秀朗矣此之謂以我就人人雖欲不我就不可得者也

戒貪暴說

古以爲官爲家爲公器故曰五帝官天下三王家天下今之人上馬者以爲官爲家爲恥辱下馬者以爲官爲豪客爵位爲綠林公然建旗鼓操長蛇封豕之矛而吞劫百姓習以成風天下無怪以此觀之則以爲官爲家爲恥辱者乃救時之良劑也盜賊以綠林爲藪兵乃爲權則易捕設以衣冠爲藪爵位爲權則難擒故莊周云聖人不死大盜不止良有以夫雖然恃柄而劫生靈飽賂而藏軒冕上則聾瞽君之耳目中則同袍相爲扶護下則百姓敢怒而不敢言殊不知生靈爲國根本劫生靈乃所以滅君也君滅則爵位誰與衣冠誰主若然者則盜賊自窮其藪自削其權矣嗚呼人爲萬物之靈不爲聖賢而甘爲盜賊必至藪窮權削而終不悟可不謂之太癡極愚乎

法王人王說

夫大道夢而天地分天地分而萬物生萬物生而受氣强弱之不同苟無王以主之則强凌弱弱受凌而弱者不能並生於天地之間

矣昔堯讓天下於許由許由惡聞而洗耳說者以爲爲巢許易爲堯舜難堯舜當兼善之任圓通萬物之情設有一物不得其所雖南面樂不能解其憂此何心哉若巢許特獨善之見享獨善之福視天下若敝屣以形骸爲大患薄外而厚内此又何心哉梅西子持兩說折衷於紫柏先生曰堯舜與巢許孰得孰喪先生春然應之曰皆得皆喪梅西子曰先生言實未解乞先生揭示曰子知有世出世法乎易形而上者謂之道形而下者謂之器故主其道者爲法王主其器者爲人王堯舜人王也其所設教惟尊天故每臨事必稱上帝即巢許亦皆尊天惟佛氏以法性無邊際設教以所性爲封疆以九有爲臣民九有者地獄餓鬼畜生人修羅天聲聞緣覺菩薩是也而匹以堯舜巢許之所教猶蹄涔之匹滄海也然人王惟一而法王則四有藏教法王有通教法王有別教法王有圓教法王藏教法王修空觀而斷見思通教法王修假觀而分斷塵沙別教法王則空假中三觀次第而修能斷十三品無明証分真三德至圓教法王則究竟三德三觀齊修三惑圓斷所謂皮煩惱肉煩惱骨煩惱圓斷無遺直登妙覺而歸於無得嗚呼此大道夢而天地分所謂由清淨本然而忽生山河大地者也蓋根器有小大迷悟有淺深於是藏通別圓不得不設而爲四究之四即一也故聖人有冥權有顯權以冥權準之堯舜巢許皆不可思議者也若以顯權準之則堯舜巢許皆六凡之數也楞嚴有七趣雖神仙之徒亦六凡所攝寧堯

舜巢許乎夫凡之與聖染之與淨非無生也皆緣生也而緣生之中趣萬不同皆夢也非覺也茍能從緣生而入無生則覺與夢皆覺矣莊周曰有大覺而後知大夢大覺者無醒無夢皆龜之毛而兔之角也今人每將方內之義以責方外之賓由未明乎人王法王之道故也使責者果知世出世道則亦各率其教而已又何責之有哉

有土爲之長謂之人王有道爲之長謂之法王土有形埒則尊有所不尊道無邊際則無所不尊者也是故鐵輪不若銅輪之尊銅輪不若銀輪銀輪不若金輪金輪雖尊又不若帝釋與梵王之尊此皆就土形埒廣狹而尊者也惟法王之尊自凡及聖包無并有統十虛而無遺御萬有而無敝以道無邊際故無所不尊也無所不尊則不可以人主之法繩之矣故不土而君不爵而貴者謂之方外之賓今人必欲以世主之禮法羈紲方外之人至於羈紲之不能則便欲毀廢其教是以晉桓玄搞辭欲折遠公遠因其折徐申其理而玄怒爲之頓消豈假口舌以諍之哉理不可屈故也故人王以仁義爲理法王以性爲理仁義乃情之善者也易曰繼之者善也成之者性也即此觀之謂善繼性可也謂善即性不可也譬如謂子繼父可也謂子即父不可也葢情有待而性無待也茍能緣情而復性聖人謂之逆性復而開物聖人謂之順故知順逆之理者則人王法王有所不尊無所不尊皎若日星又何待辯

皮孟鹿門子問答

客有號皮孟者謂鹿門子曰朱新安不識佛心兼不識孔子心孟擬作一書以駁之子以爲何如鹿門子曰建安沈内翰著書十四篇雖論解辨之不同然駁世儒不識佛心者罄矣不獨駁新安也子又何駁哉雖然内翰之駁新安豈内翰能駁之乃新安自駁耳孟聞鹿門子語愕然曰凡所謂駁者必有一人駁一人方始成駁譬如兩掌拍則有聲孤掌則不能鳴也子謂新安自駁僕實不解願先生諭之鹿門子曰大槩立言者根於理不根於情雖聖人復出惡能駁我若根於情不根於理此所謂自駁寧煩人駁歟夫何故理無我而情有我故也無我則自心寂然有我則自心汨然寂然則感而遂通天下之故汨然則自心先渾亦如水渾不見天影也況能通天下之故哉聖人知理之與情如此故不以情通天下而以理通之也凡彼此勝負皆情有而理無者也朱新安不識佛心與孔子心乃以衆人之心推孔佛之心何啻天淵相隔哉蓋衆人不善用其心日用何往而非情聖人了知心外無法則心無所待所以我隨理化而物亦無待故物物皆我我皆物以物通物以我通我理徹而情空則何情不可通哉譬之水無自相所以隨器而方圓矣新安以情立言建安以理立言以無我而攻有我則攻無不破苟以有我攻無我我尚不有誰當我攻予故曰新安自駁非建安駁之也皮孟子聞鹿門子之教再拜而稽首曰理之攻情何情不破情之攻理誰當其攻雖聖人復生不能易子之言也

方便說

夫天地之始若使有名則名名者其誰哉又謂天地之始本無名殊不知無名待名而有也故天地之始不可以無名名不可以有名名有無之名既窮則有無之實不待召而至矣實至則名不能惑名不能惑凡天之高地之厚萬物之多寡欲名其無名則無名欲名其有名則有名以至亦有亦無名非有非無名皆我名之也孰得而使之哉噫有使使者我嘗疑積不散不散則聚聚則一一則精精則通通則無疑矣乃知名也實也形也聲也心也皆蘧廬也非主人也或曰敢問主先生應之曰汝即王汝不知所以爲客汝一日知之客未嘗非主也問者不解且跪而請曰解此有方便乎先生曰舉扇類月摇樹訓風以龍譬乾以馬譬坤而扇之與樹龍之與馬豈果風月乾坤哉但取其能譬四者耳子知此方便在子而不在我如子饑即索食渴即索飲饑之與渴是子之饑渴耶非子之饑渴耶是子之饑渴子當求子饑渴之前者是子乎非子乎若饑渴非子則索食索飲之情從何而來哉子能痛察於饑渴是非之間一旦心開主人覿面此即子之師也即子之方便也雖然先生有一方便又方便外之方便耳子能深思而得之則天地萬物皆我四肢毛孔矣故曰悟心之人無壅不通如若未悟無通不壅物無壅通壅通在我我能悟心大地非塵我未悟心虛空棘林子果有志於道當精熟此篇

字說

覺林字說

萬曆壬辰春王正月甲子日自清涼山攜諸法侶謁晉陽方山李長者遺像還道青石村休於寬師禪房其法孫通香者字蘊空余謂二三子曰夫蘊者積聚義也四大積聚名身四蘊積聚名心有身則大患至矣有心則衆擾至矣惟有道者視有若無視色即空當積聚處洞見積聚非有也譬如氷水焉方水之爲水也則謂之積聚能視氷即水水豈有哉知此乃可以寂寥於萬化之餘動用於一虛之中矣若然者蘊不能自空必覺後始空也然覺支有七焉所謂擇法覺支精進覺支念覺支喜覺支猗覺支定覺支捨覺支簡邪正別真僞謂之擇聞道而力行謂之進進而不雜專注不移謂之念念熟有得心廣體胖謂之喜喜而不狂謂之猗猗者安也安而神凝乎象帝之先謂之定定而不戀泛應曲當開物成務謂之捨是以凡夫封蔀於積聚不遑縣解榮之辱之名之利之死之生之憎之愛之如醉夢不醒也二乘厭積聚而縛於枯槁沉空滯寂以爲至樂笑傲松泉目視雲漢聞苦而不哀見難而不救蕭然獨善其身不念同體也兩者固聖凡不相若也然究其病源奚啻避溺而投火哉故大覺聖人以焦芽敗種火宅癡子呵之不亦宜乎通香來前吾語汝凡夫固可厭二乘亦勿取宜以大菩薩爲心始不墮斷常坑耳茲以覺林字汝蓋取諸李長者華嚴決疑論萬行以七覺爲體七覺支以根本智爲身之義香其勉之

思微字說

一微涉動境成此頺山勢一微塵裏轉大法輪靈山會上世尊拈花飲光微笑初微之與二微二微之與三微名雖同而實不同焉初則三假之始終次則依正無礙唯末後微笑此笑中有刀也故因成不覺至於相續相續不覺至於相待嗚呼心本無生因境而有者此非因成乎由此觀之因成即覺無生不遠因成不覺勢心流於相續相待也故曰初居圓成現量之中浮塵未起後落明了意根之地外狀潛形所謂圓成者也即因成之初有覺存焉謂之圓成者圓則極成則住極則變住則壞亦自然之勢也所以達者知此能不遠復若流入相續相待則遠之甚矣可不慨哉思微來前思一微涉動境耶思一微塵中轉大法輪耶思飲光破顏微笑耶此三思微隨根悟入所以果熟香殊也如能悟一微而得三微此上根也如三微次第悟入而得自受用三昧者此中根也如一微難入非下根而何又有没量漢用三微而三微不能自用故能遇緣即宗生殺自在如此流類則非宗教所能管轄又非天魔外道可能親近唯有緣者觸着磕着無不瞥地思微來前吾問汝微之始有微乎微之終有微乎微之始有微則微不生微微之終有微則微不終微始終推微既皆無地豈有兩頭無微而中間獨有哉思微能鷹此則一微涉動境時境既無待微自何涉勉之觀察是名正觀不作此觀邪觀無算

剖塵字說

夫空藏一粟芥塞大千衆人之所疑也兎角施名龜毛立號至人之權也疑則悶悶則死死則無我無我孰爲緣主緣主不有即物而虚虚能靈靈而通通則變由是而觀衆人不疑緣心不死緣心不死前境有敵敵則不虚能所抗立於太虚空中蠻觸恣肆一怒萬尸靡所不至於是虚者弗靈靈而通者權變乖真故曰微塵不剖大經終隱微塵一剖經裹虚空謂之有耶虚空名負謂之無耶經稱實虚所以淨名口杜如來喪言雖然一真失覺萬惑雲興茍非明而勇者以恒繼之則一塵之固崑崙莫喻其堅長夜莫喻其黑剖塵當念人爲萬物靈茫茫業海榮辱交爭年光易邁流芳難捉不幸失手既沉弗浮剖塵作此

曇生字説

夫曇則不生生則不曇而曇而生墮字義成所謂懸河墻壁枯木花榮烏但聞聲人惟聆響是以隔江摇手頑石點頭宗教濤驚聖凡交濕有分者悟在迷先白枯者覺非過後曇生禪人頗知忌諱入鱉腹而再出犯龍鱗而得生有佛處無故成仇無佛處有心作惡黄河雖險親曾洗耳少室未登亦解安心達觀道人愛其風致殊常行藏峭拔復以鱉餘警之曇生當痛勉焉

照如字説

心若不生何物爲待凡有所待必因念萌譬如影必從形離形覓影紅罏片雪徒實虚名故曰一生二成此由性而情也又曰若虧其一必喪其二此即情而復性也雖然由性而情誰知所始即情復性誰知所終若曰知忘

則始終匪得則二乘不必回心向大矣若曰既有所始必有所終始則名生終則名滅生滅未滅自心非圓惟圓乃如如則照生猶若止水生澄天光雲影無不洞然此乃果上之德用也豈初心者能之哉今以照如字若若當照果修因因非生滅因圓克果果非自然嗟乎因果之妙世所罕知直以報復言之殊不知黃面老人設此圈圚本破斷常迷執初不爲報復設也報復乃旁義耳或曰宗門以戒定慧間家具老漢大没巴鼻喃喃以因果爲繩索束縛後學豈古德標格耶余曰來前爲汝注破其人亦知手脚惡匍匐而遁去

金了生字說

高山出雲無盡以其本虛故也遠水同天無辨以其本清故也夫人之生也直直生虛虛生清清而虛者謂之本不傷濁而礙者謂之傷本矣是以了緣生即無生者始覺之功也昧無生而奔緣生者不覺之咎也嗚呼始覺與不覺果嘗有性哉不覺有性則始覺奚生始覺有性則本覺奚冥紫栢老人放浪江湖有年數矣閱人固不少然而能達無生者亦不多見有新安金氏樂生者與老人遊從最久故其於緣生無性之旨間嘗有所悟入也惜乎不幸短命而死行其所知不克其功所以光大者不遑現乎世今其侄字了生者老人益望其了亡叔所未了之公案也了生當痛勉之始不負老人之望焉且功名之與富貴貧賤之與吉凶譬如太虛塗彩浮雲過眼能幾何哉夫緣生擾擾從生至老百年旦暮一息不來復何醜好故曰境緣無好醜好醜

起於心心若不分別好醜從何起以此而觀則一心不生萬緣頓泯離心之外覓絲毫許緣生了不可得喚何物作好醜耶了生果能了此始堪駕無生之舟泛緣生之海無擇朝夕來者恣其先登豈可以有心勘其有緣無緣者哉如高山出雲遠水混天果有心乎果無心乎清乎虛乎一乎二乎有知乎無知乎有知則分別未亡惡能契同無知即同木石復何貴之昔人有言曰萬物皆賤唯道至貴所以王公大人遇之則失其富貴輿臺皂隸遇之則忘其貧賤雖然外水無天離山無雲又離水無波離波無水貧賤富貴果一物乎果兩物乎紫栢老人唯解穿衣喫飯橫眠倒卧寧暇分別同異而同異之辨付之了生爲我了之

玄藏字説

自摩竺入震旦爲義學蒿矢達磨來文物爲玄學前茅義則可以名言求玄則不可以知識得既不可以知識得則諸方衲子號稱玄學者終無所得耶昔有僧問尊宿曰寒暑到來向甚麼處迴避宿曰向無寒暑處迴避僧曰如何是無寒暑處宿曰寒時寒殺闍黎熱時熱殺闍黎則曰垂手還同萬仞崖正偏何必在安排琉璃古殿照明月忍俊韓盧空上階津禪人派通名津字玄藏或以問紫栢先生先生曰獅子蹴人韓盧逐塊子若薦此喚玄名藏亦可指藏名玄亦可如不薦此義乃則不藏藏則不玄又曹洞家以黑象正位以白象偏位正位即知識不可得者偏位即玄臨濟家人境俱不奪者故曰善財叅徧處黒

豆未生芽由是而觀謂玄名黑謂黑名玄謂玄名遠謂遠名藏無不可也法華曰法花經藏深固幽遠無人能到又曰是法非思量分別之所能解先生故曰謂玄即黑謂黑即玄謂玄即遠謂遠即藏謂藏即非思量者以此雖然道不虛行存乎其人義學玄學初非兩藏由智識而入乃名義學離情識而悟乃名玄學如亮座主見馬祖而了大事此非由義而玄乎如晦堂心玄學透徹復從泐潭精楞嚴大意此非由玄而義乎津禪人苟薦寒暑之機玄亦可義亦可如未悟此生齋戒持律講誦經書崇飾塔寺真積力久一旦觸事而真道豈遠乎玄藏勉之

常如字說

夫天不常高地不常厚人不常靈如是則天不如天矣地不如地矣人不如人矣三才爲萬物之統而皆不如獨萬物如乎哉然而如者何爲也良以吉凶悔吝紛然而至本自如也此如在天可以爲高在地可以爲厚在人可以爲靈在萬物可以各遂其所生今有人於此如不如則常不常不如則乖真不常則累物真乖而物累謂之顛倒故二乘顛倒醉於空寂凡夫顛倒醉於愛慾皆非如也茲以常如字某人當於吉凶悔吝之中死生得失之際心光弗昧終始常如則此說名當其實矣常如勉之

金仲堅字說

夫五金精而最堅者莫堅乎黃金故金堅也性以不改爲義不改亦堅也茲金生姓金名性字仲堅予徐而觀之則知金生志在堅之

又堅猶恐未堅復字仲堅以堅之堅則堅固矣如以易道觀之則艮之又艮艮之又艮者也艮之又艮則身不獲而庭無人矣况又艮之艮哉夫身不獲則我忘庭無人則物忘我與物兼忘則身雖有物雖在未嘗有身與物也身與物既未嘗有則我之姓名與字獨有耶且心外無法何法非心心本妙物而無累者也妙則泛應曲當無累則超然而無待也此艮之止也昔人有言曰死水不藏龍此病艮之又艮者也葢艮止也止則足矣而止之上又止之此何異死水乎即此觀之艮之又艮不但死水而已死水而臭者也予故易金生之名名糶易其字字仲如糶則照與寂會如則寂與物通照與寂會則智周萬物而不勞寂與物通則形充八極而無患也雖然知之易而行之難行之易而證之難證之易而忘之難忘之易而用之難凡求無上菩提者苟不知五難之精粗橫謂一念不生全體自現何煩瑣瑣而廣求哉殊不知博則能約不博而約者非約也橫莽也故宗門大老悟心之後必皆徧遊諸方參求知識淘汰見地以圓差別豈無見而然耶葢根本智固已發明而差別智未圓則根本智之用終是不全差別智圓則本智之用始全也故曰全機大用又禪門自曹溪之後馬祖與石頭諸老以謂自拈花微笑以至曹溪而拈花之機變而為義理窠臼使神而明者死矣於是翻然復義理而為禪機也使狂慧與夫世智辯聰揣摩之徒苟未到智訖情枯之地終不能會神而明之者也嗚呼江西石頭此心何心哉是不

可思議之深心也而或者反謂禪家慣設隱語以欺人何失言至此耶良以已眼生盲遂謂舉世不覩日月也豈日月之咎乎盲者自咎耳仲如倘知此則生盲障翳豈不可抉之哉仲如勉之

無所字說

震旦鼻祖少林壁觀九易寒暑有號神光者斷臂求祖安心祖索光心光諦思少頃索而無物對曰覓心了不可得祖曰與汝安心竟於是光斷臂謝祖昔人爲法忘身今汝之求不下昔人夫覓心可得則有所覓心不可得則無所明矣大槩所之所生必由乎能能之所起必由乎所心苟不安能未忘故能未忘者以有所故所之爲咎能爲媒故覓心無得則所無媒所既無媒能豈有妁徃返推究能所都遺知都遺者復爲都遺之能都遺成所亦勢然也莫若一心不主根境陸沉有所無所不生之影影不自生則生乎形未生爲形巳生爲影影可見而不可捉謂有可乎形則可捉矣嘻無可捉則兎之有角龜之有毛截角爲弓以毛爲弦以無我爲箭張而射之有無之鳥喪是時也有所耶無所耶無所來前吾語若若身假四大而成若心託前境而有四大是身何物非身哉前境是心心豈有知無所若能痛而思之思極情忘情忘則智枯智枯情忘則所者在無所不在紫柏先生矣無所勉之

紫栢尊者全集卷第二十一

音釋

褦乃代切音耐 襶丁代切音戴不曉事也 傀姑回切音塊 儡魯猥切音磊 埒力輟切音劣 駁北角切音博論列是非亦謂之駁

紫栢尊者全集卷第二十二

明 憨山德清 閱

雜記

一日於比部言一屠牛者牛將屠忽跪而求生淚墮不止屠不勝怒遂刺其兩目牛死未移時屠剔牛肯綮刀忽躍刺其目斃焉嗚呼萬物一物也萬神一神也故以大道觀之天地我伯仲也以天地觀之萬物我伯仲也我戕伯仲則伯仲戕我何尤哉

蘇長公跋張無盡清淨經曰作止任滅佛言四病無盡言作止任滅是四法門長公則曰無盡若見法門應無是語紫栢老人試拈問麟郎麟曰兩頭不着老人曰尚未信汝再道看麟則崖柴笑而已老人謂麟汝見車輪否能引重致遠千里往復輪若掩地則一轉不能也汝知此謂四病四法門果是兩頭語然汝還欠一籌者殊不知即兩頭耳

夫龍之爲物也隱顯莫測變化無常以故世多奇之殊不知有豢龍氏者駕之若牛馬驅之若犬羊夫復何奇豈非有欲則易制無欲卒難馴耶豎而趍者靈出萬物謂之人設有欲亦弗靈矣昔有鸜鵒效僧念佛久之一旦無疾而化旣檢其餘燼得舍利若干粒燦然奪目聞而未知奇者將非黑業酒醉父母撼而未醒乎當湖有僧誦法華經有年數矣一蝦蟇聞經聲忽作拳跽狀者移時衆見恠而厭之少頃若禪坐撼之已息斷矣達觀道人聞而奇之以爲法華會上八歲龍女能獻珠得佛獨擅其美而斯蟲復能數千載之下追其芳躅是不奇又孰爲奇夫茫茫宇宙人豈

少哉人弗能而蟲能之則有愧於牛馬多矣雖然誦經不誠音難悟物覩蝦蟇而後信誦者之誠也我聞唐修雅法師曰佛之意兮祖之髓吾之心兮經之旨合目冥心仔細聽醍醐滴入焦腸裡若然者則是蟲豈非醉醍醐而熟睡者耶

達觀道人乙酉歲之伏牛山道出滁陽遘丁太僕時方炎暑與二三法侶納涼於滁之龍泉寺一時田侍御并鄒鍾二司馬俱問法於道人道人應機率性適忤鍾司馬司馬大怒威作百態道人未能以慈心三昧攝伏之終有愧馬使鍾君邂逅於今日必以道人爲春風主人矣惜其即世早無及此緣也龍泉元封相去八十餘里故結夏馬寺主東州與杜生善道人於是始識杜生將七易寒暑矣田侍御兩司馬較諸二善友雖顯晦未始同條然皆識道人於乞食之初可無念哉乃今惟杜生不遠千里謁道人於曲阿于生之別墅余甚感之乃囑杜生曰汝識吾面莫若識吾心汝識吾心莫若識吾無心之心識吾無心之心又莫若識汝之本有心識得本有心雖復與臺走卒軒冕莫若也如未識之急須識取

予登峨眉徃返幾三年以貪觀山水鬚髮不暇剃除遂成頭陀馬既至曲阿于觀察北園時比部爲地主常熟繆生吴江周生並在予以暑熱乃剃髮而留鬚髮幾四寸許以一囊紅花裹而藏之携至清涼授開侍者寓清涼半載除夕鬚亦剃除亦授開侍者惟左右鬓命衆闍之時慈航渡子遂得其右一微淵褌

人得其左葉航江禪人闍畢特請於余曰願得分少鬚髮供養予覩其眉宇真色藹然乃分向授開侍者所藏髮一束與之雖然老漢以十方世界爲一縷髮且道全身向什麼處安着以十方世界爲全身且道一縷髮向什麼處掛着道得亦三十棒道不得亦三十棒如何即得不受棒去咄雲山萬疊水潺湲窣堵稜層頂如削

嘉靖初蒲之萬固寺背七里許峰巒攢秀處有古刹曰讚嘆其中老衲義秀者温里人精進敦實日課阿彌陀佛十萬餘聲朝夕無間五十餘年至於經行之所磚砌成漕或穿及底人試補之久復成漕今猶在也初有貧寒子不能自活來依秀秀納之久之見其動靜弗佳因呵曰汝真賊也無何果約其黨乘夜擊秀初擊秀稱佛聲猶洪再擊稱佛聲弗斷然亦微矣因死噫當垂絶之際佛聲不斷至於股折能跏趺而逝非五十年志氣堅强勁正烏能至此又有白居士者亦往來蒲城傭役得值不擇僧俗悉施與之一日灌園汲水忽遺身心鼻息平絶有老嫗不知其定多方强救之醒七日旋定如初後遊陝定於盩厔冷廟中將九十日村人謂其死也而埋之嗚呼秀老精進而取殺居士禪定而活埋皆多生夙殃也

五祖演和尚一日云我者裡禪似個什麼如人會作賊止一子其子一日忽問云我爺死後我却如何養家須學個事業始得其爺一夜引至巨室穿窬入宅開櫃教兒子入其中取衣帛兒纔入櫃即鎖却父乃尋先竇而去

其兒子在櫃中計無所出故作鼠嚙聲其家點燈開視櫃纔開賊兒聳身跳出人不及措手得脫隨趕至中路賊兒忽見一井乃推巨石投井中追人却於井中覓賊兒直走歸家問爺爺云你且道怎生得出兒具說所以爺云恁麼却儘做得萬曆丁亥冬余結制蘆芽禪餘無事偶與主人妙師閱及此篇妙師捧腹笑而淚下余問何故若是妙師曰我笑中有痛余又問痛甚事妙師曰痛他父子情忘始做得賊余感妙師知言故錄之

迦旃延有慧辯善說法要於大衆中以解行稱第一常宴坐樹下有外道來問曰以我觀世人但有此世更無他世可得然乎迦旃延曰今此日月爲天爲人爲此世爲他世耶若無他世則無日月矣外道俛首如是轉折幾十而外道情枯智訖遂歸依之或者問佛迦旃延富樓那皆有慧辯何故佛曰渠二人多生修無我觀故曰修無我觀何以得慧辯佛曰汝不見鐘鼓乎本無心念而隨叩隨應以其內本空故也問者始解

嘉靖間夔州萬縣象鼻岩下有一庵禪師書華嚴經一日日暮殘陽已沒尚徐徐書之不已侍者報曰日光久沒何書經不止禪師聞則伸手不見指矣嗚呼本有常光無擇凡聖瞥爾情生暗相現前余追思一庵之精誠於書經之際此光忽露因綴之以偈曰筆頭無火夜生光了了徐書經幾行幽鳥一聲啼綠樹東風吹散百花香此偈余忘之矣適萬縣福城庵行行上人詣吳請華嚴經聞余書法華於金壇于見素之墨光亭特過信宿燈下

偶及此予憬然因再綴之以偈曰萬縣吳門共一天書經誰後復誰先夜深偶舉陳公案者段常光又現前

松陵丁慈音言及金剛經應無所住而生其心句師撥之曰如何是應無所住而生其心丁生惘然師曰汝問我我爲汝說丁生雅然師忽擊几一下問丁生聞否答曰聞師曰此非而生其心又問丁生汝聞時是有心聞無心聞答曰無心聞師曰此非應無所住既而師復說一偈曰木魚打得頻怕痛忽生瞋汝若知痛處禹門度金鱗丁生名法鱗

解易

先天有常則後天何始後天有常則先天何復唯先天無常而後天始開唯後天無常而先天可復也如伏羲未畫之先豈無易哉然非伏羲畫之則天下不知也予讀蘇長公易解乃知六十四卦三百八十四爻雖性情有殊而無常則一也何者乾若有常則終爲乾矣離自何始坤若有常則終爲坤矣坎自何生故乾坤皆無常而離坎生焉至於一卦生八卦一爻生六十四爻不本於無常則其生也窮矣此就遠取諸物而言也如近取諸身則一身有四體手與足也總手與足而數之不過二十指就一指觀之可屈可伸若指有常則屈伸之路塞矣若屈伸有常則指終不得復爲指矣吾以是知先天之易初無有常則後天之路不窮也後天之易無常而先天之途本自通也苟性若有常情何從生情若有常性何從明唯性無常則道可爲器也唯情無常則器可復爲道也聖人知其然所以

即情而復性而不廢耳目之用即性而攝情而本無物我之累也所以開物成務多方變化使天下沾其化而情消性復者如春陽之在萬物物無不化也如嚴冬之藏萬物物無不復也然易有理事焉性情焉卦爻焉三者體同而名異何哉所在因時之稱謂異也苟神而明之理可以爲事事可以爲理則性與情卦與爻獨不可以相易乎哉如易之數爻情是也如易之理卦性是也數明則吉凶消長之機在我而不在造物也理通則卷萬而藏一雖鬼神之靈陰陽之妙亦莫吾陶鑄也

卦名大有蓋一陰而居尊位備有信順尚賢之三德而羣陽心服自歸之故名大有也唯初九處遠而不能通五故若有害也九二位與五應陽以柔通三以陽居陽位勢可以通天子復有上九寘而援之則其通上豈不易哉四則近五而三又非強梁者則專而附五矣而五自知柔不能獨立得上九而附之五既附上又能容四與三二乃本配專輔五而不憚勞可信也以此觀之初九雖則處遠其陰被五之德厚矣未有被其厚德而不懷報者也予以是知一陰五陽而陽服其信順尚賢之德併甘心爲其用也不亦宜乎

我觀易之噬嗑乃知人之情若水火也蓋水不至下則不止也火不至空亦不止也以下與空水火之極也如噬嗑之初九惡六二之乘己也怒而噬之由膚而至鼻而六二以至柔之德自持以中正之道自安恬不爲介意然終非初九之福也故天道損有餘而矜不足也又六三之惡九四乘己也亦怒而噬之

是不知九四六五皆至堅而難噬者也六三由是而力窮矣然九四六五不推六三之力窮亦併力噬之則六三也欲敵之則力不勝欲安之則心不甘唯懷毒而已然則六三之力窮乃九四六五之福也九四六五皆堅而難噬則又六三之福也而六三得福不知唯懷毒焉可謂愚而陋矣若九四六五果知六三之有毒噬而能止則九四六五得福亦多矣唯上九也處噬之終不知戒而以噬爲事則處終者凡噬之禍並歸之矣其荷校滅耳不亦宜乎嗚呼唯君子玩象而得意得意而知戒持理而折情情折而理充理充而日造乎無我之域故有犯而能容容則大大則無外無外則天地萬物皆可以範圍之豈可當噬嗑時我無術以禦之哉

夫井不自井由人而井故井雖不可改而可夷也然井不自夷亦由人而夷即此觀之井夷不夷井潔不潔皆由人而已井何預哉故井無得喪而人有往來汔至則瓶入井而未得水未繘則瓶得水而未出井如繘而出井則有功而無凶未出井而羸其瓶則有凶而無吉也然皆存乎人不由乎井井惟應之而已又卦不自卦合六爻而後有卦爻亦不自爻分一卦而後有爻然合六爻而爲卦則心在而情不存矣分一卦而爲六爻則情在而心不存矣夫情果有情哉心果有心哉但應物而有累則謂之情應物而無累則謂之心故情與心名焉而已若其實也亦存乎其人耳故曰周流六虛上下無常無常者情也六虛者爻也爻乃虛位忽吉忽凶皆情之所致

故曰吉凶以情遷設一心不生六虛不遊則應物而累與無累者全矣全則謂之卦卦則無我而靈者寓焉爻則有我而昧者寓焉心則又寓乎卦爻之閒故可以統情性統通也蓋善用其心則情通而非有性通而非無故老龎曰但願空諸所有甚勿實諸所無良有以也

艮其背不獲其身行其庭不見其人此十四字本一義耳蓋人之有我以有身也身之有人以相待也身既不獲誰復我名我既無我人又誰見吾故曰此十四字是一義也

咸之四爻吾知之矣如有心而應之終不甚光大也無心而聽天則未光者亦光大也噫吾纔生心則性變而爲情矣性無我而靈故能通天下之情情通則無事不吉不通則有我而滯故以之圖事吉亦變凶也

一日文侍者問余咸艮之旨余將拄杖擿其足失聲呌疼余徵之曰汝知咸艮之旨乎對曰弗知余復示之曰汝知之乎汝若不虛擿即不應汝若不止擿亦不知唯止資虛所以應之不窮唯虛資止所以智之不倦所謂咸艮者在於日用非在語言文字也

鑑智曰一心不生萬法無咎廬山曰一微涉動境成此頹山勢予聞二老之言久矣然終不大明了及讀易至漸卦始於二老之言了無所疑蓋卦寓性爻寓情如一心不生萬法無咎者即卦之意也如一微涉動境成此頹山勢者即爻之意也大都一心不生則吉凶無地一微涉動則吉凶生矣故漸之六爻一微未涉之初有其位而無其人一微涉動之

後則有是位而有是人矣唐李長者以漸卦六爻寓十信升進之意蓋十信自初至十皆以生滅心聞法悟解以解治染尚屬生滅未入無生滅位至入初住則分得無生滅矣

予讀易繫辭至在天成象在地成形變化現矣處覺象與形皆在在之籧廬而非在在象象形形者也如得在在象象形形者則象象形形一指之屈伸耳噫金之未銷也塊然而已及其既銷也則融然而已然外塊然而求融然外融然而求塊然吾知神聖亦無如之何也

予觀易至泰卦不覺掩卷長歎久之夫大壯之與夬卦當是時也小人愈衰而君子愈盛矣然而聖人獨安夫泰者以爲世之小人不可勝盡必欲迫而逐之使其窮而無歸其勢必至於爭爭則勝負之勢未有決焉不若獨安乎泰使君子常君中而制其命而小人在外不爲無措然後君子之患無由而起噫聖人之見遠矣後世君子不體聖人之意一得其位必欲盡逐小人飽快所懷殊不知君子小人邪正不同固雖天淵然而共以天地爲父母天地之於子也賢不肖豈不自知哉知而容之以爲既生之矣以其不肖而逐之則父母之心亦有所不忍也但當使賢者制其命不肖者聽其令則君子不失包荒之度而小人亦得以遂其所生若必欲盡逐小人而都用君子雖聖人復生不能行也知不能行而强行之謂之悖天之民苟使其人得其位行其志而國家元氣不至大壞蒼生不受其荼毒未之有也

銘

樊城仁王寺建大雄殿碑銘

蓋聞西方般若一名而含多義中國無一名多義之名以翻譯之故存梵而畧華也般若有文字有觀照有實相三者同名實異苟得其實名豈能淆又般若有八部惟仁王般若乃波斯匿王首問釋迦如來護國祐民之法波斯匿又名月光月光所問之經總八千餘言言言本於五恐而五恐之立蓋凡有國有家者不以爲前茅則七大不祥相繼而起不祥起復不以五恐禦之則社稷亡矣又梵云般若此翻智慧良以一切不祥皆生於愚癡故君愚癡則失臣臣愚癡則不忠父愚癡則不慈子愚癡則不孝桀紂幽厲愚癡之尤也堯舜夷惠智慧之首也襄陽府樊城仁王寺建自宋景定間迄國朝中廢而楚唐襄三王僉謂寺以仁王名必有謂既而訪之高人勝士乃知名本於經於是併力重建適逢世廟龍飛漢水易名仁皇馬萬曆辛卯屬有不淨火龍怒而浴之殿廡灰燼而楚唐襄三府主以爲茲寺也我先王所建於是復并建之嗚呼波斯匿王爲五天之長不以出世法爲問而問世法護國祐民之具苟非夙植善本有大智慧豈能即世間法而明出世法哉經以仁王名蓋旌其德也而楚唐襄三王亦並夙植善本繼月光之業而世爲金湯豈偶然乎殿成禪客軏公從余問訊曰寺不幸而火浴之又幸楚唐襄三令主不忽祖宗之志復同鼎建敢乞先生一言光三主之德予曰某人微言輕曷敢當此且楚才地顑擕布鼓於雷

門公愀然久之復率住持等衆再問訊曰叙事記土木不無其人若夫考名審實暢般若之玄旨非師筆恐不大快余曰諾夫心外無法文字性離文字性離則觀照微密觀照微密則所謂無思而契同者得非實相而何大哉般若一名多義孔得之而治六經述春秋老得之而二篇作列子得之而立論王通得之而作經李翺得之著復性之書新建得之揭良知之訓雖然有真般若有似般若真般若者了色即空了空即色故不死於枯槁不蕩於情波了知而修故修無所修以修無所修所以當境緣順逆之衝習染消而我無所修也似般若則解而不精忽修以逞見一旦危疑交至解失而氣喪境奪識情事敗醜布遺笑千古此逞相似般若之咎也凡一切黑白倘有志於般若者苟不能精義入神以致用不惟負我迦文聖人實負波斯匿王與夫楚唐襄三王世世金湯建寺之德銘曰寺名仁王緣起月光五忍之立立銷不祥自西而東法傳華中襄陽樊城是有禪宮宋景定間實始創焉綿歷既久三王扶顛子孫繼護金湯彌堅龍飛漢水仁皇易題堯天佛日萬古光輝般若一名多義所存檢名審實妙不可言密在汝邊在我即粗離我我所翠竹真如火龍浴之殿堂灰飛三王併建波斯之遺予願吾曹顧披方袍戒根清淨地產靈苗鬼神呵護梵刹堅牢晨昏祝聖地久天長舜田秀實覺樹花香世出世法光洞八荒凡有心者根塵頓忘靈睒熾然共徹真常

足軒銘 有引

夫大道不癡無夢夢非獨有以癡爲媒遡流窮源本末洞悉順而不返很頓有無是以善觀者富有天下而無受貧等餓夫而有餘故小人絕窺上之心君子無多求之玷置三才於末世發大曉於重昬出者若魚投春海處者如獸老雲山禮樂用而不知日用運而忘照公忘私私忘公公私相忘如心忘身不見有餘不足誰待不足生足足忘不足始能惟足惟軒足乃充十虛而常愜軒乃示萬有而常無地待空浮水隨天到四時予奪一念雌雄花茂園林草芳崗阜進退魚鳥坐卧得之者則頭頭自在失之者則處處乖張玄黃勞其目力好惡搖其心光當足而不能足足爲欲師當軒而不能軒軒爲我主名實難欺根塵易昧故去來無常賓主互用粗妙在人軒惟嚆矢銘曰

一念不生諸塵無待光景無邊豈須錢買七情熾然蔽虧本天煙雲起滅以馬作船載諸顛倒狂醉寧了聲塵萬端枕上失曉聲色無櫃櫃惟耳目耳目無主主者不足惟無我者衆妙簇簇兼善一切獨立無欲

足軒銘 有序

愚讀過秦論知賈生進退英雄雌黃强弱意獨在秦餘者不過倚數而已由是而觀秦已過矣然不知足至於鞭山填海希冀長年社稷且不爲子孫有況他哉博浪離椎毫不醒悟既而陳勝吳廣之徒掉挺崛起秦爲之板蕩今麟郎於此土堦茅茨粗衣糲食出不爲喜處不爲憂借風月以陶

情假詩書而理性於四部洲中六天之下較秦所逞乃太倉稊米耳於六天中有天曰兜率此言知足嗟乎知足則茅茨土堦雖瑤宮金屋不能過之不知足雖處九天之上若在溝壑雖然有身而無心榮辱誰知有心而無身苦樂誰受身兮心兮一報之蘧廬橫謂我有自是靡患不至矣若然者身心猶非我有始爲知足況身心之外者乎古顏氏之子墮體黜聰合於大同大同則天地非大塵毛非小即此而言知足待不知足而名如無不知足則知足亦毛馬而已雲門大師有函蓋乾坤句截斷衆流句隨波逐浪句三句一句得失在人此又足軒之證據也銘曰

三句一句達人自知足軒之舌風行水瀰

麟室銘 有序

龍爲鱗蟲之長虎霸千峰之中獅子爲百獸王哮吼震衆至於腦裂鳳凰飛鳴羽蟲雲從麒麟之性不受覊縶仁而無欲東西自如無欲近剛仁則近慈惟剛唯慈乾坤乃備用九用六出入自在故麒麟出聖人生焉麒麟死聖人悲焉嗚呼剛以慈濟威而不猛慈以剛克寬而不濫兩者不虧聖德乃全聖人初人明勇自强千屈不折終至邁常在鱗爲龍在羽爲鳳在毛錯變異其行藏今以麟名子室子念人初碌碌童稚屯蒙未詳一旦啓正靈竅發光以明明德即心作佛言有異同義無中邊善思則無書不經不思則無經不書書記姓名經常無變變者受滅不變不生不生之心斷

常莫侵百工技藝觸處行深老龐有言曰
用無别惟吾偶諧諧則佛魔受役況其餘
平銘曰
龍之與虎水陸疆土獅子麒麟各遵其路鳳
凰飛鳴羽蟲生光麒麟産野瑞符聖王在物
既然人當自强君子小人初無常種情理相
攻勝敗漆桶楞伽之洲梵川之島鷗閣凌虚
窓吞月曉此室麟名小子無驚佛魔在握以
理治情

佛智泉銘

佛智深渺能消熱惱飲從眼入動念枯槁蒼
石之下雲林之杪湛然本狀神會可了靚影
知渠我惟顛倒兩存無功靡往非道

鵬沙彌塔銘 有序

鵬子少爲書生舍毫弄舉子業及學爲古
文詩賦精陰陽緯之術皆臻其奥又以
宿習現行復知歸敬大法既而游學燕京
觸事感懷遂决薙染瘦骨稜層抱喘疾破
積雪不怯嚴寒深雲而登清凉於萬曆辛
卯十一月望日訪道人於妙德庵中遂克
初志明年四月十日奄然而逝嗟哉俗壽
三十二歲僧臘一百四十五日道人哀鵬
志有餘而壽不永特銘之銘曰
抱志未克死生變更耿然一念有願必成古
之今之何殊晝夜晝夜之辟一指高下尻之
與脊本無中邊求其兩端以黄爲玄鵬子了
此匪滯假真以誓爲轂轉大法輪骨埋嘉福
雞園爭秀舊佛新祖誰左誰右鵬其有靈當
處速鑑三際同時普振清梵

究平縣資福寺開山守心端禪師塔銘

有序

師名鎮端字守心族姓陳世本山西潞安府長治縣師生多禎祥鄰里驚異弱不好弄風骨卓羣年十二依黎城縣洪福菴瑞禪師之高足惠忍爲受業師居無何棄去登伏牛禮補陀既而入代之五臺山謁二虎禪師一見器焉爲嗣法弟子及還故山瀋王聞而敬之延住資福禪院給供甚勤師一日曰大丈夫不出家即當以仁義輔弼明主澤流遐邇出家則當精深宗教徹法底源闡揚佛祖之道俾博地凡夫彈指登聖以報佛恩始不慚爲男子顧吾於二者之間一無所有瀋王雖勤厚濡滯一方莫能廣飯方來終非鄙志於是復棄去來燕山宛平縣盧溝橋東葺茨採椽聊爲諸方息肩之地亦額資福者示不忘瀋王也資福西南隙師穿大井一口置石漕六方發願曰無論黑白愚智人畜凡有知者沾我滴水食我粒米同生阿彌陀佛國中無量壽覺親爲授記登不退轉雖然以師受性嚴冷不喜阿世即豪貴臨門不少屈故自某年至某年施者蕳寂常住荒寒師力抱枯淡歡接方來了無倦色或不堪其憂師曰自要弄者迦陀勤苦澹泊不爲世釆我分耳復何尤王恭妃亦聞其風而敬之遣中貴易茅茨採椽爲金碧師方暢志樹功德幢爲聖天子祝延聖壽徼福蒼生迨於萬曆二十年冬十二月預謂門弟子曰我明日行矣積年勞勤施主使我成就行門我去後若輩當併心常住無乏方來粥

飯我死猶生也至期果端坐而逝諸檀信僉謂師預知時至倍加皈向馬師生於嘉靖二年某月日卒於萬曆二十年十二月日僧臘五十七世壽七十三門弟子依天竺法闍毘其願身歸骨於南岡之塔達觀道人謚師號曰普慈塔曰願光嗚呼禍福莫烈於死生而端師不爲之撓超然脫去大患不能留難雖古之所謂豪傑之士挾仁義佐人主建大勳名垂芳百世至於臨死生之際軟腝不堪貽天下笑由是而觀則端師豈不爲大過人者哉銘曰

凡有知者皆爲欲馭生因欲乘死因欲去唯師異此去來乘願勞勤死生不爲欲販自生至老老而愈壯周濟一切始終匪兩樹塔南岡普爲諸方生資以食死以骨藏燕山可磨願力靡竟無斷僧飰臨死之命兒孫念之勉强力支如盧溝水長流無贏吾君長亂母曰恭妃聞師德風篤信皈依師其有靈保此英檀福壽無疆萬世奠安爲佛金湯廣建道場龍象蹴踏日月彌光野人之心淺而弗深赤抱盡剖鬼神鑑臨銘刻貞石天地同脉形有代謝心無今昔

大悲菩薩多臂多目解并銘

世疑大悲菩薩臂目廣多互相驚怪蓋不以理察横以情觀苟以理察之則人人自信不暇豈獨疑於大悲乎如我一身之眇毛孔八萬四千布植森如六尺匪狹正當毛孔森顯則一身弗留一身現前則毛孔皆隱隱顯互換而一多歷然適此之時豈不有非一多之數所能牢籠繫綴者存乎

若環輪之無竟應萬物而無窮大悲獨有而我獨無此情也非理也故以理應目則象帝之先我得而徹視也以理應耳則八荒之外蚊蚋之音我得而徹聽也我常靜坐忽然身心都遺耳目無邊遠近情化古今夢破始怪大悲臂目甚寡而世猶疑爲多不亦癡乎雖然南人不信有千人之帳北人不信有萬斛之舟葢其信情而不信理故也殊不知禍福死生物我廣狹古今代謝清濁浮沈皆情有而理無者也倘能以理折情則近取諸身遠取諸物皆我臂與目也若然者提挈四生智周萬有初非勇與明所能預者也銘曰

本一精明暫應六根應而不返望流迷源大悲菩薩教我觀音不以耳聽目視禪深禪深莫測一六陳跡錦繡芻狗既陳勿惜一爲無量無量爲一事理無成慈及萬物循業發現我本平常三十二應塵剎放光若出有心菩薩病狂鼻祖東來眉山奇才大悲閣記揑聚放開卷舒自在理徹無礙桃柳林中長公放賴熊羆虎豹視以儕輩出怒入娛了不驚怪吾生公後知公三昧得自禪老語言黼黻曄若春花春容街態不善觀者離花覔春春不可得泣岐沾巾文字語言道之光華何必排擯始謂不差

韶石銘

視端神凝牧豎在郊尼父見之悟其聞韶愀然鞭後至則樂凋不以耳聞音鳴寂寥初無古今寧有近遙是石舜心連雲岧嶢

丁南羽結緑硯銘

混沌之精昌豁之骨南羽得之象罔不識玄池天啓彩筆龍游彈指之間諸佛雲湧莊嚴淨土熏炙羣生若見若聞當處解脱誰促大地成此片瓇囊括十虚現諸希有須彌爲舌難盡贊揚口即太虚渾吞不出丁氏諸子互相寶之譬若眼珠明不可失

于中甫宋端硯銘

由天而人由人而天太古之色中有玄泉雲出無盡魚龍可眠若人得之造化同堅

臥牛硯銘

溪山無盡春草有餘饑渴弗擾憨臥超如毛頡爲鞭一聲觫然頸尾屈伸蹄角柔堅噫鶴背輕危龍背滑歸來牛背穩如船

孚泉硯

辭修誠立信貫金石卓錫泉飛臥氷鯉出用無聖凡名有黑白甘冽異常孚翁血脉

瓢銘

納十方之虚不爲大勺四溟之水不能溢實濟渴之勝具乃補饑之妙器其餘滴餘粒可以飽龍蛇足虎豹是謂鉢之良輔

獨髙菴銘

爽塏之陽卜居斯祥風度疎林香濤琅琅飯訖無事讀天竺之章間或得意身世都忘本真揭露雲淨月光散步庭除薜衣清涼城市焦煩一刻十霜王侯兮若夢爭如落魄而徜徉

竹瓢銘

若之爲物兮堅而有節虚而能容雅分溪邊之月閒挂石上之松偕而老兮萬壑千峰

雲笠銘

頭上笠人不識譬如片雲覆松梢夜鶴歸來巢莫覔

無巴生傳自寓

無巴生自言生於青草灘灘即姑蘇之松陵今之吳江也予從無巴生遊甚久每於無巴行藏所忽之間音聲笑貌之際與夫習氣動靜徐而察之似非青草灘人蓋無巴受性超放不耐世故於習俗繩墨了不相拘予嘗規之無巴笑曰子奚不檢名而審實耶名檢則實審實審則名不虛名不虛賓即主也主即賓也物與我皆不得已而受形於天地之間倘不達此則何往而非有待乎夫有待則有累有累則孔隙不待鑿而不可勝數矣吾嘗歷觀有待之大槩不出乎地水火風空見識七大而已如以自心觀七大則七大有名而無實矣方此之時且問子大火聚中爲吾拈得一莖眉毛出乎予曰不能無巴舍然大笑曰子雖從吾遊甚久然不我知若是謂之相知可乎子不聞龍樹有頌乎諸法不自生亦不從他生不共不無因是故說無生即此觀之有生則有我有我始有物脫求以名實之相外名則無實外實則無名吾故曰賓即主也主即賓也賓即主則主未嘗主主即賓則賓未嘗賓主未嘗主賓未嘗賓則我與物物與我不待觀空而始蕩然也故曰會萬物歸於已者其惟聖人乎如我有已則物豈可會乎如物有物則物亦不受會也所以有待顯而無待隱矣無待既隱則地以堅爲孔隙水以濕爲孔隙火以暖爲孔隙風以動爲孔隙空以無形爲孔隙見以照爲孔隙識以分別

爲孔隙皆不得無巴鼻者也如以自心觀此七者則地未嘗堅水未嘗濕火未嘗暖風未嘗動空未嘗無形見未嘗照識未嘗分別若然者謂七爲一可也謂一爲七可也七若可一則七未嘗七有待隱而無待顯矣一若可七則一未嘗一無待隱而有待顯矣吾以是知有待與無待初皆無性也如曹溪佛性無常諸法有常之說亦此謂乎故吾以自心觀九竅與六根我實未嘗有也然九竅六根不妨用而不廢我實未嘗無也有無路窮凡聖情斷子謂我有巴鼻可乎如木生也直人生也靜直則無私無私則無我靜則無擾無擾則本虛虛則靈靈則妙既妙矣有巴鼻可也無巴鼻可也雖然莊周謂七竅鑿而混沌死吾則曰孔隙鑿而巴鼻形所以鉤索得而秘之矣今吾一受形之後六根九竅巴
於是乎聲色鉤索於外好惡鉤索於內
無巴鼻者始不得自由矣故以無巴字我者陰借其名而鞭我後也子亦何疑而私察我耶子聞無巴之義乃稽首謝不知之罪無巴曰罪本無性何謝之有哉予不知答而退

紫栢尊者全集卷第二十二

音釋

趍 陳知切音馳　盩 張流切音輈山曲　厔 職日切音質水曲　鵬 音朋大鳥也　鯀 蘇木切音速

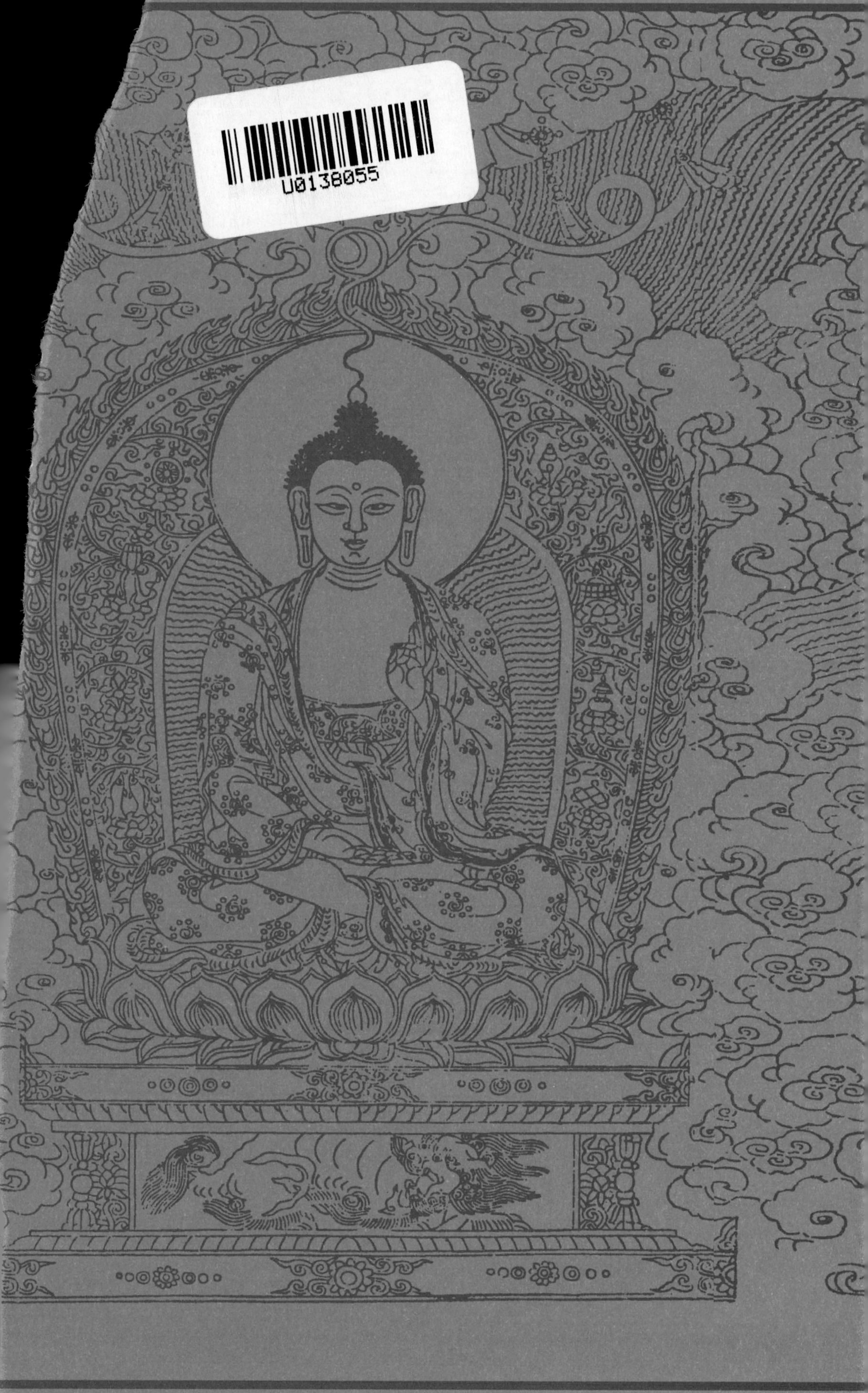